BASTEI
LÜBBE

Von Sandra Paretti erschienen ebenfalls bei BASTEI-LÜBBE:

12234 Das Zauberschiff
12235 Das Echo Deiner Stimme

SANDRA PARETTI

DER WINTER, DER EIN SOMMER WAR

BASTEI LÜBBE

BASTEI-LÜBBE-TASCHENBUCH
Band 12233

Lizenzausgabe: Gustav Lübbe Verlag GmbH, Bergisch Gladbach
Printed in Germany Mai 1994
Einbandgestaltung: Gisela Kullowatz
Foto der Autorin: Peter W. Engelmeier
Gesamtherstellung: Ebner Ulm
ISBN 3-404-12233-x

Der Preis dieses Bandes versteht sich einschließlich
der gesetzlichen Mehrwertsteuer

Wenn der Honigtopf hinter der Biene hersummt/wenn die Schiffe an Land gehen und die Kirchen ins Meer/ wenn das Pferd den Reiter besteigt und das Gras die Kühe frißt/wenn die Katze von der Maus in ihr Loch gejagt wird und die Mütter ihre Kinder für eine halbe Krone den Zigeunern verkaufen/wenn der Sommer zum Winter wird und der Winter zum Sommer/dann steht die ganze Welt kopf.

Strophe aus dem Lied
»The World Turned Upside Down«
aus dem amerikanischen Unabhängigkeitskrieg, 1775 bis 1783

Erstes Buch

Der Deserteur

Bald alle Wochen hörten wir nämlich neue ängstigende Geschichten von eingebrachten Deserteurs, die, wenn sie noch so viele List gebraucht, sich in Schiffer und andre Handwerksleuthe, oder gar in Weibsbilder verkleidet, in Tonen und Fässer versteckt, u. d. gl. dennoch ertappt wurden. Da mußten wir zusehen, wie man sie durch 200 Mann, achtmal die lange Gasse auf und ab Spißruthen laufen ließ, bis sie athemlos hinsanken – und des folgenden Tags aufs neue dran mußten.

Lebensgeschichte des Armen Mannes im Tockenburg, Zürich 1789

1

Die Kirschbäume blühten zum zweitenmal, und die Menschen begannen sich zu fürchten vor diesem Jahr, dessen Sommer nicht enden wollte. Die Scheunen hatten die Ernte kaum fassen können, aber die Erde schien nicht müde zu sein. Die Wintersaat wuchs so schnell, daß die Bauern den ersten Frost herbeisehnten, um diesen Wunder, das ihnen unheimlich war, ein Ende zu machen.

Die Unerschöpflichkeit dieses Jahres 1775 erfüllte die Menschen mit Mißtrauen. Der Überschwang eines allzu blauen Himmels und einer allzu warmen Sonne bedrückte sie; sie waren es nicht gewohnt, daß ihnen so reichlich gegeben wurde. Wie hätte es auch anders sein können, da sie alles nur zur Leihe hatten: Besitz, Freiheit und Leben, geborgt und jederzeit abrufbar. Wie hätten sie das je vergessen können, da sie doch zu Füßen der Festung lebten, die Kaserne und Gefängnis in einem war.

Aus dem welligen Land stieg sie steil empor. Der graue spitze Kegel verdüsterte den hellsten Tag und riß in das Blau des Himmels eine dunkle, drohende Kluft. Immer mußten die Menschen, die hier lebten, die Festung sehen, und wenn es nur ihr großer wandernder Schatten war, der immer einen Streifen Landes um die Sonne betrog.

Die hessischen Bauern, die zum Gut Haynau unterwegs waren, hatten die Festung Ziegenhain im Rücken. Einer hinter dem anderen schritten sie über die Wiese dahin. Ein paar Meter weiter lief die Straße, aber sie blieben auf der Wiese, um ihre Schuhe nicht mit Staub zu beschmutzen. Sie trugen ihren Sonntagsstaat, den dunklen Rock mit den massiven Bleiknöpfen, das schwarze Halstuch und den breit aufgekrempten schwarzen Hut. In der Ferne konnten sie bereits das steinerne Einfahrtstor von Gut Haynau sehen. Es war so groß, daß auch hochbeladene Heuwagen ohne Schwierigkeiten durchkamen. In den Fackelhaltern steckten noch die Ährensträuße vom Erntefest; von jedem Pachthof einer. Im Lauf der Jahre waren immer mehr Höfe verpachtet worden; es war nur eine Frage der Zeit, bis auch die letzten freien Bauern, die auf eigenem Grund wirtschafteten, bei Gottfried Haynau so viel Schulden hatten, daß ihre Höfe an ihn fielen.

Vor dem Tor angelangt, nahmen die Bauern die Hüte vom Kopf. Vor ihnen dehnte sich die von Eichen flankierte Auffahrt. Zu beiden Seiten, etwas zurückgesetzt, zogen sich die Wirtschaftshöfe hin. Am Ende der Auffahrt, dort, wo das Herbstlaub der Bäume sich mit dem Licht zu goldenem Dunst verwob, lag das Herrenhaus, ein langgestreckter Parterrebau mit einstöckigem Mitteltrakt. Die Fenster funkelten in der Sonne.

Die Bauern lauschten auf die Geräusche, die aus den Wirtschaftshöfen drangen, ein Gemisch aus Kinderstimmen, Hühnergackern und dem hellen Klang des Dengelhammers. Nichts war hier anders als bei ihnen zu Hause. Ihre Beklommenheit kam ihnen plötzlich töricht vor. Es war ein herrlicher Tag, und etwas von seinem Glanz teilte sich auch den Männern mit, weitete ihnen die Brust, ließ sie den Kopf höher tragen und leichter ausschreiten. Auch das, was sie hergeführt hatte, erschien ihnen nicht mehr so aussichtslos; sie hatten nicht mehr das Gefühl, Bittsteller zu sein, die unverrichteterdinge wieder weggeschickt würden.

Eben wollten sie unter das Tor treten, als der dreizehnjährige Ambros vom Felbinghof einen Schrei ausstieß. Die Männer blieben stehen, wandten sich um. Von den Wällen der Festung Ziegenhain löste sich ein Schwaden weißen Rauchs. Die Gesichter der Männer verschlossen sich. Mit zusammengekniffenen Augen beobachteten sie, wie sich der Rauch zu einer Wolke ballte und wie diese Wolke sich aufblähte, mit weich gebogenen Rändern, hinter denen sich immer neue Wolken hervorschoben. Der Tag schien noch heller zu werden durch diese Insel aus schäumendem Weiß am blauen Himmel.

Die Bauern wußten, was das Rauchzeichen über dem östlichen Vorwerk zu bedeuten hatte, aber sie weigerten sich zu glauben, was sie sahen. Die Zeit für Deserteure war der Frühling und der Sommer, nicht der Herbst, wenn die Felder abgeerntet waren; Soldaten, die im November zu desertieren wagten, erging es wie den Hasen, die jetzt auf den Jagden zu Hunderten erlegt wurden.

Aus den Wirtschaftshöfen des Gutes drang kein Laut mehr. Eine Stille breitete sich aus, die alles veränderte, die das Licht hart werden ließ und den Männern das Atmen schwer machte. Unerträglich dehnten sich die Sekunden, bis endlich dem sichtbaren Zeichen der Schuß folgte. Der Donnerschlag der Lärmkanone hallte über das Land, unmittelbar gefolgt von drei sich überschneidenden Echos.

Die Bauern standen reglos; sie vermieden es, sich anzusehen. Nur einer ließ sich nicht einschüchtern. Der Langhofbauer, ein breitschultriger Mann mit weißem

Haar und rotem Bart, stieß den Knotenstock auf die Erde: »An die Musik solltet ihr euch doch allmählich gewöhnt haben. Verdammt noch mal, der, dem sie da zum Tanz aufspielen, hat mehr Mut in den Knochen als ihr alle zusammen!« Er ließ seinen Stock durch die Luft sausen und rammte ihn in die Erde, daß die Steine aufflogen. »Ich will euch etwas sagen. Wer um die Zeit desertiert, weiß, was er tut. Der hat Helfer, und ich wünsche ihm nur, daß sie aus anderem Holz sind als ihr. Ihr traut euch ja nicht einmal, euch selber zu helfen.«

»Besser, wir kehren um«, sagte der Pächter der Meierei auf der Gleim.

»Vor dem Tor umkehren?« brauste der Langhofbauer auf.

»Du weißt, wie mißtrauisch die Landreiter sind«, sagte der Pächter. »Die glauben sowieso, wir stecken mit den Deserteuren unter einer Decke.«

Mit beiden Händen auf den Stock gestützt, stand der Langhofbauer da. Seine tiefliegenden Augen gingen von einem zum anderen. »Wem von euch hat der Landreiter schon einmal geholfen, die Wildschweine zu vertreiben, he? Oder habt ihr vor lauter Schreck vergessen, warum ihr den Weg hierher gemacht habt?«

Die Männer standen unschlüssig, gebeugt, als trügen sie eine unsichtbare Last.

»Macht, was ihr wollt«, rief der Langhofbauer, den ihr Schweigen mehr aufbrachte als ihre Ängstlichkeit. »Ich geh' allein zum Haynau. Aber bildet euch nicht ein, daß ich eure Sache mit ausfechte !« Er wollte gehen, aber gegen seinen Willen folgte er dem Blick der anderen hinauf zur Festung Ziegenhain. Die erste Wolke war zerstoben; einem geplatzten Kissen ähnlich, aus dem die Federn quollen, trieb sie der Westwind vor sich her, während von den Wällen der Festung abermals eine

Fontäne weißen Rauchs aufstieg. Wieder bildete sich eine Wolke; wieder verblieb ihr genug Zeit, zu voller Größe anzuschwellen, bevor der Schuß der Lärmkanone explodierte.

In den Donnerschlag hinein schrie der Langhofbauer. »Nur die Hälfte von dem Pulver, was die dort in die Luft jagen, möcht' ich haben!« Ohne sich noch einmal umzusehen, durchschritt er das Tor.

Die anderen folgten ihm zögernd, aber schon nach wenigen Metern stockten sie wieder. Am Ende der Eichenallee tauchte ein Reiter auf. Der Mann auf dem hochbeinigen rotbraunen Renner trug den resedagrünen Rock des Ersten hessischen Leibregiments. Er ritt durch das Flirren des Lichtes zwischen den herbstlichen Bäumen wie durch einen goldgewirkten Vorhang, der sich immer von neuem für ihn teilte.

Die Bauern traten an den Rand der Auffahrt, um für den Sohn ihres Gutsherrn Platz zu machen. Claus Haynau parierte sein Pferd. Er tat es so scharf, daß der Fuchs sich schnaubend unter ihm bäumte. Sand wirbelte unter den stampfenden Hufen auf, flog den Bauern an die Beine. In Staubschwaden gehüllt, murmelten sie ihren Gruß.

Claus Haynau klopfte seinem Pferd beruhigend auf den Hals. Seine Züge waren für einen Mann auffallend fein geschnitten. Es war das Gesicht eines Menschen, der als Kind lange Zeit ans Krankenbett gefesselt war. Auch in seiner Haltung waren noch die Spuren dieses längst überstandenen Kampfes gegen die Angst, auf immer zur Bewegungslosigkeit verurteilt zu sein. Er hielt sich zu gerade, um gelöst zu wirken.

Er blickte über die Bauern, die Pächter seines Vaters. Er kannte sie kaum. Außer dem Langhofbauern hätte er keinen beim Namen nennen können. Dieser alte Querkopf hatte immer noch nicht vergessen, daß er einmal ein freier Bauer war; dauernd pochte er auf irgendwelche Rechte.

»Wir wollen zu Eurem Vater.« Der Langhofbauer war vorgetreten.

»Ein schlechter Zeitpunkt«, schnitt ihm Claus Haynau das Wort ab.

»Es ist wegen der Wildschweine.« Der Langhofbauer blieb unbeirrt. »Sie verwüsten die Felder mit den jungen Saaten. Sie werden zur Plage.«

Claus Haynau hatte begonnen, die Männer zu zählen. Es waren zwölf. Dazu die Roßknechte vom Gut, die Kutscher, die Jäger. Das gab sechsunddreißig Mann. Damit konnte man schon eine Treibjagd auf den Deserteur veranstalten.

»Mit Schreien lassen sich diese Bestien nicht vertreiben. Mit Knüppeln auch nicht. Wir brauchen Gewehre.« Die nächsten Worte des Langhofbauern gingen in der dritten Explosion der Lärmkanone unter.

»Ihr wartet hier«, rief Claus Haynau den Bauern zu, während er das Pferd wendete. »Ich hole Pferde für euch. Fangen wir den Deserteur, gibt es für jeden von euch einen Taler.« Er sprengte davon und verschwand im Hof der Stallungen. Die Bauern hörten ihn Befehle rufen.

Der Langhofbauer fluchte vor sich hin. Dann sagte er halblaut: »Daß wir dem in die Hände laufen mußten! Robert Haynau hätte uns wenigstens erst angehört.«

»Ich dreh' die Hand nicht um zwischen den beiden Brüdern«, warf der Pächter der Meierei ein.

»Mit Robert kann ich reden wie mit meinem eigenen Sohn«, beharrte der Langhofbauer.

»Für die hohen Herren sind wir alle Dreck.«

»Den Tabak, den Robert dir aus Holland mitgebracht hat, rauchst du ganz gern.«

»Ich pfeife auf den Tabak. Er soll lieber meine Tochter in Ruhe lassen.«

»Fragt sich, wer wen nicht in Ruhe läßt! Daß Robert Haynau um ein Mädchen hätte betteln müssen, hab' ich noch nicht gehört. Ich weiß Bescheid. Ich hab' genug Weibsleute zu Hause.«

Plötzlich war das Zischen einer Reitpeitsche in der Luft. Von den Ställen her drängten Pferde auf die Straße. Die Knechte hatten Mühe, die aufgescheuchten Tiere am Zügel zu führen. Claus Haynau ließ die Peitsche knallen. »Los«, herrschte er die Bauern an. »Jeder nimmt sich ein Pferd!« Wieder fuhr seine Peitsche durch die Luft. »Schnell! Sonst ist der Mann über alle Berge.«

»Sobald wir zu Hause sind, gehen wir auf Pflichtwache«, sagte der Langhofbauer ruhig.

Claus Haynau schnellte in den Steigbügeln hoch. Er bebte vor Zorn. »Willst du dich meinem Befehl widersetzen? Auf die Pferde! Ihr kennt die Order des Landgrafen. Wer sich bei der Verfolgung eines Deserteurs drückt, macht sich genauso strafbar wie ein Helfershelfer.«

Die Bauern gehorchten schweigend. Claus Haynau spürte ihre Abwehr. Er ärgerte sich, daß er jedem einen Taler versprochen hatte. Er brauchte ihren Gehorsam weder zu kaufen noch zu belohnen.

Die Bauern waren aufgesessen. Wie Klötze hängen sie in den Sätteln, dachte Claus. Er konnte nicht hinsehen. Es war eine Beleidigung für die Pferde. Und trotzdem würden sie wie die Teufel laufen. Es waren die Pferde, die er selbst für die Parforcejagden abgerichtet hatte.

Die Bauern hoben die Köpfe, als von der Festung ein vierter Alarmschuß abgefeuert wurde. Der harte Galopp des Echos dröhnte ihnen in den Ohren, und doch hatte dieses vierte Signal eine ganz andere Wirkung auf sie als die vorherigen. Verstohlene Blicke der Verständigung gingen zwischen den Männern hin und her. Sie wußten jetzt, daß es kein gemeiner Soldat war, der geflohen war, keiner der Ihren. Bei einem Gemeinen wurden nur drei Schüsse abgegeben. Bei höheren Rängen fünf.

»Ein Offizier«, murmelte der Langhofbauer, und in dem Blick, mit dem er Claus Haynau streifte, war hämische Verachtung.

Aus dem Hof der Stallungen sprengte ein Trupp Reiter. Claus Haynau winkte sie zu sich her. »Ihr macht den Schluß«, rief er den Bauern zu. »Bleibt immer dicht aufgeschlossen!«

Claus gab seinem Fuchs die Sporen. Er setzte sich an die Spitze. Im Galopp jagte er die Auffahrt hinunter, durch das Tor. Er lauschte auf das Donnern der Hufe hinter sich. Allmählich wurde ein einheitlicher Rhythmus daraus. Er beugte sich dichter über den Hals seines Pferdes. Ein Fieber hatte ihn erfaßt, eine wilde Entschlossenheit. Nicht die Miliz der Stadt Ziegenhain und nicht die Männer des Kommandanten Rall sollten den Deserteur fangen. Das Wild, das heute gejagt wurde, mußte seine Beute werden.

Der Wind wehte ihm das Haar aus der Stirn, strich ihm kühl über das Gesicht, aber Claus Haynau hatte das Gefühl, daß seine Haut brannte.

2

Das Schilf bog sich unter dem Luftdruck der Explosion. Für Sekunden war es nicht mehr Röhricht, sondern ein Wald scharfer, aus Silber gehämmerter Klingen, der sich um die Ufer der von der Schwalm umflossenen Reiherinsel zog. Ein Flimmern huschte durch die Luft, als sie sich wieder aufrichteten. Der Donner der Lärmkanone und seine Echos verhallten, das Zittern der Luft verebbte. Die Spitzen der Schilfhalme kamen zur Ruhe. Nur das Herz des Reihers, den Robert von Haynau in den Händen hielt, schlug noch heftig. Die Schwingen und den langen Hals eng an den Körper gezogen, preßte sich der Vogel schutzsuchend an den Menschen. Die geschuppten Läufer streckte er steif von sich. Der rechte trug knapp über dem Fuß eine Bandage aus dünnen Leinenstreifen.

Robert Haynau strich sich das blonde Haar aus der Stirn. Hoch am blauen Himmel schwebte eine langgezogene Herde Schäferwölkchen gegen Osten. Auch die Wolke, die dem letzten und fünften Alarmschuß vorausgegangen war, beeilte sich, sie einzuholen. Die Banner auf den Türmen der Festung Ziegenhain wirkten in dieser Entfernung wie Wetterfahnen.

In seiner Kindheit war Roberts liebstes Spielzeug eine Burg gewesen, die der Festung Ziegenhain nachgebildet war. Seit vielen Jahren stand sie irgendwo auf dem Dachboden und wurde von den Holzwürmern zerfressen, aber Robert kannte noch jede Schießscharte, jedes Pförtchen, jede Treppe. Welchen Weg mochte der Deserteur gewählt haben? Von der Festung Ziegenhain, die zur Hälfte als Gefängnis und zur Hälfte als Kaserne diente, flohen mehr Soldaten als Strafgefangene. Nur daß die Sträflinge mehr Chancen hatten zu entkommen, als hielten in diesem Land nur die Gauner zusammen.

Robert fuhr dem Reiher über den Rücken. Es war ein einjähriges Tier. Das Grau der Deckfedern spielte in ein schwärzliches Blau. Am ersten Tag nach seiner Rückkehr aus Holland hatte Robert den Vogel mit einem angebrochenen Läufer im Schilf gefunden. Er öffnete die Hand. Der Herzschlag des Vogels war wieder normal. Zögernd löste sich der Reiher, setzte zuerst den gesunden Läufer auf die Erde, dann den verletzten. Er schüttelte das Gefieder, breitete die Schwingen halb aus und zog sie wieder an den Körper.

Robert verfolgte jede seiner Bewegungen. Was hätte er in diesem Augenblick darum gegeben, selber Schwingen zu besitzen, aufzusteigen, hoch wie die Wolken dahinzufliegen! Wie schnell hätte er dann gewußt, wo der Deserteur sich aufhielt, wie leicht hätte er ihm dann helfen können. Langsam richtete er sich auf, und eilte durch das Schilf davon.

Die Anlegestelle des Fährmanns lag auf der Nordseite der Insel. Robert glitt unter tiefhängenden Zweigen durch, sprang über bemooste Baumstümpfe. Lautlos eilte er dahin, selbst ein Teil der grüngoldenen Wildnis, die ihn umgab, selbst ein Teil der klingenden Stille.

Er holte ein Hornpfeifchen aus der Tasche und gab damit zweimal hintereinander drei kurze Pfiffe ab, das Zeichen für den Fährmann. Bald darauf erreichte er die Anlegestelle. Während er wartete, ging sein Blick wieder hinauf zur Festung. Das östliche Vorwerk, wo die Lärmkanone stand, lag jetzt verlassen. Die blauen Röcke der Kanoniere waren verschwunden. Die Jagd hatte begonnen. Hunderte von Männern schwärmten bereits durch die Wälder zu Füßen der Festung, besetzten jede Straße, jeden Pfad, jede Brücke. Robert sah alles genau vor sich: Die Frauen, die an der Schwalm gewaschen hatten, eilten mit Körben voll nasser Wäsche heim. In der Stadt Ziegenhain verrammelten die Wachen die Tore. Die beiden Stadtknechte marschierten mit der großen Trommel durch die Stadt und riefen die Bürger zur Pflichtwache; Kinder liefen schreiend hinterher, sie feierten die plötzliche Aufregung der Erwachsenen wie ein Fest. Auch dem jungen Robert war das Donnern der Lärmkanone etwas Ähnliches gewesen wie das Schellengeläut des Narren, der die Ankunft eines Wanderzirkus ausrief. Die Worte »Deserteur«, und »Gassenlaufen« hatten für ihn genauso abenteuerlich geklungen wie »Bärenführer« und »Seiltänzer«. Bis er sich eines Tages heimlich von zu Hause weggeschlichen hatte und auf die Festung gelaufen war, brennend vor Neugier. Fünf Jahre war er damals gewesen. Jetzt, achtzehn Jahre später, hatte er immer noch das Zischen der Haselruten in den Ohren, die den Rücken des Deserteurs zerrissen hatten. Und noch immer war es wie damals, als habe jeder Schlag ihn selber getroffen.

Vom Fluß kam das Aufklatschen der Ruder. Robert trat auf den schmalen Holzsteg, der nur aus zwei Pfosten und einem breiten Brett bestand. Der Kahn glitt durch das Röhricht. Der Fährmann hatte die Ruder eingezogen und stakte das Boot mit einer Stange vorwärts.

Ludolf war ein mittelgroßer hagerer Mann. Er trug hohe, über die Knie reichende Stiefel, Hosen aus graugrünem Segeltuch und winters wie sommers eine dicke braune Wolljoppe. In seinem linken Ohrläppchen steckte ein goldener Ring. Gegen Krankheiten, wie er sagte.

»Du bist schnell da«, rief Robert ihm entgegen.

»Als Ihr mir das Zeichen gabt, war ich schon mitten im Fluß.«

Der Kahn hatte den Anlegesteg erreicht. Die beiden

Männer wechselten einen Blick. »Gib mir die Stange«, sagte Robert. In seinen graugrünen Augen stand etwas, das ein Fremder für ein Lächeln gehalten hätte, aber Ludolf kannte Robert besser. Der Fährmann ließ sich auf der Bank nieder und nahm die Ruder auf. Folgsam wie ein Spielzeug drehte der Nachen.

Raschelnd teilte sich das Schilf. Fische schwärmten auseinander. In der Sonne spielten ihre Schuppen in allen Regenbogenfarben. Robert blickte flußaufwärts, dorthin, wo in den Fluten das Spiegelbild der Festung schwebte, ein zitternder, von Wellen und Sonnenreflexen gebrochener Schatten.

»Man sollte meinen, ein Offizier habe hundert andere Möglichkeiten zu desertieren«, sagte Robert. »Was für eine Chance gibst du ihm?«

»Kommt darauf an, ob es ihm gelingt, die Zeit bis zum Dunkelwerden zu überstehen.« Der Fährmann ruderte zügig. Bei jedem Schlag beugte er sich weit vor und zog die Riemen weit zurück. In seinem hageren Körper steckten ausdauernde Kräfte.

Robert streifte ihn mit einem Blick. »Ich möchte nicht wissen, wie vielen du schon geholfen hast, über die Schwalm zu setzen.«

Ludolf ruderte gleichmäßig weiter. »In letzter Zeit tut sich nicht mehr so viel wie früher«, sagte er. »Rall ist ein harter Kommandant. Gassenlaufen ist bei ihm keine Strafe, sondern eine Hinrichtung. Da überlegen es sich auch die Mutigsten zweimal.« Der Kahn näherte sich dem Ufer. Knirschend streifte er an das Holz. Leise schwankte der Anlegesteg, als Robert hinaufsprang.

Die Fischnetze hinter sich herschleifend, folgte Ludolf Robert ans Land. Die Männer gingen die Uferböschung entlang zum Haus des Fährmanns. Ludolf hatte Roberts Vater gekannt, den Goldmacher Robert Skelnik, und er kannte Robert von Kindheit auf. Er wußte, was jetzt in ihm vorging. Er warf die Netze auf den Boden. »Vielleicht ist es gut, daß Ihr kein Pferd dabei habt. Ihr solltet froh sein; Ihr habt mit alldem nichts zu schaffen.« Er bückte sich über die Netze und begann sie auseinanderzuziehen. »Deshalb seid Ihr ja auch nicht Offizier geworden wie Euer Stiefbruder, sondern Kaufmann wie Euer Stiefvater. Ihr hättet nie für den Soldatenrock getaugt.« Er richtete sich auf und sah an Robert vorbei den Fluß hinunter. »Ihr gehört zu den Menschen, die nur sich selber gehorchen können.«

»So etwas Ähnliches sagt meine Mutter, wenn sie unzufrieden mit mir ist.«

Von der Straße nach Kassel, die etwa achtzig Meter nördlich verlief, kam Räderrattern, aber noch war nichts zu sehen. Das Gebüsch am Rand der Straße war stellenweise dicht wie eine Mauer. Endlich tauchte das Gefährt auf.

»Siehst du!« rief Robert. »Da ist schon mein Pferd. Ich brauche mir nur etwas sehr zu wünschen, und ich bekomme es!«

»Nach dem Hufschlag hätte ich es für ein Ochsengespann gehalten. Das ist niemand von hier.«

Robert blickte hinüber zu dem hochräderigen Wagen mit der leuchtendgrünen Plane. Er lief über die Wiese zur Straße hin. Der Fährmann hatte recht gehabt. Es mußte ein Fremder sein. Niemand in der ganzen Umgebung fuhr ein ähnliches Vehikel, halb Warenrollfuhr, halb Zirkuskarren. Der Mann auf dem Bock hätte zu beidem gepaßt. Unter dem offenen Kutschermantel trug er eine bunte fremdländische Tracht. Aber mehr als Mann und Wagen zog das Pferd Roberts Aufmerksamkeit auf sich. Den Kopf vorgestreckt, den Rücken gerade wie ein Brett, das linke Vorderbein lahm, humpelte es im Schritt dahin. Statt Knochen schien es Latten im Leib zu haben und statt Muskeln Hanf. Von der Farbe und der Rauheit ungekämmten Hanfs war auch sein Fell. Wahrscheinlich war dieses mühselige Humpeln, mit dem das Tier den Wagen zog, seine schnellste Gangart. Robert stellte sich dem Gefährt in den Weg.

»Was wollt Ihr?« rief der Mann auf dem Bock. »Warum haltet Ihr mich auf.« Er versuchte seiner Stimme einen entschlossenen Klang zu verleihen, aber sie war nur laut und ängstlich. »Meine Papiere sind in Ordnung.« Er kramte aus seinem Mantelsack ein Schreiben hervor. »Da, der Stempel vom hessischen Zoll ist noch feucht. Balthasar Plötz, Handschuhhändler aus Anif im Salzburgischen.« Daß der Fremde sich nicht für seine Papiere interessierte, brachte den Handschuhhändler vollends durcheinander. Alle Geschichten von Überfällen, die er gehört hatte, fuhren ihm durch den Sinn. Das war die gerechte Strafe. Warum hatte er auch in ein protestantisches Land fahren müssen!

»Wenn deine Handschuhe deinem Pferd gleichen, dann sind sie alle ohne Daumen«, sagte Robert lachend.

Balthasar Plötz hielt noch immer seine Papiere in der Hand. Er traute dem Frieden nicht. Aber vielleicht half ihm auch diesmal, wie schon so oft, sein Witz, der neben Geschäftstüchtigkeit und Ängstlichkeit seine wichtigste Eigenschaft war. »Gefällt Euch meine Xenia nicht? Ich gebe zu, sie lahmt im Schritt, aber dafür kann sie nichts, so wurde sie geboren. Trotzdem, sie ist ein Pferd wie kein zweites. Gebt mir ein anderes, ich weise es zurück. Es ist ein Jammer, daß ich sie anspannen muß. Sie ist ein Pferd zum Reiten. Ihr braucht es mir nicht zu glauben, aber im Galopp läuft sie jedem anderen Pferd davon. Und im Wasser erst; sie schwimmt wie der Teufel, da holt sie keine Kugel mehr ein.« Der Handschuhhändler sprang vom Sitz auf. »Was macht Ihr da!«

Robert hatte mit ein paar schnellen Griffen das Pferd vom Geschirr befreit.

»Wie soll ich denn nach Kassel ...«, schrie der Handschuhhändler und verstummte. Das Geschirr des Pferdes lag auf der Straße.

Robert Haynau schwang sich auf das Pferd. Er deutete von der Straße weg nach Westen. »Halte dich immer in dieser Richtung, dann kommst du zum Gut Haynau. Frag nach der Herrin. Sage, daß ich dich hingeschickt habe!«

»Aber wer seid Ihr denn?!« rief der Handschuhhändler und starrte dem Mann, der mit seiner Xenia davonritt, fassungslos nach.

3

Das Pferd des Handschuhhändlers hatte nur drei gesunde Hufe. Der vierte war eine Art Klumpfuß. Die ersten fünfzig Meter ging es jämmerlich. Robert ließ das Pferd machen, was es wollte. Er wartete, bis es von selbst begreifen würde, daß es nicht mehr im Geschirr war. Bald spürte er, wie sich der Rücken des Pferdes entspannte; dann senkte es den krampfhaft vorgestreckten Kopf. Es schüttelte die Mähne, schlug mit dem Schweif. Staubwolken stoben aus dem verschmutzten Fell. Entweder legte sich das Pferd im nächsten Moment auf die Erde, oder es begann zu galoppieren. Robert war auf beides gefaßt.

Es riß ihn fast vom Rücken des Tieres, als es unvermittelt angaloppierte. Er warf sich nach vorn, umklammerte den Hals der Stute; sie flog mit triumphierender Leichtigkeit dahin. Robert hatte noch kein Pferd wie dieses geritten, nur in den Verfolgungsjagden und Fluchten seiner Träume hatte er dieses unaufhaltsame, die Erde kaum berührende Dahinstürmen erlebt.

Er verließ die Straße und ritt querfeldein in Richtung zur Festung. Sich sorgsam im Schutz von Bäumen und Büschen haltend, spähte er um sich. Er hatte keinen festen Plan. Oberhalb des Hohlwegs, auf der westlichen Seite des Festungsbergs, hielt er das Pferd an. Es reagierte bereits auf den leichtesten Schenkeldruck. Er trieb es in den Schatten der Bäume und lauschte.

Er hatte sich nicht getäuscht. In der Nähe war ein Trupp Reiter. Er spähte durch die Bäume; dort, wo der Hohlweg aus den Bäumen trat, schwebte etwas wie ein Nebelstreif. Dann sah er den Kopf eines Pferdes auftauchen. Der Reiter trug einen grünen Rock. In eine Staubwolke gehüllt, kam die Kavalkade schnell näher.

Robert lenkte die Stute hinter den Stamm eines großen Ahornbaums. Das purpurne Blattwerk bot Schutz; zugleich konnte er alles beobachten. Der Trupp war jetzt bis auf etwa fünfzig Meter heran. Der Abstand des Anführers von den ihm folgenden Männern hatte sich vergrößert. Jetzt warf er den Kopf herum. Das dunkle Haar flog ihm aus der Stirn.

Claus, murmelte Robert. Das hatte er nicht ahnen können. Er hatte seinen Stiefbruder noch in Kassel geglaubt, erst gegen Abend hatte er herüberkommen wollen. Robert atmete tief. Er hatte ein Gefühl wie beim Spiel, wenn er die Karten aufhob oder die Würfel aus dem Becher kippte.

Eng an das Pferd geduckt, ritt sein Stiefbruder vorbei,

keine drei Meter von ihm entfernt. Dann folgten die Männer. In einem plötzlichen Impuls schwang Robert sich in den Ahornbaum. Einer der unteren Äste reichte weit in den Hohlweg hinein.

Die Reiter preschten unter ihm weg. Ein Mann nach dem anderen, die Knechte, die Kutscher, die Jäger von Gut Haynau. Jetzt waren es schon zwanzig; bei jedem, den er zählte, stieg Roberts Lust an diesem Spiel, und mit jedem stieg der Einsatz. Einer gegen einundzwanzig, einer gegen zweiundzwanzig . . . Zuletzt kamen die Bauern. Sie ritten, ohne nach links und rechts zu sehen. Der Deserteur hätte am Wegrand sitzen können, und sie wären vorbeigesprengt, ohne zu reagieren. Den Schluß machte der Sohn vom Felbinghof, der dreizehnjährige Ambros.

Robert wartete, bis der Junge genau unter ihm war. Blitzschnell ließ er sich herunter, umklammerte den Oberkörper des Jungen und zog ihn zu sich in den Baum. Alles geschah so schnell, daß der Bub nicht einmal Zeit hatte zu erschrecken. Als er sah, in wessen Gewalt er geraten war, leuchteten seine Augen auf.

»Wo reitet ihr hin?« fragte Robert.

»Euer Stiefbruder hat uns mitgenommen. Wir jagen den Deserteur.«

»Hat er euch gesagt, wo er ihn vermutet?«

»Keine Ahnung.«

»Dann lauf deinem Pferd nach und reite zu, sonst kommst du noch um dein Fanggeld. Und mich hast du nicht gesehen. Verstanden?«

Robert lauschte auf das in der Ferne verklingende Pferdegetrappel. Einer gegen zweiunddreißig. Die anderen Trupps, die unterwegs waren, zählten nicht. In diesem Spiel setzte er nur gegen seinen Bruder.

Er sprang zur Erde. Die Stute stellte sich von selbst

bereit, damit er aufsitzen konnte. Er fuhr ihr über das stumpfe Fell. Vielleicht entpuppte sie sich noch als Schimmelstute, wenn man sie nur ordentlich striegelte.

In der nächsten Stunde war Robert überall und nirgends. Bei der Miliz im Habichtswald tauchte er auf, und etwas später auf dem Wolfsfeld beim Suchtrupp des Festungskommandaten Rall. Die Miliz teilte sich nach der Begegnung mit Robert in zwei Flügel; der eine wandte sich zu den Kohlenmeilern, der andere zum Bergwerk. Den Festungskommandanten Rall dagegen veranlaßten ein paar wie zufällig hingeworfene Andeutungen Roberts, mit seinen Leuten den Habichtswald zu umzingeln. Nachdem Robert auch die Landreiter auf eine blinde Spur gesetzt hatte und er sicher sein konnte, daß die Häscher bis zum Einbruch der Dunkelheit so beschäftigt waren, daß sie für den Deserteur nicht mehr Gefahr bedeuteten wie eine offene Reuse für einen gewitzten Fisch, begab er sich auf den Heimweg.

Erwärmt von den halsbrecherischen Ritten der letzten Stunde und von der inneren Spannung, wer schließlich der Gewinner dieses Spiels sein würde, trabte er durch den Wald. Er dachte an das Abendessen, an die Partie Billard, die er mit Claus heute noch spielen würde, und an die Stunde nach dem Essen bei seiner Mutter, im halbdunklen Wohnraum, der nur vom Feuer des Kamins erhellt wurde.

Durch die Bäume schimmerte eine Lichtung. Der Schein der sinkenden Sonne fiel in langen Bahnen durch die Stämme. Plötzlich huschte ein Schatten durch einen dieser Lichtstreifen und verschwand im Unterholz. Sofort flammte das Jagdfieber in Robert wieder auf. In vollem Galopp ritt er auf den Mann zu, bis er erkannte, daß es der Tagelöhner Klemm war, der hier am Rand des Waldes seine Kate hatte.

»Habt Ihr mich erschreckt!« sagte der Tagelöhner. »Das Wetter muß umschlagen. Mein linkes Ohr ist wieder mal zu.« Er war ein kleiner Mann mit einem Gesicht wie aus schrundiger Rinde. Er trug Kleider, die ihm zu groß waren, und auf dem Kopf eine verbeulte Kappe mit einer Häherfeder. Neben ihm stand sein Handwagen, hochbeladen mit Haselruten. Sie waren alle gleich lang, zwei Meter, fingerdick. Die Anschnitte waren frisch.

Robert deutete auf die Ruten. »Fürchtest du nicht, daß du etwas zu voreilig warst? Wenn sie den Deserteur nicht erwischen, kommen sie auch um das Vergnügen, ihn Spießruten laufen zu sehen.«

Der Tagelöhner ließ die Hand, in der er das gekrümmte Messer hielt, sinken. Er murmelte einen Fluch. »Der Rall will sie frisch«, sagte er dann. »Damit die Ruten lange genug im Salzwasser liegen können. Wenn ich sie nicht schneide, tut es ein anderer. Früher hat meine Frau das Geld nicht angerührt. Sie hat jedesmal einen Tag lang nicht mehr mit mir gesprochen. Aber seit sie das mit den Beinen hat und nicht mehr waschen gehen kann, sagt sie nichts mehr.«

»Ich hatte es nicht so gemeint«, sagte Robert.

Der Tagelöhner gab dem Handwagen einen Tritt, daß er bis vor die niedrige Hütte rollte, und ging langsam hinterdrein. »Niemand meint es so, und doch schneiden sie mich alle wie einen Aussätzigen. Mir schenkt keiner was. Ich muß zusehen, wie ich durchkomme, ich kann nicht wählerisch sein.« Er öffnete den Schuppen, der sich unter das Dach der Hütte duckte. »Die Kaninchen, die Ihr vor Eurer Reise nach Holland bestellt habt, sind jetzt da.« Der Tagelöhner verschwand einen Moment und erschien dann mit zwei grünen Verschlägen. Er trat neben Roberts Pferd. »Weiß mit roten Augen, die Sorte wolltet Ihr doch. Die beiden sind aus einem Wurf. Vier Wochen alt.«

Robert griff in den Verschlag und nahm ein Kaninchen heraus. Mit angelegten Ohren und rundem Rükken kauerte es in seiner Hand und beschnupperte die Haut.

»Wer bekommt sie denn?« fragte der Tagelöhner.

»Der Ziegen-Louis von der Stellmacherei.«

»Der kleine Teufel. Ich möchte gerne wissen, wie er das macht: Im Frühjahr ist seine Ziegenherde immer die kleinste, und im Herbst ist sie die größte und fetteste. Bei dem wird aus den zwei Kaninchen bald ein Dutzend werden.«

»Was bin ich schuldig?« fragte Robert.

»Nichts«, sagte der Mann so heftig, als fühle er sich verletzt.

Robert reichte ihm zwei Taler. »Für deine Enkel. Wenn Doktor Crusius das nächstemal nach Haynau kommt, schicke ich ihn zu deiner Frau. Du kennst unseren alten Jagdhelfer. Er konnte sich kaum noch bewegen. Jetzt läuft er wieder wie ein Wiesel.«

Der Tagelöhner murmelte etwas und wandte sich schnell ab.

Die beiden Kästen mit den Kaninchen hingen links und rechts über die Kruppe des Pferdes, das sich nur widerwillig darein ergeben hatte, nicht mehr galoppieren zu dürfen.

Roberts Blick ging über die Wiesen zu den blauen Höhenzügen in der Ferne. Er dachte an nichts. Er gab sich der Verzauberung des sinkenden Tages hin. Er genoß es, auf den Wegen zu reiten, die er schon als Junge geritten war, zeitlos die Tage zu vertrödeln, in dem alten moosgrünen Rock, den er immer wieder flicken ließ. Aber nach drei Wochen Landleben trieb es ihn dann mit demselben Ungestüm, mit dem es ihn heimgezogen hatte, wieder fort auf die Tee- und Tabak-Auktionen in Amsterdam und London.

In einer Senke tauchte der Glockenturm der Stellmacherei auf. Langsam wurde das ganze Gehöft sichtbar, mit seinen Schindeldächern, den kleinen Fenstern, der langgestreckten Scheune mit dem Weinspalier bis unters Dach, dem Taubenschlag neben dem Wohnhaus. Es war das vertraute Bild, das sich vor ihm ausbreitete – und doch war etwas anders als sonst. Es war die vollkommene Stille, die ihn befremdete. Sonst herrschte in der Stellmacherei von früh bis spät geschäftiger Lärm, Hämmern, Sägen, Hobeln, das Aufzischen des Wassers, wenn die glühend geschmiedeten Reifen der Räder getaucht wurden.

Er ritt auf das Tor zu. Mit dem Rücken zu ihm standen dort zwei Knechte, Gewehre in der Hand. Sie fuhren herum, als sie ihn kommen hörten. Erleichtert ließen sie die Waffen sinken und machten ihm den Weg frei. Der Hof war umstellt. Vor jeder Tür, unter jedem Fenster war ein Mann postiert. Vom Pferd aus dirigierte Claus Haynau seine Leute mit Zeichen und halblauten Befehlen.

Als Claus seinen Stiefbruder erblickte, verriet seine Miene Abwehr und Unbehagen. Die lahme Schindmähre, die Verschläge mit den Kaninchen, die alten Kalbslederstiefel, an denen Schilf und Rinde hingen, der geflickte moosgrüne Rock – alles schien Claus wie eine Beleidigung, die Robert ihm ganz persönlich zufügte. Und während er seine Männer beobachtete, entging ihm die Welle von Sympathie nicht, die dem Stiefbruder entgegenschlug. Überall und immer war es so; auch von der Liebe seiner Mutter und seines Vaters nahm Robert ihm das Beste weg, als wäre er, Claus, der Bastard! Und doch war Robert der Sohn des Goldmachers Skelnik, des Abenteurers, der den Landgrafen betrogen und bestohlen, der seine junge Frau mit dem ungeborenen Kind zurückgelassen hatte! Claus schämte sich seiner Gedanken, aber er konnte sie nicht zum Schweigen bringen; sie entsprangen einem Gefühl, das stärker war als Vernunft, Gerechtigkeitssinn und Bruderliebe.

Ihre Pferde standen einander gegenüber. Robert hatte die Situation mit einem Blick erfaßt. Trotzdem fühlte er sich überrumpelt. Mit einer so unverhofften Wendung seines Spiels um den Deserteur hatte er nicht gerechnet. Einen Augenblick schwankte er, ob er es wirklich fortsetzen sollte.

»Das ist eine Überraschung«, sagte Robert, ebenso unbefangen wie wahrheitsgetreu, zu seinem Stiefbruder. »Wenn du noch einen Treiber brauchst bei dieser Jagd ich stehe zur Verfügung.«

Claus besaß nicht die Schlagfertigkeit Roberts. Er wußte es, und das lähmte seine Reaktionsfähigkeit vollends. »Du kommst daher wie ein Fahrender«, stieß er hervor.

Robert sah an sich hinunter und lächelte. »Ich wußte nicht, daß du schon am Nachmittag von Kassel herüberkommen würdest.« Er blickte in den Hof. »Mir scheint, ich bin gerade noch rechtzeitig erschienen.«

»Danke, ich komme ohne deine Hilfe aus.«

Aus der Scheune kam ein lauter Ruf: »Wir haben ihn! Bringt eine Leiter! Er kann nur hier stecken.«

Auf einen Wink von Claus Haynau liefen sechs Männer in die Scheune. Die anderen hoben die Waffen. Die Sicherungen lösten sich mit leisem Knacken. Aller Augen waren auf den Stadel gerichtet. Der linke Flügel des Tors war wieder zugefallen, nachdem die sechs Männer darin verschwunden waren, der rechte stand auf. In der ganzen Länge der Scheune, halb vom Dach beschattet, zogen sich im Abstand von zwei Metern runde Luftöffnungen hin. Manche waren mit Weinlaub überwachsen. Zwischen den gelben Blättern hingen tiefblaue Trauben.

Robert lauschte auf die Geräusche, die aus der Scheune drangen. Er versuchte, herauszuhören, was sich dort abspielte. Plötzlich verstummten die Rufe, mit denen die Männer in der Scheune sich verständigt hatten. Nur noch das Knistern und Rascheln des Heus, das sie durchwühlten, war zu hören. Der offenstehende Flügel des Tors schwankte in den Angeln. Brausend, wie ein plötzlich ausbrechender Sturm, ging eine Lawine aus Heu nieder. Aus dem Tor quoll eine Wolke graugrünen Staubs. Die Männer im Hof hielten den Atem an. Der Gedanke, daß gleich alles vorüber sein würde, war selbst für diejenigen, die sich nur gezwungen an der Verfolgung beteiligt hatten, eine Erleichterung.

Niemand beachtete den Jungen, der in diesem Augenblick aus der Scheune schlüpfte. Trotz der schweren Holzpantoffeln waren seine Bewegungen geschmeidig. Der Ziegen-Louis war für seine dreizehn Jahre groß, und das Gesicht unter dem dunkelblonden Haar war seinem Alter voraus. Die Augen des Jungen gingen über den Hof. Plötzlich machte er einen Luftsprung, rannte auf Robert zu, vollführte einen Tanz um das Pferd und lief von einem Kasten zum anderen. »Du hast es nicht vergessen!« Er stellte sich auf die Zehenspitzen, um besser in die Kästen schauen zu können.

»Laß sie mich selber tragen!« Der Junge streckte die Hände aus.

Robert schwang sich vom Pferd. Er legte dem Ziegen-

Louis den Hanfstrick, an dem die beiden Kästen hingen, über die Schultern. Der Junge umklammerte den Strick, hob die Kästen in die Höhe. »Weiß mit roten Augen, wie ich sie mir gewünscht habe.« Er sprach leise, wie mit sich selber.

»Hast du schon einen Platz für sie?« fragte Robert.

Claus Haynau hatte die Szene mit wachsendem Unmut beobachtet. »Verschwinde!« schrie er den Jungen an. »Sofort, oder ich mache dir Beine!«

Der Ziegen-Louis legte die Arme wie schützend um die Verschläge. »Ich glaube, ich habe einen besonders guten Platz«, sagte er zu Robert. »Ich zeig' ihn dir.«

Im Stadel fiel etwas polternd auf die Tenne. »Werft alle Leitern herunter«, schrie eine Männerstimme. »Ewig kann er nicht in den Dachbalken sitzen.«

Der Junge berührte Robert am Arm. Er führte ihn über den Hof zu der Remise, in der die Kutschen standen, die zur Reparatur in der Stellmacherei waren. Das Schiebetor war halb geöffnet. Der Junge zögerte, dann ergriff er Roberts Hand und zog ihn mit sich.

»Das soll ein guter Platz für Kaninchen sein?« Robert sah sich in der Remise um. »Es zieht aus allen Ekken. Hier werden sie eingehen.« Der Junge deutete auf die Kutsche. Sein Gesicht glühte vor Aufregung. Er wollte zu sprechen ansetzen, aber er blieb stumm. Vor dem halboffenen Tor der Remise war einer der Arbeiter aufgetaucht, die, mit Flinten bewaffnet, im Hof Posten standen. Es war Valentin, der Maler, und er versuchte gar nicht, seinen Widerwillen gegen diese Art Arbeit zu verbergen. Allein wie er das Gewehr trug, zeigte, daß er nicht daran dachte, es zu benützen. Als er die Kästen mit den Kaninchen sah, grinste er. Im Hof rief Claus Haynau einen Befehl. Valentin wandte sich ab.

»Die Kutsche«, flüsterte der Junge. »Mach den Schlag auf!«

Die Stimme des Jungen ließ Robert aufhorchen, eine seltsame Spannung erfaßte ihn. Er streckte die Hand aus. Sein Hals wurde ihm plötzlich eng, seine Finger umschlossen den versilberten Türknauf, aber bevor er den Schlag öffnete, wandte er sich noch einmal zu dem Jungen, der neben ihm stand. Der nickte stumm.

Robert kam es vor, als hätten seine Augen noch nie so lange gebraucht, um sich von Licht auf Finsternis umzustellen. Nur allmählich leuchtete aus dem Dunkel des Kutscheninnern das Rot der Polster auf. Auf dem Sitz unmittelbar unter dem Kutscherfenster saß ein Mann. Ein dünner Lichtstrahl streifte die Scheitellinie seines dichten hellbraunen Haars. Im Gesicht des Mannes regte sich nichts. Die Augen waren ruhig auf Robert geheftet. Es war weder Überraschung noch Erschrecken in diesen Augen. Der Deserteur saß wie ein Reisender da, der gelassen das Abgehen der Post erwartet; er blickte Robert ins Gesicht, wie man zusteigende Mitreisende betrachtet, wenn man seinen Platz in der Kutsche bereits eingenommen hat.

Schritte näherten sich. Robert schloß den Schlag. »Für Katzen gibt es nichts Schöneres als Kutschen«, sagte er, sich zu dem Jungen wendend. Im Tor der Remise erschien Valentin. »Nun, wie gefällt Euch das Wappen?«

Robert trat einen Schritt zurück. Der Schlag trug das neue Haynausche Adelswappen: auf tiefrotem Grund ein silbernes Rad, dessen Speichen von zwei gekreuzten Schwertern gebildet wurden.

Valentin, der sich die günstige Gelegenheit nicht entgehen lassen wollte, stellte das Gewehr an die Wand und zog das Schiebetor der Remise ganz auf. »Man muß es im Licht sehen. Es war eine Mordsarbeit. Der alte Lack war gut für die Ewigkeit. Aber es half nichts, er mußte runter.« Er ging um die Kutsche herum und betrachtete seine Arbeit mit Befriedigung. »Wenn Silber nicht die richtige Grundierung hat, ist es nach einer Woche schwarz. Silber braucht roten Bolus als Grundierung, dann bekommt es Feuer.« Er fuhr mit dem Handballen über das Wappen. »Wenn die Sonne darauf fällt, ist es schöner als Gold.« Er stockte, wurde plötzlich verlegen. »Meinen Glückwunsch übrigens.« Er streckte Robert die Hand hin. »Es freut uns alle. Es hat so seine Bewandtnis mit dem Adel. Auch auf unsereinen fällt so ein bißchen Glanz davon. Jetzt schließen sie schon Wetten ab, ob die Haynaus noch höher steigen werden.«

»Zuerst werden wir immer Haynaus bleiben«, sagte Robert mit einem Ausdruck, der Valentin unsicher machte. In seiner Verlegenheit fuhr er wieder mit der Hand über das Wappen auf dem Kutschenschlag.

Robert überlegte angespannt, wie er Valentin weglokken könne, aber dazu mußte auch er sich von der Kutsche entfernen, und er hatte das Gefühl, als sei er mit Stricken an ihr festgebunden. Endlich schob er die Hände in die Rocktaschen und schlenderte zum offenen Tor. Valentin folgte ihm.

Vor dem Tor der Remise blieben die beiden Männer stehen und blickten über den Hof. Vor dem Wohnhaus und den Ställen standen keine Posten mehr; Claus hatte alle verfügbaren Männer in die Scheune geschickt. Sehr gerade saß er auf seinem Pferd, das nervös unter ihm tänzelte.

»Ich brauche zwei Pferde«, sagte Robert zu Valentin.

» Für die Kutsche? Ihr wollt sie selber nach Haynau fahren. Jetzt . . .«

Robert fühlte den Blick des Mannes. »Machst du dir Sorgen um den Lack?«

»Drei Schichten, jede zwölf Stunden getrocknet, wie für ein Schiff.«

»Dann hol die Pferde.«

Valentin, der es sich nicht hatte nehmen lassen, die Pferde selber anzuschirren, hantierte aufreizend langsam. Aber Robert dachte nicht daran, ihn anzutreiben. Jetzt, nachdem die Entscheidung gefallen war, hatte ihn eine Stimmung erfaßt wie am Spieltisch, Sekunden bevor er seine Trümpfe aufdeckte und doch nicht ganz sicher war, ob sie zum Gewinn reichen würden. Vom Bock herunter sprach er mit dem Ziegen-Louis. »Füttere sie nicht zuviel. Löwenzahn, Salat, Karotten, das mögen sie am liebsten.«

»Ich habe ein eigenes Gärtchen für sie. Mein Vater hat es mir geschenkt, weil ich mit meinen Fallen mehr Maulwürfe auf den Feldern erwischt habe, als alle bezahlten Maulwurffänger weit und breit.«

Valentin reichte Robert die Zügel. Wieder ging sein Blick voller Stolz über die Kutsche. »Das Wappen würde sich auch auf den Beschlägen des Zaumzeugs gut machen.« Er bückte sich, um die Bremsklötze von den Rädern zu nehmen.

Robert ergriff die Zügel. »Im Hof steht das Pferd, auf dem ich gekommen bin. Binde es mir hinten an die Kutsche.« Die Pferde zogen an. Langsam rollte das Fahrzeug aus der Remise. Valentin nahm sein Gewehr von der Wand und ging neben der Kutsche her.

Robert hatte große Lust, sich umzuwenden und in das Innere zu spähen. Er versuchte sich den Mann zu vergegenwärtigen, aber es gelang ihm nicht. Er konnte sich nicht besinnen, wie er aussah, wie alt er war, welche Kleidung er trug; nur die Augen hatten sich ihm eingeprägt, diese furchtlosen Augen. An die Möglichkeit, daß der Deserteur in den nächsten Augenblicken irgend etwas machen könnte, was ihn verraten mußte, dachte Robert nicht.

Aus der Scheune drangen die Geräusche der Männer, die noch immer das Heu durchstocherten. Vor dem Tor der Scheune, dessen beide Flügel jetzt weit offen standen, hatten acht Männer einen Halbkreis gebildet.

Claus Haynau war entschlossen gewesen, sich von seinem Stiefbruder nicht noch einmal ablenken zu lassen, aber als er ihn jetzt mit der Kutsche über den Hof kommen sah, vergaß er seinen Vorsatz. »Was soll das?« Wie immer, wenn er sich aufregte, wurde seine Haut fahl.

Robert brachte die Kutsche zum Stehen. »Du erlaubst doch, daß ich die Jungfernfahrt mache, Vater wird sich freuen, wenn er die Kutsche heute schon hat.«

Claus war nicht sofort in der Lage, etwas zu erwidern. Wie bei unzähligen früheren Anlässen entwaffnete ihn auch jetzt wieder Roberts Unbefangenheit. »Das hätte auch jemand von der Stellmacherei tun können«, bemerkte er gezwungen.

»Hast du Angst, ich fahre sie zuschanden?« Robert sah, wie Claus die Knie in die Weichen des Pferdes preßte, um es zur Ruhe zu bringen. Als es nur noch widerspenstiger wurde, zog er die Zügel scharf an. Das Pferd warf den Kopf zurück. Die Trense war schaumbedeckt. »Ich hoffe, du kommst rechtzeitig nach Hause, damit wir vor dem Abendessen noch eine Partie Billard spielen können«, sagte Robert.

Claus konnte Roberts Lächeln nicht widerstehen. »Ich werde mein möglichstes tun.«

Valentin hatte die Stute des Handschuhhändlers an der Kutsche festgemacht. »Alles in Ordnung!« rief er.

Robert schlug die Zügel leicht auf die Rücken der Pferde. Er nickte Claus zu. Die Kutsche setzte sich in

Bewegung. Der Ziegen-Louis lief bis zum Tor mit und blieb dort stehen, bis die Kutsche verschwunden war.

4

Die erleuchteten Fenster der Fährmannshütte blinkten durch die Dämmerung. Zwischen den Erlen, die das Haus und den Kräutergarten umstanden, hingen Fischnetze zum Trocknen. Der Rauch, der vom Schornstein aufstieg, trug den Geruch von Holzkohlen und gebratenem Fisch über die Ufer der Schwalm.

Robert lenkte die Kutsche von der Straße auf die abfallenden Uferwiesen. Von den Pferden fortgerissen, sprang sie in wilden Sätzen über Löcher und Buckel.

Der Fährmann hatte zwar damit gerechnet, daß Robert heute noch einmal kommen würde – in einem sicheren Versteck lagen ein Bündel mit Kleidern und ein Säckchen mit Proviant bereit –, aber als er die Kutsche sah, erschrak er. Er eilte zu Robert, der eben die Bremsen einlegte. »Fahrt wenigstens unter die Bäume! Jeder wird sich an die neue Kutsche erinnern. Das Wappen sticht auch einem Blinden in die Augen.«

»Um so besser. Drei Dutzend Männer haben gesehen, wie ich damit aus der Stellmacherei fuhr. Einer davon war mein Bruder Claus. Hältst du mich immer noch für leichtsinnig?«

»Verrückt seid Ihr! Einmal treibt Ihr es zu weit. Wollt Ihr wahrhaftig sagen, Ihr habt ihn Eurem Bruder abgejagt?«

Robert befestigte die Zügel.

»Sag mir lieber, welchen Fisch hast du heute in der Pfanne?«

»Barben. Im Kelter sind zwei große Forellen.«

»Frag unseren Gast, was er vorzieht.«

Der Fährmann wollte etwas erwidern, aber dann trat er schnell an den Schlag.

Robert saß auf dem Bock, die Augen geradeaus, und lauschte. Er hörte nichts. In seinen Ohren war nur der Schlag seines eigenen Herzens.

»Das hätte ich wissen müssen, daß Ihr mich zum Narren haltet«, kam die Stimme des Fährmanns. »Immer wieder fall' ich auf Eure Späße herein.«

Robert sprang mit einem Satz vom Bock. Er schob Ludolf vom offenen Kutschenschlag weg. Er starrte auf die roten Samtpolster. Er stieg in die Kutsche hinein, aber sie war leer. Schließlich ließ er sich auf dem Tritt nieder. Ein paar Sekunden war er wie betäubt, dann brach er unvermittelt in Lachen aus. »Du weißt, wie ich fahre, Ludolf. Würdest du wagen, während der Fahrt abzuspringen, wenn ich kutschiere?« Er erhob sich wieder, deutete in die Kutsche. »Hier drin saß er! Den sie alle suchen. Der Deserteur! Die Falle war so gut wie zugeschnappt. Ich habe ihn aus der Stellmacherei herauskutschiert. Aber er hat auch mir nicht getraut. Nicht ein einziges Mal bin ich langsam gefahren! Ich bin in einem Zug von der Stellmacherei zu dir – und trotzdem ist er abgesprungen!«

Der Fährmann warf den Schlag zu. Er schüttelte den Kopf. »Allein dieses Wappen hätte Euch zur Vernunft bringen müssen!«

»Jetzt hat es wenigstens so etwas wie eine Feuertaufe. Hol Wasser und Lumpen und hilf mir.«

Der Fährmann blieb vor der Kutsche stehen, versunken in die Betrachtung des neuen Wappens. »Dein Stiefvater hat es weit gebracht. Baron von Haynau. Und Ihr seid jetzt auch von Adel.«

»Du sagst das, als sei es eine Krankheit.«

»Und ausgerechnet in der neuen Kutsche! Ihr werdet Euch nie ändern.«

»Sollte ich das?«

Der Fährmann sah Robert nachdenklich an. »Wenn Ihr wüßtet, wie sehr Ihr Eurem Vater gleicht! Vorhin, als Ihr plötzlich anfingt zu lachen – da war's mir, als hörte ich ihn. Das macht mir angst, auch Ihr könntet das Schicksal einmal zu sehr herausfordern.«

»Ich habe auf dem Alchimistenofen meines Vaters nie etwas anderes gekocht als Teewasser und Eier mit Speck. Aus mir wird nie ein Goldmacher, da kannst du ganz beruhigt sein.«

»So war's nicht gemeint.« Der Fährmann ging ins Haus und holte Wasser, Bürsten und Lappen. Die beiden Männer begannen die Kutsche zu putzen. Nach einer Weile unterbrach Robert die Arbeit. »Hast du meinem Vater damals geholfen bei der Flucht?«

Der Fährmann blickte auf. »Er hatte ja Soerman. Sie waren zu zweit. Sie brauchten keine Hilfe.«

»Aber ihr Kahn wurde drüben auf der Insel gefunden. Jemand muß ihn doch zurückgebracht haben.«

»Ich hätte ihn zurückgebracht, um die Entdeckung ihrer Flucht hinauszuzögern, wenn mich dein Vater darum gebeten hätte. Aber er traute mir wohl nicht.«

»Vielleicht wollte er dich nicht mit hineinziehen.«

Der Fährmann warf den Lappen in den Eimer. »Ich kann ihn nicht mehr fragen. Am Schluß kommt es auf dasselbe heraus. Wahrscheinlich war es mein Glück, daß er mir nicht traute, so wie es ein Glück für dich ist, daß der Deserteur sich in Luft aufgelöst hat.«

Robert machte sich wieder an die Arbeit, aber seine Gedanken umkreisten weiter die Vergangenheit, als seien sie in einen Sog geraten. Wo er jetzt stand, da hatte auch sein Vater gestanden. Er hatte mit dem Fährmann

Worte gewechselt, wie er jetzt. Beklemmend, wie dieser Mann plötzlich aus dem Nichts trat, mit diesem Gesicht, diesem Lachen . . .

Bisher war dieser Vater, den er nie gekannt hatte, nur ein Name gewesen, Robert Skelnik, und die kurze Chronik eines abenteuerlichen Lebens. Die Tatsache, daß sein Vater tot war, hatte ihm bisher auf alle Fragen als Antwort genügt. Mehr noch, sie hatte sein Interesse von vornherein gelähmt. Jetzt plötzlich war der Tod keine Antwort mehr für ihn. Sein Blick ging zur Reiherinsel hinüber. »Als er von der Insel floh, war es November wie jetzt, nicht wahr?«

Ludolf nickte. Er fuhr fort, die Kutsche zu polieren.

»Hör auf damit, es ist gut«, sagte Robert. »Was geschah damals wirklich? Du hast es mir nie richtig erzählt.«

»Du hast nie danach gefragt.« Der Fährmann trat zögernd von der Kutsche zurück. »Es war ein böses Jahr. Ein verregneter Sommer, eine schlechte Ernte und im November eisige Kälte, aber kein Schnee. Die Erde wurde knochenhart, die Wintersaat erfror.« Der Fährmann streifte die Ärmel seiner Wolljoppe, die er zur Arbeit aufgekrempelt hatte, herunter. »Dein Vater floh in der Nacht, in der es zu schneien begann. Er muß es vorausgeahnt haben, denn er verließ die Insel, bevor der Schnee fiel, so daß nirgends eine Spur zu finden war. Sein Kahn lag drüben an der Anlegestelle, wie mit Zukker überstreut.« Eine Weile verfiel Ludolf in Schweigen, wie um der Vergangenheit, die er mit seinen Worten beschwor, Zeit zu geben, aufzuerstehen. »An dem Tag, an dem der erste Schnee lag, kam der Wind von Südwest. Ich sah es an der dünnen Rauchfahne, die über der Insel, dort wo sein Laboratorium war, Tag und Nacht aufstieg. Am nächsten Morgen war die Rauchfahne nicht mehr da. Ich dachte mir nichts dabei, denn hin und wieder ließ er den Ofen für ein paar Stunden ausgehen. Erst am Abend wurde ich stutzig.« Das Gesicht des Fährmanns sah aus, als prüfe er die eigene Erinnerung. »Im Ofen fand man seltsame Schlacken. Die Beamten aus Kassel meinten, daß der Goldmacher uns alle getäuscht habe. Und das Feuer habe achtundvierzig Stunden lang allein vor sich hin gebrannt, bevor es ausging.«

»Hast du je daran geglaubt, daß er Gold machen kann?« Ludolf hob die Schultern.

»Ich weiß nicht, ob dein Vater ein Betrüger war oder ob er nur die Träume der Menschen verwirklichen wollte. Der alte Landgraf hatte Robert Skelnik nach Kassel geholt. Alle Fürsten versuchten es damals mit dem Goldmachen; es war wie eine Seuche. Aber unser alter Landgraf war ein Fuchs; er hatte Robert Skelnik nicht geholt, weil er an Wunder glaubte: Dein Vater hatte ein Rezept gefunden, Münzen umzuschmelzen, aus einem Goldstück konnte er vier machen, ohne daß man es äußerlich oder am Gewicht gemerkt hätte. – Sechzigtausend Goldstücke sollte dein Vater für den Landgrafen umschmelzen und das Vierfache daraus machen. Deshalb wurde das Laboratorium auf der Reiherinsel gebaut. Aber dein Vater hatte eine noch bessere Idee: Er machte sich mit dem ganzen Geld aus dem Staube. Der Landgraf wußte zu verhindern, daß die Geschichte bekannt wurde. Erst nach seinem Tod sickerte die Wahrheit allmählich durch.«

»Sechzigtausend Goldstücke. Ein bißchen viel Gewicht für einen Mann, der flieht.«

»Das Geld war schon eine ganze Weile auf der Insel. Dein Vater hatte Zeit, seine Vorbereitungen zu treffen. Ich wette, als er floh, hatte er nicht mehr als das Reisegeld bei sich. Alles andere hatte er vorher weggeschafft.

Ein paar alte Weiber glauben heute noch, daß der Teufel ihn mitsamt dem Gold geholt hat.«

»Wer war dieser Soerman?«

»Der kam irgendwo aus dem Norden, Schweden oder Norwegen. Es hieß, er sei mit irgendwelchen Truppen herumgezogen, so ein Soldatenkind. Als er hierherkam, war er kaum fünfzehn. Er sprach ein Dutzend Sprachen. Mit deinem Vater redete er nur polnisch. Im Frühjahr nach ihrer Flucht kam die Nachricht, daß sie nicht mehr lebten. Sie waren in Bremerlehe auf einen amerikanischen Segler gegangen, die *Thetis*, die dann vor Neufundland gesunken ist.«

Der Fährmann blickte hinunter zum Fluß, über dem leichte Nebel aufstiegen. Seine Augen schienen andere Dinge zu sehen. »Ich glaube nicht, daß dein Vater damals wußte, was er aufgab. Er hätte deine Mutter nicht verlassen dürfen. Das war sein Fehler. Damit hat ihn das Glück verlassen.«

Robert lauschte auf die Stimme des Fährmanns wie einer Botschaft, die Vergangenheit und Zukunft in sich schloß. Dieser Mann, der nichts besaß außer dem kleinen schilfgedeckten Haus, einem Garten, einem Kahn und seinen Fischnetzen, war der Lehrer seiner Kindheit gewesen. Ludolf hatte ihm die erste Weidenflöte geschnitzt und ihm das erste Grillennest gezeigt, die Laichplätze der Aalruten, die Girlanden verpuppter Raupen in der vom Blitz gespaltenen Eiche. Er hatte ihn die Vogelrufe unterscheiden gelehrt, und wie man ohne Feuerstein Feuer machen kann. Und noch etwas hatte er von ihm gelernt; daß man arm sein konnte und doch freier als alle anderen Menschen.

Der Fährmann fuhr mit der Hand durch die Luft: »Tanzende Mücken, noch so spät im November, das gibt einen milden Winter.«

Robert wandte sich zur Kutsche. »Wenn du von meinem verlorengegangenen Fahrgast etwas siehst oder hörst, gib mir Nachricht.«

»Beschreibt ihn mir.«

Robert überlegte. »Ich habe ihn selber nur einen Augenblick gesehen. Ich kann ihn dir nicht beschreiben, aber du würdest sofort wissen, daß er es ist. Er hat Augen ohne Furcht.«

»Ich werde meine Tür diese Nacht nicht verriegeln.« Ludolf raffte die schmutzigen Lappen zusammen und warf sie in den Eimer. »Sagt Eurer Mutter meinen Glückwunsch.«

»Ich werde ihn ausrichten. Und Dank auch!«

Robert ging zur Kutsche. Als er sich noch einmal umwandte, war der Fährmann nicht mehr zu sehen. Die Nebelschwaden, die von der Schwalm die Uferwiesen heraufwallten, hatten ihn verschluckt.

5

Wie jeden Tag, sobald es dämmerte, ging Anna von Haynau durch das Haus, um die Lichter zu entzünden und die Uhren aufzuziehen. Und wie jeden Tag seit vierundzwanzig Jahren begleitete sie auf diesem Gang die Beschließerin, Frau Retz. Aufmerksam sah sie zu, wie ihre Herrin, ohne einen Tropfen zu vergießen, das Öl aus der Messingkanne in den engen Hals der Lampe laufen ließ. Alles an Anna von Haynau war wie ihre Hände, zart, aber von ruhiger, selbstgewisser Kraft. Sie trug ein maisfarbenes Hauskleid, das am Kragen und an den Ärmeln blaßgrün ausgeputzt war. Ihr Haar wirkte im Halbdunkel schwarz, genau wie ihre Augen, die zu groß waren und zu weit auseinanderlagen für das schmale Gesicht. Eigentlich war auch der Mund zu voll. Und doch war die Summe all dieser Mängel von einem Reiz, neben dem jede vollkommene Schönheit langweilig erschienen wäre.

Mit leisem Gluckern lief das Öl in die Lampe. Der Duft von Pomeranzen und Zitrone stieg auf. Für Frau Retz war das die geheiligte Stunde des Tages: das vertraute Zusammensein mit ihrer Herrin, wenn sie zusammen von Raum zu Raum gingen, begleitet vom Duft der Kerzen und des Öls. Sie konnte jederzeit mit allen Anliegen zu Frau von Haynau kommen, aber die Dinge, die Frau Retz besonders am Herzen lagen, sparte sie sich für diese Stunde auf.

»Ich habe Haushofmeister Lange immer für einen vernünftigen Mann gehalten«, begann sie, »aber seit wir in den Adelsstand erhoben worden sind, ist er wie ausgewechselt. Ein Lakai für die Kerzen, ein Lakai für das Öl, einer für die Uhren, einer für das Silber. So stellt er sich die Zukunft vor!«

Frau von Haynau setzte die Ölkanne auf das Tablett zurück und nahm den Feuerstein. »Lange war deswegen schon bei mir.«

Frau Retz holte tief Luft. Sie besaß die Größe eines Gardegrenadiers; entrüstete sie sich, wuchs sie um noch einen Zoll, und ihre Wangen bekamen das hitzige Rot eines Bratapfels. »Sie haben ihn angehört! Daß er es überhaupt wagt, Sie mit solchem Unsinn zu belästigen. Hat er Ihnen auch gesagt, daß er für die Lakaien, die bei Tisch servieren, neue Livreen wünscht?«

»Er hatte den Schneider bereits für morgen bestellt.«

»Und?«

»Ich bat ihn, den Schneider wieder abzubestellen.«

Frau Retz nickte befriedigt. »Lange ist übergeschnappt. Zwei Pagen, nur um hinten auf der Kutsche zu stehen! Für die Küche zusätzlich einen Patissier, einen Konfiseur. Er redet nur noch von den Einladungen, die wir von nun an geben werden.«

Die beiden Frauen traten in die Galerie. Die hohen Fenster schimmerten in tiefem Blau. Der Park, am Tag eine ferne Silhouette, war ganz nahe gerückt, in einzelne Bilder zerschnitten, jede Kontur überscharf in das dunkle Glas geritzt.

Den ganzen Tag über war der Schritt von Frau Retz so laut, daß man überall im Haus wußte, wo sie sich gerade aufhielt. War sie jedoch mit Frau von Haynau zusammen, trat sie so leicht auf wie diese und versuchte auch, ihre Stimme dem Ton der Herrin anzugleichen. Heute war sie so aufgebracht, daß sie einfach laut reden mußte. »Alles will er umkrempeln! Der Park ist ihm zu einfach, das Haus zu bürgerlich, die Fenster zu schmucklos, die Treppen zu schmal. Am meisten ereifert er sich über die alten Fußbodendielen. Ginge es nach ihm, würde er das ganze Haus abreißen und nach seiner Vorstellung in Marmor, Stuck und Kristall wieder aufbauen. Ich hab' ihn gefragt, ob er nicht weiß, wie man in solchen Palästen friert, wie schlecht man speist und wie unpünktlich die Löhnung ist.«

Frau von Haynau nahm die niedergebrannten Kerzen aus dem Konsolen-Leuchter und ersetzte sie durch neue. »Lange ist eben stolz darauf, daß er endlich ein adeliger Haushofmeister ist!«

»Sogar seinen Namen will er ändern! Einen französischen Akzent will er sich auf sein E machen. Es dürften nur noch Leute angestellt werden, die Französisch sprechen, hat er heute mittag verkündet, vor allem für den Haushalt in Kassel. Da hat Gilbert es ihm aber gegeben! ›Ich habe beim Bischof von Straßburg Kochen gelernt und habe von der Zunft in Straßburg meinen Meisterbrief, und nun sag du mir, Lange, wo hast du die Haushofmeisterei studiert und wo ist dein Meisterbrief?‹ Ja, der Gilbert redet so fein, wie er kocht. Er wird bestimmt nicht zu Ihnen gelaufen kommen und verlangen, den Küchenetat auf das Doppelte zu erhöhen. Wenn Gilbert etwas Neues will, dann hat das Hand und Fuß. Was er aus der alten Küche gemacht hat!«

»Du hast nicht immer so gedacht.« Anna von Haynau lächelte. Es war nur ein leichtes Öffnen der Lippen, ein Aufleuchten der Augen. Etwas Mutwilliges kam dadurch in ihr Gesicht, das sie sehr jung machte. Mit diesem Lächeln regierte sie das Haus. All die kleinen Schwierigkeiten unter den Angestellten, die Eifersüchteleien, Fehden und Tratschereien verflüchtigten sich davor.

»Nun, alle sind damals erschrocken, als in der Küche plötzlich mehr Maurer als Köche waren«, verteidigte sich Frau Retz. »Immer hatte es *eine* Küche getan, warum brauchte er drei, eine kalte, eine süße und eine warme? Aber jetzt könnte ich stundenlang darin herumgehen und ihm bei der Arbeit zusehen. Und die Idee mit dem Vorplatz; seitdem riecht es im Haus nie mehr nach Essen. Daß ich es nicht vergesse, Gilbert wünscht Sie wegen des Abendessens zu sprechen.«

Die Frauen waren in der Mitte der Galerie angelangt, da, wo sie sich zu einem halbrunden Platz öffnete, der in die breite Treppe zum Erdgeschoß mündete. Frau von Haynau legte die Dochtschere auf das Tablett zurück. Die eine Seite der Galerie war von den Kerzen erhellt, die andere lag noch im Halbdunkel, es gab keine Spiegel und keine kunstvoll gerafften Vorhänge auf Haynau. Die fünfarmigen Leuchter waren nicht aus Silber oder Gold, sondern bronzierte Schmiedearbeit. Die Konsolen, auf denen sie standen, waren so robust, daß man sie bei Einladungen zusammenschieben und das kalte Büfett darauf servieren konnte. Die Dielen hatten den rötlichbraunen Goldton alten, oft mit Wachs eingelassenen Eichenholzes. Die Leinenvorhänge, ursprünglich rosenholzfarben, waren im Lauf der Jahre verblichen. Nichts hatte sich verändert seit dem Tag, an dem ihr Oheim sie als Neunjährige zu sich ins Haus genommen hatte, nachdem ihr Vater und Mutter in der Pocken-Epidemie des Jahres 1742 gestorben waren. Hier in der Galerie hatte sie sich vor ihrem ersten Ball nach einem französischen Lehrbuch selber die Tanzschritte einstudiert. Dort, von dem Mittelfenster der Galerie aus, hatte sie zum erstenmal Robert Skelnik erblickt. Über diese Treppe war sie ihm entgegengegangen am Tag ihrer Hochzeit. Über diese Treppe war auch der alte Landgraf geschritten, als er kam, um sie für die Tat ihres Mannes zur Verantwortung zu ziehen und ihren gesamten Besitz zu konfiszieren.

Anna von Haynau ging auf die Treppe zu. Auf der ersten Stufe blieb sie plötzlich stehen. »Nein«, sagte sie, indem sie die Arme ausbreitete, als wolle sie alles umfassen. »Wir werden kein Schloß daraus machen!« Sie stand zwischen Licht und Schatten, eine Frau von untadeligem Wuchs und jener ergreifenden Schönheit, die in manche Frauengesichter erst mit den Fältchen um die Augen und den Mund einzieht. Frau Retz aber sah sie in diesem Augenblick anders. Für sie stand dort die Neunzehnjährige, der man die Nachricht gebracht hatte, daß ihr Mann mit seinem Gehilfen von der Reiherinsel verschwunden war und mit ihnen die sechzigtausend Goldstücke des Landgrafen. Damals, nachdem die Untersuchungsbeamten wieder gegangen waren, hatte sie die gleiche Geste gemacht wie eben jetzt, als wolle sie das

Haus mit ihren Armen umfassen, weil sie nichts anderes hatte, an das sie sich hätte halten können.

So tief sich dieser Augenblick in Frau Retz eingeprägt hatte, so tief verwurzelt war auch die Furcht, daß eines Tages wieder etwas Ähnliches geschehen könnte. Was sich damals abgespielt hatte, war nur ein Beginn gewesen, der erste Akt eines Dramas. Irgendwann mußte der zweite Akt kommen. Es gab Gesetze des Schicksals, denen alle Menschen unterworfen waren, auch diejenigen, die stärker zu sein schienen. Die Frau, die dort stand, war emporgestiegen, wo andere gestrauchelt wären; sie war jung geblieben, während andere gealtert waren. Es war, als habe sie einen Pakt mit dem Glück geschlossen, aber jeder Pakt lief einmal ab. Frau Retz entsetzte sich vor ihren eigenen Gedanken, und dennoch blieb jene schreckliche Neugier in ihr wach, die danach verlangte, die Alpträume der Phantasie Wirklichkeit werden zu sehen.

Es war ihr Haus, aber wenn Anna von Haynau die Küche betreten wollte, konnte sie nicht einfach die Tür aufmachen, sondern mußte eine Klingelschnur ziehen. Darin war Gilbert ein Tyrann. Die vielfältigen Gründe, die er dafür anführte, daß die Küche so unzugänglich wie eine Schatzkammer sein müsse, reichten von der dramatischen Schilderung eines zarten Hefeteigs, dem ein kalter Luftzug das Lebenslicht ausblies, bis zu dem breitausgemalten Vergleich, daß Speisen, ähnlich wie Frauen, nur dann wahres Entzücken hervorrufen konnten, wenn kein fremdes Auge sie während ihrer »Zubereitung« beleidigt hatte.

Gilbert erschien selbst hinter dem kleinen Guckfenster. Schweigend öffnete er und führte Frau von Haynau in die »Süße Küche«, die sehr klein, sehr verspielt und sehr wohnlich war. Er bot der Herrin einen Stuhl an, aber sie trat an den Tisch, auf dem Kuchenformen in allen Größen zu Pyramiden aufgebaut waren. »Sie haben wieder neue bekommen?« Sie griff nach einer kleinen braunglasierten Form aus Porzellan.

»Madame, Sie wissen, ich belästige Sie nur in äußersten Notfällen.« Gilbert verstummte und wartete, bis Anna von Haynau die Form zurückgelegt hatte und sich ihm zuwandte.

»Was gibt es, Gilbert?«

»Eine Katastrophe, gelinde gesagt, und das ausgerechnet heute. Madame, ich brauche Ihren Rat. Der erste Gang ...«

»Ich meine, wir haben uns auf Aalruten geeinigt.«

Gilbert nickte. »Dieser vermaledeite Deserteur hat alles über den Haufen geworfen; kein Mensch war mehr da, um unsere Aalruten zu fangen, alle sind hinter dem Deserteur her. Hätte ich es nur geahnt – ich wäre das Wagnis eingegangen und hätte die Fische schon am Morgen fangen lassen. Sie wissen, der Herr Baron schmeckt einem Fisch jede Stunde im Kelter an. Weiß Gott, es stimmt. Fische und Krebse sollten aus dem Fluß auf den Tisch. Meine letzte Hoffnung war Herr Robert, er kennt die vorzüglichsten Angelplätze, aber auch er war wie vom Erdboden verschluckt.«

»Sie werden einen Ausweg finden, ich bin ganz sicher.«

»Ich bin zu niedergeschlagen, um noch denken zu können.«

»Vielleicht kommt mir bei einer Tasse Bouillon eine Idee.«

Gilbert wußte nicht, ob er sich geschmeichelt oder verletzt fühlen sollte. Wie konnte sie jetzt an Bouillon denken! Für Frauen war ein Menü eben nur eine Folge verschiedener Speisen. Daß es dabei, wie in einem Gedicht, auf jede Silbe, auf jeden Reim ankam, das verstanden nur wenige. Er öffnete die Tür zur »Warmen Küche«. »Klare Bouillon, in der Tasse der gnädigen Frau!« Es dauerte nicht eine Minute, bis der Küchenjunge erschien. Er hielt Frau von Haynau das ovale Tablett hin. Neben der Suppentasse standen zwei Muschelschalen, eine mit Schnittlauch, die andere mit geriebenem Muskat.

Gilbert wartete mit gesenktem Kopf. »Wie wäre es mit Lauchsuppe?« hörte er die Stimme der Frau.

Lauchsuppe. Gilbert starrte ins Leere, wie ein Feldherr, der eine ins Wanken geratene Armee neu zu ordnen versucht. Sein Gesicht hellte sich auf. »Ja, das ist es. Großartig! Ich danke Ihnen, Madame. Mein Hirn war wie vernagelt. Für Lauchsuppe schenkt der Herr Baron jede Vorspeise her. Und sie ist ideal vor dem Frischlingsbraten.«

»Ich bin nur Ihre Schülerin, Gilbert. Doch, doch, manchmal hätte ich Lust, noch richtig kochen zu lernen. Als junges Mädchen hätte man mich prügeln können, ich wäre nicht in die Küche gegangen!«

»Wenn Sie mir die Bemerkung erlauben, früher war das hier keine Küche, sondern eine Schmiede. Meine erste Garküche in Straßburg war klein wie ein Alkoven, aber die ganze Stadt sprach davon. Meine zweite Küche hatte die Größe eines Boudoirs, die dritte die eines Salons. Das ist das äußerste. Eine Küche ist eine Art Studierstube. Ist sie zu groß, verfliegt die Inspiration. Sehr gut, ja, das paßt: Lauchsuppe mit süßem Rahm.«

»Morgen um zehn erwarte ich Sie wegen des Küchenplans für die nächsten vierzehn Tage.«

Gilbert machte eine kleine Verbeugung. »Wir haben

wieder einmal Überschuß.« Er führte sie zur Tür. Beim Weggehen hörte sie, daß er beide Riegel vorlegte, und sie mußte lächeln.

In der Wäschekammer duftete es wie auf einer Lavendelwiese in der Mittagssonne. Frau Retz erschien hinter einer offenen Schranktür. »Die Tischwäsche mit den Lilien oder mit den Rosen? Ich habe schon gedacht, Gilbert läßt Sie überhaupt nicht mehr weg.«

»Sie sollten sich zwischendurch eine Tasse Bouillon holen.«

»Damit ist es vorbei. Letzte Woche war ich in Treysa bei Hieronymus Semler. Wegen meiner fliegenden Hitzen. Er meinte, Handauflegen nütze da nichts, ich solle weniger essen, vor allem keine Bouillon. Auch keinen Kaffee und keinen Wein trinken. Brunnenwasser wäre das beste. Auf dem Heimweg bin ich beim Apotheker in Ziegenhain vorbei. Der hat die Hände über dem Kopf zusammengeschlagen. Er wird mir jetzt alle sechs Wochen Schröpfköpfe aufsetzen.«

»Warum haben Sie nicht längst mit Doktor Crusius gesprochen? Er kommt doch oft genug aus Kassel zu uns herüber.«

»Jetzt versuche ich es einmal mit dem Schröpfen. Der Crusius ist mir zu gelehrt. Der gebraucht immer Worte, die ich nicht verstehe. Welche Wäsche nehmen wir nun?«

Frau von Haynau öffnete den Schrank, in dem die ungenähten Stoffe lagen. »Vielleicht besänftigt das Haushofmeister Lange ein wenig?« Sie reichte Frau Retz eine Serviette. »Betrachten Sie es genau und so kritisch, als käme es aus der Werkstatt der Robel in Kassel.«

Frau Retz hob die Serviette an die kurzsichtigen

Augen. »Das Wappen! Selbst gestickt?« Sie fuhr mit der Spitze des kleinen Fingers über die Stickerei. »Wann haben Sie das nur gemacht?«

»Am Morgen, in den Stunden zwischen Ausritt und Frühstück.«

»Ich könnte keine Nadel einfädeln um diese Tageszeit. Das Muster haben Sie selbst entworfen?«

»Claus hat mir dabei geholfen. Das Ganze war seine Idee. Er hat die Vorlage von einem Heraldiker anfertigen lassen. Ist Claus eigentlich schon zurück?« Frau von Haynau sah, wie Frau Retz die Lippen aufeinanderpreßte. Aber sie konnte die Tränen nicht mehr zurückhalten. »Verzeihen Sie«, murmelte sie, »es ist unbeherrscht von mir, aber schon den ganzen Nachmittag kämpfe ich dagegen an. Die Jagd auf den Deserteur ... ich muß einfach die ganze Zeit daran denken, wie es damals bei meinem Sohn war. Dreimal haben sie ihn Gassenlaufen geschickt.« Sie stockte, aber sie mußte es aussprechen, immer wieder und wieder seit zwölf Jahren, sonst erstickte sie daran. »Ich kann nicht mehr beten seitdem«, sagte sie gepreßt. »Ich habe es immer wieder versucht, aber dann sehe ich ihn, wie sie ihn gebracht haben, nur noch zerschlagenes Fleisch.«

Frau Haynau schwieg. Es war der einzige Sohn von Frau Retz gewesen. Dreimal war er von der Festung desertiert. Beim dritten Mal hatte es ihn das Leben gekostet. Hier im Haus war er gestorben. Sie berührte Frau Retz leise am Arm. »Ich verstehe Sie. Ich könnte es auch nicht vergessen.«

Frau Retz nahm die Tischwäsche auf. Schweigend verließen die Frauen die Wäschekammer. Sie waren auf halbem Weg zum Speisezimmer, als sie die Kutsche auf dem Hof hörten. Pferdegetrappel, knirschende Bremsen, Männerstimmen und dann ein Lachen. Frau von

Haynau blieb stehen und lauschte. »Es scheint Robert zu sein, der da kommt.«

»Ich mach' schon allein fertig«, sagte Frau Retz. »Für Sie wird es Zeit zum Umziehen.« Sie wollte weitergehen, aber dann wandte sie sich noch einmal um. »Wenn Herr Claus zurückkommt und wenn sie den Deserteur nicht haben – lassen Sie ihn nicht noch einmal gehen, bitte.«

Frau von Haynau nickte. Sie raffte den Rock und schritt die Treppe hinauf. Während sie die Galerie entlangeilte, an deren Ende ihre Räume lagen, hörte sie ihren Ältesten draußen lachen. Er lachte wie sein Vater Robert Skelnik, der Goldmacher. Der hohe Wuchs, die Augen, die, je nach dem Licht, einmal blau waren und einmal grün, das Haar, das nicht blond war, sondern golden: es war mehr als Ähnlichkeit. Zug um Zug war Robert das vollkommene Abbild seines Vaters. Er lief die Absätze an derselben Stelle ab; trotz hartnäckiger Bemühungen, ihm das abzugewöhnen, hatte er beim Essen die linke Hand unter dem Tisch; er schlief in derselben sprungbereiten Haltung, leicht nach rechts gedreht, das eine Bein ausgestreckt, als schnelle er sich damit ab, das andere zum Sprung angewinkelt. Seit dreiundzwanzig Jahren beobachtete sie diese Dinge, und sie waren immer noch ein Mysterium für sie, ein Mysterium, das sie zugleich glücklich und ängstlich machte.

Die Flammen der Kerzen in den Wandleuchtern bewegten sich leise, als sie vorüberschritt. Ihr Rock streifte raschelnd über die Dielen. In den Fenstern der Galerie auftauchend und verschwindend, begleitete sie ihr Spiegelbild. Sie wußte noch nicht, was sie heute abend anziehen würde. Sie hatte sich nichts Neues anfertigen lassen für diesen Tag. In der nächsten Zeit würde sie noch genug Anproben über sich ergehen lassen müssen. Für die

Verpflichtungen am Hof von Kassel, die sie diesen Winter erwarteten, waren selbst die vornehmsten ihrer Kleider noch zu einfach. Auch ihre Männer würden sich neu ausstaffieren lassen müssen. Die Kasseler Hofgesellschaft hatte scharfe Augen und noch schärfere Zungen, wenn es um eine neugeadelte Familie ging.

Sie öffnete die Tür zu ihren Räumen und blickte als erstes zu dem großen Sessel vor dem Kamin, um den sich Robert und Claus schon als Kinder gestritten hatten, aber er war leer. Sie ging zum Tisch, auf dem die Patiencekarten ausgebreitet lagen, und schob sie mit beiden Händen zusammen. Dann fiel ihr Blick auf die Obstschale. Als sie das Zimmer verlassen hatte, war auf der Spitze der Früchtepyramide eine Birne gelegen – oder irrte sie sich? Von nebenan kam ein Geräusch, das Klappern von Kleiderbügeln, die hin und her geschoben wurden. Anna von Haynau öffnete die Tür zum Ankleideraum. Der große Schrank stand offen. Jetzt bewegte sie sich. Noch ehe der Mann dahinter hervortrat, hatte Anna von Haynau ihn im Stehspiegel erblickt.

Als sei er es, der hier zu Hause war, trat er in den Raum, wandte sich ihr zu, wie um zu sehen, wer ihn störte. Er verneigte sich leicht. »Ich hoffe, Sie sind noch immer so wenig furchtsam wie früher. Ich hielt es nicht für ratsam, mich anzumelden.« Er sprach so gelassen, wie er dastand. Nur der aufgerissene Ärmel seiner Jacke deutete darauf hin, daß er wahrscheinlich nicht die Treppe benützt hatte, um ins Haus zu gelangen, und auch nicht in einer Kutsche vorgefahren war. Seine Stiefel waren schmutzig, sein hellbraunes dichtes Haar war stumpf vor Staub.

Nichts an ihm war so, wie Anna von Haynau es in Erinnerung hatte, bis auf seine Augen. Seine Augen hatten nichts eingebüßt von ihrer Furchtlosigkeit.

»Soerman!« Sie ging auf ihn zu, hob die Hand, als wolle sie ihn berühren, um sich zu vergewissern, daß er wirklich aus Fleisch und Blut war. Es war unfaßbar. Der Mann, der da vor ihr stand, war ein Toter.

»Sie erlauben, daß ich die Tür des Salons abschließe?« Seine Bewegungen verrieten, daß er Übung darin hatte, in fremde Häuser einzudringen, sich zu verstecken, zu fliehen. »Gibt es sonst noch eine Tür?« fragte er.

»Nein.«

»Ich danke Ihnen, daß Sie es so ruhig aufnehmen.« Sein Lächeln verschärfte die spöttische Melancholie, die der natürliche Ausdruck seines Gesichts war. »Ich hätte Ihnen diese Überrumpelung gern erspart, aber ich hatte nur die Wahl zwischen Ihnen und Ihren Söhnen. Der eine setzt alles daran, mich auf die Festung zurückzubefördern. Der andere ...«

»Sie sind der Deserteur von der Festung Ziegenhain?«

»Ich habe den Landgrafen heute fünf Salven Pulver gekostet, und, wie gesagt, einer Eurer Söhne hätte sich mit mir fast eine Auszeichnung verdient. Der andere dagegen schien Lust zu verspüren, mir beim Spießrutenlaufen Gesellschaft zu leisten, als Helfershelfer eines Deserteurs. Ich zog es vor, mich beiden zu entziehen und Euch um Hilfe zu bitten. Ich wußte nicht, wieviel Eure Söhne von der Vergangenheit wissen.«

Er war es also, Soerman, den sie dreiundzwanzig Jahre lang für tot gehalten hatte. Vor dreiundzwanzig Jahren hatte sie die Nachricht erhalten, daß Robert Skelnik und Freder Soerman auf dem amerikanischen Segler *Thetis* in einem Sturm vor Neufundland ums Leben gekommen waren.

Wenn Freder Soerman lebte, dann ... Ihre Gedanken

glichen einem Pferd, das sich plötzlich scheut, eine Hürde zu nehmen. Sie trat einen halben Schritt auf Soerman zu: »Was ist mit Robert Skelnik?«

»Es ist besser, Sie schließen die Vorhänge«, sagte der Mann.

Jetzt hörte auch sie den Lärm im Hof. Sie trat ans Fenster. In der Allee huschten Windlichter hin und her. Ein Trupp Reiter kam die Auffahrt herauf. Sie ritten zu den Ställen. Über das Stimmengewirr und den dumpfen Schlag der Hufe erhob sich scharfes Hundegebell. Ein Reiter löste sich aus dem Trupp, kam aufs Haus zugesprengt. Sie erkannte Claus. Sie wartete darauf, daß er den Kopf heben und ihr Fenster suchen würde, aber heute vergaß er es.

Anna von Haynau zog die Vorhänge zu. Sie mußte Freder Soerman vor Claus verbergen. Dann dachte sie an Robert, und plötzlich schien ihr kein Platz im Haus sicher genug. Denn Robert durfte – um seinetwillen! – dieser Vergangenheit, die Soerman hieß, keinesfalls noch einmal begegnen.

6

Im Schein der Windlichter glich die Eichenallee einem unterirdischen Gewölbe. Die Gestalten, die daraus hervorkamen, bewegten sich seltsam langsam und unsicher, als wären Roß und Reiter blind. Trotz der Witterung der nahen Ställe und der lauten Rufe der Knechte gingen die Pferde im Schritt.

»Die Weste«, sagte der junge hochaufgeschossene Diener hinter Robert zum zweiten Mal. Ohne vom Fenster wegzutreten, streckte Robert die Arme aus, damit

Adrian ihm die Weste überstreifen konnte. Roberts Zimmer lag günstiger als das seiner Mutter, von hier ließ sich die Rückkehr des Reitertrupps besser beobachten. Es war das Eckzimmer im linken Flügel des Mitteltrakts; von hier aus konnte man nicht nur den ganzen Vorplatz, sondern auch die Auffahrt und den Hof der Stallungen übersehen. »Du kannst gehen«, sagte Robert über die Schulter.

»Bleibt Ihr diesmal länger auf Gut Haynau?«

»Wenn du mich an mein Versprechen erinnern willst – ich nehme dich mit auf meine Reisen, sobald du achtzehn bist.«

»Ich bin jetzt schon größer als die meisten Achtzehnjährigen.«

»Ich möchte dich als Sekretär mitnehmen, nicht als Diener.«

»Seit Wochen erledige ich für Euren Vater die französische Post.«

»Wenn du in Englisch und in Buchführung genausoweit bist, reden wir weiter.«

»Wenn ich nun beides schon vor meinem achtzehnten Geburtstag beherrsche?«

»Das Handeln brauchst du auf jeden Fall nicht erst zu lernen.«

Ohne sich umzusehen, wußte Robert, daß Adrian jetzt grinste, halb frech, halb verlegen. Die große Zahl seiner »Findelkinder« – zugelaufene Hunde, aufgepäppelte Kitze, handzahme Nachtigallen – hatte Robert vor drei Jahren mit Adrian vervollständigt, diesem entsprungenen Gymnasiasten, den er, fast erfroren und verhungert, auf einer Straße in der Nähe von Utrecht aufgelesen und mit nach Haynau gebracht hatte.

»Alles liegt bereit«, sagte Adrian.

Robert nickte nur und knöpfte die Weste zu. Reiter

nach Reiter tauchte aus der Dunkelheit auf. Claus war bei den letzten. Neben seinem Pferd lief eine Meute Schweißhunde, die plötzlich ein wütendes Gebell begannen.

Claus galoppierte auf das Haus zu. Im Lichtkreis der Kandelaber stand die Kutsche, die Robert von der Stellmacherei herübergebracht hatte. Claus schwang sich aus dem Sattel. Aus dem Dunkel tauchte ein Knecht auf, nahm das Pferd. Einen Augenblick zögerte Claus, dann trat er an die Kutsche und öffnete den Schlag.

Voller Spannung sah Robert zu. Daß Claus mit seiner Jagd keinen Erfolg gehabt hatte, auch in den letzten zwei Stunden nicht, das war schon daran zu erkennen, wie der Trupp heimkehrte. Das Spiel ging also weiter. Warum nicht? Bei der Vorstellung allerdings, daß Claus im nächsten Augenblick in der Kutsche etwas entdekken könnte, das der Deserteur dort verloren haben mochte, kamen Robert Bedenken, ob das Ganze nicht doch mehr war als nur ein Spiel. Er machte sich Vorwürfe, daß er so nachlässig gewesen war, die Kutsche nicht selber genau zu untersuchen.

Claus warf den Schlag zu und ging zum Haus. Ein Bein zog er schleppend nach; nur wenn er sehr müde oder sehr enttäuscht war, merkte man ihm die alte Knieverletzung so stark an.

Robert trat vom Fenster zurück. Er mußte wissen, ob Claus etwas in der Kutsche aufgefallen war.

Zwei Diener schleppten Körbe mit Apfelholzscheiten ins Speisezimmer. Als sich die Flügeltüren öffneten, sah Robert Haushofmeister Lange, ganz in Silbergrau, mit weißgepudertem Haar; mit hoher näselnder Stimme gab er seine Anweisungen. Hinter einer anderen Tür kommandierte Frau Retz. Aus dem Billardzimmer kam kein

Geräusch, aber Robert war sicher, Claus dort anzutreffen.

Er trat in den dämmerigen Raum. Auf dem grünen Filz lagen die Kugeln dicht nebeneinander. Claus, das Queue in der Hand, blickte von seinem Spiel auf. Er war in einer Stimmung, in der ihn alles reizte. »So elegant«, bemerkte er spöttisch. »Rostrot und Pflaumenblau. Die Farben, die man diesen Winter in Paris trägt. Solltest du plötzlich deinen Sinn für Mode entdeckt haben, oder ist das der Einfluß einer schönen Holländerin?«

Robert empfand Erleichterung; Claus hatte in der Kutsche nichts gefunden. So kompliziert er war, diese Art der Verstellung lag ihm nicht. Er wäre mit seiner Entdeckung sofort herausgerückt. Robert sah an sich hinunter. »Ich habe nur deine Ermahnungen von heute nachmittag beherzigt.«

»Seit wann gibst du soviel Geld für den Schneider aus?«

»Ein Zufall. Ich mußte Spielschulden eintreiben, beim Zunftmeister der Amsterdamer Schneider. Als ihm das Bargeld ausging, spielte er um Kleider. Für die nächsten fünf Jahre bin ich ausstaffiert, Strümpfe und Schuhe inbegriffen.«

»Du verlierst wohl nie?«

»Gewinnen macht mir mehr Spaß. Bisher wenigstens.«

Claus blickte mit einem verbissenen Ausdruck auf den Tisch. Robert tat es plötzlich leid, daß er ihm in der Stellmacherei den Deserteur weggeschnappt hatte. Für ihn war alles nichts weiter als ein Spiel gewesen, aber für Claus war es Ernst. Vielleicht brauchte man gesunde Glieder, um so leichtsinnig leben zu können wie er. Alles, was er an Claus manchmal nicht verstand, seine Gereiztheit, seine Verletzbarkeit, sein übertriebener

Ehrgeiz, erklärte sich aus seiner körperlichen Behinderung. Er hätte daran denken müssen. Auch wenn er nicht billigen konnte, was Claus tat, hätte er ihm nicht in den Rücken fallen dürfen. »Du willst nach dem Abendessen noch einmal hinaus?« fragte Robert.

»Sonst hätte ich mich umgezogen.«

»Das wird Vater nicht passen. Es ist schließlich ein besonderer Tag für ihn. Da will er die Familie vollzählig um sich haben.«

»Wenn er dich hat, wird er gar nicht merken, daß ich weg bin.«

Robert sah im Licht der tiefhängenden Lampen nur die Hände seines Stiefbruders, die das Queue hielten. Sie schienen ruhig, aber der Stock zitterte. Robert trat an den Ständer und suchte sich einen Billardstock aus.

»Um was spielen wir?« Es war Claus, der das Schweigen brach.

»Ich mach' dir einen Vorschlag: Gewinnst du das Spiel, gehe ich mit dir.«

Claus starrte auf den Tisch. Er nahm die Kugeln und warf sie ein. Für einen Augenblick tauchte sein Gesicht in die Helligkeit. Das kleine Stück Kreide zerbröckelte, als er die Kappe des Queues damit einrieb.

Für eine Weile war nur das Zusammenschlagen der Elfenbeinkugeln zu hören und das Knirschen der Kreide. Allmählich entspannte sich Claus; etwas von der selbstverständlichen Vertrautheit, die sie während ihrer Kinderzeit verbunden hatte, breitete sich zwischen ihnen aus. Da gab es keine Erinnerung, die einem von ihnen allein gehörte – bis zu dem Tag, an dem Robert die Reiherinsel entdeckt und in Besitz genommen hatte.

Draußen begannen die Hunde, die kurze Zeit geschwiegen hatten, wieder zu bellen. »Glaubst du, daß wir eine Chance haben, bei Nacht?« sagte Robert.

»Es war töricht, die Bauern mitzunehmen. Sie stehen mit blinden Maulwurfsaugen vor dir, du mußt sie stoßen, damit sie sich rühren – und dabei lauern sie nur darauf, dem Deserteur zu helfen.«

»Es sah aus, als hättest du ihn schon in der Stellmacherei.« Keiner wußte, was im anderen vorging; sie waren wie Fremde, die einander abschätzten und nicht sicher waren, ob sie nicht im nächsten Augenblick Feinde sein würden.

»Die haben mich hereingelegt«, sagte Claus. »Der Deserteur war nie in der Scheune. Das soll mir eine Lehre sein. Auf dem Heimweg bin ich Kommandant Rall begegnet. Ich habe mir von ihm die Schweißhunde ausgeliehen. Sie haben die Witterung des Deserteurs.«

Robert klopfte mit dem Stock auf den Rand des Tisches. »Dein Spiel.«

Claus versuchte, sich zu konzentrieren, aber es gelang ihm nicht. Nach dem dritten Punkt lagen die Kugeln in einer so ungünstigen Stellung, daß ihm der nächste »Ball« mißlang. »Das wird dein Spiel.«

»Wir haben eben erst angefangen.«

Claus sah seinem Stiefbruder zu. Robert hantierte mit dem Birnbaumqueue sehr leicht, sehr ruhig. Die Stöße kamen weich, aber unfehlbar. Er machte einen Gewinnpunkt nach dem anderen. Die alte Bewunderung für Robert gewann in Claus wieder die Oberhand. »Wenn wir zusammen losgegangen wären, hätten wir ihn jetzt.«

Robert antwortete nicht. Sein Spiel wurde schneller, aber die Serie riß nicht ab.

Der große Bruder, der alles besser konnte – so weit Claus auch zurückdachte, sein Leben war nichts anderes gewesen als der ununterbrochene Versuch, wie Robert zu sein. Als Junge hatte er es nicht erwarten können, bis auch er endlich ein Pony bekam. Er war geritten, bis er keinen heilen Knochen mehr im Leib zu haben glaubte; es hatte ihm nicht genügt, genauso sicher im Sattel zu sitzen wie Robert, er hatte ihn übertreffen wollen. Heimlich hatte er sich auf einer Wiese Hindernisse aufgebaut. Damals war das mit dem Bein passiert. Das rechte Kniegelenk war nicht mehr ganz beweglich seit diesem Sturz, bei dem das Pferd ihn unter sich begraben hatte. Ein halbes Jahr hatte er gelegen. Robert war dauernd bei ihm gewesen, hatte ihm vorgelesen, hatte immer neue Spiele erfunden. Wenn Claus sich daran erinnerte, schien ihm, als sei dieses halbe Jahr die glücklichste Zeit seiner Kindheit gewesen, eine Zeit, in der sein quälender Ehrgeiz, es Robert gleichzutun, geruht hatte. Nachher war es dafür um so schlimmer geworden. Sich mit Robert zu vergleichen, sich mit ihm zu messen, war die Triebkraft aller seiner Handlungen geworden. In diesem Ehrgeiz, wie der Bruder zu sein, war etwas wie Feindschaft verborgen, ein dumpfes Verlangen, ihn zu besiegen.

Robert stand über den Tisch geneigt, das Queue zwischen Mittel- und Zeigefinger der linken Hand balancierend. Langsam zog der Ball über die grüne Fläche, berührte die Bande, streifte den roten Ball und rollte ins Leere.

Claus runzelte die Stirn. »Seit wann verstößt du so leichte Bälle?«

»Immer, wenn ich dreißig voraus bin.«

Claus ging um den Tisch und suchte eine günstige Stellung.

»Wer ist der Deserteur?« hörte er Robert fragen. »Weiß man es?«

»Du erinnerst dich an den Überfall, der so viel Staub aufgewirbelt hat, im Wald zwischen Löhlbach und Treysa ist es passiert. Nein? Jedenfalls, der Schutzjude

Veitl Lesser war mit seiner Frau und seinem Knecht auf dem Weg nach Kassel. Eine Räuberbande hat ihn überfallen und zweitausendfünfhundert große Goldstücke erbeutet. Anstatt den Juden laufenzulassen, haben sie ihn, seine Frau und den Knecht gefesselt und in die ausgeleerten Warenkisten gesperrt. Die Kisten haben sie auf den Wagen geladen und die Pferde in das Dickicht des Waldes getrieben.«

»Was hat der Deserteur damit zu tun?«

»Ein paar Tage nach dem Überfall hat der Jude einen der Männer beim Schmied in Ziegenhain erkannt. Der aber ist ein Judenhasser. Er dachte nicht daran, den Räuber an den Galgen zu liefern, er verkaufte ihn lieber den Werbern, da bekam er noch etwas dafür. Du weißt ja, wie es bei dieser Art Geschäften zugeht. Die Werber vom *Schwarzen Bären* in Ziegenhain beschworen, daß der Mann zur fraglichen Zeit bei ihnen am Spieltisch gesessen hatte. Damit gehörte er ihnen. Versehen mit einem Leutnantspatent, verkauften sie ihn dann an Rall.«

Claus trat vom Tisch zurück. »Ich gebe das Spiel auf. Wenn man den ganzen Tag die Zügel gehalten hat, hat man kein Gefühl mehr in den Händen.« Er zog die Jacke aus und warf sie über einen Stuhl.

»Du wirst jetzt nicht aufhören! Der letzte Ball war gut. Du bist bis auf zehn Spiele heran. *Eine* gute Serie . . .« Robert blickte zur Tür.

Gottfried Haynau hatte den Raum betreten, lautlos wie immer. Ein hünenhafter Mann im blauvioletten Rock, stand er da, die Hände an den Revers, vom Scheitel bis zur Sohle der Gutsbesitzer, der mit seinen Pächtern auf du und du verkehrt, aber sorgsam darauf achtet, daß sie sein Vermögen immer ein wenig zu niedrig schätzen und ihn selber für harmloser halten, als er ist.

Im Lauf der Jahre hatte sich Gottfried Haynau so in diese Rolle hineingelebt, daß sie ein Teil seiner selbst geworden war; auch noch im engsten Familienkreis spielte er sie weiter. »Wie steht es?« fragte er.

»Robert führt.«

Gottfried von Haynau legte die Hand auf den Arm von Claus. »Wie oft habe ich dir gesagt, daß es sinnlos ist, gegen ihn gewinnen zu wollen! Robert ist der geborene Spieler. Er hat das Glück in den Fingern. Übrigens, nach dem Essen habe ich mit euch zu reden.« Er öffnete die Verbindungstür zum Speisezimmer. Der Streifen hellen Lichts, der herausfiel, war zu dünn, um den ganzen Mann zu erfassen. Für einen Augenblick gewann die Gestalt des Vaters solche Breite und Massigkeit, daß die Tür zu eng für ihn schien. Robert stand vor der Spieltafel. »Laß uns zum Ende kommen. Zehn Punkte an einem Stück, und du hast mich eingeholt.«

Claus nahm sein Spiel wieder auf.

»Noch sechs«, sagte Robert nach einer Weile.

Claus ging um den Tisch herum und kehrte dann doch zu seinem alten Platz zurück. Seine Bewegungen waren jetzt die eines völlig Gesunden. Robert hatte diese Verwandlung schon oft beobachtet; es schien dann, als sei sein Hinken weniger durch ein körperliches als durch ein seelisches Leiden verursacht. Der Stock mit der Ebenholzspitze schnellte vor, traf den Ball.

»Hat dir Rall den Namen des Deserteurs genannt?«

Claus schaute nicht auf. Er war jetzt im Zug und wollte nicht aus dem Rhythmus kommen. »Ich kann nicht beides zugleich: spielen und dich unterhalten«, sagte er ärgerlich. Dennoch fuhr er fort: »Rall vermutet, daß sich der Mann unter einem falschen Namen anwerben ließ. ›Truppenteile gemischter Nationalität‹, nennen sie das Gesindel, das auf der Festung Ziegenhain stationiert ist. Was andere Länder abschieben, fangen sie bei uns zusammen; bankrotte Kaufleute, abgesetzte Postmeister, betrügerische Beamte, sogar ein kassierter alter preußischer Husarenwachtmeister soll darunter sein und ein entsprungener Mönch aus Würzburg. Nichtsnutziges Gesindel allesamt. Dieser Kerl nennt sich Soerman, aber der Name wird so falsch sein wie der Eid der Werber.«

Soerman. Alles andere versank um Robert. Soerman. Seine Vernunft verspottete seine Phantasie, aber sie war nicht mehr zu zügeln. Sie kümmerte sich nicht um die Tatsachen, sie drehte die Zeit einfach zurück. Sie zeigte ihm Menschen, die er nie gesehen hatte. Sein Vater stand deutlich vor ihm, ein Mann, der dazu gemacht war, zu leben und sein Ziel zu erreichen, nicht, auf halbem Weg zu sterben. Ein Mann, der den Tod nur als Maske benützt hatte, um seine Verfolger abzuschütteln. Ein Mann, der ein neues Leben begonnen hatte, mit einem neuen Namen in einer neuen Welt . . .

Claus warf das Queue auf den Tisch. »Du hast gewonnen.«

»Gewonnen?«

»Um einen Punkt. Deine Fragerei hat mich durcheinandergebracht.«

Die Verbindungstür zum Speisezimmer ging auf. In einem Kleid aus tiefroter Seide erschien Anna von Haynau. »Habt ihr heute keinen Hunger?« Sie wartete einen Moment, dann ging sie zurück ins Speisezimmer.

Robert sah ihr nach. Irgend etwas in ihrem Benehmen machte ihn stutzig, ohne daß er wußte, was es war. Ein seltsames Vorgefühl beschlich ihn. Irgend etwas lag in der Luft. Irgend etwas erwartete ihn. Der festliche Glanz der Tafel, der Duft der Speisen, die Wärme des Kamins – alles schien dieses Vorgefühl zu widerlegen und ihm einen Abend zu versprechen, in dem der Deserteur und die krausen Gedanken, die er ausgelöst hatte, bald nicht mehr bedeuten würden als ein verschlagener Billardball. Trotzdem überschritt Robert die Schwelle ins Speisezimmer zögernd, als betrete er unsicheren Boden.

7

Gottfried Haynaus Aufstieg von einem Hofbeamten der unteren Klasse zum größten Grundbesitzer und Unternehmer Hessens war mehr als die Geschichte eines armen Mannes, der reich geworden ist. So wie im Herrenhaus auf Haynau nicht ein einziger Gegenstand protzig auf den neuen Reichtum hinwies, so war in Gottfried Haynaus Benehmen nichts, was an seine niedere Herkunft erinnert hätte. Er besaß die Selbstsicherheit eines Menschen, der im Wohlstand aufgewachsen ist. Seine Energie hatte nichts Verkrampftes, und seine Gelassenheit war nicht Pose; mit Gutmütigkeit hatte sie allerdings so wenig zu tun wie der lautlose Gang eines Tigers mit Harmlosigkeit.

Gottfried Haynau legte freilich Wert darauf, für gutmütig zu gelten. Bevor er die Herrschaft auf Haynau angetreten hatte, hatte er sich aus diesem Grund systematisch zwanzig Pfund angemästet, was einem Mann von einem Meter zweiundneunzig, bei dem man vorher die Rippen zählen konnte, allerdings kaum anzumerken war. Aber es war gerade genug, um aus seinem Gesicht mit der Hakennase, dem eckigen Kinn und den vorspringenden Brauenknochen die Konturen zu tilgen, die von den Jahren der Armut hätten erzählen können und von der Härte, zu der dieser Mann fähig war. Über diese zwanzig Pfund, die sich immer wieder zu verflüchtigen drohten, war Gottfried von Haynau zum Feinschmecker geworden.

Auf dem Tisch herrschte das Durcheinander einer Tafel, an der nicht mehr gegessen wird. Außer den Kerzenleuchtern war nichts mehr an seinem Platz. Das Besteck war zusammen mit dem Eßgeschirr abgetragen worden, die Gläser standen nicht mehr in Reih und Glied, die Servietten bauschten sich; die Konfektzangen, die Salz- und Pfeffernäpfchen lagen wie vergessenes Spielzeug herum. Die Gespräche hatten einen ähnlichen Punkt der Auflösung erreicht.

Ohne hinzusehen, griff Robert in die Konfektschale, die seine Mutter ihm reichte. Er wußte nicht, was er aß oder gegessen hatte; er trank, ohne zu wissen, ob es roter oder weißer Wein war. Das ganze Abendessen war so verlaufen. Trotzdem hatte er sich gewünscht, es möge lange dauern. Er empfand es wie eine letzte Frist, ohne zu wissen, was geschehen würde, wenn sie abgelaufen war. Ein unsichtbarer Gast hatte sich am Tisch mit niedergelassen: die Vergangenheit. Sie sah ihn mit den Augen des Mannes aus der Kutsche an, sie trug den Namen dieses Mannes, sie stellte ihm bohrende Fragen. Fragen, die er sich nie zuvor gestellt hatte; sie ließen ihn nicht mehr los.

Anna von Haynau, am oberen Tafelende, wirkte blaß. Robert sah ihr Lächeln und fragte sich, was sich dahinter verbergen mochte. Er hörte sie sprechen, und er glaubte zu wissen, daß sie in Wirklichkeit an etwas anderes dachte. Sie war seine Mutter, aber was wußte er eigentlich von ihr? Sie war eine Adlige und hatte einen Goldmacher geheiratet, einen Abenteurer aus Polen. Ein Jahr nach seiner Flucht war sie eine zweite Ehe eingegangen, mit Gottfried Haynau, der damit beauftragt gewesen war, die vom Landgrafen angeordnete Konfiskation ihres Besitzes vorzubereiten. War es Haynau zu verdanken, daß die Enteignung unterblieben war? Hatte sie ihn deshalb geheiratet? Wie war ihre Ehe, und wie würde sie die Nachricht treffen, daß einer der beiden Totgesagten lebte? Soerman. Am liebsten hätte er seine Mutter hier am Tisch gefragt, aber zugleich war er froh, daß ihm noch Zeit blieb. Claus würde nachher mit den Hunden in die Nacht hinausreiten. Würde er diesmal mehr Glück haben? Sein Instinkt sagte Robert, daß die Spur dieses Mannes nicht draußen in der Nacht zu finden war ... Ich bin verrückt, dachte Robert. Ich spintisiere mir etwas zusammen. Er fühlte den Blick seiner Mutter auf sich ruhen, aber warum senkte sie jetzt, wie ertappt, die Augen?

Die Mutter legte den Deckel auf die Konfektschale. Sie tat es so schnell und unachtsam, daß Gottfried von Haynau sagte: »Du willst uns wohl los sein?«

»Vor dem Essen hast du angedeutet, daß du heute mit Robert und Claus etwas zu besprechen hast.«

»Muß das sein?« Claus räkelte sich in seinem Stuhl. Er zog die Weinflasche heran.

Gottfried von Haynau versuchte im Gesicht seiner Frau zu lesen. Etwas in ihrer Stimme hatte ihn aufmerksam gemacht. Hätte sie ihn heute abend gerne ganz für sich gehabt? »Du verwöhnst mir die beiden. In deiner Nähe werden sie zu schnurrenden Katern, die nichts mehr in Bewegung setzen kann. Deine Söhne werden es nicht leicht haben, eine Frau zu finden.«

»Ich glaube die Sache ist einfacher«, sagte Anna von Haynau. »Die beiden sind nicht deswegen unverheiratet, weil ihnen keine gefällt, sondern weil ihnen zu viele gefallen.«

»Von diesen Geschichten erfahre ich nie etwas. Aber das sage ich euch: Wenn es ums Heiraten geht, werde ich ein Wörtchen mitreden.«

»Bei den Vorstellungen, die du von der Höhe der Mitgift deiner Schwiegertöchter hast, ist es mit dem Heiraten nicht so einfach«, sagte Claus.

»Ich habe lediglich versucht, euch hin und wieder darauf hinzuweisen, daß es auch reiche Mädchen gibt, in die man sich verlieben kann. Es ist nun einmal so, daß eine reiche Frau einen Mann nicht halb soviel wie eine arme kostet. An Geld muß man gewöhnt sein; man muß gelernt haben, damit umzugehen. Und wie sollte ein armes Mädchen das!« Er wandte sich an seine Frau: »Du erlaubst doch.« Er schob den Stuhl zurück.

Frau von Haynau erhob sich sogleich, als habe sie voller Ungeduld auf diesen Augenblick gewartet. »Ich werde euch den Kaffee im Büro servieren lassen.«

Wieder war es der Unterton in ihrer Stimme, den sich Gottfried von Haynau nicht deuten konnte. »Wenn es dir recht ist, möchte ich den Kaffee später mit dir zusammen nehmen«, sagte er.

»Gerne. Gib mir rechtzeitig Bescheid.«

Robert fand ihre Antwort ausweichend und ihr Lächeln gezwungen. Sie stand am Tisch und faltete abwesend eine Serviette zusammen. An der Tür wandte Robert noch einmal den Blick. Auf ihrem Gesicht lag ein Ausdruck, der ihn erschreckte. Er schloß die Tür sehr leise.

Das Bild der Mutter verfolgte Robert. Es fügte sich in seine Stimmung, seine Zweifel und Fragen. Es schien seine Ahnung zu bestätigen, daß dieses Haus, das ihm so vertraut war, Geheimnisse barg, und daß seine Mutter die Hüterin dieser Geheimnisse war.

Neben ihm waren die Schritte und Stimmen des Vaters und des Bruders, aber Robert verfolgte in Gedanken den Weg der Mutter.

»Schläfst du schon im Gehen?« Der Vater nahm Robert am Arm.

Von der Haustür kam ein dumpfes Geräusch. Es war, als rüttele der Sturm daran. Dann ertönten Stimmen, ein verworrenes Gemurmel, das sich plötzlich zum Aufruhr steigerte. Die Stimme des Haushofmeisters erhob sich darüber, wurde schärfer und konnte sich doch nicht Gehör verschaffen.

Gottfried von Haynau ließ seine Söhne stehen. Er riß die Haustür auf. Die Bauern, die sich in dichtem Haufen auf dem Vorplatz drängten, verstummten, als sie ihn erblickten. Und doch blieb ihre Haltung drohend und aufrührerisch; Haynau erfaßte es mit einem Blick. »Was soll das?« herrschte er Haushofmeister Lange an. »Seit wann ist die Tür dieses Hauses für meine Bauern verschlossen?« Mit einer ungestümen Bewegung wies er Lange ins Haus. »Wir werden darüber noch sprechen.« Dann stand Gottfried von Haynau mitten unter den Bauern. »Wißt ihr nicht, daß ihr jederzeit zu mir kommen könnt? Hier ist die Tür; sie steht für euch offen, solange ich Herr auf Haynau bin. Aber sucht euch das nächste Mal eine bessere Zeit aus. Hat der Tag nicht genug Stunden? Müßt ihr bei Nacht kommen?«

Der Langhofbauer schob sich vor: »Es war hellichter Tag, als wir herkamen, um Euch zu sprechen.«

»Wenn ihr euch von Lange wie Bettler abspeisen laßt, seid ihr selber schuld. Ihr braucht keine Erlaubnis, wenn ihr zu mir wollt.«

»Es war Euer Sohn Claus. Wir mußten mit ihm losreiten, wegen des Deserteurs.«

Haynau ging nicht darauf ein. »Redet endlich! Ich weiß immer noch nicht, was ihr eigentlich wollt.«

»Wir kommen wegen der Wildschweine, Herr. Es sind mehr als in irgendeinem Jahr zuvor. Es muß etwas geschehen. Wie sollen wir nächstes Jahr unseren Pachtzins zahlen, wenn die Ernte schon in der Saat vernichtet wird?« Die Stimme des Langhofbauern klang laut über den Platz. »Daran haben die in Kassel nicht gedacht bei ihrem Dekret. Es hieß doch, es solle geändert werden. Aber es ist alles beim alten geblieben – nur andere Worte! Früher war es *verboten*, sich gegen die Biester zu wehren. Jetzt ist es uns *nicht erlaubt*. Warum befehlen sie uns nicht gleich, die Wildschweine zu füttern, damit die hohen Herren noch fettere Brocken zum Jagen haben? Es kommt sowieso schon darauf hinaus. Bei Tag dürfen wir sie nicht einmal mit Geschrei vertreiben. Nur nachts dürfen wir auf die Felder und sie durch Lärm verjagen. Aber mit Geschrei ist gegen Wildschweine nichts auszurichten. Damit treiben wir sie nur von einem Feld aufs andere. Wir brauchen Gewehre und die Erlaubnis, sie zu benützen. Das Dekret muß geändert werden!«

»Langhofbauer, du weißt, daß ich alles für euch tue, aber das Dekret zu ändern steht nicht in meiner Macht. Für den Landgrafen bin auch ich nur ein Bauer.«

»Es ist Euer Grund und Boden. Und jetzt, da Ihr geadelt seid . . .«

»Ich kann euch die Erlaubnis nicht geben«, sagte Haynau bestimmt. »Aber ich gebe euch einen Rat. Heute nacht seid ihr auf Pflichtwache, bewaffnet mit Gewehren. Wenn ihr den Deserteur zu sehen glaubt und dabei eine Sau trefft, ich glaube nicht, daß euch das jemand zum Vorwurf machen kann. Wo habt ihr euren Sammelplatz?«

»Bei der Stellmacherei.«

»Ich schicke Claus zu euch. Mit besseren Waffen, als der Landreiter sie euch gibt.« Von den Ställen her kam Hundegebell. »Sind das eure Köter, die schon die ganze Zeit Radau machen?«

Wieder war es der Langhofbauer, der für alle sprach: »Herr Claus hat sich bei Kommandant Rall Schweißhunde ausgeliehen.«

Einen Augenblick war es still. Die Bauern senkten unwillkürlich den Blick, aber Gottfried von Haynau verlor seine Beherrschung nur, wenn es in sein Konzept paßte. »Einen anderen Rat kann ich euch nicht geben. Macht daraus, was ihr wollt. Das mit den Gewehren gilt, und den Verkauf der erlegten Sauen übernehme ich für euch.« Er schlug dem Langhofbauer auf die Schulter und wandte sich zum Gehen.

Die Bauern starrten ihm nach. Der seit Stunden aufgestaute Groll war verflogen. Es war immer dasselbe, wenn sie zu ihm kamen. Auch wenn sie nichts erreichten, fühlten sie sich erleichtert. Dem Langhofbauern erging es nicht anders, aber er ärgerte sich trotzdem. Von ein paar schönen Worten hatte er sich überrumpeln lassen. Der ganze Tag war vertan. Sie kehrten heim, wie sie gekommen waren. Haynau hatte sie mit einem schlauen Rat abgespeist. Was waren zehn oder zwanzig Wildschweine, die sie heute nacht vielleicht erlegten! In den Wäldern waren Hunderte.

Der Zwischenfall hatte Gottfried von Haynau erwärmt und die Melancholie, die ihn an diesem Tag immer wieder beschlichen hatte, endgültig vertrieben. Noch vor zehn Jahren hätte ihn solch eine Szene Nerven gekostet. Inzwischen hatte er Abstand zu den Dingen gewonnen. Und so war er zur Enttäuschung der Dienerschaft, die im Halbdunkel der Gänge darauf gelauert hatte, sich an Langes Demütigung zu ergötzen, mit seinen Söhnen und dem Haushofmeister im Vorraum zum Kontor verschwunden.

Haynau wußte, daß seine Söhne bei derartigen Anlässen nicht gerne Publikum spielten, aber was er Lange zu sagen hatte, war eine gute Einleitung für das Gespräch mit ihnen. Der Haushofmeister war in der Nähe der Tür stehengeblieben. Unter der gepuderten Perücke, die ihm zu tief in der Stirn saß, schien Langes Gesicht, bis übers Kinn vom hohen Kragen seines Rocks verdeckt, nur noch aus der breiten aufgestülpten Entennase zu bestehen. Er sah wie ein großer frierender Vogel aus.

»Sagen Sie, Lange, wann habe ich Anweisung gegeben, daß meine Bauern vor dem Haus abgefertigt werden?«

»Dieses Bauerngesindel muß lernen, wer der Herr ist«, erwiderte Lange selbstbewußt.

Haynau runzelte die Stirn, aber seine Stimme blieb ruhig. »Mir scheint, daß Sie es sind, der lernen muß. Ich bestimme die Sitten dieses Hauses. Es war bisher so, und ich wünsche, daß es auch in Zukunft so bleibt. Es wird sich in diesem Haus nichts ändern, nur weil mein Name mit einem zusätzlichen Wort versehen wurde. Das war's.«

Der Haushofmeister verneigte sich steif, ging rückwärts zur Tür, verneigte sich abermals und verließ den Vorraum.

Gottfried von Haynau schraubte den Docht der Lampe auf dem Schreibpult höher. Er wartete auf eine Reaktion seiner Söhne, aber er wollte ihnen Zeit lassen.

»Ich teile deine Meinung nicht«, sagte Claus als erster. »Diese Bauern wie Gleichgestellte zu behandeln ist falsch. Sie vertragen das nicht. Hast du gehört, wie er von den Abgaben anfing? So züchtet man Rebellen.«

»Dein Urgroßvater war Bauer, ein Häusler, um korrekt zu sein. Es wäre gut, wenn du dich hin und wieder daran erinnern würdest. Der Landgraf hat mich nicht zum Baron gemacht, weil ich meine Herkunft verleugnet hätte. Mein Vater war Treckjunge in den Kupferstollen bei Treysa, einer der Halbwüchsigen, die das Erz zu Tage brachten. Die Förderstollen waren naß und so eng, daß sie darin nur kriechen konnten. Die kleinen Wagen wurden ihnen am Bein festgebunden; so zerrten sie das Erz durch die glitschigen Stollen. Es war sein Glück, daß sie ihn wegen einer Rauferei zum Militär preßten, denn dort lernte er bei einem Hauptmann Schreiben und Lesen, etwas Mathematik und etwas Latein. Ich weiß nicht, ob er ein guter Soldat war, aber als er nur noch ein Bein hatte und sie ihn nicht mehr gebrauchen konnten, wurde er ein hervorragender Lehrer. Ich bin ein Stück weitergekommen als er, und du wirst wieder ein Stück weiterkommen. Aber wenn du glaubst, dir damit eine Auszeichnung zu verdienen, daß du Deserteure jagst, dann irrst du. Von schmutziger Arbeit bekommt man schmutzige Hände – das ist alles. Wenn du beim Militär Karriere machen willst, mußt du dir schon andere Sachen einfallen lassen.«

»Gib mir einen anständigen Krieg, und du wirst sehen, wie weit ich es bringe.«

»Auch darin irrst du. Im Krieg steigen lediglich die Chancen zu sterben. Es gibt bessere und friedlichere Wege. In Frankreich verdankt jeder zweite Marschall seinen Aufstieg nicht seiner Tapferkeit, sondern der Schönheit seiner Frau, manchmal auch seiner Tochter.«

»Deine ewigen Kaufmannsrechnungen! Gut für Tee und Tabak, aber nicht für Menschen.«

Gottfried von Haynau fühlte sich nicht verletzt. Das war eigentlich seine ganze Erziehung gewesen; daß er seine Söhne immer wieder dazu herausgefordert hatte, ihr Temperament und ihre Angriffslust an ihm zu erproben. »Das Leben ist eine Kaufmannsrechnung«, sagte er, »Plus und Minus, Soll und Haben, für jeden von uns, mehr ist es nicht. Für die Bauern, für die Handwerker, für die Kaufleute und für die Adligen. Je eher man das begreift, desto besser. – Du hast dir von Kommandant Rall Schweißhunde ausgeliehen. Ich weiß nicht, was du dir dabei gedacht hast. Im Moment sind aller Augen auf uns gerichtet. Die meisten warten nur auf eine Gelegenheit, uns lächerlich zu machen. Gib ihnen keinen Anlaß. Sei zu stolz für diese Art Berühmtheit. Die Hunde bleiben im Zwinger. Das ist diesmal kein Rat, sondern ein Befehl. Kommt, in meinem Büro spricht es sich besser als hier.«

Das Büro Gottfried Haynaus war, wie das ganze Haus, einfach eingerichtet, mit einer gewissen altväterischen Strenge. Im Kamin brannte ein Feuer. Öllampen gaben goldgelbes Licht. Auf dem Kaminsims tickte eine englische Uhr, das einzige neue Stück. Gottfried von Haynau hatte sie nur aufgestellt, um Robert, der sie ihm zum fünfzigsten Geburtstag geschenkt hatte, nicht zu kränken. Er liebte Veränderungen nicht. Seit Jahren wehrte er sich hartnäckig dagegen, die alten Ledersessel neu aufpolstern zu lassen; er verteidigte auch den einfachen Schreibtisch, den seine Frau schon lange durch einen eleganteren ersetzen wollte. Er konnte sich nicht einmal dazu überwinden, den Filz der Schreibunterlage zu erneuern, der fast schwarz war von unzähligen Klecksen und Schriftabdrücken. Der weitausholende Namenszug des Landgrafen stand auf dem Filz, daneben die ungelenke Unterschrift eines Pächters; beide waren Schuldner des Herrn von Haynau. Aus dem Stück Filz war mit der Zeit eine Art Chronik mit den Chiffren seines Erfolges geworden.

Gottfried von Haynau setzte sich hinter seinen Schreibtisch, Claus lehnte am Kamin. Robert ließ sich in einen der Ledersessel fallen. Bevor die Rede auf den Deserteur kam, war er weniger als ein Zuhörer gewesen – nur eine Wand, an der Worte abprallten, ohne eine Reaktion in ihm auszulösen. Erst als dieses Stichwort fiel, war sein Interesse erwacht. Sein Stiefvater hatte nur gesagt, was auch er darüber dachte. Es war seine grundsätzliche Einstellung zu diesem Thema, und er hatte sie vor seinen Söhnen nie verhehlt. Und doch fragte sich Robert, ob er nicht einen besonderen Grund hatte, Claus zu verbieten, die Schweißhunde auf die nächtliche Jagd nach dem Deserteur mitzunehmen. Hatte auch er den Namen des Mannes bereits erfahren?

»Du willst uns also vorrechnen, wie teuer uns der Adelstitel zu stehen kommt?« hörte er Claus sagen.

»Wenn du es so ausdrückst – ja. Der Landgraf hat uns den Adelstitel nicht verliehen, weil er uns so liebt, sondern weil er zu den alten Schulden, die er bereits bei mir hat, neue zu machen gedenkt! Für Serenissimus handelt es sich also um ein Geschäft, das noch dazu ohne Risiko für ihn ist. Das Risiko tragen allein wir. Ihr müßt euch darüber klar sein, daß unser Landesherr durch seine, milde gesagt, sorglose Geldwirtschaft dem Bankrott zustrebt. Den Bankrott des Hofes aber würde keiner seiner Geldgeber ungeschoren überstehen. Trotzdem ist diese Baronie für uns im Augenblick mehr wert, als wenn er uns die Schulden mit Zins und Zinseszins zurückerstattet hätte. Diese Baronie ist ein Wertpapier ohne Limit nach oben, wenn wir richtig damit zu arbeiten verstehen.« Er klappte den Deckel der Zigarrenkiste auf, nahm aber keine Zigarre heraus. »Es kann allerdings auch eine Rutschbahn in den Bankrott sein, wenn wir es wie so viele neue Adlige machen, die ihre einträglichen bürgerlichen Berufe aufgeben, weil sie befürchten, den Glanz ihres neuen Standes damit zu trüben. Kaufmannsphilosophie nennst du das, Claus – aber selbst wenn du General wirst, wird dein Einkommen aus der Staatskasse nicht ausreichen, um Pferde zu reiten, wie du es gewöhnt bist. An deinen Schneiderrechnungen sehe ich, daß du einen ausgeprägten Sinn für Luxus hast. Laß also mir und Robert den Luxus, uns die Köpfe darüber zu zerbrechen, wie wir genug Geld heranschaffen, damit deine Rechnungen immer pünktlich bezahlt werden. Für einen Bürgerlichen ist Armut keine Schande, für einen Adligen ist sie das Todesurteil. Schau dir die Werber im *Schwarzen Bären* an! Leßberg, Umbach und Scholl – jeder hat einen Stammbaum bis zu Kaiser Barbarossa. Sie sind sich zu gut, um einen anständigen Beruf auszuüben. Männer wie mich nennen sie verächtlich Krämer, aber selber verkaufen sie einen Menschen für einen Beutel Tabak!«

Worauf will er hinaus, dachte Robert. Der Vater war kein Mann, der viele Worte machte, nur weil er sich gerne reden hörte. Gottfried von Haynau hatte sich erhoben und war an den großen, bis zur Decke reichenden Schrank getreten, in den der feuersichere Eisenkasten eingebaut war. Dort wurden das Bargeld und wichtige Dokumente aufbewahrt. Er schloß einige Fächer auf und wieder zu und kam dann mit zwei schwarzen Mappen und einem kleinen Lacketui zum Schreibtisch zurück. Die obere Mappe schlug er auf. »Ich habe deinen Bericht geprüft und nachgerechnet. Mein Kompliment, Robert! Diese Reise hat sich gelohnt. Du hast vorzüglich gearbeitet.«

»Mir war nicht immer wohl dabei. Dein überraschender Auftrag, unser Konto bei van Notten flüssigzumachen und das gesamte Geld zum Ankauf von Tabak zu verwenden, hat mich leicht nervös gemacht. Und du nennst mich immer eine Spielernatur!«

»Man muß den Mut haben, gegen seine Prinzipien zu handeln und ein Konto leerzuräumen, auf die Gefahr hin, daß einen der Bankier für bankrott hält. Ich bin sicher, wir werden es nicht bereuen. Informationen, die von einem Mann wie Schlieffen stammen, sind zuverlässig. Seit ein paar Jahren macht er mir Andeutungen, daß es in den britischen Kolonien in Nordamerika eines Tages zum Aufstand kommen wird. Als erster Minister und rechte Hand des Landgrafen bezieht er sein Wissen aus erster Quelle. Das Konto bei van Notten in Amsterdam habe ich auf seinen Rat hin aufgemacht. ›Bringen Sie alles Geld, das Sie entbehren können, nach Holland‹, riet er mir. ›Eines Tages werden Sie es dort brauchen, und zwar von heute auf morgen.‹ Erst durch ihn habe ich angefangen, mich für diese Neue Welt zu interessieren. Dieses Land ist eine sprudelnde Quelle des Reichtums – für England. Die gesamte Ausfuhr geht über das Mutterland, zollfrei, zu Schleuderpreisen: Schiffsbauholz, Indigo, Reis, Tabak. Die Kolonisten aber müssen jedes Stück Ware zu überhöht besteuerten Preisen von England beziehen. Ich kenne einen Solinger Kaufmann, der auswanderte und in Amerika Schmelzöfen und Stahlhämmer anlegte. Er belieferte den Londoner Markt mit erstklassigem Stahl – und wurde in wenigen Jahren von England aus ruiniert. Der englische König macht seit Jahren einen Fehler nach dem anderen. Er behandelt seine Kolonien wie Straflager, als habe er es mit Wilden und Verbrechern zu tun. Mit seinen Gesetzen, mit Zöllen und Stempelakten hat er sie bis aufs Blut gereizt. Die Reaktion konnte nicht ausbleiben. Es war nur eine Frage der Zeit, bis die Kolonisten sich auflehnen würden. Sie haben die Ladung von drei aus England kommenden Teeschiffen in den Hafen von Boston geschüttet und erklärt, daß sie keine Steuern mehr zahlen werden. Sie haben den Handel mit dem Mutterland eingestellt. Das war sozusagen eine Kriegserklärung, und Georg III. hat nicht eingelenkt, sondern sie angenommen.«

Gottfried von Haynau sah Claus spöttisch lächeln, aber er ließ sich dadurch nicht beirren. »Seit dem Aufstand in Boston hat kein Schiff mit Tabak Amerika verlassen. Je länger die Blockade dauert, desto höher wird der Tabakpreis steigen.« Er richtete den Blick auf Robert. »Ich konnte dir die Einzelheiten nicht nach Amsterdam schreiben; wäre der Brief in falsche Hände geraten, hätte ich womöglich einem Fremden unser Geschäft zugespielt.«

»So ähnlich habe ich's mir zusammengereimt. In den englischen Zeitungen stand etwas von ersten Gefechten zwischen Kolonisten und britischen Soldaten, aber ich habe diese Meldungen nicht ganz ernst genommen.«

»Die Engländer haben allen Grund, die Sache möglichst zu vertuschen.« Gottfried von Haynau legte das erste Blatt zur Seite und beugte sich über seine Unterlagen. »700 Oxhoft braunen langblättrigen Virginia, 700 Oxhoft gelben Maryland, 500 Oxhoft mittleren Swicutt, 500 besten Swicutt, 400 feinen Lux, 300 feinen gelben Maryland und nochmals 300 Oxhoft York River Swicutt. Die beiden letzten Sorten standen schon vor zwei Jahren auf drei Dollar das Pfund.«

»Nicht, wenn man in Oxhoft kaufte. Ich habe Sonderrabatte ausgehandelt und auf diese Weise zum Friedenspreis eingekauft.«

»Das sehe ich. Ich hatte maximal mit 2800 Oxhoft gerechnet. Du hast 600 Oxhoft mehr herausgeholt – das heißt zusammen mehr, als in ganz Hessen in zwei Jahren geraucht wird. Wir haben allein beim Einkauf über zwanzig Prozent verdient. Die Preise sind in den letzten Wochen um dreißig Prozent gestiegen. Wenn dieser Krieg nur einen Sommer übersteht, haben wir einen Gewinn zwischen 60 und 80 Prozent.«

Claus konnte sich nicht mehr beherrschen: »Was heißt hier Krieg?! Keiner nimmt das ernst. Macht euch doch nichts vor! Bostoner Straßengesindel hat ein paar Teeballen ins Meer geworfen. Ein paar Unzufriedene und ein paar Verrückte haben sich bewaffnet. Das ist der ganze Krieg. Die englischen Truppen, die in Boston stationiert sind, haben zugesehen; keinen Finger haben sie gekrümmt! Es wird kein Schuß fallen in diesem Krieg. Unzufriedene gibt es überall, siehe deine Bauern. Am besten ist es, man kümmert sich gar nicht darum.«

»Wenn Claus recht hat, müßten wir so schnell wie möglich verkaufen. Solange es diesen Krieg wenigstens dem Gerücht nach gibt.«

»Schlieffen ist ein nüchterner Mann. Ich vertraue seinen Informationen und seinem Gespür«, sagte Gottfried von Haynau gleichmütig.

»Ein Schiff ist vier bis sechs Wochen unterwegs. Die Informationen stinken, bis sie bei deinem Schlieffen sind«, sagte Claus aufgebracht.

»Bleiben wir bei den Tatsachen«, meinte Robert. »Seit Monaten ist kein Amerikaner mehr im Londoner Hafen gelöscht worden, und ich habe das Gefühl, daß auch in den nächsten Wochen keiner die Themse hinauffährt. In Amsterdam war es nicht anders. Außer ein paar Schmugglern kein Schiff.« Robert war aufgestanden. »Ich bin dafür, daß wir die Ware halten.«

Gottfried von Haynaus Gedanken schweiften vom Tabakhandel ab und wandten sich seinen Söhnen zu. Als sie heranwuchsen, hatte er immer in Claus den zukünftigen Kaufmann und in Robert den Offizier gesehen. Aber es war genau umgekehrt gekommen. Robert besaß den Nerv für Geld; er hatte die Wünschelrute in sich, die man brauchte, wenn man nicht Krämer bleiben wollte, und er besaß den Schuß Abenteurerblut, der ihn in die Speichen des Glücksrads greifen ließ, wenn es sich nicht von selbst für ihn entscheiden wollte. Es war seltsam: der Stiefsohn war ihm in vielem verwandter als Claus. Bei seinem eigenen Sohn sah Haynau nicht ganz klar. Es konnte durchaus sein, daß er die Uniform so plötzlich wieder ablegte, wie er sich dafür entschieden hatte. Im Grunde war er nicht zum Soldaten geschaffen. Er hatte nicht die Kaltschnäuzigkeit, die dieser Beruf verlangte. Aber bevor er das selber einsehen konnte, müßte er seine Voreingenommenheit gegen den Vater überwinden. Gottfried von Haynau täuschte sich nicht: Claus lehnte ihn ab. Wäre er arm gewesen, hätte Claus ihn wahrscheinlich gehaßt. Da er es zu Reichtum gebracht hatte, verachtete er ihn. Vielleicht mußte das so sein, daß Söhne ihre Väter nicht achteten, daß die Liebe zwischen Vätern und Söhnen meistens zu spät kam. Vielleicht gab gerade das den Söhnen die Kraft, selbst etwas zu werden. Auch er hatte seinen Vater nicht immer so gesehen wie jetzt. Wahrscheinlich mußten Väter erst sterben, damit die Söhne ihren Wert erkennen konnten.

Diese Gedanken endeten immer damit, daß Gottfried von Haynau seine beiden Söhne verglich. Robert war genauso sensibel wie Claus, aber diese Sensibilität machte ihn nicht unsicher, sondern war wie die Unruhe in einer Uhr, sie hielt sein Wesen im Gleichgewicht. Oder beurteilte er ihn einfach gerechter, gerade weil er nicht sein Fleisch und Blut war? Gottfried von Haynau wußte es nicht. Trotzdem – Robert lebte leichter als

Claus. Das war klar. Aber vielleicht regelte sich bei Claus alles, wenn er erst einmal die richtige Frau finden und selbst eine Familie gründen würde.

Während Gottfried von Haynau seinen Gedanken nachhing, hatte er auf einem kleinen Zettel Zahlen addiert, Prozente ausgerechnet und wieder dividiert. Der Teil seines Gehirns, der rechnete, arbeitete getrennt von allem übrigen. Er zerknüllte den Zettel. »Ich denke, ich stimme Robert bei. Wir halten den Tabak. Nun zu Punkt zwei. Verkaufen wir den Tabak an Zagriani, oder bemühen wir uns um die Tabakregie für Hessen-Kassel?« Er zog ein Blatt aus den Unterlagen. »Zagriani ist bereits an mich herangetreten. Er schlägt vier Raten vor, die erste im März, die letzte im März des darauffolgenden Jahres, zu einem festen Preis.«

»März 77 also?«

»Wenn der Tabak in einem Jahr aufs Doppelte steigt, ist er saniert, und wir ärgern uns grün.« Robert trat an den Schreibtisch und schob die Lampe zur Seite. »Wie wäre es, wenn wir das ganze Geschäft selber machten?«

»Dann müssen wir uns bald entscheiden. Ende Dezember hat Zagriani dem Landgrafen vierzigtausend Gulden für die Erneuerung der Tabakregie zu bezahlen. Wir könnten ihn ausbooten.«

»Damit ihr es wißt, dazu gebe ich nie meine Einwilligung!« fuhr Claus dazwischen. »Nicht einmal die Juden wollen mit dieser Art Gelderwerb etwas zu tun haben. Du sprachst vorhin davon, daß es im gegenwärtigen Zeitpunkt besser ist, wenn wir keine Angriffsflächen bieten. Wenn jemand beim Volk verhaßt ist, dann sind es die Regiepächter, diese ausländischen Raubbarone, die das Land mit ihren indirekten Steuern, Zöllen und Abgaben aussaugen. Erst neulich haben Winzer so einen französischen Weinvisiteur verprügelt. Wollt ihr euch mit diesem hergelaufenen Pack auf eine Stufe stellen? Dieser Zagriani mit dem Grafentitel, den er sich selber ausgedacht hat!«

»Deine Empörung in Ehren, aber sie schießt am Ziel vorbei. Wenn Zagrianis Töchter erst einmal so groß sind, daß er sie dem Landgrafen ins Bett legen kann, bekommt er auch noch einen richtigen Adelsbrief. Ich mag den Mann. Auch ich bin einer, der sich die Leiter nach oben selber zimmern mußte – vielleicht liegt's daran. Und das ist auch der Grund, warum ich zögere, ihm das Wasser abzugraben.«

»Wieviel mehr müßten wir dem Landgrafen für die Tabakregie bieten?« Robert interessierten nur die Tatsachen.

»Ich würde auf zwei Jahre im voraus zahlen.«

»Achtzigtausend Gulden«, murmelte Claus. »Ich dachte, ihr habt alles Bargeld in den Tabak gesteckt.«

»Nur was bei van Notten in Amsterdam lag.«

Für einen Moment war Claus betäubt. Die Summen, die in der letzten Viertelstunde diskutiert worden waren, überstiegen bei weitem das, was er sich bisher unter dem Vermögen seines Vaters vorgestellt hatte.

»Ich bin sicher, daß Serenissimus dem Angebot zustimmen wird«, hörte er seinen Vater mit ruhiger Stimme weitersprechen. »Seine Kassen sind im Augenblick leerer denn je. Dabei stürzt er sich täglich in neue Ausgaben. Am härtesten trifft es wieder die Baumeister. Die armen Teufel können einem leid tun. Sie stekken bis zum Hals in Arbeit, und doch muß einer nach dem anderen liquidieren. Der Landgraf zahlt einfach nicht. Unsere Manufaktur hat er auch bedacht. Ein Tafelservice für einhundertzwanzig Personen. Blaugold, für ein Schloß, von dem ein Architekt in Rom eben die ersten Skizzen anfertigt!«

Robert spielte mit einem Stück Siegellack, das er vom Schreibtisch genommen hatte. »Wenn du meine Meinung hören willst – ich finde, wir sollten uns da heraushalten. Sicher gibt es viele, die sich freuen, wenn ein Ausländer wie Zagriani einpacken muß, aber ich gebe Claus recht; es würde böses Blut machen. Deine Taktik war immer zu warten, bis der Landgraf zu dir kam. Die Hoffaktoren bieten ihm Geld, bevor er es braucht. Zu dir ist er immer von sich aus gekommen.«

Gottfried von Haynau hatte gelassen zugehört. »Einverstanden. Setzen wir darauf, daß es sehr viele Leute gibt, die ein Interesse daran haben, daß dieser amerikanische Teekrieg eine Weile dauert. Krieg ist nun einmal das Zauberwort, um Geld zu vermehren. Also vertagen wir diesen Punkt.« Er schloß den schwarzen Umschlag, legte ihn zur Seite und öffnete den zweiten. »Morgen früh um zehn Uhr ist der Termin wegen der Reiherinsel angesetzt.«

»Was ist mit meiner Insel?«

Gottfried von Haynau bedeutete Robert, ihn erst anzuhören. »Die Vermessungsunterlagen und die alten Verschreibungen liegen bereits beim Amtmann in Ziegenhain. Danach gehört die Insel zur Hälfte den Sonsfelds und zur Hälfte eurer Mutter.«

Robert unterbrach ihn. »Die Sonsfelds haben sich nie um die Insel gekümmert. Nicht einmal der Anlegesteg auf ihrer Uferseite würde noch stehen, wenn Ludolf ihn nicht abgestützt hätte. Nach dem Gewohnheitsrecht haben sie keinen Anspruch mehr auf die Insel.«

»Ich hätte den Sonsfeld ihre Hälfte längst abgekauft, aber mit ihm ist ja nicht zu reden. Damit die Sache endlich in Ordnung kommt, habe ich jetzt den Amtmann als Schiedsrichter aufgerufen. Der Streitwert ist auf fünfhundert Gulden festgesetzt. Ich habe die Summe bereits hinterlegt. Wenn Sonsfeld bis morgen früh nicht Einspruch erhebt oder die gleiche Summe aufbringt, fällt die Insel an uns.«

»Warum der ganze Wirbel? Warum jetzt auf einmal? Da steckt doch etwas dahinter!«

»Der Landgraf wird zur Reiherjagd herkommen. Sieh mich nicht an, als sei das meine Idee gewesen!«

»Seit Jahren sind die Reiher vergessen. Ist er so abgebrannt, daß er seinen Damen Reiherfedern schenken will statt Schmuck?«

»Der Landgraf hatte noch nie Hemmungen, fremdes Geld auszugeben.« Gottfried von Haynau ließ das schwarze Lacketui, das er aus dem Schrank geholt hatte, aufschnappen. Auf weißer Seide lag eine Brosche aus Saphiren und Diamanten.

»Paris?« fragte Robert.

»Frankfurt, aber dieser Derenda hat dieselben Preise wie die Juweliere in Paris:«

»Und für wen ist es?«

Gottfried von Haynau machte eine betonte Pause. »Für Christine von Sonsfeld.«

Die beiden Brüder sahen sich an. Robert fand als erster die Sprache wieder. »Christine? Das ist doch noch ein Kind!«

»Bei Mädchen ist das so. Das geht über Nacht.«

»Und jetzt soll sie den Ruin der Familie aufhalten?«

»Ich glaube, die Mutter ist schon froh, wenn eine Situationsehe dabei herausschaut.«

Robert besah sich die Brosche. »Hoffentlich versteht sie etwas von Steinen. Ich würde dem Landgrafen das Ding zurückgeben. Kein Stein größer als ein Viertel Karat. So etwas schenkt man bei einer Wochenendaffäre, aber nicht zum Beginn einer Regentschaft.«

Claus, der am Kamin stand und bisher geschwiegen

hatte, fuhr herum. »Du würdest deine eigene Schwester verschachern!«

Robert sah überrascht auf. »Ist Christine von Sonsfeld so hübsch geworden, daß du sie dem alten Betelkauer in Kassel nicht gönnst? Ich muß sie mir mal ansehn.«

»Du warst es doch, der ihr immer Geschenke von den Reisen mitbrachte.«

»Weil es mir Spaß machte, ihrer Mutter auf die Nerven zu gehen. An etwas anderes habe ich dabei nicht gedacht. Das letzte Mal war, glaube ich, vor einem Jahr. Damals bestand die Kleine aus Armen und Beinen, die zu lang und zu dünn waren, und aus einem Kleid, das ihr nicht paßte.«

»Du würdest sie nicht wiedererkennen«, sagte Claus. »Es ging wirklich über Nacht.«

Der Vater hörte seinen Söhnen aufmerksam zu. Es war für ihn wichtig zu wissen, wie sie zu dem Mädchen standen. »Ich verstehe, daß so ein Mädchen zu allem bereit ist, um aus dieser alten Burg und aus den unerfreulichen Verhältnissen, die darin herrschen, herauszukommen«, sagte er beiläufig. »Und ich hoffe nur, daß sie nicht so unschuldig ist, wie sie aussieht. Weit gebracht auf diesem Gebiet haben es immer nur die Ausgekochten.«

»Wer hat es eingefädelt?« fragte Robert.

»Schlieffen hat das Schmuckstück bei mir bestellt.«

»Gibt es etwas, wo der seine Finger nicht drin hätte?«

»Für uns ist es nur gut, wenn er sie möglichst überall drin hat.«

»Ich mag deinen Schlieffen nicht«, warf Claus ein.

»Er ist der wichtigste Mann am Hof.«

»Er ist durch und durch korrupt, in der Maske eines Biedermanns.«

Gottfried von Haynau schüttelte den Kopf. »Du solltest ihm genau auf die Finger sehen, du könntest eine Menge von ihm lernen. Er selbst hält sich aus allem heraus und läßt die anderen für sich arbeiten. Er dirigiert.« Er legte die Brosche in das Etui zurück. »Auf jeden Fall wißt ihr jetzt Bescheid, welcher Art die Reiherjagd sein wird.« Er nahm die Akten und das Lacketui vom Schreibtisch und trug sie in den großen Schrank zurück.

Robert sah dem Vater gedankenlos zu. Der stand vor dem offenen Schrank, dessen eiserne Kammern die Dokumente seines Aufstiegs bargen. Verbrieft und versiegelt lagen hier die Verschreibungen der Liegenschaften, die er im Lauf der Jahre an sich gebracht hatte. Fast der gesamte Besitz der Familie Sonsfeld, bis auf das Schloß, in das sie sich wie in eine Fluchtburg zurückgezogen hatte, gehörte ihm; mehr als ein Dutzend Bauernhöfe, eine Porzellanmanufaktur, eine ehemals hugenottische Baumwollweberei, Fabriken, drei Stadthäuser in Kassel.

Als Robert volljährig geworden war, hatte der Vater ihm alle Dokumente vorgelegt. Der Aufstieg hatte sich in kleinen rechtmäßigen Schritten vollzogen. Alles war in Verträgen festgehalten; über alles lagen Abrechnungen vor; alles war nachprüfbar, über nichts konnten Zweifel aufkommen. Auch die Urkunde über Roberts Adoption lag in einem der Fächer. Sie steckte in einem schwarzen Umschlag, zusammen mit der Nachricht vom Tode des Goldmachers Robert Skelnik. Waren es wirklich Urkunden, oder waren auch diese beiden Schriftstücke Dokumente eines wohlüberlegten Handels? Der Gedanke überfiel Robert urplötzlich. Es war eine ungeheuerliche Vorstellung; er schreckte davor zurück. Er hatte Angst vor dem Moment, wo sein Stiefvater sich umdrehen würde. Er wußte nicht, ob er dann noch die

Beherrschung haben würde, ihn nicht danach zu fragen. Aber er wußte, er durfte es nicht. Damit würde er alles verderben und sich den Weg zur Wahrheit nur vollständig verbauen. »Wo willst du hin?« hörte er Claus rufen. Robert war zur Tür geeilt, ohne sich dessen bewußt zu sein.

8

Er stand vor dem Haus und starrte in den Nachthimmel. Er war versucht, hinüber in die Ställe zu laufen, sich auf ein Pferd zu schwingen und hinaus in die Nacht zu reiten, ohne Ziel, nur fort von diesem Haus. Sich irgendwo im Gras ausstrecken, schlafen, im Traum die Geräusche des Pferdes hören, mit Tau auf den Lippen erwachen.

Die Lichter des Verwalterhauses schimmerten durch die Bäume. Vor den Ställen warteten die Reiter, die Claus begleiten würden. Im Haus hörte er Schritte. Die Haustür ging auf. Es war Claus. Er trug vier schwere Jagdflinten, die in Segeltuchhüllen steckten.

»Kommst du doch mit?« fragte Claus.

»Ich glaube, ich würde im Reiten einschlafen.«

Ein Knecht führte das Pferd für Claus über den Hof. Er hielt den Steigbügel. »Nehmt Ihr die Hunde selber?« fragte der Knecht.

»Wir lassen die Hunde hier. Sind alle fertig?«

»Ja, Herr.«

»Das Wetter bleibt«, sagte Robert.

Claus legte die vier Jagdflinten quer über den Sattel und knöpfte den Umhang über der Brust zu. Die Reiter, die vor den Ställen warteten, setzten sich in Bewegung.

Robert sah dem Trupp nach, bis er im Dunkel der

Auffahrtsallee verschwand. Hell klang das Klappern der Hufe durch die Finsternis. Vom Glockenturm des Verwalterhauses kam der Viertelstundenschlag.

Das hier war seine Heimat; hier war er geboren und aufgewachsen, und jetzt dachte er daran, daß er einmal gehen und nie wiederkehren würde. Er war nicht vertraut mit dem Gefühl, das ihn so plötzlich erfüllte. Er hatte nie gewußt, was Sehnsucht ist. Zum ersten Mal spürte er diese Schwingen, die sich ausbreiten und ihn forttragen wollten in eine Welt, in der nicht jeder Baumstamm, jeder Wegrain und jede kleine Insel verbrieft war; wo der Reichtum eines einzelnen nicht mit der Armut von vielen erkauft war, wo die Erde noch allen Menschen gehörte.

Er vernahm das Schlagwerk der großen Standuhr in der Halle.

Mit der Schulter warf er sich gegen die Haustür und stürmte die Treppe hinauf.

Robert hatte nicht damit gerechnet, daß die Tür zum Zimmer seiner Mutter verschlossen sein könnte, und doch war er überrascht, daß sie sich öffnete. Aus dem Kamin qualmte es; es mußte gerade Holz nachgelegt worden sein. Die neuen Scheite hatten noch nicht richtig Feuer gefangen.

Anna von Haynau saß in der Fensternische, auf ihrem Schoß eine Stickerei. Robert nahm einen Leuchter vom Kaminsims und stellte ihn auf den Nähtisch.

Sie hob geblendet die Hand über die Augen. Das Körbchen mit den Seidengarnen stand verschlossen da. Die Nadeln steckten in dem grünen Samtkissen. Keine einzige war eingefädelt. In der Stickerei steckte keine Nadel.

Anna von Haynau schlug die Handarbeit zusammen

und erhob sich. »Ich dachte, eure Konferenz würde länger dauern.« Sie trat an den Kamin, hielt die Hände vor die Flammen. »Kommen Vater und Claus herauf?«

»Claus ist noch einmal weggeritten.«

Die Scheite hatten Feuer gefangen; die Flammen schlugen hoch auf. Eine Welle flackernder Helligkeit ergoß sich in den Raum, brandete über die Wände und verebbte wieder. »Ich hatte gehofft, Vater redet es ihm aus«, sagte sie. »Was war mit den Bauern?«

»Es ging um die Wildschweine, eine furchtbare Plage in diesem Jahr. Ludolf meint, es wird einen milden Winter geben.«

Sie blickte auf, als Robert neben sie trat. »Du warst auf der Reiherinsel. Ist alles noch wie früher?«

Robert sah seine Mutter an. Würde dieses Gesicht auch im nächsten Augenblick so ruhig und beherrscht bleiben? »Du warst lange nicht mehr dort«, sagte er. »Manchmal denke ich, du meidest die Insel. Sind es so schlimme Erinnerungen?«

Sie wandte ihr Gesicht ab. »Soll ich Kaffee bringen lassen?«

Daß sie ihm auswich, machte es ihm plötzlich ganz leicht. Eben noch hatte er gedacht, er würde nie den Mut finden – jetzt verstand er nicht mehr, wie er überhaupt hatte zögern können. Er stellte die Frage, die ihn seit Stunden verfolgte: »Wer ist Soerman?« Aber indem er sie aussprach, erschien sie ihm ohne jeden Sinn. Frau von Haynau erschrak nicht einmal. Sie machte nur eine Bewegung, als wolle sie noch näher zum Feuer. »Ich hätte mir denken können, daß Frau Retz es dir nicht verschweigen würde.«

Robert starrte sie an. Er begriff überhaupt nichts mehr. »Was hat Frau Retz damit zu tun? Was wird hier gespielt? Seit wann weißt du es? Seit wann weißt du, daß

Soerman lebt? Seit wann verheimlichst du es vor mir? So rede doch endlich!«

»Du stellst viele Fragen auf einmal.«

Sie wollte sich abwenden, aber er hielt sie fest. »Mir scheint, ich habe zwanzig Jahre lang zuwenig Fragen gestellt.«

Sie sah zu ihm auf. In ihren dunklen Augen, die seine Welt, seit er lebte, mit Wärme, Zärtlichkeit und Lächeln erfüllt hatten, war etwas Wildes: »Diese zwanzig Jahre waren für mich länger als für dich.«

Er ließ sie los, aber sie blieb vor ihm stehen. »Stelle deine Fragen«, sagte sie.

Robert zögerte. Er wußte nicht, wo er beginnen sollte. Er fürchtete ihr weh zu tun. Vielleicht hatte sie lügen müssen, um ihren Besitz zu retten. Vielleicht hatte sie diese Lüge gebraucht, um weiterleben zu können. Und trotzdem mußte er wissen. »Was du mir von meinem richtigen Vater erzählt hast – war das die Wahrheit?«

»Es ist alles so gewesen. Dein Vater war ein Mann, der, wie soll ich sagen ... er litt darunter, daß die Welt, in der er lebte, bereits verteilt war. Für eine Frau ist das nichts Schlimmes, aber für einen Mann wie ihn war es unerträglich. Er hörte von diesem neuen Land, von Amerika, von der Neuen Welt, und er faßte den Entschluß, dort ein neues Leben zu beginnen. Ich war damals mit dir hochschwanger, und wir verabredeten, daß ich nachkommen sollte, sobald du groß genug sein würdest für die Reise. Aber bevor es soweit war, kam die Nachricht von seinem Tod.«

Robert wußte nicht mehr, was er sie eigentlich gefragt hatte; er hatte nur das Gefühl, daß sie auf etwas ganz anderes antwortete.

»Und dieser Soerman? Was hat Frau Retz mit ihm zu tun?«

»Er ist bei ihr«, sagte sie.

Wieder hatte Robert das Gefühl, daß er und seine Mutter von zwei verschiedenen Personen sprachen. »Der Deserteur ist bei Frau Retz? Der Gehilfe des Goldmachers?«

»Ja, Freder Soerman.«

»Seit wann?«

»Als ich vor dem Essen heraufkam, war er im Ankleideraum.«

Robert versuchte Ordnung in seine Gedanken zu bringen. Er war von einer vagen Vermutung ausgegangen. Er hatte geglaubt, einem Geheimnis auf der Spur zu sein, und er hatte sich die Lösung kompliziert vorgestellt – und jetzt war alles ganz einfach. Gerade das machte es ihm so schwer zu begreifen. »Er ist hier im Haus? Er war die ganze Zeit hier, schon während des Essens?« Er nahm sie wieder bei der Schulter, aber anders als vorher, als müsse er sie beschützen. »Deshalb warst du so verändert.«

»Man hat es mir angemerkt?«

»Die anderen bestimmt nicht.« Er verstummte. Die Frau, die vor ihm stand, war nicht mehr die Frau von Gottfried Haynau, sondern die Frau des Goldmachers Robert Skelnik, seines Vaters. Und diese Frau gab es für ihn erst seit diesem Augenblick. »Weißt du, was du riskiert hast? Claus hat Schweißhunde mitgebracht.«

»Ich habe sie gehört. Und Soermann auch. Bei Frau Retz ist er vollkommen sicher.«

»Er kann hier nicht bleiben! Du hättest es mir sagen müssen, gleich als du ihn fandest.«

Sie wandte den Kopf leicht zur Seite und tastete mit der Hand die Frisur ab, ob sich nichts gelöst hatte. Es war eine vertraute Bewegung, und doch schien sie Robert in dieser Stunde neu und fremd.

»Ich mußte selber erst damit fertig werden, bevor ich mit dir darüber sprechen konnte«, sagte sie. »Seit dreiundzwanzig Jahren lebe ich in dem Glauben, daß Freder Soerman tot ist, und plötzlich steht er vor mir.« Sie ging durchs Zimmer und blieb hinter dem hochlehnigen Sessel stehen. »Damals, als die Nachricht vom Tod deines Vaters kam – ich habe es nicht geglaubt, ich habe gewartet, Tag und Nacht; meine Koffer waren immer gepackt, ich war jeden Augenblick bereit, das Haus zu verlassen. Du hast dich manchmal gewundert, daß ich immer genau weiß, wann du nachts heimkommst. Ich habe einen sehr leichten Schlaf seit damals, ich kenne alle Geräusche des Hauses, auch die, die man nur nachts hört, das Reißen der Ziegel in den Kaminen, wenn sie kühl werden, das Knistern in den Möbeln, das Scheuern der Läden, wenn eine Fledermaus auffliegt. Ich habe ein Jahr lang nur gelauscht und gewartet. Ich war so sicher ...« Sie verstummte und ging wieder durch den Raum.

Robert glaubte, die junge Frau vor sich zu sehen, die wartete, die bei gelöschten Lampen im Feuerschein des Kamins die Nächte durchwachte, die mit leichtem Schritt hier auf und ab ging und sich hin und wieder über den Korb beugte, in dem ihr Kind lag, und die irgendwann in der Nacht auf dem Diwan oder auf einem Stuhl einnickte.

Aus dem Halbdunkel kam die Stimme der Mutter: »Ich konnte einfach nicht glauben, daß ich ihn nie mehr sehen sollte. Es war seltsam, aber als heute Soerman vor mir stand, bin ich überhaupt nicht erschrocken. Ich habe wohl immer noch gewartet.«

»Und Vater? Lebt er auch?«

Sie atmete tief. »Mein Gefühl damals war richtig. Die Todesnachricht stimmte nicht. Soerman sagt, daß Vater gleich nach der Landung in Staten Island einem auslaufenden Segler einen Brief für mich mitgab. Jedes Schiff, das nach Europa segelte, hatte einen Brief für mich dabei, im ersten Jahr und auch im zweiten noch.«

»Und du hast nie einen Brief bekommen?«

»Nicht einen – und er bekam keine Antwort von mir.«
»Wo lebt mein Vater jetzt?«

»Soerman ist vor fünf Jahren zurückgekehrt. Die Verbindung zwischen den beiden Männern war schon vorher abgerissen.«

»Warum ging Soerman weg?«

»Danach habe ich ihn nicht gefragt. Ich wollte wissen, wie es Robert geht...«, sie brach ab, betroffen, wie selbstverständlich der Name ihr über die Lippen kam, wie wenig dreiundzwanzig Jahre bedeuteten, wie nahe plötzlich wieder alles war.

Robert erriet, was in ihr vorging. Es war, als hätten ihre Gedanken und Gefühle dieselbe Wurzel und dieselbe Richtung. »Seine Briefe können nicht alle verlorengegangen sein. Das bedeutet: jemand muß sie abgefangen haben!«

Sie antwortete nicht. Er verstand sie; sie wehrte sich weiterzudenken. Sie hatte Angst, aber sie konnte jetzt nicht mehr zurück. »Wer hat dir die Nachricht vom Tod meines Vaters und Soermans übermittelt?«

»Die Dokumente kamen von Lloyd aus London. Ein Bericht über den Untergang der *Thetis* und eine Liste der umgekommenen Seeleute und Passagiere. Das war absolut korrekt.«

»Trotzdem hast du nicht an dieses Dokument geglaubt.«

Sie machte eine hilflose Geste. »Ich wollte nicht an einen Toten denken, wenn ich dich an meine Brust nahm. Eine Frau, die ihr erstes Kind geboren hat, kann an den Tod nicht denken. Sie weiß nur, daß sie Leben hervorgebracht hat und daß sie wieder Leben hervorbringen wird.«

Sie war so neu für ihn, jedes Wort, sogar ihre Stimme. Er hätte immerfort nur auf diese neue Stimme lauschen mögen. Er mußte sich zwingen, seine Frage zu wiederholen.

»Wer überbrachte dir damals die Nachricht?«

»Dem Landgrafen ging es ganz einfach um sein Geld. Er hoffte, daß hier noch ein Teil versteckt sei. Er ließ Nachforschungen anstellen.«

»Du weichst mir aus. Wer war es? Wer betrieb die Nachforschungen? Wer überbrachte die Nachricht?«

Sie antwortete nicht. Sie starrte vor sich hin.

»Dann will ich es dir sagen. Es war mein Stiefvater.«

»Was soll das heißen?« Sie war plötzlich ganz Abwehr.

»Daß er ein Interesse daran gehabt haben könnte, dir die Wahrheit zu verschweigen, und daß die erste Lüge ihn dazu zwang, weiterzulügen und die Briefe, die immer noch kamen, verschwinden zu lassen.«

»Bitte«, sagte sie heftig, »sprich nicht so! Vergiß nicht, was er damals für mich getan hat! Ich stand vor dem Nichts. Ohne ihn hätte ich alles verloren. Ich will nicht, daß das von jetzt an zwischen euch steht. Es wäre besser, du hättest von all dem nie etwas erfahren. Man kann die Zeit nicht zurückdrehen wie eine Uhr. Ich will ganz ehrlich sein mit dir. Vorhin, als Soerman plötzlich vor mir stand, es war nur ein Augenblick, aber wenn ich in diesem Augenblick gehandelt hätte, wäre ich jetzt nicht mehr hier! Ich hätte nicht einmal daran gedacht, daß es nachts in der Kutsche kalt werden wird und daß ich in den Gasthäusern Geld brauche, um zu übernachten und zu essen. Hätte ich dem Gefühl des einen Augenblicks nachgegeben, ich wäre auf und davon, wie ich war. Aber der Augenblick ging vorüber, und ich war froh, daß ich nicht gehandelt hatte.«

»Froh? Das sagst du?«

»Ja, ich sage das. Ich sage, dies hier ist mein Platz. Ich sage, es ist mir gutgegangen in all den Jahren. Ich sage, ich war glücklich; auf etwas andere Weise, als ich es mir vorgestellt hatte – aber daran war nicht er schuld.«

Robert schwieg. Die Worte, die er ihr hätte sagen wollen, gab es nicht, oder er fand sie nicht. Er fand auch keine Geste, mit der er hätte ausdrücken können, was er empfand. »Ich werde mich um Soerman kümmern«, sagte er. »Wieviel weiß Frau Retz von allem?«

»Nur, daß er ein Deserteur von der Festung ist. Sie hat ihn damals nicht kennengelernt. Sie weiß nicht einmal seinen Namen.«

»Ich werde ihn zur Grenze bringen.«

»Ich danke dir.« Plötzlich schlang sie die Arme um ihren Sohn, nicht wie eine Mutter, sondern wie eine sehr junge Frau. »Ich bleibe wach, bis du wieder zurück bist.«

»Nein, bleib nicht auf. Ich weiß noch nicht, wann ich zurückkomme.«

Sie hätte ihn am liebsten zurückgehalten, aber sie sagte nur: »Gib acht auf dich!«

Frau Retz wohnte in einem rückwärtigen Anbau des Verwalterhauses. Im Vorgarten standen Rosenstöcke, keiner unter Mannsgröße. Im Sommer, wenn alle blühten, sah man von dem Anbau nur noch den überlangen Kamin mit der runden Haube und darauf ein weißes Taubenpaar.

Robert band die Pferde am Pfosten des Gartentors fest. Er war niemandem begegnet, als er die beiden Stuten aus dem Stall geholt und über den Hof geführt hatte. Die Tiere hatte er mit Bedacht ausgewählt; sie waren besonders ruhig und nicht so leicht nervös zu machen. Die Schweißhunde hatten leise geknurrt, als er am Zwinger vorbeigeschritten war.

Robert beugte sich über das Gatter und löste den Riegel. Die Stämme der Rosenstöcke waren schon mit Rupfen umwickelt, aber die Kronen trugen noch Knospen. Obwohl keine voll geöffnet war, duftete es, als stünde alles in voller Blüte.

Aus dem Oberlicht über der Tür fiel Lichtschein in den Garten. Robert klopfte dreimal. Schritte kamen näher. Die Klappe über dem Meinen Ausguck in der Tür wurde gehoben. »Ich bin es«, sagte er.

Frau Retz ließ ihn ein. In der Wohnstube war der Tisch gedeckt. Es roch nach gebratenem Speck. Auf einem Brett lagen ein Stück Käse, Brot und Butter. Neben dem Kachelofen stand ein Paar Männerstiefel. Frau Retz deutete auf die Tür im Hintergrund. »Da drin ist er. Ich habe noch nie jemanden so schnell und so viel essen sehen.«

Robert betrat den Raum. Soerman lag angezogen auf dem Bett. Robert nahm die Kerze vom Tisch und trat etwas näher. Er hatte erwartet, der Mann werde beim geringsten Geräusch auffahren, aber er hatte sich getäuscht. Soerman schlief wie ein Stein. Sein Atem war tief. Im Schlaf wirkte er jünger als am Nachmittag im Halbdunkel der Kutsche. Ein Messer steckte in seinem Gürtel. Die rechte Hand lag noch im Schlaf um den Griff der Waffe. Ein Mann, der wußte, daß keine fünfzig Meter weiter Schweißhunde waren, die seine Witterung hatten, und der trotzdem schlafen konnte wie ein Kind. Robert legte die Hand auf Soermans Schulter. »Wacht auf!«

Soerman schnellte hoch. In seiner Rechten blitzte das Messer. Lachend ließ er es sinken, steckte es in den Gürtel zurück und sprang auf die Füße. Er nahm Robert die Kerze aus der Hand und hielt sie nahe an sein Gesicht. Er schüttelte den Kopf. »Man könnte meinen, Euer Vater hat doch etwas von Alchimie verstanden. So eine Ähnlichkeit – verrückt!«

Robert drängte es, Fragen zu stellen, aber dazu war jetzt keine Zeit. »Wärt Ihr nicht aus der Kutsche gesprungen, könntet Ihr längst in aller Ruhe schlafen. Habt Ihr Euch nicht weh getan?«

»Katzen verstehen sich aufs Fallen. Ihr seid zwar verteufelt schnell gefahren, aber das Schilf war weich.«

»Ihr seid erst an der Schwalm aus der Kutsche?«

»Dort kannte ich mich am besten aus.« Soerman sah sich im Raum um. »Als ich mich herlegte, hatte ich noch Stiefel an.«

»Ich werde Euch zur Grenze bringen.«

Soerman nickte. Die beiden Männer kehrten in die Wohnstube zurück. Soerman setzte sich auf die Ofenbank und wollte die Stiefel anziehen. »Wartet«, sagte Frau Retz. »Es ist besser, wenn Ihr die Kleider wechselt. Wegen der Hunde. Der Schrank in der Schlafstube ist voller Männerkleider. Sie werden Euch passen.«

»Ihr scheint darauf eingerichtet zu sein, Deserteuren zu helfen. Ich weiß nicht, ob ich Euch die Sachen je zurückbringen kann.«

»Mein Sohn braucht die Kleider nicht mehr. Er ist dreimal von der Festung geflohen. Er hatte nicht soviel Glück wie Ihr.«

Soerman verschwand in der Schlafstube, um sich umzuziehen. Robert öffnete die Tür zum Hausgang und lauschte. Frau Retz blickte ihm ängstlich entgegen, als er zurückkam.

»Alles ist ruhig«, sagte Robert.

»Wie ich sie hasse«, murmelte die Frau. »Teufel sind

es, keine Menschen. Wenn ich ein Mann wäre, ich würde mich auf die Festung anwerben lassen. Ich würde sie alle aufwiegeln. Der Rall sollte das Fürchten lernen. Seine Kanonen und seine Hunde würden ihm nichts mehr helfen gegen tausend Mann, die sich einig sind.«

»Einmal wird es so kommen. Verlaßt Euch darauf.«

»Aber wann? Wieviel muß denn vorher noch geschehen?«

»Ich wußte gar nicht, was für aufrührerische Gedanken Ihr habt. Was ich jetzt brauche ist ein langer fester Strick.«

Frau Retz stand schwerfällig auf und holte aus einem Schub einen Karton mit Schnüren und Stricken. Soerman trat aus der Schlafstube. Frau Retz starrte ihn wie eine Erscheinung an. Soerman fuhr in die Stiefel und griff sich das Stück Käse auf dem Tisch. Robert hatte die alten Kleider Soermans genommen und schnürte sie zu einem Bündel zusammen.

»Was habt Ihr damit im Sinn?« fragte Soerman.

»Ihr werdet es gleich sehen. Kommt jetzt.«

In der Stube der Frau Retz war Robert unruhig geworden, aber jetzt begann er wieder freier zu atmen. Dieser Soerman war nicht das erste Mal auf der Flucht; er gehörte zu denen, die immer entkamen, und er war auch jetzt die Ruhe selbst.

Soerman blieb im Vorgarten stehen und deutete auf eine aufspringende Rosenknospe. Er brach sie ab und roch daran. »Habt Ihr schon bemerkt«, sagte er, »daß unglückliche Frauen eine besondere Hand für Blumen haben?« Er steckte die Rose an seinen Rock.

»Ist das Euer Spezialgebiet – unglückliche Frauen?« fragte Robert.

»So unrecht habt Ihr damit nicht. Für einen Mann auf der Flucht gibt es nichts Wertvolleres.«

»Ihr flieht oft?«

Soerman lachte leise. »Es ist mein wahres und einziges Spezialgebiet.«

Die Pferde hoben die Köpfe, als die Männer näher kamen. »Der Braune ist für Euch«, sagte Robert.

Sie saßen auf. Robert befestigte den Strick mit dem Kleiderbündel am Sattelknopf. Soerman sah ihm aufmerksam zu. »Ich begreife langsam.«

Robert legte das Bündel vor sich auf den Sattel. »Dort drüben im Zwinger sind Schweißhunde. Sie haben Eure Witterung. Wir müssen an ihnen vorbei; es gibt keinen anderen Weg. Ich werde sie mit dem Bündel ablenken. Bleibt hier, bis ich den Zwinger öffne. Reitet erst los, wenn Ihr seht, daß die Hunde mir folgen. Aus dem Hof und dann links! Wir treffen uns bei der großen Eiche. Sie ist nicht zu verfehlen. Dort wartet auf mich.«

Soerman nickte. »Es war wirklich überflüssig, aus der Kutsche zu springen. Ihr seid so, wie Ihr ausseht. Aber man hat sich zu oft in einem Gesicht getäuscht.«

Die Schweißhunde knurrten, als Robert sich dem Zwinger näherte. Sie drängten die Schnauzen zwischen die Gitterstäbe. Robert trieb die Stute unmittelbar vor die Tür des Zwingers. Er beugte sich aus dem Sattel, schob den Riegel zurück, nahm das Kleiderbündel und hielt es an das Gitter. Die vier Hunde schienen zu erstarren, als sie die Witterung aufnahmen.

Robert ließ das Bündel vor dem Zwinger zur Erde fallen. Im selben Moment stürzten sich die vier Hunde aus dem Zwinger. Robert gab seinem Pferd die Sporen.

Es war, als habe er eine ganze Meute hinter sich. Robert hörte den hechelnden Atem der Hunde. Hin und wieder stießen sie kurze heisere Laute aus, mehr

Schreie als Bellen. Als hätte es den Sinn dieser Jagd begriffen, wurde Roberts Pferd immer dann schneller, wenn einer der Hunde das Bündel zu fassen bekam.

Etwa hundert Meter vor dem Rand des Laubwalds begann die Wiese abzufallen. Die Hunde blieben dem Pferd dicht auf den Fersen. Ihre gefletschten Zähne glänzten weiß, ihre Lefzen waren schaumbedeckt. Es wurde Zeit, daß er ihnen die Beute ließ. Robert zog das Messer aus dem Gürtel. Mit der Rechten hielt er den Strick mit dem Bündel fest. Kurz vor dem Waldrand hieb er den straff gespannten Strick entzwei.

Er riß das Pferd herum und setzte im Galopp längs des Waldrands den Hügel hinauf. Als er sicher war, daß die Hunde ihm nicht mehr folgten, warf er einen Blick zurück. Die vier Tiere waren ein einziges tobendes Knäuel, und zwischen ihnen das Bündel, das unter den wütenden Bissen zu unheimlichem Leben erwacht war, ein fünftes Wesen, das den Kampf nicht ernst nahm, sondern mit den Hunden spielte.

Soerman ritt aus dem Schatten der Eiche. »Eins würde ich gerne wissen. Warum habt Ihr es riskiert, die Kutsche aus der Stellmacherei zu fahren? Ihr wußtet doch zu diesem Zeitpunkt noch gar nicht, wer ich war.«

»Ihr wart einer, die anderen waren fünfzig.«

Soerman sah Robert nachdenklich an. »Ihr seht nicht nur aus wie er, Ihr redet auch wie Euer Vater. Ihr würdet nach drüben passen, in die Neue Welt. Mir war sie zu neu.«

Robert setzte sein Pferd in Bewegung. »Wir haben einen weiten Weg.«

»Nicht so weit, wie Ihr denkt. Ihr braucht mich nicht zur Grenze zu bringen. Es genügt die Köhlerei am Eichswald. Ich hielt es für klüger, vor der Frau nichts davon zu sagen.«

»Dann stimmt es also, was man von Euch sagt.«

»Was sagt man?«

»Daß Ihr zu der Bande des Langen Hoym gehört.«

»Es sind schlechte Zeiten, und schlechte Zeiten brauchen Männer wie den Hoym, als Gegengewicht sozusagen. Ich will ihn nicht verteidigen, aber viele Bauern können sich nur geschmuggelte Gewürze, Salz, Kaffee und Tabak leisten.«

»Und der Überfall auf den Schutzjuden Veitl Lesser, an dem Ihr beteiligt wart?«

»Wer neu beim Hoym ist, kann sich die Arbeit nicht aussuchen. Heute erst bin ich dabei, mein Gesellenstück zu machen. Der Hoym ist wählerischer als die Werber des Landgrafen. Ich bin auch jetzt sozusagen im Dienst, und zwar als Köder. Heute nacht wird von Kassel der Sold für die in Ziegenhain stationierten Soldaten auf die Festung transportiert. Drei Taler und fünf Groschen pro Mann, vierundachtzig Taler pro Offizier. Ein schöner Brocken. Der Hoym arbeitet viel leichter, wenn die ganze Gegend in Aufruhr ist und die gesamte Miliz einen Deserteur jagt.«

»Wollt Ihr damit sagen, Ihr habt Euch absichtlich anwerben lassen?«

»Die haben schon so viele arme Teufel hereingelegt. Es machte mir Spaß, den Spieß einmal umzudrehen.«

Die Männer ritten schweigend weiter. Von dem Hügelkamm, über den ihr Weg führte, sahen sie in das langgezogene Tal. Auf den Feldern brannten die Feuer der Pflichtwachen. Die Windlichter an den Toren der Weiler und Höfe wurden nicht gelöscht in dieser Nacht. Die Festung Ziegenhain ragte schwarz in den dunklen Himmel. Auf den Wällen schwelten die Feuer der Pechpfannen, ein Kranz zerschellter Himmelskörper, die allmählich verglühten. Die Stille hatte etwas Friedloses und

Gereiztes, wie das Schweigen eines auf Rebellion sinnenden Menschen.

»Drüben, in der Neuen Welt, gibt es Bauern, denen gehört so ein ganzes Tal«, sagte Soerman. »Nur daß die Täler drüben größer sind und daß es keine Festungen gibt.«

»Warum seid Ihr nicht drüben geblieben?«

»Ich glaube, ich gehöre zu den Menschen, die es nicht ertragen, wenn es ihnen gutgeht. Irgendwie passe ich besser hierher, unter Menschen, die nur ihre Träume haben, und auch diese Träume sind nur dazu da, sie zu enttäuschen. Drüben ist jeder selber schuld, wenn er mit seinem Leben nichts anzufangen weiß. Hier ist das anders. Hier hat man immer eine Ausrede . . .«

Unmerklich hatte Soerman die Führung übernommen. Sie verließen das freie Gelände und ritten eine Waldschneise entlang. Als in der Ferne der Feuerschein eines Kohlenmeilers sichtbar wurde, hielt Soerman das Pferd an. »Ihr könnt jetzt umkehren.«

»Fürchtet Ihr, daß ich zuviel von Eurem Schlupfwinkel sehe?«

Soerman lachte. Er hob die Hände an den Mund und stieß viermal hintereinander den Ruf des Käuzchens aus. Die erste Antwort kam aus dem Unterholz in der Nähe, die zweite von weit her, die dritte aus dem Wipfel eines der Bäume neben ihnen. »Seht Ihr«, sagte Soerman. »Ein Dutzend Augen sehen uns, ohne daß wir sie sehen.«

»Was gefällt Euch an diesem Leben?«

»Es kommt nicht immer darauf an, was einem gefällt.«

»Sagt es mir ehrlich: Warum habt Ihr Amerika verlassen?«

»Ihr könntet mich ebensogut fragen, warum ich nicht

in meiner Heimat geblieben bin. Ich könnte heute ein dekorierter schwedischer Gesandtschaftsrat sein – in Stockholm wird jeder geadelt, der mehr als zwei Sprachen kann –, mit einem Schrank voll gekräuselter Perükken, einer Sammlung Brüsseler Spitzenkragen und einer Loge im Theater.«

»Und die Flucht damals, mit meinem Vater?«

»Ihr könnt Eure Fragen lange für Euch behalten.« Sie ritten weiter, auf das Feuer des Meilers zu. »Eigentlich gibt es nicht viel zu erzählen. Im Januar 1752 landeten wir in Staten Island.«

»Mit welchem Schiff?«

»Nicht mit dem Schiff, in dessen Bordbuch wir laut Lloyd eingetragen waren. Der Skelnik und der Soerman, die mit der *Thetis* untergingen, wie man glaubte, haben nie das Deck dieses Schiffes betreten. Man ist vorsichtig, wenn man soviel Geld zu verlieren hat. Wir fuhren mit der *Vespucci*, unter anderem Namen.«

Wie einfach für seinen Stiefvater, dachte Robert. Es war Robert Skelnik selber gewesen, der ihm die Idee zugespielt hatte. Haynau hatte nur zu handeln brauchen. Was riskierte er schon, wenn er die Briefe eines Mannes abfing, der sich selbst aus dem Register der Lebenden gestrichen hatte? Roberts Überlegungen waren frei von aller Bitterkeit. Aber jetzt wollte er die ganze Wahrheit erfahren.

»Mir gehörten plötzlich dreißigtausend Goldstücke. Ich glaube nicht, daß es noch einen Mann gibt, der so anständig handelt. Was war ich denn! Ein kleiner Gehilfe, den er aufgelesen hatte, weil er mit mir in seiner polnischen Muttersprache reden konnte. Wir hatten vorher nicht ausgemacht, daß er mit mir teilen würde. Ich konnte mich nicht einmal richtig freuen. Irgendwie fühlte ich mich ausgezahlt und weggeschickt. Ich weiß, das ist alles Unsinn. Euer Vater meinte es anders. Er wollte, daß ich mir drüben ein Leben nach meinem eigenen Geschmack aufbaue.«

»Und er?«

»Er verschwand. Jedesmal, wenn er wieder in New York auftauchte, um seine Briefe eigenhändig einem der Kapitäne anzuvertrauen, sah er noch verwilderter aus. Dann hörte ich ein Jahr lang nichts mehr von ihm. Aber eines Tages – ich war weitergezogen nach Philadelphia – kam er in einem Wagen daher, höchst vornehm ausstaffiert. Ich mußte einsteigen, und er nahm mich mit. Es war eine einsame Gegend; ein Riesenstück Land gehörte ihm; er hatte darauf ein Herrenhaus gebaut, in der Nähe eines Flusses, des Delaware. Die Landschaft, der Fluß und die Lage des Hauses hatten sehr viel Ähnlichkeit mit der Gegend hier herum. Auch das Haus war so. Als ich es sah, war es noch im Bau, aber die Zimmer für Eure Mutter und für Euch waren bereits mit den schönsten Dingen vollgestopft, die er hatte auftreiben können. Es fehlte nichts, nicht einmal Spielzeug. Vielleicht bilde ich es mir nur ein, aber heute, als ich mich im Ankleideraum Eurer Mutter versteckt hielt, mußte ich plötzlich an dieses Haus in Amerika denken und daß es dort genauso geduftet hat. Lavendel ist das, glaube ich, oder Pomeranzen.« Er schwieg, und dann sagte er, ehe Robert die Frage stellen konnte: »Ich habe ihn danach nicht mehr gesehen.«

»Und *Eure* Geschichte?«

»Das ist keine, und vor allem keine, die ein erbauliches Ende hat. Ich besaß dreißigtausend Goldstücke; aber das Geld war mir nur im Weg, und so habe ich es aus dem Weg geräumt. Mit dem Rest habe ich mich an einem Schmuggelschiff beteiligt. Es war ein Geschäft, das mir gefiel, ich pendelte zwischen Europa und Boston hin und her, bis auch das zu Ende war. Die Engländer schnappten uns. Das Schiff mitsamt den Waren wurde konfisziert. Es gab einen Prozeß in London, und als er vorbei war, gehörte mir nichts mehr. Sie verurteilten mich zu sechs Jahren, aber nach sieben Wochen bin ich schon aus dem Newgate-Gefängnis geflohen. Geld für die Rückkehr nach Amerika hatte ich nicht, und ich wollte auch gar nicht zurück. Seither . . .« Die Pferde waren von selbst weitergegangen. Soerman zog die Zügel an. »Ich sagte Euch, es ist eine Geschichte ohne Ende. Euren Vater habe ich nie mehr gesehn, und so kann ich Euch nicht mehr von ihm berichten.«

»Es war genug. Bis vor wenigen Stunden war er für mich ein Toter.«

»Ich glaube, er würde sich freuen, wenn er wüßte, daß er einen Sohn hat.«

»Er wird inzwischen andere Söhne haben.«

»Möglich. Aber ich glaube es nicht. Wenn ich das Haus vor mir sehe, dann sehe ich es leer. Mit all den Möbeln und Sachen – aber leer. Ich glaube nicht, daß er je eine andere Frau hineingelassen hat.«

Sie waren jetzt ganz in der Nähe des Kohlenmeilers. In der Luft hing ein Duft aus Harz und Teer. Vor der Köhlerhütte tauchte ein Mann auf. Der Schrei des Käuzchens erklang abermals. Robert war nicht sicher, ob es der Köhler war, der das Zeichen gab. Soerman antwortete mit demselben Laut. Dann breitete sich wieder Stille aus.

»Es ist besser, Ihr kehrt jetzt um«, sagte Soerman. »Es ist nicht nötig, daß alle hier wissen, wer mich hergebracht hat.«

Robert zögerte. Dann fragte er: »Wo kann ich Euch finden?«

»Was ich von Eurem Vater weiß, habe ich Euch gesagt.«

»Es ist nicht deswegen.«

»Kennt Ihr die Koppin, die Botenfrau, die jede Woche mit Nachrichten von Ziegenhain nach Kassel geht?«

»Sie kommt jede Woche einmal nach Haynau.«

»Ihr könnt ihr jede Nachricht anvertrauen. Sie weiß immer, wo ich bin.« Soerman schwang sich aus dem Sattel. Er wollte Robert die Zügel übergeben.

»Nein, behaltet das Pferd.«

»Das ist das zweite Pferd, das mir ein Skelnik schenkt. Wie heißt es denn?«

»Trier. Unser Stallmeister kommt aus dem Rheinischen.«

Soerman rief das Pferd beim Namen, klatschte ihm mit der flachen Hand auf die Hinterbacken, unter den Bauch, auf den Hals, und fuhr ihm zum Schluß über die Nüstern. Es war wie der Ritus einer Besitznahme. Dann schwang er sich in den Sattel, hob noch einmal die Hand und ritt davon.

Der Mann vor der Köhlerhütte war verschwunden, Soerman im Dunkel untergetaucht. Ein Knacken und Flüstern ging durch den Wald, dann breitete sich wieder Stille aus. Robert starrte vor sich hin. Er wünschte, daß alles nur ein Spuk wäre, ein wirrer Traum, von dem er morgen früh nichts mehr wissen würde. Die Sehnsucht nach der Umarmung einer Frau stieg in ihm auf. Er wendete das Pferd und schlug den Weg nach Ziegenhain ein.

Der Hausknecht vom *Schwarzen Bären* klopfte kurz an das Küchenfenster, wie immer, wenn ein Gast kam, dessen Besuch vor allem der Wirtstochter galt. Es gab eine Handvoll Männer, die im *Schwarzen Bären* nur wegen der Wirtstochter einkehrten, die so blanke Augen hatte und deren haselbraune Locken sich im Nacken kräuselten. Es stimmte nicht, was böse Zungen behaupteten, daß sie jedem zu Willen war, aber es war ihr Ehrgeiz, jedem zu gefallen; und wenn der Hausknecht ihr das verabredete Zeichen gab, trat sie schnell vor einen kleinen Spiegel, preßte die Hände auf die Wangen, damit sie noch rosiger wurden, und band die Schürze besonders eng um die Taille. Wenn sie auch nicht gerade zu den Schlanken gehörte, hatte sie doch eine Taille, um die sie viele beneideten.

»Was macht das Rheuma?« Robert übergab dem Hausknecht die Zügel.

Der Knecht hob den linken Arm über den Kopf. »Ist das Hexerei? Nur fünf Minuten bei Hieronymus Semler in Treysa – und aus diesem lahmen Stück Holz ist wieder ein Arm geworden! Ich wollte nicht hin. Ich glaubte nicht an so was. Aber der Wirt hat nicht nachgegeben. Er hat mich selber hingefahren. Der Semler ist nur so mit den Händen darüber, mit gespreizten Fingern. Der Arm wurde plötzlich ganz heiß. Ich brauche nicht mehr zu kommen, hat er gesagt. Jetzt bin ich gespannt, ob es auch im Winter so bleibt. Unsere drei Offiziere werden froh sein, daß Ihr kommt. Sie haben ihren trübseligen Tag. Sie sind in der kleinen Stube.«

Robert gab ihm ein Trinkgeld und trat ins Haus. Im Flur wartete er einen Augenblick, aber als das Mädchen nicht kam, öffnete er die Tür zu der kleinen Gaststube.

Der Raum war verqualmt und dämmerig. Nur über dem Tisch am Ofen, an dem die Werbeoffiziere Leßberg, Umbach und Scholl saßen, brannte eine Lampe. Am Erkertisch, halb verborgen hinter einem Mauervorsprung, saß ein einsamer Gast, vor ihm standen eine Kerze und ein Teller mit Speiseresten.

Scholl, der eben die Karten mischte, hielt inne. »Jetzt wendet sich das Blatt! Jetzt kommt einer, der knöpft euch das Geld wieder ab, das ihr mir genommen habt.«

Robert warf den Rock über die Stuhllehne und setzte sich an den Tisch der Werbeoffiziere.

Umbach klopfte die Pfeife aus und musterte Robert mit einem schiefen Lächeln. »Schaut euch den an! Paßt der überhaupt noch hier herein? Samt, Seide, Spitzen. Da merkt man erst, wie man hier verbauert.« Er griff nach dem ledernen Tabaksbeutel. »Ich nehme mir noch mal von dem Kraut, Leßberg. Wirklich, auf Tabak müßte man sich verlegen.«

Umbach zerdrückte die Krümel zwischen den Fingerspitzen und roch daran. »In der Welt herumkutschieren, Geld, schöne Weiber. Neidisch könnte man werden.«

Leßberg lehnte sich im Stuhl zurück. »Ein kleiner Krieg, das ist es, was uns fehlt, dann sind auch wir Werber wieder gefragt.«

Scholl hatte die Karten in zwei Haufen geteilt und ließ sie zwischen Daumen und Zeigefinger ineinandergleiten. »Krieg«, sagte er träumerisch. »Wie soll ein Fürst groß werden, wenn er keine Kriege führt! Bei einem großen Fürsten darf der Krieg nicht ausgehen. Was bleibt, sind nicht die Schlösser und solcher Krimskrams. Nur die Schlachten gehen in die Geschichte ein. So einen Kerl wie meinen Holländer möchte ich noch einmal finden. Zwei Meter und drei Zentimeter, auf Socken gemessen. Da paßte keine Hose, kein Stiefel. Seinen Ministern zahlt der preußische König dreitausend Taler im Jahr. Mir gab er für meinen Holländer neuntausend!«

Scholl ließ keine Gelegenheit aus, diese Geschichte zu erzählen. Sie gehörte zu ihm wie sein steifer Gang, sein österreichischer Akzent und die vier Ringe an seiner linken Hand, die das einzige waren, was er außer dem Adelsbrief von seinem Vater an weltlichen Gütern geerbt hatte.

Umbach und Leßberg hörten ohne ein Zeichen von Ungeduld oder Spott zu. Eine alte Geschichte war so gut wie eine neue – für Tage, die nicht vergehen wollten, und für Männer, deren Leben nur noch aus solchen Tagen bestand.

Umbach stopfte seine Pfeife. »Wenn ich daran denke, daß ich am 1. Dezember in Kassel meinen Jahresbericht einreichen muß! Nur Ausgaben und keinen einzigen Soldaten. Früher gab es mehr Kerle, als wir brauchen konnten. Sogar die Lahmen wollten unbedingt den blauen Rock. Einmal hatte ich an einem Tag fünfundzwanzig. Nicht Kroppzeug, sondern erste Wahl.«

»Kommt alles wieder.«

»Wenn ich an meinen Jahresbericht denke, überlege ich mir, ob ich nicht meinen Abschied einreichen soll.«

»Ist es etwa deine Schuld, daß es keinen Krieg gibt? Auch wenn sie uns die Werbeprämien streichen. Der Offizierssold ist uns sicher.«

»Meinst du, ich wäre Werber geworden, wenn ich vom Offizierssold hätte leben wollen?«

»Es wird schon wieder Krieg kommen.«

»Das sagst du seit Dreiundsechzig. Jetzt schreiben wir Fünfundsiebzig.«

»1776 gibt es Krieg.«

»In Rußland vielleicht. Die haben Soldaten genug. Die brauchen keine von uns.«

»Du bist ein Schwarzseher, Umbach.«

Die Wirtstochter kam herein und brachte Robert ein Viertel Roten. Sie wollte etwas sagen, aber als sie die lauernde Aufmerksamkeit auf den Gesichtern der drei Werbeoffiziere sah, lächelte sie nur. Leßberg schob ihr seinen Viertelkrug hin. »Noch mal dasselbe.« Als das Mädchen den Krug nahm, tauschte sie einen Blick mit Robert. Sie war froh, daß sie nicht so leicht rot wurde.

»Bring uns die Würfel«, sagte Robert zu dem Mädchen.

Sie setzte den Krug ab und trat an das Wandschränkchen neben der Tür.

»Ich glaube nicht, daß die Herren Offiziere noch viel zu verlieren haben«, sagte sie, als sie den Männern die Würfelbecher hinstellte.«

»Du hast es wohl eilig, uns loszuwerden?« Leßberg nahm das Mädchen am Arm. »Was für glänzende Augen sie hat!«

Sie lächelte unbefangen. »Alle Mädchen von Ziegenhain bis Kassel haben glänzende Augen, sobald Robert von Haynau wieder im Land ist.« Robert hatte alles Geld, das er bei sich hatte, vor sich auf den Tisch gelegt und schichtete die Münzen gleichen Wertes aufeinander. Er nahm den Lederbecher. »Ein Taler das Spiel. Und jeder nimmt einen Becher, dann geht's schneller. Einverstanden?«

Die anderen nickten. Die Männer nahmen die Becher, schlossen die Hände darum, behutsam, fast scheu, als hielten sie etwas Lebendiges. Im Raum wurde es still. Nur das leise Klappern der Würfel war zu hören. Gleichzeitig kippten sie die Becher auf den Tisch. Die Männer beugten sich vor. Vor jedem lagen drei Würfel. »Neun«, sagte Robert.

Leßberg schob seinen Wurf in die Mitte des Tisches. »Vierzehn.« Scholl, der zehn, und Umbach, der zwölf hatte, warfen ihre Würfel in den Becher zurück. Robert zahlte Leßberg aus und fragte: »Gehen wir aufs Doppelte?«

»Gemacht«, antwortete Leßberg. Scholl und Umbach waren zu stolz, um zu protestieren. Die Wirtstochter stellte Leßberg den neuen Wein hin. Einen Moment blieb sie neben Robert stehen. Der streckte die Hand nach ihr aus, wie nach einer Katze, die man streichelt, ohne hinzusehen.

Wieder klapperten die Würfel. Wieder verlor Robert, und wieder war Leßberg der Gewinner. Sie spielten weiter. Nach einer Weile ohne Gewinn schlug Robert vor: »Vier Taler das Spiel«, und als er abermals verlor, wie um das Glück zu zwingen: »Acht Taler.«

Er verlor weiter. Die drei Offiziere rechneten nicht mehr. Sie dachten nicht mehr daran, daß es auch einmal sie treffen könnte. Denn wie niedrig sie auch würfelten, Robert hatte noch weniger Augen. Nach einer halben Stunde hatte er seine ganze Barschaft verspielt. Als er Scholl die letzten Goldstücke hingeschoben hatte, wandte er sich nach dem Mädchen um, das bereits die Gaststube aufräumte. »Wir brauchen Schreibzeug.«

»Du spielst weiter?« fragte Leßberg.

»Habt ihr je erlebt, daß ich mitten in einer Pechsträhne aufhöre?«

»Wenn wir klug wären, würden wir aufhören«, sagte Scholl. »Ihr werdet sehen, er nimmt uns alles wieder ab.«

»Es ist nur fair, daß wir ihm die Chance geben.«

Umbach grinste. »Ich glaube an das Gesetz der Serie.«

Die Wirtstochter legte Papier, Tinte und Federkiel vor Robert auf den Tisch. Es tat ihr leid, daß sie ihn nicht gleich, als er kam, draußen abgefangen hatte.

Robert zog senkrechte Striche über das Blatt und schrieb über jede Spalte einen Namen. Wieder begannen die Männer zu würfeln. Robert verlor. Er sprach kein Wort, der Wein stand unberührt neben ihm. Er hatte alles andere vergessen. Es gab nur noch die drei beinernen Würfel und ihre schwarzen Augen, und dieses neue Erlebnis; sie fielen immer gegen ihn.

Mechanisch schrieb er die Zahlen auf. Er rechnete nicht mit. Er wußte nur, daß er nicht aufhören konnte. Umbach hatte seine Pfeife weggelegt, die Glut fiel auf den Tisch und versengte das Holz. Leßberg zerrte an seinem Kragen. Scholl rechnete leise vor sich hin. Sogar der einzelne Gast an dem Erkertisch hatte sich erhoben und war an den Tisch der Spieler getreten.

Die Wirtstochter öffnete das Oberlicht eines Fensters und machte sich dann an der Anrichte zu schaffen. Sie ordnete das Besteck in den Kasten, legte die Servietten aufeinander. Sie brauchte nicht zum Tisch der Spieler hinzusehen, um zu wissen, daß Robert weiter verlor.

»Fünfhundert Taler«, sagte Scholl mit belegter Stimme. »Ich finde das reicht. Hört auf. Er schuldet uns fünfhundert Taler – das ist ein Preis, den wir heutzutage nicht einmal für zehn Leute kriegen!«

Robert lehnte sich zurück. »Bin ich euch zehn Leute wert?«

»Wie meinst du das?«

»So, wie ich es gesagt habe.«

Keiner antwortete, keiner wagte den anderen anzusehen. Seit dem Vormittag saßen die drei Werbeoffiziere an diesem Tisch. Sie hatten gegessen, getrunken, gespielt, aber nichts hatte die dumpfe Zähigkeit dieses Tages auflockern können – und jetzt fühlten sie sich hellwach. Robert blickte von einem zum anderen. Sie kamen ihm wie Kinder vor, die den Teufel rufen möchten und nicht den Mut haben, seinen Namen auszusprechen. »Also was ist? Nehmt ihr das Spiel an? Gewinne ich, streicht ihr meine Schulden. Wenn nicht, gehöre ich dem, der beim nächsten Wurf die meisten Augen hat.«

Die Wirtstochter trat neben Robert. Sie wollte ihm den Würfelbecher wegnehmen, aber er schob sie sanft vom Tisch. Er warf die drei Würfel in seinen Becher.

»Worauf wartet ihr? Ihr riskiert doch nichts, außer daß ihr mich nicht bekommt.« Er wußte selber nicht, was ihn dazu trieb.

Mit gesenkten Augen griffen die drei Offiziere nach den Würfelbechern. Das Geräusch der klappernden Würfel war plötzlich lauter als vorher. Die Tür fiel hinter der Wirtstochter ins Schloß. Der Fremde räusperte sich, und auch das klang unnatürlich laut. Scholl stürzte als erster seinen Becher auf den Tisch. Er wartete nicht auf die anderen, hob ihn auf. Seine Miene verfinsterte sich beim Anblick der drei Einser.

»Nun du, Umbach«, drängte Leßberg.

»Warum ich? Würfle du zuerst!«

»Meinetwegen.« Langsam ließ er die Würfel aus dem Becher gleiten. Es waren acht Augen. Der Wurf von Umbach brachte fünf. Die Gesichter der drei Offiziere entspannten sich.

»Ich wußte es«, sagte Scholl. »Mit dem letzten Wurf gewinnt er alles zurück.«

Robert hob den Becher. Der erste Würfel, der zum Vorschein kam, war eine Fünf.

»Ich wußte es«, wiederholte Scholl, und irgendwie schien er erleichtert.

»Du hast deinen Mann«, sagte Robert zu Leßberg.

»Wieso?« Die Männer starrten auf die beiden Einser, die noch zum Vorschein gekommen waren.

»Acht sind mehr als sieben, oder?« sagte Robert gleichmütig. »Her mit dem Werbeformular!«

»Du kannst einem wirklich die Langeweile vertreiben!« Leßbergs Lachen klang gepreßt.

»Dann sei kein Spaßverderber und gib das Ding her!«

Leßberg zog ein rotes Wachstuchheft aus der Innentasche seines Rocks. Er nahm ein Formular heraus. Seine Hand zitterte. »So ernst war es nicht gemeint.«

»Seit wann gilt mein Wort nichts mehr?« Robert tauchte die Feder in die Tinte und begann das Formular auszufüllen.

Die drei Offiziere beobachteten ihn. Es wurde ihnen immer unbehaglicher zumute. »Ist dir überhaupt klar, Leßberg, was für einen Fang du gemacht hast?« fragte Umbach mit gezwungener Lustigkeit.

»Gardemaß hat er nicht.«

»Wäre dir ein zwei Meter langer Bauernlümmel lieber gewesen als ein richtiger Baron? So ein feines Herrchen bringt einen schönen Batzen.«

»Wo, glaubst du, paßt er am besten hin?«

»Ich gehe zum hessischen Leibregiment«, sagte Robert, »das bedinge ich mir aus.« Er schob Leßberg das ausgefüllte Formular hin.

»Nur wenn du uns einen Krieg verschaffst.«

»Zwei Haynaus im selben Regiment, das gibt in jedem Fall Krieg.«

»Höchstens um die Pferde und die Mädchen.« Scholl begann plötzlich zu lachen. Er schwenkte das Formular in der Hand und ließ es auf den Tisch flattern. »Seht euch das an. Ich wußte, daß er uns am Ende hereinlegt. Seht euch die Unterschrift an.«

Leßberg fing das Papier auf. »Hat er drei Kreuzchen gemacht? Auch das gilt. Ich kenne manchen Adligen, der nicht mehr zusammenbringt.«

»Er hat mit einem falschen Namen unterschrieben.«

»Wer sagt euch, daß es ein falscher Name ist«, sagte Robert, und in seinen Augen war etwas, das man mit einem Lächeln hätte verwechseln können. »Eine Adoption läßt sich widerrufen.«

Umbach sprang auf. Er riß das Formular an sich. Er starrte auf die Unterschrift. Das Dokument war mit Robert Skelnik unterzeichnet. Er legte es schweigend auf den Tisch zurück und trat, leicht schwankend vom Wein, zu Robert. »Steh auf!«

Leßberg und Scholl waren verstummt. Sie waren darauf gefaßt, daß Umbach im nächsten Augenblick ein Duell vom Zaun brechen wurde, aber der Werber legte den Arm um Roberts Schulter. »Komm her, laß dich umarmen, Bruder!« sagte er mit schwerer Zunge. »Recht hast du! Spucke auf den Adelsbrief vom Landgrafen. Du warst und bist ein Skelnik. Los!« rief Umbach den anderen zu. »Schließt ihn in die Arme!«

Robert sah in gerötete Augen; Weinatem strich ihm ins Gesicht. Leßberg, Umbach und Scholl redeten gleichzeitig auf ihn ein. Die drei Männer wurden für Robert zu einem, mit einer Stimme und einem Gesicht. Und wieder, wie vorhin im Wald, hatte er das Gefühl, einen Spuk zu erleben.

»Los, nehmt alle Gläser, die in der Anrichte sind«, kommandierte Umbach. »Wir schlagen alle zusammen. Es soll ihm Glück bringen.« Die Hände voller Gläser, stolperten Leßberg, Umbach und Scholl hinaus. Sie lachten und redeten durcheinander. Sie waren betrunken und zu sehr mit sich beschäftigt, um zu bemerken, daß Robert die Gelegenheit benützt hatte, sich wegzustehlen.

Nur der Fremde war in der Wirtsstube zurückgeblieben. Klirrend fiel draußen ein Glas zu Boden. Der Fremde stand vor dem Tisch, an dem die Männer gespielt hatten, und lächelte in sich hinein. Die Würfel lagen da, die Becher, das Schreibzeug und das Dokument, das Robert ausgefüllt hatte.

Louis Stein nahm es vom Tisch. Er las es aufmerksam, prüfte das Datum, die Unterschrift; es war ein gültiges Dokument. Der Auftrag, der ihn von Kassel hierherführte, hieß nicht Robert von Haynau oder Robert Skelnik. Aber es gab nun einmal nichts, was Louis Stein nicht interessierte, denn er hatte gelernt, daß es nichts gab, was nicht eines Tages von Wichtigkeit sein konnte. Louis Stein faltete das Dokument zusammen und steckte es zu sich. Dann nahm er die Kerze von seinem Tisch und machte sich auf den Weg zu dem Zimmer, das er sich für diese Nacht im *Schwarzen Bären* hatte reservieren lassen.

Von der Straße her kam noch immer der Lärm der Werber, ihre lauten, trunkenen Stimmen und Klirren brechender Gläser.

In der Nacht fuhr Robert auf. Er wollte nach dem Glas Wasser greifen, das in Haynau immer auf seinem Nachttisch stand, aber statt dessen geriet seine Hand in den Vorhang des Alkovens, und er wußte wieder, wo er war.

Er setzte sich auf, schob den Vorhang zur Seite. Das Mädchen neben ihm atmete tief. Es war ein günstiger Augenblick, um aus dem Haus zu schleichen und heimzureiten. Der Gedanke an das eigene Bett und ein paar Stunden tiefen Schlafs vor dem Frühstück war verlokkend.

Schon wollte er den Fuß auf den Boden setzen, als das Mädchen neben ihm sich bewegte. Zwei Arme umschlangen ihn und zogen ihn zurück.

Als er das nächste Mal erwachte, erfüllte zartgrüne Helligkeit den Raum. Im Nußbaum vor dem Fenster sangen Vögel. Die Zweige, in denen der Wind spielte, schlugen leicht an die Scheiben. Diesmal hielt ihn das Mädchen nicht zurück, als er aufstand. Bevor er in seine Kleider fuhr, griff er auf den Schrank, wo die Äpfel lagen.

»Die in der hintersten Reihe sind die besten«, sagte das Mädchen. Sie lag dort, sah ihm durch den Spalt des

Vorhangs zu. Er war nicht oft bei ihr, aber nach diesen Nächten kam ihr alles schöner vor, und sie sich selber auch. Sie fragte sich nicht, ob er sie liebe, und sie fragte sich nicht, wann er wiederkommen werde. Mit glänzenden Augen sah sie zu ihm auf, als er ans Bett trat.

Er strich ihr das Haar aus der Stirn. »Wirst du schon bald heiraten?« fragte er.

»Im Frühling. Hat die Mutter ausgemacht. Ich geh von hier weg, nach Kassel. Die Braut von meinem Bruder hat zur Bedingung gemacht, daß die Schwestern alle aus dem Haus, sind, weißt du.«

wen?«

Sie nickte.

»Seine Töchter sind älter als du.«

Sie lachte. »Sie zittern schon, daß ich ihnen die ganze Erbschaft zum Fenster hinauswerfe.«

»Wenn du Witwe bist, komm' ich zum Trösten.«

Sie lächelte. Sie lächelte noch immer, als sie am offenen Fenster stand und auf den Hufschlag seines Pferdes lauschte. Sehen konnte sie ihn nicht von ihrem Fenster aus. Aber sie hatte sein Bild deutlich vor sich; es gab keinen Mann, der so elegant zu Pferd saß, es gab keinen Mann, der ihm gleichkam.

Die Reiherinsel

Auf Vorladung des Rentmeisters erscheinen der Schuhflicker Johannes Röder, der Tagelöhner Jost Stübe und der Schuhmacher Konrad Haas. Ihnen wird vorgeworfen, sie wollten nach Süd-Carolina auswandern. Die Vorgeladenen berichten, sie seien durch eine Werbeschrift zur Auswanderung angeregt worden. Das Pamphlet liegt den Akten bei.

Der Aufruf versichert, man werde Ansiedlern eine größere Geldsumme und freies Ackerland zur Verfügung stellen. Die Überfahrt in die neue Heimat könne abverdient werden. Sodann folgt die Beschreibung eines Landes, in dem wirklich Milch und Honig fließt. Unter Ziffer 6 wird z. B. behauptet, der Boden sei ungemein fruchtbar. Auf einen Scheffel Aussaat ernte man 50 bis 60 Scheffel Weizen. 30 Jahre sei überhaupt keine Düngung erforderlich. Ganz offensichtlich handelt es sich hier um ein freches Betrugsmanöver.

Protokoll des Rentmeisters aus Grebenstein in Hessen, 1753

9

Wenn Katharina von Sonsfeld, die vor Jahren das Ehebett mit dem zerschlissenen Baldachin endgültig verlassen hatte und seitdem in ihrem Boudoir zu schlafen pflegte, beim Erwachen ihren Mann vermißte, wie an diesem Morgen, so geschah das nur, weil sie dringend ein Opfer für ihre schlechte Laune brauchte.

Neben dem Bett hing der Klingelzug, ein breites besticktes Band mit einer Quaste, deren Silberfransen schwarz geworden waren. Wenn sie daran zog, kam nicht eine jener aufsässigen Zofen mit frechem Mundwerk, von denen sie früher ein gutes Dutzend pro Jahr eingestellt und wieder davongejagt hatte, sondern die stumme Marie oder ihr Mann. Nicht einmal das war ihr geblieben; der anregende morgendliche Streit mit den Dienstboten.

Katharina von Sonsfeld zerrte die Nachthaube vom Kopf und befühlte die Stirn, ob das Band Striemen zurückgelassen hatte. Daß sie keine Spur davon fand, steigerte ihren Ingrimm, statt ihn zu besänftigen. Auch der Gedanke, daß die Tage, die sie noch auf Schloß Sonsfeld verbringen mußte, gezählt waren, hellte ihr Gemüt nicht auf. Im Gegenteil, gerade die verheißungsvolle Zukunft, die sie vor sich sah, ließ sie besonders deutlich empfinden, wie verhaßt ihr alles hier war. Wenn sie auch nur einen Moment nachließe, dieses Haus mit Leidenschaft zu hassen, würden Staub und Moder auch sie auffressen, wie die Bilder, die Teppiche und die Möbel.

Sie schlug die Decke zurück, als wehre sie eine Berührung ab, vor der ihr ekelte. Jeden Abend wärmte sie ihr Bettzeug am Kamin, aber am Morgen war es wieder schwer von der Feuchtigkeit, die aus den alten Mauern strömte. Auf der Bettkante sitzend, blickte sie in den Raum. Als junge Frau hatte sie hier die schönsten Stücke aus dem ganzen Schloß zusammentragen lassen. Für die französischen Teppiche und die Brokatvorhänge aus Venedig hatte ihr Mann einen Pachthof verkauft. Die Halterungen aus massivem Gold, mit denen die Vorhänge zur Seite gerafft waren, hatten ihn einen Wald gekostet, der Lüster aus böhmischem Bergkristall einen Fischteich. Jetzt, im ungewissen Licht des Morgens, lag auf allem das stumpfe Grau des Verfalls.

Sie fuhr in die Pantoffeln und streifte den wattierten Morgenrock über. Auf dem zweisitzigen Diwan lag das schwarze Seidenkleid, in dem sie den Abgesandten des Landgrafen zu empfangen gedachte. Der Spitzeneinsatz und die Taftschleife auf der Brust waren schon angeheftet. Auf dem Tisch vor dem Toilettenspiegel stand der Wergkopf mit der silbergrauen Perücke. Weder Kleid noch Perücke waren bezahlt. Sie hatte der Schneiderin und dem Friseur je ein Schmuckstück als Pfand überlassen, sonst hätte sie befürchten müssen, daß sie nicht lieferten. Bald würden sie alle kriechen vor ihr; die schönsten und kostbarsten Sachen würden sie ihr unaufgefordert ins Haus schleppen und nicht wagen, sie zu mahnen, wenn sie nicht bezahlte.

Vor dem Zimmer regte sich etwas. Sofort war Frau von Sonsfeld bei der Tür. Gustav eilte mit einem Korb den Gang entlang. »Wo willst du mit dem Holz hin?« rief sie ihm nach. »Bleibe gefälligst stehen, wenn ich mit dir rede!« Er wandte sich zögernd um. »Ich habe befohlen, daß heute als erstes der Besuchssalon geheizt wird.«

»Dort brennt der Kamin seit einer Stunde.« Er hatte etwas von einem alten Wolf, Haut und Knochen, aber ein Gebiß und Augen zum Fürchten. »Und das da?« Frau von Sonsfeld nahm seinen Arm. Am Ärmelaufschlag klebte getrockneter Seifenschaum. »Hab ich dir nicht gesagt, daß heute keine Zeit ist, den Herrn zu rasieren? In einer Stunde kommt der Besuch, und nirgends ist aufgeräumt!«

»Hof, Eingang und Besuchssalon sind schon seit gestern abend sauber.«

»In welchem Ton sprichst du mit mir? Sieh dich vor! Eines Tages ist meine Geduld zu Ende. Du und deine Frau, ihr findet keine Herrschaft mehr, die zwei Faulenzer durchfüttert.« Sie ließ ihn stehen und eilte den Gang entlang zum Zimmer ihres Mannes. Sie riß die Tür auf und blieb wie angewurzelt stehen beim Anblick des prasselnden Feuers und des üppigen Frühstückstisches. Die Wärme, der Duft nach Kaffee und frischem Brot – ihr wurde fast schwindlig vor Wut.

Ihr Mann drehte an einem Löffel Honig auf und ließ ihn dann in einem dünnen Faden auf das dick mit Butter bestrichene Brot fließen. »Mach bitte die Tür zu«, sagte er, ohne aufzusehen, »du weißt, der Kamin hat seine Mucken.«

Katharina von Sonsfeld holte tief Luft und warf die Tür zu, daß die Fenster klirrten. »Mir macht man kein Feuer. Mir bringt man auch kein Frühstück. Als Magd ginge es mir in diesem Haus besser!«

»Sonst schläfst du um diese Zeit noch. Du hättest nur zu klingeln brauchen.«

»Was kann ich anderes tun, als im Bett bleiben, wenn ich in diesem Haus nicht erfrieren will!«

»Willst du nicht mit mir frühstücken?« Neithart von Sonsfeld wies auf den freien Stuhl?

»Mach dir keine Mühe, höflich zu sein. Um das Brot, das Marie bäckt, zu vertragen, braucht man einen Sonsfeld-Magen, und den habe ich nicht.«

»Es ist auch Hefezopf da.«

Wie sie ihn haßte und seinen unerschütterlichen Gleichmut, der nichts anderes war als eiskalter Egoismus. Ihn berührte nichts. »Ich glaube, in diesem Haus könnte ich sterben, und niemand würde es bemerken.«

Er setzte die Tasse ab und lehnte sich zurück. Neithart von Sonsfeld war ein früh weiß gewordener Rotblonder. Schlank wie ein Jüngling, mit sehr heller Haut und einem Gesicht, dessen knappe aristokratische Züge sich die jugendliche Spannung bewahrt hatten, wirkte der Sechzigjährige um ein gutes Jahrzehnt jünger. Für das Thema, wer von ihnen beiden zuerst sterben würde – in ihren Auseinandersetzungen immer wiederkehrend und dennoch unerschöpflich –, war es seiner Meinung nach noch zu früh am Tage. Aber die kleine Dosis Bosheit, wegen der sie offenbar gekommen war, wollte er ihr nicht vorenthalten. »Du hattest immer eine Gesundheit wie ein Pferd. Das war der Hauptgrund, weshalb ich dich geheiratet habe. Als General im Feld lernt man darauf zu achten. Ich mag schwächliche Menschen nicht. Schau dich im Spiegel an. Niemand sieht dir deine dreiundvierzig Jahre an. Als wir geheiratet haben, warst du nicht so schön.«

»Ich war nie schön. Eine Schönheit wäre dir nicht auf dieses Rabennest gefolgt.«

»Ich kenne dich jetzt lange genug. Deine schlechte Laune ist eine Ernährungsfrage. Solange du nüchtern bist, ist es immer am schlimmsten. Ich werde nach Marie klingeln, daß sie dir das Frühstück bringt.«

»Dafür hat Marie jetzt keine Zeit. Zwei alte Leute sollen die Arbeit für zwanzig machen. Du sitzt hier, und im Garten fault das Obst von den Bäumen, weil niemand es herunterholt. Das ist der Grund meiner schlechten Laune. Du vergräbst dich in deinen vier Wänden. Dich interessiert es nicht, wieviel Holz wir noch haben, wielange Marie noch Mehl hat, um Brot zu backen, und Kaffee für deinen Mocca. Dir ist alles gleichgültig, solange du deinen Frieden hast und dich zweimal am Tag rasieren lassen kannst. Für wen eigentlich?« Sie war an seinen Schreibtisch getreten und wühlte in den Schriftsachen, die dort lagen.

»Bitte, bring nicht alles durcheinander.«

»Dann sperr dich doch gleich ein! Verriegle die Türen und laß nur noch Gustav und Marie zu dir, wenn ich nicht einmal mehr sehen darf, was auf deinem Schreibtisch liegt. Ist der Verkauf der Reiherinsel jetzt endlich unter Dach und Fach? Wir brauchen das Geld. Ich habe es dir schon ein paarmal gesagt. Die Vorräte gehen zu Ende. Weihnachten werden wir kein Stück Zucker mehr im Haus haben und kein Scheit Holz.«

Er nahm zögernd ein Zigarillo aus einer silbernen Dose, roch daran. »Die Reiherinsel wird nicht verkauft«, sagte er gleichsam nebenbei.

Einen Moment schien es, als verliere sie die Beherrschung, als werde sie ihn anschreien, den Tisch packen und umstürzen, aber dann sagte sie, seinen Ton nachäffend: »Der Herr von Sonsfeld verkauft nicht. Der Herr von Sonsfeld hat nie etwas verkauft. Das Erbe seiner Väter ist ihm heilig. Die Pachthöfe, die Wälder, die Stadthäuser, nichts hat den Besitzer gewechselt. Der Herr von Sonsfeld hält alle zum Narren. Er läßt sein

Schloß absichtlich verfallen, damit niemand ahnt, welche Schätze er darin verborgen hält. Er tut das alles seiner einzigen Tochter zuliebe, damit sie nicht wegen des Geldes geheiratet wird, sondern von einem Mann, der sie um ihrer selbst willen liebt. Ja, er hält sie alle zum Narren, einschließlich seiner Frau, die sich selber ihre Strümpfe stopfen muß, und dem alten Dienerpaar, das seit Jahren keinen Lohn mehr bekommen hat.«

Während seine Frau sprach, nahm Neithart von Sonsfeld die Serviette ab, faltete sie zusammen und erhob sich. Er trug die Weste und die Kniehosen aus rauchblauer Seide, die zu dem bordeauxroten Staatsrock gehörten. Sie starrte ihn an, als habe sie ihn in einer unschicklichen Maskerade ertappt. Jahraus, jahrein hatte sie ihn nur immer in dem grünen Schlafrock gesehen, der um die Beine schlotterte, und in dem er aussah, als befinde sich sein Körper bereits im greisenhaften Zustand der Verknöcherung. Auch das war nur einer jener makabren Späße gewesen, mit denen er ihr seine Geringschätzung zeigte. Er war nicht der alte Mann, den er ihr vorspielte. Es war nur eine Verkleidung.

»Es ist mir gleichgültig, ob du die Insel verkaufst oder nicht. Ich brauche bis zum ersten Dezember fünfhundert Goldstücke.«

»Die Reiherinsel ist so alt wie das Wappen der Sonsfeld. Du warst einmal sehr stolz auf dieses Wappen, das Schwert und die Reiherfeder. Ich bin es immer noch. Ich werde die Insel niemals verkaufen.«

Sie war es müde, gegen diese Mauer aus Kälte und Starrköpfigkeit anzurennen. An der Tür drehte sie sich noch einmal um. »Falls du es vergessen hast: Ich bekomme heute Besuch. Dieser Besuch gilt ausschließlich mir. Ich hoffe, ich bin deutlich genug. Es wäre mir sehr peinlich, wenn du mich stören würdest.«

»Was glaubst du, wozu ich mir diese Sachen angezogen habe, meine Liebe?« sagte er mit entnervender Freundlichkeit.

»Aber ich wünsche nicht, daß du dich einmischst.«

»Ich will nicht mit ihm sprechen, meine Liebe. Ich werde diesen Monsieur Stein schlicht und einfach und eigenhändig hinauswerfen.«

Mit diesem Widerstand hatte sie nicht gerechnet; sie war unsicher, ob es nur ein Wortgeplänkel oder Ernst war. »Stein ist Kammerherr des Landgrafen und als solcher . . .«

»Er ist ein verkrachter Schauspieler, und sein richtiger Name ist Steinmeier.«

»Er ist Kammerherr, und er wird es noch weit bringen! Wenn auch nicht dem Range nach, so ist er doch, nach Schlieffen, der wichtigste Mann bei Hofe. Er hat das Ohr des Landgrafen.«

»Da hat er schon etwas! Mit welchen Kreaturen der Landgraf sich umgibt, ist seine Sache.«

»Was hast du gegen Bürgerliche? Ich dachte immer, du kannst die Adligen nicht leiden.«

»Bei Kupplern und Zuhältern mache ich keinen Unterschied zwischen bürgerlich und adelig.«

Sie ging langsam auf ihn zu, musterte ihn von oben bis unten.

»Woher nimmst du eigentlich deinen Hochmut? Weil du dem König von England in der Schlacht bei Culloden das Leben gerettet hast und er dir heute noch Briefe schreibt? Was erzählst du ihm eigentlich auf den vielen Bögen blaugrauen Papiers, die du verschwendest? Daß du deinen Besitz verwirtschaftet hast, daß du nicht einmal eine Mitgift für deine Tochter hast?«

Er sah sie an wie einen Gegenstand. Die Zeiten, da sie ihn hatte verletzen könne, waren vorbei. Daß sie seine unerschütterliche Ruhe mit Resignation und Schwäche verwechselte, kam ihm nur zustatten. »Christine trägt den Namen Sonsfeld das ist Mitgift genug.«

Sie wandte den Kopf halb ab, in einer Geste, die tragisch wirken sollte. »Eines Tages wirst du dich dafür verantworten müssen. Mich hast du unglücklich gemacht, und nun bist du dabei, auch deine Tochter unglücklich zu machen.«

»Wenn es mir gelingt dich daran zu hindern, aus deiner Tochter eine Dirne zu machen, habe ich keine Angst vor dem Tag des Gerichts.«

»Soviel ich weiß, sind die stolzen Sonsfelds die Nachfahren eines kaiserlichen Bastards.«

»Meine Tochter wird nicht in ein Bett kriechen, das noch warm ist von einer französischen Kokotte.«

»Du hast eine schmutzige Phantasie, deshalb siehst du überall Schmutz.« Ein verächtliches Lächeln spielte um ihre Lippen. »Ich glaube, es ist besser, wir beenden diese Diskussion.«

Neithart von Sonsfeld sah, wie ihr Körper sich spannte, wie in ihre dunklen Augen ein starrer, leicht schielender Ausdruck kam. Für einen Moment war es wieder das Gesicht der jungen Frau, die zu lieben eher dem Zureiten eines wilden Pferdes geglichen hatte als der zärtlichen Vereinigung zweier Körper. Und er war froh, daß auch das hinter ihm lag.

Für Frau von Sonsfeld war eine Auseinandersetzung mit ihrem Mann keineswegs beendet, wenn sie den Schauplatz verließ, sie trat für sie nur in eine neue Phase. Denn jetzt erdachte sie sich ganz neue Versionen ihres Wortwechsels. Diese heftigen, unhörbaren Dialoge im nachhinein dienten ihr dazu, all jene Antworten zu geben, die sie sich nicht erlaubt hatte, ja vulgäre Wendungen und Worte zu benützen, die noch kein Mensch aus ihrem Mund vernommen hatte. Sie führte diese Schattenkämpfe mit einer Lust, wie sie nur geheime Laster verschaffen, und es gab keinen besseren Ort, sie auszufechten, als das Schlafgemach ihrer Tochter. Auch jetzt zog es sie dorthin.

Leise öffnete sie die Tür und rief Christines Namen. Als keine Antwort kam, trat sie in den Raum. Sie blieb am Fußende des Bettes stehen, hinter dessen Tüllvorhängen Christine schlief. Nachdem sie sich wieder einmal geschworen hatte, ihre Tochter dem Einfluß des Vaters zu entreißen, ehe es zu spät sein würde, verlor sie sich in Überlegungen, wie sie Christines Schlafzimmer in dem Haus in Kassel einrichten könne. Das Jungmädchenweiß würde nicht mehr passen. Oder gerade?

Noch besaß sie dieses Haus nicht, aber nichts konnte Katharina von Sonsfeld in dem Glauben erschüttern, daß ihr einziges Kind all das besitzen werde, was sie selber entbehrt hatte: Reichtum, Glanz, Liebe. Die Schönheit besaß sie jetzt schon.

Die Augen halb geschlossen, starrte Katharina von Sonsfeld durch die weißen Tüllwolken auf das schlafende Mädchen. Weiß. Natürlich, es gab nichts anderes; Christine konnte es sich erlauben, die Farbe zu wählen, die andere Frauen fürchteten. Ihre Haut hatte den makellosen Ton einer kaum erblühten Seerose. Diesen Vergleich hatte Frau von Sonsfeld gefunden – und das Haar ihrer Tochter, so meinte sie, sei nicht blond; es gab keinen Namen für diese Farbe, es war wie das Licht eines sommerlichen Mondes, silbernes Gold. Und erst die dunklen Augen – Augen wie Tollkirschen! Die Verwandlung Christines aus einem schlaksigen unfertigen Backfisch in eine strahlende Schönheit hatte die Mutter fast um den Verstand gebracht. Die jahrelange Angst vor der Aufgabe, eines Tages eine reizlose Tochter verheiraten zu müssen, war in einen geradezu närrischen Mutterstolz umgeschlagen, dessen Hysterie in solchen Vergleichen deutlich zum Ausdruck kam.

Leise, wie sie eingetreten war, verließ Katharina von Sonsfeld Christines Schlafzimmer. Kammerherr Stein sollte nur kommen. Und wenn er versuchen würde zu handeln, würde sie es ihm zeigen! Umgaukelt von verlockenden Zukunftsbildern, eilte sie die Wendeltreppe ins Erdgeschoß hinunter. Das verhaßte Haus schien ihr plötzlich ein Schiff zu sein, das sie üppigen Gestaden entgegentrug; auch das ein Bild, das ihrer Neigung zu hysterischen Stimmungsaufschwüngen entsprach.

Als sie jedoch den Salon betrat, in dem sie Stein empfangen wollte, fühlte sie sich brutal in die Wirklichkeit zurückversetzt. An der Wand gegenüber dem Kamin warf sich die Holzvertäfelung. Das Sofa mit den vergoldeten Schnitzereien war durchgesessen. Der Vorhang, den einmal ein aus dem Kamin springendes Stück Glut versengt hatte, war immer noch nicht repariert.

»Wir brauchen ein anderes Sofa«, sagte Frau von Sonsfeld matt zu dem Dienerehepaar, das sie unter der Tür erwartet hatte.

»Beim Sitzen merkt man es nicht«, erwiderte Gustav. »Ich habe eine Kiste daruntergestellt.«

»Holt das Sofa aus meinem Zimmer. Bitte, geht sorgfältig damit um; und schafft auch die beiden Fauteuils herbei. Wartet!« Sie deutete auf die Stelle, wo sich die Holzvertäfelung geworfen hatte. »Hierher kommt das große Jagdbild aus der Bibliothek. Vor den kaputten Vorhang stellt ihr den Paravent aus dem Rauchzimmer. Dazu den runden Spieltisch und zwei Stühle. Könnt ihr euch das merken?«

Frau von Sonsfeld fuhr mit der Fingerspitze über das

Kaminsims; es blieb kein Stäubchen haften. Sie machte dieselbe Probe an einem Stuhl und an der Marmorkonsole. Wie eine arme Frau, dachte sie bitter, die nur einen Luxus vorzuweisen hat – Sauberkeit.

Nein, es war nicht mehr zu verheimlichen, wie es um die Sonsfeld stand. Selbst wenn sie diesen Raum vollkommen neu hätte möblieren lassen – ein Mann vom Schlage Steins war dadurch nicht zu täuschen. In welchem Zustand Schloß Sonsfeld sich befand, sah er ja schon, ehe er das Haus betrat. Er brauchte nur einen Blick in den verwahrlosten Garten zu werfen. Es war unklug gewesen, ihn hier zu empfangen. Sie hätte nach Kassel fahren, dort alles mit ihm besprechen müssen.

Sie trat ans Fenster. Die Sonne traf sie mitten ins Gesicht, aber sie starrte mit weitoffenen Augen in die Helligkeit, als könne sie damit die Bitterkeit, die wieder in ihr aufstieg, besiegen.

Drei Wege liefen am Tor von Schloß Sonsfeld zusammen; einer kam von Kassel, einer von Ziegenhain und einer von Treysa. Auf dem Weg von Ziegenhain, den man am weitesten überblicken konnte, weil er über Wiesen und Felder führte, kam ein Reiter daher. Man mußte ihre guten Augen haben, um ihn zu sehen.

10

Der Lebensweg des Kammerherrn Louis Stein hatte schon manchen beschäftigt, aber keiner hatte sich seiner Betrachtung mit soviel Ausdauer und Genugtuung gewidmet wie Louis Stein selbst. Er entdeckte sich gewissermaßen immer neu, und jedesmal wurde seine Geschichte um ein paar Farben reicher. Ein Morgen wie dieser hatte darin noch gefehlt. Ein Frühlingstag mitten im November. Er hatte Lust, den Hut abzusetzen, aber als er sich vorstellte, was ein einziger Windstoß mit seiner Perücke anrichten könnte, verzichtete er lieber darauf.

Die Luft glitzerte, und auch die Stimmen der Vögel schienen zu glitzern, und wenn das dort unter dem Busch nicht Veilchen waren, dann war dieser ganze Morgen wohl nur ein Hirngespinst. Er zügelte das Pferd und saß ab. Er hatte sich nicht getäuscht; ein Kissen dunkelblauer Veilchen! Er zog die Handschuhe aus und holte ein Messer aus seiner Reisetasche. Er schnitt Blume für Blume, legte um den fertigen Strauß einen Blätterkranz; nicht ohne in Gedanken einige Sätze für sein Tagebuch zu formulieren, das er Abend für Abend mit pedantischer Pünktlichkeit führte, wobei ihn sein unfehlbares Schauspielergedächtnis für alles, was er einmal gehört oder gelesen hatte, immer wieder dazu verleitete, seine Gefühle mit fremden Worten wiederzugeben. So rekapitulierte er jetzt: ›Der Mensch wird in die Welt gesetzt, um Anschauungen zu sammeln wie Blumen. Wer seine Anschauungen aus Büchern bezieht, hat sie aus zweiter Hand, wie Blumen vom Marktstand, während derjenige, der sie dem Leben abgewinnt, sie taufrisch erhält und selbstgepflückt.‹

Wieder zu Pferd, stellte er sich das Gesicht von Frau von Sonsfeld vor, wenn er ihr die Blumen überreichen würde. Er hörte ihren Dank, ein paar französische Brokken mit schauderhaftem Akzent, ein geziertes Lächeln. Wer hätte gedacht, daß eines Tages eine Sonsfeld durch seine Hände gehen würde! Als er vor sechs Jahren an den Kasseler Hof gekommen war, war er der Direktor einer Schauspielertruppe gewesen, die schon gar nicht mehr existiert hatte. Außer dem Souffleur und seinen

Zwillingstöchtern, die bildschön, aber so dumm waren, daß man sie nur für stumme Rollen gebrauchen konnte, hatten sich alle in der letzten Station vor Kassel mit der Kasse davongemacht. Wäre er damals »vernünftig« gewesen – ein Wort, das er verabscheute –, hätte er die Requisiten und Kostüme verkauft und wäre mit der nächsten Postkutsche nach Saarlouis heimgekehrt, um dort als Ludwig Steinmeier in der Uhrenwerkstätte des Vaters sein Leben zu beschließen.

Aber dazu, fand er, war immer noch Zeit. Im *Hof von England* war ein ganzes Stockwerk für seine Truppe reserviert. Das erste war also, daß er Leute brauchte, mit denen er die Zimmer belegen konnte, gleichgültig ob Schauspieler oder nicht. Er fand einen jungen holländischen Maler, der eigentlich nach Italien wollte, einen Augsburger Silberschmied, der unterwegs nach Paris war, einen böhmischen Glasbläser auf der Walz nach Hamburg, zwei Studenten, die mehr Lust aufs Wandern als aufs Studieren hatten, und eine alleinstehende Dame zweifelhafter Vergangenheit mit Mutter und Zofe, die wegen unbezahlter Miete eben auf die Straße gesetzt worden waren.

Das war die Schauspieltruppe, mit der er in Kassel einzog. Überall in der Stadt waren Plakate angeschlagen. Der Landgraf schickte von seiner Tafel das Essen in den *Hof von England* hinüber und ließ bestellen, er werde die erste Aufführung, die am nächsten Tag stattfinden sollte, besuchen.

Zu diesem Zeitpunkt hatte Louis Stein noch nicht den Funken einer Idee, was werden sollte, aber vorsorglich sandte er dem Landgrafen ein Billett des Inhalts, er habe für Kassel ein ganz neues Stück einstudiert, das seiner Durchlaucht dem Landgrafen gewidmet sei, den er hiermit untertänigst um die Erlaubnis ersuche, die Premiere für ihn ganz allein geben zu dürfen.

Danach hatte Louis Stein sich hingelegt und erst einmal geschlafen. Die rettende Idee kam ihm buchstäblich im Traum: ein Dreipersonenstück »Casanova in Kassel«, über das später viel Wahres und Unwahres geflüstert wurde, und das weniger vom Text lebte, dazu war keine Zeit gewesen, als von den körperlichen Vorzügen der Zwillingsschwestern, deren Gewänder bei der Privatvorstellung für den Landgrafen sozusagen nur aus der ungewissen Beleuchtung auf der Bühne bestanden.

Der Landgraf hatte seiner Bitte entsprochen und die Premiere allein besucht; mit dem Ergebnis, daß er noch am selben Abend die Zwillingsschwestern zu sich ins Schloß einlud. Am nächsten Morgen rief er Louis Stein zu sich und bot ihm das Amt des Direktors von Schauspiel, Oper und Ballett an.

Ohne daß der Landgraf ins Detail gehen mußte, hatte Louis Stein verstanden, was seine vorzüglichste Aufgabe in diesem Amt sein werde. Noch ehe der Landgraf der Zwillingsschwestern müde war, ließ Stein eine italienische Sängerin in Kassel auftauchen. Einen Winter lang beherrschte sie den Hof; dann zauberte Louis Stein eine spanische Tänzerin herbei, dann eine französische Tragödin. Nach drei Jahren verlieh der Landgraf Louis Stein den Hausorden vom goldenen Löwen und machte ihn zum Kammerherrn.

Manchmal hatte Louis Stein auch jetzt noch das Gefühl zu träumen. Er hätte sich längst ein eigenes Haus leisten können, aber er zog es vor, seinen zunehmenden Wohlstand nicht vor aller Augen auszubreiten; er fühlte sich sehr wohl in den beiden Räumen, die er in der Pagerie des Schlosses bewohnte. Daß er sich offenbar nichts mehr wünschte, als Wand an Wand mit seinem Herrn zu leben, immer für ihn da zu sein und wie ein Arzt den Pulsschlag seiner Stimmungen zu fühlen – das hatte ihn zu einem unentbehrlichen Freund des Landgrafen, zu seinem intimen Vertrauten gemacht.

Was Louis Stein seit jeher vorschwebte, wenn er sich in Zukunftsplänen erging, war ein Sitz auf dem Land; ein Stadthaus konnte jeder Bürgerliche haben, ein großer Landsitz aber war immer noch Privileg des Adels. Während er dahinritt, stellte er sich vor, daß die Felder ringsum sein eigen wären. Bauern, die ihn ihren Herrn nannten, ein Schloß, dessen Tore sein Wappen trugen. Warum auch nicht? Schloß Sonsfeld zum Beispiel würde über kurz oder lang ohne Besitzer sein, ein herrenloses Lehen, das der Landgraf neu vergeben würde.

Unwillkürlich begann Louis Stein das Schloß mit den Augen des zukünftigen Besitzers zu betrachten. Die Brücke über den Schloßgraben würde er so schmal lassen. Ein neues Geländer vielleicht. Das Geröll am Grund des Schloßgrabens kam seinem Geschmack an wildromantischen Szenerien entgegen. Die Hälfte der Sträucher weg, und dieser Schloßgraben war reinstes Mittelalter; auch würden die Granitquadern der Schloßmauer dann mehr zur Geltung kommen. Von den Torpfosten mußte der weiße Verputz herunter; mit alten Schlössern war es wie mit alten Frauen, je offener sie sich zu ihrem Alter bekannten, desto großartiger wirkten sie. Barbarisch, das alte schöne Mauerwerk hinter billigem Verputz zu verstecken! Die Spitzbogenfensterreihe – das mußte der alte Rittersaal sein, in dem würde er seine Gäste bewirten. Er sah alles schon vor sich, so wie er beim Lesen eines Theaterstücks bereits die Bühnendekorationen und die Kostüme der Schauspieler entwarf. Auch den Mann, der ihm auf dem Hof entgegenkam, musterte er, ob er ihn wohl gebrauchen könnte und befand, dieser Alte mit dem Wolfskopf würde, in einem schwarzen Anzug mit breitem weichem Kragen, einen höchst eindrucksvollen Kastellan abgeben.

Als Louis Stein den Salon betrat, fühlte er sich bereits als Hausherr, und so begrüßte er auch Katharina von Sonsfeld. »Meine Liebe –« er streckte ihr beide Hände entgegen, »ich bin enchantiert!«

Bis in die Fingerspitzen ein Mann von Lebensart, dachte Frau von Sonsfeld, mochte ihr Mann gegen ihn sagen, was er wollte. Dennoch hielt sie Zurückhaltung für angebracht. »War die Reise anstrengend?«

»Reiten ist für den Stadtmenschen eine Verjüngungskur.« Er ließ die Handschuhe auf die Konsole neben seinen Hut fallen und überreichte ihr den Veilchenstrauß. »Für Sie, Madame. Novemberveilchen! Sie hätten eine bedeutendere Blume verdient, doch das Veilchen, kaum zu sehen, hat viel Süßes. Leider bin ich unbewandert in der Kabbalistik der Blumen, aber ich bin sicher, daß sie Gutes bedeuten.«

Katharina von Sonsfeld roch an den Blüten. »In meinen Augen ist es Kabbalistik genug, daß es Ihnen gelungen ist, die Veilchen so taufrisch aus Kassel herzubefördern.«

»Auf die Gefahr hin, Sie zu enttäuschen – dieser Strauß stammt nicht aus den Glashäusern des Landgrafen. Es sind Veilchen vom Wegrand. Wenn Sie mir erlauben.« Er nahm ihr den Strauß aus der Hand und steckte ihn in die Taftschleife unterhalb des Brusteinsatzes. Dann trat er einen halben Schritt zurück und musterte sie. »Superb! Wenn ich das sagen darf, Violett hebt Ihre Augen.«

Katharina von Sonsfeld warf einen Blick in den Spiegel über dem Kamin. Stein war ein zu guter Frauenkenner, um sich einzubilden, daß seine übertriebene Galanterie sie beeindruckte oder gar verwirrte. Sie hat nur Angst, daß die Blumen ihr die Schleife verderben, dachte er, aber ihr fehlt der Mut, die Veilchen einfach wegzunehmen. Vielleicht war es ein glücklicher Zufall, daß er sie auf diese Weise an die unbezahlte Rechnung ihres Kleides erinnert hatte. Um so gefügiger würde er sie bei dem bevorstehenden Gespräch finden.

»Wirklich, Veilchen sind meine Lieblingsblumen«, sagte sie mit einem mühsamen Lächeln.

Stein verneigte sich. Sie nahmen Platz.

»Eine kleine Stärkung?« fragte sie.

»Gerne.«

Auf ihr Klingeln kam Gustav herein, jetzt, wie von ihr angeordnet, mit Perücke und in dunkelblauer Livree. Er stellte eine Platte mit rohem Schinken auf den Tisch, zweierlei Brot, Wein, einfache Zinnteller und Besteck mit Horngriffen.

»Oh, auf Schloß Sonsfeld ist man schon beim zweiten Frühstück«, rief Stein aus. »Und ich fürchtete schon, viel zu früh zu erscheinen!«

»Sie haben noch nicht gefrühstückt? Was möchten Sie? Tee, Kaffee?«

»Viel heiße Milch und wenig Kaffee, wenn das keine Umstände macht.«

Gustav verschwand. »Es wird nicht lange dauern«, sagte Frau von Sonsfeld.

»Ein Junggeselle ist nicht verwöhnt.«

»Es gäbe bestimmt genug Frauen . . .«

»Meine Beste«, unterbrach Louis Stein, »ich bin verheiratet, mit dem Theater und mit dem Landgrafen. Eine dritte Ehe – das wäre des Guten zuviel.«

Sie lachte. Allmählich vergaß sie die Veilchen. »Wie geht es Serenissimus?«

Stein breitete theatralisch die Hände aus. »Er ist wie

dieser Tag, eine herbstliche Sonne mit der ganzen Glut des Sommers.«

Katharina von Sonsfeld schien es unpassend, auf dieses Bild einzugehen. »Und die Jagd?«

»Ich kann mich nicht erinnern, daß er in den letzten Jahren etwas anderes mit solchem Feuereifer betrieben hat. Die Falkoniere haben neue Galauniformen bekommen. Für den gesamten Troß werden neue Kutschen angefertigt. Im Moment gibt es in Kassel keinen Handwerker, der nicht für die Reiherjagd arbeitet.«

»Steht der endgültige Termin inzwischen fest?«

»Heute soll die Vorhut von Kassel abgehen, das heißt, wenn das neue Zaumzeug rechtzeitig fertig geworden ist. Der Landgraf ist voller Ungeduld, aber die Vorbereitungen auf der Reiherinsel werden bestimmt noch eine Woche dauern. Stellen Sie sich vor, ein Maler wird die ganze Jagd in Bildern festhalten. Für den Künstler wurde eigens ein Wagen gebaut, ein fahrbares Atelier sozusagen. Die Phantasie des Landgrafen ist unerschöpflich.«

Katharina von Sonsfeld hörte Steins Schilderungen mit gemischten Gefühlen. Einerseits fühlte sie sich geschmeichelt, denn sie bezog diese Prachtentfaltung auf ihre Tochter, andererseits hätte sie die Summen, die für die Jagd zum Fenster hinausgeworfen wurden, lieber für einen ganz bestimmten Zweck verwendet gesehen.

»In Ihrem letzten Brief machten Sie eine Andeutung wegen der Übersiedlung nach Kassel«, sagte sie.

»Mein Kompliment, Sie verstehen zwischen den Zeilen zu lesen. Ja, inzwischen hat der Plan konkrete Form angenommen.«

»Lassen Sie hören. Ist Du Ry der Architekt? Eigentlich kommt kein anderer in Frage.«

»Madame, ich sehe, Sie haben keine rechte Vorstellung von der Ungeduld des Landgrafen. Nein, das Haus ist fertig. Ein Bijoux in einem kleinen Park auf der Südseite des Elysäischen Feldes. Komplett eingerichtet. Es fehlt nichts, was einer jungen Frau gefällt – und es hat seine Feuerprobe sozusagen schon bestanden.«

Frau von Sonsfeld sprang wie gestochen auf. »Eine seiner Absteigen! Dieses Haus, ausgerechnet! Jeder weiß, was es bedeutet, wenn meine Tochter dort einzieht. Dieses Gondelbett, über das man sich in ganz Kassel die Mäuler zerrissen hat. Diese ›Dame‹ besaß ja die Stirn, große Einladungen zu geben. Man weiß, wieviel Spiegel im Badezimmer hängen, man weiß von dem Geschirr mit den gewagten erotischen Szenen. Ich werde das nicht zulassen!«

»Wenn es diese Kleinigkeiten sind, die Sie stören. Das Bett ist längst in Paris, und auch das Geschirr, an dem Sie Anstoß nehmen, hat die Dame, die eine leidenschaftliche Porzellansammlerin ist, als Souvenir mitgenommen, gewissermaßen als Glanzstück ihres Heiratsgutes. Denn die ›Dame‹ ist inzwischen verheiratet.«

Katharina von Sonsfeld verzog angewidert das Gesicht.

Louis Stein fuhr fort: »Wenn ich mir die Bemerkung erlauben darf: Sind die berühmten Kriegshelden aus der Familie Sonsfeld ohne Beute heimgekehrt? Noch heute erzählt man sich in Kassel die Legende von jenem Fortunat von Sonsfeld, der aus dem Türkenkrieg, in dem er sich für die Venezianer geschlagen hatte, eine schöne Orientalin und einen Kamelsattel, der prall mit Gold und Juwelen gefüllt war, heimbrachte. Und die Enkel und Urenkel dieses glücklichen Fortunat haben auf den Schlachtfeldern, auf denen sie für die Niederlande und England gefochten haben, außer Ruhm auch klingende Münze geerntet. Es ist nun einmal so; zu einer gewonnenen Schlacht gehört Beute, und je größer sie ist, desto größer ist der Ruhm. Ich dachte immer, das wäre ein Punkt, über den wir uns einig sind. Sonst schiene mir das ganze Unternehmen von vornherein verfehlt, um es ganz ungeschminkt zu sagen.«

»Ich bestehe auf meinen Bedingungen, und dazu gehört ein neues Haus.«

Stein seufzte. »Tun Sie das, und ich garantiere Ihnen, daß nicht Ihre Tochter, sondern eine andere dort einziehen wird.«

Sie kam nicht dazu, etwas zu erwidern, denn Gustav brachte das Frühstück. Marie hatte das französische Geschirr genommen und das ovale Tablett aus Vermaille. Frau von Sonsfeld nickte Gustav gnädig zu. »Es ist gut. Ich selber werde Kammerherrn Stein bedienen.«

»Ein Viertel Kaffee, drei Viertel Milch, wenn ich bitten darf.« Als sie ihm einschenkte, sah Stein, daß der Mittelfinger der rechten Hand an der Kuppe vom Nähen zerstochen war. Zum erstenmal empfand er etwas wie Sympathie für diese Frau.

»Zucker?« – »Nein, danke.«

Katharina von Sonsfeld setzte sich nicht wieder, sondern trat an den Kamin. »Wenn ich Sie recht verstanden habe, bleibt mir keine Wahl. Aber eine Bedingung stelle ich: das Haus muß vollständig neu ausgestattet werden.«

»Ich hielt Sie für eine Bewunderin unseres großen Du Ry. Er war nicht nur der Architekt des Hauses, er hat auch die Tapeten, die Teppiche, die Vorhänge und die Möbel entworfen und ausgewählt.«

»Und in den Stoffen hängt noch das Parfum der anderen. Nein. Der Landgraf hat so viele leere Zimmer in seinem Schloß. Er soll sie damit möblieren. Ich kenne das Haus. Zu einer Schwarzhaarigen mögen diese starken Farben gepaßt haben. Christine ist ein unberührtes Mädchen, und so soll sie wohnen.«

Stein lächelte. »Die Unschuld, Madame, ist ein Trumpf, der nur einmal zählt. Ich möchte so sagen: Laster ist zwar ein Unkraut, verwelkt aber nicht so schnell. Tugend ist schön, eine frische, Wohlgeruch ausströmende Blume, aber wie schnell ist sie dahin! Gewiß, den Landgrafen mag im Augenblick an Eurer Tochter gerade ihr unschuldiges Wesen reizen, aber wir beide sollten uns darüber klar sein, daß eben dieser Umstand für die Tiefe und die Dauerhaftigkeit der Verbindung von Nachteil sein kann. Der Landgraf ist verwöhnt.«

»Sie selbst haben mir gesagt, daß er die Frauen mit Vergangenheit satt hat, mit ihrem . . . Raffinement.«

Stein sah vor sich hin. Er fand seine Faustregel einmal mehr bestätigt; Frauen, deren Garderobe Hast und Nachlässigkeit verriet, hatten keinen Nerv für die Dinge des Eros. Wenn die Tochter der Mutter ähnlich war, würde diese Affäre die Reiherjagd nicht überdauern, und er würde gut daran tun, sich beizeiten nach Ersatz umzusehen.

Katharina von Sonsfeld kam vom Kamin zum Tisch herüber und setzte sich wieder. Ihre Gedanken kreisten um Dinge, die sie mehr interessierten als die Stunden, in denen ihre Tochter mit dem Landgrafen allein sein würde. »Was für ein monatliches Budget ist für meine Tochter vorgesehen? Was diesen Punkt betrifft, bestehe ich auf einer vertraglichen Fixierung.« Sie war nervös, weil sie nicht weiterkam, weil das Gespräch nicht so lief, wie sie es sich vorgestellt hatte. Das ließ sie Dinge sagen, die sie sofort bereute.

»Es genügt wenn der Kutscher und die Lakaien die Farben des Landgrafen tragen. Das bedeutet ein Jahr

Kredit, vom Bäcker bis zum Juwelier. Die Rechnungen können Sie an mich weitergeben.«

»Ich finde die französische Sitte eleganter. Madame Pompadour zahlte ihre Rechnungen alle selbst, mit den Bons du Roi. Ich möchte nicht, daß meine Tochter über alles und jedes Rechenschaft ablegen muß. Was die Herkunft meiner Tochter betrifft, könnte sie sogar auf einer festen Apanage, wie ein Mitglied des regierenden Hauses, bestehen.«

Stein stellte die Tasse ab. »Da Sie den französischen Hof zitieren – als die Pompadour in Versailles ihr Zimmer bezog, wußten weder sie noch der König, daß sie zwanzig Jahre lang die ungekrönte Königin Frankreichs sein würde. Ich glaube nicht, daß sie ihre Macht über den König dadurch erlangte, daß sie ihn zwang, ihr eine Apanage auszusetzen. Ich stelle mir vor, sie hat ihm einfach das Gefühl gegeben, daß sie ihn bis zur Raserei liebt. Sie war verheiratet. Sie verließ ihren Mann. Sie gab alles auf für den König. Sie forderte nichts, als ihn lieben zu dürfen. Ich glaube, das war ihr Geheimnis. Die großen Verträge zwischen einem Mann und einer Frau werden nicht auf dem Papier geschlossen. Ein Mann wie der Landgraf hat viele Frauen besessen, aber er wurde selten geliebt. Ich bin täglich mit ihm zusammen. Ich kenne sein Problem. Er hat das Leben genossen. Er hat alles ausprobiert. Er weiß, daß die Jahre als Mann gezählt sind. Ich kenne diese Stimmung, noch einmal jung sein, noch einmal ganz von vorne anfangen, alles noch einmal so zu erleben, wie es das erstemal war. Ihre Tochter hat eine Chance wie keine Frau vor ihr. Liebe ist eine Sache der Illusion.« Er notierte diesen Satz in Gedanken für sein Tagebuch. »Also, zerstören Sie die Illusion des Landgrafen nicht. Verkaufen Sie ihm Ihre Tochter nicht wie ein Kalb. Er sehnt sich nach einem

Wunder. Geben Sie ihm die Chance, es zu erleben. Sie tun es für Ihre Tochter.«

Seine Worte erreichten nur das Gegenteil. Katharina von Sonsfeld war beunruhigter denn je. Er lenkte das Ganze auf ein Geleise, das ihr nicht behagte. Oder war das nur ein geschicktes Ablenkungsmanöver? »Ich weiß nicht, was Sie gegen Verträge haben. Zu jeder Ehe gehört ein Vertrag. Für mich ist auch das eine Art Ehe, und es ist gut, wenn der Landgraf sich dessen von vornherein bewußt ist. Ich, für meinen Teil, gebe ihm meine Tochter nur, wenn er sie mit allen Rechten einer Ehefrau ausstattet. Meine Tochter ist ihrerseits bereit, zum katholischen Glauben überzutreten.« Sie hatte zwar mit Christine nie darüber gesprochen, aber im Augenblick ging es ihr einzig darum, Boden zu gewinnen.

Stein fühlte sich in eine Moliére'sche Komödie versetzt. Dieser beißende Kritiker hatte nicht übertrieben. Das Band zwischen einer Mutter und ihren Kindern schien wirklich nur aus der Nabelschnur zu bestehen. Wenn er im Auftrag des Kalifen von Bagdad hier gewesen wäre, hätte sie ihm sicher mit der gleichen Selbstverständlichkeit vorgeschlagen, ihre Tochter zum Islam bekehren zu lassen.

Frau von Sonsfeld deutete sein Schweigen falsch. »Das überrascht Sie, nicht wahr, aber ich denke weiter als nur an morgen. Es könnte immerhin sein, daß Kinder kommen.«

Stein fiel es schwer, ernst zu bleiben. »Den Beweis, daß er Kinder zeugen kann, hat der Landgraf oft genug erbracht. Nur vergessen Sie nicht, daß er den Anblick schwangerer Frauen wie die Pest haßt.«

»Er hat jedes seiner Kinder ausgezeichnet versorgt.«

»Und die dazugehörige Mutter nie mehr angeschaut. Wenn schon Madame Pompadour Ihr großes Vorbild ist; sie hat sich gehütet, aus ihrem Boudoir eine Wochenstube zu machen.«

»Sie hatte mehrere Fehlgeburten.«

»Und wußte sie so zu verheimlichen, daß jeder im Schloß – auch der König – meinte, sie hätte nur ein wenig Kopfweh.«

Stein hatte das Gefühl, daß sie beide ein Theaterstück spielten. Es war ein Jammer, daß er keine Zeit mehr fand, für die Bühne zu schreiben. Diese Szene war zu schön, um ganz verlorenzugehen. »Wir Männer sähen es zweifellos lieber, wenn die Kinder auf den Bäumen wüchsen. Mit der Religion ist es ähnlich wie mit den Kindern. Das interessiert einen Mann überhaupt nicht. Es haben Männer schon Frauen geliebt, mit denen sie kein Wort wechseln konnten.«

»Sie argumentieren kühn«, sagte Frau von Sonsfeld, »aber für mich nicht überzeugend. Mein Vorschlag, daß meine Tochter den katholischen Glauben annehmen könnte, ist wohlüberlegt. Zu einer Ehe, auch einer morganatischen, ist nun einmal derselbe Glaube unabdingbare Voraussetzung.«

Sosehr Louis Stein diese Komödie amüsierte, er beschloß sie abzukürzen und deutlicher zu werden. »Wenn es einen Punkt im Leben des Landgrafen gibt, den Sie besser nie berühren sollten, so ist das sein Übertritt zum katholischen Glauben. Er war damals sehr jung, und die Frau, die ihn dazu angestiftet hat – anders kann man es nicht nennen –, soll sehr schön gewesen sein. Das Ganze war eine romantische Liebesgeschichte, und er hat sie teuer bezahlen müssen. Es hat ihn einen Teil des Landes und der Macht gekostet. Sein eigener Vater hat ihn gezwungen, den Vertrag zu unterzeichnen, in dem er schon zu Lebzeiten die Herrschaft über Hessen-Hanau seinem ältesten Sohn abtreten mußte. Seine Frau übernahm allein die Erziehung der legitimen Söhne und trennte sich von ihm. Und diese Frau war die Schwester des englischen Königs! In England trägt man ihm die Geschichte heute noch nach, obwohl Maria inzwischen gestorben ist. Seine zweite Frau ist aus anderem Holz. Philippine sieht ihm alles nach, aber eine morganatische Ehe ist ausgeschlossen. Sie haben sich ein zu hohes Ziel gesteckt, Madame.«

»Überlassen wir das der Zukunft«, sagte sie eisig.

»Und Ihrer Tochter«, fügte Stein im verbindlichsten Ton hinzu. »Manche Frauen vermögen alles, wirklich alles. Vielleicht ist Ihre Tochter so ein Wunderwesen.«

Katharina von Sonsfeld hüllte sich in Schweigen. Wie alle Frauen mit einem Leben, in dem das große Liebesdrama fehlte, war sie überempfindlich bis zur Hysterie, sobald sie eine versteckte Anspielung auf diesen Mangel herauszuhören glaubte. Vielleicht war ihr Leben wirklich so ereignislos verlaufen, weil sie eben keine jener Frauen war, die »alles vermochten«.

»Noch etwas«, fuhr Louis Stein fort. »Der Landgraf meint, es wäre für alle Beteiligten zweckdienlich, wenn man für Fräulein von Sonsfeld eine Situationsehe arrangierte.«

»Eine Situation!« Sie stieß das Wort wie eine Beleidigung hervor. Stein log. Sie war sicher, daß er log. Das war seine eigene Idee, nicht die des Landgrafen. Er wollte sich das Verdienst erwerben, dem Landgrafen eine billige Mätresse verschafft zu haben. Darauf lief das Ganze hinaus.

»Dazu kann ich nichts sagen. Das ist etwas, worüber nur meine Tochter entscheiden kann.«

»Verzeihen Sie, aber in diesem Fall geht es nur darum, daß die beiden Männer, also der Landgraf und der ›Ehemann‹, sich einig sind. Die Ehe existiert sozusagen nur auf dem Papier. Alles, was Ihre Tochter mit dem Ehemann zu tun hat, ist, daß sie seinen Namen tragen wird, was nicht zuletzt den Vorteil hat, daß eventuelle Kinder des Landgrafen und Ihrer Tochter sofort einen standesgemäßen Namen und ›Vater‹ haben.«

»An wen denkt man?« Sie kochte vor Wut.

»Eigentlich bin ich nicht befugt, darüber zu sprechen. Der Initiator ist Baron Schlieffen. Allerdings stand seinem Plan ein Hindernis im Weg. Der Betreffende war nicht von Adel.«

Das Gesicht von Frau von Sonsfeld wurde immer undurchdringlicher. »Sprechen Sie ruhig weiter.«

»Nun, wenn Schlieffen etwas durchsetzen will, weiß er auch den Weg zu finden. So gibt es eben eine Baronie mehr in Hessen. Sie kennen die Familie. Es sind sozusagen Ihre unmittelbaren Nachbarn. Schlieffens Wahl fiel auf Claus Haynau.«

»Die Haynaus! Niemals? Eine Sonsfeld wird nie den Namen Haynau tragen, nicht solange ich lebe!« Es fiel ihr schwer, die Beherrschung zurückzugewinnen. »Ein feiner Plan!« Sie begann vor dem Kamin auf und ab zu gehen. Plötzlich blieb sie stehen. »Das hat nicht Schlieffen ausgedacht. Dieser Plan stammt von Gottfried Haynau. Zuerst hat er unseren Besitz an sich gebracht, jetzt will er auch noch unsere Tochter, um seine Kaufmannsbaronie mit einem Stammbaum auszustatten. Er meint, er kann alles kaufen. Aber da hat er sich geirrt!«

»Ich verstehe Sie, Madame. Trotzdem . . .«

Sie ließ ihn nicht ausreden. »Ich kenne diese Sippschaft. Früher war ich so dumm, ihre Freundlichkeit für bare Münze zu nehmen. Ich war naiv. Einladungen, Ausflüge, Jagden, Spielzeug für die Kleine, im Winter

Schlittenfahrten. Die schlimmste ist die Mutter. Die Männer tun, was sie sagt. Wahrscheinlich war auch das ihre Idee. Eine Sonsfeld für ihren hinkenden Sohn!«

Stein betrachtete seine manikürten Fingernägel. »Ich habe damit gerechnet, daß Sie so reagieren, und doch habe ich die Hoffnung, daß Sie, wenn Sie die Sache in Ruhe bedenken, gerade diesem Punkt zustimmen. Wäre es nicht eine Art Rache, wenn ein Teil des Haynauschen Geldes in die Hände Ihrer Tochter käme, Madame? Versuchen Sie, es so zu betrachten. In ganz Hessen gibt es keine Familie, die sich mit den Haynaus an Reichtum messen kann. Wir sollten unter uns mit offenen Karten spielen und ehrlich sein. Von all den Mätressen des Landgrafen hat keine – wenn ich es so ausdrücken darf – Kassel in einer goldenen Kutsche verlassen. Eine Frau bleibt nicht ewig jung. Der Tag, an dem sie froh sein wird, einen reichen Ehemann zu haben, kommt schneller als man meint. Die Sache hat noch einen ganz anderen Aspekt: Ihre Tochter wäre unabhängig vom Landgrafen. Und das würde die Sachlage von Grund auf ändern. Das wäre keine Affäre, wie sie sich überall abspielt, das wäre eine Liebe um ihrer selbst willen. Eine wahrhaft königliche Konstellation, einer Sonsfeld würdig.« Ich gebe mir viel zu viel Mühe mit ihr, dachte Louis Stein, aber tat er es im Grunde nicht für sich? Die Zukunftsträume, denen er nachgehangen hatte, während er dem Schloß entgegenritt, stiegen wieder in ihm auf.

Katharina von Sonsfeld senkte den Kopf. Stein wußte gut zu reden, aber er konnte sie nicht täuschen. All die schönen Worte hießen nur, daß der Landgraf für Christine noch weniger Geld auszugeben gedachte als für irgendeine Frau zuvor. Einen Moment lang sah die die Dinge, wie sie wirklich waren. Ihre großen Pläne waren nichts weiter als ein erniedrigender Handel. Ihr ekelte davor. Und dennoch besaß sie nicht die Kraft, Stein wegzuschicken.

»Man kann Ihnen vom Gesicht ablesen, was Sie denken.«

Sie war zu deprimiert. Im Moment war ihr alles gleichgültig. Nicht einmal die Vorstellung, Stein könne ihre Gedanken erraten haben, erschreckte sie. »Finden Sie? Und was habe ich mir gedacht?«

»Etwas sehr Mütterliches.« Stein zögerte, unsicher wie weit er in seiner Heuchelei gehen konnte, aber dann ging er das Risiko ein. »Sie dachten, daß Ihre Tochter nie wird ermessen können, was für ein Opfer Sie brachten, damit sie glücklich würde.«

»Ich dachte nicht, daß ein Mann so etwas nachempfinden kann.«

Louis Stein erhob sich. Er war nicht sicher, ob nicht auch sie heuchelte, oder ob er sie wirklich an ihrer empfindsamen Stelle getroffen hatte. Er ließ die Frage offen. »Ich schlage vor, daß wir die Punkte, über die wir uns einigen konnten, schriftlich festhalten.«

Sie nickte. »Auf dem Sekretär finden Sie Papier und Schreibzeug.«

Sie trat ans Fenster. Ihr Blick ging über die Wiesen und Felder bis zum Saum des Waldes. Das ganze Land, soweit sie schauen konnte, und darüber hinaus, hatte einmal den Sonsfelds gehört. Alles war verkauft. Ihr letzter Landbesitz war die Reiherinsel. Wenn diese fünfhundert Gulden verbraucht waren, hatte sie nur noch ein paar Schmuckstücke. Es gab keinen anderen Ausweg. Sie hatte keine Wahl. Sie wandte sich vom Fenster ab.

Stein saß am Sekretär, die Feder in der Hand und wartete, daß sie diktieren werde.

»Beginnen wir mit der Einrichtung des Hauses in Kassel«, sagte sie.

11

Extreme Gegensätze, wie jene, die ihrem Äußeren Spannung und Faszination verliehen – so ihr sehr helles Haar und ihre schwarzen Augen –, fanden sich auch im Charakter von Christine von Sonsfeld. Sie war ein Wesen voller Widersprüche. Sie war sanft und heftig, verträumt und nüchtern, opferbereit und berechnend, und das nicht abwechselnd, sondern gleichzeitig. Während Christine auf Strümpfen, die Reitstiefel in der Hand, die Wendeltreppe herunterschlich, stritten in ihr die übermütige Freude eines Kindes, das einen Streich plant, und zornige Verachtung der Eltern, die sie von früh auf gezwungen hatten, zu Verstellung und Lüge Zuflucht zu nehmen.

Als Kind hatte sie das Hin und Her zwischen den um ihre Gunst rivalisierenden Eltern instinktiv auszunützen versucht. Jetzt war es ihr nur noch lästig; es machte ihr nicht einmal mehr Spaß, wenn sie sich, wie auch an diesem Morgen, schlafend stellte, um dem unvermeidlichen Gefühlsausbruch der Mutter, der immer mit Verwünschungen gegen den Vater endete, zu entgehen. Sie ging auf Zehenspitzen, als sie am Salon vorbeikam. Die Stimmen der Mutter und ihres Besuchers drangen undeutlich heraus. Christine machte sich nicht die Mühe zu horchen. Sie wollte nur schnell aus dem Haus.

Sie fühlte sich erst wohler, als sie den unbewohnten Flügel des Schlosses erreichte. Sie lief zu der Tür, die in den Garten führte und stellte die Stiefel auf den Boden. Als sie sich bückte, um hineinzufahren, knackte die Jacke des lindgrünen Jagdkostüms in den Nähten. Alles war ihr im letzten halben Jahr zu klein geworden, nur die Schuhe nicht, und auch nicht die Hosen ihrer Jagdanzüge, und sie war stolz darauf. Bevor sie den Kaschmirumhang überwarf, versicherte sie sich noch einmal, daß das Kuvert, das der Vater ihr anvertraut hatte, wirklich in der Innentasche steckte. Dann trat sie ins Freie.

Eine breite Treppe führte in den Garten. Seit der letzte Sturm die Reste des Holzgeländers weggerissen hatte, bröckelte ein Stein nach dem anderen aus den Stufen. Ein paar heftige Regengüsse, und von der Treppe würde nichts mehr übrig sein. Sie eilte die Stufen hinunter, das lange, offene Haar fiel ihr den Rücken hinab. Sie lief den schmalen Gartenweg abwärts, in den alle paar Meter Birkenschwellen eingesetzt waren, um das Erdreich festzuhalten. Die Buchsbaumhecke war seit Jahren nicht mehr gestutzt worden. Der ursprünglich als Rundbogen geschnittene Durchlaß begann wieder zuzuwachsen. Als sie durchschlüpfte, legten sich die seidigen Fäden eines Spinnennetzes über ihr Gesicht. Sie wischte sie achtlos weg. Die Eisenpforte in der Mauer stand halb offen. Schon vor Jahren war sie aus den Angeln gebrochen. Ein Eichhörnchen huschte die Mauer entlang. Vor ihr lag der Weg, der abwärts zur Schwalm führte.

Sie hielt inne. Zu Pferd wäre sie in wenigen Minuten am Fluß, und vor allem wäre sie nicht auf den Dienst des Fährmanns angewiesen; die Schwalm führte nicht viel Wasser. Ohne Schwierigkeiten hätte sie durch den Fluß reiten können. Und doch hatte es keinen Sinn, ihr Pferd aus dem Stall zu holen; sie konnte dabei entdeckt werden. Zu dumm – durch die Heimlichtuerei vor der Mutter war sie gezwungen, wie ein Bauernmädchen nach Ziegenhain zu laufen. Doch in diesem Fall lohnte sich der Preis. Der Brief des Vaters an den Amtmann würde verhindern, daß die Reiherinsel an die Haynaus fiel. Es freute sie, daß ihr Vater diesmal hart geblieben war; es erfüllte sie mit Genugtuung, daß er Geld besaß, von dem die Mutter nichts wußte, und vor allem, daß er sich ihr anvertraut hatte!

Seit sie denken konnte, lebten die Eltern im Kriegszustand. Jeder behandelte sie als Komplizin, aber sie hielt im Grunde zu keinem von beiden. Sie waren für sie ungeliebter, unvermeidbarer Bestandteil dieses verfallenden Schlosses, das sie lieber heute als morgen verlassen hätte – gleichgültig wie.

Schon nach den ersten fünfzig Metern ihres Weges entdeckte sie die zarte Rauchfahne, die über der Reiherinsel aufstieg. Sie starrte hinüber, die Lippen aufeinandergepreßt, gegen die jähe Eifersucht ankämpfend. Der Rauch konnte nur eines bedeuten: Robert war hier, war auf seiner Insel. Er war zurück von der Reise; sicher wußten es längst alle, nur sie nicht. Erst gestern hatte sie Marie danach gefragt aber Marie hatte sich dumm gestellt, aus Angst vor Frau von Sonsfeld. War sie selber denn anders? Wie oft hatte sie sich geschworen, der Mutter die Stirn zu bieten. Einmal mußte es sein. Einmal mußte ihre Mutter begreifen, daß sie ihren eigenen Willen hatte. Was brachten all die kleinen Lügen und Listen ihr denn ein? Ebensowenig wie ihrem Vater seine Gelassenheit und sein hintergründiger Spott.

Sie rannte den Weg zur Schwalm hinunter, lachend, als sie daran dachte, daß ihre Mutter Robert nur »den Wilden« nannte. Gut, daß die nicht ahnte, was damals auf dem Erntefest bei den Haynaus begonnen hatte.

Fünf Jahre war es her. Sie war dreizehn gewesen. – Die Kinder hatten ihren eigenen Tanzplatz gehabt. Da war plötzlich Robert vor ihr gestanden und hatte sie zum Tanzen aufgefordert. Was damals geschehen war – selbst jetzt noch wurde ihr heiß. Wann immer sie Robert sah, immer war es dasselbe seither; es wiederholte sich jedesmal gleich stark. Immer, wenn sie ihm gegenüberstand, war es, als fiele ein Mantel aus Feuer über sie.

Genauso war es gewesen. Noch in der Sekunde, als er auf sie zugekommen war und ihr die Hand entgegengestreckt hatte, war sie sich ihres verwaschenen weißen Kleides, dessen Spitzeneinsätze nur noch die brettsteife Stärke zusammengehalten hatte, bewußt gewesen. Und schrecklich häßlich war sie sich vorgekommen ... Danach erinnerte sie sich an nichts mehr. Ob sie wirklich getanzt hatten; ob das Ganze eine Sekunde oder eine Stunde gedauert hatte; ob sich ihr Haar wirklich gelöst hatte, und ob sie ihm wirklich die zwei weißen Schleifen geschenkt hatte, die herausgefallen waren? Sie wußte nur, daß sie lichterloh brannte.

Es war viel Zeit vergangen seit damals. Jener Augenblick war tief versenkt in ihr. Es war ein Geheimnis daraus geworden, das sie mit keinem Menschen geteilt hatte, nicht einmal mit ihm.

Verloren in ihre Gedanken, vergaß sie alles andere. Erst als sie in den Kahn des Fährmanns sprang, und Ludolf sie fragte, wohin er sie bringen solle, fiel ihr wieder ein, daß sie mit dem Brief des Vaters vor zehn Uhr beim Amtmann in Ziegenhain sein mußte. Einen Moment schwankte sie. Sie blickte hinüber zu der Insel. Der Wind bog den breiten Gürtel Schilfs in eine Richtung, machte ihn zu einer undurchdringlichen Mauer. Ihr Mut sank. Wenn Robert sie hätte sehen wollen, hätte er tausend Möglichkeiten gehabt, ihr eine Nachricht zukommen zu lassen, ohne daß ihre Mutter etwas davon erfuhr. Wer weiß, wie lange er schon zurück war; wer weiß, ob er sie überhaupt sehen wollte. Aber ebenso plötzlich verstummte die Stimme, die so quälend war, und nur noch ein Gedanke beherrschte sie: woher sollte

Robert wissen, wie sehr sie auf ihn gewartet hatte? Das letztemal war er vor einem Jahr auf Schloß Sonsfeld gewesen, und damals hatte er ihr eine Kleiderpuppe mitgebracht. Nicht mehr ein Kinderspielzeug, aber doch eine Puppe. Woher sollte er wissen, daß sie erwachsen geworden war?

Sie hörte die Schläge der Ruder, sah, wie das Wasser am Bug sich teilte und sah ihr Spiegelbild, in tausend bunte Reflexe aufgelöst. Genauso war ihr zumute: sie entglitt sich selber.

Sie blickte den Fährmann an. »Rudere mich auf die Insel«, sagte sie.

Die Feuerstelle war für den Goldmacher Robert Skelnik gebaut worden. Gold hatte hier entstehen sollen, echtes Gold, gefälschtes Gold – jetzt hing Teewasser in einem Kupferkessel über dem Rost, und Robert stocherte gedankenvoll in der Glut.

Das Eisen in seiner Hand hatte einst seinem Vater gedient, auch die Feuerzange, der Blasebalg. Er war über die rötlichen Steinfliesen des Bodens gegangen, er hatte auf dem dreibeinigen Hocker gesessen. In dem Regal das die rückwärtige Wand einnahm, hatten seine Phiolen mit all den chemischen Lösungen und Pulvern gestanden. Robert erinnerte sich an die Worte des Fährmanns. Der Goldmacher hatte das Feuer nicht gelöscht. Noch achtundvierzig Stunden lang war Rauch aus dem Kamin gestiegen. Robert Skelnik, der Goldmacher, war gegangen, ohne daß jemand es bemerkt hatte, nicht einmal Ludolf. Robert wußte: sein eigener Abschied würde weniger dramatisch, aber genauso endgültig sein.

Als er am Tag vorher auf der Insel gewesen war, hatte das im Verfallen begriffene Haus nicht mehr für ihn bedeutet als eine Erinnerung an das erste große Abenteuer seines Lebens: die Insel. Wie leicht, wie problemlos doch sein Leben gewesen war! Jetzt war nichts mehr einfach.

Daß er von der Köhlerei im Eichswald nicht nach Hause zurückgekehrt war, war vielleicht nur aus einer Laune zu erklären. Daß er jedoch am Morgen vom *Schwarzen Bären* aus nicht den Weg nach Gut Haynau eingeschlagen hatte, war keiner flüchtigen Stimmung entsprungen. Es war die Entscheidung über sein weiteres Leben gewesen.

Er sah die Reiherinsel an diesem Morgen mit anderen Augen. Die großen Flußkiesel, mit denen er die Furt durch die Schwalm gekennzeichnet hatte; der schmale Damm, den er angelegt hatte, damit sein Pferd mühelos durch den sumpfigen Uferstreifen kam – sie waren ihm ein Stück Jugend und Heimat gewesen. Jetzt nahm er auch davon Abschied.

In Gedanken vertieft, hatte er zwei Tassen Tee getrunken und eine große Scheibe Brot gegessen. Er erhob sich, aber nicht, um, wie sonst, aufzuräumen. Selbst die Dinge, an denen er so gehangen hatte, und die zum Teil noch von seinem Vater stammten, bedeuteten ihm nichts mehr: der Kupferkessel, in dem er sich so oft Teewasser heiß gemacht hatte, die Pfanne, in der er sich Fische gebraten hatte, die Decke aus Otternfell auf dem Bett, die Kerzen, der Spiegel, das Rasierzeug, die Zedernholzkistchen mit Tabak; er würde Ludolf bitten, diese Dinge wegzuschaffen, bevor die Jagdgehilfen des Landgrafen kamen, um die Vorbereitungen für die Jagd zu treffen. Es gab hier nichts mehr zu tun für ihn, bis auf eines. Er holte die Verschläge aus der Abstellkammer, in denen er bei der letzten Jagd seine Lieblingsreiher von der Insel fortgeschafft hatte und trug sie vor das Haus.

Von weither kam der Ruf eines Wasserhuhns. Ein Insekt sirrte auf ihn zu und entfernte sich wieder. Er spürte die Wärme der Sonne im Nacken und auf den Schultern. Aber selbst das war nicht wie sonst. Licht, Wärme, die linde Luft dieses Morgens gingen durch ihn wie durch die Zweige eines Baums. Es war ihm, als habe ihn plötzlich alles verlassen. Das Vergangene war ausgelöscht; das Künftige gab sich noch nicht zu erkennen.

Er hörte das Geräusch schon eine Weile. Er konnte es sich nicht erklären, es war, als breche ein Wild durch das Unterholz. Im Schatten der Büsche tauchte etwas Helles auf.

Die dunkle, vor Nässe glänzende Spitze eines Stiefels teilte das Gras, ein steingrauer Umhang flatterte, ein paar rostrote Blätter schwebten durch die Luft, senkten sich auf helles Haar. Wenn ihr Haar nicht gewesen wäre, hätte er sie nicht sofort erkannt.

»Verzeih, daß ich dich hier überfalle, ich weiß, du hast es nicht gern, aber als ich den Rauch sah ... Wie lange bist du schon zurück?«

Er antwortete nicht. So sehr er es versuchte, es gelang ihm nicht, das Wesen, das vor ihm stand, mit der Christine von früher in Verbindung zu bringen. Es war nicht allein die äußere Verwandlung. Sie war ein schlaksiges unfertiges Ding gewesen, blaß, scheu und gehemmt. Jetzt, in dem Alter, in dem andere Mädchen mit den Kinderkleidern ihre Unbefangenheit ablegen, hatte Christine sie erst gewonnen. Sie ertrug seinen forschenden Blick ohne Verlegenheit, und, was ihn noch mehr erstaunte, ohne Koketterie. Verblüfft stellte er fest, daß er es war, der verwirrt war. »Mich wundert, daß Ludolf dich herübergerudert hat«, sagte er, und das war es nicht, was ihm eigentlich auf der Zunge gelegen hatte.

»Ich habe mich auch gewundert. Sonst hat er immer

hundert Ausreden, aber heute hätte er sagen können, was er wollte ...«

»Deine Mutter wird weniger erbaut sein, wenn sie ihre Tochter allein mit einem Mann, dazu mit einem Haynau, weiß.«

Christine nicktc, plötzlich ernst. »Ich mußte mich davonschleichen, heimlich. Nicht einmal ein Pferd wagte ich zu nehmen. Beim Amtmann in Ziegenhain ist um zehn ein Termin. Ich muß für meinen Vater einen Brief hinbringen.«

»Verlangt er Schadenersatz von mir, weil ich manchmal auf seiner Seite einen Fisch herausgezogen habe?« Dann erst fiel ihm ein, was sein Stiefvater am Abend zuvor von der endgültigen Überschreibung der Insel gesagt hatte.

»Kann ich den Brief sehen?« fragte er.

Ohne Zögern holte sie das Schreiben aus der Innentasche ihres Umhangs. Sie erbrach das Siegel und reichte Robert das Blatt. Während er zu lesen begann, hatte sie endlich Zeit, ihn zu betrachten. Er stand im flirrenden Sonnenlicht; seine Haut hatte denselben Goldton wie sein Haar. Wenn er einatmete, legte sich der sehr feine Stoff seines Hemds eng um seine Schultern. Es war ihr, als habe sie eine große Entdeckung gemacht. Wie vage war das Bild von ihm gewesen, das ihre Phantasie sich erschaffen hatte – wie leblos gegen diesen atmenden Körper. Sie belächelte das Kind, das sie gewesen war, und zugleich hatte sie Angst vor dem Neuen, das sich in ihr regte.

»Wenn du vor zehn in Ziegenhain sein willst, hast du nicht mehr viel Zeit. Du kannst mein Pferd nehmen.«

Hatte er etwas gesagt? Sie wußte nur, daß ihre Hände sich berührt hatten, als er ihr den Brief zurückgab. Ihr Blick fiel auf die Verschläge. »Ich könnte dir helfen. Sie sind doch für die Reiher. Ist die Jagd schon so bald?«

»Diesmal werden die Falken des Landgrafen alle Reiher bekommen«, sagte er, einem plötzlichen Impuls nachgebend. »Aber es werden Sonsfeldsche Reiher sein, nicht mehr meine.« Er stieß mit dem Fuß nach einem Stein. »Ich hatte nicht gedacht, daß dein Vater sich eines Tages doch noch zur Wehr setzen würde. Du mußt bis um zehn dort sein. Wenn du bis dahin den Einspruch deines Vaters nicht abgeliefert hast, fällt die Insel an uns! – Und denke daran; mein Pferd ist sehr empfindlich im Maul, laß ihm die Zügel lang!«

Sie stand vor ihm, den Brief in den Händen. Verstand er nicht, was es bedeutete, daß sie das Siegel erbrochen hatte, begriff er nicht, was sie bereit war zu tun, für ihn, aber auch für sich selber? Die Gelegenheit, etwas aus sich selbst heraus zu tun, gegen den Willen der Eltern, war schneller gekommen, als sie geahnt hatte. Ihr Entschluß stand fest. Sie war nur noch unsicher, wie sie es ihm sagen sollte.

»Hast du vielleicht einen Schluck Tee oder ein Stück Brot für mich? Ich habe heute noch nicht gefrühstückt.«

Er wandte sich um, damit sie sein Lächeln nicht sehen konnte. Sie legte es offensichtlich darauf an, zu spät nach Ziegenhain zu kommen. Hatte sie ihren Mut überschätzt? Hatte sie vor ihrer Mutter doch zuviel Angst, um sich so eindeutig auf die Seite des Vaters zu stellen?

Er nahm den Kupferkessel und füllte ihn mit Wasser. »Leg etwas Holz auf«, sagte er, »ich war schon im Aufbruch.«

Mit dem Gefühl, daß sich jetzt gleich irgend etwas Wunderbares ereignen würde, war Christine ihm in das Laboratorium gefolgt. Sie bückte sich, nahm Holz aus dem Korb. Dann, als sie sicher war, daß er es sehen würde, hielt sie den Brief ihres Vaters in die Glut, bis er Feuer fing und in Flammen aufging. Sie hielt den brennenden Brief triumphierend in die Höhe, bis die Flammen fast ihre Finger versengten.

Robert sah ihr zu, den Kopf leicht geneigt. Das Haar fiel ihm in die Stirn.

»Es war immer deine Insel«, sagte sie, »und sie soll es bleiben.«

Er lachte gezwungen. »Ich scheine etwas an mir zu haben, das Frauen unwiderstehlich reizt, mich zu beschenken«, sagte er. »In den meisten Fällen allerdings fangen sie damit erst an, wenn sie ahnen, daß sie mich bald verlieren werden, und damit werden sie mich dann tatsächlich los. Aber es beunruhigt mich, zu sehen, daß Herr von Sonsfeld seine Tochter nicht allzugut zu kennen scheint.«

Von seinen Worten drang nur der Klang seiner Stimme zu ihr. »Die Insel gehört dir«, wiederholte sie. »Ich mußte es tun. Ich bin dir so viel schuldig. Ich habe es dir nie sagen können . . .« Sie stockte. »Ich werde es Vater schon erklären.« Sie wandte Robert das Gesicht zu. Warum nahm er sie nicht in die Arme? Konnte sie es ihm deutlicher zeigen, daß sie ihn liebte? Mußte sie es auch noch aussprechen?

»Wenn du es wegen mir getan hast, war es ein Fehler.« Er hing den Kupferkessel in den Rost über das Feuer.

»Es war ein Fehler?« Sie ließ sich auf den Hocker nieder. »Ist das alles? Du freust dich nicht?«

Ein kühler Blick traf sie. »Wenn ich dir einen Rat für deine Zukunft geben darf; gekränkte Frauen sind das langweiligste, was es gibt. Eine Frau kann sich vor Wut die Kleider vom Leib reißen und Vasen zertrümmern, aber eine Frau, die leidend vor sich hinschweigt, ist einfach tödlich.«

»Hast du sonst noch Ratschläge?« fragte sie in dem spitzen Ton, den sie an ihrer Mutter so verabscheute.

»Wenn du Wert darauf legst. Im Geldschrank meines Vaters liegt ein Schmuckstück, eine Brosche, Saphire und Brillanten vom Juwelier Derenda aus Frankfurt. Wenn du klug bist, gibst du sie dem Landgrafen mit der Bemerkung zurück, daß du nur große einzelne Steine liebst. Zeig ihm, daß du deinen Wert sehr wohl kennst, und zeig es von Anfang an.«

Sie brauchte eine Weile, um zu begreifen wovon er sprach. Aus dem Sturm, den seine Worte in ihr auslösten, begann sich eine Vorstellung zu formen. Wenn seine Worte nichts anderes bedeuteten, als daß er eifersüchtig war? Dieser Gedanke gab ihr etwas von ihrer Sicherheit zurück.

»Alle scheinen viel mehr zu wissen als ich«, sagte sie, »meine Mutter, mein Vater – jetzt redet man schon auf Haynau darüber. Alle machen Andeutungen. Mich fragt keiner.«

Er zögerte, aber dann sprach er es doch aus, einfach weil er sehen wollte, wie sie reagierte. »Ich hoffe du weißt, was der Landgraf von einem Mädchen will.«

Genau die Worte hatte ihr Vater gebraucht, heute morgen, aber aus Roberts Mund war es ganz etwas anderes. In einem Winkel ihres Wesens flammte eine Kraft auf, deren sie sich selber noch nicht bewußt war. »Wenn ich ein Mann wäre, hättest du dich gefreut, als ich den Brief meines Vaters verbrannte. Du hättest mich verstanden, und wir wären jetzt Freunde. Warum ist das zwischen einem Mann und einer Frau soviel schwieriger?«

Er blickte sie voller Überraschung an, nahm ihre Hand. Es war eine Geste, nach der sie sich die ganze Zeit gesehnt hatte, aber jetzt machte sie ihre Abwehr nur noch stärker: sie zog ihre Hand zurück. »Warum ist das so?« fragte sie. »Warum mußt du mir weh tun?«

»Hat dir schon einer das Herz gebrochen, daß du so reden kannst?«

Sie blickte ihn an. Die Wahrheit lag ihr auf den Lippen. Der Mut, ihm ihre Liebe zu gestehen, fehlte ihr nicht, aber sie lernte schnell. Er würde genauso reagieren wie vorhin, als sie den Brief verbrannte. »Dir hat noch keine Frau das Herz gebrochen«, sagte sie, »und mir wird kein Mann das Herz brechen. Das ist der Vorteil, wenn man in einem Schloß aufwächst, in dem dauernd von dem Geld gesprochen wird, das nicht da ist.« Sie verstummte.

Auf einmal merkte sie, daß sein Arm um ihre Schultern lag. War jetzt alles gut? Würde er ihr jetzt sagen, daß er sie liebte?

»Du brauchst mir nicht Rechenschaft zu geben«, sagte Robert. »Ich würde an deiner Stelle vielleicht genauso handeln. Es ist nur so: eine Frau hat nur ein Leben, ein Mann hat viele. Was du jetzt machst, wird dein ganzes Leben bestimmen.«

Sie senkte den Kopf. Warum die vielen Worte? Warum sagte er nicht einfach, daß er sie liebte. »Auch du redest, als sei alles beschlossene Sache. Ein Kammerherr aus Kassel ist heute bei meiner Mutter, und sie reden. Mein Vater redet. Wie ich sie hasse!« Sie erschrak vor ihren eigenen Worten, und doch wiederholte sie: »Ich hasse sie. Sie denken nur an sich. Vater ist nicht besser als meine Mutter. Er verachtet sie, aber er hat sie zu dem gemacht, was sie jetzt ist.« War es mit ihr selber anders? Auch sie lebte mit halben Wahrheiten. Die Mutter hatte zwar in Andeutungen gesprochen, aber diese Andeutungen waren deutlich genug gewesen. Und sie? Sie hatte geschwiegen, sich dumm gestellt. Aber nicht aus Protest, sondern weil sie im Grunde zu allem bereit war – auch sich zu verkaufen –, nur um Schloß Sonsfeld zu entfliehen, den Eltern zu entfliehen. Sie hob den Kopf. »Es ist alles so häßlich. Ich habe versucht, die Augen davor zu verschließen, aber jetzt geht das nicht mehr. Du mußt mir helfen, bitte.«

Das Wasser über dem Feuer begann zu kochen. Robert goß den Tee auf. »Hast du Verwandte?« fragte er.

Sie lachte. Es war, als tauche sie aus dem Dunkel auf. Der Raum war mit Sonnenlicht erfüllt. Robert saß auf der Kante des großen Arbeitstisches, der vom Goldmacher Skelnik stammte und ließ seine langen Beine baumeln.

»Nein, bitte keine Verwandten mehr!« sagte Christine. »Ich habe ein goldenes Besteck, seit achtzehn Jahren bekomme ich jedes Jahr zwei Gedecke von meiner Taufpatin zum Geburtstag. Du könntest es für mich verkaufen.«

»Ich kann dir auch Geld leihen, wenn ich weiß wofür?«

»Weißt du es nicht?« Sie sah ihn an, voller Erwartung, aber er sprach die Worte nicht aus, diese einfachen Worte, die alle ihre Probleme gelöst hätten.

Christine von Sonsfeld goß sich Tee in die Tasse. Sie trank und nahm dann ihren Umhang, den sie auf die Bank neben der Tür gelegt hatte. Sie trat durch die offene Tür ins Freie. Nichts von all dem, was sie sich in ihren Träumen vorgestellt hatte, war geschehen.

Robert war ihr gefolgt. Die Sonne stand höher, sie hatte das Gras getrocknet. Der herbe Duft von Kräutern schwebte in der Luft. »Es gibt ein Land ...« sagte er, »ich könnte mir gut vorstellen, daß du dort hinpaßt.«

Sie hätte viel darum gegeben, zu wissen, was wirklich in ihm vorging. »Wieviel Land könnte ich mir für mein Besteck kaufen?«

»In Amerika kostet Land nichts.«

»Kann ich mir dort nehmen, was ich will? Wiesen, Felder, einen Wald, einen See, einen Berg? Und woher bekomme ich Pferde?«

»Es gibt Wildpferde, riesige Herden.«

»Also das Land, in dem Milch und Honig fließt.«

Es hätte Robert nicht gepaßt, wenn sie erraten hätte, daß seine Worte alles andere als eine Gedankenspielerei waren; aber genausowenig gefiel es ihm, daß sie so wenig ernstgenommen wurden. »Du hältst es für einen Scherz«, sagte er, »aber das ist es nicht.«

»Du willst nach Amerika?« Erst als sie die Worte ausgesprochen hatte, wurde ihr klar, was sie alles bedeuten konnten. Wollte er, daß sie mit ihm ging? Hatte er sie deshalb gefragt?

Robert sah die Verwandlung, die in ihr vorging. Es war, als könne er zuschauen, wie ein starkes Gefühl in ihr geboren wurde, etwas, das sie endgültig erwachsen machen, etwas, das ihr ganzes Leben bestimmen würde. Sie war schön. Er kämpfte mit seinem Wunsch, alles, was ihm gefiel, zu berühren. Erst, was er mit den Händen »gesehen« hatte, existierte wirklich für ihn.

Sie trat einen Schritt auf ihn zu. »Wann?«

»Ich weiß es noch nicht.«

»Und du nimmst mich mit?«

Ihre Augen waren fest auf ihn gerichtet. Es war schlimmer, als wenn sie plötzlich in Tränen ausgebrochen wäre. Nur damit er diese Augen nicht länger sehen mußte, zog er sie zu sich heran und küßte sie. Es war ein Fehler, er wußte es, es war verrückt, wahnsinnig, aber er ließ sie nicht los. Andere Mädchen wurden schwer in seinen Armen, wenn er sie küßte, sie wurde leichter, und dann entschlüpfte sie ihm, lief davon, tauchte im Schatten der Bäume unter. Die Äste schlossen sich hinter ihr.

Wieder klang es, genau wie vorhin, als breche ein Wild durchs Unterholz. Aber in das sich entfernende Geräusch mischte sich ein dumpfes Rollen. Robert lauschte angespannt, dann begann er zu laufen. Als er die Anlegestelle erreichte, war der Fährmann bereits auf dem Rückweg zum anderen Flußufer. Christine stand am Bug des Kahns, eine schmale graue Gestalt mit langem flatterndem Haar, das wie Sonnenlicht war. Sie blickte nicht zurück, sondern hinüber zur Straße nach Kassel. Von dorther kam das Geräusch; eine lange Wagenkolonne, an der Spitze die Läufer und Vorreiter, der Vortroß der Jagdgesellschaft. Auf den Planen der Packwagen und den Schlägen der Kutschen prangte in den Farben Rot und Grün das Wappen des Landgrafen.

Serenissimus

Hofstaat des Königs	Liv.	606999
Chambre au denier	Liv.	1618042
Ausgaben für die kgl. Toilette,		
Preziosen usw.	Liv.	2274253
Kleine Vergnügungen	Liv.	400850
Ankauf von Pferden	Liv.	12000
Marstall	Liv.	1045958
Geschenke	Liv.	313028
Haushofmeisterei	Liv.	61050
Jagd	Liv.	388319
Hofhaltung von Monsieur	Liv.	1230000
Hofhaltung von Madame	Liv.	252000
Belohnungen	Liv.	160437
»Taschengeld« des Königs	Liv.	2186748
Bauten des Königs	Liv.	15340901
Geheimfonds	Liv.	2365134
Reisen	Liv.	558236
	Liv.	28813955

Persönlicher Etat Ludwig XIV. für das Jahr 1685. (Das Livre: ca. DM 4.- heutiger Währung.)

12

Es lag nicht allein an der Größe und dem Gewicht des Mannes, sondern mehr noch an seiner rücksichtslosen Art zu reiten, daß kein Pferd, auch kein starkgebauter Kaltblüter, einen Ritt von mehr als zwei Stunden ohne Schaden überstand.

Neben dem Landgrafen ritt sein Sekretär, sein Griffel kratzte nicht mehr über die Tafel. Jakob Hanslin richtete sich auf. Das Schreibgestell hing ihm, wie der Bauchladen eines Hausierers, auf der Brust. Er versuchte die Riemen, die ihm in die Achseln schnitten, etwas zu verschieben.

»Wiederholt den letzten Satz!« rief der Landgraf ihm zu.

»Bis zum Ende des Jahres sind auf allen Dächern die Schindeln durch Ziegel zu ersetzen.«

»Das Ganze ist in die Form eines Dekrets zu bringen. Ich möchte, daß Ihr mir den Entwurf noch heute vorlegt. Vergeßt nicht einen Passus mit Strafandrohung. Wählt die schärfste Formulierung. Notiert Euch das. Drastische Maßnahmen. Man muß ihnen Angst machen. Sie sind wie das Vieh. Sie haben ihre Köpfe nur zum Fressen.«

Während er sprach, träufelte Friedrich II., Landgraf von Hessen-Kassel, immer wieder ein paar Tropfen aus einem kleinen Fläschchen in die Hand und hielt sie sich unter die Nase. »Bis hierher zieht der Brandgeruch. Die Luft ist verpestet. Ich werde die Kopfschmerzen während der ganzen Jagd nicht loswerden. Notiert! Eine Order an Kammerschreiber Zacharias Voss. Er soll den Bauern, dem der brennende Hof gehört, herbeischaffen lassen. Heute noch. Man muß ein Exempel statuieren.« Plötzlich fuhr er im Sattel auf, stemmte sich in die Steigbügel, daß sein Pferd wankte. »Wo hält Er das Licht hin!« schrie er den Mann an, der keuchend neben Jakob Hanslin herlief und an einer Stange ein Windlicht in die Höhe hielt.

Der Landgraf ließ sich in den Sattel zurückfallen. »Hanslin, notiert: Der Preis für Dachziegel muß erhöht werden. Ich habe es satt. Bisher habe ich sie ihnen geschenkt, jetzt sollen sie zahlen. Von hundert Bränden brechen neunundneunzig auf den Dachböden aus. Lieber verlieren sie Haus und Hof, als daß sie ein Dach umdecken. Noch etwas, Hanslin. Keine Unterstützung mehr aus der Staatskasse. Keine Abgabenerleichterung, wenn es sich um Brandschäden auf Höfen mit Schindeldächern handelt. Rückwirkend für das ganze verflossene Jahr. Ich helfe ihnen, ich will ihnen ein besseres Leben machen, und dieses Gesindel wird nur immer fauler.«

Der Waldweg hatte sich unmerklich verbreitert und in eine Allee verwandelt. Ein weites Wiesenrondell tat sich auf; die Allee teilte sich und führte in zwei weiten Bogen auf das Jagdschloß zu. Die Stafette der italienischen Fackelträger eilte dem Zug voran. In lichtem Gelb, die Mauervorsprünge weiß abgesetzt, hob sich das Jagdschloß aus dem Dämmerblau des sinkenden Abends. Es sah hübsch aus, elegant, fast kostbar, aber es war nur halb so groß wie der Landgraf es in Erinnerung hatte. Es schien ihm immer noch kleiner zu werden, je näher sie kamen. Er versuchte, sich eine Tafel für sechzig Personen darin vorzustellen, aber er fürchtete, daß nicht einmal sein zwei zu drei Meter großes Bett, das der Vortroß hergebracht hatte, in diesem Puppenhaus Platz finden würde.

Wäre der Landgraf der philosophische Kopf gewesen, für den er sich seit einem Besuch bei Voltaire hielt, hätte er seiner Enttäuschung in beißender Kritik Luft gemacht, aber er hatte mit jenem großen Philosophen nur die Neigung zu schlechter Laune gemeinsam. Seine Galle schwoll noch mehr, als er unter den vielen Lakaien, die sich vor dem Jagdschloß zu seiner Begrüßung aufgestellt hatten, nicht den Kammerschreiber Zacharias Voss entdecken konnte, der für den Umbau und die Renovierung des Schlosses verantwortlich war.

Sein Pferd war von selbst stehengeblieben. Im nächsten Augenblick umringten ihn ein Dutzend Leute, als habe das Pferd versucht ihn abzuwerfen. Von zwei Seiten griffen Hände ins Zaumzeug, hielten die Schabracke fest, zogen die Füße ihres durchlauchtigsten Herrn aus den Steigbügeln. Aber es waren nicht genug Hände, um zu verhindern, daß der Landgraf beim Absteigen den Sattel mitsamt den Gurten zur Seite riß. Ein anderes Pferd wäre bei dieser Behandlung gestiegen, aber dieses stand wie aus Blei gegossen. Es zuckte nicht einmal, als der Stiefel des Landgrafen in seine Flanke traf. Die Jagdtasche war zu Boden gefallen, das Riechfläschchen, die Handschuhe. Das Pferd wurde weggeführt: zwei Knechte zogen vorn, zwei schoben hinten an.

»Laßt die Hunde von der Leine«, sagte der Landgraf zu dem jungen Mann neben sich. Friedrich überragte alle. Er wurde kaum kleiner, wenn er vom Pferd stieg. Er bestand zur Hälfte aus Beinen, und dieses Mißverhältnis, dem er ein gut Teil seines Selbstbewußtseins verdankte, betonte er noch durch hüfthohe Stiefel.

»Durchlaucht!« Mit rudernden Armen verschaffte sich ein kleiner Herr mit grauem Spitzbart Platz. Doktor Verweyen war augenblicklich Favorit unter den zwanzig Ärzten, die der Landgraf beschäftigte. »Durchlaucht sind erhitzt. Nicht stehen bleiben!« Zwei Lakaien, die dem Arzt auf den Fuß folgten, legten dem Landgrafen einen pelzgefütterten Mantel um die Schulter. »Durchlaucht, ich beschwöre Euch! Die laue Luft solcher Herbstabende ist trügerisch.«

Jetzt hatte der Landgraf auf den Stufen vor dem Jagdschloß den Kammerschreiber Zacharias Voss entdeckt. »Ich dachte hier ist umgebaut worden!« herrschte er den Beamten an.

Zacharias Voss verneigte sich. Wenn der Landgraf nicht einmal Doktor Verweyen eines Wortes würdigte, war ein Gewitter von größerem Ausmaß im Anzug. Als vorsichtiger Mann hatte sich Voss auf die Ankunft des Landgrafen, alle Unsicherheitsfaktoren berücksichtigend, vorbereitet. In diesem gereizten Zustand durfte er ihn nicht durch das kleine Entree in das Jagdschloß führen. Voss blickte kurz über die Schulter. Hoffentlich war der Lichtkämmerer mit seinen Kerzen fertig geworden. Er gab das Zeichen. Die Türen schwangen auf. Sechsarmige Leuchter in beiden Händen, erschienen Pagen unter der Tür, traten feierlich zur Seite.

Umkreist von den drei Hunden, ging Serenissimus schweigend bis in die Mitte des Saals, einem länglichen Achteck, das sich durch die großen Spiegel an den vier schrägen Wänden ins Unendliche fortzusetzen schien. Er warf den Pelzmantel von den Schultern; das unförmige Stück störte ihn bei der Betrachtung seiner selbst in den Spiegeln, die, wie alle Spiegel, die der Landgraf zu Gesicht bekam, so geschliffen waren, daß sie ihn schlanker und größer erscheinen ließen. Der Unmut wich aus seinen Zügen. Zacharias Voss glaubte schon gewonnen zu haben, da huschte die graue Gestalt des Lichtkämmerers durch das erlauchte Spiegelbild.

Mit einem Schritt war der Landgraf bei dem Mann, packte ihn wie eine Katze am Kragen. »Zu faul die Livree anzuziehen!« Er riß dem Unglücklichen die graublaue Leinenjacke vom Leib. Geflicktes Unterzeug kam zum Vorschein. »Kreatur!« schrie der Landgraf. »Auf die Festung mit ihm!« Der Mann warf sich zu Boden, stammelte etwas. Auf einen Wink des Landgrafen packten ihn zwei Lakaien, schleiften ihn hinaus. Der Hofstaat stand mit gesenkten Köpfen. Jeder war froh, daß es nicht ihn getroffen hatte. Aber der Landgraf hatte schon wieder etwas entdeckt. »Voss« rief er mit wutbebender Stimme. »Was ist mit den Stühlen? Bringt einen her!«

Zacharias Voss verneigte sich. Er nahm einen der Stühle, die ringsum an den Wänden standen, hielt ihn an den Hinterfüßen in die Höhe.

»Wozu habe ich Euch das Musterstück aus Paris gegeben?«

»Die Bezüge wurden danach gewebt.«

»Das Muster war Goldbrokat.«

»Minister Schlieffen hat Damast befohlen. In Brokat wären die Stühle zu teuer gekommen.«

»Schlieffen soll sofort erscheinen.«

Zacharias Voss übergab den Stuhl einem Lakaien. »Seine Durchlaucht wünscht Minister Schlieffen zu sehen«, rief er laut. Ein italienischer Läufer stürzte aus dem Saal. Schweigen breitete sich aus. Alle Anwesenden wußten, daß Schlieffen nicht im Haus war, und alle bewunderten die geschickte Taktik von Zacharias

Voss. Dieser alte Fuchs fand immer wieder eine Finte, um den Zorn des Landgrafen von sich auf andere abzulenken.

Der kleine Verweyen trippelte herbei. »Durchlaucht sollten sich ausruhen vor dem Diner. Ein Bad, eine leichte Zwischenmahlzeit.« Auch diesmal bekam er keine Antwort. Der Läufer kam zurück und meldete, daß Schlieffen nicht zu finden sei. »Wenn er kommt, führt ihn sofort zu mir!« befahl der Landgraf. Wieder richtete er den Blick auf Voss. »Es riecht hier nach Küche.«

Voss breitete die Arme aus. »Darf ich Durchlaucht das Haus zeigen? Die Küche ist jetzt im Nebengebäude untergebracht, wie Durchlaucht befohlen haben. Auch die Hundeboxen sind entfernt worden, dadurch ist das Entree doppelt so groß.«

»Wie wird dann das Essen warm gehalten?«

»Hofingenieur Krisch hat Warmhaltewagen gebaut.«

»Zeigt mir mein Schlafzimmer!«

Zwei Pagen öffneten eine Tür. Die drei Hunde sprangen auf, liefen voraus. Voss blieb an der Seite des Landgrafen. Wenn der Sturm erst einmal losgebrochen war, kam jedesmal eine fatalistische Ruhe über ihn. Im Spielsalon deutete er auf die Wandverkleidungen: »Japanische Lackarbeit.« Der Landgraf nickte. Sie schritten weiter. Das Rauchkabinett, das Waffenkabinett. Tür nach Tür ging auf. Voss erklärte, der Landgraf schwieg.

»Das Schlafgemach Eurer Durchlaucht.«

Der Landgraf blieb auf der Schwelle stehen. »Wozu diese Festbeleuchtung? Sollen die Wände gleich wieder verräuchert werden? Und diese Hitze! Ich werde nachts kein Auge zutun!« Dann entdeckte er das Gemälde. Es zeigte ihn überlebensgroß auf einem Rappen, den Falken auf der Faust. Er ging langsam auf das Bild zu. So sah er sich selber. Schlank, jung, feurig, elegant, majestätisch. Warum war er nicht als französischer Dauphin zur Welt gekommen? Über ein ganzes Volk herrschen, Armeen befehligen, Schlösser aus der Erde stampfen, die so groß waren, daß niemand wußte, wieviel Räume sie hatten, nicht einmal der Architekt. Sein Volk war eine Rotte von Bauern. Auch die Bürger in Kassel waren nichts anderes. Seine Armee war, bis auf die Garde und das Offizierskorps, ein Haufen Krimineller, und seine Schlösser existierten in Modellen, die nie verwirklicht werden würden, oder nur verstümmelt, weil er nicht einmal das besaß, was sein Leben hätte erträglich machen können: genug Geld.

Er stand vor dem Bild. Dieser Tischbein war ein Genie. Wenn er nur nicht diesen scheußlichen deutschen Namen hätte; trotzdem war er über seinen Entschluß froh, ihn beauftragt zu haben, die Reiherjagd in Bildern festzuhalten.

Zacharias Voss hatte die Tür zum Bad geöffnet. Der Landgraf trat hinein. Wohlgefällig ging sein Blick über die Marmorwände. »Ich muß Ihn loben, Voss.« Er fuhr mit den Fingerspitzen über das lichtgrüne Geäder. Plötzlich hielt er entsetzt inne. Er klopfte mit dem Fingerknöchel gegen die Wand. »Stuck!« Es war ein Wutschrei. Voss wich zurück. Die Hunde begannen zu kläffen. Der Landgraf stürmte davon, zurück in den Festsaal. Die drei Hunde rasten wie toll voraus.

Nur Doktor Verweyen, selbst ein Choleriker von hohen Graden, war nicht im mindesten beeindruckt. Die Studenten, die in seinem Seminaricum medico-chirurgicum ins Examen kamen und sich durch einen Wutausbruch einschüchtern ließen, waren verloren. Um bei ihm mit Glanz zu bestehen, mußte ein Student schon den Mut haben, zurückzuschreien. Und genau das tat Verweyen vor dem Landgrafen. »Ich bleibe keine Minute länger hier!« schrie er ihn an. »Wenn Ihr Euch unbedingt umbringen wollt, Durchlaucht, tut das, aber allein!«

Der Landgraf stand mit offenem Mund. »Doktor . . .«

»Ich bin nicht mehr Euer Doktor. Lassen Sie den Stuck wieder herunterschlagen, wenn er Ihnen nicht gefällt.«

»Das werde ich! Hat Er gehört, Voss? Sofort nach der Jagd kommt der Stuck herunter. Im Bad und hier im Festsaal, diese lächerlichen vorgetäuschten Pfeiler. Alles herunter! Und wenn die Rechnungen kommen, zu mir damit. Ich werde sie in Stücke reißen. Ich werde den Handwerkern von mir aus eine Rechnung aufmachen.«

Zacharias Voss verneigte sich stumm. Das war noch einmal glimpflich abgegangen. Aber noch war der Tag nicht zu Ende. Wenn er an das Diner dachte, wurde ihm siedend heiß. Um den Küchenetat nicht zu überziehen, hatte er drei Gänge gestrichen. Er mußte sofort in die Küche und alles rückgängig machen. Das Gedächtnis des Landgrafen war nie besser als an Tagen wie diesem.

»Eine kleine Zwischenmahlzeit für Seine Durchlaucht«, befahl Verweyen mit lauter Stimme.

Voss hätte ihn umarmen können, so glücklich war er, daß er wenigstens für ein paar Minuten den Raum verlassen durfte. Er verbeugte sich. »Wo darf ich decken lassen?«

»Im Schlafgemach«, erwiderte Verweyen für den Landgrafen.

Der Arzt hatte den Tisch so stellen lassen, daß Durchlaucht direkt auf das Gemälde schauen konnte. Im Rükken schützte ihn ein dreiteiliger Wandschirm vor Zugluft. Die drei Hunde lagen am Boden, verfolgten mit hungrigen Augen die Diener, die immer neue hochbeladene Tablette herbeischleppten. Da auf dem Tisch kein Platz mehr war, wurden Beitische herangeschoben; ununterbrochen ging die Tür. Die Flammen der Kerzen kamen nicht zur Ruhe.

Der Landgraf saß zurückgelehnt in seinem Sessel und betrachtete fasziniert das Spiel des Lichts auf dem Gemälde, das der Künstler mit dem schrecklichen Namen gemalt hatte. Das war nicht mehr Leinwand und Farbe – das war lebendig! Die Äste des Baumes zitterten, der Falke auf der Hand des Mannes sträubte das Gefieder.

Der Landgraf bedeutete dem Kammerdiener, daß er allein sein wolle. »Ich bediene mich selbst.« Mit einer Armbewegung scheuchte er die Lakaien vor sich her. Das Zimmer leerte sich, das Trappeln der Füße verklang. Aber immer noch hatte der Landgraf das Gefühl, nicht allein zu sein. Er wandte sich um. Neben der Tür stand eine hohe Gestalt. »Da sind Sie ja endlich«.

Ernst Moritz, Baron von Schlieffen, Wirklicher Minister Seiner Durchlaucht des Landgrafen zu Hessen-Kassel, Generalleutnant und Oberbefehlshaber aller hessischen Truppen, trat näher. Er trug nicht die lauten Farben und gemusterten Stoffe, die Paris vorschrieb. Seine Farbe war Grau in allen Schattierungen, seine Stoffe waren Seide und Batist. Perücken lehnte er ab. Er hatte dichtes Haar und puderte es schneeweiß, was seine sonnenverbrannte Haut noch dunkler erscheinen ließ.

Der Landgraf musterte ihn mit einem säuerlichen Lächeln. »Darauf verstehen Sie sich. Sie sind nie da, wenn ich wütend auf Sie bin.« Schlieffen überblickte den Tisch. »Ich prophezeie Alpträume, Durchlaucht, so schwer wie diese getrüffelte Gänsebrust mitsamt der Silberplatte, auf der sie liegt.«

»Meine Alpträume kommen von etwas anderem.

Zum Beispiel, wenn Sie Architekt spielen, und das nur zum Zweck, mir sparen zu helfen. Dieser Stuckmarmor ist ein Skandal. Gehen Sie ins Bad. Sehen Sie sich das an!«

»Es mußte alles sehr schnell gehen. Wenn Sie das nächste Mal herkommen, sind die Wände poliert. Man kann sie erst schleifen, wenn der Stuck vollkommen getrocknet ist und sich mit dem Mauerwerk verbunden hat. Das dauert.«

»Die Handwerker sind ein unverschämtes Gesindel. Die Rechnungen gehen zurück, eigentlich sollte ich sie alle einsperren. Warum haben Sie nicht Baumeister Reiss mit den Arbeiten beauftragt? Mit ihm gab es nie Ärger.« Der Landgraf schnitt eine Leberpastete in der Mitte durch, säbelte große Stücke herunter und warf sie den drei Hunden zu. »Was paßt Ihnen an Reiss nicht? Reden Sie! Ist etwas vorgefallen? Wenn seine Forderungen zu hoch waren, hätte man ihn einfach kürzen können.«

Schlieffen saß auf der Kante seines Stuhls und sah zu, wie die Hunde die Brocken aufschnappten. »Ich habe versucht, herauszufinden, bei welchem Ihrer Sekretäre die Rechnungen von Reiss abgelegt wurden«, sagte er. »Ich weiß nur, daß man Reiss seit drei Jahren keinen roten Heller mehr gezahlt hat.«

»Reiten Sie nicht auf solchen Kleinigkeiten herum! Wahrscheinlich geschah es auf den Wunsch von Reiss selber, daß man mehr zusammenkommen ließ.«

»Reiss hat in den letzten drei Jahren vierzigtausend Taler Auslagen allein für Marmor gehabt. Er hat Schulden gemacht, um für Euer Durchlaucht bauen zu können. Er hat sein Haus verpfändet, in der Hoffnung . . .«

»Erlaßt ihm die Abgaben für die nächsten fünf

Jahre. Ich werde Anweisung geben, daß man ihm einen Teil seiner Ausgaben erstattet.«

»Reiss ist vor einer Woche vor seinen Gläubigern geflohen.«

Der Landgraf warf die Serviette auf den Tisch, das Weinglas neben seinem Teller fiel um. »Welcher Hof hat ihn abgeworben? Etwa der regierende Graf von Hanau?« Die Vorstellung, daß ihn sein ältester Sohn, der Erbprinz von Hessen-Kassel und regierende Graf von Hanau, was Weibergeschichten und Luxusentfaltung betraf, in den Schatten stellen könnte, war ihm ein immerwährender Dorn im Auge.

»Ich kann es nicht sagen, Durchlaucht.«

»Sonst sind Sie über jede Kleinigkeit bestens informiert. Dieser Reiss wäre sein Leben lang ein armseliger Polier geblieben, wenn ich ihn nicht nach Italien und Frankreich geschickt hätte. Und das ist der Dank! Warum ist er nicht einfach zu mir gekommen?«

»Euer Durchlaucht, es hat sich herumgesprochen, daß die Kasse des Landgrafen leer ist. Ich habe Baumeister Krisch aus meiner Tasche bevorschußt, sonst hätte er den Auftrag zum Umbau des Jagdschlosses rundweg abgelehnt.«

»Gesindel!« murmelte der Landgraf.

»Reiss ist kein Einzelfall. Auch andere Baumeister in Kassel sind im Dienste des Landesherrn verschuldet.«

»Auf wessen Seite stehen Sie eigentlich! Ist es meine Kasse, die Sie füllen sollen, oder die von ein paar habgierigen Baumeistern, die nicht schnell genug reich werden können? Lassen Sie sich etwas einfallen. Neue Steuern oder Zölle. Ihr habt freie Hand.«

»Euer Durchlaucht, ich bitte, mir eine Ware zu nennen, die noch nicht besteuert ist.« Schlieffens Stimme klang eher monoton als gereizt. »Brot, Fleisch, Salz,

Kaffee, Tabak, Zucker, Wolle, Baumwolle, alles, was der Mensch zum Leben und zum Sterben braucht, ist besteuert. Das Verzeichnis der akzispflichtigen Waren umfaßt im Augenblick sechzig Folioseiten, auf jeder Seite durchschnittlich zwanzig Artikel. Was die Zölle betrifft, so haben wir achtundfünfzig verpachtete und neunzehn nicht verpachtete Zölle, zehn verpachtete Schleusen. Und das in einem Land von nicht ganz dreihunderttausend Seelen. Die Bauern führen sechzig Prozent vom Reinertrag ihrer Höfe ab. Dazu leisten sie Frondienste, für den Staat, für den Festungsbau, für die Anlieferung in die Magazine, dazu Vorspanndienste bei Reisen Eurer Durchlaucht, der Beamten und Offiziere. Wir sind in einer Sackgasse. Die Wirtschaft ist ein lebendiger Organismus. Er floriert nur, wenn er Luft zum Atmen hat – aber unsere Steuern und Zölle haben ihn abgewürgt. Deshalb sinken die Einnahmen von Monat zu Monat, trotz der hohen Abgaben. Die kleinen Handwerker und Händler machen Bankrott, die Großen retten sich in den Schmuggel. Wenn wir nicht handeln, geht alles aus den Fugen. Um die Wirtschaft wieder auf gesunde Füße zu stellen, müssen wir umdenken. Ich habe einen Plan entworfen, angelegt auf die nächsten zwei Jahre.«

Der Landgraf hob abwehrend die Hand, in der er eine Hasenkeule hielt; in der anderen hatte er eine Sauciere mit Preißelbeeren und schlürfte daraus wie aus einer Tasse. »Sie langweilen mich«, sagte er mit vollen Bakken. Er fuhr sich mit der Serviette über den Mund. »Kramen Sie einmal Ihren Soldatenverstand hervor! Ich habe Sie nicht nach Kassel geholt, um einen Federfuchser mehr hier zu haben. Als Soldat waren Sie doch auch nicht zimperlich.« Er schob seinen Teller zurück, warf sein Besteck auf die Platte mit dem unberührten Fischaspik. »Ich werde Ihnen etwas zeigen.« Er nahm aus der Jagdtasche, die über der Stuhllehne hing, einen Lederbeutel, löste das Band und schüttete das Geld auf den Tisch. »Dem König von Preußen, dem Sie ja einmal gedient haben, gehen die Soldaten nicht aus, und das Geld auch nicht.« Er schob die Münzen mit beiden Händen auseinander. »Wir brauchen es nur zu machen wie er. Das Rezept ist einfach. Münzen, die nur zu dreißig Prozent echt sind. Und damit man seine eigene Währung nicht ruiniert, gibt man diesen Dritteltalern irgendeine ausländische Prägung.« Er nahm ein Goldstück und drehte es zwischen den Fingern. »Können Sie der etwa unter die goldene Haut schauen?« Er ließ die Münze wie einen Kreisel tanzen. »Außen Gold und innen Zinn. Wissen Sie einen besseren Weg, aus einem Taler drei zu machen?«

»Euer Vater hat sich auf diesem Gebiet bereits versucht. Soviel ich weiß, ist die Sache schiefgegangen.«

»Mir wäre das nicht passiert! Zum Falschmünzen einen Goldmacher zu engagieren! Ich hätte diesen Skelnik wie einen Gefangenen bewachen lassen. Einen Habenichts mit sechzigtausend Goldstücken auf eine gottverlassene Insel zu setzen, welche Unkenntnis der menschlichen Natur! Aber wenn es geklappt hätte, Herrgott noch mal! Machen Sie nicht Ihr Eulengesicht! Der König von Preußen schüttet sein minderwertiges Geld über ganz Deutschland aus und sammelt unser gutes Gold ein. Er muß uns für Idioten halten, wenn wir nicht dasselbe tun.«

Schlieffen stand vor dem Kamin, um ihn herum die drei Hunde, die versuchten die Aufmerksamkeit des Mannes auf sich zu lenken. Der Landgraf beobachtete die Szene voller Eifersucht. »Nun, was sagt das Orakel?«

Schlieffen hob kurz den Blick. »Das Orakel sagt, daß der Hofjude Veitl Lesser demnächst eine größere Summe in die landgräfliche Kasse zahlen wird, und zwar in hartem Gold.«

»Haben Sie ihm schon wieder eine Pfründe zugeschanzt? Ich mag das nicht, vor vollendete Tatsachen gestellt zu werden.«

»Lesser bittet um die Genehmigung, seine zweite Tochter verheiraten zu dürfen.«

»Vermehren sich wie die Ratten! Jedes Jahr zweimal zur Kur nach Hofgeismar. Schauen Sie sich einmal das Sterberegister des letzten Jahres an. Die Juden können Sie an einer Hand abzählen. Was sich da ausbreitet, ist schlimmer als Dritteltaler. Ist Lesser im Moment überhaupt flüssig? Letzthin, bei dem Überfall, wurde er doch ganz schön zur Ader gelassen.«

»Veitl Lesser hat das Geld.«

»Da sehen Sie, alle haben sie Geld, auf meine Kosten. Was hat er für die Heiratserlaubnis der ersten Tochter gezahlt?«

»Das Übliche, siebentausend Taler.«

»Diesmal kommt er mir nicht so billig davon.«

»Der König von Preußen hat in einem Fall siebzigtausend Taler verlangt und bekommen«, sagte Schlieffen mit seiner montonen Stimme, die selbst Menschen, die ihn gut kannten, immer wieder rätseln ließ, was er nun wirklich dachte.

»Die preußischen Dritteltaler schmecken Ihnen nicht, aber so ist das, die beste Arznei ist meist die bitterste. Jetzt sind Sie so lange von Preußen weg. Was war doch gleich der Grund, daß Sie quittiert haben? Eigentlich hätten Sie und der König doch zusammenpassen müssen; zwei Frauenverächter!«

Schlieffen hob den Kopf, das Visier eines arroganten

Lächelns auf dem Gesicht. Wegen dieses Lächelns, das er als unverschämt empfand, hatte der König von Preußen Schlieffen davongejagt. Der Landgraf von Hessen-Kassel, der mit einem stabileren Selbstbewußtsein ausgestattet war, schätzte an Schlieffen gerade die Arroganz, denn er hielt sie für etwas, das zum Flair eines nach französischem Vorbild geformten Weltmanns gehört.

»Für die Hunde ist es zu warm hier«, sagte Schlieffen. »Und es wäre besser gewesen, wenn sie sich vor der Jagd nicht bis zum Platzen vollgefressen hätten.« Es reizte diesen Mann immer wieder, zu erproben, wie weit er gehen konnte.

Der Landgraf zog eine Klingelschnur. Sofort erschien der Kammerdiener. »Schafft die Hunde weg! Und sagt Kammerherrn Stein, ich erwarte ihn. Sekretär Hanslin soll mitkommen.« Er nahm einen Schluck Wein und wandte sich an Schlieffen. »Veitl Lesser können Sie sagen: siebentausend Taler. Des weiteren muß er sich verpflichten, alle Wildschweine, die in diesem Winter in den landgräflichen Forsten geschossen werden, aufzukaufen. Das Stück ein Taler. Davon sind im voraus zu zahlen dreitausend Taler. Das ist mehr als entgegenkommend von meiner Seite.« Er schenkte sich hintereinander zwei Gläser voll und trank sie schnell aus.

Schlieffen kam langsam durch den Raum. »Da wir gerade dabei sind, Euer Durchlaucht: draußen wartet Baron Haynau.«

»Noch so ein Buchhalter! Sie gehen mir schon genug auf die Nerven. Nehmen Sie das Geld her, wo Sie wollen! Ich bin zur Jagd hergekommen, nicht um Bilanz zu machen.« Wieder schenkte er sich das Glas voll. »Ich will niemand sehen.«

Schlieffen nahm sich eine kandierte Aprikose. In Augenblicken wie diesem, vermochte nur noch eine Süßigkeit, seinen Zorn zu ersticken.

Kammerherr Louis Stein hatte schon so lange mit den Launen von Serenissimus zu tun, daß seine Witterung für das, was ihn erwartete, untrüglich geworden war. Als er jetzt beim Landgrafen eintrat, sagte ihm diese Witterung, daß es nach Geld roch. Obwohl der Bremsklotz Schlieffen dastand und obwohl er allem Anschein nach dem Landgrafen wieder einmal mit seinen Sparmaßnahmen die Hölle heiß gemacht hatte: Es roch nach Geld.

Stein stieg über die Hühnerknochen und Pastetenbrocken, die die Hunde liegen gelassen hatten. Jakob Hanslin setzte sich an den kleinen Schreibtisch in der Fensternische. Der Landgraf trat neben ihn. »Zuerst einen Brief. Auf Privatpapier mit dem goldenen Aufdruck. Stein, diktieren Sie Hanslin die Adresse der französischen Tänzerin.«

»Sie genehmigen den Vertrag?«

»Ich hoffe, es ist uns niemand zuvorgekommen?«

»Unmöglich, ich war der erste, der mit ihr verhandelt hat. Ein einmaliges Gastspiel – oder für länger?«

»Die ganze Wintersaison.«

»Durchlaucht sind ein Kunstkenner wie wenige.«

»Wie groß ist eigentlich unser eigenes Ballett?«

»Sechs Tänzerinnen und drei Tänzer.«

»Und die Hanauer? Wieviel hat mein Sohn? Ach was, erhöhen Sie auf das Doppelte, Stein. Erste Kräfte. Man kann dieser Frau nicht zumuten, mit Stümpern aufzutreten. Ich habe das Schauspiel satt, immer dieselben Gesichter. Monsieur Dabin als Cid, als Caesar, als Britannicus. Ich kann diesen näselnden Helden mit seinen ausgestopften Waden nicht mehr sehen. Hören Sie,

Stein, diesen Winter nur Tanz, Musik, Maskenfeste. Verstehen Sie, schmuggeln Sie mir keine Tragödie dazwischen!«

»Die Verträge der Schauspieler laufen noch.«

»Das ist Ihre Sache.«

»Eine gute Gelegenheit, das französische Theater ganz zu schließen«, warf Schlieffen ein, obwohl er wußte, daß der Landgraf auf diesem Ohr taub war.

»Stein, geben Sie Minister Schlieffen eine Beschreibung von Demoiselle Richet. Wir sollten ihm das nicht vorenthalten. Er scheint zu glauben, es handle sich um fahrendes Volk, das auf Straßen und Plätzen auftritt.«

»Demoiselle Richet – was soll ich sagen: am französischen Hof behandelt man sie wie eine Marquise. Das sagt eigentlich alles. Der große Noverre ist ihr Onkel, Ludwig XV. ihr Taufpate. Das nur zur Person. Sie ist nicht einfach eine vom Theater.«

»Mich interessiert eigentlich nur, was sie kostet«, sagte Schlieffen kalt. »Nach Ihrer Schilderung, Stein, habe ich gute Hoffnung, daß sie zu vornehm ist, Geld anzunehmen.«

»Der französische König schenkte ihr für eine einzige Aufführung ein Landgut.«

»Und Sie sind sicher, daß er damit ihre Leistung als Tänzerin honorierte? Auf wieviel Battements bringt sie es denn in der Sekunde. Übertrifft sie die Pampanini?«

»Die Pampanini sprang, aber die Richet fliegt.«

»Dann hätte der französische König ihr die Sonne schenken müssen. Soviel ich weiß, gehört sie ihm doch.«

Stein lächelte süßsauer. Diesem Schlieffen war nicht beizukommen. Selbst wenn eine Entscheidung gegen seinen Willen fiel, wie jetzt, verstand er der Sache eine solche Wendung zu geben, daß er der Überlegene blieb.

»Der Brief muß expreß erledigt werden«, sagte der Landgraf, der Hanslin über die Schulter sah.

»Durchlaucht haben die Bedingungen nicht vergessen?« schaltete sich Stein ein. Es war ihm unangenehm, vor Schlieffen davon zu sprechen. »Demoiselle Richet besteht darauf, daß die zehntausend Taler im voraus bezahlt werden.«

»Der Eilkurier mit dem Geld folgt dem Brief auf den Fuß«, sagte der Landgraf. Er sah Schlieffen an. »Wir haben das Geld gerade eingenommen.« Er nahm dem Schreiber die Feder aus der Hand und setzte seine Unterschrift unter den Brief. Hanslin streute Sand darüber und wollte sich erheben. »Wir sind noch nicht fertig. Notieren Sie. Ein Glashaus mit exotischen Tieren und subtropischen Pflanzen. Schlieffen, Sie sind doch Experte in Zoologie?«

»Tanzt Demoiselle Richet oder führt sie wilde Tiere vor?« fragte Schlieffen.

»Mein Lieber, ich spreche von Fräulein von Sonsfeld, Ihrem besonderen Schützling. Als Du Ry das Haus baute, schlug er bereits etwas in der Richtung vor, aber wir konnten uns damals nicht einigen, ob es ein Gartenflügel sein sollte oder ein Pavillon. Bei einem Pavillon hätte es Schwierigkeiten mit der Heizung gegeben. Als ich ihn letzthin sah, deutete er an, daß er inzwischen eine Lösung gefunden habe, falls Interesse bestünde. Er meinte, im Sommer könnte man den ganzen Garten mit einbeziehen. Was ist, Schlieffen?«

»Pfauen, Lachtauben, Sperlingspapageien, Meerkatzen, Goldfasane, alles, was auch in ein Freigehege paßt. Die Auswahl der Tiere sollte man auf jeden Fall Fräulein von Sonsfeld überlassen.«

»Aber es soll eine Überraschung werden.«

»In Frankfurt gastiert im Augenblick ein italienischer Zirkus. Vielleicht könnte man da . . .« begann Stein eifrig.

»Ausgezeichnet«, unterbrach ihn der Landgraf. Ebenfalls mit Eilkurier! Hanslin, haben Sie notiert? Und noch etwas. Damit wir das gleich festhalten für die nächste Ratssitzung, sobald wir nach Kassel zurückgekehrt sind: Gründung einer Kunstakademie, Berufung des Malers Tischbein . . .«

Schlieffen beobachtete den Landgrafen, der hinter dem Sekretär auf und ab ging, und er fragte sich, wie schon so oft, was eigentlich im Landgrafen vorging, wenn er Summen ausgab, die er nicht besaß. Widersprechen war absolut sinnlos. Ebensogut hätte man versuchen können, eine Lawine oder eine Flutwelle durch eine Gewehrsalve aufzuhalten. Millionen waren auf diese Art schon zum Fenster hinausgeflogen, für Bauten, die nie fertig wurden, für Frauen, die er schwängerte und vergaß.«

»Das war es, Hanslin. Hat man den Bauern von dem brennenden Hof schon hergeschafft?«

»Der Läufer ist noch nicht zurück.«

»Der Brief an Demoiselle Richet ist sofort zu expedieren. Stein, machen Sie den Leuten Füße. Hanslin, wann bekomme ich den Entwurf des Schindel-Dekrets?«

»In einer halben Stunde.«

Schlieffen machte dem Sekretär ein Zeichen. »Warten Sie, ich brauche Sie vielleicht noch.« Er wandte sich an den Landgrafen: »Wenn Sie Baron Haynau empfangen, könnten Sie einen guten Teil des Geldes wieder hereinbekommen, das Sie eben ausgegeben haben.«

»Was will er?«

»Ich glaube, ich habe Haynau jetzt so weit, daß er die Tabakregie erwerben will.«

»So, Sie haben ihn soweit. Wird er jetzt größenwahnsinnig? Die Tabakregie an Haynau! Wie komme ich dazu? Ich denke nicht daran, ihm die Tabakregie zu übertragen. Was will er zahlen?«

»Achtzigtausend Taler.«

»Haben Sie gesagt achtzigtausend Taler? Für ein Jahr?«

»Für zwei Jahre. Aber er zahlt bei Abschluß des Vertrags den ganzen Betrag im voraus.«

»Sie sagen das, als würde er uns etwas schenken. Dabei ist er es, der sich an der Sache bereichert. Haynau investiert nicht achtzigtausend Taler, wenn er nicht sicher ist, das Doppelte zu verdienen. Oder ein Vielfaches. Ich habe den Bettelanteil. Verkehrte Welt!«

»Die Initiative ging allein von mir aus«, sagte Schlieffen mit seiner monotonen Stimme. »Haynau selbst hatte den Gedanken nur einmal erwogen. Ich hatte geglaubt, ihn vielleicht doch noch dazu bewegen zu können.«

»Ich will Haynau jetzt nicht sehen.« Der Landgraf machte Hanslin und Stein ein Zeichen, daß sie entlassen waren, und trat wieder an den Eßtisch. Seine Augen gingen hungrig über die Schalen und Platten. »Schlieffen, ich glaube, Sie wissen gar nicht wie das ist: sich vollfressen bis man nicht mehr kann«, sagte er gutgelaunt wie immer, wenn er Geld mit vollen Händen ausgegeben hatte. »Ich brauchte schon als Neugeborenes die Milch von zwei Ammen. Mit eineinhalb Jahren trank ich immer noch, obwohl ich schon alle Zähne im Mund hatte. Sagen Sie mal, die Sonsfeld – hätten Sie die nicht selber gerne für sich gehabt? Ich könnte mir denken, daß sie genau das ist, was Ihrem Geschmack entspricht. Junggeselle waren Sie jetzt lange genug. Anfang Vierzig ist das ideale Alter zum Heiraten.«

»Würden Durchlaucht zurückstehen, wenn ich bitten würde?«

Der Landgraf lachte. »Es würde lediglich den Reiz erhöhen, wenn ich wüßte, daß ich Ihnen etwas wegnehme. Offen gestanden – bei dem Gedanken an die Kleine fühle ich mich, als hätte ich noch keine Frau gehabt, verrückt!« Er nahm Schlieffen am Arm. »Warum geben Sie es nicht zu. Es ist schließlich keine Schande. Sie würden schon gerne, aber Sie können nicht, ist es so? Dem König von Preußen sollen die Ärzte nach der ersten Ansteckung ja auch das Beste weggeschnitten haben.«

»Wenn einer Musik und Theater nicht mag, müssen ihm deswegen gleich Ohren und Augen fehlen?«

»Geheimnistuerei.«

»Nur wer seine eigenen Geheimnisse zu wahren weiß, vermag die Geheimnisse anderer zu hüten.«

Der Landgraf zog eine Grimasse. Er wollte über Frauen reden, und Schlieffen kam mit Aphorismen dahergestelzt. »Haben Sie mit Haynau schon die Frage der Situationsehe geklärt?«

»Er wartet draußen. Ich dachte, das ist ein Punkt, über den Sie am besten selber mit ihm reden.«

»Wie oft soll ich Ihnen noch sagen, ich will das Gesicht heute nicht sehen. Auf Männer wie den langen Hoym setzt man Kopfgeld aus. Dabei ist ein Haynau viel gefährlicher, ein Mann, der alles an sich zieht, nicht nur Besitz, auch Menschen. Sogar Sie hat er eingefangen. Na ja, soweit das möglich ist bei Ihnen. Wenn ich wüßte, daß es nur die Douceurs sind, die Ihnen diesen Mann so sympathisch machen, wäre ich nicht beunruhigt, aber es ist etwas anderes. Sie werden sehen, wie rasch er bei Hof Fuß faßt. Gerade diejenigen, die sich über seine neugebackene Baronie am meisten mokieren, werden zuerst zu ihm überlaufen. Sogar seine Bauern halten zu ihm, das ist doch grotesk!«

»Ich sehe nur, daß seine Bauern doppelt soviel aus dem Land herauswirtschaften wie die Bauern anderer Grundherrn. Ich finde das nicht grotesk, sondern imponierend. Um auf Fräulein von Sonsfeld zurückzukommen: Sie braucht eine Situation. Darüber sind sich alle Beteiligten einig. Ein Geweih zu tragen, ist der Wunschtraum keines Mannes, aber trotzdem gibt es genug, die dazu bereit sind, gesetzt es bringt Vorteile. Haynau ist viel zu reich, als daß die Angelegenheit für ihn unter diesem Gesichtspunkt interessant wäre.«

»Wenn ich Sie recht verstehe, wünscht er sich für seinen Sohn ein durch eine Kokarde verbrämtes Geweih. Genügt eine Majorsstelle?«

»Die Antwort kann allein er Ihnen geben.«

»Verdammt noch mal, eine Baronie, die Tabakregie, eine Majorsstelle – und jedesmal bin ich derjenige, der ihn bittet! Sind Sie mein Minister oder Gottfried von Haynau? Es wäre gut, wenn Sie sich einmal durch den Kopf gehen ließen wie wir ihm die Flügel stutzen könnten.« Der Landgraf packte den gespickten Hasenrükken.

»Euer Durchlaucht hatten einmal Pläne, die über die Beine einer Tänzerin und die exotischen Tiere für ein Glashaus hinausgingen«, sagte Schlieffen, und seine Stimme war nicht mehr monoton, sondern so beredt wie seine Worte. »Deshalb habt Ihr mich geholt. In Augenblicken, in denen Ihr Euch in einer Rolle gefallt, die unter Eurer Würde und unter Euren eigentlichen Fähigkeiten liegt, werdet Ihr mich nie auf Eurer Seite finden. Und Durchlaucht sollten mir dankbar dafür sein.«

Schlieffen verneigte sich. Er wartete nicht auf eine Erwiderung, sondern wandte sich sofort zum Gehen. Lauter als es tatsächlich sein konnte, hörte er hinter sich das Geräusch, das entstand, als der Landgraf den Hasenrükken auseinanderbrach.

Der Kurier

Reisen Sie sofort nach Empfang dieser Depesche unter irgendwelchem Vorwand nach Braunschweig, und suchen Sie dort zu ermitteln, ob der Herzog willens ist, dem König eine Anzahl seiner Truppen für den Dienst in Amerika zu überlassen.

Sie können diesmal im Notfall die höchsten der früher festgesetzten Preise zahlen.

Finden Sie in Ihrer Unterhaltung mit dem Erbprinzen, daß sich in Braunschweig nichts machen und erwarten läßt, so reisen Sie sofort nach Kassel, wo Sie Mittel und Wege finden werden, dem Landgrafen auf den Zahn zu fühlen; versuchen Sie jedenfalls auch hier soviel als möglich zu bekommen.

Es ist in dieser Sache überhaupt die größte Tätigkeit erforderlich, da der König sich in der einen oder anderen Weise ohne Zeitverlust darüber verlässigen will, ob und wie schnell er fremde Truppen für Amerika erhalten kann. Zu diesem Ende schicke ich Ihnen zwei Kuriere, deren Einen Sie sofort, nachdem Sie selbst Gewißheit darüber erlangt haben, ob Truppen zu haben sind, noch vor Erledigung aller Förmlichkeiten hierher zurückschicken wollen.

Lord Suffolk, Minister des Auswärtigen
des englischen Königs Georg III.
am 14. 11. 1775 an Oberst William Faucitt

13

Die Beziehung zwischen Ernst Moritz von Schlieffen und Gottfried von Haynau als Freundschaft zu bezeichnen wäre falsch gewesen. Was den Sproß des alten pommerschen Adelsgeschlechts und den aus der untersten Schicht des Volkes aufgestiegenen Haynau miteinander verband, war nicht spontane Sympathie, sondern gründete sich auf eine Reihe von Jahren, in denen nur ihre Klugheit sie davor bewahrt hatte, Feinde zu werden. Der lautlos ausgetragene Kampf hatte dazu geführt, daß einer den anderen schließlich so gut kannte wie sich selbst. Aber auch dann war Distanz zwischen ihnen geblieben. So wie sie früher der Feindschaft nicht die Zügel hatten schießen lassen, so hüteten sie sich jetzt davor, ihre Vertrautheit ins freundschaftlich Bequeme absinken zu lassen. Einer konnte auf den anderen unbedingt bauen, das war genug, fanden sie; sie waren sich dessen so sicher, daß sie es nicht zu demonstrieren brauchten, weder vor sich noch vor anderen.

Als Schlieffen den Landgrafen verlassen hatte, war ihm nicht nach Reden zumute gewesen. Was er brauchte, war frische Luft und ein schnelles Pferd. In scharfem Trab machten sich die beiden Männer auf den Weg nach Gut Haynau. Die Nacht war dunkel. Der Himmel hatte sich bezogen. Noch spürte man auf der Erde nichts davon, daß hoch über den Wolken ein kalter winterlicher Sturm wehte; nur hin und wieder, wenn die Wolkendecke sich an einer Stelle öffnete, wurde ein Nachthimmel sichtbar, dessen eisiges Blau nicht zu der lauen Abendluft paßte.

Schlieffen hätte gern einen offenen Himmel über sich gehabt. Er hatte das Gefühl, als brauche er die Luft des ganzen Weltalls, um wieder frei atmen zu können.

»Nach der Laune meines Sohnes zu schließen, müßte das Wetter umschlagen«, sagte Haynau. »Das Bein macht Claus zu schaffen. Wenn meine Frau nicht ein Wunder vollbringt, wird er heute Abend beim Diner des Landgrafen fehlen.«

»Sie haben mit Claus über die Heirat gesprochen?«

»In Andeutungen. Das hat Zeit. Ich bin überzeugt, er wird die Vorteile sehen.«

Schlieffen mäßigte den Trab seines Pferdes. »Am liebsten würde ich mir das Diner ebenfalls ersparen. Es gibt nichts Unerträglicheres als ein intelligentes Wesen, das auf die Stufe des Vegetierens zurücksinkt. Ein Monument der Trägheit, das ist aus ihm geworden! Was hatte er für Pläne als er vor fünfzehn Jahren die Herrschaft antrat! Politik wollte er machen. Die Liga der Kleinstaaten, als dritte große Macht neben Preußen und Österreich. Eine großartige Idee, und durchaus zu verwirklichen. Er besaß alle Fähigkeiten dazu. Intelligenz, Feuer, Skrupellosigkeit, Ehrgeiz, Machthunger. Nur eines fehlte ihm: Zähigkeit. Er scheut bei jeder Hürde, und für Umwege besitzt er nicht die Durchhaltekraft. Nur Weiber und Fressen.«

Haynau lachte. »Eine traditionsreiche Lieblingsbeschäftigung gekrönter Häupter, die größten nicht ausgenommen.«

»Sie hätten dabei sein sollen. Es ist nicht möglich, auch nur ein vernünftiges Wort mit ihm zu reden. In fünf

Minuten hat er hunderttausend Taler ausgegeben, die er nicht besitzt. Wenn er sich nicht vor mir geniert hätte, wäre die Summe auf das Doppelte gestiegen. Eine französische Tänzerin für zehntausend Taler und dazu ein neues Ballett, ein Glashaus mit exotischen Tieren für Fräulein Sonsfeld, eine Kunstakademie für Herrn Tischbein! Er ist nicht mehr der Mann, in dessen Dienste ich getreten bin. Ich habe keine Lust mehr, die Löcher, die er ununterbrochen aufreißt, zu stopfen!«

Haynau hatte Schlieffen schon in ähnlichen Stimmungen erlebt. Er nahm das nicht so wörtlich. »Ich kann mir kein Defizit vorstellen, mit dem Sie nicht fertig würden«, sagte er.

Schlieffen schüttelte den Kopf. »Seien Sie vorsichtig, Haynau. Ich wiederhole meinen Rat. Man sollte alles, was man an Gold- und Silbergeld besitzt, in Sicherheit bringen. Wir werden hier bald so schlechtes Geld haben wie die Preußen. Ich weiß nicht, wer ihm das eingeblasen hat, aber ich sehe voraus, daß es schwer sein wird, ihm das noch auszureden. ›Dritteltaler‹ ist das neue Zauberwort. Er hat einen ganzen Beutel davon auf den Tisch geschüttet, und seine Augen haben geleuchtet!«

Einen Augenblick fragte sich Haynau, ob Schlieffen ihm einen Ball zuspielen wollte, aber der Ton der Empörung war zu echt.

»Ich habe einen Plan zur Sanierung der Wirtschaft und der Finanzen ausgearbeitet. Er will nichts davon wissen. In seinem Kopf haben allenfalls noch die Wildschweine Platz, die Veitl Lesser ihm abkaufen muß, und die Schindeln, die von den Dächern müssen. Ein Dekret wegen fünfzig Bauernhäusern! Bis Ende Dezember müssen in ganz Ziegenhain die Schindeln durch Dachziegel ersetzt sein. Unter Strafandrohung. Manchmal kommt er mir vor wie ein Stammeshäuptling bei den

Wilden, dessen Herrscheranspruch sich einzig auf seine Potenz gründet. Je mehr Frauen und je mehr Kinder, desto größer die Macht.«

»Ich bin gespannt auf heute abend«, sagte Haynau. »Ich habe ihn noch nie bei der Balz beobachten können. Die Sonsfelds werden doch da sein? Das Schmuckstück ist übrigens eingetroffen; erinnern Sie mich daran, daß ich es Ihnen gebe.«

»Wäre ich der Vater, er würde meine Tochter nicht bekommen. Einmal ein Nein, vielleicht würde ihn das aufrütteln. Immer sagen alle ja, zu allem, und wenn es noch so unsinnig ist. Auch ich. Er mußte zu dem werden, was er jetzt ist. Ein Baum, der nie beschnitten wird, bringt am Schluß nur noch Wassertriebe.«

»Da gäbe es viel zurückzuschneiden, nicht nur in Hessen-Kassel.«

»Bitte fangen Sie nicht wieder an, ihn mit anderen zu vergleichen! Ein Markgraf von Anspach, der einen Schlotfeger vom Dach schießt, weil seine Mätresse sehen möchte, wie der Mann vom First purzelt, hat die Entschuldigung, daß er einfach schwachsinnig sein muß. Sicher gibt es Kretins, die den Landesherrn spielen. Um so schlimmer, wenn ein Mann mit überdurchschnittlichen Geistesgaben sich nicht viel besser benimmt.« Schlieffen redete sich immer mehr in Feuer. »Wahrscheinlich werden wir beide es nicht mehr erleben, aber es wird kommen. Eines Tages wird das Volk seinen Anteil an der Erde fordern; noch ist die Zeit nicht reif, noch gibt es zu viele Männer wie Sie und mich, die zuviel zu verlieren haben, um Rebellen zu sein. Ich würde gerne wissen, wie es in fünfzig Jahren an den Höfen aussieht.«

»Solange tu ich's nicht mehr. Aber Sie können es erleben. Darauf sollten wir trinken. Ich habe den Gondorfer Weißen bereitgestellt. Doktor Crusius sagte, daß er mit Ihrem Magen wieder zufrieden sei.«

»Finden Sie nicht, daß Crusius richtig jung geworden ist, seit seine Frau tot ist?«

»Ihre alte Theorie«, sagte Gottfried von Haynau.

»Sagen Sie einmal, reiten wir einen anderen Weg als sonst?«

»Der lange Hoym und seine Bande machen wieder einmal die Gegend unsicher. Deshalb vermeide ich nach Einbruch der Dunkelheit den Weg durch den Wald. Hier, auf offener Straße ist man sicherer.«

»Dort drüben, der Weiler ist mir neu.«

»Sie waren wirklich lange nicht mehr da, Schlieffen. Das ist die Reiherinsel. Das Licht ist für die Handwerker des Landgrafen, die Vorbereitungen zur Reiherjagd treffen. Die Sicht wird gleich freier, dann sehen Sie auch die Brücke.«

»Es wäre besser, Sie hätten mich nicht darauf aufmerksam gemacht. Wegen einem Tag Jagd eine Brücke zu bauen!«

Die Straße stieg an, die Böschung trat zurück. Vor ihnen lagen die Uferwiesen der Schwalm. Für den Weg zur neuen Brücke war ein vier Meter breiter Streifen Grasnarbe entfernt und mit feinem hellen Kies aufgeschüttet worden. Jenseits der Brücke, von einer Feuerstelle erleuchtet, sahen Schlieffen und Haynau den großen freigeschlagenen Platz, umgeben von Zelten, Pavillons, buntgestrichenen Buden.

»Hat man auf der ganzen Insel so gewütet?« fragte Schlieffen.

»Ich lasse mich überraschen. Lachen müßte ich, wenn die Reiher schon vorher die Flucht ergriffen hätten. Mit welchem Taschenspielertrick würde Stein dann wohl die Jagd retten? Ein Ballett der Wassernymphen?«

»Sehen Sie sich vor. Das Wort Ballett ist im Augenblick sakrosankt. Mit diesem Stein habe ich mir eine Laus in den Pelz gesetzt. Aber wenn er geht, kommt ein anderer, der vielleicht noch schlimmer ist.«

Durch die Stämme der Erlen schimmerten die erleuchteten Fenster des Fährmannhauses. Eines der Lichter setzte sich plötzlich in Bewegung. Ein Mann kam winkend und rufend über die Uferwiese gelaufen.

»Wenn Sie das Wetter für die Jagd immer noch interessiert«, sagte Haynau zu Schlieffen, »da kommt jemand, der versteht sich darauf wie kein zweiter.« Der Fährmann hatte die Straße erreicht. Haynau brachte sein Pferd zum Stehen. »Was gibt es, Ludolf? Ärger mit den Handwerkern?«

»Das ist Eure Insel, nicht meine, Herr Baron. Wenn es Euch nicht stört, daß sie einen Jahrmarkt daraus gemacht haben.«

Schlieffen, der etwas zurückgeblieben war, kam heran. »Da ist jemand, der gerne wüßte wie das Wetter morgen wird«, sagte Gottfried von Haynau zu dem Fährmann.

»Es wird Schnee geben«, antwortete Ludolf, ohne zu überlegen. »Es wird für die Falken nicht leicht sein.«

»Wird es Frost geben?« fragte Schlieffen.

»Nicht der Rede wert. Es wird ein milder Winter.«

»Woher weiß Er das?« fragte Schlieffen.

»Sonst hätten sich die Igel und die Grillen tiefer eingegraben.«

»War das Sein Vater oder Sein Großvater, der Prinz Karl aus dem Wasser gezogen hat?«

»Mein Oheim. Er und ich waren die einzigen von der Familie, die nach der Pest vom Jahr 1718 noch übrig waren. Er hat mich aufgezogen.«

»War Ihm nicht einmal das Amt des herrschaftlichen

Fischmeisters angeboten worden?« Auch daran erinnerte Schlieffen sich.

»Ich habe mein Haus und mein Auskommen und brauche zu niemandem bitte und danke zu sagen.«

»Sein Fährbetrieb ist der letzte unbesteuerte in ganz Hessen.« Es war eine Feststellung, die Schlieffen da aussprach, aber Ludolf hörte eine Drohung heraus.

»Das könnt Ihr ja abstellen, wenn Ihr wollt. Sagt es mir nur rechtzeitig.« Er hob die Lampe. »Bei mir ist jemand, der auf Euch wartet.«

Schlieffen und Haynau wechselten einen Blick. »Auf Minister Schlieffen oder auf mich?« fragte Haynau.

»Auf Euch beide.«

14

Neithart Graf von Sonsfeld, der unter der Tür des Fährmannhauses stand, machte einen letzten Zug aus der Zigarre. Er zog den Rauch tief in die Lungen und atmete ihn langsam aus. Dann warf er die Zigarre zu Boden und trat mit der Stiefelspitze darauf. Während des Rauchens hatte er den strengen Geruch, der in seiner Uniform hing, nicht mehr wahrgenommen, jetzt verstärkte er sich wieder. Er war nicht unangenehm, denn er erinnerte ihn in dieser Stunde nicht an die Kräuterbuschen, die auf Schloß Sonsfeld in jedem Schrank hingen, um die Kleider vor den Motten zu schützen, sondern an den Buckinghampalast. Als ihm König Georg III. von England den Hosenbandorden verlieh, hatte er diese Generalsuniform das letzte Mal getragen. Das war fast fünfzehn Jahre her, und doch war es, als sei nur ein Tag seit damals vergangen. Er fühlte sich keine Stunde älter.

Gleich nach der Audienz beim König hatte er ein Rendezvous mit einer verheirateten Frau gehabt, einer Herzogin. Daß er sich jetzt daran erinnerte! Sie war weder jung noch schön gewesen. Aber bei keiner Frau davor und danach war ihm die Zeit so schnell vergangen, und an keine hatte er so viele kleine verrückte Erinnerungen. An jenem Tag war ihr plötzlich eingefallen, daß sie seine Körpermaße wissen müsse. Sie hatte ein lila Seidenband dazu verwendet und in roter Tinte die Maße darauf geschrieben. Es war etwas wie ein Zauberritus gewesen, und am Schluß hatte sie ihm erklärt, daß sein Körper immer so bleiben werde wie an diesem Tag, daß das Alter ihn nicht verändern könne.

Als Haynau und Schlieffen auf ihren Pferden näher kamen, trat Neithart von Sonsfeld aus dem Lichtkreis der Tür. Er war sicher, daß sie an alles Mögliche dachten, nur nicht an ihn. Nicht alle ihre Geschäfte waren von der Art, daß sie die spitzen Federkiele und die violette Tinte der landgräflichen Kanzlei vertrugen. Nicht einmal das Kontor Gottfried von Haynaus taugte für gewisse Verhandlungen als Treffpunkt. Was auch immer in ihren Köpfen vorging, ganz behaglich war ihnen im Augenblick sicher nicht zumute. Haynau und Schlieffen waren abgesessen. Der Fährmann ging mit dem Licht vor ihnen her. Sonsfeld roch geradezu ihr Unbehagen. Ein Glas Wein oder der Gedanke an die englische Herzogin hätte ihn nicht beschwingter machen können.

»Ludolf, hebe die Lampe, damit die Herren mich erkennen, und sehen, daß es sich um eine durchaus friedliche Gefangennahme handelt.«

»Graf Sonsfeld!« Weder Haynau noch Schlieffen konnten ihre Überraschung verbergen.

Sonsfeld trat einen halben Schritt vor. »Das Problem war nicht einfach. Der Weg zu Ihnen war mir zu weit, außerdem eine Frage des Prestiges. Ihnen wäre aus dem nämlichen Grund schon der halbe Weg zu mir zuviel gewesen. Nun, ich finde meine Lösung ist akzeptabel. Die paar Schritte von der Straße hierher ist die Sache, die ich mit Ihnen zu besprechen habe, wert, denke ich.«

Gottfried von Haynau hatte sich noch immer nicht von der Überraschung erholt. In seiner Vorstellung existierte ein Graf Sonsfeld überhaupt nicht, und wenn, dann nur als alter Herr, der sich kaum noch aus seinem Lehnsessel erhob. Beim Apotheker in Ziegenhain hatte Sonsfeld ein langes Schuldenregister. Der Apotheker hatte ihm einmal zugeflüstert, daß Sonsfelds Gicht so schlimm sei, daß er nicht einmal die kleinen Oktavbände seiner Bibliothek halten könne, und daß man sie auseinandergeschnitten habe, damit der Graf doch noch darin lesen konnte.

Neithart von Sonsfeld kostete die Verblüffung, die sein Auftritt hervorgerufen hatte, aus. »Nun, meine Herren ...«

»Wenn es wegen der Insel ist«, sagte Haynau, »der Termin war vor zehn Tagen. Die Frist ist abgelaufen.«

»Mein lieber Haynau! Wer redet von Vergangenem? Sprechen wir von der Zukunft! Da es sich zu ergeben scheint – ohne meine Billigung, wie ich betonen möchte –, daß wir in Zukunft in eine Art loses Verwandtschaftsverhältnis treten, und wir uns wohl oder übel hin und wieder sehen werden, zum Beispiel heute abend beim Jagddiner, warum sollten wir nicht gleich damit anfangen? Eine Probe ohne Publikum.«

»Die Verbindung zwischen uns wurde von Ihrer Seite abgebrochen«, sagte Haynau. »Man hat Sie nirgends mehr gesehen.«

»Wissen Sie, die Sonne scheint auf Schloß Sonsfeld so schön wie anderswo. Da Sie so freundlich waren, mir nach und nach alle Arbeit abzunehmen, und damit viel Ärger, hatte ich Muße für eine Art Winterschlaf. Ja, so kann man es nennen. Und plötzlich wacht man auf und hat eine heiratsfähige Tochter. Und nicht nur das, mit dem Frühstück werden einem auch gleich der Schwiegersohn und diverse Begleiterscheinungen serviert. Man kann eigentlich nur hoffen, daß den Vätern der Idee auch diesmal kein Rechenfehler unterlaufen ist. Geld ist berechenbar, sogar das, was man nicht hat; aber Menschen? Gebt acht auf Eure Söhne! Claus mag sich Eurem Willen fügen, aber Euer Stiefsohn?«

»Was ist mit Robert?« Gottfried Haynau mußte an sich halten, um nicht heftig zu werden.

»Was immer dieser Goldmacher für ein Mann war. Einmal ist es ihm jedenfalls gelungen, Gold zu machen, nämlich als er seinen Sohn zeugte. Und das scheint meine Tochter auch zu finden. Wenn sein Bruder für den Landgrafen den Hahnrei spielen muß, könnte es gut sein, daß Robert das Gleichgewicht der Familie dadurch wieder herzustellen versucht, daß er auch dem Landgrafen zu einem Geweih verhilft. Ich will kein Prophet sein, aber so wie ich Robert kenne, läge das durchaus in seiner Art. Meine Tochter jedenfalls würde es ihm nicht allzuschwer machen.«

»War es das, was Sie mir zu sagen hatten?«

Sonsfeld hob die Hand. »Mein Bester! Zwischen Tür und Angel, im Antichambre, so brachte mir mein Hofmeister bei, soll sich das Gespräch nicht über seichten Klatsch erheben. Wenn ich die Herren bitten darf, mir zu folgen.« Sonsfeld ging voraus. Seine Haltung war selbstbewußt, sein Schritt beschwingt und jung.

Hielt er sie zum Narren? Stahl er ihnen die Zeit wegen irgendeiner Kleinigkeit, die in seinen Augen eine

Staatsaktion war, oder steckte tatsächlich etwas Ernstes dahinter? Weder Haynau noch Schlieffen konnten sich diese Fragen beantworten, dazu kannten sie Sonsfeld zu wenig. Seit Jahren war er für sie nichts anderes gewesen als ein Requisit in einer alten verfallenden Burg – und nun sahen sie sich plötzlich einem sehr lebendigen Mann gegenüber. Schlieffen hatte gedacht, er werde es bei der Affäre Sonsfeld nur mit der Mutter zu tun haben; daß er etwas übersehen haben könnte, beunruhigte ihn mehr als alles andere.

Ludolf hatte eine neue Kerze auf den Messingleuchter gesteckt und war gegangen. Aus dem schwarzen Eisenofen, der nur zwei Handbreit aus der Wand ragte und dessen größere Hälfte sich jenseits der Wand in einem anderen Raum befand, kam das Geräusch einer Klappe, die aufgezogen wurde, und das Schütteln des Rostes.

Sonsfeld schob die Kerze zur Seite. »Wie ich sagte, ich bin aus meinem Winterschlaf erwacht, gerade rechtzeitig, wie mir scheint, und es ist meine Absicht, von der Situation zu profitieren, die man mit so viel Eifer für meine Tochter Christine zu bereiten am Werk ist.«

Es war Schlieffen anzusehen, daß er aufatmete. Er fühlte sich durch diese Eröffnung zugleich erleichtert und enttäuscht. Er hatte etwas erwartet, das überraschend und ungewöhnlich war. Jetzt wollte der Kerl nur seinen Anteil am Kuppelgeld für seine Tochter. »Erklären Sie sich, Graf Sonsfeld«, sagte Schlieffen. »An was haben Sie gedacht?«

»So reizvoll die Vorstellung ist, die Ländereien zurückzufordern, die Sie, Baron Haynau, sich nach und nach einverleibt haben – ich bin kein Gutsverwalter. Felder gefallen mir nur, wenn eine Armee darauf ihre Zelte aufgeschlagen hat, und Ochsen nur, wenn sie Geschütze ziehen.« Er starrte in die Flamme der Kerze, in seinen grauen Augen war der Abenteuerhunger eines Kadetten. »Ich bin eine ruhelose Natur. Gegenwärtig bin ich nicht in meinem Element. Das schönste Schloß, das herrlichste Stadtpalais – nichts kommt einem Feldlager gleich –, nächtliche Feuer, Patrouillen, Pläne für eine Schlacht. Kurz, was ich möchte, ist ein Kommando als General.«

Jetzt war Schlieffen doch überrascht. Seine Voreingenommenheit schlug in Neugier um, wie immer, wenn er ein originelles Exemplar Mensch witterte. »Solange Sie nicht auch noch einen Krieg von mir verlangen, das Kommando ist Ihnen sicher.«

»Ich meine in der Tat ein aktives Kommando im Feld. Was den Krieg betrifft, werde ich Sie jedoch nicht bemühen. Ich bin in der Lage, ihn mir selber zu verschaffen.« Er stand auf und ging zu der Tür, durch die der Fährmann verschwunden war. Er öffnete sie einen Spalt. Ein Stück gekachelter Wand wurde sichtbar, ein geschnitztes Wandbord. »Roworth«, sagte er, »Sie können jetzt kommen. «

Ein junger rothaariger Offizier trat zögernd unter die Tür. Sonsfeld nahm ihn am Arm und führte ihn zum Tisch. »Das ist Leutnant Roworth, Offizier der englischen Krone und Geheimkurier im Auftrag von Lord Suffolk, Minister des Auswärtigen Seiner Majestät, Georg III., des besten aller Könige.«

Roworth verneigte sich militärisch knapp. Sonsfeld bedeutete ihm, Platz zu nehmen.

Schlieffen sah an der Art, wie der Engländer sich setzte, daß er die letzten achtundvierzig Stunden zu Pferd gewesen sein mußte. Seine Mission war also nicht nur geheim, sondern auch dringlich. Und man hatte ihn zu Sonsfeld geschickt! Daß zwischen dem Hof von St.

James und Sonsfeld ein enger Kontakt bestand, war nicht neu für Schlieffen. Er war über den regen Briefwechsel informiert, wenn auch nicht über den Inhalt; vielleicht war das eine Unterlassungssünde, die sich jetzt rächte.

Graf Sonsfeld rückte seinen Stuhl näher an den Tisch. »Bevor Leutnant Roworth Ihnen die Details erklärt, möchte ich folgendes zur Situation sagen. Ich nehme an, Sie sind über die Aktionen der Rebellen in Amerika unterrichtet.« Haynau und Schlieffen warfen sich einen Blick zu, der Sonsfeld jedoch nicht hinderte, fortzufahren. »In England hat man den Tee-Aufstand zunächst als Bagatelle abgetan. Auch als die Aufständischen einen gewissen General Washington zum Oberbefehlshaber ihrer Truppen machten, nahm man das in England nicht ernst. Wie Sie so richtig bemerkten, mein lieber Schlieffen, ein General macht noch keinen Krieg, und schon gar nicht einen gewonnenen.«

»Können wir zur Sache kommen?« Es geschah selten, daß Schlieffen Ungeduld so offen zeigte. »Das alles ist mir bekannt.« Er wandte sich an Haynau. »Ich hatte noch keine Gelegenheit, es Ihnen mitzuteilen. Dieser Washington hat seine Chance als Außenseiter gut genutzt. Er hat ein paar Gefechte gewonnen, so bei Lexington, nicht sehr bedeutend, aber die Nachricht, ein bißchen aufgebauscht, wirkte in London wie ein Schock.« Er lächelte. »Die Tabakpreise werden steigen.«

Sonsfeld, der nicht daran dachte, die Initiative an Schlieffen abzugeben, ergriff das Wort: »Der Krieg ist jetzt offiziell. Im Augenblick sind die Truppen in ihren Winterquartieren. Aber für den Sommer 76 plant man einen Feldzug. Nur, es fehlt an Truppen. Ich nehme an, Sie wissen von den Bemühungen des englischen Gesandten in Moskau, von Kaiserin Katharina Soldaten zu bekommen?«

Schlieffen war nachdenklich geworden. »Ich bin darüber unterrichtet, sehr detailliert. Ein Kontingent von zwanzigtausend Mann. Der Preis sieben Pfund Sterling pro Mann plus Subsidien, die Hälfte bar bei Vertragsabschluß, die andere bei Einschiffung. Der Vertrag müßte in diesen Tagen unterzeichnet werden.«

Sonsfeld nickte zufrieden. »Ihr Informationsdienst ist berühmt. Trotzdem, es wird den Vertrag mit Katharina nicht geben! Die Kaiserin hat abgelehnt, endgültig. Eine Wendung, die man mit gutem Grund geheimzuhalten versucht. Verstehen Sie jetzt? Man hat in England keine Zeit mehr zu verlieren. Man muß Hilfstruppen anwerben, und man hofft sie da zu bekommen, wo man schon oft eingekauft hat.«

Schlieffen war aufgesprungen. Der Raum war ihm plötzlich zu klein. Er wußte von den Gerüchten, die an den deutschen Höfen herumschwirrten, und er wußte, daß all die kleinen Fürsten, – Waldeck, Zerbst, Anspach und Hanau – keine Sekunde zögern würden, durch den Verkauf von Truppen ihre leeren Kassen aufzufüllen. Aber die Sache schien eine Illusion, da ja bereits mit Moskau verhandelt wurde. Wenn das, was Sonsfeld berichtete, den Tatsachen entsprach, dann eröffneten sich ungeahnte Möglichkeiten. Seine Informanten hatten in der Tat stümperhaft gearbeitet. »Sie sind sicher?« fragte Schlieffen.

Sonsfeld wandte sich an Leutnant Roworth. »Jetzt sind Sie an der Reihe. Sie können ganz offen reden. All das bleibt unter uns.«

Roworth setzte zum Sprechen an, schien aber nicht die richtigen Worte zu finden. »Sie brauchen sich nicht mit Französisch zu plagen«, kam ihm Sonsfeld zu Hilfe. »Man versteht hier Englisch.«

Leutnant Roworth nickte erleichtert. Er begann seinen Rock aufzuknöpfen. Darunter trug er von der Hüfte bis zu halber Brusthöhe, eine Art Lederpanzer. »Die Sache hat Ihnen Graf Sonsfeld bereits erläutert. Es ist der Beschluß der Regierung, sofort in Verhandlungen mit deutschen Höfen einzutreten. Der Bevollmächtigte der Regierung in dieser Sache ist Oberst William Faucitt.«

Schlieffen hob die Hand. »Oberst Faucitt wird offiziell an den Landgrafen von Hessen-Kassel herantreten?«

»Die Ablehnung von Kaiserin Katharina war soviel wie eine verlorene Schlacht gegen die Aufständischen. Damit sich so etwas nicht wiederholt, reist Oberst Faucitt inkognito. Er wird erst dann offiziell handeln, wenn er die feste Zusicherung hat, daß er Truppen bekommt. Deshalb habe ich den Auftrag, mit Graf Sonsfeld Kontakt aufzunehmen.« Dieser Kurier war wirklich wie ein Engel vom Himmel, und Schlieffen fand es an der Zeit, zu taktieren. Von jetzt an hing es nur von ihm ab, wieviel dieses Geschäft bringen würde. »Dieser Oberst«, sagte Schlieffen mit der monotonen Stimme, die schon manchen Verhandlungspartner mürbe gemacht hatte, »ist das jener William Faucitt, der während des Siebenjährigen Krieges zum persönlichen Stab des englischen Kronprinzen gehörte?«

»Sehr wohl, Sir. Man hat den Oberst mit dieser Aufgabe betraut, weil er Deutschland gut kennt, und an vielen Fürstenhöfen persönliche Freunde hat.«

Schlieffen nickte. Das war ein zusätzliches Geschenk! Faucitt war der unenglischste Engländer, den er jemals kennengelernt hatte, eine Ameise, unermüdlich, fleißig, gewissenhaft, uneigennützig. Er besaß lauter lobenswerte Eigenschaften, aber jede einzelne davon hätte schon genügt, ihm bei Verhandlungen wie diesen zu schaden. Sein schlimmster Fehler war sein unerschütterlicher Glaube, daß alle Menschen, die ihn freundlich behandelten, genauso ehrlich und uneigennützig seien wie er selber. Dieser Mann würde Wachs in seinen Händen sein. »Ich begrüße es, daß König Georg III. diese Sache in so gute Hände gelegt hat«, sagte er.

Sonsfeld beugte sich über den Tisch und sagte auf deutsch: »Vor mir brauchen Sie nicht den Gleichgültigen zu spielen. Ich bin mir im klaren, was diese Nachricht für Sie bedeutet, Schlieffen. Und Sie Haynau, pardon, Baron Haynau, sagen Sie nur nicht, daß Sie die Möglichkeiten nicht sehen, die sich dem Heereslieferanten eröffnen! Truppen brauchen Verpflegung, sie brauchen Getreide, sie brauchen Lederzeug, Monturen, Waffen und Munition. Soviel ich weiß, sind Sie am Ende des Siebenjährigen Krieges auf einem Berg Zwieback und Uniformstoffen sitzengeblieben. Den können Sie jetzt doch noch zu Geld machen!«

Haynau lachte geradeheraus. »Der König von England hat einen guten Anwalt in Ihnen. Oder sollte es ein erstes keimendes Verwandtschaftsgefühl sein, das Ihren Blick für meine Interessen so schärft?«

»An wieviel Truppen denkt man?«, schaltete sich Schlieffen ein.

»Oberst Faucitt ist kein Limit nach oben gesetzt«, antwortete Leutnant Roworth.

»Sie sehen, ich habe Ihnen nicht zuviel versprochen.« Neithart von Sonsfeld ärgerte sich, daß Schlieffen sich nicht aus der Reserve locken ließ. Sein Ärger nahm noch zu, als Schlieffen fortfuhr:

»Was die Zahl der Truppen betrifft, die der Landgraf dem englischen König zur Verfügung stellen wird, so kann ich im Moment keine Versprechungen machen. Ich hoffe nur, Graf Sonsfeld, Sie haben nicht falsche Hoffnungen erweckt, die wir nicht befriedigen können.

Was England verlangt, ist äußerst ungewöhnlich, und ich kann Kaiserin Katharina sehr gut verstehen. Truppen über ein Meer hinweg auf einem fremden Kontinent einzusetzen, ohne Verbindung mit der Heimat, ist vollkommen neu. Truppen über solche Entfernungen hin durch neue Aushebungen zu ergänzen und in der erforderlichen Stärke zu halten, ist schwierig. Und vergessen Sie nicht, der Landgraf ist unberechenbar. Man muß ihn vorsichtig an die Sache heranführen.«

Das Wort ›Heuchler‹ lag Sonsfeld auf der Zunge, aber er schluckte es hinunter. Warum sollte er sich Schlieffen zum Feind machen? Viel besser war es, von ihm zu lernen.

Schlieffen entging der innere Kampf, den Sonsfeld mit sich austrug, nicht, und seine Sympathie für diesen Mann wuchs. Angeborene Verschlagenheit widerte ihn an, aber wenn ein Mann sich aus Klugheit zu beherrschen wußte, empfand er Achtung. Er wandte sich an Leutnant Roworth. »Wann haben wir Oberst Faucitt zu erwarten?«

»Der Oberst ist am 24. November von Stade abgereist und müßte inzwischen in Braunschweig eingetroffen sein. Ich habe Stade vor ihm verlassen.«

»Er verhandelt also mit den Braunschweigern?« sagte Schlieffen schroff. »Das macht die Sache schwieriger. Der Landgraf wird wenig erbaut sein zu hören, daß man sich nicht zuerst an ihn wendet.«

»Die Verhandlungen dort sind streng geheim«, beeilte sich Leutnant Roworth zu versichern.

»Mit welchen anderen deutschen Höfen sind noch Verhandlungen geplant?«

»Im Augenblick wüßte ich keine anderen.«

»Benachrichtigen Sie Faucitt, er würde gut daran tun, andere Verhandlungen zurückzustellen.«

»Dann darf ich Oberst Faucitt also melden, daß man in Kassel zu Verhandlungen mit ihm bereit ist?«

Schlieffen wandte sich an Sonsfeld. »Ich nehme an, Leutnant Roworth ist Ihr persönlicher Gast, Graf.«

Sonsfeld nickte.

»Ich gebe Ihnen innerhalb achtundvierzig Stunden Bescheid, ob der Landgraf zu Verhandlungen mit Oberst Faucitt bereit ist.«

Die Männer erhoben sich. Sonsfeld rief nach Ludolf, damit er die Pferde hole. Gottfried von Haynau trat als erster aus dem Haus. Sonsfeld und Schlieffen blieben auf der Schwelle stehen. »Achtundvierzig Stunden sind eine lange Zeit«, sagte Sonsfeld.

»Bitte, es steht Ihnen frei, an den Landgrafen direkt heranzutreten«, erwiderte Schlieffen kühl. »Ich muß es nur wissen. Entscheiden Sie sich, ob wir in dieser Sache Verbündete oder Gegner sein wollen.«

Sonsfeld maß Schlieffen mit dem Blick eines alten Menschen, der die Fehler der anderen eigentlich nur noch daraufhin prüft, ob sie ihn an eigene Fehler erinnern. »Es ist gut, daß ich fast zwanzig Jahre älter bin als Sie«, sagte er ruhig, »So haben Sie in mir einen Verbündeten.«

Schlieffen bereute seine Schroffheit. Im Grunde beneidete er Sonsfeld. Dieser Mann besaß die Freiheit, die er verloren hatte. Nichts an ihm war verbogen. Seine Gedanken waren so geradlinig wie die zwei Querfalten auf seiner steilen Stirn. »Wir sehen uns beim Diner«, sagte er einlenkend.

So gegensätzlich Schlieffen und Haynau im Temperament waren: Schweigsamkeit zeichnete beide aus. Es kam nicht vor, daß einer reden wollte, wenn der andere lieber seinen Gedanken nachhing. Auf dem Weg vom

Haus des Fährmanns nach Gut Haynau fiel kein Wort zwischen ihnen. Was gab es auch zu sagen, da sie doch an dieselben Dinge dachten.

Schlieffen überschlug den Truppenbestand Hessens. Fünftausend Mann wären sofort abrufbereit. Weitere siebentausend konnten in zwei Monaten rekrutiert werden, das heißt, wenn man die Gefängnisse und die Armenhäuser leerte, jeden Landstreicher festnahm, die Werber mobilisierte und das Land mit Preßpatrouillen durchkämmte. In Moskau hatte die englische Regierung sieben Pfund Sterling pro Mann geboten. Damit würde er sich nicht zufriedengeben. England hatte keine Soldaten, und England hatte Eile. Diese beiden Faktoren gaben ihm das Übergewicht.

Schlieffen hatte die früheren Verträge über Truppenlieferungen genau studiert. In den letzten Monaten, seit es in Amerika zu den ersten Zwischenfällen gekommen war, gehörten sie zu seiner Lektüre; halb hoffend, halb bangend hatte er sie gelesen. Bis in die Details war er vorbereitet. Er hatte sogar schon errechnet, daß es günstiger wäre, die Zahlungen nicht in deutschem Geld, sondern in Banko-Kronen zu verlangen. Pro Taler bedeutete das einen Gewinn von einundzwanzigeinhalb Silbergroschen. Wahrscheinlich würde es gut sein, das Geld auf eine Londoner oder Amsterdamer Bank einzahlen zu lassen, damit es so dem unmittelbaren Zugriff des Landgrafen entzogen war und noch Zinsen brachte, obwohl das ein zweischneidiges Schwert war und den Landgrafen nicht unbedingt hindern würde, das Geld trotzdem mit vollen Händen hinauszuwerfen.

Das Dunkel der Nacht wurde für Schlieffen zu einer großen Tafel, auf die eine unsichtbare Hand leuchtende Zahlen schrieb. Sechzig Kronen Werbegeld pro Mann, auch für die Offiziere; es mußte ihm gelingen, den Sold der sonst von den Engländern direkt an die Soldaten ausbezahlt wurde, in die Hände zu bekommen. Dieser Umweg bedeutete, daß er die Hälfte davon einbehalten konnte. Während der ganzen Dauer des Krieges würde er eine doppelte Subsidie verlangen. Bei zwölftausend Mann pro Kopf siebenunddreißigeinhalb Banko-Kronen, das waren vierhundertfünfzigtausend Banko-Kronen, umgerechnet siebenhundertzweiundsiebzigtausendsechshundert Taler pro Jahr, dazu die Zinsen. Die Engländer würden auf seine Bedingungen eingehen. Sie hatten keine Wahl. Außerdem rechneten sie damit, daß der Krieg nicht lange dauerte. Das war ein Punkt, wo er sich auf seine Nase und sein Glück verlassen mußte. Dauerte der Krieg nur ein Jahr, war die Bedingung mit der doppelten Subsidie zu Kriegszeiten und dem Verzicht auf Weiterzahlung in Friedenszeiten ein Fehler. Wenn sich der Krieg jedoch hinzog, machte er pro Jahr einen Mehrgewinn von sechzigtausend Pfund Sterling, in zehn Jahren vier Millionen Taler.

Eine kühle Ekstase erfaßte ihn. Er sah es schon vor sich, sein Meisterwerk, den endgültigen Vertrag; er glaubte das Papier zu spüren, von ihm selbst ausgewählt, er fühlte die Feder in seiner Hand, bereit zur Unterschrift.

Die Bauern seiner pommerschen Heimat glaubten, daß in gewissen Neumondnächten die ganze Saat auf einmal aufgeht. Dies war seine Nacht, und die Saat, die er aufgehen sah, war Gold.

15

Anna von Haynau hatte der Dienerschaft für diesen Abend freigegeben. Sie war also sicher, daß sie niemandem begegnen würde. Noch einmal warf sie einen Blick zurück in das Zimmer, aber es gab nichts, das sie zurückhielt, und es gab nichts, das ihr helfen konnte bei dem, was sie zu tun hatte. Die Kleiderpuppe stand dort. Das neue Kleid für das Diner im Jagdschloß war darauf drapiert. Im schwachen Schein des Leuchters, den sie in der Hand hielt, schimmerte die braunrosa Seide wie rotes Gold. Auf dem Tisch lagen die Handschuhe – eines der zwanzig Paare, die sie dem österreichischen Handschuhhändler Balthasar Plötz abgekauft hatte, der Fächer, die offene Schmuckschatulle. Die Zofe hatte bereits am Nachmittag alles vorbereitet; das Ganze sah aus wie die Auslage eines Galanteriewarengeschäfts.

Anna von Haynau zog die Tür hinter sich zu. Sie schützte die Flamme der Kerze mit der Hand, während sie den Gang entlangeilte. Auf der obersten Stufe der Treppe blieb sie stehen. Aus dem Dunkel kam der Pendelschlag der Uhr, die unten in der Eingangshalle stand. Sie raffte mit der linken Hand den Rock und schritt die Stufen abwärts. Vor der Standuhr hob sie den Leuchter und stellte verwundert fest, daß es schon bald neun Uhr war. Wo waren die Stunden geblieben? Früher wäre ihr so etwas nicht passiert, aber seit ein paar Wochen war die Zeit für sie nicht mehr in Stunden und Tage gegliedert, sondern ein ununterbrochener Strom. Die Wände zwischen Gestern und Morgen, zwischen Vergangenheit, Gegenwart und Zukunft existierten nicht mehr. Alles war gleich nahe und gleich fern.

Die Tür zum Kontor war nicht verschlossen. Auf dem Tisch an der Wand lagen die vorbereiteten Schriftsachen für den nächsten Tag, standen drei frisch gefüllte Tintengläser und der große flache Behälter mit den neuen Federkielen. Sie holte den Schlüssel aus der Tasche ihres Hauskleids und sperrte die Tür zum Büro ihres Mannes auf. Auch hier war bereits alles für den nächsten Tag vorbereitet. Der Kamin war ausgefegt und frisch eingerichtet, in der Messingwanne stapelten sich die Buchenscheite.

Sie stellte die Kerze auf den Schreibtisch. Dann kniete sie sich vor den Kamin und entzündete das Feuer. Aus dem dicken Reisigpolster unter den Holzscheiten schoß eine prasselnde Stichflamme.

Sie hatte oft hier gesessen in den letzten Wochen, eigentlich an jedem Abend, an dem ihr Mann nicht zu Hause war. Sie hatte sich eingeschlossen und hatte versucht, mit sich ins reine zu kommen, indem sie sich den Gespenstern stellte, die mit Freder Soerman ins Haus geschlichen waren. Auch jetzt waren sie wieder gegenwärtig.

Sie holte den Schlüssel zum Geheimschrank aus dem Versteck; der feuerfeste Kasten, der in den Schrank eingebaut war, besaß vierundzwanzig Fächer. Anna von Haynau zog in der untersten Reihe das dritte von links auf.

Die Briefe lagen in drei Bündeln nebeneinander, jedes verschnürt. Sie zog das Schubfach ganz heraus und trug es zum Feuer, ohne die Briefe selbst zu berühren. Sie schob den Schemel ans Feuer und setzte sich. Die Lade mit den Briefen stellte sie neben sich auf den Boden.

So saß sie eine Weile, ohne Gefühl für die Zeit, ohne eigentlich zu wissen, wo sie war. Dann nahm sie das erste Bündel heraus. Das oberste Kuvert trug ihren Namen, Anna Skelnik. Die Schriftzüge hätten genausogut von ihrem Sohn Robert sein können. In der linken oberen Ecke war die Jahreszahl 1752 vermerkt, unverkennbar von Gottfrieds Hand.

Anna von Haynau ließ das erste Bündel ins Feuer fallen. Sie hatte sich vorgestellt, daß es lichterloh brennen würde, aber sekundenlang geschah gar nichts. Das Bündel lag quer über einem glühenden Stück Holz, die Flammen schienen ihm nichts anhaben zu können. Jetzt bog sich der Rand des obersten Kuverts auf. Die Schriftzüge verfärbten sich rostbraun, schwebten im Schein der gelben Flammen: Worte, die an sie gerichtet waren und die sie nie erreicht hatten. Sie hätte nur den Schürhaken zu nehmen brauchen und die Briefe wären gerettet gewesen. Als erschrecke sie der Gedanke, warf sie schnell auch die zwei anderen Bündel in die Glut. Wieder dauerte es lange, bis das Feuer zugriff. Diese Bündel öffneten sich nicht, sie blieben kompakt, verwandelten sich allmählich in graurote Glut. Sie stocherte mit dem Schürhaken hinein. Die Verschnürung löste sich. Was wie ein Stück glühender Kohle ausgesehen hatte, zerfiel in einen Strauß weißer Blätter mit herbstbraunen Rändern. Die Schriftzeichen darauf glichen hervortretendem Blattgeäder. Sie sah zu, wie die einzelnen Blätter Feuer fingen, wie sie beweglich wurden, sich in fliegende Funken und graue Asche auflösten.

In die Stille drang Hufschlag. Das konnte nur ihr Mann sein, der Schlieffen mitbrachte. Dem Geräusch nach ritten sie noch durch die Auffahrtsallee; noch konnte er also das Fenster seines Büros nicht sehen, noch blieb ihr genug Zeit, die Kerze auszublasen, das Feuer mit Sand zu löschen und den Geheimschrank zu verschließen. Den Weg durchs Haus würde sie im Dunkeln finden.

Aber sie blieb vor dem Feuer sitzen, auf dem ungepolsterten Schemel, die Arme um die Knie geschlungen. Sie blickte ins Feuer und wartete.

Er war an der Tür stehengeblieben, und sie ließ ihm Zeit. In seinem Gesicht, das selbst im Schlaf noch einen Ausdruck von Energie behielt, war nichts als Wehrlosigkeit.

Sein Blick ging zu der offenstehenden Tür des Geheimschranks, zu dem Schubfach am Boden neben der Frau. »Seit wann wußtest du es?« fragte er schließlich.

»Du erinnerst dich an den jungen Mann, der mit dem Goldmacher floh?«

»Freder Soerman?«

»Als ich erfuhr, daß Freder Soerman lebt, war es naheliegend anzunehmen, daß auch die Nachricht vom Tode Skelniks falsch war.«

Warum schont sie mich, dachte er. Obwohl er die Antwort ahnte, fragte er: »Von wem weißt du es?«

»Er war hier. Freder Soerman war in diesem Haus. Er war der Deserteur, der von der Festung floh.«

»Und du hast drei Wochen geschwiegen.«

»Drei Wochen Schweigen sind sehr lang, aber du hast es fertiggebracht, über zwanzig Jahre lang zu schweigen. Du hast all diese Jahre mit diesem Wissen gelebt. Tag für Tag warst du in diesem Raum, Tag für Tag hast du diesen Schrank benützt.« Sie sah ihn an, was sie bisher nicht getan hatte. »Ich verstehe nur eines nicht, du bist sonst so vorsichtig, warum hast du diese Briefe aufgehoben?«

Er machte eine vage Geste. »Hat das noch etwas zu bedeuten?«

Sie blickte ins Feuer. »Zuerst wollte ich, daß *du* die Briefe verbrennst.«

»Du hast sie gelesen?«

»Nein«, sagte sie zum erstenmal heftig, »ich habe sie nicht gelesen, nicht jetzt, nach so vielen Jahren. Ich habe sie verbrannt wie sie waren, und das geschah auch nicht wegen mir. Es geschah nur wegen Robert. Das wenigstens sollte er nicht erfahren.«

»Dann weiß also auch er davon?«

»Ja.«

»Hast du es ihm gesagt?«

»Es war nicht zu vermeiden, oder vielleicht doch, ich weiß nicht. Robert hat Soerman über die Grenze gebracht. Ich hatte eigentlich erwartet, daß er danach zu mir kommt und berichtet; es hat zwischen uns nie Geheimnisse gegeben. Diesmal kam er nicht. Ich weiß nicht, was die beiden miteinander gesprochen haben. Nur, ich finde, Robert ist verändert seitdem, und ich mache mir Sorgen.«

Gottfried von Haynau hob die leere Schublade vom Boden auf, trug sie zum Schrank und schloß ab. Ihm fiel ein, was Graf Sonsfeld gesagt hatte: Geld ist berechenbar, sogar das Geld, das man nicht hat, aber Menschen ... Sie saß dort, vor dem Feuer, auf dem niedrigen Schemel. Ihr schmaler Rücken zeichnete sich unter dem hellen Hauskleid ab. Im dunklen Haar glommen kupferne Lichter. Es war dasselbe Bild wie damals, als er an diesem Schreibtisch im Auftrag des alten Landgrafen die Bücher des Gutes geprüft hatte. Auch damals hatte er gefühlt, daß ihre Entscheidung bereits gefallen war, aber er hatte nicht gewußt, ob für oder gegen ihn.

Er, der so sicher mit Worten war, sprach stockend: »Es soll keine Entschuldigung sein, vielleicht eine Erklärung, die einzige, die ich habe; ich wollte dich. Am Tag bevor du meine Frau wurdest, war ich nahe daran, dir die Briefe zu geben. Dann hätte ich dich schon damals verloren. Diese Furcht blieb immer; eines Tages, wenn du heimkommst, sagte ich mir, ist sie nicht mehr da. Seltsam, auch heute abend kam es plötzlich über mich, auf dem Heimritt. Ich war mir deiner nie sicher. Es war immer wie am Beginn – alles, die Furcht und die Liebe.«

»Ich habe nicht verlangt, daß du dich rechtfertigst.«

»Was soll ich tun? Nüchtern betrachtet, besteht folgender juristischer Tatbestand: Die Vorbedingung für unsere Eheschließung war die Todeserklärung deines Mannes. Da ich aber bei der Eheschließung bereits ein halbes Dutzend seiner Briefe abgefangen hatte und also wußte, daß er lebte – ist unsere Ehe de jure und de facto ungültig. Du bist nach wie vor seine Frau.«

Ihr Rücken straffte sich. Sie hob den Kopf, aber sie wandte sich nicht zu ihm um. »Du hast so reagiert, wie ich erwartet habe«, sagte sie.

Er wünschte ihr Gesicht zu sehen, aber er hatte zugleich Angst davor.

»Du hast recht«, sagte sie. »Wenn du mir am Tag vor der Hochzeit die Briefe gezeigt hättest, wäre ich eine Stunde später aufgebrochen. Du hattest keine andere Möglichkeit, mich zu halten. Immerhin, du hast mich nicht bestürmt, du hast nicht versucht, mich zu trösten. Du hast nie ein Wort über das gesagt, was hinter mir lag, nichts über die Goldmacherwerkstatt, über seine Flucht und über meinen Entschluß, ihm nach Amerika zu folgen. Es hätte sehr viele Dinge gegeben, die du gegen ihn hättest ins Feld führen können. Aber du hast geschwiegen. Du hast gewußt, daß ich ihn liebe. Ich werde nie begreifen, daß du mich trotzdem zur Frau wolltest. Ich werde auch nie begreifen, daß du eine so große Schuld auf dich geladen hast, nur auf eine ungewisse Hoffnung hin. Du mußt mich besser gekannt haben als ich mich selbst. Ich habe über all diese Dinge nie nachgedacht, erst in den letzten drei Wochen.«

Was konnte er anderes tun als warten? Er wußte immer noch nicht, wie die Entscheidung, die sie getroffen hatte, aussah. Er konnte sich nicht vorstellen, daß sie ihn verließ, aber genausowenig konnte er sich vorstellen, daß sie bei ihm blieb.

Sie erhob sich. »Drei Wochen habe ich gebraucht, bis ich die Briefe verbrennen konnte, und dann war es nicht einmal schwer. Es war nur Papier, und jetzt ist es nur noch Asche, und Asche wiegt zwanzig Jahre Leben an deiner Seite nicht auf. Wie das andere Leben gewesen wäre, das du mir genommen hast, weiß ich nicht.«

Er war nicht sicher, ob er ihre Worte richtig deutete. Aber er ertrug die Ungewißheit einfach nicht länger. »Willst du mir auf diese komplizierte Weise zu verstehen geben, daß du mir verzeihst?« Sekunden vergingen bis sie antwortete, Sekunden, in denen er sie endgültig verloren zu haben glaubte. Er schloß die Augen, als sie zu sprechen anfing.

»Deine Darlegung, daß wir nicht Mann und Frau sind, schien mir komplizierter.«

Er sah ihr Gesicht nicht, aber er fühlte plötzlich, daß in ihren Augen jenes traurige warme Lächeln stand, in das er sich zuerst verliebt hatte. Sie schien sich ihm zuwenden zu wollen, aber mitten in der Bewegung zögerte sie, als fehle ihr der Mut. Er ging zu ihr, alles andere geschah ohne sein Zutun. Er umfaßte ihre Schultern. Worte kamen über seine Lippen, ohne daß er dachte. »Es war im November, hier in diesem Raum. Du sahst aus wie jemand, der eine schwere Krankheit hinter sich hat. Ich habe dich gebeten, mir den Park zu zeigen, und ich merkte, wie alles dich an ihn erinnerte. Ich machte mir nichts vor. Ich wußte, ich hatte einen fast unüberwindlichen Rivalen, einen Rivalen, der keinen Fehler mehr machen konnte. Und trotzdem, du warst nicht die

Frau, die sich unbeirrbar an Vergangenes klammern würde. Ich war dessen ganz sicher. Du bist eine starke Natur, und starke Naturen leben nicht im Gestern. Darauf habe ich gesetzt. Erst als Robert heranwuchs, wurde mir richtig klar, welche Erinnerungen ich gegen mich hatte.«

Sie hatte mit gesenktem Kopf seinen Worten gelauscht. Jetzt sah sie auf und nickte. Wenn sie allein gewesen wäre, hätte sie den Tränen nicht Einhalt geboten. Es wären Tränen gewesen über den Mann, mit dem sie eine kurze Zeit maßlosen Glücks erlebt hatte, und über den Mann, an dessen Seite sie seit zwanzig Jahren lebte.

»Ich habe das Gefühl, ich brauche eine Stärkung«, sagte sie. »Was hältst du von einem Schnittlauchbrot und frischer Milch?«

»Das weißt du noch?« sagte er überrascht.

»Wir waren im Park, und danach sind wir in die Küche gegangen. Ich bin nicht so sicher, ob wir heute, in Gilberts Reich, noch so einfache Dinge finden.«

»Vieles hat sich geändert. Es ist nicht mehr dieselbe Küche.«

»Wir sind auch nicht mehr dieselben.«

»Heißt das, daß ich keinen Rivalen mehr habe?«

»Außer deinen Söhnen nicht.«

Er hatte das Verlangen, sie an sich zu ziehen, sie ganz nahe bei sich zu fühlen, aber diese Geste hätte etwas in diese Stunde gebracht, das nicht paßte. Es war eine große Stunde in ihrem Leben, vielleicht die größte, und das ihr innewohnende Gesetz hieß nicht Wärme, sondern Dauer.

Später, in der Küche, als er ihr zusah, wie sie Butter auf das Brot strich, Salz und Schnittlauch darüberstreute, fiel ihm plötzlich Sonsfelds Bemerkung über Robert ein.

»Hast du eine Ahnung, ob zwischen Robert und Christine von Sonsfeld etwas ist?«

Anna von Haynau legte das fertige Brot auf das runde Holzbrett. Sie war froh, daß sie so mühelos zu den alltäglichen Dingen zurückfanden. »Die einzige dauerhafte Liebschaft, von der ich weiß, ist die mit einer schottischen Erzieherin am Hof von Kassel. Das geht seit Jahren. Für Robert gibt es auf diesem Gebiet keine Probleme. Die Frauen machen es ihm leicht, und er macht es sich auch leicht. Er hat eine ausgesprochene Begabung für schmerzlose Trennungen, glaube ich. Von einem Mädchen wie Christine von Sonsfeld würde er die Finger lassen, bisher jedenfalls. Wie kommst du darauf? Nach deinen Andeutungen letzthin zielt der Ehrgeiz der jungen Dame in ganz andere Richtung.«

»Sagen wir besser: der Ehrgeiz der Mutter.«

»Das ist dasselbe. Auf Schloß Sonsfeld geschah immer, was sie wollte. Übrigens hätte ich den Verdacht eher bei Claus. Er spricht mit mir nicht so offen über diese Dinge wie Robert – aber wenn mich nicht alles trügt, hat Claus durchaus bemerkt, wie die kleine Sonsfeld sich herausgemacht hat. Solange er ein Bürgerlicher war, hätte er bestimmt nie gewagt, in dieser Richtung etwas zu unternehmen. So wie er ist, wäre er eher aus Gram gestorben, aber jetzt ist der Weg offen.«

»Als ich mit ihm sprach, hat er sich nicht das geringste anmerken lassen«, sagte Haynau nachdenklich. »Die Sache ist nämlich die: Damit die Sonsfeld in Kassel als offizielle Mätresse etabliert werden kann, muß eine Situationsehe für sie geschaffen werden. Schlieffen dachte dabei an Claus. Deshalb meine Frage wegen Robert.«

»Ging das aus diesem Grund mit der Baronie so plötzlich?«

»Das kann schon mitgespielt haben.«

»Claus weiß also davon?«

»Ich habe mit ihm gesprochen, im Vertrauen sozusagen. Schlieffen möchte, daß der Landgraf als erster die Sache aufgreift. Das war einer der Gründe, warum er mich heute aufs Jagdschloß zitiert hat; aber ich saß nur zwei geschlagene Stunden im Antichambre und mußte mir die Klagen von Kammerschreiber Voss anhören. Wenn ich daran denke, daß ich selber einmal einer dieser Hofschranzen war . . .«

»Claus wird schnell befördert werden, wenn er diese Situationsehe eingeht, nicht wahr? Aber in friedlichen Zeiten langt das auch nur zu einer Art Hofamt. Am besten, du fragst dich, wie du selber auf so einen Vorschlag reagiert hättest.«

»Wenn ich ehrlich bin, habe ich in erster Linie darin eine Rückversicherung gesehen, für das Geld, das mir der Landgraf schuldet. Einen Haynau kann man von heute auf morgen fallenlassen, so etwas ist schon öfter passiert, besonders wenn man dadurch aller Schulden ledig wird. Durch so eine Verbindung wäre das in Zukunft fast ausgeschlossen.«

»Wenn Claus bereit ist, die Angelegenheit genauso zu betrachten! Aber vergiß nicht, er ist ein Haynau. Wenn ihr einmal die Hand auf etwas legt, dann wollt ihr es ganz. Wie hat er denn reagiert, als du ihm den Plan dargelegt hast?«

»Nach dem, was du mir jetzt gesagt hast, wundere ich mich, daß er so gelassen blieb. Man hätte meinen können, er sei ganz und gar dafür. Aber wenn er selber Absichten auf das Mädchen hat . . .«

»Dann wird es kompliziert, nicht wahr?«

»Ich werde mit Schlieffen reden. Es gibt bestimmt eine Möglichkeit, die Sache noch rechtzeitig abzubiegen. Schlieffen findet schon einen Weg.« Zwischen seinen Brauen stand eine tiefe Falte. »Versuch trotzdem herauszubringen, ob zwischen Robert und Christine von Sonsfeld etwas ist. So ein Gerücht entsteht nicht ohne Grund. Ob Robert oder Claus – ich möchte nicht, daß es Ärger gibt.«

»Von wem hast du es denn?«

»Vom alten Sonsfeld selbst.«

»Gibt es den noch? Wo hast du ihn getroffen, saß er auch im Antichambre?«

»Er wird demnächst wieder ein Kommando als General haben.«

»Wenigstens verschenken sie ihre Tochter nicht. Hat das auch seine Frau für ihn ausgehandelt?«

»Ich vermute, davon weiß sie noch gar nichts. Es war vor einer Stunde, auf dem Rückweg vom Jagdschloß hierher. Er hat uns unten an der Schwalm beim Fährmannhaus abgefangen. In Generalsuniform! Die Zeit ist spurlos an ihm vorübergegangen. Von Gicht keine Spur. Und er verlangte von Schlieffen ein Kommando als General!«

»Wie benimmt sich Schlieffen eigentlich in solchen Situationen?«

»Er ist alter Offizier. Eine offene Attacke ist ihm lieber als die Kriecherei bei Hofe. Sonsfeld wird sein Kommando bekommen.« Haynau nahm das letzte Brot vom Brett. »Wir sollten öfter so eine Vesper machen, für uns allein.«

»Wenn wir in Zukunft die Einladungen bei Hof einigermaßen überstehen wollen, wird das unsere einzige Rettung sein.« Sie goß den Rest Milch aus dem Krug in seinen Porzellanbecher.

»Ziehst du das neue Kleid an?« fragte er.

»Ja«, sie mußte lächeln. Daß er jetzt daran dachte!

Er nahm ihre Hand. »Vorhin, im Büro, als ich glaubte,

daß alles zu Ende sei, weißt du, was ich vor mir sah? Dein verlassenes Zimmer und darin die Kleiderpuppe mit dem neuen Kleid, das niemand mehr tragen würde.«

Sie antwortete nicht. Sie sah ihn nur an.

»Die Kutschen werden halb elf Uhr bereit sein«, sagte er. »Wenn es dir recht ist, nehme ich Claus und Schlieffen in meine Kutsche, und du fährst in der anderen mit Robert.«

»Ob es nützt, weiß ich nicht«, sagte sie. »Robert wird sich wundern, plötzlich eine so neugierige Mutter zu haben.«

16

Sehr langsam sanken die Schneeflocken durch die blaue Luft. Robert stand am offenen Fenster seines Zimmers. Der einzelne Reiher war schwer auszumachen. Er gewann zusehends an Höhe und war schon kaum mehr zu erkennen.

Am Vormittag hatte Robert ihn entdeckt. Ziemlich tief war er, vom Fluß kommend, über die Felder geflogen und war dann in weiten Kreisen in nördlicher Richtung verschwunden, so als suche er etwas. Vor einer halben Stunde war er wieder aufgetaucht, kreisend, suchend. Robert war jetzt sicher, daß er die Anzeichen richtig deutete. Er nahm das Gewehr, das auf der Fensterbrüstung lag und ging hinaus.

Vom Hof herauf klang die näselnde Stimme von Hofmeister Lange. »Sollen wir nicht doch die Schlitten anspannen lassen?«

»Nein!« rief Gottfried von Haynau zurück.

»Wenn es so weiterschneit . . .«

»Kutschen!« Haynaus Stimme klang gereizt. »Wir wollen jetzt abfahren. Nicht erst wenn genug Schnee liegt für die Schlitten.«

Adrian kam Robert auf dem Gang entgegen, einen der großen Strohkoffer in der Hand. »Welche Kleider sollen mit nach Kassel?«

»Das überlasse ich dir. Was im kleinen Schrank hängt, kannst du für dich nehmen.« Adrian starrte ihm nach. »Aber der ist ja ganz voll.«

Robert hörte das Weitere nicht mehr. Die Haustür stand auf, es wehte kalt herein. In der Halle türmten sich Koffer und Schachteln. Frau Retz stand auf einer Leiter und band dünne Leintücher um die Wandleuchter. In einen knöchellangen Mantel gehüllt, den Kragen hochgeschlagen, stelzte Hofmeister Lange auf und ab und gab den Knechten, die das Gepäck zu den Kutschen schleppten, Anweisungen. Als Robert an ihm vorbeikam, verbeugte er sich: »Wollt Ihr wirklich den ganzen Weg nach Kassel reiten? Ihr seid leichtsinnig. Es ist Winter geworden.«

»In wenigen Minuten scheint die Sonne wieder.« Robert trat aus dem Haus. Der Knecht mit seinem Pferd stand bereit. Der Mann zog die Decke, die über dem Rücken des Tieres lag, herunter. Während er sie zusammenfaltete, blinzelte er Robert zu. »Hat Hofmeister Lange höchstpersönlich darübergelegt.«

»Er mag mich eben.«

Ein Diener kam aus dem Haus gerannt. »Euer Mantel, Herr Robert.«

Robert warf den Mantel vor sich auf den Sattel und ritt davon. Durch die Zweige der entlaubten Allee suchte sein Blick den Reiher, aber in dem starken Schneetreiben ließ sich nichts erkennen. Die großen Flocken zerschmolzen auf der rostroten Kruppe des

Pferdes. Ein Gefühl des Überschwangs stieg in Robert auf, wie jedes Jahr beim ersten Schnee. Der weiße Sommer. So hatte er als Kind von drei Jahren den Winter genannt, und darin hatte sich die Freude ausgedrückt, die er am Winter fand, dieses heftige Lebensgefühl, das ihn bei klirrendem Frost überkam.

Er hatte das Tor bereits hinter sich gelassen, als ein Reiter ihm entgegengaloppierte. Die Gestalt war dicht vermummt, aber an der Haltung erkannte Robert sofort seinen Stiefbruder Claus. Die Männer verhielten ihre Pferde, die sich, wie es Tiere aus dem gleichen Stall zu tun pflegen, tänzelnd und schnaubend begrüßten. Claus schob den Dreispitz aus der Stirn und sagte: »Gestern noch Fieber und heute mit offener Jacke durch das Schneegestöber?«

»Gestern war Jagd. Heute ist sie vorbei.«

»Ich hätte es mir denken können. Dein Fernbleiben war eine grobe Unhöflichkeit gegen den Landgrafen. Aber für dich kann sogar Mutter lügen.«

»Erstaunlich, daß du mich vermißt hast. Du hast doch immer Angst, ich könnte mich schlecht benehmen.«

»Dein Kult mit der Insel kann einem auf die Nerven gehen.«

Robert war nicht nach Sprechen zumute. Er nahm die Zügel auf. »Und wohin willst du jetzt, mit der Jagdflinte?« fragte Claus.

»Nach der letzten Reiherjagd fand ich zwei weidwunde Vögel.«

»Kommst du noch einmal nach Haynau zurück?«

Robert schüttelte nur stumm den Kopf.

»So wie du bist, willst du reiten? Du wirst morgen das Fieber haben, das du gestern nicht hattest.«

»Wenn das deine Wahrheitsliebe nachträglich beruhigt? Aber versprechen kann ich dir nichts.« Robert gab seinem Pferd die Sporen. Nach dem Tag, den er im Haus verbracht hatte, war er ausgehungert nach Bewegung; seinem Rotfuchs schien es nicht anders zu ergehen.

Der Himmel lichtete sich; durch eine Lücke der blaugrauen Wolken fiel ein Strahlenbündel. Der Schneefall ließ nach und hörte schließlich ganz auf. Ein Netz weißer Konturen lag über der Festung Ziegenhain und den Laubwäldern zu ihren Füßen. Jeder Schornstein, jedes Fenstersims, jeder Zweig schien mit zartem weißen Stift nachgezogen. Über den südlichen Abhang glitt ein Schatten. Der Reiher! Robert steckte zwei Finger in den Mund und stieß den halb kehligen, halb pfeifenden Lockruf aus.

Der Vogel reagierte unmittelbar. Einen Augenblick schwebte er ohne Bewegung in der Luft, dann segelte er in Roberts Richtung, senkte sich, begann suchend zu kreisen.

Mit seinen Rufen lockte Robert den Vogel zur Schwalm. Er hatte das Tier längst erkannt, ein starkes dreijähriges Reiherweibchen, das im letzten Jahr zweimal gebrütet hatte. Der Rotfuchs schlug von allein den vertrauten Weg über die Uferwiesen zur Schwalm ein. Eine dünne Eisschicht, die sich am flachen Ufer gebildet hatte, zersprang splitternd unter den Hufen. Das Geräusch erschreckte den Reiher; mit lautem Flügelschlag verschwand er hinter einer Baumgruppe.

Robert setzte durch den Fluß. Am Ufer angelangt, scheute der Fuchs. Robert klopfte ihm beruhigend den Hals. Auch er erkannte seine Insel nicht wieder. Wie ein verlassener Rummelplatz lag sie da. Hinter dem Gürtel frostbraunen Schilfs, über den Rauhreif und Schnee ihre Schleier gebreitet hatten, erhoben sich Buden und Pavillons, so bunt und verspielt, als entstammten sie einer Bühnendekoration; aber hier war alles echt: die Wimpel aus Brokat, die Wappentiere auf den Spitzen der Standarten aus Gold, die Girlanden aus Seidenbändern, die Zierbäumchen aus bemaltem Silberblech. Die zitronengelbe Markise einer Bude schlug im Wind. Aus ihrem Schatten löste sich eine Gestalt im blauen Umhang und lief Robert mit einem kleinen Freudenschrei entgegen. Christine von Sonsfeld schob die Kapuze aus dem Gesicht. Sie wußte, wie gut ihr das ins Grünliche spielende Blau stand, gerade an diesem Tag mit seinem sehr hellen und doch gebrochenen Licht, das jetzt, da die Sonne hinter weißen Dunstwolken verborgen war, fast einen rosa Schimmer annahm.

»Ich wußte, du würdest kommen, aber warum warst du gestern nicht bei der Jagd?«

»Jagd, sagst du! Es sieht eher aus, als habe man hier Theater gespielt.«

»Es war ein herrlicher Tag. Du hast viel versäumt.«

Robert saß widerwillig ab. Das, was er zu tun hatte, wollte er allein tun; er dachte nicht daran, sich von seinem Vorhaben abbringen zu lassen. Aber als er sah wie das Mädchen die Arme frierend an den Körper preßte, fragte er doch: »Warum ziehst du dich nicht warm genug an?«

»Ich warte hier schon über eine Stunde.«

Da er darauf nichts zu erwidern wußte, oder nur etwas, womit er ihr weh getan hätte, nahm er ihre Hände, wärmte sie in den seinen. An ihrer rechten Hand war ein Nagel eingerissen. Robert fuhr über die scharfe Stelle. »Vom Kochen oder vom Nähen?«

»Ich weiß nicht.« Christine von Sonsfeld sah ihn an. Jahrelang war es Schwärmerei gewesen, aber an jenem Morgen hier auf der Insel, als er sie geküßt hatte, war etwas anderes daraus geworden. Nächte ohne Schlaf, Tage wie im Traum, Hunger auf etwas, das sie noch nicht kannte. Durst auf etwas, das dieses unaufhörliche Brennen in ihr löschen würde. Sie ließ sich gegen seine Brust sinken.

»Du verwechselst mich«, sagte er reserviert. »Ich bin der falsche Haynau.«

Sie lächelte. Sie war ihres Gefühls so sicher. »Ich habe zu allem ja und amen gesagt, sonst wären sie nur mißtrauisch geworden. So hat meine Mutter nicht den geringsten Verdacht, und das wird uns helfen. Die Hochzeit ist erst in zehn Tagen. Wir haben also genug Zeit. Was werden wir tun? Was hast du dir ausgedacht? Oh, sie werden Augen machen.«

Er brachte es nicht fertig, Frauen weh zu tun. Ihre Geradheit imponierte ihm und zugleich machte sie ihn hilflos. Er biß sich auf die Lippen. Eines Tages würde es geschehen: er würde eine Frau heiraten, nur weil er nicht den Nerv hatte, ihr zu sagen, daß er sie nicht liebte.

Sie spürte seinen Ernst. Sie fürchtete seine Antwort, und so kam sie ihm zuvor: »Robert, du hast letzthin etwas gesagt. Ich habe viel darüber nachgedacht. Eine Frau hat nur ein Leben, das waren deine Worte. Willst du mich jetzt dafür strafen, daß ich sie befolge? Was jetzt geschieht, wird mein ganzes Leben bestimmen. Aber du kennst meine Mutter nicht. Wenn sie sich etwas in den Kopf gesetzt hat, muß es geschehen, und für mich hat sie sich den Landgrafen in den Kopf gesetzt. Mit ihr zu reden hat überhaupt keinen Sinn. Mein Vater will nur seinen Frieden. Ich bin ihnen gleichgültig wie eine Fremde. Nur du kannst mir helfen.«

Während sie sprach, hatte Robert ihre Hände losgelassen, Christine vergrub sie jetzt in den Ärmeln des Umhangs, bei sich selber Wärme und Halt suchend. »Ich dachte immer, wenn ich erst groß bin, wird alles einfach sein, dann heirate ich und bin meine Eltern los. Ich glaube, ich hätte den Erstbesten genommen.«

»Du bist keine Ausnahme. Ich kenne viele Mädchen wie dich, die nur ans Heiraten denken. Wenn es dann soweit ist, bekommen sie es mit der Angst zu tun und fürchten den Falschen zu erwischen. Wenn die Wahl deiner Eltern zufällig auf mich gefallen wäre, wärst du wahrscheinlich zu Claus gelaufen, damit er dir hilft.«

»Bitte, mir ist nicht nach Scherzen zumute.«

»Wer sagt, daß ich scherze?« Er bückte sich und brach einen Grashalm. »Du kennst mich von Jugend auf, ich bin wie ein Bruder für dich. Es ist nur natürlich, daß du zu mir kommst, aber was du brauchst, das ist ein Mann, der dich liebt, und dieser Mann bin nicht ich.«

»Sprichst du so wegen Claus?« fragte sie.

Ich sollte jetzt gehen, sagte er sich. Jedes weitere Wort würde alles nur noch schwieriger machen. »Christine, ich habe dich neulich gefragt ob dir schon einmal ein Mann das Herz gebrochen hat, ich meine, ob ein Mann dich schon einmal durchs Fegefeuer geschickt hat.«

»Was soll das?«

»Weil ich glaube, daß du nicht weißt, wie das ist.«

»Muß man unglücklich sein, um zu wissen, was Liebe ist?«

»Wenn du so fragst – ja. Um zu wissen, was Liebe ist, muß man auch wissen, daß man nicht daran stirbt, und ich glaube, gerade Frauen brauchen diese Erfahrung. Es gibt welche, die bewältigen sie nicht, aber die meisten verstehen die Lektion richtig. Ein altes einsames Schloß ist kein Platz für ein Mädchen. Wärst du in einer Stadt aufgewachsen, hättest du's in allem leichter, wärst schon ein dutzendmal verliebt gewesen und wüßtest, wie schön es ist, umschwärmt zu sein.«

Christines Züge schienen sich zu verhärten. Es war Robert, als sehe er sie, wie sie in zehn Jahren sein würde.

»Wärst du gestern dabeigewesen, hättest du gesehen, wie man mich umschwärmt. Alles drehte sich um mich. Ich war der Mittelpunkt.«

»In Kassel wird jeder Tag so sein für dich. Dafür bist du gemacht. Du wirst dir vorkommen, als wärst du der einzige Honigtopf der Welt.«

Sie wollte etwas erwidern. Sie wollte ihm weh tun, aber es fehlte ihr die Kraft. Seit jenem Morgen auf der Insel war sie so glücklich gewesen, war ihr Leben so einfach. Es hatte ihr Freude gemacht, sich vor der Mutter zu verstellen. Alles war Spiel gewesen, auch die Jagd gestern. Sie hatte ihr Geheimnis genossen, das triumphierende Gefühl, sie alle gegeneinander auszuspielen, hatte die ihr angeborene Fähigkeit, sich den Umständen wie den Menschen anzupassen, noch weiter entwickelt – ein Kapital von unschätzbarem Wert, das hatte sie auch während der Jagd wieder erkannt. Mit Robert als geheimem Komplicen freilich hätte ihr das große Spiel, das sie am Jagdtag für den Landgrafen, ihre Mutter und den Hof aufgeführt hatte, noch mehr Spaß gemacht.

»Es wird Zeit, daß du zurückreitest«, hörte sie ihn sagen. »Es wäre nicht gut, wenn sie dich suchten und hier fänden.«

Sie bebte plötzlich am ganzen Körper, aber nicht vor Kälte. »Sag mir, was ich tun soll! Du brauchst mich nicht zu heiraten. Aber hilf mir! Ich gehe mit dir nach Amerika. Ich tue alles. – Was starrst du dauernd zum Himmel?«

Robert deutete über die Erlengruppe. »Siehst du den Reiher? Ich beobachte ihn schon die ganze Zeit.« Während er sprach, hatte er begonnen, seine Flinte zu laden.

»Was hast du vor?«

»Wart es ab.«

»So bist du also! Ich dachte, diese Insel und die Reiher sind dir ans Herz gewachsen. Aber es ist nur Neid. Du willst nicht teilen. Du bist nicht besser als die anderen, du bist schlimmer. Du bist grausam. Du kennst die Reiher, die hier auf der Insel leben, schon seit dem Tag, an dem sie ausschlüpfen . . .«

»Die Falken des Landgrafen haben das Reihermännchen geschlagen, und nun sucht sie ihn. Sie wird nicht mehr fressen und nicht mehr schlafen. Sie wird kreisen und kreisen und suchen, bis ihr die Kräfte versagen.«

»Mit einem Tier hast du Mitleid.«

Er hob das Gewehr und ließ es wieder sinken. »Dazu möchte ich allein sein.« Er wandte sich ab und ging davon. Den Reiher ließ er nicht aus den Augen.

Sie vermochte sich nicht von der Stelle zu rühren; erst wenn sie gehen würde, wäre ihre Niederlage besiegelt. Solange sie hier stand, solange sie ihm nachsah, war noch nicht alles verloren. Plötzlich würde sich Robert umwenden, zu ihr zurückkommen. Jetzt tauchte er unter in den fast mannshohen Büschen; die Zweige schlugen hinter ihm zusammen; schwarzgraue Äste, dazwischen sein goldenes Haar. Ein Schuß fiel. Es riß ihr den Kopf in den Nacken, als sei sie getroffen worden, und sie sah den Reiher. Einen Augenblick stand er still in der Luft, die silbernen Schwingen weit ausgebreitet, dann wich die Spannung daraus, kraftlos flatternd sank der Vogel und sank.

Christine schloß die Augen und begann zu laufen. Sie fand ihr Pferd. Sie ritt durch die Schwalm. Sie blickte sich auf dem ganzen Weg nach Schloß Sonsfeld nicht mehr um.

Die Werber

Der Unteroffizier muß außer einem guten Seitengewehr auf dem Transporte stets ein Terzerol bei sich führen; er muß den Rekruten nie hinter, sondern immer vor sich gehen, ihn nie nahe auf den Leib lassen und ihn bedeuten, daß der erste falsche Tritt, ihm das Leben koste. Des Nachts muß er solche Wirtshäuser zum Quartier wählen, wo er und andere Werber seiner Macht immer einkehren, und wo der Wirt auf seiner Seite ist.

Es ist besser, auf Vorsichtsmaßregeln einige Ausgaben zu verwenden, als die Rekruten einzubüßen. So ... ist ein tüchtiger Hund äußerst nützlich. Nur muß derselbe gehörig abgerichtet sein, keinen Stock in der Hand des Rekruten leiden, sowie sich derselbe in der Nacht rührt oder aufsteht, anschlagen, auf dem Marsche den Rekruten, wenn er aus dem Weg herausgeht, wieder in den Weg treiben; fängt der Rekrute an zu springen, denselben packen und nur auf seines Herrn Wort wieder loslassen ... Ist der Rekrut nur irgend zweideutig, so muß er sich auf Befehl des Unteroffiziers, die Hosenriemen entzwei-, die Hosenknöpfe abschneiden und die Hosen in der Hand tragen.

Unterricht für die Königlich Preußische Infanterie im Dienste der Garnison, auf Werbungen und im Felde. Berlin, 1805

17

Unter den Kunstgeschöpfen, die das Schloß des Landgrafen in Kassel bevölkerten, war sie ein Stück Natur: eine Dunkelhaarige mit Sommersprossen und mit Augen, in deren Braun bernsteingelbe Sprenkel flimmerten. Gegen die herrschende Mode versteckte sie weder ihr Haar, noch verbarg sie die Sommersprossen unter einer dicken Puderschicht. Auch sonst konnte man an der schottischen Erzieherin Ruth Connors nichts entdecken, woraus man hätte schließen können, daß ihr Ehrgeiz noch andere Ziele verfolgte, als landgräflichen Bastarden Englisch beizubringen.

Sie trug Waschkleider aus Kretonne; es gab keinen Klatsch über sie; wenn sie Post bekam, waren es meist Bücherpakete aus Frankreich oder Leipzig. Trotzdem paßte die Bezeichnung »Blaustrumpf« nicht auf sie; in Kassel stellte man sich unter dieser neuen Spezies, die in England gerade in Mode kam, exzentrische Frauen vor, die der Welt beweisen wollen, daß eine Frau ebenso gelehrt sein kann wie ein Mann. Daß Ruth Connors nicht so recht einzuordnen war, hinterließ Unbehagen bei den Damen des Kasseler Hofs und zwang sie zu vorsichtigem Taktieren; sie einigten sich schließlich darauf, diese Ausländerin vom gesellschaftlichen Leben zu isolieren, zugleich jedoch als hervorragende Erzieherin zu preisen.

Ruth Connors fand das eine angenehm, das andere übertrieben. Daß ihre Schüler, ein neunjähriger Junge und ein sechsjähriges Mädchen, auf dem besten Wege waren, Englisch fließender zu sprechen als Deutsch und Französisch, war für sie weniger eine Bestätigung ihrer eigenen pädagogischen Fähigkeiten, als vielmehr ein Beweis, daß die anderen Lehrer mit ihrem vernichtenden Urteil über die Intelligenz der Kinder im Unrecht waren. Und so bemühte sie sich auch an diesem Morgen in ihrer Unterrichtsstunde, den Kindern nicht etwa Abwehr gegen jeden geschriebenen Buchstaben einzupflanzen. Sie machte sie vielmehr neugierig darauf, wieviel Vokabeln ihr Gedächtnis in einer Stunde aufnehmen konnte.

Eine blasse winterliche Morgensonne fiel durch die Fenster in den Unterrichtsraum. Eben erst waren die Wachslichter gelöscht worden; es duftete noch nach den verglimmenden Dochten. Jedes der Kinder hatte seinen eigenen Tisch; diese Maßnahme hatte sich empfohlen, weil sie sich unablässig gestritten hatten. Aber gerade die Trennung hatte aus den beiden unversehens ein gegen die Lehrer verschworenes Duo gemacht, mit einer Ausnahme: Voller Bosheit gegen die anderen Erzieher bei Hofe, verhielten sie sich bei Ruth Connors friedfertig und bewiesen großen Lerneifer.

Den Blick auf die Lehrerin geheftet, mit den Fingern an den Enden der rosa Halsschleife zupfend, die so fest saß, daß sie den Kopf steifhalten mußte, sagte das Mädchen ein Gedicht auf. Ruth Connors nickte, aber sie achtete weder auf den Wortlaut, noch auf den Akzent, sondern wartete angespannt darauf, daß der Zeiger der Kaminuhr endlich auf die volle Stunde rückte. Beim ersten Glockenschlag klappte sie das Wachstuchheft zusammen. Das Kind kam ins Stocken. Lauter als zuvor, um die Schläge des Uhrwerks zu übertönen, fuhr das Mädchen mit den Versen fort.

Ruth Connors tat etwas Ungewöhnliches; sie erhob sich, ehe das Kind mit dem Gedicht fertig war. Im Winter gab es für die Schottin – abgesehen von der Küche, wohin sie sich nur ungern flüchtete – nur diesen einen wirklich warmen Raum im Schloß. Im Kamin prasselte Apfelholz; die allgegenwärtige Wärme aber, die das Gemach erfüllte und in die Ruth Connors jeden Morgen eintauchte wie in ein warmes Bad, kam von den beiden Porzellanöfen an der Schmalseite des Raumes. Die sechzig Minuten an jedem Morgen vergingen ihr viel zu schnell, zu schnell auch vergingen weitere sechzig Minuten, wenn Maestro Alberti, der nach ihr Tanzunterricht erteilte, sie gelegentlich bat, ihm als kritische Zuschauerin Gesellschaft zu leisten. Ob er das nun aus Galanterie tat, oder ob der Italiener wußte, wie kalt es in ihrer Dachkammer war, darüber hatte sich Ruth Connors noch keine Gedanken gemacht. Sie hatte lediglich voller Freude festgestellt, daß er sie in letzter Zeit immer häufiger zum Bleiben einlud.

Das Mädchen hatte ihr Gedicht beendet und wartete auf ein Lob. Der Junge, in der Uniform der Leibgarde mit den wuchtigen Schulterstücken aus Gold, hob die Hand. »Miss Connors, when do we learn a new soldier song?« Sein Englisch war so neu und funkelnd wie seine Uniform, in der er jede Woche einmal die Wachablösung vor dem Schloß kommandieren durfte.

»Some other time«, gab Ruth Connors zur Antwort.

Der Knabe und das Mädchen blickten der Erzieherin sehnsüchtig nach. Am liebsten wären sie hinter ihr hergelaufen, um endlich zu wissen, wohin sie verschwand, wenn die Tür sich hinter ihr schloß. Daß sie, wie alle dienstbaren Geister, wenn sie ging, die Welt der Pracht, der Wärme und des Lichts verließ, und in den engen eisigen Gängen im dunklen Innern des Schlosses untertauchte, war für die Kinder unvorstellbar. Sie bemerkten nicht, daß der Stoff ihrer Kleider billiger Kretonne war, sie sahen nicht die Flicken an den Schuhen. Für die Kinder war Ruth Connors eine Fee, jemand, der von weither kam, jemand, der ihnen nicht Vokabeln einpaukte, sondern Zauberformeln preisgab; jemand, der eigentlich keine Türen brauchte, sondern genausogut durch die Wand hätte gehen können. Sie war in allem so ganz anders als die Damen, die in ihren Reifröcken wie wandelnde Tonnen daherkamen; alles an ihr war leicht, und immer schien draußen etwas Wunderbares auf sie zu warten, das sie von ihnen wegzog.

Maestro Alberti beurteilte die Eile der schottischen Erzieherin nicht mit der phantasievollen Sensibilität der Kinder, sondern mit der Ichbezogenheit des Erwachsenen. Seit Tagen hatte Ruth Connors nur einen kurzen Gruß für ihn, und als sie an diesem Morgen wieder mit einem flüchtigen Lächeln vorbeihuschen wollte, hielt er sie zurück: »Was ist mit Ihnen? Haben Sie Sorgen? Sind Sie mir böse? Jedenfalls sind Sie verändert.«

Alberti war der einzige Erzieher, der wie ein Beamter bezahlt wurde und in der Pagerie wohnen durfte. Da er als Junge nicht einmal Schuhe besessen und im Wanderzirkus seines Onkels bei den Tieren geschlafen hatte, erschien ihm sein jetziges Leben der Sack voller Bonbons zu sein, den er sich als Kind immer gewünscht und nie bekommen hatte. Und nichts machte ihn glücklicher, als davon auszuteilen. »Kann ich etwas für Sie tun? Sie wissen, ich habe Zutritt zu den Kartenabenden unseres hohen Herrn. Ich fände bestimmt ein offenes Ohr. Er kennt Ihren Namen. Letzthin erst, als dieser Oberst aus England da war, haben die Kinder mit ihren Begrüßungsgedichten Furore gemacht.«

»Zu liebenswürdig«, sagte Ruth Connors förmlich. Seine Fragen hatten sie alarmiert. Bei Hof war das oft die einzige Möglichkeit, jemanden zu warnen. »Wirklich, es ist alles gut.«

Maestro Alberti sah sie forschend an, die rechte Hand leicht erhoben, als halte er einen Zeremonienstock. »Viele Damen an diesem Hof haben zuwenig Stolz. Sie besitzen zuviel davon.« Alberti hätte ihr bestimmt schon lange einen Antrag gemacht, wenn er nicht hätte befürchten müssen, abgewiesen zu werden. Dennoch hatte sich allmählich die Vorstellung in seinem Kopf festgesetzt, sie werde eines Tages seine Frau sein. Er dachte noch weiter: Mit dieser Schottin könnte man etwas aufbauen, eine eigene Tanzschule vielleicht, nicht in Kassel, sondern in Frankfurt oder Hamburg oder gar in London. »Sie werden immer hübscher«, sagte er. »Die Frisur steht Ihnen ganz besonders. Nicht so streng wie sonst, ein bißchen wild. Sehr hübsch.«

Sie griff in das lose aufgesteckte Haar. »Es ist nur, weil ich verschlafen habe und so wenig Zeit blieb.« Wenn er sie tatsächlich warnen wollte, mußte er den Ball, den sie ihm mit ihrer Bemerkung zugespielt hatte, aufnehmen. Aber mit Erleichterung hörte sie Alberti sagen: »Wieder die ganze Nacht Geheimbriefe für das Sekretariat übersetzt? Ich sage Ihnen, Sie tun ein gutes Werk, der Nachwelt die Orthographie unseres Landesherrn zu ersparen. Sie wollen mir also auch heute nicht helfen, die kleinen Teufel zu dressieren?«

»Vielleicht morgen wieder.« Sie schloß die Tür hinter sich. Aus dem Unterrichtsraum klangen ihr die Cembaloakkorde nach, mit denen Alberti seine Stunde eröffnete.

Durch die hohen Fenster der Galerie fiel die Sonne. Die Marmorfiguren im Park waren mit Holz verschalt, der große Brunnen war zugedeckt; auf den Rosenrabatten lag Grün. In manchen Ländern war jetzt Sommer. Die Erde war so groß, und sie kannte erst einen winzigen Teil davon. In der Schule ihres Vaters in Leadshill – sie bestand aus nur einem Raum, und in dem fanden nur zwei Bänke Platz – waren die Wände mit Karten bedeckt. Jedes Frühjahr hatte ihr Vater die Farben aufgefrischt; als Kind hatte sie ihm zugesehen, und später hatte sie ihm dabei geholfen. Wie andere Mädchen davon träumen, einmal zu heiraten und Kinder zu haben, so hatte sie davon geträumt, eines Tages all die Länder und Ozeane, die sie mit bunter Kreide auf die weißen Wände malte, mit eigenen Augen sehen zu dürfen.

Leadshill zu verlassen – das war ihr geglückt, aber was hatte sie gewonnen? London war ihre erste Station gewesen, dann Spaa, jetzt der Hof von Kassel – im Grunde ein Abstieg.

Ihr Blick fiel auf eine Konsole, auf der ein Frühstückstablett stand. Über den Korb war ein rosa Leintuch gebreitet. Die Hörnchen zeichneten sich darunter ab, Vanillehörnchen, Roberts Lieblingsgebäck. Der Duft stieg ihr in die Nase. Es war nicht Stolz, der sie hinderte, unter das Tuch zu greifen; sie hatte noch zehn Meter Galerie vor sich; es konnten ihr noch ein halbes Dutzend Leute begegnen.

Als sie die Tür erreichte, die aus der lichtdurchfluteten Galerie zu den dunklen Gängen und Kammern der Dienstboten führte, bedauerte sie, die Hörnchen nicht doch genommen zu haben. Die Tür fiel hinter ihr zu, Dämmerung umgab sie, die Luft roch abgestanden. Auf einem fahrbaren Tisch türmten sich Frühstücksreste, aber sie warf nur einen angewiderten Blick darauf. Die

Speisen, die aus den Gemächern des Landgrafen zurückkamen, waren zweifellos von seinen Hunden beschnüffelt worden. Irgendwie würde es ihr auch heute gelingen, heißen Kaffee, Milch, Brot, Butter und Honig aufzutreiben.

Sie trat an die Wandnische, die, mit ein paar Brettern und einem alten Vorhang versehen, als Schrank diente, und legte die Hefte und Bücher hinein. Die mit rauhem Drell bezogenen Halter für die Manschetten und den Kragen standen auf dem obersten Brett. Eine einzige Nadel hielt die Spitzenkrause am Ärmel ihres schiefergrauen Kleides fest. Sie zog sie behutsam heraus. Die Spitzenmanschette war teuerer als das ganze Kleid. Robert hatte ihr die Garnitur aus Holland mitgebracht.

Aus dem Schacht des Speisenaufzugs kamen Geräusche. Der Geruch von Zwiebeln und Thymian schlug ihr entgegen. Sie lauschte, ob Schritte die Wendeltreppe heraufkamen, aber alles war still. Betty hatte bisher ihr Wort immer noch gehalten, aber sie war nicht mehr die jüngste und auch nicht die gesündeste. Kälte und Nebel waren Gift für sie. Am Tag vorher war sie bei einem Asthma-Anfall fast ohnmächtig geworden.

Aus der Tiefe des Treppenhauses drangen Geräusche herauf, langsame Schritte, immer wieder pausierend. Ruth eilte der Kammerfrau entgegen, nahm ihr den Korb ab.

»Vorsicht«, sagte die Frau schweratmend, »ich bin etwas spät dran, dafür hat es sich gelohnt.« Sie wischte sich mit einem Zipfel ihrer weißen Schürze den Schweiß vom Gesicht. »Das war eigentlich für den Messerschmied. Aber er ist nicht gekommen. Das ganze Lieferantenzimmer ist leergefegt. Keiner findet mehr den Weg nach Kassel. Lieber verzichten sie darauf, ihre unbezahlten Rechnungen einzutreiben, als sich von einer Preßpatrouille schnappen zu lassen. Die Werber tun sich immer schwerer, Leute für den englischen Dienst zusammenzutrommeln.«

Ruth Connors hatte nur Augen für den Inhalt des Korbs. Eine Kanne Kaffee, Milch, Vanillehörnchen, Venezianer, Brioche, Korianderbrot, Butter, Käse, Schinken. »Danke, Betty, vielen Dank!«

Die Kammerfrau machte eine abwehrende Geste; fast unwirsch sagte sie: »Den Schinken, den Käse und das Schwarzbrot heben Sie besser auf. Ich weiß nicht, wann ich wieder solches Glück habe.«

»Ich fürchte, es wird nichts übrigbleiben. Ich hatte vergessen, was ein Mann alles essen kann.«

Die Kammerfrau strich ihre Schürze glatt. »Es ist jetzt schon fast eine Woche, nicht wahr? Übertreiben Sie's nicht! Es ist gefährlich, und gewöhnlich zahlt es sich nicht aus, für einen Mann soviel zu riskieren. Ich helfe Ihnen gern, ich weiß, wie das ist, wenn man jung ist, aber ich möchte nicht, daß man Sie erwischt. Sie haben es ja bei der Burchard gesehen, was passiert. Die sitzt jetzt im Irrenhaus. Was die Sorge um seine Untertanen betrifft, haben wir einen sittenstrengen Herrn. Geht jetzt!«

Der Korb war schwer und die Stiege zum Mansardengeschoß war so eng, daß sie ihn vor sich hertragen mußte. Niemand begegnete ihr. Vor den Türen lag frische Bettwäsche. Dann war also heute Freitag. Die Woche war ihr wie ein einziger Tag vergangen.

Freitag. Irgend etwas hatte sie sich für heute vorgenommen. Sie konnte sich nicht sogleich besinnen; sie wußte nur, daß es wichtig war. Endlich fiel ihr die Verabredung mit der Botenfrau ein. Robert würde als erstes danach fragen.

Die Kammerfrau hatte nicht übertrieben. Der Lieferantenraum war wie leergefegt. Nur ein paar Bäuerinnen waren da. In dunklen Gewändern saßen sie hinter ihren Körben und warteten mit halbgeschlossenen Augen bis der Küchenmeister, der eben mit der Eierfrau verhandelte, für sie Zeit haben würde.

Ruth Connors erkannte die Botenfrau sofort nach der Beschreibung, die Robert ihr gegeben hatte; ein mageres Weiblein, dem auch die dreifachen Röcke und Mieder nicht das Ansehen von Gewicht und Fülle verleihen konnten. Vor ihr stand eine große Tasse mit Milchkaffee, in den Zwieback eingebrockt war. Den Korb mit Lavendel hatte sie auf dem Hocker neben sich abgestellt.

Ruth Connors griff in den Korb und wühlte in den Säckchen. »Hat Sie heute nur grüne und gelbe?«

Die Koppin hob den Kopf. »Welche Farbe soll's denn sein?«

»Ich hatte blaue bestellt.« Das waren die Worte, die Robert ihr eingeschärft hatte.

In die Augen der alten Frau kam Leben: »Hat die Koppin schon eine Bestellung vergessen?« Ihre Hand verschwand in den Falten des dunkelblauen Rocks. »Hier sind Eure Säckchen. Lege ich sie in den Korb zu den anderen, wollen alle nur die blauen, so ist das. Paßt auf: Bevor Ihr sie in den Schrank hängt, haltet sie ein paar Minuten über kochendes Wasser. Macht Ihr das alle Monat, bleibt der Lavendel lebendig und duftet immer wie neu. Ich verderbe mir mit solchem Rat das Geschäft, aber Ihr gefallt mir. Schade, daß Ihr's eilig habt. Alle hier im Schloß haben's eilig. Wenn Ihr wieder etwas braucht, Ihr wißt ja, wo Ihr die Koppin findet.«

Sie hatten den Frühstückstisch im Bett aufgeschlagen, eine ausgediente Pagenbank, die genau die Breite des

Lagers hatte. Sie selber saßen vergraben in einen Berg von Bettzeug, aber Ruth Connors schob immer wieder etwas davon zur Seite, so warm war es ihr bei seiner Begrüßung geworden.

Robert führte die Tasse mit dem dampfenden Kaffee an die Lippen. »In der Küche scheint man sich allmählich auf meinen Geschmack einzustellen. So gut und stark war der Kaffee noch nie.« Er reichte Ruth die Tasse, nachdem er getrunken hatte. Manchmal befand sich in den Körben der Kammerfrau Betty mehr Geschirr als Eßbares; heute war es umgekehrt – aber es machte ihnen Spaß, aus einer Tasse zu trinken und von einem Teller zu essen.

»Ich könnte mich an dieses Leben gewöhnen«, sagte Robert. »Wie lange bin ich eigentlich schon da?«

»Das klingt fast wie eine Liebeserklärung.«

»Wer weiß, vielleicht ist es eine. Eine ganze Woche – das muß es doch jetzt schon sein – das Bett einer Frau nicht zu verlassen, wenn mir das jemand prophezeit hätte . . .«

»Vergiß die Kälte nicht«, unterbrach sie ihn, »und die Bücher meines Vaters. Wenn du seine Reisebeschreibungen verschlungen hast, bin ich fast eifersüchtig geworden.«

»Und jetzt wollte ich dir etwas Nettes sagen.« Er küßte sie leicht auf die nackte Schulter und zog ihr den Schal wieder zurecht. »Es muß für deinen Vater ein schwerer Entschluß gewesen sein, die Manuskripte aus der Hand zu geben. Ein Paket ist noch unterwegs, hast du gesagt?«

»Alles, was er über den Westen und den Süden Amerikas auftreiben konnte. Eigentlich müßte es heute mit der Rollfuhre aus Hamburg kommen. Ich war selber überrascht, daß er die Bücher geschickt hat. Du bist der erste, der seine handgeschriebenen Reisebeschreibungen liest. Meine Mutter hoffte immer, es werde eines Tages einem Buchdrucker gelingen, ihn zu überreden, sie drucken zu lassen.«

»Das wird sich alles ändern. Ich werde sie drucken lassen. Bei Richmond und Barker in Philadelphia. Ja, meine Liebe, dank deinem Vater kenne ich mich da drüben wirklich gründlich aus. Zwischen New York und Philadelphia brauche ich niemanden nach dem Weg zu fragen!«

»Wenn ich denke, daß er selber Leadshill niemals verlassen hat! Und sogar aus dem Haus ist er nur gegangen, um auf der Poststation zu fragen, ob ein Bücherpaket für ihn gekommen sei. Das ganze kleine Haus hat er mit Büchern vollgestopft. Ich glaube, seine geographische Bibliothek ist die größte private Sammlung in ganz Schottland, jeden Penny hat er da hineingesteckt. Seine Reisebeschreibungen hat er abends am Küchentisch geschrieben. Meine Mutter mußte dabeisitzen und strikken. Er brauchte das leise Klappern der Nadeln, um sich konzentrieren zu können.« Ruth Connors lehnte sich in die Kissen zurück. »Ich glaube, alles, was ich bin, verdanke ich seiner Phantasie. Andere Mädchen spielen mit Puppen, ich spielte Robinson. Abends, wenn die Kinder fort waren, gehörte das Schulzimmer mir. Das Pult meines Vaters war meine Hütte. Manchmal schlief ich sogar darin. Als Junge wäre ich bestimmt zur See gegangen.«

»Du hättest einen Kapitän heiraten sollen.«

»Ach was, nur ein Pirat hätte mich gereizt, aber Piraten kommen nicht in das Bergwerkstädtchen Leadshill zur Brautschau. Es war schon ein Wunder, daß Lady Menton sich zu uns verirrte, und auch das nur, weil sie für Lord Menton ein Geschenk suchte und von der

Landkartensammlung eines gewissen Mister Connors in Leadshill gehört hatte. Ich glaube, in London wußten mehr Leute von der Sammlung meines Vaters als in Leadshill. Die Lady hätte jeden Preis gezahlt, aber mein Vater gab nicht eine Karte her. Das imponierte ihr mächtig. Damit sie aber den weiten Weg doch nicht ganz umsonst gemacht hatte, nahm sie mich mit. Das war ihre fixe Idee: keine Stunde des Lebens zu vergeuden. Sie hatte immer Bücher in ihrer Kutsche und hatte sich eigens eine Lampe wie in einer Schiffskajüte anbringen lassen, damit sie jederzeit lesen konnte. Manchmal nahm sie sogar ein Buch mit in ihre Theaterloge, dann las am nächsten Tag ganz London das Buch. Sie war eine richtige Blue Lady. Nur, daß sie keineswegs den Wunsch hatte, aufzufallen. In ihrem Salon ging es nicht preziös zu. Wie Architekten ein neues Haus planen, so plante sie mit ihren Freunden eine neue Zeit, eine Zeit, in der die Frauen ihre Gaben genauso ausbilden können wie die Männer, eine Zeit, die es ihnen erlauben würde, Schulen und Universitäten zu besuchen und Berufe zu erlernen, und natürlich auch ihr privates Leben selber zu bestimmen. Sie fing im eigenen Haus damit an. Jedes Küchenmädchen, jede Zofe, die in ihre Dienste trat, bekam Unterricht im Schreiben und Lesen. Oft wohnte die Lady den Unterrichtsstunden bei. Sie hatte nicht den geringsten Standesdünkel. Lieber unterhielt sie sich mit einem Küchenmädchen über einen Rechtschreibfehler als mit einer Dame der Gesellschaft über Mode. Sie war begeistert, weil ich Deutschland kennenlernen wollte. Sie hat mir die Stelle in Kassel verschafft. Ich glaube beinahe, sie war ein bißchen neidisch, als ich losfuhr.«

»Weiß sie, daß du hier in einer Dachkammer haust?«

»Niemand zwingt mich dazu. Ich hätte nach ein paar Wochen gehen können.«

»Aber da kam ich. Der Käfig, in den ihr immer wieder freiwillig geht. Was nützt es euch, klug zu sein, wenn ...«

Sie verschloß ihm den Mund. »Auch dazu hat mich niemand gezwungen.«

Er sah sie an, und er war nahe daran zu sagen: Ich liebe dich. Es erging ihm nicht viel anders als den Kindern; auch für ihn enthielten ihre Worte mehr als nur vordergründigen Sinn. Als er sie kennenlernte, hatte er das auf den fremden Akzent zurückgeführt und auf die Vorsicht, mit der sie die Worte wählte – aber es war geblieben.

Robert nahm die zwei blauen Lavendelsäckchen vom Tablett. »Sie war also da. Dann ist es heute Freitag. Auf den Kalender der Koppin ist Verlaß.« Er befühlte das rauhe Leinen. Eines der Säckchen legte er beiseite, am anderen löste er die Verschnürung. Er zog ein Papier heraus und reichte es Ruth. »Lies vor!«

»Ich denke, es ist ein Geheimnis?«

»Zwischen uns?«

Zögernd faltete sie das Papier auseinander. Ihre Lippen bewegten sich, ohne daß sie sprach. Sie hatte es immer gewußt, daß der Abschied kommen würde. Jeden Tag, jede Stunde war sie darauf vorbereitet gewesen, und nun kam er doch plötzlich und unvermittelt. Halblaut las sie: »Heute nachmittag um fünf, in Altenbauna, im Haus des Landreiters. Freder Soerman.«

Sie ließ die Hand mit dem Papier sinken. Robert nahm das Papier und hielt es an die Flamme des Wachslichtes.

»Was ist dieser Freder Soerman für ein Mensch?« fragte sie, nur um etwas zu sagen. »Ich kann es immer noch nicht glauben, daß du alles aufgeben willst, deine Reiherinsel, deine Familie. Wie wird deine Mutter es aufnehmen?«

Er wollte, daß sie weitersprach. Er empfand die Neugier und das leise Unbehagen, mit dem man nach einer überstandenen Krankheit vor den Spiegel tritt. »Wenn es nur eine Stimmung gewesen wäre«, sagte er schließlich, »hier in diesen Tagen, bei dir, wäre sie verflogen! Aber es ist endgültig. Es ist mir schon jetzt, als wäre ich auf dem Schiff.«

Sie zog den Schal enger um ihre Schultern. »Offen gestanden – es wundert mich. Für mich warst du immer einer jener Menschen, deren Leben in einer ganz geraden Linie verläuft, nicht zickzack, nicht gewaltsam gebrochen und wieder neu aufgenommen. – Ein Leben – wie ein Schiff, das nicht vom Kurs abkommt.«

»Es geschah, ohne daß ich es wollte, eigentlich ohne mein Zutun. Ich laufe den Schwierigkeiten nicht nach, wie mein Bruder Claus. Der braucht Blitz und Donner, dann ist ihm erst richtig wohl. Mir genügt ein zuverlässiger Westwind, der mich nach Amerika bringen wird.«

»Und ich? Was für eine Rolle spiele ich dabei? Hab keine Angst, daß ich dir Vorwürfe mache! Es ist nur, weil ich die Menschen gern verstehen möchte und von allen Menschen dich am meisten. Geht es nur um die Insel, ist es die Sache mit deinem richtigen Vater, oder spielt noch etwas anderes mit? Eine unglückliche Liebe?«

»Du meinst doch nicht im Ernst, daß ich hierhergekommen bin, um mich trösten zu lassen! Du hättest es gespürt und mich weggeschickt.

Sie strich sich das Haar aus dem Gesicht. »Du machst dir Illusionen über mich. Die mach' ich mir nicht einmal selber! Wenn es um dich geht, vergeß' ich sogar meinen Stolz. Nur – mich selbst zu belügen, das würde mein Stolz nicht ertragen. Als ich sehr jung war, gab es für mich nur eins: alles oder nichts, und ich war unglücklich dabei. Jetzt nehm' ich, was das Leben mir gibt, und wenn's nur ein Teil vom Ganzen ist, nehme ich dieses Teil.«

Er forschte in ihrem Gesicht. Gern hätte er gewußt, ob

es Resignation war oder Weisheit, aber beides paßte im Grunde nicht zu ihr. »Die Männer, die ich hätte heiraten können, waren für mich nicht zu haben«, sprach sie weiter, »und die Männer, die mich heiraten wollten, für die war ich nicht zu haben. Ich war auf dem besten Weg, verschroben zu werden, wenn deine Neugier nicht dazwischengekommen wäre. Was bliebe mir jetzt, wenn ich dich damals aus Stolz weggeschickt hätte!«

Einen Moment herrschte Schweigen. Sie waren sich sehr nahe, so nahe, daß sie sich sogar scheuten, einander anzusehen.

»Oder hängt dein Entschluß mit dem Krieg der Rebellen in Amerika zusammen?« fragte sie unvermittelt.

»Wie kommst du darauf?«

»Die ganze vorige Woche war ich im Büro des Geheimsekretärs. Es ging um die Verträge zwischen König George III. und dem Landgrafen von Hessen-Kassel über Truppenlieferungen für den amerikanischen Krieg.«

»Die armen Teufel! Zum Glück kann ich meine Überfahrt selber bezahlen.«

»Du hast schon ein Schiff?«

»In den nächsten drei Wochen gehen zwei von Rotterdam ab.« Sein Blick ging zu den gepackten Reisekörben unter dem Fenster. Wie lange wußte sie schon, daß er entschlossen war, sie zu verlassen? Oder hatte sie gehofft, er werde sie mitnehmen?

Wenn sie wirklich darauf wartete, daß er das erlösende Wort aussprechen würde – sie ließ es sich nicht anmerken. Warum tat er ihr nicht den Gefallen, warum fragte er sie nicht, ob sie mit ihm kommen wolle? Ein Wort kostete nichts, er würde sie nie wieder sehen, wenn er sie nicht abholte. »Willst du mitkommen?« fragte er.

Sie sah zu ihm auf, ihre Augen mit den bernsteinfarbenen Sternen waren sehr ernst. »Du solltest nicht sagen, was du nicht wirklich meinst.«

»Aber vielleicht meine ich es.«

»Im Augenblick vielleicht. Ich könnte zu leicht ja sagen. Ich bin achtundzwanzig Jahre, ich habe keine Wunder mehr zu erwarten. Aber so ist das mit uns Frauen, wir können nicht aufhören, auf Wunder zu warten.« Der Anflug eines Lächelns erhellte ihr Gesicht. »Immer wenn ich mir etwas sehr wünschte, bekam ich es nicht. Überließ ich es dem Zufall, dann war es gut.«

»Ist das deine Antwort?«

Sie nickte und zog ihn an sich. »Ich habe nur noch eine Bitte«, sagte sie. »Daß du mir nie schreibst. Tue es nie, unter keinen Umständen.«

18

Hätte der Siebenjährige Krieg etwas länger gedauert – dem Landreiter von Altenbauna, Willibald Manz, wäre der Aufstieg in den Offiziersrang sicher gewesen. Er stand schon auf der Liste für Sonderfälle; es brauchten nur noch die Patente ausgefertigt zu werden. Da hatten sich die Preußen und Österreicher geeinigt, und Willibald Manz hatte froh sein müssen, daß er nicht ganz leer ausging, sondern von seinem hessischen Landesherrn zum Landreiter bestellt wurde. Zwölf Jahre war das her, aber wenn Willibald Manz daran dachte – und das geschah oft –, versank er in schwarze Grübelei. Wenn es darauf ankam, hatte er eben nie Glück gehabt. Sonst wäre er schon als der Sohn eines anderen Vaters auf die Welt gekommen; sein Schicksal war besiegelt gewesen, als seine Mutter, eine reiche Müllerstochter, unter ihrem Stand geheiratet hatte und die Frau des Imkers Manz in Altenbauna geworden war.

Betel kauend trat der Landreiter vor sein Haus, das am nördlichen Ende des Dorfes lag. Der Schäferhund kam aus seiner Hütte, die lange Kette hinter sich herziehend. Manz griff unter das breite Lederhalsband und befreite das Tier, das, von ihm selbst scharf abgerichtet, jeden mit gefletschten Zähnen stellte, der das Anwesen seines Herrn betreten wollte, auch die Dorfbewohner. Aber es kamen keine mehr zum Haus des Landreiters Manz. Seit die Preßpatrouillen durchs Land zogen, behandelten ihn die Bauern, als sei er schuld, daß man ihnen die Söhne wegschleppte.

Zwei Hütebuben trieben die Schafherde der Gemeinde die Dorfstraße herauf, um sie zu der Koppel außerhalb des Dorfes zu bringen. Nur die Hälfte der Schafe war geschoren. Die Werber hatten den Schäfer mitten aus der Arbeit geholt. Auch die Holzknechte des Sägemüllers Weibrecht. Der Platz, wo das Langholz lagerte, war voll geschälter Stämme. Bald würden sie von unten her zu faulen anfangen, wenn sie nicht gestapelt wurden. Aber wer sollte es tun! Das war die Arbeit von vielen, und dem Weibrecht hatten sie nur den Altknecht gelassen und seinen jüngsten Sohn.

»Was soll ich tun«, sagte Willibald Manz in dem unwirschen Tonfall, in dem er seine pausenlosen Selbstgespräche führte. »Ich kann ihnen nicht helfen. Ich bin damals auch nicht freiwillig Soldat geworden. Jetzt wäre es das beste, was mir geschehen könnte. Ich habe es satt, mich von den Bauern wie ein Aussätziger behandeln zu lassen. Sie würden mich in Kassel bestimmt nehmen.« Er faßte den Entschluß, mit den Werbern zu reden. »Ein Fouragierposten. Da hat man's warm. Zum Offizier bring', ich es doch nicht mehr. Dazu ist es jetzt zu spät.« Er zog fröstelnd die Schultern hoch. Wenn nicht bald Schnee kam, würden die Saaten erfrieren. Aber den Bauern schien es gleichgültig zu sein; wenn es so weiterging, war sowieso niemand mehr im Dorf, um die Ernte einzubringen. Willibald Manz hielt seine Hände vor sich hin und ließ sie wieder sinken. »Meine Hände waren nie ruhig«, sagte er mürrisch. »Aber eine Kompanie braucht nicht nur Scharfschützen.«

Die Straße von Kassel nach Fritzlar, die durch Altenbauna führte, lag wieder verlassen da. Die neuen Ziegeldächer der Häuser leuchteten in hellem Rot; aber Willibald Manz sah das Dorf mit den Augen der Erinnerung: die Häuser niedergebrannt die Felder verwüstet, die Zäune zerbrochen, die Bäume kahl – so wie es vor zwölf Jahren hier ausgesehen hatte, nachdem die Franzosen Kassel aufgegeben und auf dem Rückzug marodierend durch Altenbauna gezogen waren. Oder war es die Zukunft, die sich ihm zeigte? Immer begannen die Kriege damit, daß sie die Männer zusammentrommelten; und immer hieß es, daß sie irgendwo, weit weg, kämpfen sollten. »Die sieben fetten Jahre sind vorbei«, murmelte er mit der Genugtuung des geborenen Pessimisten. »Sie wollen es nicht wahrhaben, aber so ist es, vorbei sind sie.«

Der Hund sprang bellend am Zaun empor. Ein Gefährt näherte sich dem Dorf. Der Landreiter knöpfte den Rock zu, zog die Manschetten aus den Ärmeln. »Die Herren Werber.« Er sagte es laut, als probe er die Begrüßung. »Fleißig, fleißig.« Er spuckte den Betel aus. »Und die Kutsche wird immer vornehmer. Das ist ein Leben!«

Er würde gleich mit ihnen reden. Fünfzig war kein Alter; sie nahmen auch Ältere, fälschten einfach das Geburtsdatum. Er kannte ihre Tricks.

Das große elegante Gefährt wurde von vier Grauschimmeln gezogen. Der Mann auf dem Bock trug einen Uniformrock, aber keinen hessischen. Aus den Staubschwaden hinter der Kutsche tauchten Reiter auf, Uniformen in allen Farben. Der Hund hörte zu bellen auf, sprang mit wedelndem Schwanz in die Höhe, und der Landreiter beeilte sich, das große Gatter zum Hof zu öffnen.

Die Kutsche nahm in voller Fahrt die Kurve. Die Schläge flogen auf. Männer sprangen heraus, jeder lief in eine andere Richtung. Lautlos verschwanden sie, im Haus, im Stall, in der Holzlege, im Heuschober. Nur zwei blieben zurück. Sie standen da, als hätten sie mit den anderen nichts zu tun, und wären nur durch Zufall mit der gleichen Kutsche angekommen: der Jüngere, ein Mann von fast zwei Metern, mit weißer Perücke und schwarzem Zopf, am blauen Rock einen Ordensstern, an der Seite den Kavaliersdegen. Der Ältere, der etwas kleiner war und sein hellbraunes Haar ungepudert trug, war in eine braune Pelerine gehüllt.

Der Große winkte Manz zu sich, aber der Landreiter reagierte nicht. Die Reiter, die der Kutsche gefolgt waren, drängten in den Hof. Es waren mehr als der Landreiter geschätzt hatte; man sah ihnen an, daß ein lärmender Überfall eher nach ihrem Geschmack gewesen wäre, aber sie verhielten sich so diszipliniert wie die anderen, die mit der Kutsche gekommen waren.

Der Große gab ihnen ein Zeichen. »Stellt die Pferde in seinen Stall! Sie können ein paar Stunden Ruhe brauchen. Dann verteilt euch im Dorf, aber daß es keinem in den Fingern juckt. Nicht ein Stück Brot rührt ihr an – und Hände weg von den Frauen! Wir sind keine marodierenden Soldaten.« Er wandte sich an seinen Begleiter. »Ihr bleibt bei mir, Soerman«, und dann an den Landreiter: »Du hast uns schon mit mehr Begeisterung empfangen.«

Willibald Manz musterte den Mann in der braunen Pelerine. »Wer ist das? Euer neuer Adjutant?«

»Du hältst dich nicht an unsere Abmachung«, sagte der Große, den die Gendarmen den »Langen Hoym« getauft hatten, weil es ihnen nie gelungen war, seinen wahren Namen zu erfahren. »Also laß deine Fragen!«

»Haltet Ihr Euch vielleicht an die Abmachung? Jetzt kommt Ihr schon am hellichten Tag. Und nicht allein und unauffällig, sondern so, als gehöre das Land Euch. In den Wäldern mag das angehen. Hier ist es Wahnsinn. Wollt Ihr unbedingt Kopf und Kragen verlieren?«

»Doppeltes Risiko, doppelte Bezahlung. Du hast immer noch dein Teil abgekriegt!«

»Jeden Moment kann ein Trupp Werber kommen.«

»Mach dir darum keine Sorgen. Die sind neuerdings meine ganz besonderen Freunde. Ich stehe sozusagen in diplomatischen Verhandlungen mit ihnen. Am liebsten würden sie meinen ganzen Haufen anwerben, dreißig Mann, gut genährt, gut gekleidet, jeder ein Scharfschütze. Das beste Gebot habe ich von Leßberg, hör gut zu: ein Rittmeisterpatent und einen neuen unbescholtenen Namen.« Der Lange Hoym deutete auf die breiten Stulpen seiner Ärmelaufschläge. »Da steckt das Briefchen. Wenn ich bei dir einkehre, so ist das reine Anhänglichkeit.« Er wandte sich an Soerman. »Gebt ihm den Mantel.«

Soerman nahm die Pelerine ab. Das Futter aus Wolfsfell wurde sichtbar.

»So was hast du dir doch schon immer gewünscht«, sagte der Lange Hoym.

Der Landreiter blickte auf den Mantel. Im Hof war alles ruhig. Die Pferde, die Kutsche und die Männer waren wie vom Erdboden verschluckt. Nur die Spuren im Sand bewiesen ihm, daß er nicht geträumt hatte.

»Kommt ins Haus«, sagte er. »Ihr überzeugt mich weder mit Eurem Geschenk, noch mit Euren Worten. Ihr spielt mit dem Feuer.« Auch in der Stube blieb Manz in düsterer Stimmung. Die Männer hatten auf der Eckbank Platz genommen. Der Mantel hing unberührt über einer Stuhllehne.

»Es gefällt mir trotz allem nicht, daß Ihr am hellen Tag kommt«, nahm Manz das Gespräch wieder auf. »Und das Briefchen von Leßberg – daran glaubt Ihr selber nicht. Ihr wißt, daß es ein Falle ist. Sie würden Euch hängen. Ein Soldat kann von einem Tag zum anderen ein Räuber werden. Aber ein Räuber kann nie mehr Soldat werden.«

Der Lange Hoym schmunzelte. »Der Beichtvater des Landgrafen ist großzügig, sonst müßte unser Landesherr morgen ein Drittel seiner Truppen ins Gefängnis stecken. Den Werbern bleibt gar keine Wahl.«

»Warum seid Ihr aus dem Eichswald weg?«

»Kein Fuchsbau ist mehr sicher.«

»Ein Fuchsbau hat mehrere Ausgänge, aber das hier ist eine Falle. Mit den Bauern könnt Ihr nicht mehr rechnen, das ist vorbei. Die halten nicht einmal mehr untereinander zusammen. Zwei Söhne haben sie dem Sägemüller Weibrecht weggeholt, vier Arbeiter dazu. Nur den Altknecht haben sie ihm gelassen und seinen jüngsten Sohn. Aber der Weibrecht hat immer noch Angst. Er würde alle verraten, nur damit sie nicht mehr zu ihm kommen. Was habt Ihr vor? Wie lange wollt Ihr hierbleiben?«

»Setz Wasser auf. Dein Kaffee schmeckt mir besser als deine Predigten. Nimm reichlich. Draußen in der Kutsche ist ein Säckchen für dich. In Zukunft allerdings mußt du dir einen anderen Lieferanten suchen. Das heute ist meine Abschiedsvorstellung. Wir verlassen das

Land. Hier ist für einen ehrlichen Räuber nichts mehr zu holen.« Er streckte die Beine von sich und zog sich mit dem Fuß den Stuhl heran, auf dem der Mantel lag. Gedankenverloren fuhr er mit der Hand über das Wolfsfell. »Den trägst du nicht mehr aus«, sagte er, »der wird älter als wir beide.«

Robert hätte sich nicht gewundert, wenn er vor einem der Gehöfte den Pestkarren hätte stehen sehen, so drükkend war die Stille und Verlassenheit, die über Altenbauna lag. Die Gehöfte duckten sich unter den brandroten Ziegeldächern. Auf der Bank neben einem Backofen lagen Brotlaibe zum Auskühlen; an einer Leine hing gestärkte Wäsche, die der kalte Wind steif gefroren hatte. Aber die Zeichen von Leben, der Rauch über den Kaminen, die Geräusche der Sägemühle verstärkten nur den Eindruck der Ausgestorbenheit.

Tiefe Wagenspuren auf der sandigen Straße fesselten Roberts Aufmerksamkeit; an manchen Stellen waren sie von Pferdehufen verwischt, aber beide Spuren führten in den Hof des Landreiters. Mit straffem Zügel ritt er hinein. Er hatte das Gefühl, daß ihm von allen Seiten Augen folgten, aber er sah niemanden.

Zögernd saß er ab. Immer noch rührte sich nichts. Irgendwo knirschte ein Scharnier. Als er sich umwandte, sah er im Schatten der Haustür die Gestalt Soermans auftauchen. Sie reichten sich stumm die Hände.

Seine Augen sind hellgrau, stellte Robert fest, und es fiel ihm ein, daß er Soerman zum erstenmal im vollen Tageslicht sah. Robert betrachtete dieses Gesicht, das sein Gedächtnis bisher nicht hatte festhalten können. Daß dieses Gesicht in seiner Erinnerung nur ein heller Fleck war mit zwei furchtlosen Augen, hatte ihn während des Ritts nach Altenbauna beschäftigt. Selbst jetzt, da Soerman vor ihm stand, schien es sich zu entziehen, gewährte keinen Einlaß. Der Blick glitt daran ab. Es war das Gesicht eines Mannes, der keine Zeit gehabt hatte, jung zu sein, ein unfertiges, widersprüchliches Gesicht, in dem noch die Kindheitsträume schlummerten, die nie zu Ende geträumten.

Das Geräusch der Sägemühle, das eine Weile verstummt war, setzte wieder ein.

»Ich glaube, der letzte Mensch, der mich so lange und so genau angesehen hat, war mein Vater«, sagte Soerman.

»Ich freue mich, Euch zu sehen«, erwiderte Robert. Er blickte sich um. »Seid Ihr jetzt der Gehilfe des Landreiters?«

»Stellen wir erst das Pferd ein!« Soerman nahm Roberts Hengst am Zügel und führte ihn zum Stall.

Robert verbarg sein Erstaunen nicht, als er die vielen Pferde in den Boxen sah. »Das sind leicht zwei Dutzend: Und nicht ausgediente Klepper, wie die Landreiter sie haben, sondern Rassepferde. Ihr seid nicht allein? Das sieht verdammt nach der Eichswaldbande aus. Wo stekken sie?«

»Den Vers habe ich Euch doch schon einmal hergesagt. Wo keiner sie sieht und sie jeden sehen.«

»Ist es Euch im Eichswald zu kalt geworden?«

»Sagt lieber: zu heiß.«

»Und hier, an der Hauptstraße nach Kassel, wo jeden Tag eine Preßpatrouille durchkommt, nehmt Ihr Euer Winterquartier? Gehört Ihr jetzt ganz dazu?«

Soerman hatte das Tier angebunden und warf ihm Hafer in den Korb. »Ich hätte es weit bringen können beim Langen Hoym; ich hätte es überall weit bringen können. Ich hätte nur irgendwann einmal anfangen müssen, etwas ernst zu nehmen.«

»Offensichtlich habt Ihr meine Nachricht ernst genommen«, sagte Robert.

»Sie hat mich überrascht. Ich hatte nicht damit gerechnet, je wieder von Euch zu hören. Also, was gibt's? Die Botschaften aus den Lavendelsäckchen der Koppin haben immer einen wichtigen Grund.«

Robert fiel es schwer, das erste Wort zu finden. »Waren wir nicht schon beim Du?« fragte er. »Lassen wir es dabei.«

»Mit deinem Vater war ich es von der ersten Sekunde an.«

»Du gibst mir das Stichwort«, sagte Robert. »Ich habe einen Entschluß gefaßt. Es ist nicht ganz einfach zu erklären. Du erinnerst dich an unser Gespräch, als ich dich zum Eichswald brachte. Damit hängt es zusammen, mit dir und mit meinem Vater. Kurz: ich gehe weg von hier, nach drüben. Und ich wollte dich fragen, ob dich hier noch viel hält?«

»Ist es dein Vater, oder ist es der Krieg?«

»In erster Linie bin ich es selbst«, sagte Robert. »Du kennst dich drüben aus, du könntest mir helfen, meinen Vater zu finden. Deshalb frage ich: Kommst du mit? Ich war eigentlich sicher, du würdest am liebsten das nächste Schiff nehmen.«

Die beiden Männer traten ins Freie. »Nun, was ist?«

Soerman legte den Riegel vor die Stalltür, zupfte sich etwas Spreu vom Ärmel. »Ich bin dabei«, sagte er schließlich, »wenn es nicht in dieser Stunde sein muß. Ich habe hier noch eine Kleinigkeit zu erledigen. Es ist auch besser, eine so lange Reise mit gefüllter Kasse anzutreten.«

»Willst du deine Reisekasse hier in Altenbauna auffüllen?«

»Nicht gerade hier. Wir warten nur die Dunkelheit ab, dann reiten wir nach Kassel. Du kennst die Tressenfabrik Latour in der Oberneustadt. Sie suchen dort dringend Hilfskräfte, weil sie mit ihrer Arbeit nicht mehr nachkommen. Das erbarmt uns. Ein Heeresauftrag, Silbertressen für zehntausend Uniformen. Weißt du, wieviel Silber man dafür braucht? Ich habe es nicht geglaubt, aber es liegt dort, in hübschen handlichen Barren, und wir fanden, es gäbe bessere Verwendung dafür, als . . .«

Roberts Lachen unterbrach ihn. »Zuerst habe ich mich über den Plan auch lustig gemacht«, sagte Soerman, »aber die Informationen stimmen. Es ist soviel Silber, daß jeder sein Teil bekommt . . .«

»Ich weiß, ich weiß«, Robert konnte sich nur langsam beruhigen. »Eure Informationen stimmen. Nur eines scheint ihr nicht zu wissen, nämlich wem ihr das schöne Silber wegnehmt.«

»Was meinst du? Gewissensbisse wegen dieser Witwe? Eher . . .«

»Nein. Ihr bestehlt meinen Stiefvater, den Baron von Haynau. Vor ein paar Wochen hat er der Witwe Latour den ganzen Krempel abgekauft, für billiges Geld; zufällig vierundzwanzig Stunden bevor der Landgraf, sprich Minister Schlieffen, den Auftrag für die zehntausend Uniformen an die Fabrik vergab. Kapiert?«

Soerman wünschte in Roberts Fröhlichkeit einstimmen zu können, aber es gelang ihm nicht. »Dein Stiefvater hat mehr als einen Schutzengel. Zum Teufel, ich wußte doch, daß etwas dazwischenkommt! Und ich sah das Geld schon vor mir. Komm! Am besten, du sagst das dem Langen Hoym selber. Das ist . . .« Soerman verstummte. Robert hatte die Hand auf seinen Arm gelegt. In das monotone Geräusch der Sägemühle hatte sich etwas anderes gemischt – Hufschlag, Räderrollen, und dann der unverkennbare Wirbel der Werbetrommel.

Die gezackte Scheibe der Säge fraß sich in das Holz. Späne flogen in weitem Bogen durch die Luft. Vater und Sohn Weibrecht waren dabei, einen neuen Eichenstamm heranzuholen. Vom Lagerplatz her kam der Altknecht gerannt. »Die Werber!« Er wollte das Mühlrad abstellen, aber Jost Weibrecht schrie: »Hiergeblieben. Wir machen weiter!«

Unter der Tür des Wohnhauses erschien die Frau des Sägemüllers, eine weiße Schürze vor das apfelgrüne Kleid gesteckt. Mit den Händen voller Teig machte sie ihrem jüngsten Sohn aufgeregte Zeichen.

Jost Weibrecht reckte sich in die Höhe. »Nein, er versteckt sich nicht!« Die Frau lief zu den Männern. »Warum die Werber herausfordern! Komm, Vitus, komm ins Haus.«

»Er bleibt da. Ich habe es schriftlich vom Amtmann. Sie können ihn nicht auch noch holen.«

»So einen Wisch haben schon viele gehabt und sind doch geholt worden. Dem Breuer von Kirchditmold haben sie seinen Wisch vor den Augen zerrissen. So sah sein Recht aus. Ich geb' den Vitus nicht her, lieber schick ich ihn ins Ausland. Ich hätte schon bei den zwei anderen nicht nachgeben sollen.«

Der Altknecht mischte sich ein. »Eure Frau hat recht. Wozu sie reizen? Ihr wißt doch, wie sie sind. Wenn sie einen schlechten Tag haben, kümmern sie sich um kein Recht.«

»Der Vitus bleibt da, und du, Frau, geh ins Haus.«

Die Frau stand unschlüssig. »Gestern noch hast du ein zweites Schloß an der Kellertür angebracht.« Aber ihr Widerstand war erlahmt. Langsam, mit gesenktem Kopf, ging sie davon. Der Sohn wartete, bis seine Mutter im Haus verschwunden war, dann sagte er: »Danke, Vater!«

Der Alte nickte. Der Stamm war durchgesägt, die Säge lief leer, aber die beiden Männer achteten nicht darauf. Die Preßpatrouille hatte die Mitte des Dorfes erreicht. Vater und Sohn blickten zu dem von zwei Kleppern gezogenen Karren, auf dem die Angeworbenen saßen. Den zwei Frauen, die dabei waren, hatte man eine Decke gegeben; die Männer saßen in der Kälte wie sie waren, manche im Hemd und mit abgeschnittenen Hosenträgern. Das war eine beliebte und einfache Methode der Werber, ihre Opfer während der Überführung in die Kasernen an der Flucht zu hindern.

Hinter dem Kutscher, auf dem vergrößerten Bock, stand der Trommler und neben ihm ein Soldat, das Gewehr im Anschlag. Am Ende des Wagens war ein zweiter Bewaffneter postiert.

»Den Pferden geben sie Decken, den Männern nicht«, murmelte Jost Weibrecht. »Übel kann einem werden. Nein, Tag für Tag kann ich das einfach nicht mehr mit ansehen. Deine Mutter hat recht. Diese Nacht noch schicke ich dich über die Grenze. Der Vetter in Münden wird froh sein, wenn er einen so geschickten Zimmermann bekommt, und wir werden wieder ruhig schlafen.«

Der Sohn blickte auf den Wagen. Nicht wenige der jungen Männer, die dort saßen, kannte er, von den Markttagen, vom Tanz. »Es sind über zwanzig, und nur vier Bewacher. Mich brächte keiner auf den Karren, nicht lebendig.«

Der Vater hatte etwas anderes entdeckt: »Der einzige Sohn vom Röderhof ist dabei.«

Der Troß schwenkte von der Straße ab und rollte auf die Sägemühle zu. Die beiden Reiter, die ihn führten, sprengten voran. Mann und Pferd herausgeputzt wie für eine Parade. Weiße Federbuschen auf den Hüten, funkelnde Schließen an den königsblauen Mänteln, silberbeschlagenes Zaumzeug.

»Der Leßberg!« Jost Weibrecht stieg Röte ins Gesicht. »Diese Ratte! Deshalb sind es heute so viele!« Er wandte sich an den Altknecht. »Er hat den Mann deiner Schwester geholt. Laß dir nichts anmerken. Nimm ihnen die Pferde ab und führ sie zur Tränke.«

Leßberg kam herangeritten und schwang sich aus dem Sattel. Auch Scholl saß ab. Sie hatten eine lange Tour hinter sich, wie immer, wenn Leßberg dabei war. Er ließ keinen Weiler aus, keinen noch so abgelegenen Einödhof. Er besaß die feine Witterung und die unstillbare Beutegier eines scharf abgerichteten Jagdhunds. Scholl dagegen betrieb sein Handwerk lieber vom Wirtshaustisch aus. In Zeiten wie jetzt genügte oft ein Glas Wein und ein Versprechen, besser gesagt eine Drohung, daß ein Mann Bruder und Freund verriet, nur um die eigene Haut zu retten.

Mit breitem Grinsen ging Leßberg auf den Sägemüller zu: »Seine Söhne machen sich gut. Die Uniformen stehen ihnen. Sie sind die besten Scharfschützen der Kompanie. Haben sie das beim Wildern gelernt? Sie werden Fortune haben. Übers Jahr kommen sie als Offiziere nach Hause. Er wird es noch bereuen, daß Er seinen Jüngsten nicht mit uns gehen ließ.« Weibrecht war, als drehe sich das kreischende Sägeblatt in ihm herum.

Der Altknecht hatte die zwei Rappen der Werber genommen und wollte sie zur Tränke an den Mühlbach führen. Leßberg sah sich um. »Was soll das? Will Er die Pferde mit dem dreckigen Wasser vergiften? Führ Er sie zum Brunnen! Man sagt, Weibrecht, Sein Brunnen habe das beste Wasser weit und breit. Und das da sind die zwei besten Pferde weit und breit. Oder hat Er etwas dagegen?«

»Allerdings. Das Wasser ist knapp in dem Jahr. Der Brunnen ist für die Menschen, nicht für Rösser.«

»Er sagt Rösser! Was meint Ihr, Scholl, lassen wir das auf uns sitzen?«

»Ach was, Leßberg«, lenkte Scholl ein. »Mach, daß wir weiterkommen! Dieser Tag war lang genug.«

»Sein Wasser ist also nur für Menschen?« Leßberg ließ nicht locker. »Nun, dann soll Er es auch trinken. Einen ganzen Pferdeeimer voll. Was meint Er, reichen fünf Liter? Los, einen Eimer her. Er soll das Wasser saufen, das Er unseren Pferden nicht gönnt.«

Es wurde still im Hof. Die Säge lief weiter, lauter als vorher, wie es schien.

»Den Eimer her!« rief Leßberg dem Altknecht zu. »Mach ihn randvoll.« Er hatte die Reitgerte aus dem Stiefel gezogen und schlug damit durch die Luft.

Mit gesenktem Kopf trat der Altknecht an den Brunnen, füllte den Eimer.

»Los, stell Er den Eimer hierher!« Leßbergs Stimme Klang schneidend. »Weibrecht, jetzt ist Er an der Reihe.«

»Ich spiel' ihm eins auf«, schrie der Trommler vom Wagen herunter, »dann geht's leichter.«

Scholl wollte etwas einwenden, aber Leßberg schob ihn beiseite. »In einem Müller hat ein ganzer Bach Platz, so heißt es doch. Nun, zeig Er, was Er kann! Bleibt ein Tropfen übrig, gehört sein Jüngster mir! Das ist mein Ernst, Weibrecht, damit Er es nur weiß. Entweder Er trinkt den Eimer leer, oder sein Jüngster geht mit uns.« Er deutete auf den Eimer, den der Altknecht vor Weibrecht auf den Boden gestellt hatte.

Jost Weibrecht bückte sich. Den Blick unverwandt auf Leßberg gerichtet, hob er den Eimer in die Höhe, so ruhig, daß nicht die geringste Bewegung an der Oberfläche des Wassers entstand. Den vollen Eimer in Mundhöhe, stand er wie erstarrt. Unvermittelt trat er einen Schritt vor und schüttete das Wasser Leßberg ins Gesicht. »Aus meinem Hof!« Der Sägemüller hielt das gekrümmte Messer in der Hand, das zum Schälen der Bäume diente. »Aus meinem Hof! Das von meinem Sohn hättet Ihr nicht sagen dürfen. In einem Müller hat eine Menge Wasser Platz, meint Ihr, aber einmal ist es zuviel!« Er sah das blasse Gesicht des Offiziers vor sich, das gestutzte Bärtchen, die Wassertropfen, die darauf glitzerten. Weibrecht war es heiß vor Wut und Scham. Zu oft schon hatte man ihn erniedrigt und getreten. Zu oft schon hatte er stillgehalten ...

Der Posten auf dem Wagen sah nur das blitzende Messer in der erhobenen Faust des Sägemüllers. Er riß seine Waffe hoch und feuerte. Die Trommel verstummte. Alle blickten auf Weibrecht. Breitbeinig stand er dort, ein Mann wie ein Baum. Die Hand mit dem Messer senkte sich, und dann fiel er, ohne Laut, ohne Gewicht, aufgefangen von einer Wolke feinen hellen Staubs, der von der Erde aufwallte. Immer noch hielt er das Messer. Er ließ es nicht los, er umschloß es im Sterben nur noch fester.

Dann brach die Hölle los. Männer wuchsen aus dem Boden. Sie kamen hinter Holzstapeln hervor, aus Ställen, aus Heuschobern: die Männer des Langen Hoym. Und sie rissen das ganze Dorf mit sich. Auf den Gesichtern stand nicht Furcht und nicht Haß, nur blinde Entschlossenheit. Sie waren ohne Waffen, und sie brauchten auch keine Waffen. Eine brüllende Sturzflut, überschwemmten sie den Hof, eine dunkle unaufhaltsame Woge von Leibern.

Leßberg sah die Menschenwoge auf sich zurollen. Hände packten ihn, warfen ihn zu Boden, rissen ihn wieder in die Höhe. »Knüpft ihn auf!« schrie eine Stimme.

Bis zu diesem Augenblick war alles zu schnell gegangen, als daß Leßberg hätte begreifen können. Aber als er diesen Schrei hörte, diese sich fortpflanzenden Schreie, gefror ihm das Blut, denn er wußte, sie würden erst verstummen, wenn es vollbracht war.

Die ersten Schatten des Abends fielen schräg über den Hof, wanderten mit zitternden Rändern über die helle, mit Sägemehl bestreute Erde. Jost Weibrecht, der mit dem Gesicht nach unten am Boden lag, war ein Teil dieser wachsenden Schatten, und auch Leßberg, der an dem Hebekran für das Langholz aufgeknüpft war. Das Ende des Seils hing ihm am Rücken herab. Der rechte Arm, der ausgerenkt vom Körper abstand, schien danach zu greifen. Er hing dort, als wolle er im nächsten Moment herunterspringen; alle schienen darauf zu warten – und alle schienen sich davor zu fürchten.

Als Robert und Soerman dazukamen, war alles schon vorüber. Sie hatten geglaubt, das Schlimmste verhindern zu können, aber dazu war es zu spät.

Zu einer dichten Mauer zusammengedrängt standen die Bauern dort, stumm und gelähmt, nicht begreifend, was eben hier geschehen war.

Dem Werbertrupp erging es nicht anders. Keiner hatte gewagt, Leßberg zu retten, und jetzt wagten sie nicht zu fliehen. Scholl stand neben dem Karren, sein Pferd am Zügel. Die Angeworbenen auf dem Karren hätten nur herunterspringen müssen, und sie wären frei gewesen. Die Posten hätten die Waffe nicht gebraucht. Aber sie begriffen sowenig wie die anderen, was eigentlich geschehen war.

Robert trat auf Scholl zu. Der Österreicher starrte Robert an, schien ihn nicht zu erkennen. Er war grau im Gesicht; in seinen Augen stand noch das Entsetzen.

Langsam, mühsam kamen die Worte über seine Lippen. »Ihr? Was tut Ihr hier, Haynau?«

Robert hatte das Gefühl, als spräche Scholl nicht mit ihm, sondern mit sich selber.

Plötzlich kam Leben in Scholl. Er schwang sich auf sein Pferd, ritt neben die Zugpferde des Karrens. Seine Reitgerte traf ihre Flanken, sie zogen scharf an.

Fluchtartig verließen die Werber den Hof des Sägemüllers. Keiner der Bauern wandte den Kopf, keiner hielt sie zurück, keiner befreite die Angeworbenen, und sie selber klammerten sich ängstlich an die Holzkanten des Karrens.

Allmählich, kaum daß man eine Bewegung sah, öffnete sich der Kreis um den Gehenkten. Jetzt, da er tot war, schienen die Bauern ihn mehr zu fürchten als zuvor. Sogar seinem Schatten wichen sie aus, der sich immer länger über die helle Erde streckte.

Der Altknecht und der Sohn hoben den toten Müller auf, trugen ihn zum Haus. Der Platz leerte sich, nur die Männer der Eichswaldbande blieben zurück. In der Einfahrt tauchte der Lange Hoym auf, die Hände in den silberbeschlagenen Gürtel gestemmt, den Rock weit geöffnet. Ohne den Dreispitz wirkte sein Kopf zu klein auf dem breiten Hals und den mächtigen Schultern. Er machte einen Bogen um den Blutfleck im Sand. Dem Gehenkten schenkte er keinen Blick. »Stellt die Säge ab!« befahl er. Einer der Männer lief zum Mühlbach und legte das Gatter ein. Das hohe schneidende Geräusch, das der Stille Spannung und Schärfe verliehen hatte, verstummte. Die Augen aller waren auf den Langen Hoym gerichtet, als genüge seine Anwesenheit, um alles wieder in Ordnung zu bringen.

»Erwartet nicht von mir, daß ich viel sage. Wenn ich etwas verachte, so ist es Unüberlegtheit.« Die Ruhe, mit der er sprach, erschreckte seine Männer mehr als alles andere, denn sie gab seinen Worten das Gewicht eines unumstößlichen Urteilsspruchs. »Wenn, dann hättet ihr sie alle aufknüpfen müssen. So aber wird in spätestens zwei Stunden die Miliz hier sein. Ich rate euch, verlaßt den Ort so schnell wie möglich!« Er hob die Hand als er sah, daß einer reden wollte. »Ich kann nichts für euch tun. Geht! Es bleibt euch nicht mehr viel Zeit.«

»Und unser Plan, unser Geld! Ihr habt uns versprochen ...«

Der Blick des Langen Hoym glitt über die Männer und stieß dann wie ein Raubvogel auf den, der gesprochen hatte. »Noch bin ich der Herr, und so lange gelten auch noch meine Gesetze. Ich bin es, der euch die Befehle gibt, das ist unser erstes Gesetz, und ihr habt es immer anerkannt. Ihr habt ihn töten können, nun seht auch zu, wie ihr euch rettet! Unseren Plan jetzt noch auszuführen, wäre Wahnsinn. Die Bauern wissen nicht, was sie getan haben, aber sie wissen, was sie erwartet. Das wenigstens solltet auch ihr, wenn ihr dem dort oben nicht bald Gesellschaft leisten wollt. Nehmt euch die Pferde, sie gehören euch. Und bleibt nicht zusammen. Besser versucht es jeder auf eigene Faust. Viel Glück!«

Er stand, die linke Hand am Knauf seines Degens und wartete, bis die Männer sich zerstreuten. Stumm winkte er Soerman und Robert heran und kehrte mit ihnen in das Gehöft des Landreiters zurück.

Der Aufbruch der Männer vollzog sich lautlos und diszipliniert wie ihre Ankunft. Einzeln ritten sie davon: Fremde, deren Pferde zufällig im selben Stall untergestellt waren. Einer brachte dem Langen Hoym ein Pferd; er wartete, bis der seinen Dreispitz aufgesetzt und den Rock zugeknöpft hatte, dann reichte er ihm schweigend die Zügel.

Erst als der letzte Mann den Hof verlassen hatte, saß der Lange Hoym auf. Sein Blick ging die Dorfstraße hinunter, auf der seine Leute davonritten. »Und ich habe immer geglaubt, ich hätte aus ihnen mehr gemacht als eine Bande von Räubern«, sagte er voller Bitternis. Dann wandte er sich an Soerman. »Euch kann ich nur dasselbe raten. Und wenn Ihr noch etwas tun wollt, fesselt den Landreiter, zertrümmert ihm die Haustür. Vielleicht hilft ihm das. Den Galgen hat er wirklich nicht verdient.«

Willibald Manz hatte nicht gewartet. Mit eigenen Händen hatte er seine Wohnstube zertrümmert, und dabei war er sehr gründlich zu Werke gegangen. Ein Fenster war eingeschlagen, das andere hing aus den Angeln. Die Schübe der Kommode waren herausgerissen, der Inhalt lag verstreut am Boden; schmutzige Fußabdrücke gingen darüber hin. Eine blutige Schramme quer über die Stirn – er hatte sich die Verletzung mit einem ausgedienten Rasiermesser selber beigebracht –, saß er nun inmitten der Verwüstung und ließ sich von Robert und Soerman fesseln. »Fester, verdammt noch mal«, schimpfte er. »Ja, so!« Der mürrische Ausdruck war von seinem Gesicht gewichen. Er sah seine Lage vollkommen klar, und doch geriet er nicht in Panik. »Und jetzt noch die Füße!«

Soerman warf Robert das Ende eines Stricks zu. Der Landreiter beobachtete, wie er den Strick zum Knoten knüpfte. »Du verstehst was davon«, sagte er zu Soerman, bist du zur See gefahren?« Aber dann wurde seine Aufmerksamkeit von etwas anderem gefangengenommen. Er musterte Robert. Bisher hatte er ihn gar nicht richtig angesehen. Er schüttelte den Kopf. Es war ja nicht möglich! Aber je länger er Robert ansah, desto sicherer wurde er, daß er sich nicht irrte. Er kniff die Augen zusammen, als könnte er damit das Bild vertreiben, das er nicht sehen wollte – »Ihr seid Robert Haynau?« fragte er schließlich. »Was habt Ihr mit dieser Sache zu tun?«

»Nichts«, sagte Soerman. »Ihr vergeßt besser, daß Ihr ihn gesehen habt.«

»Ja, ich werde es vergessen. Ich werde vieles vergessen, wenn sie mich am Leben lassen. Ich danke Euch. Und nehmt den Mantel mit, der würde mich nur verraten.«

»Wird es Euch nicht zu kalt hier? Die eingeschlagenen Scheiben . . .?«

»Je elender sie mich finden, desto besser. Bevor Ihr wegreitet, schießt mir noch ein paar Fenster entzwei!« Er deutete auf eine der Schubladen am Boden. »Dort sind Tücher für den Knebel. – Macht Ihr es«, sagte er zu Soerman. »Ihr seid Fachmann. Und, bitte, schickt mir den Hund herein. Laßt alle Türen offen, ja – und jetzt macht, daß ihr wegkommt!«

»Meinst du, daß sie darauf hereinfallen?« fragte Robert später, als sie ihre Pferde aus dem Stall holten.

»Ich wünsche es ihm.«

Robert fuhr seinem Braunen über die Nüstern. Soerman beobachtete ihn. Gern hätte er gewußt, warum Robert lächelte. »Woran denkst du?«

»An euren Plan, an euren schönen gescheiterten Plan, und daran, daß er eigentlich zu gut ist, um ihn aufzugeben. Durch wieviel hättet ihr teilen müssen, wenn der Lange Hoym das Silber geholt hätte?«

»Für jeden das gleiche, als eine Art Abfindung. Wirklich ein Jammer! Um meine Reisekasse ist es jetzt schlecht bestellt.«

»Jetzt ginge es nur in zwei Teile.«

Soerman, der mit dem Sattelzeug beschäftigt war, hob den Blick. »Hör mal, mir ist nicht zum Spaßen«. Seine Stimme war rauh.

»Ich meine es, wie ich es sage. Je länger ich es mir überlege, desto mehr Gefallen finde ich an der Idee. Mein Vater ging mit dem Gold des Landgrafen auf und davon, und ich werde mit dem Silber meines Stiefvaters das schöne Hessen verlassen.«

»Das ist eine Sache für einen organisierten Trupp.«

»Oder für einen, der unverdächtig und frei dort ein und aus gehen kann. Warum zögerst du noch?«

Soerman hatte den Sattel befestigt. Sein Gesicht tauchte hinter dem Pferd auf, so unauffällig wie ein vom Wasser geglätteter Stein. Robert fragte sich, ob dieser Mann wirklich nie etwas ernst genommen hatte, wie er behauptete, oder ob er nur die Nichtigkeit des Lebens zu früh erkannt hatte. »Also, was ist?« fragte Robert.

»Es ist nicht wegen mir. Ich weiß nicht, wie ich es erklären soll. Vergiß nicht, wer ich bin und wer du bist. Du bist einer, der mit dem Goldhelm geboren wurde, so nennt man in meiner Heimat Menschen, denen immer alles gelingt. Mir dagegen . . . Vorhin, in der Sägemühle, als ich den Werber hängen sah, da kam mir der Gedanke: so wie mein Leben läuft, wird das einmal das logische Ende sein. Ich will nicht, daß du dann neben mir hängst.«

Es war dunkel geworden, als sie aus dem Stall ins Freie traten. Der Himmel hatte sich zugezogen und schien nicht weiter entfernt als eine Stubendecke.

»Es riecht nach Schnee«, sagte Robert.

»Eine Luft wie damals, als dein Vater die Reiherinsel verließ.« »Wenn das kein gutes Omen ist!«

Ohne daß noch ein weiteres Wort über die Angelegenheit fiel, war alles klar zwischen ihnen. Sie schwangen sich auf die Pferde. »Reiten wir lieber nicht durch das Dorf«, sagte Soerman. »Der Imkergarten reicht bis fast an den Wald.« Er gab dem Pferd die Sporen und setzte über das niedrige Gatter weg.

Der Wiesenboden verschluckte den Hufschlag. Altenbauna war nur noch eine Silhouette roter Dächer. Kein Laut drang herüber. Je näher sie dem Wald kamen, um so mehr ging der Imkergarten in Wildnis über; hier endeten auch die schnurgeraden Reihen der Apfel-, Birn- und Pflaumenbäume. Eine Krähe segelte durch die Luft. Unter einem großen Nußbaum ästen Rehe. Der Baum trug noch einzelne Früchte. Durch seine kahlen Zweige wehten den beiden Reitern die ersten Schneeflocken entgegen.

19

Wann immer in der Kaserne am Müllertor in Kassel etwas Unangenehmes vorfiel, das keiner dem Kommandeur des Regiments, Oberst Rall, zu melden wagte, schickte man Unteroffizier Erasmus Sonntag. Als Findelkind aufgewachsen, hatte er in der Kaserne ein erstes Zuhause gefunden, die Kameraden waren seine Familie, und Oberst Rall war sein Vater. Während die anderen diesen tyrannischen Mann fürchteten und haßten, bewunderte ihn Erasmus Sonntag. Er hatte nicht einmal Angst vor Ralls Wutausbrüchen; für ihn, der vorher nur Kälte und Gleichgültigkeit kennengelernt hatte, waren es Naturereignisse, die ihn überwältigten.

Die Gänge der Kaserne waren schlecht beleuchtet. Nur alle zehn Meter hing eine Öllampe von der Decke, und nur jede zweite brannte richtig; in den anderen blakte eine winzige grünliche Flamme. Erasmus Sonntag hörte seine Schritte durch die Stille hallen, und das gefiel ihm so, daß er noch energischer auftrat. Um diese Stunde gehörte die Kaserne ihm allein, dieser große häßliche Bau, den er über alles liebte.

Die Bewunderung, die er für den Kommandeur Rall hegte, hätte allein wohl nicht genügt, einen gemeinen Mann innerhalb weniger Jahre – noch dazu in der Garnison – zum Unteroffizier aufsteigen zu lassen; er war mit Begeisterung Soldat, und so ging es ihm auch nicht in den Kopf, daß es Männer gab, die es nicht sein wollten. Ohne Uniform zu leben – für ihn wäre das gewesen, als hätte er ohne Knochen im Leib herumlaufen sollen.

Vor dem Zimmer Oberst Ralls blieb Erasmus Sonntag stehen. Er zog den Rock glatt, zupfte die Ärmel über die Handgelenke. Was er dem Kommandanten zu melden hatte, war mehr als eine schlechte Meldung; es würde einen Sturm auslösen. Wenn Rall die Stimme erhob, klirrten die Fensterscheiben, und wenn er brüllte, hörte man es bis hinaus an die geschleiften Festungswälle.

Büroarbeiten waren für Oberst Rall Strafarbeiten, aber er konnte Minister Schlieffen die Regimentslisten nicht länger vorenthalten. Der Läufer aus dem Sekretariat des Ministers war seit gestern dreimal dagewesen, um die Aufstellungen anzumahnen.

Feldwebel Luib, ein Veteran, der bei Oberst Rall die Schreibarbeiten besorgte, schob den Zwicker wieder auf die Nase. »Gleich sind wir durch. Muß nur noch zusammenzählen.«

»Beeil Er sich!« Rall sprang vom Stuhl auf und lief zum Fenster. Es schneite; das Licht der Kienfackeln, die den Innenhof beleuchteten, färbte die Flocken rosa. Die

Köpfe der Männer, die im Hof exerzierten, waren weiß vom Schnee. Es war eine Strafabteilung, mit nacktem Oberkörper und barfuß; auf diese Idee war Rall durch den Schnee gekommen, und er war stolz darauf. Er winkte seinen Adjutanten heran. »Wardein, wer hat die Aufsicht?«

»Hauptmann Beck.«

»Man hört ihn überhaupt nicht! Nehmen Sie die Uhr! Zählen Sie mit, wieviel Bewegungen in der Minute läßt er machen?«

»Eine halbe, etwa.«

»Dieser Beck soll einen Trommler nehmen, wenn er nicht brüllen kann. Gehen Sie sofort hinunter. Das doppelte Tempo, oder Hauptmann Beck kann mitexerzieren! Die Männer sollen abgehärtet werden und mir nicht an Lungenentzündung krepieren! Sagen Sie Beck, er steht für jeden ein, der krank wird!«

Rall und Wardein traten vom Fenster weg. Erasmus Sonntag, der an der Tür gewartet hatte, salutierte.

»Was gibt's?« Die Fensterscheiben klirrten leise. »Rühr Er sich!«

Erasmus Sonntag trat auf Oberst Rall zu, strahlend, wie beflügelt.

»Das scheint was Rechtes zu sein, was Er zu melden hat. Das Gesicht kenn' ich an Ihm. Wieder etwas mit den Neuen? Hoffentlich nicht in Seiner Abteilung.«

»Halten zu Gnaden, bei den Gelben Dragonern. Einer von den Neuen, der ehemalige Troßknecht Wenzel Terrath.«

»Desertiert?«

Erasmus Sonntag wußte, jetzt gleich brach der Sturm los. Wie ein Kapitän, der einen Brecher auf sein Schiff zu rollen sieht, klammerte er sich gleichsam am Boden fest und atmete tief ein. »Der Terrath hat sich in den

Fuß geschossen.« Den Blick stolz auf Rall gerichtet, empfand er die Genugtuung eines Menschen, der sich vor den anderen ausgezeichnet fühlt; in der ganzen Kaserne stand jetzt das Leben still; die Gespräche verstummten, in der Messe hörten die Männer zu essen auf, die Posten erstarrten zu Bildsäulen, die Lohnkutscher vor der Kaserne, die in Decken gehüllt dahindösten, schreckten auf. Alle zitterten sie, wenn sie Ralls Gebrüll hörten, nur Erasmus Sonntag nicht; er liebte den Sturm, er berauschte sich daran.

»Ist Er taub? Schaff Er den Kerl her! Auf der Stelle schaff Er ihn her!« Das waren die ersten Worte, die Erasmus Sonntag wieder deutlich unterscheiden konnte. »Zu Fuß!« schrie Rall. »Hat Er verstanden? Wenn der Kerl seinen Fuß zerschießen kann, kann er auch mit dem zerschossenen Fuß laufen. Wardein, Sie bleiben. Das mit Hauptmann Beck hat Zeit.«

Die Tür schloß sich hinter Sonntag. Rall sah Wardein scharf an. »Mehr Rasse als zehn Adelige zusammen, dieser Sonntag! Wenn ich diese Herrchen schon sehe, Billardhelden, allenfalls. Bei den Weibern läßt's schon aus. Haben Sie mal zugeschaut, wie Sonntag exerzieren läßt? Da kann mancher noch was lernen.«

Wardein starrte mit verkniffenen Lippen zu Boden. Rall packte ihn am Arm. »Stehen Sie nicht so da, Mann, der Blitz hat woanders eingeschlagen.«

Wardein hob den Blick. »Wenn Sie Unteroffizier Sonntag als Adjutant vorziehen . . .«

Rall lachte, aber es klang boshaft. »Der ist mir zu schade für Stubendienst. Und jetzt gehen Sie hinaus, Wardein, beobachten Sie den Gang. Sonst tragen die uns den Kerl doch noch bis vor meine Tür. Er soll laufen, Schritt für Schritt!«

Wardein eilte zur Tür. »Sie kommen schon«, rief er.

Als erster betrat Erasmus Sonntag den Raum. »Wenzel Terrath von den Gelben Dragonern.«

»Vortreten!« Ralls Stimme klang wie in Öl getaucht. »Mehr Haltung, näher heran!«

Mühselig setzte der Mann die Schritte, die Lippen zusammengepreßt, die Augen halb geschlossen. Um den zerschossenen Fuß war ein Lumpen gewickelt, dunkel vom Blut. Er blieb wankend stehen. »Halten zu Gnaden, ich wollte das Gewehr putzen. Es war nicht Absicht.«

»Bekommt Er es mit der Angst zu tun? Los, laß Er sehen, wie gut Er gezielt hat! Nein, keinen Stuhl, Wardein.«

Der Mann bückte sich. Er streckte die Hand aus. Plötzlich verlor er das Gleichgewicht. Haltsuchend griff er in die Luft. Erasmus Sonntag packte ihn unter den Armen, stellte ihn auf die Füße.

»Zum Feldscher mit ihm!« sagte Rall. »Er soll ihn zusammenflicken.«

»Es geht schon wieder«, stammelte der Mann.

Rall nickte. »Nach dem Gassenlaufen geht es noch besser.« Er wandte sich an Feldwebel Luib. »Hat Er notiert? Wenzel Terrath, Gelbe Dragoner, dreimal Gassenlaufen. Abtreten jetzt!«

Erasmus Sonntag führte Wenzel Terrath hinaus. Der Bursche des Obersten kam hereingehuscht und begann das Blut vom Boden aufzuwischen.

Rall trat an den Tisch zu Feldwebel Luib. »Ist Er endlich soweit mit den Listen?«

»Wenn Minister Schlieffen nicht ein so gutes Gedächtnis für Zahlen hätte, wäre es viel leichter.« Luib reichte Oberst Rall ein großes, festgebundenes Heft. »Korrekturen wären aufgefallen. Ich habe ein neues Heft angelegt und die letzten Jahre nachgetragen, falls

Schlieffen eine Stichprobe macht. Jetzt findet er nur, daß Euer Regiment die ganzen Jahre hindurch volle Stärke hatte.«

Rall warf das Heft auf den Tisch, ohne hineingeschaut zu haben. Mit großen Schritten ging er durch den Raum. »Wie soll ich mein Regiment auffüllen, wenn die Leute anfangen, sich umzubringen! Schießt sich der Kerl den Fuß entzwei! Morgen hackt sich einer die Hand ab. Gassenlaufen ist eine viel zu milde Strafe. Das schreckt nicht ab. In ein paar Wochen ist der Kerl wieder kreuzfidel, kehrt in seine Posthalterei zurück und hat seinen Willen. Das macht Schule. Es geht nicht anders, ich muß ein Exempel statuieren, sonst habe ich in ein paar Wochen keine Kaserne mehr, sondern ein Lazarett.«

»Es gehört immerhin Mut dazu, das zu tun«, sagte Wardein mit seiner leisen, immer ein wenig belegten Stimme.

Rall blieb abrupt stehen. »Wozu gehört Mut? Den Kerl aufzuknüpfen? Sie nehmen ihn noch in Schutz! Sie stecken in einer Uniform, Mann, nicht in einer Kutte!«

»Ich versuche mir die Verzweiflung des Mannes vorzustellen«, sagte Wardein mit der trotzigen Gelassenheit des Mannes, der Rall nur als Vorgesetzten, nicht jedoch als Menschen respektierte. »Ein Mann, der bei Sinnen ist, bringt so etwas nicht fertig.«

»Ein Verrückter also. Ein Verrückter in einer Kaserne ist schlimmer als ein Pestkranker. Der Terrath verseucht mir die ganzen neuen Bataillone. Er wird hängen, und das wird die anderen kurieren. Sie haben mir geholfen, Wardein. Merken Sie sich: aus einer Horde Sklaven macht nur Gewalt und Furcht ein Regiment.« Rall legte den Arm um die schmalen Schultern des jungen Mannes. »Nehmen Sie's mir nicht übel. Ich bin ein Landsknecht, dafür können Sie nichts. Ich mag Sie,

Wardein, aber der Dienst bei mir ist nichts für Sie. Widersprechen Sie nicht, das war kein Tadel, das war ein Lob. Überlegen Sie sich bis Morgen, woran Sie Spaß hätten. Im Augenblick wird jeder Wunsch erfüllt, das wissen Sie. Ich finde, Sie verdienen es mehr als andere, die Treppe hinaufzufallen. Und jetzt gehen Sie. Sagen Sie dem Koch, er kann den Hecht schon fertigmachen.«

Jeden Tag um sechs Uhr holte Oberst Rall eine Flasche Rotburgunder aus seinem Schrank. Meistens trank er allein; Offiziere lud er nie zu seinem privaten Dämmerschoppen vor dem Essen. Wenn er sich mit jemand unterhalten wollte, mußten es alte Haudegen sein, Männer wie Luib.

Rall stellte das volle Glas vor den Feldwebel. Die Männer tranken sich zu. Luibs knolliges Gesicht verzog sich geschmäcklerisch. »Die Medizin lass' ich mir gefallen. Ob wir drüben auch solch einen Tropfen bekommen?«

»Zeig Er mir jetzt die ungeschminkten Listen! Soviel kann eigentlich nicht mehr fehlen.«

Feldwebel Luib öffnete eine verschnürte Mappe, holte einzelne Blätter heraus und legte sie vor Rall auf den Tisch.

Rall hatte sich einen Stuhl herangezogen. Er überflog die Seiten, nickte vor sich hin, plötzlich stockte er. »Fünfzig Mann! Dieses Regiment ist ein Faß ohne Boden.«

»Wir hatten Zweihundert unter Soll die letzten Jahre.«

»Und jetzt darf ich das ganze Geld den Werbern in den Rachen werfen. Wie soll man da je zu etwas kommen! Halsabschneiderei. Und dann gehen die Kerle noch her und schießen sich zu Krüppeln.«

»Soviel ich weiß, hat der Terrath noch einen Bruder oder Vetter, irgend so etwas.«

»Die Prämie gehört ihm, Luib. Den Gesunden holen wir uns, den Verrückten knüpfen wir auf. Alles muß schließlich seine Ordnung haben.«

»Dann solltet Ihr mit der Exekution nicht warten. Bekommt er den Brand, kann es schnell aus sein mit ihm. Er gefiel mir gar nicht. Der hatte keinen Tropfen Blut mehr in den Adern.«

Rall lehnte sich zurück. »Verträge schließen, das ist leicht. Die Herren streichen das Geld ein, und wir können sehen, wie wir für Herrn Schlieffen die Soldaten heranschaffen. Wenn es wenigstens geheim geblieben wäre, daß es in die amerikanischen Kolonien geht! Das fürchten die Leute wie die Pest. Rußland, die Türkei, alles wäre besser. Aber gleich übers Meer!«

»Wenn wir sie erst einmal aus dem Land heraus haben und auf den Schiffen, wird sich der Wind drehen. Die Lust kommt beim Essen. Soll ein reiches Land sein, dieses Amerika. Ich stelle mir immer reife Tabakfelder vor, goldene Blätter, so weit das Auge reicht.«

»Das Amerika spukt Ihm wohl im Kopf?«

»Ich denke an den englischen Sold. Dieser Krieg ist für mich die letzte Chance, etwas beiseite zu legen fürs Alter.«

»Für sich mag Er Recht haben. Ich werde bei diesem Krieg nur verlieren.« Rall konnte nie lange auf einem Fleck sitzen. Er stand auf, schenkte die Gläser nach und begann auf und ab zu gehen. »Jetzt rechne ich Ihm mal etwas vor, Luib. So sieht es für mich aus: nur Verluste. Nein, wahrhaftig, ich bin nicht scharf auf diesen Krieg. Nach der alten Liste hatte das Rallsche Regiment siebenhundert Mann. Zweihundert davon existierten nur auf dem Papier – und in Form von Sold. Sie waren es zufrieden, daß sie zu Hause bleiben konnten, und ich war es zufrieden, daß ich für sie bezahlt wurde. Alle Kommandeure machen es so, und manche noch ganz anders.«

Rall war am Ende des Raumes angelangt und machte kehrt. »Und dann soll ich von einem Tag auf den anderen mein Regiment nicht nur auffüllen, sondern auf die doppelte Stärke bringen! Weiß Er, was das heißt, Luib? Hessen hat dreihunderttausend Einwohner. Über die Hälfte davon sind Frauen. Von den verbleibenden Männern muß man die Kinder und Greise abziehen. Es bleiben keine fünfzigtausend Mann. Zwei Männer pro Bauernhof, ein Mann pro Handwerksbetrieb, dazu der Adel, die Pfaffen, die Studenten. Wie der Schlieffen da mehr als zwölftausend Soldaten herausholen will, geht mir nicht in den Kopf. Aber er will es und er wird es, denn er verdient an jedem Mann. Für den Oberst Rall zahlt sich die Sache nicht aus. Bisher hatte ich ein Regiment von fünfhundert Mann und kassierte den Sold für siebenhundert. Jetzt muß ich mein Regiment auf fünfzehnhundert verstärken und kassiere den Sold für fünfzehnhundert. Selbst das Geschäft mit den Uniformen haben sie mir verdorben.«

»Ich denke, gestern war der Tuchlieferant da?«

»Es ist schon ein Wunder, daß sie einem noch die Wahl lassen, welches Tuch man haben will. Die Uniformen liefert der Haynau, wird einem mitgeteilt, basta, der Preis steht fest, zum Handeln gibt es nichts. Ich habe die teuersten Tuche genommen, und ich wünsche dem Haynau, daß der Landgraf ihn auf das Geld warten läßt wie den kleinsten Hofjuden. Die Fourage liefert er ebenfalls. Die Tressen liefert er. Alles Haynau. Luib, merk Er sich das, Kaufmann muß man heutzutage sein. Wir Offiziere sind nur noch die Dummen. Gestern kam ein Wisch aus der Kanzlei des Herrn Schlieffen. Die Offiziere haben die englischen Kommandos zu lernen. Soweit sind wir jetzt.«

»Den Vertrag, den der Schlieffen mit den Engländern gemacht hat, würde ich gerne sehen. Die legen doch jeden herein.«

»Der Schlieffen ist gerissen. Der kann es mit ihnen aufnehmen. Nein, Luib, sei unbesorgt, der Landgraf wird seinen Schnitt machen.« Rall lachte. »Eines freut mich: jetzt wo er das Geld zum Bauen haben wird, fehlen ihm die Leute.«

»Den Sold zahlen die Engländer an uns?«

»Wart's ab.«

»Das heißt, es wird wie früher sein. Der Landgraf nimmt sich von unserem Sold die Hälfte!«

»Eigentlich hat der Kerl recht, daß er sich in den Fuß schießt. Wir sind die Verrückten, weil wir unser Fell so billig verkaufen.«

Es klopfte an die Tür. Feldwebel Luib erhob sich. Ein Mann mit einem großen Paket trat ein. Auf seinem schwarzen Hut lag Schnee.

»Was will Er?«

»Vohdin ist mein Name. Silberschmied Vohdin. Die Herrn Offiziers haben eine Silberschale bei mir bestellt, für die Hochzeit des Herrn Majors von Haynau. Ich sollte sie heute liefern.«

»Auspacken!« Rall deutete auf den Tisch. »Wie schwer ist denn das Ding?«

»Zwei Pfund siebzehn Unzen, halten zu Gnaden.« Endlich war dem Silberschmied diese Redewendung eingefallen, nach der er beim Eintreten so verzweifelt gesucht hatte. Behutsam packte er die Schale aus. In den breiten ziselierten Rand waren die Signaturen des Offizierscorps eingraviert. »Halten zu Gnaden, hier ist die Signatur des Herrn Kommandeurs.«

»Wieviel Leute hat Er in seiner Werkstatt?« fragte Rall, ohne die Schale anzusehen.

Vohdin richtete sich auf. »Das war für lange Zeit das letzte Stück. Morgen rückt mein Altgeselle ein. Allein kann ich nicht weiterarbeiten. Ein Juwelier kommt auch allein zurecht, beim Silberschmieden muß man zu zweit sein, besser zu dritt.«

»Was macht Er denn? Hat Er früher schon gedient?«

»Den ganzen Siebenjährigen Krieg im Regiment Prinz Carl.«

»Was hält er vom Regiment Rall?«

»Ich habe mich schon gemeldet, halten zu Gnaden, beim Grenadierbataillon Linsing.«

Rall verlor schnell sein Interesse. Feldwebel Luib begleitete den Mann hinaus. An den Tisch zurückgekehrt, besah er sich die Silberschale. »Der Claus von Haynau macht's richtig. In der einen Tasche Vaters Geld, in der anderen den Landgrafen. Da geht das Majorwerden flink.« Luib deutete in die Mitte der Schale. »Sein Wappen stimmt nicht ganz. Da gehörte ein Geweih hinein.«

»Verbrenn Er sich nicht das Maul, Luib! Die Sippschaft hat einen langen Arm, und ein Fräulein von Sonsfeld ist etwas anderes als eine kleine Schauspielerin. Er hat es schon richtig gemacht. Ein Haynau rechnet genau. So ein Geweih hätte ich mir jederzeit aufsetzen lassen, allemal besser, als ein Weib auf dem Rücken durchs Leben zu schleppen.« Er zog die Uhr. »Ich gehe essen. Schließ Er alles weg, vor allem die Papiere. Das geht nur uns beide an.« Er fingerte in seiner Westentasche, drückte Luib eine Silbermünze in die Hand und wollte gehen.

Die Tür flog auf. Der Werbeoffizier Scholl stürzte

herein. Ohne Gruß kam er in die Mitte des Raums. Mit fieberglänzenden unsteten Augen blickte er um sich, wie jemand, der Verfolger hinter sich hat und ein Versteck sucht. Die Schließe des blauen Mantels war ausgerissen, der Kragen der Uniform geöffnet. Auf dem dunklen Haar lag eine Schicht angefrorenen Schnees. Schweiß lief ihm über Gesicht und Hals.

»Du dampfst wie ein überrittenes Roß«, sagte Rall. »Was ist mit dir? Bist du dem Leibhaftigen begegnet?«

Scholl blickte Rall an. Es war gut, diesen Mann vor sich zu sehen, an dem alles stark war, jede einzelne Bartstoppel ein Zeichen seiner unerschöpflichen Lebenskraft; wie blauschwarze Stahlspitzen standen sie aus der gespannten braunen Haut.

»Nun red schon, was zum Teufel ist mit dir geschehen?«

Scholl machte einen Schritt auf Rall zu, streckte die Hand aus, wie um sich festzuhalten. »Die Bauern haben den Leßberg aufgeknüpft.« Seine Stimme war ein Flüstern. »In Altenbauna war es, wir wollten nur die Pferde tränken. Ich weiß jetzt noch nicht, wie ich weggekommen bin. Ich bin einfach geritten, immer weiter geritten. Ich verstehe immer noch nicht, daß ich nicht auch dort hänge wie der Leßberg. Aufgeknüpft haben sie ihn ... Es ging so schnell ... Ich weiß wirklich nicht, wie ich davongekommen bin ... Ich sehe ihn noch hängen ...«

»Jetzt beruhige dich«, sagte Rall, »setz dich, trink einen Schluck und dann erzähl der Reihe nach.«

20

Weil Freunde ihn zu einem Billardspiel im Casino überredet hatten, war Claus von Haynau an diesem Nachmittag in der Kaserne geblieben; obwohl er ungeduldig und eher unaufmerksam war, gelang ihm eine Serie von Spielen. Es wunderte ihn nicht, er hatte eine Glückssträhne und begann sich daran zu gewöhnen. Der Adelstitel, das Majorspatent, die bevorstehende Hochzeit mit Christine von Sonsfeld – endlich bedachte das Leben ihn so, wie er es sich immer gewünscht hatte. Als der Bursche von Oberst Rall im Casino erschien, um ihn zum Kommandeur zu holen, war er sicher, daß ihn auch dort nur Angenehmes erwartete, irgendeine Aufgabe, bei der er sich besonders auszeichnen konnte. Er war zu unbekümmert, um warnende Zeichen zu registrieren; er blieb es auch noch, als Scholl seinen Bericht von dem Werbermord in Altenbauna begann – bis Roberts Name fiel. Da setzte das Begreifen ein. Es traf ihn unvorbereitet. In dem blinden Bestreben, auf Rall einen unparteiischen Eindruck zu machen, hörte er jetzt nicht mehr schweigend zu, sondern stellte bohrende Fragen. Scholl, der im Grunde nicht viel zu berichten wußte, sah sich in die Enge getrieben; er begann auszuschmücken, redete sich immer mehr in die Geschichte hinein, und die Rolle, die Robert dabei gespielt haben sollte, spann er immer weiter aus. Aber Claus war das noch nicht genug, und schließlich erklärte er mit der Sachlichkeit eines Unbeteiligten, er werde seinen Teil zur Klärung beitragen.

Jetzt aber – er hatte Oberst Rall verlassen und stand allein auf dem dämmrigen Gang der Kaserne – wußte er nicht weiter.

Aus dem Erdgeschoß drang ein Schwall von Stimmen. Die Männer hatten das Abendessen beendet und verließen die Messe. Der freie Abend lag vor ihnen. Schritte kamen die Treppe herauf. Claus von Haynau wich in eine Nische zurück. Er konnte nicht unterscheiden, ob Sporengeklirr die Schritte begleitete oder ob es der dumpfe Tritt gemeiner Soldaten war. Er wollte weder den einen noch den anderen begegnen. Er setzte den Dreispitz auf, drückte ihn tief in die Stirn, zog den Mantel dicht um sich. Er machte sich auf den Weg – aber er wußte nicht, wohin.

Schneeflocken, die ihm ins Gesicht wehten, sagten ihm, daß er die Kaserne verlassen hatte. Die Laternen des Hofs brannten, Inseln wirbelnder Helligkeit im Blau der Dämmerung.

Bei den Ställen löste sich eine Gestalt aus dem Schatten des Vordachs. Urbanek, sein Bursche, führte den Rappen heraus. Sosehr Claus das Reiten liebte – der bloße Gedanke, er müsse sich jetzt aufs Pferd schwingen, erschreckte ihn. Sein Vermögen, den Blicken anderer Menschen standzuhalten, war erschöpft. Er blickte sich um und sah den Werberkarren. Die Pferde waren abgeschirrt; die Deichsel lag am Boden. Zwei Männer waren damit beschäftigt, die große Trommel herunterzuheben; es schien Claus, als kehrten sie ihm schnell den Rücken zu.

Urbanek war mit dem Rappen herangekommen und wollte Claus den Steigbügel halten, aber der wehrte ab. »Das ist kein Wetter zum Reiten«, sagte er. »Ich nehme eine Kutsche.«

Der Rappe machte eine Wendung mit dem Kopf und stieß seinem Herrn vertraulich gegen die Schulter. Die Berührung die Claus sonst beruhigte, löste genau das Gegenteil aus, ein wilder Schmerz durchfuhr ihn und weckte eine ferne, fast vergessene Erinnerung. Ein

Schmerz, der so heftig war, daß er geglaubt hatte, daran zu sterben – damals, als er vom Pferd gestürzt war, früh am Morgen, auf dem heimlichen Übungsplatz mit den Hürden, die er selber zusammengenagelt hatte – um ein besserer Reiter zu werden, als Robert es war. Der Sturz, die Überraschung und dann der Schmerz, der nicht mehr aufhören wollte ... Über sich den Kopf seines Pferdes mit dem dichten Stirnhaar und den feuchten Nüstern. Der herunterhängende Zügel, den er zu fassen versuchte, aber der Schmerz erlaubte ihm nicht einmal, die Hand zu heben. Regungslos lag er da, gelähmt vom Schmerz und von der Angst: nie werde ich wieder gehen können.

»Wann soll ich morgen im Stadthaus sein?« fragte Urbanek. »Das neue Sattelzeug ist gekommen. Wollt Ihr es nicht ansehen?« Der Bursche klopfte dem Rappen auf den Hals. »Ich werde ihn striegeln, daß er strahlt. Ihr sollt den schönsten Rappen haben zu Eurer Hochzeit.«

Claus wäre weggelaufen, wenn er nicht gewußt hätte, daß man ihm nachschaute. Die Kutschen standen vor dem Tor. Schnee wehte ihm ins Gesicht, in die Augen; zwischen ihn und die Welt schob sich ein zitternder Spiegel; für Augenblicke wurde alles winzig klein, das Tor, die Kutschen, unendlich weit entfernt, unerreichbar, wie der nächste Morgen, an dem die Hochzeit mit Christine von Sonsfeld sein sollte. Wie blind öffnete er den Kutschenschlag, flüchtete in das Wageninnere. »In die Stadt, auf dem schnellsten Weg!«

»Halten zu Gnaden, Herr Baron. Heute haben sie angefangen, die Festungswälle am alten Hafen zu schleifen.«

»Fahr Er schon los!«

»Ich meine nur, wenn der Herr Baron es eilig hat – zu Pferd wärt Ihr schneller zu Hause.«

»Wir hätten schon den halben Weg zurückgelegt, wenn Er nur fahren würde.« Claus zog die Vorhänge zu; der dünne Stoff, an den Scheiben festgefroren, blieb ihm in der Hand, graugrün und schmuddelig. Auf der Fußmatte dunkle Flecken von verschüttetem Rotwein; aus den Polstern stieg der Modergeruch von schimmelndem Seegras. Es war eine der Kutschen, in denen die Herrn Offiziere ihre eiligen amourösen Abenteuer erledigten.

›Eine Kutsche animiert mich mehr als ein Bett.‹ Wann immer Scholl auf Frauen zu sprechen kam, fiel dieser Satz. Claus schloß die Augen. Er wollte diese Stimme nicht hören, aber sie ließ sich nicht vertreiben, der singende österreichische Tonfall, halblaut, aufdringlich. Genauso hatte Scholl die Geschehnisse von Altenbauna berichtet: »Und wen seh ich da – den Herrn Baron Robert von Haynau« , die erste Silbe des Namens breit gedehnt. Am Schluß würde von dem, was in Altenbauna geschehen war, nur das bleiben; ein Haynau war dabeigewesen, als sie Leßberg hängten.

Wo war Scholl jetzt? Saß er schon in der Offiziersmesse, um sich herum ein Dutzend Männer? Wie oft würde er heute seine Geschichte noch erzählen! Bis zum Zapfenstreich wird es jeder Mann in der Kaserne, und morgen früh wird es die ganze Stadt wissen. Claus von Haynau warf es nach vorn, als die Kutsche plötzlich hielt. Eine Ansammlung landgräflicher Equipagen versperrte den Uferweg, der längs der Fulda zur Stadt führte.

Die Pferde hatten Decken über dem Rücken, die Kutscher und Lakaien standen vermummt daneben und blickten hinunter auf das bunte Treiben der Schlittschuhläufer.

Die Uferböschung entlang, waren auf Pfählen Kienfackeln aufgesteckt. Das Blau der Dämmerung hatte eine violette Tönung angenommen, aber der Tag war immer noch heller als das gelbe Licht der Fackeln. Die Eisfläche glitzerte silbern. Der Schnee fiel nur noch in einzelnen Flocken. In der Bucht, in der im Sommer die Kähne lagen, spielten Musikanten für die Schlittschuhläufer. Eine Gruppe Damen hielt sich etwas abseits von den anderen.

Die Fulda war der kürzeste Weg für Claus, und so hatte er den Kutscher entlohnt und war die Uferböschung hinabgestiegen. Seine Sporen klirrten, als er die Eisfläche betrat. Das Geräusch erschien ihm so laut und auffällig, daß er am liebsten umgekehrt wäre, um den Weg über den Festungswall zu nehmen, aber der führte an der ganzen Reihe landgräflicher Equipagen vorbei. Die Eisläufer waren mit sich selber beschäftigt, die Kutscher und Lakaien bei den Wagen jedoch hatten nichts anderes zu tun, als zu gaffen.

Eine Gruppe von Schlittschuhläuferinnen kam auf ihn zu; er wollte ausweichen, aber sie umringten ihn. Wippende Hüte, wehende Schals, Muffs, eine Wolke von Duft. Hände hielten ihn fest. Die Frauen gehörten zu dem Kreis, der sich um Christine geschart hatte, seit sie das Haus am Haldenstein bewohnte: ein richtiger kleiner Hofstaat hatte sich da zusammengefunden. Claus war froh, daß Christine nicht zu sehen war, er hätte ihr in diesem Augenblick nicht gegenübertreten wollen.

Die Frauen redeten alle durcheinander. Sie wollten Claus mit sich ziehen – da lief genau dort, wo sie standen, ein Knacken durch das Eis. Sie schrien auf, flohen auseinander. Zurück blieb das dunkle Netz von Sprüngen auf der weißen, von den Schlittschuhen aufgerauhten Bahn.

Claus ging weiter, behutsam, Fuß vor Fuß setzend. Das Spiel der Musikanten hatte aufgehört. Die Eisfläche leerte sich. Die Frauen hasteten die Böschung hinauf. Lakaien halfen ihnen, brachten sie zu den Equipagen. Nur eine einzelne Gestalt zog noch ihre Kreise. Der Pelzkragen stand wie ein Kelch um ihren Hals. Unter der weißen Pelzmütze quoll das blonde Haar hervor.

Es war Christine. Ohne auf die Rufe vom Ufer zu achten, ohne ihn zu bemerken, lief sie dort nach einer unhörbaren Melodie.

Die Laternen auf der Fuldabrücke wurden eben entzündet. In den Fenstern der Martinskirche glomm der geheimnisvolle Schein, den die Kerzen der Abendandacht in dem bunten Glas entflammten. Oberhalb des Kreuzgangs befand sich die Lateinschule, die Claus jahrelang besucht hatte. Er sah den langgestreckten Klassenraum wieder vor sich, die Fenster mit dem Spitzbogen; vorn an der Stirnwand das Kruzifix, das eines Tages heruntergestürzt war und ein Stück Mauer mit herausgerissen hatte.

Ein Jahr lang hatte Claus mit einem Hauslehrer gepaukt, um mit Robert in die gleiche Klasse gehen zu dürfen, und dann hatte der Rektor nicht erlaubt, daß sie nebeneinander saßen. Claus kam in die erste Bank, Robert in die letzte – trotzdem trafen Roberts Zettel immer zur rechten Zeit bei ihm ein, wenn er bei Prüfungsarbeiten Schwierigkeiten hatte. Nie hatte ihn Robert im Stich gelassen, weder im Unterricht noch bei den Raufereien. Die Geschichte mit dem Brüderpaar Grandidier fiel ihm ein. Jahrelang hatten sich die Haynaus und die Grandidiers befehdet. Eines Tages hatte man den jüngeren Grandidier tot aus der Fulda gezogen, nicht weit von der Stelle, wo der alte Kahn lag, der Robert und Claus Haynau gehörte.

Damals war ganz Kassel in Aufruhr geraten. Ihr Name war in aller Munde gewesen, obwohl alle wußten, daß sie unschuldig waren. War das, was heute in Altenbauna geschehen war, etwas anderes? Wie hatte er sich Scholls Geschwätz überhaupt anhören können! Er schämte sich seiner Feigheit, seiner Kleinmütigkeit, aber am meisten seiner Selbstbeherrschung, auf die er sich soviel zugute gehalten hatte. Jetzt klagte er nicht mehr Robert an, wie er es bisher getan hatte, sondern sich selber.

Auf dem Steinpfosten neben dem Tor zur Lateinschule lag ein verlorener Handschuh aus roter Wolle. Er war so schmutzig und zerfetzt, als hätten Straßenköter damit gespielt. Claus streckte die Hand aus und berührte die alte verwitterte Mauer der Schule. Zuversicht überkam ihn. Er begriff nicht mehr, wovor er erschrokken war. Wenn jetzt die Erde vor ihm zu brennen anfinge – er würde seinen Mantel nehmen und über die Flammen werfen. Mehr als ein kleines Feuer war die Angelegenheit mit Robert auch nicht. Ein kleines Feuer, das man nur schnell ersticken mußte, damit es sich nicht ausbreitete.

Er zwang sich dazu, aus dem Schatten der Mauern zu treten und offen auf der Straße dahinzugehen. Er brauchte sich nicht zu verbergen.

Als er mit Robert hier zur Schule gegangen war, hatte es in dieser Gegend noch keine Bürgersteige gegeben. Nur in unmittelbarer Nähe vom Schloß. Jetzt liefen sie überall die Häuser entlang. Alle fünfzig Meter brannte eine Laterne. Große Straßen und Plätze, alle auf das Schloß zugeordnet, hatten Weiträumigkeit in die kleinbürgerliche Stadt gebracht, hatten die reichen Bürger angespornt, neue, elegante Stadthäuser zu bauen. Eines Tages würde Kassel in der Tat das sein, was sich der

Landgraf erträumte. Mochte Robert, wenn er von seinen Reisen kam, spotten – Claus hatte keine Sehnsucht nach der Ferne. Hier war er geboren, hier würde er einmal der erste sein.

Vorhin, als er die Kaserne verließ, hatte er das alles schon verloren geglaubt. Jetzt beschwor er die Zukunftsbilder erneut, und schöner und verheißungsvoller denn je stiegen sie vor ihm auf. Auch wenn er, nach dem Landgrafen, der erste im Land sein würde, so wie es jetzt Minister Schlieffen war: den Lebensstil seines Vaters würde er beibehalten. Nicht einen Diener mehr, nicht ein Pferd mehr im Stall! Auch das Haus würde er so lassen wie es war, altväterlich, fast düster mit den vielen dunklen Schnitzereien an Fenstern und Erker. Freilich, jeden Abend, wenn seine Mutter mit Frau Retz von Raum zu Raum ging und die Lichter entzündete, verwandelte es sich. In den anderen Häusern wurden die Vorhänge zugezogen, die Läden vorgelegt – das Haus der Haynaus erstrahlte im hellen Schein seiner vielen Fenster.

Es tat gut, auf dieses Haus zuzugehen. Claus blickte von Fenster zu Fenster, ob er nicht irgendwo den Schatten seiner Mutter entdecken könnte. In dem Erkerzimmer hatte sie ihn zur Welt gebracht, in jenem Baldachinbett, das an einer Wand stand, die nie kalt wurde, denn dahinter führte der Kamin des Küchenofens zum Schornstein. Und während er zu dem Erker emporblickte, wünschte er sich, daß seine Kinder auch dort geboren würden.

Anna von Haynau hatte die englischen Sätze, die sie mit Ruth Connors für das Fest zu Ehren des englischen Obersten Faucitt einpaukte, ohne auf den Zettel zu schauen, hergesagt, aber noch immer war sie nicht zufrieden mit sich. »Bei Ihnen klingt es anders. Bitte, sprechen Sie mir noch einmal Wort für Wort vor!«

»Es war gut. Wirklich. Nur das th. Alle meine Schüler bekommen von mir als erstes einen kleinen Taschenspiegel.« Ruth Connors trat an den Frisiertisch, nahm den silbernen Handspiegel und reichte ihn Frau von Haynau. »Ein Spiegel ist die beste Kontrolle. Die Zunge zwischen die Zähne und ein bißchen Luft, das ist th.«

Anna von Haynau schüttelte den Kopf. »Scheußlich, dazu muß man ja lispeln. Der Oberst spricht so gut Deutsch. Seien Sie ehrlich! Ich mache mich nur lächerlich.«

»Wäre Oberst Faucitt ein Franzose, würde ich Ihnen recht geben. Aber für einen Engländer ist ein heimatlicher Laut etwas Wunderbares. Wir sind sehr sentimental. Ich werde den letzten Satz so ändern, daß kein th darin vorkommt.«

»Ich dachte, das war schon alles.«

»Es sind nur sechs Worte. How do you like our hessian soldiers?«

Anna von Haynau warf Ruth Connors einen überraschten Blick zu. »Wenn Sie nicht Engländerin wären, würde ich mir einbilden, daß Sie den Satz mit einem kritischen Unterton gesagt haben.«

»Ich bin eine Schottin. Es ist schottisches Privileg, alles kritisch zu betrachten, was der englische König tut. Hier ist Ihr Zettel zum Memorieren. In der Klammer, das ist die Aussprache.«

»Dumm von mir, das auf die letzte Stunde zu verschieben.« Ein Lächeln spielte um Frau von Haynaus Mund; ein Lächeln mit dem man auf liebenswürdigste Weise einen Hinterhalt eingesteht, in den man seinen Gesprächspartner gelockt hat. »Schon seit langem wollte ich Sie zu mir bitten. Aber immer kam etwas dazwischen.«

Ruth Connors spielte mit der Rüsche ihrer Manschette. »Ich habe mir schon gedacht, daß Sie mich nicht wegen ein paar englischer Sätze aus dem Schloß holen lassen. Ihre Söhne sprechen ja beide sehr gut Englisch. Es ist wegen Robert, nicht wahr?«

Die beiden Frauen maßen einander. Die Rollen waren plötzlich vertauscht. Ruth Connors hatte die Worte ausgesprochen, zu denen Anna von Haynau der Mut gefehlt hatte. Sie drehte an ihrem breiten goldenen Ehering, wie immer, wenn sie nach Worten suchte. »Sie müssen wissen«, begann sie endlich, »ich frage meine Söhne nicht aus. Ich spioniere ihnen nicht nach. Jetzt, da ich Sie kenne – ich meine, ich verstehe, daß Robert . . .« Es fiel ihr kein Ausdruck ein für das, was sie sagen wollte. »Meistens ist es besser, wenn eine Mutter die Frauen nicht kennt, mit denen ihre Söhne Abenteuer haben.« Sie biß sich auf die Lippen. Ihre Worte kamen ihr grob vor, aber jetzt hatte sie einmal angefangen und konnte nicht mehr zurück. »Sie haben mich schon lange interessiert, denn ich glaube, Robert verdankt Ihnen sehr viel. Nicht wahr, die letzten acht Tage war er bei Ihnen?«

Ruth Connors zögerte – aber das war keine Unsicherheit, war nur die Betonung des Trumpfes, den sie auszuspielen hatte. »Ja. Er hat von früh bis spät Bücher über Amerika studiert.«

Anna von Haynau trat an den Nähtisch, rückte die Schale mit Konfekt an einen anderen Platz. Jetzt auszuweichen, wäre ihr kleinmutig erschienen. »Dann hat er Sie also eingeweiht?«

»In großen Zügen.« Ruth Connors lächelte, ihr weiches resignierendes Lächeln. »Er kam immer zu mir, wenn er sich über etwas klarwerden wollte.« Sie blickte auf. »Ich weiß nicht, ob das ein Kompliment für eine Frau ist – manchmal meine ich ja, manchmal nein.«

Anna von Haynau kannte diese junge Frau noch keine Stunde, und doch war sie ihr vertraut. Sie begriff, daß es Robert trotz seiner abenteuernden Natur immer wieder zu dieser Frau gezogen hatte.

»Er geht also«, sagte Anna von Haynau leise. Es war keine Frage, sondern eine Feststellung, und Ruth Connors antwortete auch nicht darauf. »Ich muß etwas falsch gemacht haben, sonst ginge er nicht«, fuhr Anna fort und sprach eigentlich nur mit sich selbst. »Und ich dachte immer, ich sei nicht wie andere Mütter.«

Sie schwiegen beide. Nach einer Weile hob Anna von Haynau den Kopf und richtete den Blick forschend auf Ruth Connors. Sie zögerte, aber dann sprach sie es doch aus: »Sie verlieren ihn ja auch, wenn er geht.« Sie nahm Ruths Hand. »Ich möchte mit Ihnen wirklich ernsthaft Englisch lernen. In Zukunft werden mich die englischen Zeitungen mehr interessieren als die deutschen. Ich werde den Landgrafen persönlich darum bitten; Sie sollen keine Schwierigkeiten bekommen.«

»Englisch ist eine leichte Sprache«, erwiderte Ruth Connors. »Sobald man einmal zu lesen anfängt, geht es von selbst. Sollen wir die Sätze noch einmal durchgehen?«

Anna von Haynau kam nicht mehr zum Antworten, die Tür flog auf. Gottfried von Haynau blieb auf der Schwelle stehen. »Ich suche dich im ganzen Haus. Ich muß dich sprechen.« Erst jetzt bemerkte er, daß seine Frau nicht allein war.

»Miss Connors«, stellte Anna von Haynau vor. »Ich habe eine Lektion Englisch bei ihr genommen.«

»Die Schottin aus dem Schloß?« fragte Haynau, als sei Ruth Connors nicht anwesend.

»Eine Geste der Gastfreundschaft Oberst Faucitt gegenüber.«

Haynaus Gedanken gingen ganz andere Wege. »Die Schottin«, wiederholte er. »Hast du mir nicht kürzlich gesagt, daß Robert mit dieser Person ein Verhältnis hat?«

Ruth Connors nahm ihren Mantel. »Es wird Zeit für mich«, sagte sie.

»Miss Connors, ich weiß nicht, was ich zur Entschuldigung meines Mannes vorbringen soll . . .«

Ruth Connors nickte nur und wollte zur Tür, aber Gottfried von Haynau trat ihr in den Weg. »Einen Moment. Wann haben Sie Robert das letzte Mal gesehen?«

»Gottfried! Ich begreife dich nicht. Was soll das? Robert ist erwachsen. Miss Connors ist niemandem Rechenschaft schuldig.«

Gottfried von Haynau war nahe daran, mit seiner Frau genauso grob zu verfahren wie mit der Schottin, aber etwas anderes war ihm wichtiger. Er verstellte Ruth Connors den Weg: »War Robert heute bei Ihnen, Miss Connors?«

»Ja, Robert war bei mir. Und jetzt lassen Sie mich bitte gehen.«

Haynaus Gesicht hellte sich auf. »Ich fürchte, ich war etwas grob«, sagte er eher spöttisch als entschuldigend. »Sie sehen aus wie eine vernünftige Person. Sie würden mir einen großen Dienst erweisen, wenn Sie jetzt nicht gehen würden. Ich kann Ihnen nicht erklären, warum, aber es ist so.« Er wandte sich an seine Frau: »Bitte du sie, daß sie bleibt!«

Anna von Haynau hob ratlos die Hände. »Ich weiß so wenig wie Sie, was das alles soll, das müssen Sie mir glauben. Trotzdem, bleiben Sie, ich bitte Sie darum.«

Anna von Haynau war von dem Benehmen ihres Mannes noch zu schockiert, um Fragen an ihn zu richten. Sie machte sich nicht einmal Gedanken über den Grund seines Verhaltens. Sicher war es irgendeine lächerliche Kleinigkeit, die mit dem Fest zusammenhing. Je belangloser der Anlaß – eine zu kurze Kerze in einem Tischleuchter, eine verwelkte Blume im Arrangement – desto maßloser konnte sein Jähzorn sein. Ihre Vermutung schien sich zu bestätigen, als er den Weg zu dem winkligen Gang einschlug, der hinter dem Speisesaal lag. Beim Umbau vor zehn Jahren hatte man hier zwei große Speiseaufzüge eingebaut. Aber erst nachdem sie fertig waren, hatte man an die notwendigen Abstelltische gedacht. Auch wenn nur für die Familie serviert wurde, ging es eng zu; bei größeren Einladungen jedoch spielten sich hier immer Katastrophen ab. Den ersten Anstoß gab fast immer der Hausherr. Sonst eher gleichgültig gegenüber allen Dingen des Hauswesens, wurde er an solchen Tagen zum Pedanten, der es nicht vertrug, wenn ein Weinglas auch nur um einen halben Zentimeter zu nah am Teller stand.

Was immer auch es diesmal war, Anna von Haynau war entschlossen ihm in allem zuzustimmen, denn das war die sicherste Art, ihn schnell wieder zu beruhigen.

Gottfried von Haynau sah sich nach allen Seiten um und ging auf die Tür zu, die zur Musiker-Estrade führte. »Hier wird uns niemand stören. Gib auf die Stufen acht!« Anna von Haynau raffte den Rock und stieg hinter ihm zur Estrade hinauf. Der Vorhang zum Speisesaal war zugezogen; aus dem ovalen Fenster im Hintergrund des holzgetäfelten Halbrunds fiel etwas Licht herein. Die Pulte und Stühle für die Musiker waren an die Wand gerückt. Davor stand Claus, noch im Mantel, den Dreispitz in der Hand. Anna von Haynau blieb auf der vorletzten Stufe stehen. Sie blickte auf Claus, in sein unnatürlich blasses Gesicht, und ihr war, als berühre eine eisige Spitze ihr Herz. Sie stieg die letzte Stufe hinauf; sie mußte sich an der Kordel festhalten, die längs der Wand gespannt war. Diesmal war es nicht die kleine häusliche Katastrophe, die zu jedem Fest gehörte. Etwas Furchtbares mußte geschehen sein, mehr noch: das Furchtbare hatte sich hier im Haus niedergelassen. Es kam ihr aus der braunen Dämmerung entgegen. Es kam von dorther, wo Claus stand.

»Was ist geschehen?« sagte sie nur. »Sag mir, was geschehen ist!«

»Du kannst dich beruhigen, Claus«, hörte Anna von Haynau ihren Mann sagen. »Es hat sich alles aufgeklärt. Wir brauchen uns nicht länger den Kopf zu zerbrechen. Es gibt jemanden, der bezeugt uns, daß Robert zu der fraglichen Zeit gar nicht dort gewesen sein kann. Endlich einmal zahlt sich eine seiner Amouren aus. Damit dürfte die Sache erledigt sein.«

»Ich habe meine Zweifel«, erwiderte Claus. »Das Wort einer Frau gegen . . .«

Anna von Haynau trat zwischen die Männer. »Darf ich endlich wissen, wovon ihr redet?«

Draußen, auf dem Gang, näherten sich Schritte. Jemand pfiff eine Melodie.

»Gibt es in diesem Haus keinen Ort, wo man in Ruhe reden kann?« Gottfried von Haynau zog den Vorhang der Estrade auf und sprang in den Speisesaal; dann half er seiner Frau die Stufen herunter. Einer der Lorbeerbäume vor der Estrade stürzte um, dunkle Erde fiel auf den Parkettboden. »Lange!« brüllte Gottfried von Haynau, daß es im ganzen Haus widerhallte. Und nochmals, im Jähzorn: »Lange!« Die Flügeltüren des Speisesaals öffneten sich. Bediente drängten herein – als letzter

Hofmeister Lange. »Schaffen Sie die Lorbeerbäume weg!« schrie Haynau ihn an. »Das hier ist keine Aussegnungshalle. In einer halben Stunde kontrolliere ich alles. Halten Sie sich bereit! Wehe ich finde dann noch solchen Firlefanz!«

Anna von Haynau mußte an ein Schiff denken, das vor Anker geht, als ihr Mann sich hinter dem Schreibtisch in seinem Büro niederließ. Ihr Weg durch das Haus hatte einer Flucht geglichen; jetzt waren sie dem Sturm entronnen, aber als sie zu Claus hinsah, der an der Tür stehengeblieben war, wußte sie, daß dieses Gefühl nur dem Wunsch entsprang.

Anna von Haynau legte die Hände auf die Lehne des Stuhls und wartete. Gleich würde sie alles wissen, und plötzlich wäre sie um jeden Aufschub froh gewesen.

»In Altenbauna ist heute nachmittag ein Werbeoffizier aufgeknüpft worden.« Gottfried von Haynau richtete den Blick auf seine Frau. »Ich glaube, er wurde dir einmal vorgestellt. Major Leßberg. Sein Stammquartier war der *Schwarze Bär* in Ziegenhain.« Er merkte, daß Claus unruhig wurde. »Erzähl du nur weiter!«

»Ich glaube, daß Mutter diese Nebensächlichkeiten nicht interessieren.«

Anna von Haynau hob die Hand. »Fangt nicht an zu streiten!« Gottfried von Haynau zog das silberne Federmesser aus dem Lederetui, strich mit dem Daumen über die funkelnde Schneide. »Es war in der Sägemühle des Jost Weibrecht. Die Pferde der Preßpatrouille hatten einen langen Tag hinter sich. Der Wagen war voller Leute. Wieviel hatten sie schon geschnappt?«

»Spielt das eine Rolle, Vater?«

»Was ist mit Robert?« fragte Anna von Haynau. »Ich dachte, es geht um ihn. Warum habt ihr mir solche Angst gemacht?«

Diesmal ließ sich Claus nicht abhalten. »Robert war auf der Sägemühle, als es passierte. Bitte, hör mich zu Ende an! Leßberg war nicht allein, Rittmeister Scholl begleitete ihn. Er hat Robert gesehen, und bei ihm war ein seit langem gesuchter Deserteur, ein Mann namens Soerman, der von der Festung Ziegenhain geflohen ist. Auch wenn das mit Leßberg nicht passiert wäre – allein die Sache mit dem Deserteur würde genügen, Robert an den Galgen zu bringen.«

Anna von Haynau saß aufrecht da. »Von wem hast du die Geschichte?« fragte sie ruhig.

»Sie macht in der Kaserne schon die Runde. Ich war im Casino beim Billard, da ließ Rall mich rufen. Er war der erste, zu dem Scholl mit der Geschichte lief. Rall meinte – und das finde ich sehr anständig –, ich müßte der zweite sein, der sie erfährt.«

Anna von Haynau blickte zu Boden. »Es waren also die Leute des Sägemüllers dort, und wahrscheinlich noch andere Bauern aus dem Dorf?«

»Das ganze Dorf«, bestätigte Claus, »und die Bande des Langen Hoym soll auch beteiligt gewesen sein . . .«

Sie nickte. »Wie kommt Scholl, bei so vielen Leuten, darauf, daß dieser Deserteur ausgerechnet mit Robert zu tun hatte?«

Claus fühlte den Vorwurf in ihren Worten. Er sprang auf. »Tatsache ist, daß ein Werber aufgeknüpft wurde, ein Offizier. Jeder, der bei der Tat anwesend war, hat sich schuldig gemacht, allein dadurch, daß er Leßberg nicht zu Hilfe kam.«

Anna von Haynau sah kurz zu ihrem Sohn auf. »Die Preßpatrouillen sind bewaffnet, nicht wahr? Warum wurde Leßberg dann nicht von seinen eigenen Leuten verteidigt?«

»Es ging alles so schnell . . .«

»Und trotzdem hatte dieser Scholl genug Zeit, unter einem Haufen fremder Männer einen Deserteur zu entdecken und auch noch mit Robert in Verbindung zu bringen. Dieser Scholl will nur sein Versagen vertuschen, merkst du das denn nicht? Er würde das Blaue vom Himmel herunterlügen.«

Claus starrte seine Mutter an, verwirrt von ihrer Kälte, die ihm ganz neu war, verwirrt aber auch von der Klarheit ihrer Gedanken. All das hätte er selber sagen müssen, diese Worte hätten über seine Lippen kommen müssen, im Zimmer des Kommandanten Rall. Er hatte versagt, aber er wollte es nicht eingestehen, weder vor sich selbst, noch vor den anderen. »Leßberg ist tot. Das jedenfalls ist eine Tatsache. Und Tatsache ist, daß Rall ein Kommando nach Altenbauna geschickt hat. Wahrscheinlich steht das Dorf jetzt schon in Flammen. Morgen werden sie in der Martinskapelle den Leßberg aufbahren, dann weiß es die ganze Stadt.«

»Und viele werden sagen, daß er nur bekommen hat, was er verdiente.«

»Laß das niemand hören, Mutter!«

»Ich schweige nicht wie du. Robert hat nichts mit der ganzen Geschichte zu tun, das sage ich dir, und das hättest du sagen müssen, als dieser Scholl seine Geschichte auftischte.«

»Mein Gott, versteh doch! Darauf kommt es gar nicht an. Ein Werbeoffizier wurde aufgeknüpft, und morgen wird die ganze Stadt wissen, daß ein Haynau dabei war, als es geschah!«

»In so etwas kann jeder verwickelt werden. Auch du. Aber Robert – an deiner Stelle – würde nicht hier stehen und daran denken, was die Leute reden werden. Er würde überlegen, wie man dir helfen kann.«

Claus war schneeweiß im Gesicht. »Natürlich. Ich

hätte es wissen müssen. Wie konnte ich nur ... In deinen Augen ist er immer der Bessere. Er kann machen, was er will, du verteidigst ihn. Immer stehst du auf seiner Seite. So war es von Anfang an. Eine Stiefmutter hätte nicht anders zu mir sein können. Um mich hattest du nie Angst. Damals, nach dem Sturz vom Pferd, oh, ich habe es nicht vergessen, damals hast du eine fremde Pflegerin ins Haus genommen. Als ich Scharlach bekam, hattest du nur Angst, ich könnte Robert anstecken. Hatte er mal ein bißchen Fieber, dann warst du die ganze Zeit an seinem Bett. Robert, Robert, Robert.«

Gottfried von Haynau saß mit undurchdringlichem Gesicht hinter seinem Schreibtisch, das Federmesser in der Hand. Der Wortwechsel zwischen Mutter und Sohn hatte ihn mehr aufgewühlt als die Sache, um die es ging. In der Sache fühlte er sich sicher, da ließ sich schon etwas arrangieren. Das andere jedoch machte ihm Furcht. Plötzlich hatte er sich zwei fremden Menschen gegenübergesehen; die Familie, die ihm immer als unzerstörbare Einheit gegolten hatte – sie war vor seinen Augen zerfallen.

»Seid ihr jetzt fertig?« fragte er, als handele es sich nur um eine kleine Meinungsverschiedenheit. »Wir sollten uns überlegen, was zu tun ist. Wir haben die Aussage der schottischen Erzieherin.« Er sah seine Frau an. »Glaubst du, Miss Connors würde auch unter Eid dabei bleiben?«

»Das ist deine Zeugin!« Claus lachte bitter. »Frauen, die aussagen würden, daß Robert bei ihnen war, findest du dutzendweise, das weiß auch das Gericht. Und sie ist eine Ausländerin, sie kann nicht einmal vereidigt werden. Ihre Aussage gegen Scholl – damit gibst du dem Gericht nur noch mehr Beweismaterial gegen Robert. Es gibt nur einen Weg; Robert muß verschwinden. Er muß über die Grenze. Dann gibt es noch genug Ärger, aber er ist wenigstens in Sicherheit.«

Anna von Haynau kämpfte mit sich. Ein Blick ihres Mannes bat sie zu schweigen, aber das konnte sie nicht. »Ihm zur Flucht zu verhelfen, heißt nichts anderes, als seine Schuld einzugestehen.«

»Mutter, bitte! Du hast recht, und hast doch unrecht. Die Bande des Langen Hoym ist in alle Winde zerstreut; Altenbauna ist abgebrannt. Leßberg wird in zwei Tagen begraben – und danach braucht man den Prozeß. Und für diesen Prozeß wird man sich an Robert halten. Einfach weil man sonst keinen hat. Er wird der Sündenbock sein. Und nicht nur er. Wenn er auch ein Skelnik ist, er trägt den Namen Haynau nach Gesetz und Recht. Was immer er getan hat, es fällt auf die ganze Familie zurück. Oder glaubt ihr, daß meine Heirat noch stattfinden wird? Glaubt ihr, daß ich noch einmal die Kaserne betreten kann? Sie werden mir die Uniform vom Leib reißen! Das ist unsere Situation. Wir sind erledigt. Er muß weg. Wenn es noch so etwas wie eine Rettung gibt, dann nur durch seine Flucht.«

Gottfried von Haynau stützte das Kinn auf die Faust. »Ich wünschte, aus Claus spräche nur die Angst. Leider ist vieles wahr, was er sagt. Es gibt viele, die nur auf ein Zeichen der Schwäche warten, auf die erste Blöße, die wir uns geben – und dies könnte die Gelegenheit sein.«

»Wer sagt euch, daß Robert nicht schon über alle Berge ist?« Anna von Haynau erhob sich und ging zum Fenster. Die Hände an die Scheiben gelegt wie Kinder es gerne tun, blickte sie in die Nacht hinaus. Als sie sich wieder ins Zimmer wandte, schien sie ihrer Sache sicher zu sein: »Ich glaube wirklich, ihr macht euch unnötige Sorgen.«

»In einem Fall wie diesem werden die Grenzen geschlossen«, sagte Gottfried von Haynau bedächtig. »Dieser Befehl muß von höchster Stelle kommen. Also von Schlieffen. Normalerweise wird er die Weisung sofort geben, aber er kann die Aktion auch bis morgen früh verschieben. Das wäre Zeit genug.«

»Wenn es etwas gibt, das den Landgrafen interessiert, dann ist es der Polizeibericht«, sagte Claus. »Er wird die Nachricht also vor Schlieffen bekommen und selber den Befehl geben, die Grenzen zu schließen.«

»Er wird Schlieffen die Weisung geben. Wann sie Schlieffens Büro verläßt, darum kümmert er sich nicht mehr.«

»Traust du dem Schlieffen nicht zu bedingungslos?« sagte Anna von Haynau. »Mir wäre es wohler, du würdest ihn nicht mit hineinziehen. Und darf ich euch daran erinnern, daß wir heute abend ein Fest haben und morgen eine Hochzeit? Wir müssen tun, als sei nichts geschehen. Wenn uns das gelingt, wird man in Kassel morgen früh schon nicht mehr alles glauben, was dieser Scholl berichtet hat.«

Gottfried von Haynau forschte in dem Gesicht seiner Frau. Eigentlich hätte er sie bewundern müssen, aber etwas an ihr war ihm unheimlich.

»Wir sollen nichts unternehmen?« Claus war jetzt ruhig geworden, aber nicht weil er die Angst überwunden hatte, sondern weil er keine Kraft mehr besaß, sich länger gegen die Angst zu wehren.

»Und wenn Robert nun nicht geflohen ist? Wenn er plötzlich auf dem Fest erscheint?«

»Das Fest geht vor«, sagte Anna von Haynau bestimmt. »Ihr solltet daran denken, euch fertigzumachen. In einer Stunde werden die ersten Gäste kommen, und, Claus, vergiß nicht, du hast versprochen, die Familie Sonsfeld abzuholen.«

Claus stand vor ihr, grau im Gesicht, immer noch im Mantel. Es drängte sie, seinen Kopf in die Hände zu nehmen und ihn auf die Stirn zu küssen, aber das wäre nur eine Geste des Mitleids gewesen, und sie fürchtete, er könnte es spüren.

Claus blickte noch einmal zum Vater hin, dann verließ er das Büro. Sie hörten, wie seine Schritte sich entfernten.

Gottfried von Haynau schob das Federmesser in das Etui zurück. Daneben lagen Siegellack, Petschaft und die Briefe, die morgen mit der Post weggehen sollten, jeder an drei Stellen versiegelt. Der rote glänzende Lack mit dem eingeprägten Wappen tat ihm in den Augen weh. Er fühlte sich müde, unfähig, sich zu erheben, die Vorbereitungen für das abendliche Fest ein letztes Mal zu kontrollieren, Gäste zu empfangen, mit ihnen zu reden, als wäre nichts geschehen. Er, der an nichts so unerschütterlich glaubte wie an die Kraft seines Körpers, hätte am liebsten die Lampe gelöscht und wäre hier allein im Dunkeln geblieben. Er schob den Stuhl zurück und erhob sich. »Du hast recht«, sagte er zu seiner Frau, »es wird Zeit, daß wir uns umkleiden.«

Die Söldner

Vier Regimenter sind schon eingeschifft, die Grenadiere werden morgen eingeschifft und die Jäger, sobald ein anderer Transport ankommt.

Alle . . . sind ungewöhnlich schöne Regimenter, vollständig uniformiert und bewaffnet und für jeden Dienst in der ganzen Welt tauglich. Nur in der Höhe der Mannschaften herrscht ein kleiner Unterschied vor; das erste Glied ist vielleicht einen halben bis einen Zoll größer als die übrigen, allein kein Mann war unter fünf Fuß acht Zoll, und alle Glieder waren einander gleich. Das Zentrum war ein wenig kleiner, aber auch dieses besteht aus jungen, gesunden und gut aussehenden Burschen. Nur sieben Mann sind desertiert, einer gestorben und drei krank . . .

Das Rall'sche Regiment ist das schlechteste von allen, die ich gesehen habe, sowohl was Größe als körperliche Stärke der Mannschaften betrifft. Es war bisher eines der Friedens- und Garnisons-Regimenter, welches schnell vollständig rekrutiert werden mußte. Der tätige und ausgezeichnete Oberst wird sie aber schnell einexerzieren.

Oberst William Faucitt an Lord Suffolk,
Minister des Auswärtigen des englischen Königs
Georg III. am 25. März, 2. April und 12. April 1776

21

Die ehemals Latoursche Silbertressenfabrik, Gottfried von Haynaus jüngste Erwerbung, lag an der südwestlichen Grenze der Oberneustadt, auf dem Gelände der aufgelassenen Maulbeergärten des Landgrafen, hoch über der Stadt und dem Tal der Fulda. Der Schnee machte die Nacht hell; vom Fenster des Silbermagazins aus konnte Robert jeden Schornstein in Kassel, jedes Giebelfenster deutlich erkennen. Auf den Festungswällen unterhalb des Schlosses wurde auch in der Nacht weitergearbeitet. Im Auegarten hackten Männer Eis und warfen es in Fässer.

Zwischen den Maulbeerbäumen, wo sie die Pferde zurückgelassen hatten, tauchte Freder Soerman auf. Er ging mit federndem Schritt und summte eine Melodie. Unter dem Fenster blieb er stehen. »Gibt es in dem Laden außer Silberbarren auch so etwas wie Ledergurte oder Schnüre? Die Satteltaschen werden reißen.«

»Wir nehmen eine Kutsche.«

»Wo willst du eine Kutsche auftreiben?«

»Das eigene Silber in einer eigenen Kutsche. Ich hol' mir eine von zu Hause! In ganz Kassel findest du keine mehr mit einer solchen Federung.«

»Das ist ein weiter Umweg bis zu eurer Stellmacherei.«

»Ich rede nicht von der Stellmacherei. Im Moment

sind alle Kutschen in Kassel, wegen der Hochzeit morgen.«

Sie wechselten einen Blick, zwei Männer, für die das wichtigste an dem Unternehmen war, daß sie es gemeinsam wagten. Die eigene Kaltblütigkeit an der des anderen zu messen; zu spüren, daß in ihnen beiden diese herrliche Unruhe war, die sie unfähig zu einem braven, bürgerlichen Leben machte!

»Der Rektor in der Lateinschule hat uns immer gepredigt: Logisch denken löst jedes Problem!«

Soerman nickte. »Was war denn dein bestes Fach?«

»Ich mochte alles, was zur Naturlehre gehörte, Botanik, Geographie, aber im Abgangszeugnis schrieb der Rektor, ich hätte das Zeug zum Philosophen. Wirklich, ich war schon nahe daran, nach Paris zu gehen. Ich, als Magister, kannst du dir das vorstellen?«

»Die Amerikaner backen auf ihren Universitäten die Doctores wie die Semmeln. – Aber es wird Zeit, daß wir hier Schluß machen und verschwinden!«

Robert trat vom Fenster zurück. »Wie viele sind es noch?« rief Soerman ihm nach.

»Drei Barren.«

»Wenn es mehr wären, müßten wir sie zurücklassen.«

»Wenn der Herzog von Buckingham nicht mehr wußte, wohin mit seinem Reichtum, ließ er die Hufe seiner Pferde mit Silber beschlagen.« Robert steckte den Kopf aus dem Fenster. »Was nicht in Ordnung?« Im selben Moment hatte er eine Hand voll Schnee im Gesicht. Er stieß einen Laut aus, der Fluchen und Lachen war, schüttelte sich ab und schwang sich aus dem Fenster. Ein Hagel von Schneebällen erwartete ihn. Eine Verfolgungsjagd durch die Maulbeerbäume begann. Immer wenn Robert Soerman fast eingeholt hatte, griff der in die unteren Äste eines Baumes, schwang sich vorwärts, und über Robert ging eine Schneewolke nieder. Zuletzt wälzten sie sich übereinander, balgten unter Lachen und Keuchen, bis sie nicht mehr konnten.

Die Beine von sich gestreckt, saßen sie im Schnee. Robert blickte über die aufgewühlte weiße Fläche. »Die werden glauben, hier haben Eber gehaust.«

»Schau, sieht das nicht aus wie Brombeeren?« Soerman zeigte Robert einen abgeknickten Zweig.

»Morus nigra«, sagte Robert.

»Du hast heute deinen philosophischen Tag. Es würde mich nicht wundern, wenn wir das Silber nur geholt hätten, um irgendein chemisches Experiment damit anzustellen.«

»Ein physikalisches, mein Lieber. Die Bewegung von Massen gehört zur Physik. Und das da sind keine Brombeeren, sondern die Früchte des Maulbeerbaums. Damit färben die Winzer den Rotwein.«

Soerman schüttelte den Kopf. »Welcher Phantast hat die hier gepflanzt?«

»Da waren wir noch nicht auf der Welt. Der Vater des Landgrafen hatte einen Italiener am Hof, Felice Oleati, der Lehrer der Pagen. Der erzählte seinem Herrn eines Tages von den Seidenraupen. Am nächsten Tag war er zum Intendanten der Maulbeerpflanzung ernannt. Die gab es zwar noch gar nicht, aber immerhin sollte sie Kassel zur Seidenmetropole Deutschlands machen! Vierundzwanzig Äcker Land mit fünfzehnhundert Bäumen.«

»Du weißt sehr viel von deinem Land«, sagte Soerman, plötzlich ernst.

»Ich werde es bald vergessen haben. Machst du dir Sorgen um meinen Seelenfrieden?«

»Du weißt noch nicht, wie das ist: mit seinen Erinnerungen leben müssen.«

»Erinnerung an meine Sünden ...?«

»Ich hätte besser Heimweh sagen sollen«, sagte Soerman. »Es kann der Schlag einer Uhr sein, der Geschmack einer Speise, Dinge, die man zu Hause nie beachtet hat, aber ohne sie fehlt dir etwas. Sünden? Die gehören zum leichten Gepäck!«

»Schon gut – aber lassen wir das! Wir gehen also zur Grenze nach Hannover und dann die Weser hinauf.«

»Der Logik gehorchend.«

Die Männer erhoben sich, klopften den Schnee von den Kleidern. »Eigentlich solltest du deinem Vater eine Nachricht hinterlassen. Sonst muß am Ende ein Unschuldiger dran glauben.«

»Ich habe alle Türen zugesperrt und die Schlüssel auf den Tisch im Magazin gelegt. Die Schlüssel gibt es nur dreimal. Mein Vater ist nicht gerade begriffsstutzig. Er wird sich schon seinen Reim darauf machen.«

»Eigentlich nimmst du dir nur dein Erbteil.«

»Willst du schon wieder mein Gewissen beruhigen? Sei unbesorgt, das ist so weiß wie Schnee. Wenn mich etwas stört, dann nur, daß die Sache so einfach war: Aufschließen und Wegtragen.«

Sie hatten das Fenster des Magazinraumes geschlossen und gingen mit den letzten drei Silberbarren zu den Pferden. Robert prüfte die Satteltaschen.

»Wir hätten drei Pferde gebraucht«, sagte Soerman.

»Bald werden wir in einer weichen Kutsche sitzen.«

Sie saßen auf. Am Rand der Pflanzung, am Scheitelpunkt des Hügels, verhielt Robert sein Pferd. Vor ihnen lag Kassel. »Siehst du den spitzen Turm dort und dahinter den Giebel mit dem runden Fenster? Sie war meine erste. Eine kleine Weißnäherin.«

»Du hättest doch zu Hause ein halbes Dutzend Zofen haben können.«

»Die habe ich meinem Bruder gelassen. – Aber sieh dir das an!« Robert deutete auf die Wälle über der Fulda, wo, im roten Fackelschein, viele Männer am Werk waren. »Das sind keine Arbeiter, das sind Soldaten! Bevor sie verschifft werden, müssen sie dem Landgrafen noch die Wälle schleifen. In drei Schichten geht das ununterbrochen, Tag und Nacht. In den Regimentsbüchern steht dann ›Exerzieren im Gelände‹. Alles, was sie dafür bekommen, ist eine Sonderration Fleisch pro Woche. – Und jetzt links, noch weiter, das hellerleuchtete Haus mit den beiden Dachreitern und den Türmchen auf den Erkern. Das ist unser Stadthaus. Siehst du, wie sich der Rauch über dem Kamin kräuselt? Das sind die köstlichen Düfte aus Gilberts Küche. Ich rieche die Fasane und Wachteln bis hierher.«

»Abschiedsschmerz?«

»Du wiederholst dich. Ich überlege nur, wie ich unseren Reiseproviant aufbessern könnte. Kassel zu verlassen, ohne noch einmal Gilberts Trüffelpastete gegessen zu haben . . .«

»Was war das? Wetterleuchten?« Soerman zeigte nach Osten. Robert stützte sich auf den Sattelknauf. Wieder war da der helle Schein, aber diesmal blieb er am dunklen Himmel stehen.

»Das muß Altenbauna sein«, sagte Robert ohne Ausdruck.

Der Feuerschein wuchs und färbte den Horizont rot. Schweigend starrte Robert in die Nacht.

Erst jetzt meinte Soerman zu verstehen, warum das Silber in ihren Satteltaschen war. Diese Bauern, deren Höfe jetzt niederbrannten und denen niemand helfen konnte; die Soldaten, die dort auf den Wällen arbeiteten; sicher gab es für Robert noch viele andere Gründe das Land zu verlassen! Die Tatsache, daß sein Vater in

Amerika lebte, hatte nur etwas ausgelöst, das schon vorher vorhanden war. Sicher spielte eine gewisse Abenteuerlust mit, aber nur an der Oberfläche. Das war nicht sein Wesen. Er, Soerman, war ein Ankerloser, aber Robert ruhte in sich; etwas hielt ihn in der Waage, ein Senkblei, das seinem Wesen Festigkeit und Schwere gab. Auch darin war er wie sein Vater.

Ein Mann wie der lange Hoym war ein Räuber, auch er gehörte zu dieser alten korrupten Welt, wo einer den anderen bestahl. Die Skelniks nahmen sich ihr Teil, wie man ein rechtmäßiges Erbe antritt. Aber weil das nicht genügte, um die Alte Welt zu verneinen, mußten sie sich auch von ihr trennen, aufbrechen zu dem Land über dem Meer.

»Reiten wir!« sagte Soerman. »Ich halt' es nicht länger aus.«

Robert schien sich besinnen zu müssen, wo er war. Er setzte sich im Sattel auf und nahm die Zügel. »Ich reite voran.« Als könne er durch den Schnee jede Unebenheit des Bodens sehen, lenkte er sein Pferd den Steilhang hinab. Nicht einmal glitt das Tier aus. Sie ritten an der Rückfront des Opernhauses entlang. Durch ein offenes Fenster konnten sie in eine der Garderoben blikken. An einem Ständer hing der gebauschte Tüllrock einer Tänzerin.

»Jedesmal, wenn du von Amerika sprichst«, bemerkte Robert, »wiederholst du, daß es dort nicht genug Frauen gibt. Und da fällt mir ein, daß der Landgraf mir noch etwas schuldig ist.«

»Treib es nicht auf die Spitze! Wir haben noch einen langen Weg vor uns.«

»Überall werden sie uns suchen, nur nicht in der Stadt.« Sie konnten nur im Schritt reiten, mit den Satteltaschen voller Silber. Soerman ging es zu langsam. Er ärgerte sich über seine Unruhe; er versuchte, sie zu verbergen und steigerte sie dadurch noch. Robert hatte sein Pferd an den Rand der Straße zu einer Laterne gelenkt. Am Ende seiner Beherrschung angelangt, wollte Soerman gerade protestieren, als Robert sich in den Steigbügeln aufrichtete und die Laterne auslöschte. Soerman wurde es heiß vor Ärger, aber zu seiner eigenen Verblüffung mußte er lachen. »Das hast du dir wohl seit deiner Schulzeit gewünscht?«

»So ist es. Die auf der linken Seite gehören dir, die rechten mir.« Sie trieben die Pferde an. Jeder wollte als erster bei der nächsten Laterne sein. Die Straße versank hinter ihnen im Dunkel. Die nächste Straße, mehr eine Gasse, hatte nur auf einer Seite Laternen; zwischen Robert und Soerman entspann sich ein Wettkampf. Sie nahmen keine Rücksicht mehr auf die Tiere, die schwer zu tragen hatten. Das Silber in den Satteltaschen schepperte, als die beiden Pferde mit der Breitseite gegeneinanderprallten.

Als sie die Kutsche rattern hörten, hielten sie ein. Sie kam aus einer Seitenstraße. Zwei Windlichter steckten auf dem Bock. Der Kutscher knallte mit der Peitsche; sie sollten die Straße freigeben. Aber Robert und Soerman stellten sich mitten auf die Fahrbahn.

Einen Moment schien es, als wolle der Kutscher sich mit Gewalt die Durchfahrt erzwingen, aber dann zog er die Zügel an. »Ist die Straße nicht breit genug?«

Im Kutschenfenster erschien der Kopf eines Mannes. »Was gibt es? Warum geht es nicht weiter?«

Mit einem leichten Schenkeldruck lenkte Robert sein Pferd neben den Schlag. Wäre er seinem ersten Impuls gefolgt, hätte er den Weg freigegeben, wäre davongeritten, der Begegnung ausgewichen. Er hätte nicht sagen können, warum er das Gegenteil getan hatte. Als er

Claus erkannte, wußte er sofort, daß er einen Fehler gemacht hatte, denn dieser starrte ihn an wie eine Erscheinung. Sein Mund öffnete sich wie zu einem Schrei, doch dann befahl er dem Kutscher, unverzüglich weiterzufahren.

Die Pferde zogen an. Zu Roberts Überraschung bog die Kutsche auf den kleinen Platz am Ende der Straße ein und hielt unter der großen Zwillingsakazie. Claus stieg aus, der Kutscher kletterte vom Bock, nahm Befehle entgegen und eilte davon.

Soermans Pferd tänzelte unruhig. »Kein Grund zur Nervosität«, sagte Robert, ohne Soerman anzusehen. »Es scheint so, als brauchten wir unsere Kutsche nicht erst zu holen, sie wird uns gebracht.«

»Du hast jemand eingeweiht?« fragte Soerman ungläubig.

»Wart es ab. Halte dich an meiner Seite. Es ist mein Stiefbruder.« Er konnte nicht weitersprechen, denn Claus war schon bei ihnen. Er nahm Roberts Pferd am Zügel. Seine Worte überschlugen sich, unzusammenhängend, beschwörend, als könne er damit die Reiter von der Straße verschwinden lassen, wie durch einen Zauber. »Ihr müßt weg hier ... Wenn euch jemand sieht ... steigt doch ab ... nein, folgt mir mit den Pferden ... kommt mit zur Kutsche!..«

Claus ließ die Trense nicht mehr los. Er zog Roberts Pferd mit sich.

Als sie die Kutsche erreicht hatten, zerrte Claus seinen Bruder vom Pferd. Robert ließ es schweigend geschehen. Auch Claus wußte nicht mehr, was er sagen sollte. Er blickte auf Soerman. Entsetzen, Abscheu und ohnmächtige Wut mischten sich in diesem Blick. »Ich muß dich allein sprechen«, sagte er zu Robert.

Robert nickte Soerman zu. »Schaff unser Gepäck in

die Kutsche«, sagte er. »Laß dir Zeit. Und vergiß nichts!«

Roberts Ruhe ließ Claus den letzten Rest von Selbstbeherrschung verlieren. Er stürzte sich auf seinen Stiefbruder, packte ihn an den Aufschlägen seines Mantels. »Du bringst uns noch alle ins Unglück! . . . Du bist so gemein, so niederträchtig! Du wagst dich in die Stadt – nach allem, was geschehen ist! Wahrscheinlich findest du das sogar noch großartig.« Er konnte nicht mehr weiter, er erstickte an seinem Haß, an seiner maßlosen Angst.

Robert umfaßte die Hände, die ihn hielten, löste die verkrampften Finger. »Du weißt also schon davon. Weiß Mutter es auch? Und Vater? Glaub mir, ich habe nichts damit zu tun.«

»Die ganze Stadt weiß es.« Claus bewegte den Kopf, als müsse er ihn aus einer Schlinge befreien. »Niemals hättest du in die Stadt zurückkommen dürfen!« Sein Blick ging zu Soerman, der begonnen hatte, die Satteltaschen von den Pferden zu schnallen und in der Kutsche zu verstauen. »Und noch dazu mit dem!«

Einen Augenblick war Robert in Versuchung, Claus einzuweihen, ihm zu sagen, wer Soerman war, was die Nachricht, die er nach Gut Haynau gebracht hatte, für ihn bedeutete, aber dann legte er Claus nur die Hand auf die Schulter. »Geh nach Hause. Es wird auffallen, wenn du nicht auf dem Fest bist. Wir kommen allein zurecht.«

»Wo wollt ihr hin?«

»Ins Hannoversche und dann die Weser hinauf nach Bremerlehe.«

Er spürte, wie Claus zögerte, mit sich rang. Er konnte ihm nicht helfen. Er wußte selber nicht, was ihm lieber war: daß Claus verschwand und diese Begegnung vergaß, oder daß er ihm seine Hilfe anbot.

»Ich bringe euch mit der Kutsche zur Grenze«, sagte Claus.

»Zwei fallen weniger auf als drei.«

»Das glaubst du! Und die Patrouillen? Die Häscher, die überall unterwegs sind? Was willst du tun, wenn sie dich anhalten? Was willst du den Wachen am Stadttor sagen?« Mit einer heftigen Bewegung öffnete er seinen Mantel. »Wenn sie diese Uniform sehen, werden sie's nicht wagen, die Kutsche zu kontrollieren. Nicht einmal Fragen werden sie stellen. Diesmal brauchst du mich. Nur ich kann dich zur Grenze bringen. Oder traust du mir nicht?«

»Ich will dich nicht mit hineinziehen, das ist alles.«

»Ich stecke schon tief genug drin!« Claus trat noch näher an Robert heran. Wieder ging sein Blick zu Soerman. »Was ist mit dem? Bestehst du darauf, daß er mitkommt?«

»Ich bestehe darauf. Wir beide oder keiner.«

Claus senkte den Kopf; er konnte kein Wort hervorbringen, jede Empfindung in ihm war erstorben. Er wußte nur, daß es kein Zurück mehr gab.

Soerman näherte sich. »Das Gepäck ist in der Kutsche. Was ist mit den Pferden?«

»Wir nehmen sie mit. Binde sie hinten an die Kutsche.« Robert und Soerman wechselten einen Blick. Mehr brauchte es nicht zwischen ihnen; in den letzten Stunden, seit sie einander im Hof des Landreiters in Altenbauna getroffen hatten, war ihnen klargeworden, daß sie zusammengehörten, auf Gedeih und Verderb. Claus fing diesen Blick auf, und instinktiv erfaßte er, daß dieser Fremde seinem Bruder näherstand als er; daß dieser Fremde für Robert das war, was er, Claus, immer hatte sein wollen; ein Mann, den sein Bruder als ebenbürtig achtete. Seine Augen bohrten sich in Soermans

Gesicht, aber er fand keine Stelle, wo er hätte eindringen können; der Mann zeigte nicht einmal die normale Reaktion eines Menschen, der sich beobachtet fühlt. »Er soll einsteigen«, stieß Claus hervor.

Soerman verschwand in der Kutsche. Schweigend machten die Brüder die Pferde fest.

»Bist du dir im klaren, was du tust?« fragte Robert. »Noch kannst du zurück.«

»Glaub nicht, daß ich es für dich tue«, erwiderte Claus. »Ich denke nur an mich selbst und an die Eltern. Ich will sicher sein, daß ihr die Stadt verlassen habt, sicher, daß ich dich nicht wiedersehe. Ich hoffe, du weißt, daß du nicht mehr zurück kannst. Niemals. Steig ein! Schließ die Vorhänge. Und rührt euch nicht aus der Kutsche, was auch geschieht, bis ich euch ein Zeichen gebe.«

Claus kletterte auf den Bock. Robert blieb am offenen Schlag stehen. Es war, als warne ihn eine Stimme vor dem Einsteigen. Als befehle sie ihm, diesen Augenblick zu nützen und sich aufs Pferd zu schwingen. Als er hörte, daß Claus die Bremsklötze löste, klopfte er den Schnee von den Stiefeln und stieg ein. Die Kutsche fuhr sofort an. In der tiefen Dunkelheit hörte er neben sich den Atem Soermans. »Was beunruhigt dich?« fragte Robert.

»Ein gut gefedertes Gefängnis. Ich fühle mich eingesperrt. Die Pferde laufen, aber nicht ich bin es, der die Zügel in der Hand hat.«

Robert fühlte an einem Nachgeben des Polsters, daß Soerman sich zurückgelehnt hatte.

»Wie steht ihr zueinander?« fragte Soerman.

Robert zögerte. Dann sagte er: »Ich würde dasselbe für ihn tun.«

»Er wollte immer so sein wie du, nicht wahr? Ich kenne das, nur war's bei mir umgekehrt. Ich wollte alles sein, nur nicht wie mein Vater. So was endet selten gut.«

»Claus trägt die Uniform eines Majors der hessischen Jäger. Selbst wenn sein Mut ihn im Stich lassen sollte – keine Patrouille wird wagen, die Kutsche zu visitieren. Wir haben Glück.« Er streckte die Beine aus. »Wo ist das Silber?«

»Wir sitzen drauf.«

»Genieß es doch, daß einmal ein anderer die Zügel für dich hält! Mach's dir bequem. Wenn wir an der Grenze sind, weck mich.«

Robert wechselte auf die andere Sitzbank und legte sich hin. Soerman reichte ihm ein Kissen. »Die Decken habe ich alle für das Silber gebraucht.«

»Danke.« Robert schob sich das Kissen unter den Kopf. »So ist das schon besser.«

Sie sprachen nichts mehr. Soerman hörte, wie Roberts Atem allmählich in den langsamen Rhythmus des Schlafs überging. Schon halb im Schlummer, fiel ihm noch etwas ein: »In Gimte ist ein Wirt, der macht einen Hasenpfeffer, so was hast du noch nicht gegessen.«

Soerman gab keine Antwort. Gimte. Das war ein Ort jenseits der Weser, jenseits der Grenze.

Seit die Truppenaushebungen für die an England verkauften Regimenter begonnen hatten und Kassel eine einzige große Kaserne war, versahen, wie in Kriegszeiten, Soldaten den Dienst an den Stadttoren und nicht die Männer der städtischen Miliz. Das Leipziger Tor war in dieser Woche den Ersten Hessischen Jägern zugeteilt, seinem eigenen Regiment also. Claus von Haynau hielt das für einen glücklichen Zufall, aber je näher er der Wache kam, desto mehr Zweifel stiegen in ihm auf, ob er nicht besser ein anderes Tor hätte wählen sollen, um die Stadt zu verlassen. Bestimmt wußte man längst, was in Altenbauna geschehen war. Oder doch nicht? Die letzte Ablösung war um vier Uhr nachmittags gewesen. Da hatte Scholl noch nicht zurück sein können. Die nächste Ablösung würde um elf Uhr nachts erfolgen.

Aus dem niedrigen Dach des Wachhauses wuchs ein hoher, mehrfach aufgestockter Schornstein mit einer großen Blechhaube; Eiszapfen hingen am Rand herunter; das Ganze sah aus wie eine bärtige Männergestalt, die das Tor drohend bewachte. Posten traten heraus. Claus brachte den Wagen zum Stehen und rief die Losung.

Die Posten salutierten.

»Macht schnell! Ich hab's eilig.«

Sie rannten zum Tor; die Flügel schwangen auf. Die Männer drückten sich an die Mauer, salutierten ein zweites Mal. Claus blickte auf seine Hände wie auf etwas, das nicht zu ihm gehörte; er sah ihnen zu, wie sie die Zügel hielten, wie sie kleine Bewegungen machten, um die Pferde zu lenken. Er hörte das Rattern der Räder. Es war plötzlich so laut, daß ihm die Ohren dröhnten. Auf der Straße jenseits des Tores lief eine Wagenspur. Sie war noch nicht alt – aber die Post nach Karlshafen ging schon am frühen Nachmittag. Die Spur war auffallend breit; sie konnte von einem Privatwagen stammen. Oder – von einer Patrouille?

Sie haben alle Patrouillen nach Altenbauna geschickt, beruhigte er sich. Alles wird gutgehen. Robert hat das Glück immer auf seiner Seite. Warum sollte es diesmal anders sein? Um elf Uhr ist die Ablösung am Leipziger Tor. Die Männer, die dann den Dienst übernehmen, werden von den Geschehnissen in Altenbauna wissen. Ich muß also vorher zurück sein. Das gibt mir fast drei Stunden Zeit. Soviel brauche ich nicht.

Er wußte, daß er richtig handelte, daß er nicht anders

hatte handeln können, und dennoch litt er. Es stieg in ihm auf wie Grundwasser, das durch die Mauern eines Kellers drückt. Das war nicht Angst. Mit der kam er zurecht. Es war das langsame, unbarmherzige Begreifen dessen, was er tat: er hatte sich zum Komplizen gemacht.

Wenn jetzt eine Patrouille kommt? Wenn sie mich sehen? Wenn sie den Schlag aufreißen – dann hänge auch ich.

Er starrte auf seine Hände. Warum fuhr er weiter? Sein Blick ging über die Felder. Die Erde war heller als der Himmel. Auf den Wiesen bildete der Schnee eine glatte schimmernde Fläche, über die Felder mit der Wintersaat war er wie ein durchbrochener Schleier gebreitet. Vor ihm lief immer noch die Wagenspur. Bis zur Grenze eine halbe Stunde. Es muß gehen, befahl er sich.

Wenn etwas mit dem Wagen passiert?

Der Wagen ist neu.

Wenn ein Pferd ausfällt?

Wir haben Ersatz.

In Speele kehre ich um! Die letzte kurze Strecke von dort bis zur Grenze können sie reiten. Ja, in Speele kehre ich um. Damit habe ich genug getan.

Die Windlichter links und rechts vom Bock schwankten. Ihr Widerschein geisterte neben dem Wagen her wie eine Meute. Das Land war flach. Wie weit drang der Lichtschein? Wie weit war das Rattern der Kutsche zu vernehmen?

Er suchte die Felder ab. Starre Dinge begannen sich zu bewegen, aus den Ackerfurchen wuchsen Schatten empor, Bäume verließen ihren Platz. Und dann sah er den Feuerschein. Altenbauna. Sie haben es angezündet, niedergebrannt. Sie sind bereits auf dem Rückweg. Sie haben Leßberg dabei. Sie werden durch das Leipziger Tor in die Stadt fahren. Das Fest. Was wird Christine sich denken, daß ich sie nicht abgeholt habe? Es fällt auf, daß ich fehle. Niemand glaubt die Lügen, die Vater ausspricht.

Ich muß zurück, jetzt sofort.

Ich kann nicht mehr zurück.

Er fuhr weiter, nicht fähig, eine Entscheidung zu treffen, überflutet von Stimmen, zerrissen von Gedanken. Du mußt mit Robert weiter. Wenn du jetzt umkehrst, wird er gerettet sein, und du wirst für ihn hängen. In der Ferne tauchten Lichter auf. Die Ortschaft Speele, er hielt nicht. Er fuhr weiter, trieb die Pferde energischer an. Sein Mantel hatte sich geöffnet, flatterte im Fahrtwind. Er schloß ihn nicht wieder. Er empfand die Kälte nicht. Er wechselte nicht einmal mehr die Hand, die den Zügel führte. Weiter, weiter. Nicht denken, nicht fragen, nur weiter.

Das Gelände senkte sich. Das Tal der Weser, Lichter, Fackeln. Beschneit und klein wie ein Papierstück lag die Fähre auf dem dunklen, langsam fließenden Strom.

Vor dem Wachhaus des Grenzpostens stand ein Karren. Claus hatte diesen Karren heute schon einmal gesehen, als er die Kaserne verließ. Zwei Männer hatten die große Werbertrommel heruntergehoben.

Die Fackeln längs des Ufers begannen sich zu bewegen. Die Tür des Wachhauses öffnete sich. Ein Lichtstreif fiel über die Erde. Ein Trupp Männer kam über den Hof gelaufen. Claus brauchte die Pferde nicht anzuhalten, sie waren bereits stehengeblieben.

Männer mit Waffen, auf dem Metall funkelnde Reflexe. Die Gesichter unkenntlich im Dunkel, aber Claus erkannte die Stimme Scholls. »Ihr, Major Haynau?« Und zu seinen Männern, die sich anschickten die Kutsche zu umstellen: »Es ist gut, Leute.« Er trat neben den Bock. »Erwartet Ihr einen Gast aus dem Hannoverschen?«

Claus machte die Zügel fest und schloß den Mantel über der Brust.

»Ihr habt Ersatzpferde?« fragte Scholl. »Wollt Ihr noch weiter?«

Claus blickte um sich. Gefangen in einem Kreis von Licht, gefangen in einem Kreis von Waffen. Und doch – ein Wort von ihm, und die Männer kehrten zurück in das Wachhaus und an das Ufer der Weser. Es war so einfach. Ein Wort nur, ein Befehl, aber die Fahrt hatte ihm seine ganze Kraft geraubt. Er würde Robert verraten, nicht weil er es so wollte, sondern weil er nicht mehr fähig war, Widerstand zu leisten.

»Ihr seid allein? Oder habt Ihr Fahrgäste bei Euch?« Scholls Stimme, seine Hand, bereit, sich nach der Klinke auszustrecken und den Schlag aufzureißen.

»Sie sind in der Kutsche«, hörte Claus sich sagen. »Robert und der Deserteur. Ich übergebe sie Euch.«

22

Niemandes Feind, niemandes Freund, sagte man in Kassel von Minister Schlieffen; am eifrigsten sagten das jene, die sich für seine Feinde oder für seine Freunde hielten, aber unsicher waren, welcher Kategorie Schlieffen sie zurechnete. Man hatte es wirklich nicht leicht mit diesem Mann, der als Feind nicht gehässig und als Freund nicht liebevoll war. Nichts, so schien es, kam ihm von Herzen, alle Entscheidungen traf sein Verstand.

Schlieffen war es zufrieden, daß die Menschen seiner nicht sicher waren; gleichzeitig kränkte es ihn, denn was er ihnen bot, schien ihm wertvoller als alles andere. Im Gegensatz zum Landgrafen, der seine Laune zum Gesetz seiner Handlungen machte, war er der Anwalt von Recht und Gerechtigkeit und sah sich verkannt und unbedankt.

Niemandes Feind und niemandes Freund zu sein – nur Schlieffen selbst wußte, wie schwer ihm das oft wurde. Immer hatte er den Tag kommen sehen, an dem er der Gerechtigkeit nur würde dienen können, indem er seinen Ruf als unparteiischer Schiedsrichter opferte. Nun war der Tag da. Aber noch hatte er einen Aufschub. Im Haus des Sternerbundes fand an diesem Morgen die Totenfeier für das jüngste Mitglied dieser vom Landgrafen gegründeten Freimaurerloge statt. Schlieffen verknüpfte die unbestimmte Hoffnung damit, hier könne er die Lösung finden; war ihm nicht schon oft bei den Sitzungen der Loge eine rettende Idee gekommen?

Man hatte sich im Saal der Vergangenheit zusammengefunden. Die Wände waren mit blauer Seide verhangen. Auf den Kandelabern in den Ecken des Raumes brannten Wachsfackeln. Der Sarkophag stand erhöht in der Mitte des Saals. Vier Falkner, auf der erhobenen, dem Sarg zugewandten Faust den Falken, hielten die Totenwache. Schlieffen suchte sich einen festen Punkt für den Blick: im Bodenmosaik einen schwarzen Kreis. Vielleicht half ihm das, sich zu sammeln. Aber so sehr er sich auch anstrengte, es gelang ihm nicht. Wie hätte es auch anders sein können, da wenige Reihen weiter Gottfried von Haynau saß.

Vor anderen hätte Schlieffen es immer noch abgestritten, aber vor sich selber konnte er es nicht länger. Was er für unmöglich gehalten hatte, war eingetreten; auch der Sternerbund war zum Schauplatz des Femegerichts gegen die Familie Haynau geworden, zu dem sich die ganze Stadt zusammengeschlossen hatte. Es ging nicht mehr um die Sache; die war in den Hintergrund getreten. Wie bei einem Erdbeben fragte keiner mehr, wodurch es ausgelöst worden war, jeder versuchte nur, sich zu retten. Man ließ keine Gelegenheit aus, vor sich und den anderen zu demonstrieren, daß man mit den Haynaus nie etwas zu tun gehabt hatte.

Gottfried von Haynau hatte als letzter den Saal betreten. Schlieffen hatte zusehen müssen, wie keiner der Männer auch nur die Andeutung eines Grußes wagte, und das einem Mann gegenüber, der sich weder vor den Gesetzen der Welt noch vor den Gesetzen der Loge schuldig gemacht hatte. Eine Burg der Gerechtigkeit sollte die Loge sein, eine Bruderschaft, deren Zusammenhalt unverbrüchlich war . . .

Empörung und Scham erfüllten Schlieffen, aber mehr über sich selber als über die anderen. War sein Verhalten besser? Fast ein Monat war vergangen, seit sie Robert und den Deserteur festgenommen hatten. Und stand seither nicht Tag für Tag zu befürchten, daß Gottfried von Haynau sich um Hilfe an ihn wenden werde? Aber nichts war geschehen. Nicht einmal im geheimen hatte Haynau versucht, Kontakt mit ihm aufzunehmen.

Dort saß er, auf seinem angestammten Platz, von den anderen deutlich durch leere Stühle abgesondert. Ruhe und Versunkenheit waren um ihn; als sei er der einzige, der dieser Stunde gerecht wurde, der die Welt draußen gelassen und in sich die Tür zu jenem anderen Reich aufgetan hatte, zu dem diese Feier eine Brücke schlagen sollte.

Musik erfüllte den Saal. Die Chöre, zwischen denen der Wechselgesang hin und her ging, waren unsichtbar. Die Töne kamen von oben aus der Kuppel, die sich in der Mitte der Decke auftat.

Die Totenfeier galt dem Sohn des Oberfalkoniers

Wittung, der beim Schlittschuhlaufen auf dem Aueteich eingebrochen und ertrunken war.

Den Kopf gesenkt, die Hände an die Schläfen gelegt, versuchte Schlieffen sich zu konzentrieren, aber immer wieder zog es seinen Blick zu dem Gesicht Haynaus. Es wirkte breit, ja, robust – von der Seite betrachtet eher feinnervig, verletzlich. Um sein Gewissen zu beruhigen, hatte Schlieffen sich in den vergangenen Wochen immer wieder gesagt, daß Haynau genug Widerstandskraft besaß, um auch aus diesem Sturm ungebrochen hervorzugehen. Jetzt kamen ihm Zweifel. Er mußte daran denken, wie oft er selber von den Menschen falsch eingeschätzt wurde. Wieder befragte er die Linien dieses Profils, als ließen sie sich wie Chiffren entschlüsseln, aber was er daraus las, war nicht Unverwundbarkeit, sondern Verzweiflung.

Wußte Haynau, daß um zehn Uhr im Schloß die geheime Sitzung stattfand, in der dem Landgrafen das Todesurteil gegen Robert zur Bestätigung vorgelegt werden würde? Schlieffens Blick ging zum Landgrafen. Den Kopf leicht zurückgelegt, so wie er im Theater der Kadenz eines Sängers zu lauschen pflegte, saß er in seinem Sessel. Seine Andacht war nichts als Sentimentalität und Pose. Nach den Zusammenkünften in der Loge trug er noch den ganzen Tag über ein verklärtes Wesen zur Schau; alles verstehend, alles verzeihend – ein wahrer Serenissimus.

Endlich verstummte der Wechselgesang, verflüchtigte sich in der Höhe der Kuppel. Einer der Falken wurde unruhig, breitete die Schwingen aus. Für Sekunden erfüllte nur das Geräusch der schlagenden Flügel den Saal. Der Landgraf erhob sich, trat an den Sarkophag; die anderen folgten. Jeder der Männer legte die Hand auf den silberbeschlagenen Sarg.

Schlieffen war versucht, sich davonzustehlen, ins Schloß zu eilen, die Reihenfolge der Sitzungspunkte noch einmal zu überprüfen, ob auch nichts darin war, was die Stimmung des Landgrafen zerstören konnte, bevor ihm der Fall Haynau vorgetragen wurde. Er konnte das Ende der Feier kaum erwarten, und dabei war er nicht einmal ganz sicher, ob er sich wirklich entschieden hatte, Gottfried von Haynau zu helfen, oder nur einer von diesem Raum und dieser Stunde erzeugten Stimmung erlegen war, die dahinschwinden würde, sobald er diesen Ort verließ.

Unter den Beamten des Hofes gab es wenige, die genug verdienten, um gegen die Versuchung, die ein Goldstück für sie bedeutete, gewappnet zu sein. Die Schreibstuben im Zeughaus, im Renthof und in der landgräflichen Marstallverwaltung waren Umschlagplätze eines regen Nachrichtenhandels. Die eigentliche Zentrale aber war das Geheime Sekretariat des Landesherrn, das im Schloß untergebracht war; ein leichtes und einträgliches Geschäft, bei dem auch für den Lakaien, der täglich die Gänsekiele auswechselte, noch etwas abfiel. So war es immer gewesen bis zu dem Tag, an dem Jakob Hanslin zum Ersten Geheimsekretär aufrückte, eine Maßnahme, die Schlieffen eigentlich nur zur Geheimhaltung seiner Verträge über die Truppenlieferungen an den englischen König getroffen hatte.

Jakob Hanslin, mit allerhöchsten Vollmachten ausgestattet, hatte erstaunliche organisatorische Fähigkeiten entwickelt. Als erstes hatte er die große Schreibstube aufgelöst und daraus drei getrennte Abteilungen gemacht. Als zweites hatte er die leeren Zeilen in gewissen Dokumenten eingeführt. Den geheimen Text fügte er dann nachträglich selber ein, wobei er mit erstaunlichem Geschick die Schrift des jeweiligen Schreibers kopierte. Auf diese Weise wurde ihr Inhalt nur noch dem Landgrafen und Schlieffen bekannt.

Neben dem System der Geheimhaltung nach außen gab es ein zweites, von dem nur Schlieffen und Hanslin wußten. Es diente dazu, gewisse Dinge dem Landgrafen zu verheimlichen, das heißt, sie ihn erst wissen zu lassen, wenn er nichts mehr verderben konnte; eine Verschwörung also zum Besten aller. Mit jedem anderen Partner wäre Schlieffen dieses Spiel zu gewagt erschienen. Aber dieser Strumpfwebersohn besaß etwas, das seiner bisherigen Karriere bei Hof nur hinderlich gewesen war, und das war Unbestechlichkeit; zunächst hatte sie ihm nichts weiter eingebracht als den Ruf, ein unbequemer Mann zu sein. Dadurch war Schlieffen aufmerksam geworden; er beobachtete diesen Jakob Hanslin eine Weile, und immer noch nicht restlos überzeugt, unterzog er ihn einer Prüfung, die keine Zweifel zurücklassen würde, er übertrug ihm nämlich den Posten mit den höchsten Nebeneinnahmen, nämlich die Führung der Audienzliste. Mit sich selbst wettete Schlieffen 1 zu 100 gegen Hanslin, und er verlor zu seiner großen Freude. Damit hatte Jakob Hanslin nicht nur Schlieffen erobert, sondern auch ganz Kassel, das eine Weile von nichts anderem sprach als von diesem Sekretär, bei dem man ganz umsonst in die Audienzliste eingetragen wurde.

Diese Gedanken gingen Schlieffen auf dem Weg zum Schloß durch den Kopf, und er mußte auch daran denken, daß Gottfried von Haynau vor vielen Jahren dieselbe Stellung wie Hanslin innegehabt hatte. Auch durch seine Hände waren damals Schicksale gegangen, so wie das seine heute durch die von Hanslin ging.

Hanslin war allein in seinem Büro, wie immer, wenn er Schlieffen vor einer Sitzung zu einer letzten Durchsicht der Akten erwartete. Die Papiere, von denen er annahm, daß sie den Minister besonders interessierten, hatte er auf dem Schreibpult am Fenster ausgebreitet.

Eben damit beschäftigt, in einen Merkblock Termine einzutragen, legte Hanslin die Feder weg. »Ich habe Euch schon früher erwartet.«

Schlieffen trat an das Pult. Er fand das Dokument, das er suchte, auf den ersten Blick. »Sie haben die Ausfertigung des Todesurteils ganz allein geschrieben?«

»Ich wollte vermeiden, daß es morgen davon ein halbes Dutzend Kopien in Kassel gibt.«

»Dann wird eben ein Gerichtsschreiber diesmal das Geschäft machen.«

»Die Prozeßakten sind in meinen Händen.«

»Es war nicht ganz billig. Ich hätte mich auf einen Präzedenzfall beziehen können, aber das hätte zuviel Zeit gekostet. Lieber habe ich gezahlt.«

Überrascht sah Schlieffen auf, dann lächelte er. »Hat es sich gelohnt? Haben Sie etwas gefunden, das die beiden entlasten könnte?«

»Nichts. Entlastende Aussagen wurden in die Gerichtsprotokolle nicht aufgenommen. Aber etwas habe ich doch gefunden.« Jakob Hanslin reichte Schlieffen ein Schriftstück.

»Ein Werberformular?«

»Seht es Euch genau an. Darauf haben sie die ganze Beweisführung aufgebaut – vorsätzlicher Mord.«

Schlieffen legte das Blatt auf das Pult und strich es glatt. »Für das Erste Hessische Jägerregiment angeworben« – das war vorgedruckt. Dann folgte die handschriftliche Eintragung: Robert Baron von Haynau, Alter 24, Größe 6 Fuß, 2 Zoll. Ziegenhain, das Datum, 2. November 1775. Zuletzt die Unterschriften. Leßberg und daneben – Schlieffen blickte zu Hanslin –: »Er hat mit *Robert Skelnik* unterschrieben?«

»Was in den Augen der Richter ein weiterer Beweispunkt gegen den Angeklagten war: Zuerst vorsätzlicher Betrug, dann vorsätzlicher Mord.«

Schlieffen schüttelte den Kopf. »Ich höre von diesem Dokument das erste Mal.«

»Mir ging es nicht anders. Angeblich wurde es im Nachlaß von Major Leßberg gefunden. Irgendwann im Verlauf der Verhandlung lag es plötzlich auf dem Richtertisch, ohne daß jemand wußte, woher es kam.«

Hanslin ging zur Tür und sah hinaus. Als er zurückkam, sah Schlieffen ihm erwartungsvoll entgegen. »Sie machen mich neugierig. Was haben Sie noch herausgebracht, das Sie mir am liebsten in einer Sprache mitteilen würden, die außer uns beiden niemand versteht?«

Hanslin deutete auf das Werberformular. »Es hängt damit zusammen. Ich bin gestern abend, gleich nachdem ich das Dokument in den Akten entdeckt hatte, nach Ziegenhain geritten. Eigentlich hatte ich wenig Hoffnung, daß sich im Schwarzen Bären noch jemand an den 2. November erinnern würde. Aber ich hatte Glück. Der 2. November war der Tag, an dem von der Festung Ziegenhain dieser Soerman desertierte. Die Wirtstochter hat sich genau an den Hergang erinnert. Robert von Haynau würfelte mit den Werbeoffizieren, er verlor, und es stimmt: zuletzt setzte er sich selber als Preis aus, und Leßberg gewann. Haynau bestand darauf, das Werberformular auszufüllen, obwohl das niemand ernst nahm. Die Wirtstochter hat auch nicht gesehen, daß Major Leßberg das Formular zu sich steckte. Um es kurz zu machen: Die Wirtsstube war den ganzen Abend über leer, es waren ja alle Männer auf Pflichtwache, bis auf die Spieler und« – Hanslin sah Schlieffen an – »bis auf einen einzigen Gast, der gegen Abend gekommen war und für die Nacht ein Zimmer gemietet hatte. Der wurde Zeuge des Spiels. Die Wirtstochter hat ihn mir beschrieben.«

Schlieffen hob leicht die Hand. »Am Morgen des 3. November hat Kammerherr Stein auf Schloß Sonsfeld Besuch gemacht.«

Die beiden Männer tauschten einen langen Blick. Hanslin nahm das Werberformular vom Pult und legte es zu den Akten zurück. »Er wird sagen, daß er dieses Schriftstück nie zuvor gesehen hat, und das Gegenteil ist nicht beweisbar. Ich schaue da nicht durch. Was für einen Vorteil verspricht er sich davon, daß Haynaus Sohn hingerichtet wird?«

»Ich verstehe sehr vieles nicht an dieser Geschichte«, sagte Schlieffen. »Katastrophen von diesem Ausmaß haben ihre eigene Logik. Aber hier fehlt sie. Ich mag diesen Stein unterschätzt haben, und doch ist er nur ein kleines Rädchen in dieser Sturmmaschine, die da in Bewegung gesetzt wurde. Der Sohn – das ist nur der Vorwand; das Ganze zielt auf Gottfried von Haynaus Untergang.«

»Und wenn die Wurzel zu allem in der Familie selber liegt? Robert und Claus sind Stiefbrüder; seit Kain und Abel gibt es sogar leibliche Brüder, die sich gegenseitig umbringen.«

»Wenn man haßt, denkt man sich nicht so komplizierte Schurkereien aus.«

»Es fehlt mir der Sinn in der Geschichte, und ich versuche ihn zu finden«, sagte Hanslin. »Immerhin, es war Claus, der Robert ausgeliefert hat. Immer wieder habe ich versucht, mir vorzustellen, was damals geschehen ist, in der Nacht an der Grenze. Ich verstehe auch das nicht: der Scholl soll von allen am meisten überrascht gewesen sein, keinerlei Verdacht hatte er, und noch weniger verstehe ich, daß Robert von Haynau und Soerman sich nicht gewehrt haben. Und daß die beiden seitdem zu allem schweigen. Warum haben sie in der Verhandlung nicht einmal den Mund aufgetan? Sie hätten doch die Sache in Altenbauna aufklären können! Warum dieses Schweigen?«

Schlieffen antwortete nicht. Sein Blick ruhte auf dem weißgestrichenen Fensterkreuz, als habe es eine besondere Bewandtnis damit. Er kam sich plötzlich alt vor. Sonst war er stolz auf die Fähigkeit, immer Herr seiner Gedanken und Gefühle zu sein, aber jetzt schien ihm, als wären sie in der allzu strengen Zucht erlahmt. »Wann hat der Landgraf das letztemal ein Todesurteil bestätigt?« fragte er schließlich.

»Ich habe mir die Vollzugsregister der letzten fünf Jahre kommen lassen.«

»Mich interessiert nur das Jahr 75.«

»Im Mai eine Kindsmörderin, im Juni eine Giftmischerin, im Oktober ein Brandstifter. Die anderen Todesurteile ergingen wegen Straßenraubs und Anstiftung zur Desertion. Seit November sind alle Todesurteile gegen Männer in Festungshaft umgewandelt worden. Zum Teil wurden sie dann begnadigt und rekrutiert.«

»Wieviel umgewandelte Todesurteile insgesamt?«

»Neunzehn. Drei Begnadigungen und drei Hinrichtungen. Ich habe mir überlegt, daß wir die Sache Haynau hinziehen könnten bis nach der Italienreise des Landgrafen. Sobald die Truppen abmarschiert sind, will er fahren.«

Hanslin wartete auf eine Antwort; statt dessen erschien unvermittelt ein Lächeln auf Schlieffens Gesicht. Das war so überraschend, daß Hanslin es nicht zu deuten vermochte. Es lag Ironie, aber auch Wärme darin.

»Und ich dachte schon, Klugheit sei nichts weiter als eine Alterserscheinung«, sagte Schlieffen. Hanslin verstand diesen Satz so wenig wie das Lächeln, aber der Ton sagte ihm, daß es eine ganz neue Vertrautheit zwischen ihnen gab, und Hanslin hätte gerne gewußt, womit er sie verdient hatte.

Der Sitzungssaal war das einzige, was von den politischen Träumen des Landgrafen geblieben war. In den Proportionen dem Empfangssaal des Palazzo Medici in Florenz angeglichen, dokumentierte dieser Saal mit seinen Marmorwänden und Säulenreihen einen Herrschaftsanspruch, der sich nie erfüllt hatte und nie mehr erfüllen würde.

Schlieffen nannte den Saal nur das Mausoleum, aber sein Spott bewahrte ihn nicht vor der Melancholie, die ihn hier jedesmal überfiel.

Der Landgraf und Stein waren schon da. Sie standen plaudernd in einer Fensternische, neben ihnen der Diener, der das Tablett mit den Weingläsern hielt. Seit ein paar Wochen genoß Kammerherr Stein das Vorrecht, Serenissimus beim zweiten Frühstück Gesellschaft zu leisten. Schlieffen bereitete das Unbehagen. In der Hektik der letzten Wochen hatte er Stein aus den Augen verloren, und dieser hatte die Zeit genutzt. Früher hatte Stein nur im kleinen intrigiert, zu seinem eigenen Vorteil – neuerdings mehrten sich die Anzeichen, daß er sich fest genug im Sattel fühlte, um nun Intrige im großen Stil zu üben. Aber als Schlieffen mit Hanslin eintrat, sagte ihm ein erster Blick, daß die Laune des Landgrafen keinen Schaden genommen hatte, und ein zweiter Blick, der dem Lakaien galt, sagte ihm, daß die Unterhaltung sich in den Gefilden der niederen Minne bewegt haben mußte . . .

»Ein Glas Port!« rief der Landgraf seinem Minister aufgeräumt entgegen. Er ließ sich in seinen Sessel fallen, und die Lakaien, die hinter ihm standen, schienen gewärtig, ihren Herrn aufzufangen, falls der Sessel zusammenbrechen sollte. Der Landgraf deutete auf die Aktenstöße, die an Schlieffens Platz lagen, und verzog das Gesicht. »Sie sprachen von ein paar Kleinigkeiten.«

»Durchlaucht haben mir eine Stunde versprochen.«

Der Landgraf warf einen Blick auf die Uhr, die vor ihm lag. »Siebeneinhalb Minuten sind bereits verstrichen. Wenn Kammerherr Stein mich nicht bei Laune gehalten hätte, wäre die Sitzung jetzt schon zu Ende. Immer kommen Sie mit Ihren Stößen Papier!«

»Ich erinnere mich, daß Durchlaucht einmal sagten, in diesem Saal verwandle sich alles in den magischen Stoff der Macht.«

Die Augen des Landgrafen gingen über die Marmorwände; es war nicht Selbstbesinnung, was ihn schweigen ließ, sondern das erhebende Bewußtsein, daß er nun endlich wieder über genug Mittel verfügte, um noch mehr Säle seines Schlosses mit diesem schimmernden Carraramarmor zu verkleiden. »Um noch einmal auf die englischen Verträge zurückzukommen.« Der Landgraf blickte angestrengt auf seine Fingernägel, aber was er sah, war Marmor, blauer, grüner, roter Marmor, schimmernde Plätze, Säulenreihen. »In Zukunft möchte ich, daß bei ausländischer Korrespondenz folgender Ablauf eingehalten wird: Mündliche Besprechung, Konzept, Übersetzung an mich, erst danach Expedition. Bitte, kommen Sie mir nicht mit Zeitverlust. Zu Beginn der Verhandlungen mit England hat es doch auch geklappt!«

»Da hatten wir noch Miss Connors als Übersetzerin.«

»Und sonst kann niemand Englisch in ganz Kassel?

Ich glaube, wir holen die englischen Erzieherinnen nur nach Kassel, damit sie hier gute Partien machen. Wir füttern sie, bis sie fett wie die Wachteln sind. In Zukunft werden nur noch Erzieherinnen über fünfzig engagiert. Doch zum Thema. Ich habe mich durch den englischen Kuchen durchgefressen und ein paar Sachen herausgepickt ...«

Schlieffen lehnte sich zurück. Einen besseren Anfang für die Sitzung hätte er sich nicht wünschen können. Solange der Landgraf mit England beschäftigt war, sah er alles mit den Augen eines Menschen, der ein Wunder erlebt hat und dem dieses Wunder auch die übrige Welt verklärt. Die Kritiksucht, mit der er der englischen Sache gegenüberstand, war nur das Konservierungsmittel, das dazu diente, sein Hochgefühl frisch zu erhalten.

»Dieser Faucitt«, nahm der Landgraf seinen Faden auf, »bei den Audienzen hat er so getan, als wären wir der einzige Hof, mit dem England Subsidienverträge abschließen will. Den Berichten habe ich nun entnommen, daß er auch anderswo vorstellig wurde.«

»Haben sich Durchlaucht einmal die Karte Amerikas angesehen? Allein um die Häfen an der Ostküste zu halten, sind dreimal soviel Truppen erforderlich, als wir sie an England liefern können. Nur so sind die Kontakte zu den anderen Höfen zu verstehen. Und bedenken Durchlaucht: Georg III. zahlt für einen Hessen dreimal soviel wie für einen Braunschweiger.«

»Ich entdecke staunend, daß in Minister Schlieffen ein Impresario steckt«, sagte Stein.

»Gut, daß Sie mich daran erinnern, mein lieber Schlieffen: die Braunschweiger Konditionen. Dort erhält man für einen Toten dreißig Kronen. In unseren Verträgen habe ich über diesen Punkt nichts gefunden. Ist ein toter Hesse weniger wert?«

»Ich habe bewußt darauf verzichtet, Durchlaucht. Ich denke, wir sollten den Braunschweigern ihre Toten lassen. Keinem anderen Land außer Hessen-Kassel zahlt die englische Krone die doppelte Subsidie; keinem anderen Land bezahlt man die Offiziere, und wohlgemerkt, man zahlt in Banko-Kronen! Weil wir gerade dabei sind, Durchlaucht: Aus den Subsidienverträgen des Siebenjährigen Krieges ist England uns noch Geld schuldig. Nicht nur uns. Aber nur an Hessen-Kassel zahlt der englische König die ganze Schuld in Höhe von zweihundertzwanzigtausend Talern zurück. Ein Hesse kostet den englischen König tatsächlich dreimal soviel wie irgendein anderer Soldat. Das zum sachlichen Teil. Aber so ein Vertrag hat noch eine andere Seite. Ich habe bei jedem Punkt daran gedacht, daß diese Verträge noch existieren werden, wenn wir beide nicht mehr leben!«

Schlieffen sah mit Befriedigung, daß sich das Rot auf den Wangen des Landgrafen vertiefte. Die sentimentale Trauer bei der Totenfeier, das zweite Frühstück, der Portwein, das Bewußtsein, unter dem Thronsessel fortan eine sprudelnde Geldquelle zu haben – und jetzt noch der Weihrauch der Unsterblichkeit – seine Stimmung hatte den Höhepunkt erreicht. Jetzt sollte man möglichst rasch auf den Fall Haynau kommen.

Der Landgraf legte die Hand auf Schlieffens Arm. »Sie haben mich da auf etwas gebracht. Ich will, daß mit unseren Truppen ein Geschichtsschreiber nach Amerika geht!«

»Eine großartige Idee«, rief Stein begeistert. »Aber es muß ein Mann sein, der erhabene Empfindungen auszudrücken versteht!«

»Denken Sie an sich selbst?« Schlieffen hatte sich die Bosheit nicht verkneifen können, und als Stein, von seiner Schlagfertigkeit im Stich gelassen, nichts erwiderte, fühlte er sich ermuntert, gleich noch einen zweiten Pfeil abzuschießen: »Zu dem Personenkreis, dem Reisen ins Ausland generell untersagt sind, zählt Kammerherr Stein doch wohl nicht?«

Der Landgraf musterte Stein schmunzelnd. »Gardemaß hat er nicht. Aber wer weiß – wenn wir mit dem Nachschub in Verlegenheit kommen, warum nicht? Monsieur Stein, widersprechen Sie nicht. Sie haben mich schon soviel Geld gekostet, daß es nur billig wäre, wenn ich eines Tages etwas davon zurückbekäme.«

Hanslin hatte seiner Mappe ein Schriftstück entnommen. Ohne daß Schlieffen ihm ein Zeichen geben mußte, wußte er, daß es jetzt an der Zeit war, mit den Unterschriften zu beginnen. »Das Dekret zur Schließung der Grenzen«, sagte der Geheime Sekretär.

Der Kammerdiener reichte dem Landgrafen die Feder. Siegellack wurde über einer Kerze erhitzt. Der Landgraf drückte seinen Petschaft in den roten Lacktropfen. »Das wird die Leute im Land halten«, bemerkte er. »Aber was ist mit der Werbung im Ausland? In der nächsten Sitzung erwarte ich einen ausgearbeiteten Plan. Wir müssen anfangen, uns um die Nachlieferung von Soldaten zu kümmern. Aus Hessen ist nicht mehr viel herauszuholen, deshalb müssen wir uns umsehen, wo wir Soldaten herbekommen. Bleiben Sie mir vom Leib mit rechtlichen Bedenken, Schlieffen! Denken Sie an den König von Preußen! Sein falsches Geld und seine gestohlenen Soldaten haben ihn groß gemacht. Hanslin, was weiter?«

»Der Entwurf für die Kanzelansprachen der Pfarrer, Euer Durchlaucht.«

»Geben Sie her!« Der Landgraf überflog das Schriftstück. »Wer hat das abgefaßt?«

»Pastor Moralt.«

»Dachte ich mir! Ihr Protestanten seid weder Fisch noch Fleisch. In eurer Hölle wird mit dem Holz gespart. Nein, nein, so geht das nicht. So etwas können die Jesuiten besser. Beauftragen Sie Pater Erlafried, der hat den Ton, da wird einem kalt und heiß. Die Pfarrer sollen den Leuten nicht gescheit kommen, das Ganze muß so einfach sein wie ein Kochrezept. Muß ich es noch einmal wiederholen: Liebe zum Vaterland, Liebe zum Landesherrn, Gehorsam, Treue und Demut. Achtung vor der Schöpfung, deshalb ist Selbstverstümmelung eine Todsünde, und so weiter, das möchte ich von nun an jeden Sonntag von den Kanzeln hören, und besonders in den Gottesdiensten für die Truppen. Dabei fällt mir ein ...« Er senkte die Stimme. Die beiden Lakaien traten unwillkürlich weiter vom Tisch weg. »Eine undurchsichtige Geschichte. Pater Erlafried hört bekanntlich das Gras wachsen. Eine kleine Flugschrift, *Zur sicheren Hilfe aller Frauenspersonen, auf natürlichem Wege ihre fruchtbaren und unfruchtbaren Tage zu bestimmen*, nennt sich das Machwerk. Er hat mir ein Exemplar gebracht. Es wird teuer gehandelt. Stellen Sie sich vor, meine Herrn, wenn das in Mode käme! Wenn unsere Weiber nur noch die Kinder bekämen, die sie wollen!«

»Weiß man, aus welchem Land die Flugschrift stammt?« fragte Schlieffen.

»Ihre Sache, das herauszufinden! Lassen Sie die Druckereien überwachen, verschärfen Sie die Gepäckkontrolle an den Grenzen. Verbieten Sie den Gazetten, darüber zu berichten. Die Geburtenziffer in Hessen muß steigen! Hanslin, notieren Sie das für die Verfügung während meiner Italienreise: Ich möchte, daß man mir jeden Monat die Geburtenstatistik nachschickt. Was meinen Sie, Schlieffen: Sollte man vielleicht Prämien für jedes Kind aussetzen?«

Der Minister wurde allmählich ungeduldig. »Euer Durchlaucht, interessanter als die Geburtenziffer wäre die Sterbeziffer. An unseren Frauen liegt es nicht, sondern an den Ärzten.«

»Ach was, ich will keine Sterbelisten zum Frühstück serviert bekommen. Weder hier noch in Italien. Das ist Ihre Sache. Machen Sie mit den Ärzten, was Sie wollen, aber verschonen Sie mich damit.« Wie immer, wenn ihn etwas nicht interessierte, wechselte der Landgraf ohne Übergang auf ein anderes Thema. »Du Ry hat mir Pläne für das Museum vorgelegt. Der Bau kann sofort in Angriff genommen werden. Ich möchte, daß die antiken Statuen, die bald von Italien nach Kassel unterwegs sein werden, einen würdigen Platz finden.«

»Hat Du Ry Ihnen auch einen Kostenplan vorgelegt? Nach unserer letzten Erfahrung ...«

»... üben Sie bitte an Du Ry Ihre neu aufsprießende Großzügigkeit! Und falls Sie in Ihren alten Geiz zurückfallen sollten, mein lieber Schlieffen, reagieren Sie sich an der Küche ab. Habe meinen Augen nicht getraut, als man mir die Abrechnung der Reiherjagd vorlegte. Bin da auf einen Posten Kirschen gestoßen. Dreihundert Taler hat der Küchenmeister eingesetzt. Ich frage Sie, wer hat für dreihundert Taler Kirschen gegessen während der Reiherjagd? In normalen Zeiten hätte ich den Küchenmeister dafür zu einer Festungsstrafe verurteilen lassen – so habe ich ihn nur zur Truppe abkommandiert. Sind wir jetzt fertig?«

»Noch eine Unterschrift, Durchlaucht.« Schlieffens Stimme klang so, als sei ihm die Sache genauso lästig wie dem Landgrafen. »Das Urteil gegen Robert von Haynau und diesen Deserteur.«

Der Landgraf fuhr sich mit einer wohleinstudierten Geste der Müdigkeit über die Augen. »Mein lieber Schlieffen, ich verlasse mich ganz auf Sie. Sagen Sie mir, was ich tun muß, und ich gehorche.«

»Recht und Gerechtigkeit in Einklang zu bringen, war das Motto Ihres Regierungsantritts, Durchlaucht.«

»Sie weichen mir aus. Sagen Sie mir, wie Sie an meiner Stelle entscheiden würden.«

Schlieffen hätte nicht sagen können, was ihn in diesem Augenblick warnte. Vielleicht fürchtete er, seine Antwort könne zu vorbereitet klingen; vielleicht irritierte ihn auch nur Steins lauernder Blick. »Die Sache der Verurteilten stünde schlecht, wenn die letzte Entscheidung von mir abhinge«, sagte er vorsichtig. »Sie haben mich einmal Ihren schärfsten Kritiker genannt. Es stimmt, ich neige dazu, Menschen härter zu beurteilen, als sie es verdienen. Sie dagegen, Durchlaucht, besitzen die Großherzigkeit, die man braucht, um Nachsicht zu üben.«

Der Landgraf saß mit halb gesenktem Blick, was seiner Nachdenklichkeit etwas Bauernschlaues beimengte; seine Rechte lag auf den Gerichtsakten, die Hanslin vor ihm ausgebreitet hatte. »Hin und wieder gibt es eine höhere Art der Gerechtigkeit«, begann er schließlich. »Sie erinnern sich an die Affäre dieses Goldmachers Robert Skelnik. Er hat dem Land vor vierundzwanzig Jahren schweren Schaden zugefügt. Mein Vater hat damals Gnade vor Recht ergehen lassen; die Frau wurde nicht zur Verantwortung gezogen; der Besitz, den sie von Eltern und Oheim geerbt hatte, blieb unangetastet. Ich übe keine Kritik an der Entscheidung meines Vaters, aber ist es nicht, als wäre eine höhere Instanz damit unzufrieden gewesen und hätte jetzt noch einmal alles aufgerollt, damit diesmal das Recht zum Zuge komme? –

Dieser junge Mann war nur das Werkzeug einer höheren Gerechtigkeit«, fuhr der Landgraf fort. »Das Gold, mit dem sein Vater damals auf und davon ist, blieb verschwunden. Aber der Sohn ist mit seinen Silberbarren nur bis zur Hannoverschen Grenze gekommen.«

Schlieffen glaubte den Beichtvater des hohen Herrn zu hören. Es war nicht klar, worauf der Landgraf hinauswollte. »Sie denken an ein Sühnegeld, das Gottfried von Haynau für seinen Adoptivsohn erlegt?« fragte er.

»Ich denke etwas weiter. Ein so exemplarischer Fall bedarf eines exemplarischen Urteils. Mit einem Sühnegeld machen wir den Prozeß lächerlich.« Er machte eine Pause. »Meine Entscheidung lautet auf Konfiszierung des Haynauschen Besitzes, ich meine den gesamten Besitz, bewegliche und unbewegliche Güter, Landbesitz, Häuser, Warenlager. An das Barvermögen werden wir nicht herankommen, es ist im Ausland deponiert. Als Gegenmaßnahme werde ich dekretieren, daß Gottfried von Haynau für die Erlaubnis, das Land als freier Mann zu verlassen, die Summe von fünfhunderttausend Talern zu hinterlegen hat.«

Schlieffen war einen Augenblick sprachlos. »Sie vernichten einen Mann, der uns unschätzbare Dienste geleistet hat.«

»Alle Vorkehrungen für die Exekution gehen weiter«, fuhr der Landgraf ungerührt fort. »Die Stunde der Hinrichtung ist auf morgen früh um sechs Uhr festgesetzt. Die Konfiskation tritt zu dieser Stunde in Kraft. Bis zu diesem Zeitpunkt ist strengstes Stillschweigen zu bewahren. Den Gedanken, Claus von Haynau zu degradieren, habe ich erwogen, aber verworfen. Schließlich verdanken wir ihm die Festnahme. – Nun, Schlieffen, wäre Ihr Urteil wirklich milder ausgefallen?«

Schlieffen senkte den Blick. »Ich hätte mich außerstande gesehen, die Verantwortung auf mich zu nehmen.«

»Das sind viele Antworten in einer. Sie können mich nicht täuschen, Schlieffen. Muß ich Ihnen die Augen öffnen? Ihr Charakter ist zu vornehm, um Erscheinungen wie diesen Haynau zu erfassen. Sonst wären Sie mit ihm reich geworden. Ich weiß, was es heißt, einen Minister zu haben, dessen Geiz nicht die Kehrseite persönlicher Raffgier ist. Ich habe schon lange nach einem gemäßen Lohn für Sie gesucht. – Ich wünsche, daß Sie Gut Haynau fortan als Ihren Besitz betrachten. Es ist ein Wunsch und ein Befehl.«

Schlieffen rückte seinen Stuhl zurück und erhob sich. Aus Anlaß der Totenfeier hatte er einen Anzug aus steingrauer Seide angelegt; der einfache, fast militärische Schnitt, das Fehlen jeglichen Schmucks, selbst der Orden und Ehrenzeichen, gaben seiner schlanken Gestalt eine Vornehmheit und Würde, die ihn unter den anderen, in ihren farbenprächtigen Gewändern, geradezu fremd erscheinen ließ. Er war sich dessen bewußt, und er schöpfte Kraft daraus. »Ich habe einmal in meinem Leben einen Befehl, der zu meinen Gunsten gegeben wurde, verweigert. Ich tue es jetzt ein zweites Mal. Durchlaucht, ich bitte Sie, entlassen Sie mich aus Ihren Diensten.«

Die beiden Männer maßen sich. Im Landgrafen stieg Zorn auf, wie immer, wenn Schlieffen diesen kalten, durchdringenden Blick bekam. Keiner wagte ihn so anzusehen – nur dieser kleine Adlige aus Pommern, der bei ihm sein Glück gemacht hatte. Nur er, er allein unter allen, die ihm dienten, war kein Lakai. Und der Landgraf haßte und liebte ihn dafür.

»So leicht kommen Sie mir nicht davon! Es war ein Fehler, dem König von Preußen einen Befehl zu verweigern, aber der König von Preußen hat den größeren Fehler gemacht, indem er Sie gehen ließ. Ich werde meinen Befehl vergessen, und ich werde sogar Ihren Ungehorsam vergessen.«

Schlieffen neigte leicht das Haupt. »Wenn Sie gestatten, Durchlaucht, ziehe ich mich zurück. Die Stunde ist gleich überschritten.«

»Aber, aber, Schlieffen! Sonst sind Sie immer der bessere Rechner von uns beiden, der Realist. Sonst denke ich Ihnen immer zu wenig an den Staatshaushalt. Nun tue ich endlich einmal etwas zu seiner Sanierung, und Sie sind auch nicht zufrieden. Obendrein können Sie mit einem Federstrich unser Schuldenkonto bei diesem Parasiten streichen. Sie wissen ja besser als ich, wie hoch es war. Ganz abgesehen von dem heilsamen Schock für ein halbes Dutzend Möchtegern-Haynaus. Sie werden sehen, Schlieffen, wie still sich unsere Gläubiger in der nächsten Zeit verhalten. Und noch ein Posten liquidiert sich damit: Fräulein von Sonsfeld wird die Staatskasse keinen Kreuzer mehr kosten.«

»Wie das, Euer Durchlaucht?« fragte Schlieffen widerstrebend.

»Indem Gut Haynau, das Sie abgelehnt haben, in den Besitz von Christine von Sonsfeld übergeht, mit allen Pachteinnahmen. Haben Sie notiert, Hanslin?« Der Landgraf wandte sich wieder Schlieffen zu. »Zufrieden?«

Schlieffen erwiderte das Lächeln, aber während der Landgraf eine Brücke schlagen wollte zu diesem Mann, den er mehr achtete als sonst einen, und der ihm gleichzeitig fremder war als sonst einer, betonte Schlieffens Lächeln nur den Abstand, der zwischen ihnen war und der sich nie verringern würde. Alles hatte eine unvorhergesehene Wendung genommen. Daran war nichts mehr zu ändern. Nach den Gründen zu suchen, war später Zeit genug. Was jetzt sofort geschehen mußte, betraf den Kammerherrn Stein. Er hatte seine Finger im Brei gehabt, das war Schlieffen ganz klar; er rechnete bestimmt mit einer Belohnung, auch darüber gab es keinen Zweifel. Nun, er sollte sie haben.

»Ich kann nicht umhin, Sie zu bewundern«, sagte Schlieffen zum Landgrafen. »Eines allerdings fehlt mir noch in diesem Kunstwerk, aber sicher haben Sie auch daran gedacht. Die Frage der Konditionsehe für Fräulein von Sonsfeld ist noch ungeklärt, seit Claus von Haynau ausgefallen ist. Darf ich dazu einen Vorschlag machen?«

»Nur zu. Ich sehe Sie schon als Kassels Mustergatten.«

»Ich möchte nicht riskieren, Ihnen innerhalb einer Stunde zweimal den Befehl zu verweigern, deshalb schlage ich Kammerherrn Stein vor. Er scheint mir wie ausersehen für diese delikate Aufgabe.«

»So gefallen Sie mir wieder, Schlieffen!« Der Landgraf blickte auf die Uhr. »Wir haben noch zwei Minuten, das sollte genügen, den Kammerherrn Stein in einen Baron Sonsfeld zu verwandeln. Haben Sie notiert, Hanslin?« Der Landgraf rieb sich die Hände, nicht ohne Schadenfreude, mit einem boshaften Lächeln.

»Zu gütig«, murmelte Stein. Endlich hatte er das Ziel seiner kühnsten Träume erreicht, aber anstatt sich zu freuen, erschrak er. Nicht einmal die Vorstellung, daß diese Nachricht im Hause Sonsfeld wie eine Bombe einschlagen würde, vermochte ein Gefühl des Triumphes in ihm zu wecken.

»Sie erschrecken?« bemerkte der Landgraf.« Ich gebe zu, zwei Minuten sind wirklich etwas wenig Zeit.« Er wurde ernst: »Und doch genügen sie, Sie haben es ja eben gesehen, um zu stürzen oder zu steigen – vergessen Sie das nie! Vielleicht läßt sich ein schöner Sinnspruch für Ihr neues Wappen daraus machen.«

23

Soerman hielt das Talglicht über Roberts Gesicht. Robert blinzelte und drehte den Kopf zur Wand.

»Nachts schläfst du, am Tag schläfst du. Mach etwas Platz.« Soerman setzte sich auf die Pritsche. »Hörst du den Regen nicht? Dieses Getrommel auf dem Dach macht mich wahnsinnig. Wie kannst du dabei nur schlafen!«

»Ich habe immer einen gesunden Schlaf gehabt.« Robert wurde nur langsam wach.

Soerman starrte auf das Talglicht in seinen Händen. »Begreifst du, warum sie uns heute die Fußketten abgenommen haben? Vorbereitung zur Henkersmahlzeit?«

»Mit solchen Gedanken würde es auch mir schwerfallen einzuschlafen. Schlag dir das aus dem Kopf. Wenn deine Vorstellung von dem, was nachher kommt, stimmt, kannst du noch lange genug schlafen.«

Soerman erhob sich und stellte das Talglicht auf den Tisch in der Mitte der Zelle. Darauf lagen ein Kartenspiel und zwei zusammengefaltete Servietten.

Robert blieb, zur Wand gekehrt, liegen. Es gab nichts zu reden. Ihre Worte waren seit langem nur noch eine Gegenwehr gegen die Stille. »Glaubst du wirklich, daß es nach dem Tod weitergeht?« fragte Soerman.

Robert setzte sich auf; er zog die Beine an und

schlang die Arme um die Knie. »Wenn es denn sein muß. Sperr die Ohren auf: Der erste Grundsatz der Schöpfung lautet: nichts geht verloren. Also werde ich weiterleben.«

Soerman schüttelte den Kopf in leidenschaftlicher Abwehr. »Ein anderer Grundsatz der Schöpfung lautet: Ein Mann mit zwölf Kugeln im Leib steht nicht mehr auf. Und verlaß dich drauf, es werden zwölf sein, die Jäger sind gute Schützen.« Er nahm die Karten auf und begann sie zu mischen. »Ich wußte immer, ich würde nicht im Bett sterben. Ich kann noch von Glück sagen, daß es nicht der Galgen ist. Sterben – wenn es nur das wäre, würde ich ruhig schlafen.«

»Dann schlaf!«

Für eine Weile war nur das Geräusch des Kartenmischens zu hören. »Ich hab' es dir prophezeit«, sagte Soerman. »Du hättest mir nie begegnen dürfen. Mit mir fing dein Unglück an.«

»Wenn du dein Gewissen erleichtern willst, ist es besser, du läßt den Pfarrer rufen.«

»Gib dir keine Mühe, mich zu täuschen. Du hast auch so deine Gedanken. Wenn es so etwas wie ein Gericht gibt, in der anderen Welt, dann wird das meine schwerste Schuld sein, daß ich dich hier nicht herausgeholt habe. In jedem normalen Gefängnis wäre es ein Kinderspiel gewesen. Aber hier in der Hauptwache . . .«

Die Glocken der Stadt setzten zum Abendläuten ein. Immer wenn Soerman zu reden anfing, wollte Robert ihn bitten, doch lieber still zu sein; schwieg er aber, wartete er nur darauf, daß er wieder sprach, gleichgültig was. Er wußte nicht, wieviel Tage seit der Gerichtsverhandlung vergangen waren. Sie hatten sich keine Zeichen gemacht. Es gab keine Tage und Stunden mehr, die man zählen konnte. Die Zeit floß nicht mehr; sie hatte sich in eine feste Masse verwandelt, sie war ein lastendes Gewicht, und dieses Gewicht, das immer schwerer wurde, mußten sie bis zum Ende tragen.

Robert mußte an die Stellmacherei denken, wo er Soerman das erstemal gesehen hatte. Von vierzig Mann war der Hof umstellt gewesen – und Soerman hatte wie ein Reisender in der Kutsche gesessen. Jetzt war es dasselbe. Er war nervös, er wartete, aber eben nur wie ein ungeduldiger Reisender.

Robert versuchte, sich Soerman vorzustellen, ausgestreckt, mit blutleerem Gesicht aber es gelang ihm nicht. Er legte den Kopf auf die angezogenen Knie, schloß die Augen und hielt den Atem an. Er versuchte, sich an das dunkle Tor heranzutasten – aber er spürte nur um so intensiver, daß er lebte, daß sein Herz schlug, daß seine Brust sich hob und senkte.

Die Glocken wurden leiser, eine nach der anderen verstummte. Eine Weile noch blieb ein Ton in der Luft und löste sich dann im gleichförmigen Trommeln des Regens auf. Wenn er die Augen geschlossen ließe und die Schritte der Posten mitzählte, die vor der Zelle auf und ab gingen, würde er schnell wieder einschlafen.

»Wir bekommen Besuch«, sagte Soerman. Es dauerte immer eine Ewigkeit, bis alle Riegel und Schlösser offen waren, bis die Richtung der Schritte und Geräusche eindeutig wurde und die schwere Eisentür der Zelle aufging. Hauptmann Glaser kam herein, hinter ihm ein Priester in schwarzer Soutane. Ein Doppelposten besetzte die Tür.

Robert vermied es, Soerman anzusehen. Er reagierte nicht auf den stummen Gruß des Priesters. »Ist es endlich soweit?« fragte er.

»Morgen früh um sechs.«

»Ich will nur Kaffee zum Frühstück«, sagte Robert.

»Sehr stark und sehr heiß. Und einen Barbier. Ist das zu machen?«

»Und Sie?« fragte Hauptmann Glaser, zu Soerman gewandt.

»Das gleiche – ohne Barbier.«

Der Offizier zog ein Papier aus der Ärmelstulpe und reichte es dem Priester. »Vielleicht erledigt Ihr das mit«, sagte er. »Es fällt in Euer Ressort.« Hauptmann Glaser konnte seinen Protest gegen die Einquartierung der beiden Verurteilten in der Hauptwache kaum mehr verheimlichen. Er wollte die Zelle verlassen, aber Robert hielt ihn zurück. »Nehmt den Pfarrer mit«, sagte er. »Wir haben nicht nach ihm verlangt.«

»Ich habe Befehl. Er wird die Nacht mit Euch verbringen, ob Ihr nun wollt oder nicht.«

Ratlos sah sich der Pfarrer um, als sie allein waren. Dann kam ihm das Papier in den Sinn, das Hauptmann Glaser ihm gegeben hatte. Er trat an den Tisch zu dem Talglicht, überflog es und wollte es gleich wieder wegstecken.

»Laßt sehen!« Ohne lange zu fragen nahm Robert das Papier an sich. Sieht aus wie eine Rechnung.« Plötzlich begann er zu lachen. »Es fällt wirklich in sein Ressort.«

»Was ist es?«

»Eine Rechnung über zwölf Taler und siebzig Kreuzer für zwei Fichtensärge. Vier Taler für den Totengräber.« Robert ließ das Blatt sinken. »Mich wundert, daß sie das Pulver und die Kugeln des Exekutionskommandos vergessen haben. Oder gehört das zur Seelsorge – und die scheint umsonst zu sein, stimmt's, Herr Pfarrer? Wer schickt Euch? Niemand hat Euch rufen lassen.«

Der Priester öffnete seinen schwarzen Umhang.

Nässe tropfte auf den Boden. Er sah sich in der Zelle um, sein Blick fiel auf die Spielkarten. »Braucht Ihr nicht einen dritten Mann?« fragte er.

»Wenn Ihr versprecht, nichts als Eure Spiele anzusagen. Das Spiel zu einem Viertel Kreuzer. Könnt Ihr Euch das leisten?«

»Als Student habe ich mit Kartenspielen mein Essen aufgebessert.«

Robert nickte Soerman zu. »Klingt, als könnten wir's mit ihm versuchen.«

Soerman und Robert machten den Tisch frei, holten den Henkelkorb mit den Vorräten herbei, stellten einen dritten Hocker an den Tisch.

»Wie heißt Ihr eigentlich?« fragte Robert, nachdem sie sich gesetzt hatten.

»Wittaler.«

»Erst kurz in Kassel?«

»Ihr wart lange nicht mehr in der Kirche.«

Robert wechselte einen Blick mit Soerman. »Gib ihm die Karten. Er ist zuletzt gekommen, soll er das erste Spiel geben.«

Morgens um fünf saßen Robert, Soerman und Pfarrer Wittaler immer noch zusammen, mit kalten Füßen und heißen Köpfen. Die Vorräte waren zu Ende, die Weinflaschen geleert. Auf der Rechnung über die Särge und den Totengräber, die Robert zum Schreiben benutzt hatte, war kein Platz mehr frei.

Pfarrer Wittaler schob zwanzig Kreuzer zu Robert hinüber. »Ich habe mir immer eingebildet, ich kann beim Kartenspielen nicht verlieren. Was ist Euer Trick?«

»Besser, ich sage Euch Euren Fehler: Ihr braucht ein zu gutes Blatt, um zu gewinnen.«

Durch die Eisentür drangen Geräusche, sehr leise, sehr weit weg, steigerten sich langsam, Stimmen wurden deutlich, das Klappern eines Schlüsselbundes.

Soerman lehnte sich zurück. »Jetzt hätte ich gerade die richtige Bettschwere.«

Robert schob die Münzen, die sich neben ihm angehäuft hatten, mit beiden Händen über den Tisch zu Pfarrer Wittaler. »Nehmt alles. Zahlt die Särge und den Totengräber und behaltet den Rest. Nein«, wehrte er ab, »sonst ist nichts mehr; sonst habe ich keine Bitte, keine Botschaft. Bleibt auch für den Rest unseres Zusammenseins ein guter schweigsamer Spieler. Doch, eine Bitte habe ich; kommt nachher nicht mit uns!«

»Ich habe mich nicht um den Prozeß gegen euch gekümmert«, sagte der Pfarrer. »Tue ich nie; das macht alles nur noch schwieriger. Aber nach dieser Nacht weiß ich, daß ihr beide unschuldig seid.«

Robert musterte ihn einen Moment, dann brach er in Lachen aus. Es klang ungezwungen und frei. »Deshalb also habt Ihr verloren. Ich sage Euch, konzentriert das nächste Mal Eure Gedanken auf das Spiel, sonst zahlt Ihr bei jeder Hinrichtung drauf.«

»Euer Spott zeigt mir nur . . .«

Durch die Eisentür klang ein dumpfes vibrierendes Geräusch, wie immer, wenn die großen Eisenriegel aufgezogen wurden. Robert streckte dem Pfarrer die Hand hin. »Machen wir ein Ende. Geht heim und schlaft Euch aus.«

Der Pfarrer zog seinen Mantel an. Unschlüssig stand er, den Kopf gesenkt, die Hände in den ausgebeulten Taschen. »Ich hätte da noch etwas . . .« Er kramte in der Manteltasche. »Man hat mich gebeten, Euch das zu bringen.« Er hielt Robert ein goldenes Medaillon hin.

»Rühr es nicht an!« Soerman stand plötzlich zwischen

Robert und dem Pfarrer. »Rühr es nicht an! Tu, was ich sage.«

»Abergläubisch?« fragte Robert. So hatte er Soerman noch nie erlebt, so außer sich.

»Tu es nicht! Einen Talisman in solch einem Augenblick geschenkt zu bekommen, durch einen Dritten, das bedeutet Unglück. Glaub mir!«

Robert lächelte: »Was kann ein Mann, der vor der Hinrichtung steht, schon noch an Unglück erwarten?« Er streckte dem Pfarrer die Hand hin. »Von wem ist denn die Gabe?«

»Fräulein von Sonsfeld . . .«, der Pfarrer stockte.

»Gut, gut.« Ohne es anzusehen oder zu öffnen, ließ Robert das Medaillon in die Rocktasche gleiten. Soerman stand mit abgewandtem Gesicht. Robert legte ihm die Hand auf die Schulter.

Hinter ihnen öffnete sich die Eisentür. Der Pfarrer murmelte einen Abschied und eilte hinaus. Die Zelle füllte sich mit Menschen. Vier Posten besetzten den Eingang; ein Bursche brachte heißes Wasser und schüttete es in die Waschschüsseln; ein anderer kam mit dem Kaffee, stellte Tassen auf den Tisch, Milch, Brot und Zucker. Der Barbier packte sein Handwerkzeug aus.

Hauptmann Glaser stand mit dem Rücken zu dem kleinen Fenster, die Arme auf der Brust verschränkt, und überwachte alles schweigend. Aus dem Hof der Hauptwache hörte man Hufschlag, das Rattern eines Wagens.

»Sie sehen aus, als hätten Sie die ganze Nacht kein Auge zugetan«, sagte Robert zu Hauptmann Glaser.

Die blutunterlaufenen Augen des Offiziers verengten sich zu Schlitzen. »Ihr geht mir auf die Nerven mit Eurer Haltung. Ihr habt recht, ich habe nicht geschlafen, und ich will Euch auch sagen warum. Ich habe auf den Boten gewartet, der die Begnadigung vom Landgrafen bringen würde. Ich wollte es sein, der es zuerst erfährt, und ich wollte es sein, der Euch die Nachricht bringt. Zum Teufel, macht mir doch nicht vor, Ihr hättet nicht darauf gewartet! Ich sage Euch, Ihr wartet immer noch darauf, und Ihr werdet noch darauf warten, wenn ... Ach was! Ihr regt mich einfach auf.« Er trat vom Fenster weg. Einen Moment stand er da, mit hängenden Armen, wußte nicht, was er tun sollte. Dann sagte er förmlich: »Ich möchte mich verabschieden. Das Exekutionskommando wird vom Ersten Jägerregiment gestellt.« Zuerst reichte er Soerman die Hand, dann Robert. Er schien noch etwas sagen zu wollen, aber unvermittelt wandte er sich um und ging schnell aus der Zelle.

Vor der Hauptwache war eine Schwadron Jäger zu Pferd aufmarschiert. Es regnete nicht mehr, aber die grüne Plane über dem Wagen, der nachts im Freien gestanden hatte, glänzte vor Nässe. Eskortiert von zwei Posten, stiegen Robert und Soerman auf den Wagen. An die Sparren gerückt standen die beiden Särge. Robert setzte sich auf den linken, Soerman blieb stehen. Es herrschte Stille, nur das Getrappel der sich ordnenden Reiter war zu hören. Robert wartete darauf, daß die Trommler, die er gesehen hatte, den Abmarsch ankündigten, aber sie rührten ihr Stöcke nicht. Nicht einmal ein Kommando war zu hören, als der Zug sich in Bewegung setzte.

Robert achtete nicht darauf, wohin man sie brachte; er achtete nicht auf seine Gedanken und Gefühle. Das war nur noch ein unwesentlicher Teil von ihm, eine Erinnerung an unnütz gewordene Gewohnheiten. Es berührte ihn unangenehm, als Soerman sich neben ihm niederließ und zu sprechen anfing. »Sie haben es geheimgehalten. Kein Mensch ist auf der Straße. Sie müssen Angst haben, es könnte etwas geschehen.«

Robert legte die Hand auf Soermans Arm. Die Geste verstehend, senkte Soerman den Kopf. Nach einer Weile legte er seine Hand auf die Roberts; sie sprachen während der ganzen Fahrt kein Wort mehr.

Die Wiese war von Pappeln umstanden, sie waren entlaubt bis auf wenige tiefgelbe Blätter an den Spitzen. Die Schwadron hatte einen Halbkreis formiert, die zwölf Todesschützen waren abgesessen; sie bildeten vor dem Halbkreis der Reiter eine gerade Linie.

Robert und Soerman wurden an ihnen vorbeigeführt. Einer nach dem anderen sprachen die Männer die vorgeschriebene Bitte um Vergebung aus. Unvermittelt blieb Robert bei einem der Schützen stehen. »An deiner Büchse ist die Pulverpfanne auf«, sagte er. »Wie willst du mich treffen, wenn du kein Pulver hast?« Er hatte nicht laut gesprochen. Aber die Männer schienen unruhig zu werden.

Der kommandierende Offizier, Major Wesels, gab den Trommlern ein Zeichen. Dreimal hallte ein dumpfer Wirbel über die Wiese. Der Auditeur trat in die Mitte und verlas das Urteil. Als er geendet hatte, fragte Major Wesels »Haben Sie etwas zu erinnern, Robert Haynau?«

»Nichts.«

»Und Sie, Freder Soerman?«

»Nichts.«

Am Himmel zogen graue Wolken. Um die schlanken Stämme der Pappeln lag da und dort noch etwas Schnee, sonst hatte der Regen überall die winterbraune Wiese ausgewaschen. Am Rande des Platzes standen die hellen Fichtensärge.

Major Wesels schritt die Entfernung zwischen den Todesschützen und den Verurteilten ab. Sechs Schritt sollten es sein, aber er vergrößerte die Entfernung. Über die graue dämmernde Wiese huschte ein blendendes Licht. Zwischen den schnell dahinziehenden Wolken war die Sonne durchgebrochen, ein Blitz, der das Halbdunkel für Sekunden gespenstisch erhellte.

Abermals setzten die Trommeln ein. Robert ließ sich widerstandslos die Binde um die Augen legen. Trotz der Trommeln hörte er mit geschärften Sinnen, wie die Todesschützen ihre Gewehre fertigmachten.

Dann wartete er eine Ewigkeit, sich fragend, was er zuerst wahrnehmen würde, was schneller sein würde, der Schall der feuernden Gewehre oder der Aufprall der Kugeln. Einen Augenblick hatte er die wahnwitzige Vorstellung, die Kugeln müßten von seinem Körper wie von einem Panzer abprallen. Aber nichts von dem, was er erwartete, geschah. Die Luft war plötzlich von fremdartigen Schreien erfüllt. Jemand berührte seinen Arm, und es war nicht anders, als träfe ihn die Kugel. Die Binde wurde ihm von den Augen gerissen; das Licht blendete ihn, als träfe es seine Augen zum erstenmal; um ihn waren Gesichter, Augen, in denen noch die Furcht stand. Dann saß er wieder auf dem Wagen, auf dem Fichtensarg, Soerman neben ihm. Bäume glitten vorbei, Hütten. Die Fulda tauchte auf. Es waren nur Schatten. Sie bedeuteten nicht mehr, er konnte sie mit nichts mehr ausfüllen. Als sie über die Fuldabrücke kamen, zog er das Medaillon heraus und schleuderte es in den Fluß.

24

Es geschah selten, daß Kommandant Rall sich aufraffte, seine Post zu erledigen; eigentlich immer erst dann, wenn er auf seinem Schreibtisch keinen Platz mehr für die Weinflasche fand. Da, wie er meinte, die meisten Briefe sich durch lange Lagerzeit selbst beantworteten, ging die Arbeit, wenn er sich einmal daran machte, sehr schnell; er brauchte weder Adjutant Wardein noch Feldwebel Luib dazu, sondern nur Feuer im Kamin und Unmengen Tee, den er an regnerischen Tagen, wie diesem 28. Februar, reichlich mit Rum versetzte, der die Arbeit noch mehr beschleunigte. Nach einem uninteressierten Blick auf den Absender und nachdem er geprüft hatte, ob in der Anrede auch keiner von seinen Titeln vergessen worden war, warf er die Briefe ins Feuer, eine gewisse Unterscheidung nur insofern treffend, als er manche ärgerlich zerriß und andere nur nachlässig zerknüllte, bevor er sie den Flammen übergab.

Nachdem auch der letzte in Rauch und Asche aufgegangen war, lehnte Rall sich befriedigt in den Sessel zurück. Die Füße hatte er auf die Schwelle des Marmorkamins gelegt, in zwei tiefe Scharten, die er im Lauf vieler Winter mit den Sporen in den Stein gegraben hatte. Auch die Armlehnen des Sessels trugen deutliche Spuren, denn Rall liebte es, das Briefmesser zu allerlei Schnitzereien zu verwenden. An diesem Morgen entstanden Wellenlinien mit ausgebuchteten Kämmen in dem Eichenholz, einer windgepeitschten See ähnlich.

Ein uneingeweihter Beobachter hätte Rall in diesem Augenblick für den friedlichsten Menschen gehalten, ohne einen Funken Temperament und unfähig, auch nur ein lautes Wort von sich zu geben. Aber der eintretende Feldwebel Luib las aus dieser Haltung gedankenlosen Sichgehenlassens lediglich die Menge Rum ab, die sein Herr zu sich genommen haben mußte.

Da Luib seinen Bauch immer gewaltsam zusammenschnürte, war er stets außer Atem, und die Zischlaute, die jedes seiner Worte begleiteten, seit er sich zwei Vorderzähne hatte reißen lassen müssen, betonten seine Kurzatmigkeit. »Sie sind da«, stieß er hervor. Rall nickte nur.

»Ich habe sie ins Magazin bringen lassen, damit sie ihre Montur bekommen.«

Rall balancierte das Briefmesser in der Hand. »Unter dem alten Landgrafen hätte es so was nicht gegeben. Wer sein Leben verwirkt hatte, mußte sterben. Wozu langwierige Prozesse, wenn nachher doch jeder begnadigt wird! Mir kann es gleich sein, aber die werden sich noch wundern, wenn die Truppen erst mal weg sind; da wird gestohlen und geraubt, da ist keine Tür mehr fest genug verriegelt! Riskiert ja keiner was. Zur Belohnung macht man ihn zum Soldaten. Wie war es denn, hat's einen Auflauf gegeben, als sie kamen?«

»Es waren nur die Wachen da. Bei dem Wetter . . .«

Trotz des Feuers im Kamin fröstelte Rall. »Am Richtplatz, die Binde schon vor den Augen – Begnadigung nennen sie das! Die Idee kann dem Landgrafen nur der Pfaffe eingeflüstert haben. Im Foltern haben die Katholiken eine unerschöpfliche Phantasie. Wie haben die beiden sich benommen?«

Luib zuckte mit den Schultern. »Kann man in Menschen hineinschauen? In der Hauptwache müssen sie wie Ehrengäste behandelt worden sein. In der ganzen Müllerkaserne gibt es keine zwei paar Stiefel, die so glänzen wie die ihren. – Aber ich wollte nicht stören, ich wollte nur fragen, sollen die beiden nun ins Zelt 18 kommen?«

»Was hat Er für Bedenken?« Rall ließ die Füße von der Kaminschwelle gleiten. Klirrend schlugen die Sporen auf das Messingblech.

»Wenn ich bemerken dürfte: jedes andere Zelt wäre besser.«

»Ich habe Zelt 18 nie auf der Strafliste gesehen.«

»Das ist es ja eben. Die Männer in Zelt 18 machen mir Kopfzerbrechen. Bei den anderen kenne ich mich aus. Die halten zusammen wie Pech und Schwefel; da sorgt einer für den andern, die würden den letzten Bissen Brot teilen. Letzte Nacht, als es überall hineingeregnet hat, das hättet Ihr sehen müssen, da hatten die Offiziere nichts mehr zu melden, da haben die anderen befohlen, und die Offiziere haben gehorcht, so war das. Aber das Zelt 18 hat noch nicht ein Mal gemeinsam abgekocht. Da paßt jeder nur auf, daß er nicht etwa einen Handgriff für die anderen tut. Nicht einmal einen Tisch haben sie sich gezimmert. Sie brauchen ihn nicht. Sie reden nicht miteinander, sie spielen nicht Karten. Es ist eine Ruhe, die mir nicht gefällt.«

Rall war nicht aufgelegt, über komplizierte psychologische Probleme nachzudenken. »Was ganz anderes«, sagte er. »Sind die Hunde endlich gekommen?«

»Gestern nachmittag. Hundertfünfzig Stück.«

»Ich hatte dreihundert angefordert«

»Sie haben im Marstall kaum die hundertfünfzig untergebracht.«

»Wenn ich dreihundert sage, meine ich dreihundert. Wie, glaubt Er wohl, bringe ich meine Truppen auf die Weserschiffe? Ohne die Wachhunde desertieren sie mir haufenweise, zusammen mit den Bewachungstrupps. Hunde – davor haben sie mehr Angst als vor der Flinte. Ich brauche alle dreihundert. Was glaubt Er, warum die sich hier alle so eifrig vollfressen! Jeder denkt nur daran zu fliehen, jeder will reichlich Proviant im Bauch haben, damit er lange durchhält.«

»Die zweite Hundelieferung soll heute vormittag eintreffen.«

Rall erhob sich. Er nahm einen Eichenstrunk und legte ihn aufs Feuer. Immer noch war ihm kalt, das Frösteln saß ihm in den Knochen. »Ich will die Hunde hier in der Kaserne haben. Man soll eine Remise räumen, dann höre ich endlich nicht mehr das Geflöte der Musikanten. Ich habe ausdrücklich befohlen, daß sie im Keller üben.«

»Seit gestern steht Wasser im Keller. Wenn die Fulda soviel Wasser führt, haben wir immer Überschwemmung in den Kellern. Das Grundwasser.«

Rall stand vor dem Kamin, hielt die Hände über die Flammen. »Ich wünschte, wir wären schon eingeschifft. Die Garnison ist eine Krankheit. Graue Haare, kalte Füße. Das einzige ehrliche Handwerk ist der Krieg. Ich will, daß Er mich ruft, Luib, wenn die Hunde eintreffen. Alle sollen einen Vorgeschmack davon bekommen, was sie für einen Geleitschutz haben werden!«

»Die zwei Begnadigten sollen also wirklich in Zelt 18? Ich kann es nicht erklären, aber ich habe kein gutes Gefühl.«

»Ist der Landreiter Willibald Manz ins Zelt 18 verlegt worden?« fragte Rall.

»Wie ihr angeschafft habt. Obwohl ich Euch, um ganz ehrlich zu sein, auch in diesem Punkt nicht verstehe. Die Geschichte in Altenbauna war nicht sauber. Ich dreh die Hand nicht um zwischen dem Manz und dem Niklas wir haben in dem Zelt eine verdammte Brut beisammen.«

Rall lachte. »Den Niklas laß Er mir in Ruhe, den habe ich mit viel List dem Grenadierbataillon Linsing weggeschnappt. Ein Mann, der Opferstöcke ausraubt, steht bei mir auf der Beförderungsliste. Wenn wir in Amerika nicht vor Hunger krepieren wollen, brauchen wir Männer wie ihn. Der Niklas ist einer, der findet auch in der Wüste noch Kaninchen und Ammern. Aber wie ist es mit dem Manz? Sind seine Papiere geändert? Ich habe sie nicht mehr zu Gesicht gekriegt.«

»Man könnte ihn gut sechs Jahre jünger machen. Ihr würdet ihn nicht wiedererkennen mit dem gefärbten Haar. Er taugt jetzt sogar fürs erste Glied.«

»Miserabler Schütze.« Rall lachte auf. »Wenn die Engländer wüßten, was sie da für Soldaten bekommen. Gibt es überhaupt einen gelernten Soldaten in Zelt 18?«

»Rittmeister Kunkel, der Schlesier. Sein Patent ist in Ordnung. Auch mit ihm habe ich mich verrechnet. Ich dachte, er macht aus dem Haufen so etwas wie eine Gemeinschaft. Aber auch er sondert sich ab, wie die anderen. Nachts fliegt er aus. Weiber. Nacht für Nacht. Dünn wie ein Nagel – aber Kraft hat er für zwei. Gestern hat er die rothaarige Marketenderin Huckepack genommen. Zwei Runden um das Weiberzelt. Er war nicht einmal außer Atem, und das bei einem Frauenzimmer von zwei Zentnern.«

»Traugott Kunkel, nicht wahr? Erinnere Er mich, daß ich ihn zu mir rufe.« Rall beendete seine Wanderung durch den Raum und trat vor Feldwebel Luib: »Also komm Er schon heraus damit, was befürchtet Er bei Zelt 18?«

»Ich weiß ja nicht, was Eure Absicht war – aber in Zelt 18 sind lauter gute alte Bekannte der beiden Begnadigten. Da ist der Österreicher, der Handschuhhändler Balthasar Plötz, da ist der Ziegenlouis von der Haynau'schen Stellmacherei und der Tagelöhner aus Ziegenhain, der Klemm, Ihr kennt ihn, er hat für Euch immer die Haselruten geschnitten. Und vergeßt den

Weibrecht nicht, der einzige, der im Prozeß für die beiden ausgesagt hat. Wenn Euch das nicht beunruhigt . . .«

»Es beruhigt mich, sie alle beisammenzuhaben. Versteht Er das nicht: Auf die Weise habe ich sie alle miteinander unter Kontrolle! Und weiß immer alles von ihnen.«

»Ihr habt einen Spitzel in Zelt 18?«

Rall umfing den alten Haudegen mit einem freundschaftlichen Blick. »Manchmal glaube ich wirklich, Er denkt mit seinem dicken Bauch, weil's gar so langsam geht. Ist Er jetzt beruhigt? Gut.«

»Wenn ich . . .«

Rall wehrte ab. »Die beiden kommen also in Zelt 18. Sind wir damit endlich komplett? In zwei Tagen ist Abmarsch.«

»Mit dem Skelnik und dem Soerman haben wir eintausendvierhundertsiebenundneunzig, immer noch drei unter Soll. Aber nur für zweihundert ein Pferd.«

»In Amerika gibt's Gäule genug. Rechne Er sich einmal aus, was wir allein an Futter mitnehmen müßten! Die Biester würden uns armfressen. Ich bin froh, wenn ich genügend Proviant für die Männer auf den Schiffen unterbringe. Ein gewonnener Krieg beginnt mit der Fourage.«

»Ich hab' mir die Route mal auf der Karte angesehn. Verteufelt weiter Weg!«

»Was ist los? Vor vier Wochen wärst du auf einem Floß nach Amerika gerudert!«

Luib zog an seinen Ärmelstulpen. »Ich habe ein Problem, ein persönliches sozusagen. Es geht um eine wohlhabende Witwe. Sie hat ein Haus und ein schönes Stück Geld. Das Ganze kam für mich aus heiterem Himmel.«

»Heirate sie, aber unter der Bedingung, daß sie dableibt.«

Luib senkte den Kopf und antwortete nicht. Rall nahm ihn bei der Schulter.

»Zeig ihr die Frauenzelte.«

Es dauerte eine Weile bis Luib begriff, und dann hätte er aus Bewunderung für seinen Herrn fast geflucht. »Sie ist so eine, wo man vom Fußboden essen könnte. O ja, der Anblick wird sie kurieren.«

»Du mußt allerdings damit rechnen, daß sie jemand braucht, der sie tröstet, während du fort bist.«

Luib lief rot an, aber die Verlegenheit schien eher angenehmer Natur. »Die Befürchtung habe ich eigentlich nicht«, murmelte er. »Ich weiß auch nicht, was sie an mir findet, aber sie ist ganz versessen auf mich.«

»Um so bedürftiger wird sie des Trostes sein«, beharrte Rall ungerührt. »Laß es dir noch einmal durch den Kopf gehen. Haben tut man sie schnell, aber loswerden ... Und jetzt kümmere dich um die zwei Neuen.«

Seit eineinhalb Tagen sahen die Männer in Zelt 18 zu, wie die Wasserlache unter dem Riß der Zeltplane immer größer wurde, aber keiner dachte daran, etwas dagegen zu unternehmen. Feldwebel Luib hatte ihnen Flickzeug bringen lassen; es lag unberührt auf der alten Trommel; und auch dazu hatten sie sich nicht aufraffen können, von der Lache bis zu dem Abflußkanal außerhalb des Zelts eine Rinne zu graben. Hätte Feldwebel Luib die Männer nicht zum Zusammenrücken gezwungen, wären Plötz, Weibrecht und Manz eine Nacht lang in der Nässe gelegen; aber auch diese drei hatten sich über Luibs Fürsorge keineswegs erfreut gezeigt, sondern alles stumpf und gleichgültig hingenommen.

Jetzt, am Morgen, wo in den Zelten ringsum das Leben begann, war es in Zelt 18 immer noch still. Von seinem Stammplatz, in der Nähe des Eingangs, blickte

Balthasar Plötz durch einen Spalt hinaus in den Hof. Vor dem Nachbarzelt war ein halbes Dutzend Männer damit beschäftigt das Frühstück vorzubereiten. Zwei trugen Reisig und Holz herbei; einer schälte Kartoffeln, einer rieb von einer Speckschwarte den Ruß. Als das Feuer brannte, hingen sie einen Kessel mit Wasser darüber. Immer mehr Männer gesellten sich dazu. Sie warteten darauf, daß der große Zuber mit warmem Wasser gefüllt wurde, damit das morgendliche Waschen beginnen konnte. Früher hätte sich Plötz von der lärmenden Fröhlichkeit, die nun um sich griff, unwiderstehlich angezogen gefühlt – jetzt stieß sie ihn ab. Und als in der großen Pfanne der Speck laut zu brutzeln anfing, konnte Plötz nicht mehr länger hinsehn.

Sein Interesse galt einem anderen Teil des Lagers, den Zeiten der Frauen. Diese Zelte lagen ziemlich entfernt, und waren meist durch zahlreiche Wäschestücke verdeckt, die dichtgedrängt an einer langen Leine hingen, gleichgültig ob es fror oder regnete. Aus zwei Ofenrohren, die aus dem Zeltdach ragten, stieg Tag und Nacht Rauch auf. Am längsten verweilte sein Blick am Marketenderstand. Er hatte alles ausgekundschaftet; dieser Platz am Eingang des Zeltes war für ihn Beobachtungsposten und Sprungbrett zugleich, denn er war fest entschlossen, zu fliehen, ehe es zur Einschiffung der Truppen kam, zu fliehen in Frauenkleidern. Längst hatte er sich für die Art seiner Kostümierung entschieden: weiße Bluse, grüner Rock, schwarzer Mantel, rotes Kopftuch und darüber den großen Strohhut, wie die Eierfrauen ihn trugen. Er hätte die Dinge nicht einmal stehlen müssen, er hatte noch Geld genug, sie zu kaufen. Was ihn davon abhielt, war die Angst vor den Männern im Zelt; er war sicher, sie hätten ihn verraten, und so hatte er nie mit jemandem über seine Pläne gesprochen.

Jeden hatte er in Erwägung gezogen, denn zu zweit wäre die Chance für ihn, der fremd in diesem Land war, größer gewesen, aber zu keinem hatte er Vertrauen fassen können.

Der Essensduft wehte vom Nachbarzelt herüber und erinnerte die Männer in Zelt 18 an ihre leeren Mägen. Trotzdem fiel es keinem ein, Frühstück zu kochen. Jeder holte aus seinem Versteck, was er an Eßbarem verwahrte, ein Stück Brot, einen Apfel, einen Zipfel Wurst. Sie aßen abgewandt vom Nachbarn, in feindseliger Abwehrhaltung.

Neben Plötz wickelte sich Willibald Manz aus seiner Felldecke. Mit nackten Füßen fuhr er in die Stiefel und machte seine täglichen Kniebeugen. Mit seinem Gespür für Stimmungen fühlte Balthasar Plötz, wie ein Funke Spott durch das Zelt geisterte, aber er entzündete kein Lachen, entlockte diesen Männern kein Wort.

Manz beendete seine Übungen und hüllte sich in einen knöchellangen Umhang. Er nahm den großen Blechnapf aus seinem Vorratskorb. »Soll ich dir eine Portion Grütze mitbringen?« fragte er Plötz. »Ich mach's für einen Kreuzer.«

Plötz schüttelte den Kopf. Es war sinnlos zu leugnen, daß er im Besitz von Geld war, sie wußten es alle im Zelt, aber keiner kannte sein Versteck, und Plötz dachte nicht daran, es wegen einer Portion Grütze zu verraten.

»Mein Magen hält die kalte Fresserei nicht aus«, sagte Manz; es klang wie ein Vorwurf.

Feuchtigkeit kroch herein, als Manz die doppelt gesteppte Plane, die vor dem Eingang hing, zur Seite klappte und an dem Holzpfosten befestigte. Zusammen mit dem bitteren Brodem im Zelt bildete sich jener seltsame Geruch, der in Kellern zurückbleibt, die längere Zeit überschwemmt waren. Plötz, den der naßkalte

Luftstrom unmittelbar traf, begann zu frieren, trotz der drei Garnituren Unterwäsche am Leib. Auch sein Hunger meldete sich gebieterisch. Aus einem Lederbeutel holte er Brot, Salz und ein Stück Pressack und bereute insgeheim, daß er das Angebot von Manz abgewiesen hatte, denn das Brot schmeckte nach Schimmel, und der Pressack war ranzig. Er aß nur, um seinen Magen zu füllen, aber auch das wurde ihm verleidet, als er den Ziegenlouis auf das Zelt zukommen sah, den Tragkorb am Arm, in dem er aus dem *Schwan* das Frühstück für den Niklas brachte. Auch die anderen Männer hörten zu essen auf, als der Duft von Kaffee und frischem Zuckergebäck durch das Zelt zog.

Mit untergeschlagenen Beinen hockte Niklas auf seinem Lager und ließ sich vom Ziegenlouis bedienen. Seinen vollen Namen hatte der Opferstockdieb seit so vielen Jahren nicht mehr benützt, daß er sich daran so wenig erinnerte wie an seine Lehre als Flickschuster. Seit er im zwölften Lebensjahr von daheim weggelaufen war, lebte er von Diebereien, vornehmlich brach er Opferstöcke auf. Immer war er den Gendarmen entkommen – bis man ihn am Neujahrstag 1776 in Marburg erwischte, zum Tode verurteilte und zu seinem größten Erstaunen zum Militärdienst begnadigte. Sparsam, nicht aus Geiz, sondern aus Angst, sich zu verraten, hatte er im Lauf der Jahre ein kleines Vermögen angesammelt, das er jetzt – als ehrlicher Soldat – endlich einmal mit vollen Händen ausgeben konnte.

Plötz drehte es den Magen um, als der Ziegenlouis mit einer Zuckerbrezel in der Hand auf ihn zukam. »Du bekommst sie, wenn du mir endlich die Karte zeichnest.«

Fast wären dem Handschuhhändler Tränen in die Augen geschossen. »Mit was soll ich sie zeichnen?«

Der Ziegenlouis griff in die Tasche. »Mit Holzkohle,

hier drauf.« Er packte die Trommel, die neben dem Zelteingang stand und rollte sie vor Plötz. »Auf das Kalbfell.«

Rittmeister Traugott Kunkel erhob sich von seinem Lager. »Bist du Kartenzeichner?« fragte er Plötz und kam näher.

Balthasar Plötz nahm die Holzkohle, zog sich die Trommel zwischen die Knie. Der Ziegenlouis stellte sich hinter ihn und schaute ihm über die Schulter.

»Das hier ist die Küste, Bremerlehe, das ist die Nordsee, und dort ist Grönland«, erklärte Plötz, während er zeichnete.

»Ihr tut Euch leichter, wenn Ihr erst die Längengrade einzeichnet«, mischte sich Rittmeister Kunkel ein. »Eure Nordsee ist nicht breiter als die Fulda.«

Plötz hielt inne. »Ich müßte eine größere Fläche haben. Macht Ihr es doch, wenn Ihr den Weg nach Amerika besser kennt! Der Kurfürst in Würzburg hat eine Weltkarte, so groß wie das ganze Zelt. Ich hab' davorgestanden, wieder und wieder, wenn ich auf Audienz wartete. Sogar die großen Schiffsrouten waren eingezeichnet, nach Indien, nach Amerika.«

»Bitte«, sagte der Ziegenlouis, »es muß nicht so genau sein, ich will nur wissen, wo liegt es, das Amerika, wie groß ist es?«

Plötz beugte sich über die Trommel. Die meisten Männer aus dem Zelt hatten sich erhoben und kamen einer nach dem andern zögernd näher. Nachts, wenn Plötz schlaflos lag und von den anderen Zelten die Stimmen der Männer hörte, stellte er sich Szenen wie diese vor: er im Mittelpunkt, alle um ihn geschart, so wie es nun geschah, und jetzt fiel es ihm schwer, in seiner Zeichnung fortzufahren. Er schraffierte die Wasserfläche, die Holzkohle nur leicht über das Kalbfell der Trommel führend. »Das ist der atlantische Ozean, und das . . .« – allmählich gewann er seine Sicherheit zurück und zog schwungvoll eine vielfach gebuchtete Linie – »das ist die amerikanische Ostküste.« Er machte einen kleinen Kreis und füllte ihn sorgfältig aus: »Das ist New York. Dort sollen wir landen.«

»Weiter«, sagte der Ziegenlouis. Sein Herz pochte vor Ungeduld, dieses ferne Land endlich mit Augen zu sehen. »Du hast doch noch von einer anderen großen Stadt gesprochen, mit so einem schönen Namen.«

»Ja, das ist weiter südlich – Philadelphia. Hier.« Wieder machte Plötz einen Kreis und füllte ihn aus. »Und hier haben wir einen großen Strom, den Delaware.«

Aus dem Hintergrund des Zeltes ertönte ein Schrei. »Meine Uhr! Sie ist weg! Nur einen Augenblick habe ich meinen Platz verlassen. Hier lag sie.«

Der Kreis der Männer löste sich auf. Sie blickten sich gegenseitig an, mißtrauisch, feindselig. Zuletzt waren aller Augen auf Niklas gerichtet, der auf seinem Lager saß, die Beine untergeschlagen, immer noch mit seinem ausgedehnten Frühstück beschäftigt, mit vollen Backen grinsend.

»Er war allein«, sagte jemand. »Während wir dem Plötz zusahen!«

Niklas hatte den Bissen geschluckt, das Grinsen auf seinem Gesicht verstärkte sich. Er breitete beide Arme aus. »Filzt mich!«

Der Bestohlene drängte sich durch die Männer, einen Spaten in der Hand. Niklas richtete sich auf, langsam, herausfordernd. »Überleg dir's, wen du beschuldigst«, sagte er. Er streckte die Hand aus, griff rasch in den Uniformrock des Bestohlenen, und als seine Hand wieder auftauchte, lag eine Uhr darin. Triumphierend zeigte er sie herum. »Sieh mal an. Sie steckt in seiner Rocktasche – und mich beschuldigt er!«

Keiner glaubte ihm, jeder bewunderte den Taschenspielertrick und jeder war gespannt, wie der Bestohlene reagieren würde, als vor dem Zelt eine laute Stimme »Achtung!« rief. Die Plane am Eingang wurde zurückgeschlagen. Ein Windstoß fegte durchs Zelt. Im Nu zerstreuten sich die Männer. Feldwebel Luibs schlammbespritzte Stiefel wurden sichtbar, darüber ein dicker Bauch, von seinem Besitzer wie eine zerbrechliche Kostbarkeit vor sich herbalanciert.

»Macht Platz für zwei Neue!« rief Luib durch das Zelt. »Frische Luft laßt ihr wohl nie herein, was?« Dann wandte er sich zu den beiden Männern, die ihm gefolgt waren. »Kommt her, damit ich euch vorstellen kann!«

Robert hatte in den letzten Wochen verlernt, unter Menschen zu sein. Fast wünschte er sich wieder in die Zelle der Hauptwache zurück.

Die Uniform über dem Arm, stand er in der Nähe des Zelteingangs und wartete darauf, daß man ihm und Soerman einen Platz anweisen würde. Stumm sah er zu, wie zwei Strohsäcke herbeigeschafft wurden, wie man Sägemehl auf den feuchten Boden schüttete.

Feldwebel Luib überwachte die Einquartierung. Er hatte mit Schwierigkeiten gerechnet und mußte nun erleben, daß man den beiden widerspruchslos einen Platz einräumte. Wenn er nur einen Grund gehabt hätte, er wäre zu gerne noch etwas geblieben, um die weitere Entwicklung zu verfolgen. Er sah den Männern an, daß sie nur darauf warteten, daß sie endlich allein sein würden. Noch einmal ließ er den Blick durch das Zelt gehen. Eine Ermahnung lag ihm auf der Zunge, aber die Furcht, zu freundlich zu erscheinen, ließ ihn schweigen. Der Ziegenlouis hielt die Plane für den Feldwebel auf, und wartete, bis seine Schritte verklungen waren. Dann ging der Junge auf Robert zu, sehr langsam, als wolle er den Augenblick verlängern. Vorsichtig streckte er die Hand aus, berührte ihn. »Ihr seid es, Ihr seid es wirklich! Ich darf Euch doch anfassen? Ihr erinnert Euch doch an mich, an die Stellmacherei, an die weißen Kaninchen und an die Kutsche mit den neugeborenen Katzen. Ich wußte es, ich hab' es allen gesagt, ich wußte, daß die Kugeln Euch nicht treffen würden.« Seine Stimme wurde leiser. »Habt Ihr sie aufgehoben?«

Keiner der Männer lachte, es war keinem danach zumute, und keiner wunderte sich, daß der Mann, dessen Prozeß und Verurteilung die Runde gemacht hatte, aus der Tasche seines Rocks eine Handvoll Kugeln holte.

Die Kugeln rollten in die aufgehaltenen Hände des Jungen. Behutsam trug er sie durch das Zelt, von Mann zu Mann, streckte jedem die Schale seiner Hände hin, und jeder blickte auf die schwarzen Kugeln wie auf einen magischen Gegenstand, aber keiner wagte, etwas zu sagen, Fragen zu stellen, Zweifel zu äußern, den geheimnisvollen Bann, der über ihnen lag, zu zerreißen.

Niklas war nicht weniger beeindruckt als die anderen, nur daß die Geschichte mit den Kugeln für ihn eben ein Taschenspielertrick war, ein sehr wirkungsvoller, und wenn er verhindern wollte, daß dieser Neue ihn ausstach, mußte er sich schnell mit ihm zusammentun. Niklas holte ein Kartenspiel, das er immer bei sich trug, aus der Tasche, ließ das Blatt zu einem Fächer aufschnappen, während er den Blick auf Robert richtete. »Ich habe wahre Wunderdinge von Euch gehört!« Und Soerman mit einem Blick einschließend: »Habt Ihr Lust zu einem Spiel?« Er begann die Karten zu mischen. Das Blatt war neu, es machte ein Geräusch wie eine Schar aufflatternder Sperlinge.

Alle warteten, aber Robert reagierte nicht. Niklas mischte weiter, und den Männern war es recht; es war besser als die lähmende Stille, die sonst hier herrschte.

Plötz hatte sich endlich ein Herz gefaßt und trat auf Robert zu. »Erinnert Ihr Euch an mich? Ihr habt mir auf der Straße nach Kassel meinen Falben ausgespannt. Damit hat mein ganzes Unglück angefangen.« Er senkte die Stimme. »Auf der Fulda liegen schon die Weserböcke. Morgen oder übermorgen soll es losgehen, ich hab's aus zuverlässiger Quelle.«

Während Plötz sprach, hatten die anderen hinter ihm einen Halbkreis gebildet. »Wir tun alles, was Ihr sagt.« Die Stimme des Vitus Weibrecht war ein Flüstern, bittend, beschwörend. »Wir vertrauen auf Euch. Sagt uns nur, was wir tun sollen.« Sie rückten noch enger zusammen, die Blicke erwartungsvoll auf Robert geheftet.

»Gebt es auf!« kam Niklas' Stimme höhnisch aus dem Hintergrund. »Er traut euch nicht. Sie haben ihn kleingekriegt. Schreibt ihn ab. Ihr wißt nicht wie das ist, wenn einer schon einmal auf dem Richtplatz stand, vor sich das Kommando. Nach so etwas ist keiner mehr derselbe.«

»Wir müssen ihnen Zeit lassen«, sagte Vitus Weibrecht zu den Männern neben sich. Plötz griff plötzlich nach Roberts Hand. »Mir müßt Ihr helfen! Das seid Ihr mir schuldig. Ich gehe nicht nach Amerika. Ich gehe nicht, eher spring' ich in die Fulda. Ich will nach Hause. Meine Frau verliert die Branntweinkonzession. Es sind noch Schulden drauf. Ihr müßt mir helfen!« Er konnte nicht begreifen, daß Robert nicht reagierte. »Ihr kennt ganz Kassel. Laßt den Doktor rufen, der immer zu Euch aufs Gut hinauskam. Wenn er sagt, daß ich krank bin, daß ich nicht zum Soldaten tauge . . .«

Rittmeister Kunkel entfernte sich aus dem Kreis der

Männer. »Macht das unter euch aus, aber ohne mich«, sagte er. Er schritt auf den Ausgang zu. »Ich komme mit Euch«, sagte jemand. Es war Willibald Manz. Er schickte sich an, Kunkel zu folgen. Die Männer machten ihm Platz, stumm, ohne ihn anzusehn.

»Ihr könnt euch die kalten Füße sparen«, sagte Robert. Es waren die ersten Worte, die er sprach. Nicht auf der Fahrt vom Richtplatz in die Kaserne, nicht im Magazin, wo man ihm die Uniform aushändigte, nicht auf dem Weg durch das Lager mit Feldwebel Luib hatte er ein Wort über die Lippen gebracht.

Er lauschte seiner Stimme nach. Sie klang wie früher. Er hatte Worte benützt wie früher. Unter den Männern, die ihn eben noch umstanden hatten, und die jetzt ins Halbdunkel des Zelts zurückwichen, waren Gesichter, die er von früher kannte. Sie hatten zu ihm gesprochen, sie hatten ihn um etwas gebeten, und er hatte keine Antwort für sie gehabt. Er konnte ihre Gesichter nicht mehr sehen, aber deutlich spürte er ihre Enttäuschung. Er ging zu dem Lager, das man für ihn hergerichtet hatte und legte sich darauf. Die Arme unter dem Kopf verschränkt, lag er da. Nach ein paar Minuten war er eingeschlafen.

Vor die Wahl gestellt, beim Durchschreiten des niedrigen Zelteingangs seinen Zweispitz abzunehmen und seine schlecht gepuderte Perücke allen Blicken preiszugeben oder sich unstandesgemäß tief zu bücken, entschied sich Ordonnanzoffizier Thurn für die zweite Lösung, was seine Galle ihm sofort heimzahlte.

»Robert Skelnik!« rief er ärgerlich in das Zelt, in dem es so dunkel war, daß er nur Schemen wahrnahm. »Er soll sich melden!«

Robert fühlte, wie jemand ihn leise am Arm berührte.

Er setzte sich auf. »Knöpf den Rock zu«, flüsterte eine Stimme. Er schloß die Knöpfe, fuhr sich durchs Haar und erhob sich. »Den Hut«, sagte die Flüsterstimme. Robert nahm den Zweispitz und ging durch den schmalen Gang zwischen den Strohlagern auf den Offizier zu, der ihn gerufen hatte.

»Verdammt noch mal, warum meldet Er sich nicht sofort, wie es sich gehört!« Ordonnanz Thurn musterte Robert mit gerunzelten Brauen, ein zweitesmal krampfte sich seine Galle zusammen. Er wandte sich zum Gehen, übersah in der Eile die niedrige Zeltöffnung. Er verlor den Hut, Robert fing ihn im Fallen auf. Thurn nahm ihn, eher gekränkt als erfreut. »Der Platz des gemeinen Mannes ist links vom Offizier. Und halte Er einen halben Schritt Abstand!«

Sie gingen über den Hof, an den Zelten vorbei, an den Marketenderbuden. Sie verließen das Lager, überquerten eine schlammige Reitbahn und gelangten zu dem mit schwarzer Asche aufgeschütteten Exerzierplatz. Ein Mann stand dort, abgewandt. In dem grauen Tag wirkten die breiten silbernen Tressen an seinem Kragen und an den Ärmelstulpen wie Streifen erstarrten Lichts.

Der Ordonnanzoffizier blieb stehen, einen halben Schritt hinter ihm Robert. Ordonnanzoffizier Thurn meldete: »Robert Skelnik, wie befohlen.«

Der Angeredete rührte sich nicht. Er stand dort, sehr aufrecht, sehr schmal; das grüne Tuch saß glatt an seinem Rücken, nirgends eine Falte, nichts verriet, daß darunter ein warmer lebendiger Körper war. Dann wandte er sich um.

Sein Gesicht war fahl; die Haut, von der feuchten Luft überhaucht, hatte den Glanz polierten Steins; nur in den dunklen Augen war Leben. Robert spürte, daß sie ihm etwas mitteilen wollten, aber die Botschaft erreichte ihn nicht. Für Robert dauerte die letzte Nacht in der Zelle noch immer an. Für ihn war der Augenblick, da er mit verbundenen Augen, auf das Feuern der zwölf auf ihn gerichteten Gewehre gewartet hatte, noch immer nicht vorüber. Er hatte das Leben, das man ihm geschenkt hatte, noch nicht angenommen; dafür war noch kein Raum in ihm, die Erwartung des Todes füllte ihn noch ganz aus. Und so fand er Zeichen des Todes auch in dem blassen Gesicht mit den dunklen Augen. Die Hand des Todes, die er sich auf Soermans Gesicht nicht hatte vorstellen können, jetzt sah er sie vor sich. Alles, was hinter ihm lag, schien im Gesicht seines Bruders aufgezeichnet, als wäre Claus statt seiner durch die letzten Stunden gegangen.

Claus machte dem Ordonnanzoffizier ein Zeichen; der Mann entfernte sich ein paar Schritte und blieb dann stehen, die Hand an der Pistole.

»Soll er hierbleiben?« fragte Robert. »Brauchen wir einen Zeugen?«

Eine steile Falte erschien auf der Stirn von Claus. »Strikte Anordnung des Kommandeurs. Jeder Offizier hat seine Ordonnanz bei sich zu haben, wenn er mit einem Gemeinen spricht.«

»Hast du soviel zu fürchten? Von einer Armee Freiwilliger? Es sind doch alles Freiwillige, oder? So freiwillig wie ich.« Das Gesicht, zu dem Robert sprach, blieb blutleer.

»Also was gibt es?« fragte Robert, »ist es dienstlich oder privat?«

»Du hast dich nicht verändert«, sagte Claus. »Immerhin warst du dem Tod sehr nahe.«

»Warst du dabei?« fragte Robert. »Irgendwo im Hintergrund? Und bist nun sehr enttäuscht, daß es nicht vollstreckt wurde?«

»Wahrscheinlich hast du das Todesurteil nie ernst genommen.«

»Wahrscheinlich«, wiederholte Robert.

»Aber es war ernst, damit du es nur weißt. Und nicht viel hätte gefehlt, und der Pardon des Landgrafen wäre zu spät gekommen. Denn weder auf der Hauptwache noch beim Exekutionskommando war jemand eingeweiht.«

Robert hörte nur die Stimme, die seinem Bruder kaum gehorchte; er sah die bläuliche klopfende Ader an der rechten Schläfe.

»Können wir nicht das Thema wechseln? Was soll das Ganze, Claus? Laß uns vergessen, was geschehen ist. Was damals an der Grenze passiert ist, wirklich, das ist so weit weg. Ich trage es dir nicht nach, ich verstehe dich sogar, in gewisser Weise. Es war einfach wahnsinnig von mir, dich mit hineinzuziehen. Vergiß es, und ...« Er wollte auf Claus zugehen, aber er blieb stehen, als er sah, daß der Ordonnanzoffizier die Waffe zog.

Claus war einen Schritt zurückgetreten. Seine Stimme war ohne Klang: »Ich habe keine Veranlassung, darüber noch ein Wort zu verlieren. Daß du von dir aus den Namen Skelnik angenommen hast, erleichtert die Sache. Ich will es kurz machen. Man hat dich und Soerman meinem Bataillon zugeteilt. Das wird für dich keinen Vorteil bedeuten, und so war es auch nicht beabsichtigt. Ich werde ein besonderes Augenmerk auf dich und Soerman haben; ich habe einmal für eure Taten gebüßt, aber ich bin nicht gewillt, es ein zweites Mal zu tun. Ich möchte wegen euch nicht auch noch meinen Rang verlieren. Ich habe dich hiermit gewarnt. Denke nicht daran zu desertieren! Und hoffe nicht auf Amerika. Ich werde nicht von deiner Seite weichen; ich werde dasein, immer und überall. Und wenn du es trotzdem versuchst, wenn du mir eine Gelegenheit gibst, dich zu töten, dann werde ich es tun. Ich wollte nur, daß du Bescheid weißt. Also vergiß es nicht, und vergiß auch nicht, wer ich bin. Ich bin Major Haynau – und du bist Robert Skelnik. Alle werden in dir weiterhin meinen Bruder sehen – nur für mich bist du es nicht mehr.«

Robert hatte den Blick gesenkt. Es war wie am Morgen auf dem Hinrichtungsplatz, als man ihm das Tuch um die Augen gebunden hatte. Warten. Erst wenn die Worte verklungen waren, würden sie ihren eigentlichen Sinn preisgeben. Was war es, das Claus ihm mitteilen wollte? Eine Spielregel, nicht so sehr für sie als für die anderen?

»Haben wir uns verstanden?« Die Stimme von Claus hatte immer noch keinen Klang, aber sie war jetzt ruhig. »Jedenfalls, du bist gewarnt. Mein Leben wirst du nicht zerstören.«

Robert hob den Blick. Er streckte die Hand aus. Erwartete er wirklich, Claus werde sie ergreifen?

Robert wußte, auch die Frage war sinnlos, und doch mußte er sie aussprechen. »Warum haßt du mich?«

Claus sagte nichts. Sein Schweigen war die Antwort; mit diesem Schweigen besiegelte er seinen Haß, senkte ihn wie einen Samen in das Stück Erde zwischen ihm und Robert, Erde, die unter einer Schicht schwarzer Asche begraben war. Er gab der Ordonnanz ein Zeichen. »Führt ihn zurück!«

25

Sie beobachtete ihre Hand, die sich nach dem Klingelzug ausstreckte, wie man ein Kind beobachtet, ob es sich an ein Verbot noch rechtzeitig erinnern werde. Die Finger berührten schon die grüngoldene Brokatborte, dann erst sank die Hand wieder herunter. Noch war es ihr Haus, noch war die vom Landgrafen gesetzte Frist nicht abgelaufen. Sie hätte die Dienerschaft zusammenrufen können. Sie hätte befehlen können, das Feuer im Kamin neu zu entzünden und ihr Essen zu bringen. Noch war sie die Herrin, aber inmitten der halbgepackten Koffer und Körbe fragte sich Anna von Haynau, ob sie nicht auch diese Dinge entbehren könnte: die Abendroben, ein Vermögen aus Seide, Brokat und Spitzen; keines der Kleider öfter als einmal getragen, manche nicht ein einziges Mal. Was sollte sie in Zukunft damit? Die zwei Dutzend Hauskleider dagegen würden ihr gute Dienste tun. Sie nahm vier von dem Stapel, legte sie in einen der Holzkoffer. Ein leises Beben der Dielen sagte ihr, daß jemand eingetreten sein mußte, ohne daß sie es gehört hatte. Es war Frau Retz, im Mantel, einen schwarzgrünen Schal wie eine Kapuze um Kopf und Hals geschlungen.

»Sie haben selber gepackt?« fragte die Beschließerin vorwurfsvoll. Anna von Haynau nahm ein Bündel Handschuhe vom Stuhl. »Setzen Sie sich, Sie sind ja seit heute früh ununterbrochen auf den Beinen.«

Frau Retz öffnete den Mantel. »Ich wurde länger aufgehalten als ich dachte.« Sie rieb sich die Finger. »Man hat Ihnen nicht einmal Feuer gemacht!« Als falle ihr plötzlich das Atmen schwer, zog sie mit einer heftigen Bewegung den Schal auf. »Kreaturen. Nirgendwo hatten sie Lohn und Unterkunft wie bei Ihnen, und jetzt:

vorbei und vergessen! Nicht einmal den Schein wahren sie. Mit Müh und Not habe ich zwei Mädchen dazu gebracht, die Wäschekammer auszuräumen.«

»Die Wäsche fällt mit unter die Konfiskation. Ich habe Ihnen das ausdrücklich gesagt.«

»Damit die Zofen der Sonsfeld den schönen Damast zerschneiden, wenn sie die Monogramme heraustrennen! Ich muß das leider überhört haben. Die Wäsche ist bereits im Gasthof *Stockholm.*« Sie hatte den Schal vom Kopf gezerrt und legte ihn auf dem Schoß zusammen. »Von Ihrer Zofe hätte ich auch etwas anderes erwartet. Als ich sie auszahlte, habe ich ihr befohlen, Ihnen zu helfen.«

»Da ich nicht weiß, ob ich diese Koffer so schnell wieder auspacken werde, ist es besser, ich weiß, wo die einzelnen Sachen stecken.«

»Sie waren immer zu gut, das zeigt sich jetzt. Nur einer hat mich nicht enttäuscht, und das ist Gilbert. Nicht ein Ei, nicht eine Unze Mehl ist übriggeblieben. Zwei Waschkörbe voll Vorräte hat er für Sie zusammengepackt. Ich habe sie mit der Wäsche ins *Stockholm* schaffen lassen. Für die nächsten Wochen sind Sie versorgt. Der Wein ist auch schon im Gasthof, zusammen mit den Lebensmitteln in einem kleinen Verschlag am Ende des Obstkellers. Ein kühler und trockener Platz, ich habe ihn selber ausgesucht.« Frau Retz verstummte, als sie das Lächeln in den Augen von Frau Haynau bemerkte. Seit Wochen war dieses Gesicht wie erstarrt, seit Wochen lebten die dunklen Augen nicht mehr – und jetzt – leuchtete da wirklich wieder ein Lächeln auf?

Sie war schmal geworden in diesen Wochen seit Roberts Verhaftung. Die Wangenknochen traten stärker hervor, aber seltsamerweise ließ sie das eher jünger erscheinen. Der lose Sitz der Kleider gab ihrer Figur eine neue, zerbrechliche Anmut. »Sicher haben Sie den ganzen Tag nichts gegessen«, sagte Frau Retz. »Ich werde Ihnen etwas holen.«

»Bitte nicht!« Anna von Haynau legte die Hand auf den Arm der Frau, wie um sich zu versichern, daß es auf der Welt noch solche Menschen gab. Was auch geschah, Frau Retz würde nie die Hände in den Schoß legen und jammern, sondern immer an die nächste Mahlzeit denken, an die Wäsche, mit der abends die Betten überzogen werden mußten, und Anna von Haynau war froh, sie in dieser Stunde zur Seite zu haben.

»Der Metzger Karl hat heute den warmen Schinken, den Sie so mögen«, versuchte Frau Retz ihre Herrin zu überreden.

»Wirklich nicht. Ich bin froh, daß Sie jetzt da sind. Sie müssen mir helfen, sonst bleiben diese Koffer und Kisten halb leer. Es ist nicht viel, was man mir zugebilligt hat, aber ich würde am liebsten alles dalassen. Erinnern Sie sich, wie oft ich gesagt habe, daß ich alles mit Freuden hergeben würde, wenn ich Robert damit helfen könnte. Robert lebt . . .«

Sie sahen sich an, lange und schweigend. Seit am Morgen der Konfiskationsbefehl vom Landgrafen überbracht worden war, hatten sie ängstlich vermieden, sich anzusehen, und die Worte, die seitdem zwischen ihnen gefallen waren, hatten sich ausschließlich auf praktische Überlegungen beschränkt: die Abrechnung der Löhne, die Ausbezahlung der Dienerschaft, der Abtransport der wenigen Möbel, die der Landgraf ihr zugestanden hatte. Einige Male hatte Frau Retz geglaubt, sie könne es nicht länger ertragen, sie müsse sprechen, aber Anna von Haynaus ausweichende Augen hatten sie immer wieder verstummen lassen. Alle im Haus waren schweigend und mit gesenktem Blick umhergegangen. Der

Tag war verstrichen, ohne Mittagessen, ohne Nachmittagstee. Kein Lieferant hatte an der Tür gepocht, keine Kutsche war vorgefahren.

»Soll ich dem Herrn Baron etwas zum Essen ins Kontor bringen?« Wieder ging etwas wie ein Lächeln über Frau von Haynaus Gesicht. »Das hat der Landgraf übersehen: den Adelsbrief zurückzufordern. Aber mein Mann hat es nicht vergessen und ihn dem Kämmerer mitgegeben, in einem versiegelten Kuvert.« Sie schwieg einen Moment; dann fuhr sie, eine ganze Gedankenreihe überspringend, fort: »Eine Familie, die zusammenhält, braucht keine Angst vor der Zukunft zu haben.« Sie schloß in einem Ton, als wären ihr schon beim Sprechen Zweifel an ihren Worten aufgestiegen. »Kommen Sie«, sagte sie, tief Luft holend, »ich möchte hier fertig werden.«

Frau Retz zog ihren Mantel aus. »Reichen Sie mir nur das Seidenpapier zu«, sagte sie, während sie die Manschetten ihres Kleides zurückschlug.

»Soll ich diese Staatskleider wirklich mitnehmen? Ich werde sie nie mehr tragen.«

»Die Gräfin Wardein bestreitet ihren Haushalt seit dem Tod ihres Mannes mit abgetragenen Staatskleidern«, sagte Frau Retz streng. »Ihr Mann kann Ihnen sagen, was allein diese Spitzen wert sind; trennt man sie ab, kann man sie wieder verkaufen. Noch etwas Seidenpapier bitte. Solche Kleider muß man richtig ausstopfen, sonst bricht der Stoff, wenn er lange liegt.«

Eine halbe Stunde später waren die Frauen mit dem Packen fertig. Frau Retz ging durch die Räume. Vor einer Fensternische, in der zwei Pastellbilder von Robert und Claus hingen, blieb sie stehen. »Die wollen Sie nicht einpacken?«

»Im Konfiskationsbefehl steht, daß alles bleiben muß

wie es ist. Nichts als die paar aufgeführten Gegenstände darf ich mitnehmen.«

»Dann sehen Sie bitte weg, damit ich mir die Bilder nehmen kann. Was glauben Sie, was hier los sein wird, wenn die Tür hinter Ihnen zugefallen ist!«

»Nichts wird los sein. Für die Dienerschaft wird sich nichts ändern. Die Sonsfeld sind keine Unmenschen.« Sie sah Frau Retz an. »Damit wir uns verstehen. Ich würde es keinesfalls als Treubruch auffassen, wenn Sie bei den Sonsfelds . . .«, sie stockte, »man wird Sie bestimmt darum bitten und man wird sich sicherlich auch großzügig zeigen.«

»Meine Koffer sind bereits bei meiner Cousine.«

»Haben Sie denn eine andere Stellung in Aussicht?«

»Seit einer Stunde.«

»Sie wollen mir nicht sagen, wo?«

»Es hat sich ganz plötzlich ergeben. Ich hätte auch hier bestimmt etwas finden können, aber ich hatte ja vor, von Kassel wegzugehen. Als ich vorhin in der Kaserne am Müllertor war, um die Nachricht für Claus abzugeben, kam mir die Idee. Ich ließ mich bei Kommandeur Rall anmelden. Ab morgen bin ich die Beschließerin des Lazaretts in seinem Regiment.«

»Sie? Beim Rallschen Regiment! Ich dachte immer, eine Uniform sei das schrecklichste für Sie.«

»In den Uniformen stecken arme Teufel.« Die Frauen sahen sich sekundenlang an.

»Aber Sie wollten doch nicht in Kassel bleiben«, sagte Frau Haynau. »Heißt das, Sie gehen mit den Truppen?«

Frau Retz nickte. Sie machte einen Schritt auf einen Stuhl zu, stützte sich auf die Lehne. »Ich gehe mit. Ich gehe mit nach Amerika.« Ihre laute dunkle Stimme, über die sie ihr Leben lang unglücklich war, klang seltsam hell. »Ich werde auf Ihre Söhne achtgeben. Ich werde Ihnen schreiben, sooft ich kann.« Während der letzten Worte wandte sie sich ab. An der Tür blieb sie stehen. »Ich weiß, wie das ist, wenn man wartet und hofft und nichts erfährt ...« Sie hielt die Augen auf den Boden geheftet, während sie sprach. Sie legte die Hand auf die Klinke. »Ich werde unten sagen, daß Sie soweit sind.«

Anna von Haynau nickte nur. Sie hätte gerne noch etwas gesagt, einen Dank, aber sie hatte Angst vor den Gefühlen, die sie damit in sich und Frau Retz wecken würde. Sie wartete, bis die Schritte der Beschließerin verklungen waren, dann verließ auch sie den Raum.

Es war die Stunde, in der sie sonst mit Frau Retz die Lichter im Haus entzündete und die Uhren aufzog.

Außer ihrem eigenen Schritt war nichts zu hören. Wenn sie in den letzten Wochen nachts nicht hatte schlafen können und sich in der Bibliothek ein Buch geholt hatte, war ihr das Haus nicht so still erschienen wie jetzt. Nicht nur die Dienstboten, auch das Haus selber zog sich vor ihr zurück. Die Gegenstände, die Bilder, die Uhren, die Schränke standen gleichsam mit gesenkten Augen da.

Auf der Treppe wurde ihr plötzlich schwindelig. Ihr war, als gebe der Boden unter ihren Füßen nach, ein Wanken ging durch das ganze Haus – und in diesem Haus gab es nichts mehr, das ihr einen Halt hätte bieten können.

Ein Lichtschein fiel schräg durch die Halle. »Gottfried«, rief sie, »Gottfried!« Sie mußte alle Kraft aufbieten, um ohne ein Zeichen von Schwäche die letzten Stufen hinunterzusteigen. Eine Gestalt trat aus dem Halbdunkel. Es war Lange. Der Haushofmeister hob seine Lampe höher, als er Anna von Haynau bemerkte. »Sie gehen schon, gnädige Frau?« Er trug nicht mehr den schlichten dunklen Anzug, den er schon am ersten Tag seines Dienstes bei den Haynaus als unter seiner Würde erachtet hatte, sondern eine Seidenhose, einen geblümten Brokatrock und eine wallende Perücke.

»Ich suche meinen Mann«, sagte Frau Haynau.

»Ich habe den gnädigen Herrn zuletzt im Jagdzimmer gesehen.«

»Danke, Lange.« Er hätte sie nicht verstanden, wenn sie ihm gesagt hätte, wie froh sie war, daß es ihm so leicht fiel, sich in die neue Situation zu schicken. »Lassen Sie die Kutsche bereitstellen«, sagte sie. »Am Seiteneingang.«

Anna von Haynau trat schnell aus dem Lichtkreis der Lampe, in dem das Haus für Augenblicke seine alte Vertrautheit zurückgewonnen hatte.

Die Tür zum Jagdzimmer war angelehnt. Auf dem Tisch stand eine heruntergebrannte Kerze. Der Kamin strömte Wärme aus, die milde besänftigende Wärme, wie nur Glut sie gibt. Die Glasscheiben des Schranks mit den Jagdgewehren färbte der Widerschein dunkelrot. Der Schlüssel mit der grünen Quaste steckte.

Sie wußte es, bevor sie den Schrank öffnete. Ein Halter war leer. Es war nicht Neugier, was sie nachsehen ließ, welche der Jagdwaffen er genommen hatte. Es war die silberbeschlagene zweiläufige Flinte, die sie ihm zu seiner ersten Jagd auf Gut Haynau vom Frankfurter Büchsenmacher Hubert Lerner hatte anfertigen lassen.

Das Schwindelgefühl, das sie auf der Treppe überfallen hatte, kehrte zurück, nur stärker. Es wurde ihr schwarz vor den Augen. Als sie wieder zu sich kam, lehnte sie an der Wand, an den Vorhang geklammert. Die Gelenke schmerzten, als sie die Finger löste.

Der Docht der Kerze hatte keinen Halt mehr; er

schwamm in dem geschmolzenen Wachs, eine winzige blaue Flamme, die bald erlöschen wurde.

Anna von Haynau verließ das Jagdzimmer. Sie wußte, daß sie auch im Kontor ihres Mannes nichts anderes finden würde als eine heruntergebrannte Kerze und etwas Glut im Kamin. Über die Seitentreppe kehrte sie in ihr Zimmer zurück. Jeder Schritt kostete sie große Anstrengung. Noch einmal öffnete sie den Kleiderschrank. Ihre Finger zitterten und wurden erst wieder ruhig, als sie die zwei schwarzen Wollkleider ertastet hatten. Sie trug sie zu dem Koffer, der als einziger noch offenstand, und legte sie hinein. Dann warf sie Mantel und Schal um und griff nach dem Klingelzug.

Die zwei Kandelaber neben der Freitreppe brannten hell. Die Dienerschaft hatte sich in der Halle versammelt. Mit gesenkten Köpfen standen die Leute da, in ihrem besten Staat.

Anna von Haynau setzte den Handkoffer ab, strich eine Strähne, die sich gelöst hatte, aus der Stirn. Sie hatte nicht an Abschied gedacht, sie wußte nicht, was sie den Leuten sagen sollte, und so sah sie mit Erleichterung Gilbert, den Koch, hervortreten. Er trug bereits Reisekleider. Schweigend verneigte er sich vor ihr. Die anderen Bediensteten wichen zurück.

Gilbert hielt ihr ein verschnürtes Päckchen hin. »Ihr habt immer gesagt, ich müsse meine Rezepte aufschreiben. Es war keine Zeit mehr, die Blätter binden zu lassen.«

Sie nahm das Päckchen. »Danke, Gilbert . . .« Sie kam ins Stocken. »Ihr geht zurück nach Straßburg?«

»Ich weiß noch nicht. Man hat mich wissen lassen, daß man bei Hof eine Bewerbung von mir erhofft, aber ich denke nicht daran. Wenn Ihr wollt, ich stehe gerne weiterhin zur Verfügung. Nichts gegen die Küche des

Stockholm, aber ...« Er hob lauschend den Kopf. Auch in die Gestalten der Dienstboten, die reglos im Hintergrund gestanden hatten, kam Leben. Die Köpfe wandten sich zur Eingangstür. Von draußen klang das Rattern von Rädern. Gilbert trat an das schmale Fenster neben der Haustür. »Nicht einmal die Frist können sie abwarten«, sagte er verächtlich.

Einen Augenblick war Anna von Haynau versucht, der Begegnung mit der neuen Herrin des Hauses auszuweichen. Sie brauchte nur den Handkoffer zu nehmen und durch den Seitenausgang zu verschwinden. Vor dem Haus war es still geworden. Noch immer war es Zeit; das Anziehen der Bremsen, das Herausklappen des Tritts, bis die Lakaien bereitstanden und die Dame ihr Kleid geordnet hatte: Anna von Haynau wußte, wie lange das alles dauerte. Niemand von der Dienerschaft hätte ihr Verschwinden bemerkt – außer Gilbert; sie alle hatten nur Augen für die Eingangstür, die sich gleich auftun würde. Was sie daran hinderte, waren nicht die Menschen, es waren die Augen des Hauses, die sie auf sich ruhen fühlte und die es nicht duldeten, daß eine Anna von Haynau sich einfach wegstahl. Sie nahm den Handkoffer auf und schritt zur Haustür. Auf der obersten Stufe blieb sie stehen und erwartete Katharina von Sonsfeld.

In einem Kleid, das für die Jahreszeit und für ihr Alter zu weit ausgeschnitten war, einen Pelzumhang lose darübergeworfen, in den Armen ein winziges schwarzes Hündchen, so stieg Katharina von Sonsfeld die Treppe zum Haynauschen Stadthaus empor. Sie hatte nicht erwartet, die bisherigen Besitzer noch anzutreffen, doch die ernste blasse Frau, die im Reisemantel vor der Tür stand, irritierte sie nicht; sie war eher eine unerwartete Zugabe zu dieser Stunde des Triumphs.

Katharina von Sonsfeld überschüttete sie mit einem Wortschwall, als wären sie die besten Freundinnen. »Ich hoffe, ich komme nicht ungelegen. Ich bin etwas zu früh. Es ist zum Verrücktwerden, meine Zofe ist nicht fähig, eine Uhr exakt zu stellen.« Obwohl sie keine Hand frei hatte – mit der rechten hielt sie den Pelz, in der linken trug sie den Hund –, machte sie den Eindruck, als wolle sie Anna von Haynau im nächsten Moment umarmen.

Anna von Haynau wies mit einer einladenden Geste ins Haus. »Treten Sie nur ein. Alles ist bereit. Die Dienerschaft erwartet Sie.«

Katharina von Sonsfelds Augen eilten besitzergreifend voraus in die Halle. »Offen gestanden, ich hatte gehofft, Sie noch anzutreffen. Sie kennen die Tücken des Hauses am besten. Wenn ich Sie nun sehr bitte, würden Sie mich vielleicht herumführen?«

»Monsieur Lange wird es mit Vergnügen tun, er kennt das Haus besser als ich.«

Katharina von Sonsfeld trat einen Schritt näher. »Übrigens, wenn Sie an irgend etwas besonders hängen ...? Wir Frauen unter uns sollten großzügiger denken. Das Leben würde unerträglich, wenn wir Frauen aufhören würden, zu vermitteln und auszugleichen.«

»Für mich war das Stadthaus immer nur eine Art Gasthof.«

Katharina von Sonsfeld musterte ihr Gegenüber mit zusammengekniffenen Augen. Diese Begegnung verlief nicht nach ihrem Geschmack. Die Sprache, die diese Frau führte, war nicht die, die man von einer, die alles verloren hatte, erwarten durfte. Nur der einfache Reisemantel entsprach in etwa ihrer Situation. Aber selbst er diente dazu, den Stolz dieser Frau noch zu betonen – und nicht nur den, sondern auch – und das brachte Katharina von Sonsfeld am meisten auf – ihre verblüffende Jugendlichkeit.

Im Windfang erschien Hofmeister Lange, gefolgt von zwei Lakaien mit den Koffern. Lange verbeugte sich tief vor Katharina von Sonsfeld. Aus der Einfahrt neben dem Haus rollte eine Kutsche; sie schien Frau von Sonsfeld schöner als ihr eigenes Gefährt. »Man hat Ihnen Kutsche und Pferde gelassen?« Sie stockte, aber nicht aus Scham, sondern aus Empörung über die Milde des Landgrafen. Sie setzte neu an: »Mein Schwiegersohn ist im Besitz der Inventarliste. Falls sich Unregelmäßigkeiten zeigen sollten – Sie sind im Gasthof *Stockholm* zu erreichen, nicht wahr?«

Ein dritter und ein vierter Koffer wurden aus dem Haus getragen. Wieder kam Lange vorbei, wieder erwies er Katharina von Sonsfeld die Reverenz. Es paßte ihm gar nicht, daß seine letzten Dienstleistungen für die Haynaus mit der ersten Visite der Sonsfeld zusammenfielen. Immer wieder suchte er den Blick seiner neuen Herrin, sie stumm um Geduld bittend, aber Katharina hatte nur Augen für die Koffer. Einer nach dem anderen kam aus dem Haus. Bei dem Wort Konfiskation hatte sie sich das Ehepaar Haynau mit einem Bündel in der Hand vorgestellt, allein, verlassen, auf einer dunklen Straße. Am liebsten hätte sie die Koffer öffnen lassen.

»Ich dachte, das Gepäck sei bereits mit den Möbeln ins *Stockholm* geschafft worden?«

Anna von Haynau erwiderte nichts. Sie nahm ihren Handkoffer auf. Die Blicke der beiden Frauen begegneten sich ein letztes Mal. Katharina von Sonsfeld suchte nach einer Abschiedsfloskel, in der alles enthalten sein sollte, was dieser Moment bedeutete. Aber etwas in den Augen dieser Frau verschlug ihr die Sprache. Es war nicht Haß, es war nicht Stolz, es war nicht Verzweiflung – es war der Funke eines Lächelns.

Hofmeister Lange machte seine dritte Reverenz vor Katharina von Sonsfeld. »Wenn es beliebt.« Katharina von Sonsfeld verschwand mit ihm im Haus. Die Flügeltür, die in zwei Bodenhaltern befestigt war, blieb offen stehen. Außer den zwei Kandelabern an der Freitreppe brannten jetzt auch die Wandleuchter in der Halle. Die Dienerschaft hatte sich in einem Halbkreis an der Treppe der Halle aufgestellt. Die Männer beugten das Haupt, die Frauen versanken in einen tiefen Hofknicks, als bestünden sie für Sekunden nur noch aus gebauschtem Rock und Häubchen.

Anna von Haynau nahm das Bild ohne Schmerz, ohne Bedauern auf; wie jemand, der zufällig einen Blick in ein fremdes Haus wirft.

Mit leichten Schritten lief sie die Stufen hinunter und eilte zu ihrem Wagen. Der Mann auf dem Bock diente ihr schon seit vielen Jahren; er wußte, wo diese letzte Fahrt, die er mit seiner Herrin machte, hinführte. Anna von Haynau rief ihm, wie irgend einem Lohnkutscher, »Ins *Stockholm!*« zu. Das Gefühl der Fremdheit hatte von ihr so vollständig Besitz ergriffen, daß es alles einschloß. Die Häuser, die vorbeiglitten, die Straßen, die Plätze, alles sah sie wie zum ersten Mal, und alles vergaß sie, noch ehe es sich ihr einprägen konnte. Sie blickte zum Kutschenfenster hinaus, zugleich neugierig und gleichgültig, wie eine Reisende auf der Durchfahrt durch eine Stadt, in der man nur Station macht, weil es zu spät ist, weiterzufahren. Das Haus, das sie verlassen hatte, war vergessen, Kassel war vergessen, sich selbst hatte sie vergessen, wie es Menschen manchmal geschieht, die lange Zeit in fremden Ländern reisen und denen ihr eigener Name und ihr

Schicksal nicht mehr ist als eine der vielen Stationen auf ihrem Weg.

Seit der Besitzer des *Stockholm*, Borromäus Guffler, ermuntert durch die Gewährung zehnjähriger Steuerfreiheit, seinen Gasthof in ein Hotel verwandelt hatte, war er zu vornehm geworden, um, wie früher, jeden Gast selber zu begrüßen. Er zeigte sich nur noch, wenn der Portier, so wie jetzt, ihm durch das Öffnen der Kontortür zu verstehen gab, daß sein Erscheinen ratsam war.

Borromäus Guffler war nicht der einzige Mann in Kassel, der sich für einen natürlichen Sohn des verstorbenen Landgrafen und damit für einen Halbbruder des regierenden Landesherrn hielt. Und er war auch nicht der einzige, an dem man gewisse Ähnlichkeiten hätte entdecken können, denn eine große Statur, ein schwerfälliger Gang und wasserblaue Augen sind nicht nur Personen von Stand vorbehalten.

Der Spiegel in seinem Kontor hatte Guffler informiert, um wen es sich bei dem neuen Gast handelte. Er knöpfte den Rock zu, unschlüssig, widerstrebend. Die Einquartierung feindlicher Soldaten wäre ihm lieber gewesen als die Aufnahme der Haynaus. Er hatte sich überlegt, wieviel er ihnen für die Möbel bieten sollte, und vorsichtshalber hatte er auch eine große Reisekutsche reserviert, für den Fall, daß sie auf den Handel eingehen sollten. Er war willens, alles zu tun, wenn er sie nur nicht dabehalten mußte; am Ende würde es ihnen noch in den Sinn kommen, sich an die table d'hôte zu setzen! Dagegen sprachen allerdings die Vorräte, die Frau Retz bereits hergebracht hatte, zwei Waschkörbe voll. Dieser Dragoner! Ihn derart zu überrumpeln, daß er ihr sogar einen Verschlag im Keller zur Verfügung stellte! Nun, wie immer die Sache sich weiterentwikkelte, Gottfried von Haynau wäre ihm für den Moment lieber gewesen. Frauen besaßen in solchen Situationen verteufelt wenig Stolz und einen unbeugsamen Willen.

Er klappte das Küchenbuch, das immer auf seinem Schreibtisch lag, zusammen und trat dann eilig, wie jemand, der eine wichtige Beschäftigung Hals über Kopf im Stich läßt, aus dem Kontor.

»Ich will Sie nicht weiter stören«, sagte Anna von Haynau. »Wenn ich nur meine Schlüssel haben könnte.«

Damit hatte Borromäus Guffler nicht gerechnet. Er wußte nicht, ob er erleichtert sein durfte oder ob alle seine Pläne jetzt im Keim erstickt waren. »Die Schlüssel«, wiederholte er verwirrt. »Gewiß – die Zimmer sind leider noch nicht fertig.«

»Was soll das heißen, nicht fertig? Geben Sie die Schlüssel und schicken Sie mir sofort jemanden hinauf.«

Der Portier verschwand auf ein Zeichen Gufflers. Sie waren allein in der Halle, die eher einem Wintergarten als einem Hotel-Entrée glich. Die Sträucher und Bäumchen in den mit grünen Schleifen verzierten Porzellankübeln wucherten, dank zweier Öfen, die Tag und Nacht Hitze verströmten, so üppig, daß Tische und Stühle unter Blättern und Blüten nahezu verschwanden.

Borromäus Guffler stützte die Ellbogen auf die Empfangstheke, korrigierte sich aber sofort wieder; die Haltung erschien ihm allzu vertraulich. »Ich dachte, es handelt sich nur darum, die Möbel irgendwo unterzustellen. Ich ahnte nicht, daß Sie beabsichtigen, länger hierzubleiben. Wir werden sofort einheizen.«

Anna von Haynaus Blick blieb unverändert, eine Mischung aus Gleichgültigkeit und Ungeduld. Sie griff in ihren Mantel und legte eine prall gefüllte Geldbörse auf die Theke. »Ich möchte, daß in vierzig Minuten serviert wird. Für vier Personen.« Sie griff ein zweites Mal in den

Mantel und übergab Guffler einen Zettel. »Ich habe das Menü zusammengestellt. Sollten Änderungen nötig sein, möchte ich vorher gefragt werden.«

Borromäus Guffler nickte stumm, den Blick auf den Beutel geheftet. Durch das weiche Ziegenleder zeichneten sich große Goldstücke ab. Die Gäste, an denen er soviel auf einmal verdient hatte, konnte er an einer Hand abzählen. Kassel war nicht der Ort, wo reiche Reisende länger als ein paar Tage blieben. Sicher, von Jahr zu Jahr kamen mehr Ausländer, aber den deutschen Reisenden war das *Stockholm* zu fein und zu teuer geworden. Und wenn er gar daran dachte, daß übermorgen all die Offiziere Kassel verließen, die Abend für Abend an seiner table d'hôte gespeist hatten! Wie allen geizigen Menschen bedeutete verdientes Geld dem Gastwirt Guffler nicht Freude und Gewinn, sondern Kampf gegen einen imaginären Bankrott. Und so nahm er den Geldbeutel, sein Gewicht bedachtsam prüfend und entschlossen, keinen Kreuzer davon zurückzugeben. Er straffte sich und milderte die energische Bewegung durch ein müdes Zurücklegen des Kopfes. Das hatte er sich erst kürzlich vom englischen Oberst Faucitt abgeschaut; er fand es sehr vornehm. »Man hat mir das halbe Personal weggeholt. Eigentlich kann ich mein Hotel gar nicht mehr betreiben. Geben Sie mir eine Stunde, gnädige Frau.«

Anna von Haynau streckte die Hand aus, nahm den Schlüssel und wandte sich zum Gehen. Während sie die Treppe in den ersten Stock hinaufstieg, schrillte die Glocke durch das Haus.

Die Platten, auf denen die Speisen warmgehalten wurden, waren schon zweimal ausgewechselt worden. Die beiden Servierkellner standen neben dem Wagen mit den Speisen, die linke Hand am Rücken, den rechten Arm mit der darübergelegten Serviette angewinkelt vor der Brust, die Augen geradeaus und ausdruckslos, als schliefen sie im Stehen. Anna von Haynau konnte ihre Gegenwart nicht länger ertragen. »Bringen Sie das Essen in die Küche zurück«, sagte sie. »Ich klingle, wenn ich Sie brauche.«

Sekunden vergingen, bis Leben in die beiden Gestalten kam. Sie verneigten sich stumm. Ein Kellner öffnete die Tür, der andere schob den Wagen hinaus.

Anna von Haynau atmete leichter. Nichts mehr beengte sie, kein fremder Geruch, kein fremdes Schweigen und auch keine fremden Gedanken. Sie saß, die Hände im Schoß, sich selbst vergessend und der Menschen vergessend, auf die sie wartete. Ein gedeckter Tisch, an dem niemand aß; ein gemachtes Bett, in dem niemand schlief. Eine Tür, durch die niemand kam. Eine Uhr, auf deren Schlag niemand achtete. Hin und wieder, bei einer unwillkürlichen Bewegung, knisterte ihr Kleid, es klang wie das Rascheln herbstlichen Laubs – nur das war von ihr übrig. Nichts sonst.

So saß sie da, befreit von den Gedanken, befreit von den Gefühlen, und allmählich auch vergessend, daß sie wartete. Sie sah, wie die Türklinke aus Messing, auf der das Licht der Kerzen spielte, sich bewegte, sie sah Claus eintreten. Mit den blinden Augen eines Menschen, der lange Zeit vor sich hingestarrt hat, blickte sie ihm entgegen. Sie wartete, bis er die Tür geschlossen hatte, dann fragte sie: »Wo sind die anderen?«

Seine Sporen klirrten leise, ein Hauch von feuchtem Leder kam in den Raum. Claus blieb jenseits des Tisches stehen, verborgen hinter dem Licht des Leuchters.

»Komm her«, sagte sie, »setz dich zu mir. Ich habe lange auf euch gewartet.«

Sein Gesicht war so weiß wie die strenge, im Nacken zu einem Zopf zusammengefaßte Perücke. Er blieb steif vor ihr stehen, in der Armbeuge den Dreispitz.

War es das Flackern der Kerzen oder vermied er wirklich, sie anzusehen? »Von euch bin ich es gewöhnt, daß ihr zu spät zum Essen kommt. Nicht aber von eurem Vater. Oft genug haben wir am gedeckten Tisch gesessen und auf euch gewartet. Hast du meine Nachricht erhalten?« Ihre Stimme kam von weit her wie ihr Blick. »Was ist? Warum antwortest du nicht? Hat man Robert nicht erlaubt, die Kaserne zu verlassen? Ist er nun begnadigt oder nicht? Sind wir eine Familie – oder sind wir es nicht mehr?«

Claus legte den Drei spitz auf einen Stuhl und stützte sich mit beiden Händen auf die Rückenlehne. Seine Augen blieben auf den Leuchter in der Mitte des Tisches geheftet. »Mutter, ich bringe schlechte Nachrichten. Ich weiß nicht, wie ich es dir sagen soll.«

Ihre Schultern strafften sich, sie hob den Kopf. Claus schien es, als sei der Schleier, der ihre Züge bisher verhüllte, plötzlich weggezogen worden.

»Sieh mich an!« sagte sie. »Sieh mich an, und du weißt, daß es nicht mehr viel gibt, was mich treffen kann, nach allem. Wir haben verloren, was wir besaßen; ich sitze in einem Hotelzimmer mit ein paar Möbeln und ein paar Koffern, und das ist alles. Es gibt nichts, was man mir noch nehmen kann.«

Wenn er sie verzweifelt gefunden hätte, es wäre Claus leichter gefallen. Ihre Haltung lähmte ihn, dieses Über-den-Dingen-Stehn, denn das war das letzte, was ihr geblieben war, und es war das Kostbarstc. Wenn er gesprochen hatte, würde sie auch das verloren haben.

»Nun?« sagte sie. »Ich warte.«

»Zwei Reitknechte bewegen jeden Tag die Pferde des

Landgrafen im Auegarten. Gegen fünf Uhr, als die Dämmerung kam und sie sich schon auf dem Rückweg befanden, hörten sie einen Schuß. So haben sie ihn gefunden. Es war ein Zufall, sonst wäre er vielleicht erst morgen entdeckt worden. Er lag am Ufer des künstlich angelegten Teichs. Die Zwillingsflinte lag neben ihm.«

»Wovon sprichst du? Was ist mit Robert?«

»Nicht Robert. Vater! Er hat sich erschossen, mit der zweiläufigen Jagdflinte. Sie haben sofort einen Arzt geholt.«

Sie hatte die Worte nur mit den Ohren aufgenommen, nur als Laute, nicht als Sinn. Es kam auf sie zu, Helligkeit, eine Woge flüssigen Feuers. Sie wehrte sich nicht. Sie wollte nichts anderes als ausgelöscht werden; nie mehr denken müssen, nie mehr handeln müssen. Sie erhob sich, aber sie blieb zwischen Stuhl und Tisch stehen, plötzlich unsicher, ob ihre Füße sie tragen würden. »Er war immer sehr stark, stärker als wir alle.« Sie sah Claus an. Ihre Augen fragten, verlangten nach einer Antwort. Warum hatte ihn jetzt die Kraft verlassen? Weil er seinen Besitz verloren hatte? Das konnte es nicht sein, das hätte er überwunden. Es mußte etwas anderes gewesen sein. Was war ihm verlorengegangen?

Eine Weile schwiegen sie, dann fragte sie: »Wo ist er?«

»Der Arzt konnte nichts mehr tun.«

Anna von Haynau schnitt ihrem Sohn das Wort ab. »Ich weiß, daß er tot ist. Dein Vater war ein Mann, der sich alles, was er tat, gut überlegte. Gib mir den Mantel.«

»Sie haben ihn in die Kaserne gebracht. Sie wußten nicht, wohin mit ihm.«

»Für den Lebenden mag es keinen Platz mehr in Kassel gegeben haben«, sagte sie mit Heftigkeit, »aber für den Toten ist Platz, dafür werde ich sorgen. Die Loge kann nur Lebende ausschließen, nicht Tote.«

»Was geschehen ist, ist schlimm genug. Warum jetzt die Leute wieder gegen uns aufbringen?!«

Anna von Haynau wandte sich schroff ab. Sie machte ein paar Schritte auf das Fenster zu. Unbeweglich blieb sie dort stehen. Als Claus ins Zimmer gekommen war, hatte er sich noch stark genug gefühlt, um seiner Mutter beistehen zu können. Aber dem Schmerz, der ihm aus ihrer stillen Beherrschtheit entgegenströmte, war er nicht gewachsen. Abgewandt, gebot sie ihm Schweigen, aber er hielt es nicht länger aus. Die Gedanken wirbelten in seinem Kopf, die Bilder ... Der Tote, zu dem man ihn gerufen hatte. Die klaffende Wunde, die zerschmetterte Schädeldecke, das weiße Tuch um die Stirn, an den Rändern das Blut, zu einer dunkelbraunen Kruste erstarrt. Das Gesicht unversehrt, die Haut wachsbleich, die bläulichen Augenlider geschlossen. – Robert. Immer wieder schob sich Robert in das Bild. Die Szene heute morgen auf dem Exerzierplatz.

»All das wäre nicht geschehen ohne Roberts unsinnige Tat. Du säßest nicht hier, Vater wäre nicht tot, alles wäre wie immer.« Seine Worte überstürzten sich. »Aber er wird es mir büßen, er wird viel büßen dafür! Nur er hat das alles über uns gebracht.«

Anna von Haynau wandte sich um. »Schweig! Nicht ein Wort mehr! Schweig – und vergiß, was du gesagt hast!«

»Du wirst mich nicht hindern, es auszusprechen.«

»Doch«, sagte sie, »doch, doch, schweig!«

»Nein, ich schweige nicht. Du sollst es hören! Ich hasse ihn. Hast du gehört, ich hasse ihn! So wie du ihn liebst, hasse ich ihn! Er wird dafür zahlen. Denn er hat uns das alles angetan!«

»Du weißt nicht, was du sagst.« Ihre Stimme klang jetzt verhalten.

»Ich habe zu lange geschwiegen, viel zu lange. Damals, in jener Nacht an der Weser, wenn ich damals nur Mut gehabt hätte . . . Statt ihn auszuliefern, hätt' ich ihn töten sollen!«

Aufmerksam sah Anna von Haynau ihren Sohn an, ihr Blick prüfte ihn, ohne Vorwurf. »Du hast ihn mit voller Absicht verraten? Ich dachte immer, es sei nur ein Moment der Angst gewesen.«

»Sag es nur! Sprich es nur aus! Damit ich ihn noch mehr hasse. Ja, es war Angst, nichts als feige Angst! Ich habe den Kopf verloren, ich wußte nicht, was ich tat. Ja, es war Angst. Ihn zu töten – dazu hätte Mut gehört. Willst du mich nicht verstehen, oder verstehst du wirklich nicht?« Er trat zu ihr, packte ihre Schultern. »Wenn Robert heute früh hingerichtet worden wäre, hättest du nicht mir die Schuld gegeben? Würdest du mich dann nicht hassen?«

Sie trat einen Schritt zurück. Seine Hände sanken herunter. »Ihr seid meine Söhne, einer wie der andere«, sagte Anna Haynau.

Er starrte sie an. »Er war mehr dein Sohn als ich. Er war dir immer näher. Du hast immer nur ihn geliebt.«

Ihr Kopf sank herab. »Das ist schrecklich«, flüsterte sie. »Das ist das schlimmste. – Und ich dachte, es gäbe nichts, was ich noch verlieren könnte.«

Er war versucht, seine Mutter in die Arme zu nehmen, und wartete doch gleichzeitig voller Trotz auf ihre Umarmung. Ihre Augen blieben gesenkt, von den dunklen Wimpern beschattet. Claus fühlte, wie er die Beherrschung von neuem verlor. Er erlag dem unwiderstehlichen Zwang, ihr Schmerz zuzufügen. Er mußte sich rächen, auch an ihr: »Ich seh' es dir an. Du denkst nur an ihn, nur an Robert! Vater und ich – wir waren immer nur Fremde für dich.« Er verstummte.

Ihre Wangen waren feucht von Tränen. Claus sah es, und er fragte sich: Ist es endlich geschehen, was ich mir wünschte, seit ich denken kann? Habe ich sie Robert entrissen, gehört sie nur noch mir allein? Er schlang die Arme um sie, aber selbst in der Umarmung spürte er nur ihre Fremdheit.

»Wenn über eine Familie kommt, was über uns gekommen ist«, sagte sie langsam, »sind alle schuld oder keiner.«

Er hielt sie noch immer in den Armen, er hoffte immer noch.

»Ich weiß nicht, wie du mit solchen Gedanken leben kannst«, fuhr sie fort. »Ich kann nichts für Robert vorbringen, denn ich weiß, das würde alles nur schlimmer machen. Ich kann dich auch nicht bitten, deinen Haß zu begraben, nichts trägt so weit wie Haß, es ist ein Weg bis ans Ende. Du machst mir Angst.«

Schnell und unaufhaltsam, wie Liebe und Haß zwischen Menschen wachsen können, wuchs zwischen ihnen eine Mauer aus gesprochenen und unausgesprochenen Worten. Claus hatte das Gefühl, als bewege eine geheimnisvolle Macht seine Mutter weg von ihm, als weite sich der Raum, als verliere sich ihre Gestalt – eine Silhouette, die blasser und blasser wurde.

»Wo finde ich Vater?« Auch ihre Stimme kam von weit.

»Ich werde mich darum kümmern«, gab er zur Antwort.

»Wo ist er?«

»In der Kaserne. Bitte, ich erledige alles. Es wird zuviel für dich.«

Sie ging in den Nebenraum. Als sie zurückkam, war sie im Mantel, in der Hand hielt sie einen Schal. Noch einmal richtete sie den Blick auf ihn; ihre Augen waren unerträglich nackt; Claus fand darin nichts von dem, was er erwartet hatte, nicht Haß, nicht Verachtung – nur unstillbaren Schmerz. Sie hob den schwarzen Schal mit beiden Händen und ließ ihn über Kopf und Gesicht fallen. Ein Rascheln des Kleides, ein Klicken des Türknaufs. Sie war gegangen.

26

In den zwölf Reisetagen hatte Anna von Haynau die Kutsche nur verlassen, wenn an den Poststationen Pferde und Wagen ausgewechselt wurden oder um vom Anbruch der Dunkelheit bis zum Morgengrauen in irgendeinem Gasthof zu schlafen. Sie kannte inzwischen jedes Geräusch der Räder und der Federung. Sie brauchte nicht mehr durchs Fenster zu sehen, um zu wissen, ob sie über Pflaster, Sand, festgestampften Lehm oder die Bohlen einer Brücke fuhren. Allein in der Extrapost, weder durch Gespräche noch durch die Landschaft abgelenkt, die Vorhänge immer geschlossen haltend, nur diesen Geräuschen ausgeliefert, hatte sie die ersten Tage unter ihnen gelitten, war dann abgestumpft, schließlich hatten sie ihr geholfen, die Gedanken zu vertreiben, ja, sie waren an ihre Stelle getreten.

Doch das Geräusch, das sie nun schon seit einer ganzen Weile vernahm, war ihr neu. Der Gang der Pferde hatte sich verlangsamt, und zuletzt kam die Kutsche zum Stehen. Ungeduldig schob sie den Vorhang zur Seite und ließ das Fenster herunter. Sie traute ihren Augen nicht: bis zu den Naben der Räder stand die Kutsche im Wasser. Nur die Häuser links und rechts verrieten ihr, daß sie sich nicht in einem Flußbett befanden.

Der Kutscher hatte die Bremsen angezogen und beugte sich vom Bock herunter: »Ich fürchte, wir müssen umkehren.«

»Was fällt Ihm ein!« Anna von Haynau zögerte nicht einen Moment. »Habe ich Ihm dafür den doppelten Tarif gezahlt? Er fährt sofort weiter! Er selbst hat gesagt, daß wir keine Zeit verlieren dürfen, wenn wir die Schiffe noch erreichen wollen. Er selbst hat mir geraten, kein Boot zu nehmen, sondern den Landweg zu wählen.«

Der Kutscher, ein junger Mann, der mit seinem Segeltuchmantel und dem graugrünen Südwester eher einem Seemann glich, schüttelte den Kopf. »Niemand konnte damit rechnen, daß die Wumme ein zweites Mal über die Ufer tritt. Es hat doch seit Tagen nicht mehr geregnet. Es muß die steigende Flut sein, die das Wasser ins Land hereindrückt.«

»Was immer es ist«, unterbrach sie ihn, »wir müssen weiter. Ich darf nicht zu spät zur Einschiffung kommen.«

Der Kutscher zerrte an dem breiten am Hals abstehenden Rand des Südwesters. »Wenn wir jetzt umkehren, verlieren wir noch am wenigsten Zeit.« Er wartete auf ihre Zustimmung, aber ihr Blick sagte ihm, daß sie eher aussteigen und zu Fuß weitergehen würde. Bei alleinstehenden Frauen, die in der Extrapost reisen, mußte man immer auf Überraschungen gefaßt sein. Sie stiegen auf einer Station als Nonnen ein, und an der nächsten in Männerkleidern aus, sie kamen nach einem Imbiß im Gasthof mit einem Kind im Arm zurück ... Auch mit dieser da hatte es eine ganz besondere Bewandtnis. »Wenn Ihr nicht umkehren wollt, gibt es nur eine Möglichkeit«, sagte er, »Ihr steigt zu mir auf den Bock, und ich bringe Euch bis zum Umlegeplatz. Von da aus nehmt Ihr ein Boot bis zur Reede.«

»Konnte Ihm das nicht gleich einfallen? Helf Er mir!«

Der Kutscher stieg vom Bock. Er mußte langsam gehen, damit ihm das Wasser nicht in die Stiefel schwappte. Nachdem er ihr auf den Bock geholfen hatte, breitete er eine rauhe Kutscherdecke über ihre Beine.

»Euer Schal hat sich gelöst«, sagte er fürsorglich. »Ihr solltet ihn umbinden.« Er deutete ihr hartnäckiges Schweigen falsch. »Wirklich, ich war sicher, daß wir durchkommen, sonst hätt' ich die Fahrt nicht angenommen.«

Anna von Haynau nickte nur, und er beeilte sich, die Pferde anzutreiben. Hin und wieder warf er ihr einen Seitenblick zu. Die Arme in den Mantelärmeln versteckt, saß sie da, den Blick weit voraus, blaß und ernst. Er hätte nicht sagen können, wie alt sie war. Sie war sehr leicht in seinen Armen gewesen, wie ein junges Mädchen, als er sie zum Bock trug. Ihre Haut war zart. Wenn sie lächelte, mußte sie schön sein. Aber er vermochte sich nicht vorzustellen, daß diese Augen und dieser Mund lächeln konnten.

Aus einer Hauseinfahrt glitt ein Boot. Eine Frau saß darin, im Arm ein in dicke Kissen gebettetes Kind. Ein Mann stocherte das Boot mit einer Stange vorwärts. An einem anderen Haus war eine Leiter an ein Fenster gelegt. Auf dem Marktplatz waren Männer in hüfthohen Wasserstiefeln damit beschäftigt, längs den Häusern mit Böcken und Brettern Laufstege zu bauen. In den Kellerfenstern gurgelte das Wasser, Vorräte kamen geschwommen, Obst, Holz, Kinderspielzeug.

»Geschieht immer wieder«, sagte der Kutscher, »jedes Jahr. Die Leute haben sich schon daran gewöhnt, aber zweimal so kurz hintereinander, das ist selten. Vor einer Woche, das hättet Ihr sehen sollen, da war es noch schlimmer, und genau an den Tagen als die Hessen durchmarschierten. Bis zu den Knien sind sie im Wasser gewatet, die ganze Armee. Von einer Stunde zur anderen kommt das Wasser.«

Anna von Haynau blickte geradeaus. Sie wagte nicht zu fragen. Vor einer Woche? Kam sie dann doch zu spät? Hatten die Schiffe Bremerlehe bereits verlassen? Und auch später, als sie im Boot saß, das wenige Gepäck neben sich, stellte sie dem Mann, der sie zur Reede nach Bremerlehe ruderte, die Frage nicht. Im Grunde hatte es keine Bedeutung, auch wenn sie zu spät kam. Umkehr gab es nicht mehr für sie, und ein Schiff würde sie immer finden.

Von dem Augenblick an, da der schwarze Schleier über ihr Gesicht gefallen war, hatte sie wie in Trance gelebt und gehandelt. Sie hatte die Loge gezwungen, ihrem Mann die ihm zukommende Totenfeier zu gewähren; dann war ihre Energie erschöpft gewesen. Die Tage danach? Sie waren ausgelöscht. Eine Frau im Lehnstuhl, in die kalte Asche des Kamins starrend; eine Frau, die ziellos durch den Auegarten streift. Eines Morgens war sie vor dem schmalbrüstigen Haus gestanden, ohne zu wissen, wie sie dort hingekommen war, aber Frau Retz war nicht mehr da; sie hatte Kassel verlassen, mit den hessischen Soldaten.

Frau Retz war mit der Truppe fortgezogen? Jeder wußte es, nur sie hatte es nicht bemerkt, niemand hatte es ihr gesagt, nicht einmal Claus, als er zu ihr kam, um Abschied zu nehmen. Robert und Claus – sie hatte ihre Söhne vergessen über dem Toten. Sie gehörte dorthin, wo sie waren. Sie war ins Hotel zurückgelaufen, hatte den schwarzen Schleier vom Kopf genommen, und da war es wie ein Erwachen gewesen. Sie hatte die großen Reisekörbe auf den Boden geleert und aussortiert, was sie verkaufen würde. Geblieben war nur, was in einen Handkoffer und in eine Reisetasche paßte.

Der Kahn, der ruhig dahingeglitten war, begann zu schwanken. Der Fluß hatte sich geweitet. Lange Wellen rollten heran.

Um sie herum waren die Geräusche des Wassers und des Bootes. Der Mann ließ für einen Augenblick die Ruder ruhen. Von der Strömung getragen, glitt das Boot weiter. Eine Möwe schoß über sie weg, blitzend in einem Himmel, der ohne Sonne war, und doch von einer durchdringenden Helligkeit, in der die Farben erloschen und die Gegenstände ihre Körperlichkeit verloren. Das Wasser schien nur ein Spiel von Reflexen. Das Licht drang nicht nur durch die Augen, es flutete durch die Haut, es strömte mit dem Atem in sie ein und tilgte die letzten Schatten der Vergangenheit. Sie fühlte sich leicht wie der Kahn, der ohne Ruder dahinglitt, wie die Möwe, die sich vom Wind hinaustragen ließ zum Meer.

Eine Kaimauer schob sich am Horizont herauf, die Masten von Schiffen, die Giebel von Häusern – für Anna von Haynau waren es Erscheinungen des Lichts. Der Mann wendete das Boot, um es zur Anlegestelle zu steuern, und jetzt erst begriff sie, jetzt erst wurde aus den wechselnden Bildern Wirklichkeit. Die Reede, der Damm aus Schiffen. Es sah aus, als ruhten sie auf festen Grundmauern, nicht geschaffen, um aufs Meer hinauszufahren, sondern die Wogen der Flut zu brechen.

Der Bootsmann half ihr auf die Füße. »Wir waren in einer Gegenströmung‹, sagte er, »sonst wäre es schneller gegangen.«

Sie sah ihn an und nickte, als hätten seine Worte für sie eine ganz besondere Bedeutung. Sie nahm den Handkoffer und die Reisetasche.

Die steinernen Stufen waren naß und glatt, doch stieg sie sicher und leicht, wie von einer unsichtbaren Hand geführt, die schmale Kaitreppe empor. Sie spürte das

Gewicht des Handkoffers und der Reisetasche; es sagte ihr, daß sie nicht träumte, daß sie begann, wieder ein Teil der Wirklichkeit zu werden. Plötzlich war die Luft voller Stimmen, wie Bündel blitzender Pfeile flogen sie über sie weg, zum Meer hinaus. Immer dieselben Worte: »Es lebe der König!« Sie stieg weiter, hinter ihr verebbte der Anprall der Wogen gegen die Kaimauer. Sie ging den Stimmen entgegen. Am Ende der Treppe zögerte sie, nicht aus Angst, daß sie sich getäuscht haben könnte, es war nur das Zögern eines Menschen, der, aus dem Niemandsland der Einsamkeit zurückkehrend, den ersten Schritt zu den Lebenden macht.

Langsam tastete sich ihr Blick über das Kopfsteinpflaster. Als sie ihn vorsichtig hob, sah sie einen Wall blanker schwarzer Stiefel und gelber Gamaschen. Ein Augenblick aus ihrer Kindheit kehrte zurück. Die erste Parade, zu der die Eltern sie mitgenommen hatten. Rund um sie Lärm und Staub, zwei Hände, die sie weiterzogen, dann plötzlich ein freier Platz und am Ende dieser Wall aus blanken schwarzen Stiefeln. Später hatte der Vater sie auf die Schulter gehoben, und sie hatte die Soldaten gesehen, aber jenes erste Bild war stärker gewesen.

Ohne Bewegung standen die blauen Reihen. Licht tanzte auf den silbernen Tressen. Vergeblich versuchte sie, Menschen zu erkennen, Männer, Soldaten, sie sah nur blaue Marionetten. Jetzt öffneten sich die Münder. Unsichtbare Schnüre rissen die Arme hoch. Gleichzeitig flogen die Zweispitze von den Köpfen, kehrten auf die Köpfe zurück, die Arme fielen herunter.

Der Platz, auf dem das Regiment aufmarschiert war, fiel zur Kaimauer hin ab. Im Hintergrund ragten die Giebel schmaler Häuser auf, kulissenhaft, als seien die Kamine, Simse und Fenster nur aufgemalt, und gemalt auch die Menschen, die in den Fenstern lagen, um von dort aus das Schauspiel der Musterung und Vereidigung der hessischen Söldner zu verfolgen.

Die erste Reihe des aufmarschierten Regiments machte einen Schritt vorwärts. Die Gruppe englischer Offiziere setzte sich in Bewegung, zählend, begutachtend, kontrollierend. Einen dieser Offiziere glaubte Anna von Haynau zu erkennen. Seinetwegen hatte sie ein paar englische Sätze gelernt, vor dem Fest zu seinen Ehren, in ihrem Haus in Kassel.

Unvermittelt wurde sie von der Woge der Zuschauer erfaßt, hingetragen zu den Häusern, wo sich, im Rücken der Soldaten, die Zuschauer drängten. Fliegende Händler hatten hier ihre Buden aufgeschlagen. Bunte Tücher flatterten im Wind; frische Heringe brieten auf einem Holzkohlenrost; ein Mann mit einem Semmelkorb rief seine Ware aus. An einem Stand gab es Kupferstiche, taschengroße Miniaturen deutscher Städte. Sogar ein Goldschmied war da, mit Uhren und Medaillons, in die das Datum und der Ort eingraviert waren: 20. März 1776, Bremerlehe.

»Der Schemel einen Kreuzer!« Es war eine ärmlich gekleidete Frau, die den Sitzplatz anbot. Sie errötete unter dem Blick der Fremden. Anna von Haynau bemerkte erst jetzt den Stand der Frau; ein grüner Sonnenschirm, darunter eine Pyramide von Körben.

Der Blick der Händlerin blieb an dem ledernen Reisekoffer Anna von Haynaus hängen. Sie wollte eine Bemerkung machen, aber ihre Stimme ging im Trommelwirbel unter. Die blauen Reihen machten eine Schwenkung nach rechts und marschierten quer über den Platz zu dem Segler. Ein hölzerner Laufsteg wurde an Seilen zum Schiff hinübergezogen. Am Ufer und am Schiff vertäut, entstand eine feste Brücke.

In Zweierreihen marschierten die Hessen über den Steg hinauf. In den harten hellen Rhythmus der Stiefel auf dem Kopfsteinpflaster mischte sich der dunkle schwingende Klang der Stiefel auf den federnden Bohlen. Eine Reihe schloß sich an die andere. Es gab keine Stockung, keine Lücke. Waren sie oben angelangt, sah es einen Moment aus, als schwebten die blauen Gestalten in der Luft. Dann stürzten sie, kippten um wie die getroffenen Blechfiguren einer Schießbude, verschluckt vom Schlund des Schiffes.

Der Laufsteg lag nur für einen Augenblick verlassen. Möwen fielen aus dem Himmel, tauchten nieder und zerstoben, als die Frauen hinaufstürmten. Ihre Schreie gingen unter in den Stimmen der Frauen, die, bepackt mit Bündeln und Körben, hinauf hasteten, bis auch sie, oben angelangt, mit flatternden Haaren, wehenden Schals und sich bauschenden Röcken in die Tiefe des Schiffsrumpfs zu stürzen schienen.

Im Filigran der Masten, das bisher nur von den Flekken einiger Kleinsegel unterbrochen war, entrollten sich nun riesige weiße Flächen. Das weiße Licht schmerzte Anna von Haynau in den Augen. Sie wandte den Blick zum Platz zurück. Er lag verlassen. Nur die englischen Offiziere standen beieinander, plaudernd, rauchend, trennten sich in kleinere Gruppen, fanden wieder zusammen; alles geschah mit ruhigen gemessenen Bewegungen. Weithin leuchteten ihre roten Röcke. Anna von Haynau erinnerte sich an die Pferdeauktion in Ziegenhain. So war es, wenn die Geschäfte abgeschlossen waren, die Pferde von den Knechten weggeführt wurden und dic Männer noch zusammenstanden und ihren Kauf beredeten.

Einer löste sich von der Gruppe, ging ein paar Schritte den Kai entlang, spießte mit dem Degen etwas auf und hielt den anderen einen zertretenen Dreispitz hin. Seine weißen Zähne blitzten unter dem kupferroten Schnurrbart.

Lachen klang über den Platz.

»Ich weiß nicht, ob es Euch auch so ergeht«, sagte die Korbhändlerin, »aber ich darf die Rotröcke nicht anschaun, sonst packt mich der Zorn. Da, nehmt, der heiße Tee wird Euch guttun. Vorsicht, der Henkel ist abgebrochen.«

Anna von Haynau umschloß die große Tasse mit beiden Händen, und erst jetzt, bei der Berührung mit dem heißen Porzellan, spürte sie, daß ihre Finger eiskalt waren. Sie trank langsam. Der Tee war stark und süß.

»Gut, nicht wahr?« sagte die Korbhändlerin. »Mein Mann hat eine Dose dabei. Ich habe sie ihm ins Gepäck geschmuggelt. Ich sage Euch, was man so von der Verpflegung auf den Schiffen hört, da stehen einem die Haare zu Berge. Und wie sie untergebracht sind, zwölf in einer Koje zusammengepfercht.«

»Woher wißt Ihr das?«

»Seit drei Tagen schiffen sie die Regimenter ein. Die vollen Schiffe legen ab und ankern draußen auf der Reede. Trotz der Strafen sind einige schon über Bord gesprungen.«

»Wißt Ihr, welche Regimenter es sind?« Ihr Blick war auf das Schiff gerichtet, an dessen Heck sich eben die britische Flagge entfaltete, rot, blau, weiß, mit dem dreifachen Kreuz in der rechten Ecke. Kommandorufe flogen über Deck. Ein Zittern lief durch das Schiff, als die Leinen losgeworfen wurden. Die Rahen des Großsegels schwenkten herum, das weiße Tuch blähte sich auf. Langsam löste sich das Schiff vom Kai. Anna von Haynau wurde von Ungeduld erfaßt. Worauf wartete sie? Warum unternahm sie nichts? Warum antwortete die

Frau ihr nicht? Sie wollte ihr Gepäck aufnehmen, aber eine Bewegung der Zuschauer drängte sie zurück. Im Nu sah sie sich von allen Seiten eingekeilt. Sie fürchtete, erdrückt zu werden – das gab ihr die Kraft und die Rücksichtslosigkeit, sich einen Weg durch die brodelnde Menge zu bahnen. Sie gelangte bis zur Absperrungslinie, die von Wachen mit quergehaltenen Bajonetten gebildet wurde. In der Ferne setzte Musik ein, wurde lauter, Marschmusik. Sie kamen aus einer der Gassen, die auf den Platz mündeten, im Paradeschritt: der Tambourmajor, die Trommler, die Pfeifer.

Die Trommeln dröhnten, als wollten sie die eng zusammenstehenden Häuser der Gasse auseinandersprengen, um der nachfolgenden Kolonne Platz zu machen.

Die Zuschauer waren still geworden. Anna von Haynaus Blick ging über die Reihe von Gesichtern neben ihr. Ein paar alte Männer, sonst nur Frauen, Frauen jeden Alters. Ernst lag auf diesen Gesichtern, ohnmächtiger Protest. Alles Persönliche war weggewischt. Ausgelöschte Gesichter, vom Wind leergefegt, vom Licht leergewaschen, einander ähnlich wie Körner aus einer Ernte, aus einer Hand ins Leben geschleudert, von einer Hand zum gleichen Schicksal verurteilt, dem Schicksal der Frauen: zurückzubleiben, sich ins Unabänderliche zu fügen, nur durch Schweigen protestieren zu können.

Anna von Haynau zog den Mantel dichter um sich. Die Kolonnen der Soldaten zogen an ihr vorüber, nichts als eine flutende Bewegung, und darin, ein schwankendes Spiegelbild im Wasser, das Gesicht Gottfried von Haynaus, wie er im Sarg lag, auch im Tod jenen Ausdruck von Ungeduld bewahrend, der für ihn so kennzeichnend war: Ungeduld auf das neue Erwachen. Zum ersten Mal war sie nahe daran, seine Tat zu verstehen, diesen Tod, der vielleicht nichts anderes gewesen war als sein letzter, leidenschaftlichster Protest gegen das Unabänderliche. Immer noch dröhnten die Schritte der Soldaten über den Platz, immer noch schlugen die Trommeln. Hinter ihnen ergoß sich ein Schwarm Frauen aus der Gasse, zerstreute sich unter die Zuschauer.

Die Zeremonie der Musterung und der Vereidigung begann erneut, aber etwas war diesmal anders: Das Regiment trug nicht blaue Röcke, sondern das grüne Tuch der Rallschen Jäger.

Jemand berührte ihren Arm. Sie beachtete es nicht, sie hatte nur Augen für die grünen Reihen. Sie stellte sich auf die Zehenspitzen, sie versuchte unter den Gesichtern, die nur helle Flecken unter den Hüten waren, Robert und Claus zu erkennen.

»Sie sind es wirklich!« sagte eine Stimme neben ihr. »Was tun Sie hier, wie kommen Sie überhaupt hierher?«

Anna von Haynau wandte unwillig den Blick. Vor ihr stand eine Frau. Der Wind hatte eine Strähne des grauen Haars über die Kapuze des Mantels gerissen. Wie vom Sturm um sie geschlungen wirkte auch der grüne Schal. Über der Schulter trug sie einen Ledersack, wie ein Handwerksbursche.

»Es ist das Rallsche Regiment, nicht wahr?« fragte Anna von Haynau.

»Erkennen Sie mich nicht? Habe ich mich so verändert? Oder vermissen Sie, daß ich nicht mehr nach gestärkter Wäsche und Lavendel dufte? Ich bin es, Ihre alte Retz.«

»Sind meine Söhne beim Regiment?« fragte Anna von Haynau nur.

»Sie haben den ganzen langen Weg gemacht, nur um sie noch einmal zu sehen? Man kann sie von hier aus nicht erkennen, aber sie sind dabei, Ihre beiden Söhne, und beide gesund. Eigentlich hätten wir uns schon über den Weg laufen müssen. Wohnen Sie etwa auch im *Löwen*? Nach der schrecklichen Fahrt auf der Weser hatte ich einfach das Bedürfnis, noch einmal ein paar Tage wie ein Mensch zu schlafen.«

»Ich bin erst in dieser Stunde gekommen.«

Frau Retz bemerkte Anna von Haynaus Gepäck. Die Augen der Frauen trafen sich, ruhten eine Weile ineinander, nicht fragend, nicht forschend, einander nur bestätigend, daß die alte Vertrautheit zwischen ihnen wieder da war. »Geben Sie mir den Koffer«, sagte Frau Retz. »Ich werde für Sie einen Platz finden, wo Sie ihre Söhne wenigstens sehen können, wenn sie an Bord gehen. Und wenn es uns nicht gelingt, sie auf uns aufmerksam zu machen, werde ich ihnen berichten, daß Sie hier waren, daß Sie den ganzen Weg gemacht haben, um sie ein letztes Mal zu sehen. Wenn Sie Nachrichten für die beiden haben . . .«

Anna Haynau machte eine abwehrende Bewegung. »Warten Sie! Die Frauen, die mit den Regimentern an Bord gehen, werden die von den Engländern kontrolliert?«

»Wie?« Frau Retz blickte auf Anna von Haynau. »Sie wollen doch nicht etwa sagen, daß Sie selber . . . Ich bitte Sie, schlagen Sie sich das aus dem Kopf! Könnten Sie wirklich die Absicht haben, mit an Bord zu gehen?«

»Fürchten Sie, daß ich seekrank werde?«

»Sie können sich nicht vorstellen, was Sie erwartet!«

»Nichts anderes als was meine Söhne erwartet.«

»Aber Sie sind eine Frau. Sie hätten die Fahrt auf den Weserböcken mitmachen sollen! Die Enge, die Kälte, das miserable Essen, das Fluchen der Männer, die Erniedrigung. Sehen Sie sich die Weiber an, die ihre Männer begleiten. Die sind an das Leben gewöhnt. Und was erst auf den Schiffen los sein wird! Bitte, besinnen Sie sich darauf, wer Sie sind.«

»Und Sie?« fragte Anna von Haynau. »Wer sind Sie, und warum sind Sie hier? Beantworten Sie mir diese eine Frage.«

Frau Retz machte eine ärgerliche Handbewegung. »Ich bin nicht alt genug, um in einem Lehnstuhl zu sitzen, Strümpfe zu stricken und einen Kanarienvogel zu füttern, aber auch nicht zu alt, um Wunden zu verbinden und Kranke zu waschen.«

»Und ich werde Ihnen dabei helfen.«

Frau Retz kam nicht mehr zum Widersprechen, und im Grunde wollte sie es auch nicht mehr. Über den Platz brauste der Schwur, eine donnernde Woge, sich immer wieder brechend an den Momenten der Stille, wenn die einzelne Stimme den Eid vorsprach. Fünfhundert Männer rissen die Dreispitze von den Köpfen, schwenkten sie in der Luft. Einer dieser Arme, das war Claus, einer dieser Hüte, das war Robert. Eine dieser weißgepuderten Perücken, mit der dunklen Schleife im Nacken, das war Soerman.

»Hoch lebe der König!« hallte es über den Platz und über den Hafen. Anna von Haynau wußte, daß einer der Männer dort in den grünen Röcken schwieg. Sie sah ihn vor sich, mit geöffnetem Mund, aber stumm – Robert, der den Schwur auf ein fremdes Land, auf einen fremden König nicht sprach.

Gleich würden die grünen Reihen sich auflösen, sich zu Kolonnen ordnen, über den Laufsteg zum Schiff hinaufsteigen; wenn der letzte Mann verschwunden war, würden die Frauen folgen, eine wilde kreischende Schar, und sie würde unter ihnen sein, sich vordrängend, andere beiseite stoßend, genau wie die anderen.

Vom Meer her kam der Wind in Stößen. Sie atmete

den Salzhauch ein. Der Wind schnitt ihr in die Augen. Wie gebannt starrte sie durch den schimmernden Wald von Bajonetten, die sich fortsetzten in den nackten Masten des Schiffs am Kai. Ein Dickicht blendender Helligkeit, hinter dem sich die Zukunft verbarg.

Zweites Buch

Der Herr von Redford

Ich . . . anerkenne die Vereinigten Staaten von Amerika, daß sie freie, unabhängige und souveräne Staaten sein sollen und erkläre, daß das Volk dieser Staaten keinerlei Verbindung oder Gehorsam dem König von Großbritannien, Georg III., schuldig ist, und ich leugne, verweigere, schwöre ab jede Verbindlichkeit oder Gehorsam gegen ihn; und ich schwöre, daß ich bis zu meiner letzten Kraft stützen, aufrechterhalten und verteidigen will die besagten Vereinigten Staaten gegen den genannten König Georg III. und seine Erben und Nachfolger und seine und ihre Anhänger und Beistände und will den besagten Vereinigten Staaten dienen in der Stellung eines . . . mit Treue nach meinem besten Geschick und Verständnis. So helfe mir Gott.

Eidesformel der Offiziere der Kontinentalarmee

27

Einen Drei-Stunden-Ritt von Trenton entfernt, jedoch auf der anderen Seite des Delaware, liegt inmitten eines Landbesitzes von mehr als elf Meilen im Geviert das Herrenhaus von Redford. Wo sich jetzt Felder und Viehweiden erstrecken, wo Häuser stehen und Wege geebnet sind, herrschte noch vor dreiundzwanzig Jahren undurchdringliche Wildnis; wenn die älteren Leute »Redford« sagen, schwingt immer noch etwas von dem Schrecken mit, den Generationen vor diesem Unterschlupf der Indianer empfunden haben.

So war das Gebiet, selbst als es dort längst keine Indianer mehr gab, herrenlos geblieben, umwoben von düsteren Legenden und beschützt von geheimnisvollen roten Markierungen aus indianischer Zeit, die man auf manchen Bäumen fand und die dem Platz den Namen gegeben hatten: Redford, Niemandsland, das keiner in Besitz zu nehmen wagte – bis eines Tages, spät im Jahr, ein Fremder vom Norden her den Strom entlang dahergeritten kam, der von alledem nichts wußte. Der fremde Mann sah nur, daß alle Wege hier endeten, und das gefiel ihm. Er atmete die Luft, in der sich die Kühle des Stroms mit der würzigen Kraft des Waldes mischte, und die Brust wurde ihm weit. Er überquerte den Fluß, drang in die Wildnis ein und gelangte schließlich zu einer kleinen Lichtung. Die Reste einer Laubhütte waren dort und ein eiserner Rost, der auf drei Feldsteinen lag. Er machte Feuer, briet sich zwei Wachteln, und als die Nacht kam, bereitete er sich unter einer mächtigen Föhre, in deren Rinde ein seltsames rostrotes Zeichen eingebrannt war, ein Lager. Als er dann, die Hände unter dem Kopf verschränkt, ruhte, eingehüllt in die Stille des Waldes, hatte er das Stück Erde gefunden, nach dem er so lange gesucht hatte.

Der Eisenrost und die drei Feldsteine, auf denen er seine erste Mahlzeit bereitet hatte, wurden später im Herrenhaus von Redford eingebaut, in den Kamin der Halle, in dem der Hausherr immer selber das Feuer entzündete. Auch die mächtige Föhre mit der indianischen Markierung, unter der er in jener ersten Nacht geschlafen hatte, gab es noch. Weithin sichtbar ragte sie auf, den Fremden ein untrüglicher Wegweiser nach Redford, den Menschen, die hier lebten, so etwas wie ein Heiligtum.

Nicht nur, daß die Jahre, in denen die Föhre blühte, während in ihrer Krone Bienenschwärme summten, besonders reiche Ernten brachten ; die Köchin im Herrenhaus von Redford, ein indianisches Halbblut mit dem irischen Namen McGill, weissagte aus dem Baum das Wetter, indem sie einen frischen Schößling, der von der obersten Spitze stammen mußte, zwischen ihren braunen Fingerkuppen zerrieb. Blieb der Saft grün, wurde es ein feuchtes Jahr, färbte er sich schnell rötlich, so verhieß das Trockenheit. Daß McGill keinen Fisch und kein Wildbret zubereitete, ohne das zerhackte Innere eines grünen Zapfens oder den Absud einer Handvoll Nadeln zu verwenden, war ein Geheimnis, das sie nicht nur vor dem Hausherrn, sondern auch vor der zweiten Köchin hütete; selbst Gästen, die um Rezepte zu ihr in die Küche kamen, antwortete sie ausweichend. Der

Wohlgeschmack der Speisen sei nicht ihr Werk; auf Redford hätten eben Forellen, Wachteln und Hasen besseres Fleisch als irgendwo sonst. Auf den Märkten in weitem Umkreis galt dieses Urteil für alle Erzeugnisse, die aus Redford stammten, und so gingen die Wagenladungen mit Getreide, Kartoffeln, Mais, Schinken, Käse und Obst schon längst nicht mehr, wie einst das Holz, nur flußabwärts nach Philadelphia, sondern auch flußaufwärts nach Easton und Phillipsburg.

Das Herrenhaus war ein langgestreckter Bau, das Erdgeschoß aus roten Ziegeln, der erste Stock aus massiven Balkenwänden, die jedes Jahr zusammen mit der breiten Veranda, die das Haus im Westen und Süden umlief, weiß gestrichen wurden. Ställe und Wirtschaftsgebäude lagen in einiger Entfernung, vom Herrenhaus durch den Obstgarten getrennt, der von einer Himbeerhecke eingezäunt war. Diese Hecke war für den Herrn von Redford zunächst nichts weiter gewesen als eine sentimentale Erinnerung an seine Kindheit; versteckt im duftenden Himbeerdickicht, hatte er die prächtigen Gartengesellschaften des polnischen Fürsten belauscht, dem sein Vater als Jagdhelfer diente; stundenlang hatte er ausgeharrt, unempfindlich gegen Mücken und die unbequeme Stellung. Jenes Duftes wegen, in dem für ihn seine Kindheit beschlossen lag, die ganze Süße und Verzweiflung seiner ersten verworrenen Zukunftsträume, hatte er in Redford diese Himbeerhecke gepflanzt. Daß auch aus seinen Himbeeren – in Form von Himbeergeist – eine begehrte Handelsware geworden war, erfuhr er erst, als McGill, die Köchin, mit der Bitte zu ihm kam, weitere Hecken anzulegen. Auch der Blumengarten vor dem Herrenhaus hatte sein Teil zum Ruhme Redfords beigetragen. Von den Klematisstöcken, die sich um die beiden Hauptpfeiler der Veranda emporrankten, waren

Generationen von Nachkommen über die Umgebung verstreut, und wäre der Herr von Redford nicht eingeschritten, so hätte sein Gärtner auch daraus ein Geschäft gemacht.

In diesem Jahr war der Herbst so mild gewesen, daß sich bis in den späten November hinein immer wieder tiefblaue Blütenkelche entfalteten. Es war wirklich ein erstaunliches Jahr. In den ersten Morgenstunden sikkerte die Sonne als mattes weißes Licht durch die Dunstschleier, die, höher als Nebel, aber niedriger als Wolken, über der Erde schwebten. Doch wenn sich dann, gegen Mittag, der Himmel auftat, ergoß sich goldene Wärme über das Land. Jedermann ging noch in den leichten Baumwollgewändern des Sommers. Auch die beiden Reiter, die kurz nach Mittag Redford verließen, trugen Sommerhüte aus feinstem Panama, der Mann in Dunkelbraun, das Mädchen in Strohfarben.

Sie benützten nicht den Reitweg, der von Redford zum Delaware führt, sondern nahmen den kürzeren Weg über die Felder. Die Sonne schien von einem wolkenlosen Himmel. Ein leichter Regen, der nachts gefallen war, hatte den Staub von den Spitzen der Wintersaat gewaschen; so weit das Auge reichte grünte die Erde, bis hin zu den blauen Wäldern, die Redford im Norden und Westen wie eine Mauer gegen Wind und Wetter beschützten.

Die Pferde fielen ganz von selbst aus dem Galopp in Trab, als sie sich der mächtigen Föhre mit der roten Indianermarkierung näherten, wie um den beiden Reitern Zeit zu geben für die Gedanken und Empfindungen, die sie mit diesem Baum verbanden.

Der Mann zog das Lederband seines Huts fester. »Reite ich dir zu schnell?« fragte er das Mädchen an seiner Seite. Seine Worte entsprangen der tiefen Befriedigung, daß er mit ihr zusammen sein konnte – ein Gefühl, das auszudrücken ihm allerdings nur auf sehr verschlüsselte Weise möglich war, und wie fast immer verstand sie ihn falsch. Aus dem Schatten des strohfarbenen Huts antwortete ihm ein dunkler Blick. Sie nahm die Zügel hoch und gab ihrem Hengst die Sporen. Im ersten Moment war der Mann versucht, es ihr gleichzutun, aber dann zog er es vor, Marys Ehrgeiz nicht noch mehr herauszufordern, und als er sah, daß sie am Strom angekommen war, ließ er sein Pferd sogar etwas zurückfallen, um ihr Zeit zum Atemholen zu geben.

Der Delaware macht an dieser Stelle eine große Ost-West-Schleife. Das Wasser floß träge dahin; an manchen Stellen schien es zu stehen, aber mitten in der glatten Oberfläche gurgelten Wirbel und Stromschnellen.

Über den Strom blickend, der ein Teil seines Lebens geworden war, ritt der Herr von Redford auf das Mädchen zu. »An ein einziges Jahr kann ich mich erinnern, da ist der Fluß den ganzen Winter über nicht zugefroren – und das ist zwanzig Jahre her. Wenn ich denke, daß du damals noch nicht auf der Welt warst. Letztes Jahr, an diesem Tag, war der Fluß schon vereist. Das hier ist die Stelle, die immer zuerst zufriert.«

Mit einer raschen Bewegung schob das Mädchen den breitrandigen Hut zurück, so daß er auf ihren Rücken fiel; offenes Haar, mehr rötlich als braun, quoll darunter hervor. »Endlich hast du dich auch einmal geirrt! Endlich einmal weiß ich etwas besser als du! Es sind zwar nur drei Tage, aber um die hast du dich geirrt!«

Der Mann ging auch diesmal nicht auf ihre Herausforderung ein. »Du führst Tagebuch?« fragte er nur.

»Du irrst dich schon wieder. So etwas brauche ich nicht aufzuschreiben. Es war genau der 25. November, als der Strom im vergangenen Jahr zufror. Abigail bekam an dem Tag ihr sechstes Kind, und Kyllogs kam mit der Arznei aus Princeton gerade noch mit der letzten Fähre herüber. – Eines Tages werde ich genauso viele Erinnerungen haben wie du.«

»Wünschst du dir das? Ich bin nicht sicher, ob ich es dir wünschen soll, gar nicht so sicher, Mary.« Meist sprach er ohne jeden Akzent, aber manchmal, wie jetzt, klang ein fremdländischer Unterton durch.

Das Mädchen zögerte, warf dem Mann einen kurzen Blick zu. »Meinst du, es war gewollt von Abigail, daß es wieder ein Novemberkind wurde?«

»Die Erklärung dürfte einfacher sein. Im März haben die Männer Urlaub vom Armeedienst ...« Er unterbrach sich. »Seit wann interessieren dich solche Dinge?«

»Du vergißt, daß ich bald neunzehn werde. Viele Mädchen sind da schon verheiratet!« Sie reagierte bei diesem Thema sonst heftiger, aber in diesem Moment war sie abgelenkt durch die Fähre, die sie auf dem Strom erblickt hatte. Sie schützte die Augen mit der Hand gegen das Sonnenlicht. »Sieh dir das an! Doktor Banks hat die kleine Fähre genommen! Das hat er doch noch nie getan!«

»Ich muß dich das nächste Mal mit nach Philadelphia nehmen. Ich dachte immer, daß du wenigstens in die Ferne gut siehst. Das da drüben ist die große Fähre.«

»Eine Brille, das täte dir passen!« Sie lachte. »Du willst wohl, daß ich sitzenbleibe?«

Der Mann glitt aus dem Sattel. Er machte sich am Zaumzeug zu schaffen, während er in gleichgültigem Ton sagte: »Vertreibe ich die jungen Männer von Redford oder du? Ich hätte nichts dagegen gehabt, wenn du dich mit John verlobt hättest. John war es ernst, und er wäre viel leichter in den Krieg gegangen.«

»Was hat das eine mit dem anderen zu tun? John

kämpft für seine Überzeugung.« Sie sah in diesem Augenblick älter aus, als sie war, wie immer wenn sie glaubte, etwas verteidigen zu müssen, und sie hatte sehr oft etwas zu verteidigen. Weder in ihrem Wesen noch in ihrem Äußeren hatte sie das Unfertige vieler Mädchen ihres Alters.

»Damals, als John mit der Unabhängigkeitserklärung von Philadelphia herübergeritten kam und dich als erste einweihte«, sagte der Mann, »damals war ich sicher, daß er es schafft bei dir. Mit keinem Geschenk, mit keiner Beteuerung seiner Liebe hätte er bei dir so viel erreichen können. Er ist, für seine Jugend, ein guter Menschenkenner. Und du wirst sehen, er wird ein großartiger Anwalt werden, wenn dieser Krieg erst einmal zu Ende ist.«

»Ich liebe ihn nicht, ich habe es ihm gesagt. Ich habe ihn bewundert, aber lieben? Warum fängst du überhaupt davon an? Willst du mich unbedingt los sein?«

Der Mann preßte die Lippen aufeinander. Er trat zu ihr und half ihr aus dem Sattel. Einen Augenblick schwebte sie in seinen Armen, lachend, bevor er sie behutsam niederließ. Nein, sie war nicht mehr das kleine Mädchen, das nach Redford gekommen war vor sechs Jahren.

Gerade dreizehn war sie geworden, als er sie ins Haus nahm. Ihr Vater war ein Freund von ihm gewesen, Pastor Haverill aus Boston, Sohn eines englischen Auswanderers und einer der streitbarsten Prediger für die Unabhängigkeit dieses Landes, für die Erhebung der Kolonien gegen die britische Krone. Er wetterte von seiner Kanzel aus gegen Georg III. heftiger als gegen den Antichrist. Es geschah am 5. März 1770, und der Tag ging als »Bostoner Metzelei« in die Geschichte ein. Es war März, aber es lag noch Schnee. Später wußte niemand genau zu sagen, wie es dazu gekommen war; ob die Wachen vor dem Rathaus angefangen hatten oder die Männer, die mit Pfarrer Haverill aus der Kirche gekommen waren; ob es der Schneeball eines Jungen gewesen war, der alles ausgelöst hatte, oder der Schuß eines Soldaten, der angesichts der beängstigenden Menschenansammlung die Nerven verloren hatte. Haverill, der sein Leben lang gegen die Gewalt und für die Freiheit gepredigt hatte, war als einer der ersten gefallen.

Skelnik war dabeigewesen, als man Haverill neben seiner Frau, die bei Marys Geburt gestorben war, begrub. Er ließ sich zum Vormund der Waise einsetzen und nahm sie mit nach Redford.

Mary war damals noch ein Kind gewesen; mehr Junge als Mädchen, mehr an Stiefel und Hosen und lose Wollhemden gewöhnt als an Mädchenkleider, mehr an der frischen Luft und zu Pferd als im Haus, das kastanienbraune Haar zu einem strengen Pagenkopf geschnitten. Obwohl sie still und verschlossen war, hatte sie nach Redford gebracht, was dort gefehlt hatte: Jugend. Plötzlich hatte ein junges Wesen mit ihm am Tisch und, abends, vor dem Kamin gesessen und hatte ihn auf seinen langen Ausritten begleitet. An ihrem sechzehnten Geburtstag hatte er ihr schweren Herzens eröffnet, daß sie nunmehr Redford verlassen und nach Philadelphia zu Madame Söderström gehen werde, um dort all das zu lernen, was eine junge Dame nun einmal beherrschen müsse. Mary hatte stumm genickt, aber dann hatte er Tränen bemerkt, die ersten, die er in ihren dunklen Augen sah. Um sie zu trösten, hatte er sie in die Arme genommen. Damals war ihm bewußt geworden, daß sie kein Kind mehr war – und er ein Mann, der sich immer noch nicht mit seiner Einsamkeit abgefunden hatte. Es war nur ein Augenblick gewesen, ein Augenblick, der nichts verändert und von dem niemals jemand erfahren hatte. Er war stolz auf seine Haltung. Dennoch hatte er nicht darauf bestanden, daß sie nach Philadelphia ging, sondern sich ihrem Wunsch gefügt und begonnen, sie selber zu unterrichten. Es war kaum verwunderlich, daß es ihm geheime Freude bereitete, zu erleben, wie die Unterrichtsstunden ihr unentbehrlich wurden und wie sie immer mehr lernen wollte; über das Französisch, mit dem sie angefangen hatten, weil die Hälfte seiner Bibliothek aus französischen Büchern bestand, waren sie längst hinaus. Und wie sollte er auch nicht eine gewisse Befriedigung darüber empfinden, daß es noch keinem jungen Mann gelungen war, sie zu erobern? Dabei fiel ihm wieder John Compson ein. »Verzeih, wenn ich nochmals davon anfange, aber hast du auch einmal daran gedacht, daß John einer der reichsten jungen Männer zwischen New York und Philadelphia ist? Er ist der einzige Sohn, und der ganze Compson-Besitz wird einmal an ihn fallen. Und stell dir vor, wenn eines Tages Redford dazukommt!«

Sie lachte hell. »Sonst bist du immer so realistisch. Du vergißt, daß Johns Vater ein leidenschaftlicher Royalist ist, daß er seinen Sohn enterbt und ihm für Lebenszeit das Haus verboten hat, als er in die Armee der Rebellen eintrat. Daß du immer mit deinem Alter kokettieren mußt! Bei jeder Gelegenheit kommst du damit.«

Schweigend blickte er zum Fluß hinunter. Die Fähre kam näher. Die Pferde grasten mit hängenden Zügeln.

»Und außerdem«, sagte sie unvermittelt, »ist mir John viel zu jung.«

»Zu jung?«

»Ja, zu jung.« Sie war froh, seinen Augen nicht zu begegnen, denn das machte es ihr leichter, weiterzusprechen. »Wenn ich mich verliebe, dann muß es schon ein

Mann sein wie du, ein Mann, der alles erlebt hat – alles. Junge Männer wissen vom Leben so wenig wie ich selber, meistens weniger. Für mich muß ein Mann sein wie ein Schiff, das schon über das große Meer gefahren ist, bei Sturm und Wetter. Als Kind, bei uns in Boston, war ich viel am Hafen. Man sieht es diesen Schiffen sofort an: selbst abgetakelt und alt, sind sie noch tausendmal schöner als die blanken Küstensegler, die nie hinausgekommen sind. Ich fürchte mich nicht vor dem, was ein Mann erlebt hat, ich fürchte mich, wenn er nichts erlebt hat.«

Die Fähre, auf der vier Kutschen Platz fanden, hatte nur zwei Fahrgäste an Bord, der eine, in der Kleidung eines Farmers, hielt zwei Pferde am Leitseil, der andere, in einem weithin leuchtenden karierten Mantel, saß auf der Seitenbank. Mit Unbehagen beobachtete er, wie die Fähre anlegte. Alles, was sich bewegte, erregte Noah Banks Mißtrauen, eine Eigenschaft, die das Leben des Doktors aus Trenton zu einem ununterbrochenen Konflikt hatte werden lassen. Patienten, die noch fähig waren, den Weg zu ihm zu machen, behandelte er als Störenfriede, die anderen, die auf seine Hilfe warteten und ihn also zwangen, das Haus zu verlassen, versetzten ihn in Untergangsstimmung.

In dieser Verfassung, einer Mischung aus Mißmut und Menschenhaß, befand Noah Banks sich, seit der Bote aus Redford ihn vom Mittagstisch weggeholt hatte. Aber da der schweigsame Jan Kyllogs kein geeignetes Objekt war, an dem der Doktor seine gallige Laune hätte auslassen können, hatte sie sich auf dem Weg ständig gesteigert und erreichte ihren Höhepunkt, als er sah, daß am Ufer der Herr von Redford auf ihn wartete.

Die Fähre hatte festgemacht. Erst nachdem Jan Kyllogs die Pferde an Land geführt hatte, erhob sich der

Doktor. Mit zu kurzen Beinen in ausgebeulten Stiefeln ging er ohne Gruß an dem Fährmann vorüber. Stumm überließ er Jan Kyllogs seinen Arztkoffer, und, man konnte es nicht anders beschreiben, zog sich aufs Pferd.

»Danke, daß Sie gekommen sind«, begrüßte ihn der Herr von Redford, der, wie auch Mary, wieder im Sattel saß.

Noah Banks legte sich sorgfältig die Zügel zurecht, erst dann bequemte er sich, aufzusehen, und er tat es wie jemand, der sich belästigt fühlt. »Weiß der Teufel, warum ich mich überreden ließ, Mister Skelnik. Sie wissen, mein Gebiet ist jenseits des Delaware, und das ist schon zu groß.«

»Abigail Hancock braucht einen Arzt. Der unsere ist bei der Armee.«

»Sie lassen mich wegen eines Kindbetts hierher schleppen! Und was geschieht, wenn Sie selber einen Arzt brauchen? Eine Wöchnerin, da spielt eine Stunde hin oder her keine Rolle, aber ein Herz, das einmal ausgesetzt hat, wird das eines Tages wieder tun!«

»Die Ärzte in Philadelphia sind sehr zufrieden mit mir.«

»Sind sie das? Da höre ich etwas anderes. Mich jedenfalls beeindruckt Ihr gesundes Aussehen nicht. Ich kann Ihnen genau sagen, wie es war. Doktor Wyngard in Philadelphia hat Ihnen sogar das Reiten verboten. Seitdem waren Sie nicht mehr bei ihm. Sie haben sich zu den indianischen Mixturen Ihrer Köchin geflüchtet. Ich warne Sie. In ein paar Jahren ist Ihr ganzer Körper vergiftet. Warten wir's ab. Ruinieren Sie sich ruhig Ihre Eingeweide, aber kommen Sie dann nicht zu mir.«

»Ich schlage vor, wir wechseln das Thema und reiten los.«

»Meinetwegen. Aber das sage ich Ihnen; das ist das

letzte Mal, daß Sie mich über den Delaware gebracht haben. Den einzigen Arzt weit und breit zur Armee zu schicken! Da sehen Sie, was bei der ganzen Politik herauskommt. Sie sind nach Philadelphia gelaufen. Sie haben auf die neue Verfassung geschworen – nicht ich! Jetzt löffelt auch die Suppe allein aus. Sich gegen die Krone zu erheben! Hirngespinste. Dabei kann ja nichts Gutes herauskommen! Dieser Krieg ist ein gottverdammter Irrsinn. Warum mußte das sein! Wozu es auf Kampf ankommen lassen, wenn wir uns an zehn Fingern ausrechnen können, wie schnell unsere Bevölkerung wächst! Nehmt Abigail Hancock. Jedes Jahr ein Kind. Eines Tages müssen die Engländer zurückstecken, einfach weil wir in der Überzahl sind. Eine bessere Art, zu unserem Recht zu kommen, gibt es nicht.«

Mary hatte bei den letzten Worten des Arztes ihr Pferd gewendet und war wortlos vorangeritten. Mißbilligend sah Noah Banks ihr nach. »Armes Kind. Ihr haben Sie also auch die Ideen der Revolution eingepflanzt.«

»Wenn jemand ihr Ideen eingepflanzt hat, dann waren es die englischen Soldaten, die auf ihren Vater schossen.«

Doktor Banks zuckte mit den Achseln. »Es gab immer Leute, die unbedingt als Märtyrer sterben wollten.«

Mary galoppierte vor den Männern her. Ihr Vorsprung wurde größer; schwerelos flog sie dahin, schien sich von der Erde loszulösen und mit dem flirrenden Dunst zu verschmelzen. Die Sonne hatte den Zenit überschritten, die Luft nahm eine dichte bläuliche Tönung an. Skelnik sah ihr nach, aber in diesem Augenblick schien ihm die immer kleiner werdende Gestalt nur dazu zu dienen, die Weite des Landes zu ermessen. Sein Land. Es war ein

Tag wie dieser gewesen, als er den ersten Baum gefällt hatte. Das war nicht Erinnerung, das war in diesem Moment gegenwärtiger als die Wirklichkeit: die Schläge der Axt, der Duft des Holzes und der frisch geschälten Rinde, der Pflug in seinen Händen, mit dem er die erste Furche über das gerodete Land zog; die ersten Samenkörner, die er in die Erde legte. Seine Erde. Sein Land, von seinen Händen erschaffen, mehr noch, von seinem Herzen, denn dort wurzelte die Sehnsucht: ein Stück Erde zu finden, unberührt von den Menschen, Erde vom ersten Schöpfungstag, um dort zu leben, nicht nach den Gesetzen eines Königs, sondern nach den Gesetzen der Natur.

Daß sein Herz müde war, was bedeutete das anderes, als daß seine Sehnsucht gestillt war. Nein, es machte ihm keine Angst, zu wissen, daß er jeden Augenblick sterben konnte. Die Krankheit in seiner Brust war nicht sein Feind, er hatte gelernt, mit ihr zu leben, wie er gelernt hatte, in diesem Haus zu leben, in dem es zwei Räume gab, deren Schlüssel er immer bei sich trug, und die er doch seit zwanzig Jahren nicht mehr betreten hatte.

Mary war in einer Mulde verschwunden. Baumwipfel schoben sich hervor, die Linie eines Giebels. Über dem Kamin kräuselte sich Rauch. Sie kamen an einer Pferdekoppel mit Einjährigen vorbei. Die Stute des Doktors, die den Platz, wo sie groß geworden war, erkannte, drängte sich an das Gatter.

»Ist das der Rest?« fragte Noah Banks im Ton eines Mannes, der seine düsteren Prophezeiungen eingetroffen sieht und sich einer gewissen Genugtuung nicht enthalten kann. »Letztes Jahr hatten Sie noch an die fünfhundert Pferde. Der Armee abgetreten, wie den Arzt? Haben Sie sich schon überlegt, wie Sie Ihre Felder ohne Männer und Pferde bestellen wollen?«

»Dem Land wird ein Jahr Ruhe nur guttun.«

»Ein Jahr? Glauben Sie daran? Und wenn der Krieg hierherkommt? Haben Sie in zwanzig Jahren das alles aufgebaut, nur um mit anzusehen, wie es von einer Armee Rotröcke aufgefressen wird, um es milde auszudrücken?«

Skelnik trieb sein Pferd etwas näher an das des Doktors. »Sie haben mir einmal erzählt, daß Ihr Vater nicht einmal seinen Namen schreiben konnte. Aber er hatte den Mut, auf ein Schiff zu steigen und in ein fremdes Land zu fahren. Deshalb sind Sie heute nicht der Leibeigene eines schottischen Grundherrn, sondern ein Doktor in Trenton. Mein Vater diente einem polnischen Fürsten. Als er heiratete, befahl der Fürst die Braut in der Hochzeitsnacht zu sich, und sie gehorchte.« Skelnik deutete mit einer weitausholenden Geste über das Land. »Hier gibt es keinen König und keine Leibeigenen. Hier ist jeder Mensch frei – und so soll es bleiben, dafür kämpfen wir.«

»Ein paar habgierige Teehändler wollten keine Steuern zahlen, und ein paar machthungrige Rechtsanwälte und Prediger machen einen Krieg daraus. Gebt ihnen keine Männer und keine Waffen und keine Pferde, und morgen ist Ruhe.«

»Es geht nicht um ein paar Zentner Tee, die ins Meer flogen. Seit vierzig Jahren versucht der englische König, uns ein Recht nach dem anderen zu nehmen.«

»Was streiten wir uns! Sie halten mich für einen Royalisten, dabei will ich nur Frieden. Euer verdammter Krieg, das sind Männer ohne Arme und Beine, und ich werde ihnen nicht helfen können. Das sind Männer ohne Augenlicht; und haben Sie einmal einen vom Bajonett aufgeschlitzten Bauch gesehen? Mir ist es lieber, ich tue das, was ich bisher getan habe. Ich behandle lieber einen Zimmermann, der sich einen Splitter eingerannt hat, Kinder mit Masern und Gerstenkörnern. Da fühlt man sich noch sinnvoll. Der englische König ist weit. Laßt ihn Gesetze machen, was kümmert uns das. Eines Tages wird irgendein gekrönter Georg für uns nichts mehr bedeuten.«

Mary, die vor dem Tor des Pachthofs auf die Männer wartete, schnappte die letzten Worte des Doktors auf. Diesmal konnte sie sich eine spöttische Bemerkung nicht verkneifen. »Habe ich recht gehört? Ein England ohne König? Doktor Banks, Sie sind ja ein Rebell!«

Noah Banks zog die Augenbrauen hoch; ein durchaus wohlwollendes Lächeln erhellte sein Gesicht. Drei Ehen mit drei schlagfertigen Frauen hatten ihn zu einem Kenner und Genießer weiblicher Bosheit werden lassen. »Es kam auch einmal der Tag, wo es in Ägypten keinen Pharao mehr gab und in Rom keinen Cäsar.«

Mary lachte. »Wir müßten Royalisten sein, dann würden wir in Doktor Banks den feurigsten Anwalt der Rebellen haben. Er fühlt sich nur wohl, wenn er widersprechen kann.«

Sie ritten in den Hancock-Hof ein. Eine Schar Kinder schwärmte schreiend aus einer Scheune, vorneweg ein Junge, in der Hand einen Papierdrachen mit langem Schwanz; die Kinder Abigails, drei Buben und zwei Mädchen, waren leicht an ihren kupferroten Haaren zu erkennen.

Im Hof wurde es nun mit einem Schlag laut. Der schwarze Hirtenhund sprang kläffend aus seiner Hütte. David, der Stallknecht, am linken Fuß einen dicken Verband und statt eines Schuhs ein Stück Leder, das mit Schnüren befestigt war, humpelte den Reitern entgegen. Die alte Frau, die auf der Veranda am Webstuhl saß, verließ ihre Arbeit und scheuchte die Kinder hinter das Haus auf die abgeernteten Felder.

Die drei Reiter waren abgesessen. Noah Banks stapfte mit dem für kleine Männer typischen großspurigen Schritt auf das Haus zu. Zuerst mißtrauisch und dann entsetzt, ging sein Blick über die bauchigen Flaschen mit angesetztem Obstwein, die auf der Verandabrüstung standen. »Nun sagt nur noch, daß es auf dem Hancock-Hof nichts mehr als diesen Altweiberwein gibt! Den ganzen Kornschnaps an die Armee geliefert, was! Dabei wäre Abigails Kornschnaps das einzige, was mich mit der Strapaze dieses Ritts versöhnen könnte.«

Mary nahm den Doktor am Arm und zog ihn zu dem Webstuhl. Ein breites Stück groben Wollstoffs fiel zur Erde. Sie nahm das Gewebe zwischen die Finger. »Sehen Sie sich das an«, sagte sie stolz. »Jeder Hof hat jetzt einen oder zwei Webstühle. Das werden die Wintermäntel für die Armee. In Redford nähen wir sie zusammen.«

Das Gesicht des Doktors verzog sich. »Ich würde mit dem Zuschneiden noch warten«, brummte er. »Vor dem ersten Frost ist dieser Krieg zu Ende.« Bevor sie antworten konnte, drehte er sich um und wollte ins Haus, aber Mary hielt ihn zurück. »Ich möchte Ihnen helfen«, sagte sie, »ich will lernen, wie das geht. Für den Fall, daß Sie wirklich nicht mehr über den Delaware kommen sollten.« Mary hatte mit Protest gerechnet, aber Noah Banks sagte ungerührt: »Ich habe junge Ärzte umfallen sehen, als sie das erstemal bei einer Geburt assistierten. Aber wie Sie wollen.«

Der Doktor und Mary verschwanden im Haus; Robert Skelnik zögerte, ihnen zu folgen. Die Stimmen der Kinder hatten sich hinter dem Haus auf den abgeernteten Feldern verloren; die alte Frau war zum Webstuhl zurückgekehrt. Leise schlug das Weberschiffchen an; um die bauchigen Flaschen mit dem angesetzten Obstwein summte ein Biene. Die Fenster des Hauses standen offen; kein Windhauch bewegte die hellblauen Vorhänge. Neben der Haustür lehnte ein Besen; über den hellen Sand des Hofs zogen sich noch die feinen Linien vom Fegen. Der Frieden, der nach der Ernte in einen Hof einkehrt, lag über allem.

Skelnik fühlte sich an eine große aufgeräumte Stube erinnert, Sonntag morgen, wenn alle in der Kirche sind. Er mußte an die Worte des Doktors denken, an die Männer, die ihre Höfe und Familien verlassen hatten, um bei der Armee zu dienen, und die vielleicht nie mehr heimkehren würden.

Jan Kyllogs hatte den Pferden die Sättel abgenommen. Er rieb die Rücken der Tiere trocken. Vor fünf Jahren hatte er einen Pferdetransport aus dem Norden nach Redford gebracht und war dort geblieben. Außer seinem Namen, und daß er gelernter Hufschmied war, wußte Skelnik nichts von ihm. Man fragte hier die Menschen nicht nach ihrem Schicksal, und wenn es geschah, fand niemand etwas dabei, wenn der Gefragte keine Antwort gab. In den fünf Jahren, die Jan Kyllogs jetzt auf Redford war, hatte Skelnik nicht einmal erlebt, daß er von sich aus ein Gespräch begonnen hätte. Er ging zu ihm hin. »Irgend etwas Neues gehört, in Trenton?« fragte Skelnik.

Jan Kyllogs schob die Unterlippe vor, machte noch zwei Bürstenstriche über das Fell des Pferdes und sagte ein einziges Wort: »Gerüchte.«

»Gute oder schlechte?«

»Wenn Sie so fragen, schlechte.« Für Jan Kyllogs war die Unterhaltung abgeschlossen. Er machte sich daran, das nächste Pferd trockenzureiben.

»Hat man Nachrichten, wie es um unsere Armee steht? Seit Tagen hört man nichts mehr, kein Bote, nichts, als hätte die Erde unsere Leute verschluckt. Es muß nichts Schlechtes bedeuten, es ist die alte bewährte Taktik des Generals. Selbst die Engländer sollen unsere Armee suchen müssen. Zwanzigtausend Mann sollen die Engländer zwischen New York und Boston zusammengezogen haben. Sie denken immer noch, sie könnten den Krieg in diesem Jahr entscheiden.«

»Gerüchte«, sagte Kyllogs aufgebracht, »Lügen und Gerüchte. Im Erfinden von Lügen sind sie groß. Dieses Trenton ist ein elendes Royalisten-Nest.«

David, der Stallknecht, hatte inzwischen am Brunnen zwei Eimer gefüllt und humpelte zu den Pferden, um sie zu tränken. Robert Skelnik hatte Verlangen nach dem kalten klaren Wasser. Er beugte sich über einen Eimer, schöpfte daraus, tauchte das Gesicht hinein, einmal, zweimal, bis die Kälte seine Haut eisig werden ließ. Tief Atem holend, richtete er sich wieder auf, schleuderte die Nässe von den Händen. »Gibt es hier was Neues, David, was Interessantes?«

»Ich wollte es Ihnen nicht in Gegenwart des Doktors melden«, sagte der junge Mann halblaut. Er stand da, das linke Bein mit dem dicken Verband etwas weggestreckt. Er war der jüngste Knecht auf dem Hancock-Hof, er hatte noch nicht einmal einen richtigen Bart. Daß er nicht mehr bei der Armee war, verdankte er dem Splitter einer englischen Kartätschenkugel, die ihn in der Schlacht bei Whiteplaines am Bein erwischt hatte, und von dem noch ein Rest im Fleisch stecken mußte, denn die Wunde fing immer wieder zu eitern an. »Heute nacht haben wir wieder einmal unangemeldeten Besuch gehabt, zwei Männer, sie haben in der Futterscheune übernachtet.«

»Wurde etwas gestohlen?«

»Das übliche, die Arbeitskleider von zwei Knechten.«

»Ihr meint zwei Männer von der Armee?«

David nickte. »Zwei Deserteure. Wissen Sie noch? Das letzte Mal war es genauso; drei Männer, sie blieben über Nacht, stahlen Kleider und waren am anderen Morgen verschwunden. Und ein paar Tage darauf kam die Nachricht von der Niederlage unserer Leute bei Chattertonhill.«

»Du bist ganz sicher?«

»Soll ich Ihnen die Uniformen zeigen, die sie im Heu zurückgelassen haben? Ich habe sie selber gefunden, die Uniformen, die Mützen und die Gewehre, es waren Leute von der Virginia-Miliz. Diese Schufte sind davongelaufen.« Er sah Skelnik an. »Sie haben mir letzthin erklärt, das sei die Taktik vom General. Eine Entscheidungsschlacht zu erzwingen, wäre zu riskant, deshalb würde er immer zurückweichen. Aber wie sollen wir diesen Krieg gewinnen, wenn unsere Truppen dauernd zurückgehen? Wie lange geht das gut? Die Deserteure sind doch ein Beweis ...« Statt den Satz zu beenden, spuckte David den Pflaumenkern, an dem er schon seit einer Stunde kaute, in den Sand.

Robert Skelnik war nicht der Mann, solchen Fragen auszuweichen, aber diesmal wünschte er, er hätte nicht davon angefangen. »Es bleibt uns keine andere Wahl, wenigstens im Augenblick nicht«, sagte er. »Den Engländern eine Entscheidungsschlacht zu liefern – wir könnten ihnen keinen größeren Gefallen tun. Wir sind zu schwach, noch sind wir zu schwach, noch müssen wir zurückweichen. Du hast recht, David, es sieht aus, als liefen wir davon, aber eben dadurch locken wir die Engländer von ihren sicheren Stützpunkten an der Küste weg, tiefer und immer tiefer ins Land. Sie siegen, und sie werden wieder siegen, aber am Ende werden wir es sein, die diesen Krieg gewinnen.«

David hatte Skelnik aufmerksam zugehört. Er empfand es als Auszeichnung, wenn Skelnik so mit ihm sprach. »Weiß Gott, hier ist keiner, der nicht wünscht, daß Sie recht behalten werden«, sagte er mit Nachdruck. »Als ich die Uniformen fand, dachte ich, diese Schufte, ich hätte heulen können vor Wut, und dann sah ich mir die Uniformen etwas genauer an, das waren eher Lumpen, und ich dachte, wie es einem Mann zumute sein muß, der immer nur Niederlagen einstecken muß, eine nach der anderen. Ich wünsche mir für uns alle etwas, das uns Mut macht.«

»Wir werden es bekommen«, sagte Skelnik. Er blickte über den Hof zu dem Haus. Ein Bild des Friedens, das stärker war als seine Zweifel.

Mary hatte geglaubt zu ersticken, als sie die heiße Küche betreten hatte, und jetzt stand sie fröstelnd vor dem Herd. Die Wasserkessel waren zur Seite gerückt, von den Eisenringen der Kochstellen strahlte es ihr brennend ins Gesicht. Die Arme an den Leib gepreßt, sich in sich selbst verkriechend, kämpfte sie gegen das Zittern in ihren Knien an. Durch die offene Tür konnte sie das Lager der Wöchnerin sehen. Vor ein paar Minuten war es still geworden. Nur das Rascheln der Zeitung, in der Doktor Banks las, war zu hören.

Hätte sie sich nicht vor dem Doktor geniert, wäre Mary hinausgelaufen. Aber sie hatte es so gewollt, und jetzt mußte sie auch ausharren. Auf dem Tisch, wo die Mägde eben gegessen hatten, standen noch die Tassen und Teller; schwatzend saßen sie jetzt wieder an ihren Spinnrädern in dem kleinen Gemach neben dem Schlafzimmer.

Die Wöchnerin stöhnte leise, warf den Kopf hin und her. Brandrot lag das Haar um das blasse Gesicht.

Und dann fing sie plötzlich zu sprechen an, halblaut, mit einer Stimme, die Mary nie an Abigail gehört hatte. »Ich hetze die Hunde auf ihn, ich knalle ihn ab, mir macht der keinen dicken Bauch mehr, alle Jahre . . .«

Noah Banks schien es überhaupt nicht zu bemerken. Unmutig ließ er die Zeitung sinken. »Man kann es nicht mehr lesen«, sagte er, »nur noch Rezepte, wie man aus Eicheln Tee macht, und Aufrufe, für die Armee Kleider und Schuhe zu spenden.«

Die Stimme Abigails schlug in hysterisches Schluchzen um. Aber noch schlimmer war das Kichern, das von den Mägden kam. Mary preßte die Hände an die Ohren, schloß die Augen. Das war nicht Abigail, die dort lag – eine Frau, die Mary sich nicht anders vorstellen konnte als mit einem Kind auf dem Arm; eine Frau, die immer die einfachen, leicht aufknöpfbaren Blusen trug, um ihr Jüngstes jederzeit stillen zu können, immer fröhlich, immer guter Dinge.

Mary nahm nicht wahr, daß Robert Skelnik in den Raum trat. Die Türen in dem Pächterhaus waren für kleinere Männer berechnet. Im Bücken nahm er den Hut vom Kopf: »Wie weit seid ihr?« Mary versuchte, sein Lächeln zu erwidern. Nie zuvor war ihr so aufgefallen, wie jung er aussah.

Was Abigail jetzt hervorbrachte, waren nur noch Schimpfworte, schluchzend und keuchend hinausgeschleudert, mit dieser schrecklichen fremden Stimme. Mary sah Skelnik an. »So geht das die ganze Zeit«, flüsterte sie. »Und ich dachte immer, sie sei glücklich, sie sei stolz auf ihre Kinder.« Mary hatte nur gesprochen, um ihn abzulenken. Sie wollte nicht, daß er hörte, was Abigail sagte, sie schämte sich für Abigail.

Noah Banks erhob sich ächzend aus dem Schaukelstuhl: »Setzen Sie das Wasser auf, mein Fräulein.« Gefolgt von Robert Skelnik, ging er in die Stube zu der Wöchnerin. Mary trat an den Herd. Mit einem Haken hob sie die Eisenringe von den Kochstellen, hing die Wasserkessel in die offene Glut und legte Holz nach. Zögernd ging sie dann in die Wochenstube.

Skelnik stand neben dem Lager. Er tauchte ein Tuch in die Schale mit kaltem Wasser, benetzte Stirn und Wangen der Frau, feuchtete das Tuch erneut an, kühlte ihr Hände und Arme. Plötzlich grub sich Abigails Kopf mit dem schweißverklebten Haar tiefer in die Kissen, ihr Leib bäumte sich auf – aber kein Laut kam über ihre Lippen.

Skelnik hielt Abigails Hände in den seinen, bis die Wehe vorüber war. Er schob ihr eines der Kissen, die auf der Truhe bereitlagen, unter den Kopf.

Noah Banks beobachtete Skelniks Tätigkeit mit boshaftem Interesse. »Können Sie mir sagen, wozu Sie mich gerufen haben?« fragte er. »Ich warne Sie; wenn Sie mich zum Assistenten degradieren, verlange ich das doppelte Honorar.«

Abigail lag entspannt auf ihrem Lager, die Augen offen, den Blick auf Skelnik geheftet. Und so blieb sie auch, als die nächste Wehe sie erfaßte, nur ihre Hände verkrampften sich in das Bettzeug. Skelnik legte die Hand auf ihre Schulter, beugte sich über sie. Mary sah, daß er etwas in der Hand hielt, eine Goldmünze. Einen Moment zögerte Abigail, dann öffnete sie die Lippen; Skelnik schob ihr die Münze zwischen die Zähne. Die Züge der Frau entspannten sich, ein Lächeln trat auf ihr Gesicht.

Was Mary da beobachtete, war eine Entdeckung für sie, beunruhigend und verwirrend, vermischt mit einem

Gefühl der Eifersucht. Es war so natürlich, wie er dort neben dem Lager der Frau stand, daß sich ihr die Frage aufdrängte, ob er nicht auch schon einmal am Bett einer Frau gestanden war, die ihm ein Kind geboren hatte. Was wußte sie eigentlich von diesem Mann, der ihr so nahe und so fern war wie ein Vater? Die Vergangenheit, von der er sprach, hing immer nur mit Redford zusammen, als habe sein Leben erst begonnen, als er den Baum mit dem roten Indianerzeichen fand. Woher hatte er damals das Geld für die vielen Arbeiter genommen, für die Pferde, die vom ersten Tag an in den Ställen standen? Er war nicht einer der vielen Einwanderer gewesen, die mit Nichts anfingen. Er mußte Geld mitgebracht haben, viel Geld. Die einzelnen Goldmünzen fielen ihr ein, die er bei sich trug und manchmal verteilte, wie eine Art Talisman. Münzen, wie es hier keine gab. »Jetzt sind Sie an der Reihe, Doktor«, hörte sie ihn sagen; sie spürte, wie er den Arm um ihre Schulter legte und sie fortzog, und ihre Fragen waren vergessen.

Das Sonnenlicht, die frische Luft, das kalte Wasser des Brunnens, in das sie die Arme bis zum Ellbogen tauchte – allmählich ließ das seltsame taumelige Gefühl nach, das Mary beim Verlassen des Hauses erfaßt hatte.

Die nassen Hände von sich gestreckt, sah sie zu, wie die Tropfen zur Erde fielen. Auf dem Hof war es vollkommen still. Die alte Frau hatte zu weben aufgehört; zwei halbwüchsige Mädchen redeten im Flüsterton aufgeregt auf sie ein, offensichtlich neugierig auf das, was da im Hause vor sich ging.

Skelnik lächelte. »Was dich so erschreckt hat, ist eine alte Sache. Frauen, die so richtig auf ihre Männer fluchen, bringen ihre Kinder schnell zur Welt. Wenn du sie daran erinnern würdest, was sie alles gesagt hat, sie würde es empört abstreiten.«

Mary stocherte mit der Stiefelspitze im Sand. »Als du kamst, wurde sie ruhig. Ich habe mich gefragt, warum du eigentlich nicht geheiratet hast? Oder ist das eine unstatthafte Frage?« Sie hob den Blick erst, nachdem sie die Worte ausgesprochen hatte. Zu ihrer Enttäuschung lächelte er.

»Weißt du, wie alt ich bin? Oder besser: wieviel älter als du? Fünfunddreißig Jahre.«

»Meinst du, ich habe nicht bemerkt, was für schöne Augen dir die Frauen machen?«

»Dann hast du mehr bemerkt als ich.« Das Haar fiel ihm in die Stirn, die silbernen Fäden erhöhten nur noch den seidigen Glanz.

Unvermittelt lachte er.

Mary fühlte sich dadurch nur ermuntert. »Ich könnte es ja verstehen, wenn die Frauen hier aus der Gegend nicht nach deinem Geschmack wären. Aber was so in Philadelphia geschieht, davon erzählst du ja nichts! Immerhin – ich sehe die Kleider, die du einpacken läßt, wenn du in die Stadt fährst.«

Er kam einen Schritt auf sie zu, nahm ihren Kopf in die Hände. »Was da drinnen alles vorgeht! Dabei habe ich dich immer wieder gefragt, ob du nicht mitkommen willst.«

»Du willst nur, daß ich eine Brille bekomme.«

Er hielt immer noch ihren Kopf; es war eine vertraute Geste. Jeden Abend sagte er ihr so gute Nacht, gab ihr einen Kuß auf die Stirn, väterlich, gab ihr das Gefühl, geborgen zu sein. So war es auch jetzt. Er hielt sie nicht länger und nicht anders – und doch war es einer jener Augenblicke, die immer wiederkehrten, nicht länger als ein Herzschlag, in denen er wünschte, jung zu sein und nicht alt und weise. Er war froh, daß Doktor Banks aus dem Haus kam und Jan Kyllogs die Pferde herbeiführte. Skelnik zog die Sattelgurte an, schwang sich auf. Er nahm die Zügel noch nicht, sondern ließ das Pferd frei tänzeln.

Die alte Frau kam über den Hof gelaufen. Sie hielt dem Doktor eine Flasche hin. »Abigail läßt Ihnen danken.«

»Ich trinke nur Korn«, sagte Banks grob.

»Und? Meinen Sie, das hätten wir vergessen? Es ist Kornschnaps, der beste, von Abigail selber gebrannt! Aber sie hatte mir verboten, Ihnen die Flasche zu geben, bevor das Kind auf der Welt ist. Sie sehen, wir kennen Sie hier sehr gut, auch wenn Sie von Trenton sind.«

»Wenn ihr unbedingt wollt, daß ich vom Pferd falle und mir den Hals breche . . . .«

Die alte Frau kicherte und packte die Flasche in die Satteltasche.

»Gewiß doch, um einen Royalisten mehr oder weniger ist es nicht schade.

Jan Kyllogs hielt Noah Banks den Steigbügel. Als der Doktor im Sattel saß zog er die Uhr. »Den ganzen Nachmittag haben Sie mir gestohlen«, sagte er zu Skelnik. »Wegen nichts und wieder nichts. Die Frau hätte ihr Kind auch ganz allein gesund zur Welt gebracht.«

»Ich weiß daß Abigail niemand braucht«, sagte Skelnik ernst, »am wenigsten einen Doktor.«

»Jetzt versteh' ich gar nichts mehr.«

»Verstehen Sie es wirklich nicht? Sehen Sie sich an! Sehen Sie, wie Sie auf dem Pferd sitzen, ein wahres Bild des Friedens. Ja, Doktor, ich dachte mir, laß den Doktor aus Trenton kommen, laß die Leute sehen, wie er durch das Land reitet, laß ihn nach seinem Kornschnaps verlangen und laß ihn fordern, in hartem Gold bezahlt zu werden. Denn wenn der Doktor Noah Banks aus Trenton mit der Fähre über den Delaware kommt, dann heißt das für die Leute hier: es ist alles wie im tiefsten Frieden.«

Er beugte sich im Sattel vor. Wieder sah Mary in seiner Hand eine Goldmünze aufblinken. Er drückte sie dem Doktor in die Hand.

Die Sonne begann schon zu sinken, als in der Ferne der Delaware aufschimmerte. Der Himmel hatte jetzt eine fast ins Grünliche spielende Tönung. Über dem östlichen Horizont stand ein weißer durchsichtiger Mond.

Die drei Reiter hatten den ganzen Weg schweigend zurückgelegt. Sie hatten die Pferde nicht angetrieben, eher gezügelt, wenn sie in eine schnellere Gangart fallen wollten. Sie ließen sich Zeit, Zeit zum Schauen, Zeit zum Atmen, Zeit, jeden Augenblick dieses Tages voll zu erleben, voll aufzunehmen und sich einzuprägen.

Sie hoben gemeinsam den Blick, als am Himmel ein Zug Vögel dahinstrich, zart und schemenhaft wie der Mond. Es war Noah Banks, der das Schweigen brach: »Wildgänse, um diese Zeit! Ich kann mich an kein Jahr erinnern, wo sie so spät nach Süden zogen.«

Sie waren jetzt so nah am Strom, daß sie sein Rauschen durch die Stille vernahmen. Jan Kyllogs, der vorausritt, hielt seine Stute an. Der Strom warf die letzten Strahlen der Sonne wie ein Spiegel zurück. Kyllogs hob die Hand über die Augen und spähte über das Wasser.

»Das Licht macht einen ja blind«, sagte Noah Banks. »Was gibt es?«

»Die Fähre«, sagte Kyllogs. »Sie ist nicht mehr da. Sie ist auf dem Weg nach drüben.«

Robert Skelnik lenkte sein Pferd an Jan Kyllogs Seite.

Der deutete schweigend über den Strom zum jenseitigen Ufer. Ein Trupp Reiter bewegte sich dort, winzige Schemen. Skelnik hatte das Gefühl, daß alles gut war, solange er sich nicht rührte, und daß mit der ersten Bewegung etwas Schreckliches geschehen würde. Ein Windstoß kam vom Strom her, die Mähnen der Pferde flogen auf, die breiten Krempen der Hüte bogen sich auf.

»Was ist?« hörte er Marys Stimme neben sich. »Was beunruhigt dich?«

Er zog die Zügel an, drückte die Schenkel gegen den Leib des Pferdes. Den Blick nicht vom jenseitigen Ufer lassend, ritt er den leichten Abhang zur Anlegestelle hinunter. Die anderen folgten ihm. Die Fähre befand sich auf dem Strom; in dem ungewissen Licht war die Richtung ihrer Bewegung nicht zu erkennen. Es dauerte eine Weile, bis Skelnik mit Sicherheit ausmachen konnte, daß sie nach drüben unterwegs war. Der Trupp Reiter schien auf sie zu warten. Die Pferde tänzelten die Uferböschung auf und ab.

»Uniformröcke«, sagte Jan Kyllogs, »bestimmt sind es Uniformen. Die Waffen blitzen. Ich schätze, es ist ein Dutzend, blaue Röcke, weiße Hosen.«

»Könnte unsere Miliz aus New Jersey sein«, sagte Skelnik.

Doktor Banks richtete sich in den Steigbügeln auf. »Was macht Sie so sicher? Und wenn es die Engländer sind? Würde Sie das verwundern? Eines Tages werden Sie es erleben, eines Tages stehen sie dort am Ufer, und wenn sie erst am Delaware sind, dann kann der Fluß sie auch nicht mehr aufhalten, und wenn er noch einmal so breit wäre.«

»Blaue Röcke, weiße Hosen«, wiederholte Jan Kyllogs ruhig. »Der Doktor könnte recht haben. Einer trägt einen Wimpel, aber die Farben kann ich nicht erkennen.«

»Es werden Leute von uns sein. Vielleicht Kuriere für den Kongreß in Philadelphia. So werden wir wenigstens die neuesten Nachrichten erfahren.« Robert Skelnik saß ab, Mary folgte ihm. Sie ließen die Pferde frei laufen, die Zügel schleiften über das dürre Gras. »Sieh mal, wie sie sich plötzlich vertragen«, sagte Mary. »Sonst haben sie sich gegenseitig weggebissen, und jetzt geht eines dem anderen nicht von der Seite.«

Skelnik nickte und wandte den Blick wieder dem Delaware zu. Schweigend standen sie nebeneinander, verbunden durch jenes geheime Einverständnis, das sich ergibt, wenn zwei Menschen ihre Gedanken nicht aussprechen, weil sie fürchten, den anderen damit zu belasten.

Es wurde jetzt schnell dämmerig. Die Luft stand reglos. Der Strom rauschte, die Pferde zupften an den dürren Grasbüscheln. In dem schwindenden Licht hatte die Landschaft eine besondere Schönheit, deren Schwermut sich den vier Menschen mitteilte.

Die Fähre hatte das jenseitige Ufer erreicht. Zwei Pferde wurden auf das Schiff geführt, zwei Männer folgten, die anderen blieben am Ufer zurück, und kaum hatte die Fähre abgelegt, erscholl ein Signal. Der Trupp sprengte die Böschung hinauf, formierte sich und wandte sich nach Osten. Einer hinter dem anderen, voran der Reiter mit dem Wimpel, so ritten sie davon, spielzeughaft klein, wie von Kinderhand aufgereiht.

»Du hast recht gehabt«, brach Mary das Schweigen. »Es ist Miliz. Jetzt erkennt man die Farben auf dem Wimpel ganz deutlich. Aber warum reiten die anderen zurück?«

»Eine Botschaft zu überbringen, genügen zwei«, erwiderte Skelnik.«

»Aber um sich zu zweit durch New Jersey zu wagen«, bemerkte Noah Banks, »dazu reicht der Mut der Miliz offenbar nicht mehr. Was ist aus diesem Land geworden! Aber das schwöre ich, sie können mir tausend Verwundete bringen, sie können sie mir vor die Schwelle meines Hauses legen, ich werde keinen Finger rühren für diesen Krieg.«

Skelnik hob die Hand, Marys heftige Reaktion vorausahnend und abfangend.

Die Schatten zu ihren Füßen wuchsen, und der immer noch in gleißende Helligkeit getauchte Strom verlor mit dem schwindenden Licht an Breite, zog sich ans jenseitige Ufer zurück. Für einen Augenblick war die Fähre zur Hälfte im Licht und zur Hälfte im Schatten, ein lautlos dahingleitendes Schemen. Dann plötzlich, als sie die Helligkeit verlassen hatte, drangen Geräusche durch die Stille: der Schlag der Ruder, das Ächzen der Trossen, an denen die Fähre hing.

Jan Kyllogs stellte sich am Anlegepfosten bereit. Auf den letzten fünfzig Metern, wo kaum noch Strömung herrschte, ruderte nur noch einer der Fährleute. Der andere hatte sich erhoben und stand mit dem Tau an der aufgezogenen Vorderrampe.

Noah Banks knöpfte seinen karierten Mantel bis zum Hals zu, schlug den Kragen auf und nahm seinen Arztkoffer. »Ich danke Ihnen, daß Sie gekommen sind«, sagte Robert Skelnik. »Und wenn wir uns nicht mehr sehen – ein gutes Fest!«

Noah Banks zwinkerte zu Skelnik hinauf: »Sie glauben daran, nicht wahr?«

»Glauben – woran?«

»An das Unveränderliche. Ein Fest bleibt ein Fest für Sie. Sie geben Ihre Pferde weg, aber Sie werden neue bekommen. Sie haben nicht genug Arbeiter für die

Ernte, aber es werden neue Ernten für Sie wachsen. New York stand in Flammen, in Connecticut haben die Engländer die Häuser niedergebrannt, und die Hessen haben das Vieh abgeschlachtet, aber Redford wird immer so bleiben, wie es heute ist. Wissen Sie eigentlich, wie sehr Sie schon Amerikaner geworden sind, einer dieser gottverdammten, optimistischen Amerikaner?!«

»Bin ich das?«

»Sie sind es, und so wünsche ich Ihnen in drei Teufels Namen ein gutes Fest, und wenn Sie Lust haben, kommen Sie einmal nach Trenton herüber, damit wir endlich unsere Partie Schach zu Ende bringen. Die Figuren stehen noch so wie das letzte Mal, und ich sage Ihnen, ich bin im Vorteil, und wenn Sie das Spiel noch aus dem Feuer reißen wollen . . .« Er verstummte.

Knirschend hatte sich die breite, jetzt heruntergelassene Vorderrampe der Fähre über die Bohlen der Ufergelände geschoben. Jan Kyllogs vertäute die Trossen an den beiden Ankerpfosten. Der Fährmann führte zwei Pferde an Land und übergab sie Jan Kyllogs. Die Tiere trugen Militärsättel und darüber gelbe Satteldecken. Auf dem Gelb waren dunkle Flecken. Er gewahrte den Offizier, der die Fähre verlassen hatte, erst, als er in sein Blickfeld trat. Er trug die Uniform der Miliz von Pennsylvania, am Zweispitz die Insignien der Leibgarde des Generals Washington. Er war ein breitschulteriger stämmiger Mann, die Uniform saß ihm wie angegossen, aber in diesem Augenblick schien er an ihr zu tragen wie an einer verhaßten Last. Hose und Rock waren mit angetrocknetem Lehm verkrustet, über die Stiefel zogen sich bräunliche Wasserflecken.

Skelnik kramte in seinem Gedächtnis. Wo war er diesem Offizier schon einmal begegnet? Er versuchte, sich den Mann ohne Uniform vorzustellen, ohne Erfolg.

Aber dann, als er den Zweispitz abnahm, erkannte er ihn: »Leutnant Blyth! Ich freue mich, Sie zu sehen, wie geht es General Washington?« Er unterbrach sich: »Fehlt Ihnen etwas, sind Sie krank?«

Andrew Blyth fuhr sich mit einer fahrigen Bewegung über die Perücke. »Wir sitzen seit zehn Stunden im Sattel. Wann ich die Uniform das letzte Mal ausgezogen habe, weiß ich schon nicht mehr.«

Skelnik wandte sich an Mary. »Du erinnerst dich an Leutnant Blyth von der Leibgarde des Generals?«

Mary streckte Blyth die Hand hin. »Ich hoffe, Sie müssen nicht gleich weiter. Und vor allem hoffe ich, Sie bringen gute Nachrichten.«

Sein Gesicht war fahl, der schwere Mann schien zu schwanken. Immer noch auf die ausgestreckte Hand von Mary blickend, sagte er leise: »Sie müssen stark sein. Es ist eine schwere Zeit. Wir alle müssen stark sein.«

Mary sah ihn an, blickte unsicher auf Skelnik, aber dann drängte sich Noah Banks plötzlich zwischen sie und lief auf die Fähre. Einen Augenblick waren nur seine Schritte auf den losen Bohlen zu hören, dann kam seine laute befehlende Stimme: »Meine Tasche! Bringen Sie mir meine Tasche, Kyllogs, schnell!«

Andrew Blyth streckte die Arme aus. »Nein«, sagte er zu Mary, »bleiben Sie hier.« Dann sah er, daß er sie nicht halten konnte. »Es ist John«, sagte er, »John Compson, und er braucht keinen Doktor mehr.«

»Laßt Sie«, sagte Robert Skelnik. Er machte keinen Versuch, Mary zurückzuhalten, die vor ihm zur Fähre hinunterging, langsam, Schritt für Schritt.

Der Körper lag am Boden der Fähre. Der Doktor kniete daneben, er hatte die Decke heruntergezogen. Jan Kyllogs kam mit der Tasche gerannt, Noah Banks winkte ab. Er richtete sich auf und schüttelte den Kopf. »Ihm kann kein Arzt mehr helfen. Er hat keinen Tropfen Blut mehr in sich.« Fragend sah er Andrew Blyth an: »Es muß erst vor kurzem geschehen sein.«

Leutnant Blyth nickte, ohne auf den Toten zu sehen. »Er lebte noch, als wir ihn auf die Fähre brachten. Er starb beim Übersetzen, mitten auf dem Fluß. Zuletzt habe ich wirklich geglaubt, er kommt durch, trotz der Verwundung.«

»Sie haben ihn mit der Wunde hierher gebracht?« Fragte der Doktor empört.

»Er wollte es so. Es war mit ihm nicht darüber zu reden. Er ist den ganzen Weg geritten, von Fort Washington bis an den Delaware.« »Es gibt ein Dutzend Ärzte unterwegs.«

»Er wollte keinen Arzt. Er wollte nach Redford. Zu ihr . . .«

Aller Blicke richteten sich auf Mary. Aber sie sah niemand. Ein plötzlicher Windstoß brachte die Fähre zum Schwanken. Das Wasser rauschte an den Seitenwänden auf. Der Tote machte die Bewegung der Fähre mit. Skelnik und Kyllogs verständigten sich mit einem Blick. Sie hoben die Leiche auf.

»Sie wollen ihn mitnehmen?« Noah Banks schien der einzige, der zu Worten fähig war. »Sein Vater wird das kaum verstehn. Geben Sie mir Kyllogs mit, und ich bringe den Toten nach Trenton zu seinem Vater. Weiß Gott, daß ich das nicht gern tue! Ich bin Arzt, kein Bestattungshelfer. Aber ich tue es für Sie, und ich weiß nicht einmal, warum.«

Robert Skelnik schüttelte den Kopf. »Sie haben es gehört: er wollte nach Redford.«

Noah Banks nahm seine Tasche auf. »Dann nehmen

Sie ihn mit! Nehmen Sie ihn nur. Das ist der erste Tote, der über den Fluß gekommen ist, aber er wird nicht der letzte sein.« Er redete sich in Hitze. »Ihr Friedhof wird bald nicht mehr ausreichen. Nehmen Sie ihn mit, binden Sie ihn auf ein Pferd und bringen Sie ihn nach Philadelphia. Führen Sie ihn durch die Straßen. Zeigen Sie ihn nur her, zeigen Sie ihn den Männern im Kongreß. Zeigen Sie ihnen, was John Compson die Unabhängigkeit gebracht hat!«

Er gab dem Fährmann ein ungeduldiges Zeichen. »Bringt mich über den Fluß.«

Skelnik und Kyllogs trugen den Toten an Land. Der linke Arm hing herunter; Mary nahm die Hand und hielt sie, bis die Männer das Ufer erreicht hatten und ihre Last niederlegten.

Einer der Fährleute löste die Trossen. Unter den Bohlen gluckste das Wasser. Die Fähre trieb langsam ab, bis die Strömung sie erfaßte. Aus der Hütte an der Anlegestelle holte Jan Kyllogs ein grünes Segeltuch. Er breitete es auf der Erde aus.

Mary, die den Toten bisher betrachtet hatte, als erfasse sie nicht, daß er nie mehr atmen, nie mehr zu ihr sprechen werde, wandte sich ab, als die Männer den Leichnam auf das steife Segeltuch legten.

Sie ging zu ihrem Pferd, nahm den schleifenden Zügel, hob ihn dem Tier über den Kopf faßte den Sattelknauf und schwang sich auf; alles Dinge, die unendlich schwer zu tun waren.

Der Strom war eine helle Fläche in der schiefergrauen Dämmerung. Die Fähre entfernte sich schnell. Windstöße liefen durch die Sträucher, die Luft begann zu flüstern. Mary blickte über den Fluß. Jenseits, verborgen vom dichten Grau, lag ein Ufer. Sie konnte es nicht mehr erkennen, aber es war da, und der Trupp Reiter war dagewesen, die unruhig tänzelnden Pferde, das Blinken der Waffen und der flatternde Wimpel. Bisher war der Delaware eine Grenze gewesen: drüben der Krieg und hier der Frieden. Aber mit dem Toten war der Krieg über den Strom gekommen.

28

Der Mond, der am späten Nachmittag blaß und wesenlos aufgegangen war, strahlte hell vom Firmament. Es war eine Nacht mit tiefblauem Himmel, Sternen, nah wie zum Greifen, und jener gläsernen Luft, mit der sich Kälte und Frost ankündigen. Der Schreibtisch, an dem Mary sich niedergelassen hatte, stand unmittelbar am Fenster. Er war das einzige Möbelstück, das sie nach dem Tod ihres Vaters aus Boston mit nach Redford gebracht hatte. Auf der hellen Eibenholzplatte, an der ihr Vater seine Predigten verfaßt hatte – die Spuren energischer Benutzung von Feder und Tinte waren überall noch zu sehen –, lag die Schachtel, in der Mary die Briefe John Compsons aufbewahrte.

Es waren viele Briefe, bedenkt man, daß sie sich erst ein halbes Jahr gekannt hatten – aber »Liebesbriefe« waren es nicht. Wenn die Erinnerung sie nicht trog, war dieses Wort – Liebe – nie zwischen John und ihr gefallen; dem Inhalt nach hätten es auch Briefe an einen männlichen Freund sein können. Die älteren stammten aus Philadelphia. Den Tag, an dem sie John Compson zum ersten Mal begegnet war, hatte sie vergessen. Es mußte irgendwann im Mai gewesen sein. Ihre Erinnerungen an ihn setzten erst mit dem 5. Juli richtig ein, dem Tag, an dem John Compson mit der frisch gedruckten Unabhängigkeitserklärung von Philadelphia nach Redford geritten kam und Mary als erste in dieses Dokument eingeweiht hatte, das die endgültige Lossage Amerikas von England bedeutete.

Sein erster Brief an sie war ein Dank gewesen für die auf Redford genähte neue rot-weiße Streifenflagge. Sie selber hatte das dreifache englische Kreuz abgetrennt und durch ein blaues Feld mit den Sternen der Bundesstaaten ersetzt. Von da an hatte John ihr laufend von den Vorgängen im Kongreß berichtet, und sie war sehr stolz gewesen, über viele Details früher und genauer informiert zu sein als irgend jemand sonst auf Redford, ihren Vormund mit eingeschlossen. Später waren es dann Berichte von der Armee geworden, von Truppenbewegungen, Ausrüstungsproblemen, Gefechtsvorbereitungen. Aber als sie jetzt wieder in den Briefen las, erkannte sie, daß John diese Dinge nur als Vorwand gedient hatten, um zu ihr zu sprechen. Skelnik hatte recht, John hatte viel Menschenkenntnis besessen, und wenn sie bedachte, wie selten sie John geantwortet hatte, fühlte sie sich schuldig.

John hatte sie geliebt. Jedes Wort dieser Briefe sagte es ihr. Es war wie eine Entdeckung. Immer wieder stand da ihr Name, Mary, und während seine Mitteilungen in kleiner flüchtiger Schrift erfolgten, hastig hingeworfen, hatte er jeden Buchstaben ihres Namens gleichsam gemalt. Sein letzter Brief war drei Wochen alt, vom 2. November datiert und im Lager von Whiteplains geschrieben. Es waren nur wenige Zeilen: »Seit wir New York den Engländern preisgeben mußten, kämpfen wir mehr mit Spitzhacke und Spaten als mit den Waffen. Eingraben, Schanzen, Weiterziehen, das ist unsere Tätigkeit. Bei Chattertonhill 160 Mann verloren, galt als uneinnehmbar, und wir hatten die Engländer schon fast abgewehrt, als die Hessen sich unter Oberst Rall den felsigen Abhang hinaufkämpften, direkt in unsere Flanke. Das entschied, wir mußten den Hügel räumen. Dieser Rall wird langsam zum Schrecken für uns. Höre eben, daß wir das Lager hier aufgeben und auf das rechte Hudson-Ufer hinüberwechseln. Es bringt mich näher zu Dir, aber es bedeutet auch, daß Washington daran denken muß, sich zwischen den Feind und Philadelphia zu stellen. 3000 Mann halten Fort Washington auf der New-York-Insel. Die Besatzung herauszuziehen, dazu ist es zu spät ...« Aber Mary nahm diese Dinge weniger auf als den Namen, der dort in großen Buchstaben stand: Mary. Das Licht des Mondes versilberte das Papier, in der dunklen Tinte schimmerten metallische Reflexe.

Sie legte den Brief aus der Hand und wartete. Sie wünschte Tränen herbei. Ihr Blick ging durch den Raum. Immer noch war alles wie vor sechs Jahren, als sie hier eingezogen war: ein Zimmer, in dem es nur Dinge gab, die wirklich gebraucht wurden, und alle waren, bis auf den Schreibtisch ihres Vaters, in der Schreinerei von Redford angefertigt worden.

In den Herrenhäusern der Umgebung hatte sie gesehen, wie andere Mädchen ihres Alters sich eingerichtet hatten. Wenn auch nicht überall ein so luxuriöses Chaos herrschte wie bei Sarah Derwent, der Tochter des Obstpflanzers Josuah Derwent, der zu acht Söhnen gekommen war, bis seine Frau endlich das lang erwartete Mädchen zur Welt brachte – ein Zimmer ohne Blumentapete und weiße Rüschengardinen hatte sie nirgends mehr gefunden. In einer Anwandlung von Unsicherheit hatte Mary sich in Philadelphia eine Tapete mit Blumen und Vögeln bestellt, aber als sie gebracht wurde, hatte sie das Paket ungeöffnet in eine Truhe auf dem Dachboden gelegt. So war sie; voller Neugier, was andere Menschen dachten und empfanden, und selber schon bei Kleinigkeiten von einer Verschlossenheit, die verletzend sein konnte.

Warum hatte John sie geliebt? Und sie ihn nicht? Das gab es also: Liebe, die nicht erwidert wurde. Die Frage ließ Mab nicht mehr los. Nichts mehr war sicher, alles löste sich in Zweifel auf, veränderte sich in dem Moment, da sie es berührte. Sogar die Dinge, die sie umgaben, schienen dieser fremden Macht unterworfen. Da, wo sonst die naturfarbenen Leinenvorhänge hingen, floß silbriger Glanz; über die kahlen weißen Wände wob sich zartes Rankenwerk; auch die einfachsten Gegenstände enthüllten eine bisher verborgene Schönheit. War es nur das Mondlicht, oder war es etwas anderes?

Sie war froh, als sie Schritte hörte. Dem leichten sprunghaften Rhythmus nach, konnte es nur McGill sein. Mary erwartete das energische Klopfen, mit dem sich die Köchin anzukündigen pflegte. Doch diesmal, als ihr Schritt vor der Tür verhielt, rief McGill zaghaft ihren Namen.

Mary öffnete. »Komm nur, du störst nicht.«

»Es ist wegen der Gänse. Betsy Potter war heute da und hat mir vorgemacht, wie das geht. Stopfen nennt sie es.« McGill gab einen Laut des Abscheus von sich. »Sie müssen mir helfen, daß wir das nicht machen müssen. Und wenn die Gänse dabei groß und fett wie Schweine würden! Doppelt so dick und doppelt so lang wie ein Finger sind die Mehlwürste, die Betsy als Futter zurechtmacht. Mit unserem größten Kochlöffelstiel hat sie das Zeug der Gans in den Hals geschoben. Bestimmt, ich will alles tun, damit wir der Armee noch mehr Lebensmittel zur Verfügung stellen können, aber nicht das . . .« Außer dem Namen hatte McGill von ihrem irischen Vater noch die helle, mit Sommersprossen übersäte Haut geerbt. Sonst war sie eine richtige Indianerin, mit dem glatten schwarzen Haar, den prägnanten Gesichtszügen, und den schmalen dunklen Augen, die, wie es schien, nicht zu den Dingen gehen mußten, um sie wahrzunehmen, sondern zu denen die Dinge ganz von selbst kamen. So sagte sie jetzt unvermittelt. »Du hast in seinen Briefen gelesen?«

Mary nickte.

»Willst du meinen Rat?« Und, als Mary nicht antwortete: »Verbrenne sie, jetzt sofort verbrenne sie! Wenn du willst, tu ich es für dich. Feuer ist besser als Staub und Moder.« Sie sprach in dem zögernden und doch bestimmten Ton, in den sie immer fiel, wenn es um Dinge ging, in denen sie besser Bescheid zu wissen glaubte als andere Menschen. »Hast du am Nachmittag mal den Mond angeschaut? Ich habe gesehen, daß ein Toter zu uns kommen wird.« »Du mit deinen Orakeln! Und als John gegangen ist? Hast du damals Zeichen gesehen?«

»Und wenn ich sie gesehen hätte! Glaubst du, irgend etwas hätte ihn halten können?«

»Vor einer Stunde lebte er noch. Leutnant Blyth hat es gesagt. Er ist auf der Fähre gestorben, mitten auf dem Fluß.« Es war Mary, als sähe sie den Toten erst jetzt, als zöge jemand die Schleier von dem Bild. Das blutleere Gesicht, die Haarsträhne, vom Schweiß an der Stirn festgeklebt, die dunklen Bartstoppeln auf den blassen Wangen, die Lippen nur leicht geschlossen, wie bereit zu atmen, zu sprechen.

»Er war dir nicht bestimmt.« Und mit gedämpfter Stimme fuhr McGill fort: »Der Delaware, das war bisher immer Redfords Glück. Der Strom war Wasser in der Trockenheit, Fische in Hülle und Fülle, er war ein leichter Weg für unsere Waren und er war unser Schutz. – Er wird dir dein Glück bringen. Ich kann es nicht verstehen, was ich heute gesehen habe. Die Zeichen sagten, der Strom bringt einen Toten, und doch sagten sie Glück. Es war nicht die Fähre, es war der Strom selber, seine Wasser, die das Glück brachten; ich muß darüber nachdenken.«

McGill trat an den Schreibtisch. Sie nahm die Briefe und die Schachtel und wollte damit zum Kamin, in dem ein Feuer brannte, aber Mary hielt sie zurück.

»Warum konnte ich ihn nicht lieben?« sagte Mary. »Du weißt noch – am letzten Tag, wir sind allein hinausgeritten zu den Bienenstöcken im Wald. Es war ein heißer Tag, und wir waren allein. Ich glaube, ich habe ihn sehr enttäuscht!«

McGill schüttelte den Kopf. »John Compson war der glücklichste Mann jenseits vom Delaware. Er wäre sonst auf seinem letzten Weg nicht hierhergekommen.«

Mary hatte die Augen gesenkt. Sie stimmte McGill zu, aber sie widersprach ihr auch. Es gab keine Rechtfertigung für nicht erwiderte Liebe. »Ist das immer so mit der Liebe?« sagte sie.

»Es ist so, solange man Fragen stellt. Eines Tages wirst du keine Fragen mehr haben, weder an dich selber noch an deinen Vormund, noch an irgendwen auf der Welt, und dann wird es die Liebe sein.«

McGill begann die Briefe ins Feuer zu werfen, und Mab sah zu, wie sie in den Flammen aufgingen und zu Asche wurden.

»Wir sprechen von Liebe, und er ist tot«, sagte Mary. Es war keine Frage, nur eine Feststellung, ein Abfinden mit etwas, das nicht zu verstehen war.

Eine Weile standen die beiden Frauen schweigend vor dem Kamin, dann sagte Mary: »Dieser Leutnant Blyth, der John gebracht hat, hast du gehört, was für Nachrichten er hatte?«

»Sie sind in der Bibliothek, der Herr und der Leutnant, und stecken die Köpfe zusammen. Ich glaube nicht, daß es Gutes zu bedeuten hat. Der Herr hat allen sagen lassen, daß sie in einer Stunde in der Halle zusammenkommen sollen, er habe ihnen etwas mitzuteilen. Da fällt mir was ein, wegen des Küchenplans. Können wir ihn morgen besprechen?«

»Warum nicht jetzt?« Die Frauen setzten sich an den runden Tisch in der Nähe des Kamins. »Ich hatte fest damit gerechnet, daß Daniel mir Rebhühner bringt«, klagte McGill. »Nun muß ich auf die Wildpastete verzichten.«

Es war wie immer. McGill wollte ganz neue und vor allem viel zuviel Speisen auf den Wochenplan setzen, und Mary war für bewährte Gerichte und einfache Speisenfolgen. In die fügte McGill dann eigenmächtig ihre kleinen Überraschungen ein.

Gemeinsam verließen sie Marys Zimmer. Sonst hörte man bereits auf der Treppe von den Wirtschaftsräumen her die Geräusche nicht endender Geschäftigkeit, aber jetzt war alles still. Sie begegneten niemandem, auch nicht in der Eingangshalle.

Mary begann sich besser zu fühlen. Von der ersten Stunde an hatte dieses Haus eine beruhigende Wirkung auf sie ausgeübt. Draußen wehte der Wind, aber er drang nicht durch die geschlossenen Läden. Sturm und Schnee, Hagel, Regen und Hitze, nichts konnte diesem Haus etwas anhaben, noch denen, die darin lebten. Sie spürte die dicken gewebten Wollteppiche unter den Füßen, sie roch das Holz. Plötzlich blieb sie vor einer Tür stehen.

Obwohl sie sich in Gedanken oft mit dieser verschlossenen Tür und den zwei Räumen dahinter beschäftigte, ging sie doch meist achtlos daran vorüber. Aber in dieser Stunde sah sie die Tür mit anderen Augen. Sie betrachtete die Füllung und den Rahmen, die beide aus einem anderen Land stammen mußten, denn weit und breit gab es keinen Zimmermann, der eine solche Arbeit hätte machen können, und auch hier im Haus gab es nur eine Tür von dieser Art, alle anderen waren schlichte Eichentüren.

»Warte«, sie hielt McGill am Arm fest. »Schließ mir auf«, sagte sie.

»Wie kommst du darauf? Wieso jetzt? Du weißt genau, nur der Herr hat die Schlüssel zu diesen Räumen.«

»Aber ich weiß auch, daß du von Zeit zu Zeit darin saubermachst.«

»Ich staube ab und lüfte, das ist alles, und er ist immer dabei.« »Hast du die Frau gekannt, die in diesen Räumen gewohnt hat? Erzähl mir von ihr. Ist sie gestorben, hat sie ihn verlassen? Was war mit ihr?«

»Kannst du dir vorstellen, daß eine Frau ihn verläßt? Würdest du ihn verlassen? Du hast dich bisher nie für diese Räume interessiert, und im Grunde tut es niemand hier im Haus. Es war einmal anders, zu Beginn, aber das ist lange her. Selbst er scheint sie vergessen zu haben. Früher hat er sich oft lange darin aufgehalten, ganze Abende lang. Jetzt muß ich ihn erinnern, wenn es wieder Zeit wird zum Lüften.«

»Wer war sie?«

»Es hat nie jemand in den Räumen gewohnt«, sagte McGill abwehrend.

»Du verschweigst mir etwas! Sag es mir! Gleichgültig, was es ist. Ich habe keine Angst.«

»Die Tür wird sich auftun. Ich habe die offenen Läden gesehen und die Wintersonne in den Räumen, es wird also bald sein, und es wird eine große Freude sein und ein großer Schmerz.«

»Sei still! Ich kann deine Orakel nicht mehr hören.« Mary stand wie betäubt, durchdrungen von einem Schmerz, der ganz anders war als der, den sie über Johns Tod empfand, und der doch auf geheimnisvolle Weise damit zusammenhing. »Du kannst einen wirklich das Gruseln lehren. Ich gehe an die frische Luft.«

Sie wollte allein sein, niemanden sehen. Sie lief den Korridor zurück, nahm von den Wandhaken neben der Verandatür Mantel und Schal. Die Tür der Bibliothek war offen. Robert Skelnik und Leutnant Blyth standen über den Tisch gebeugt, auf dem Landkarten ausgebreitet lagen. Noch am Morgen dieses Tages wäre Mary glücklich gewesen, wenn sie an dem Gespräch der Männer hätte teilnehmen dürfen. Jetzt fürchtete sie nur, daß man sie gehört haben könnte.

Aufatmend trat sie hinaus auf die breite Veranda. Vom Mondlicht übergossen lag der Garten; ein Windhauch raschelte in den Strohblumen, die in der Veranda zum Trocknen hingen. Mary hatte sie auf Schnüre gezogen; zusammen mit Tannen- und Föhrengrün würden sie als Girlanden zu Weihnachten das Haus schmücken. Marys Lieblingsplatz waren die Stufen neben dem Holzpfeiler mit den Klematisranken. Nirgends sonst las und träumte es sich so gut, nirgends sonst fand sie so schnell den Frieden mit sich und der Welt wieder. Aber jetzt floh sie weiter, blind und richtungslos. Nicht einmal die Ställe oder der Kräutergarten zogen sie an. Sie fand sich schließlich am Eingang des kleinen Friedhofs. Er lag außerhalb der Gärten, versteckt hinter Bäumen und Strauchwerk und umzogen von einer Mauer aus Feldsteinen, die bei den Rodungsarbeiten aus der Erde Redfords aufgelesen worden waren. Es war ein verzaubertes Stück Erde mit einer anderen Luft, anderen Düften und einer anderen Stille als irgendwo sonst.

Die geschmiedete Pforte stand offen. Mary wunderte sich nicht darüber. Sie schlüpfte hinein. Die Pfade zwischen den Gräbern waren geplättelt, aber die Steine waren unter Moos und Gras verschwunden. Auf den Gräbern lagen Granitplatten, auch sie von Moos und Kletterpflanzen überwuchert, als stammten sie aus unvordenklichen Zeiten.

Sie hatte nie Angst vor diesem Ort empfunden, denn es lagen nur Menschen dort, die sie nicht gekannt hatte. Der Holzfäller McRead, der beim Roden von einer Kiefer erschlagen worden war; der Zimmermann Keller, der vom First des Herrenhauses gestürzt war, der Feldarbeiter Callaghan, der an einem Schlangenbiß gestorben war; zwei Kinder, die im Delaware ertrunken waren. Namen, aus denen Mary die Legende von der Entstehung Redfords entgegenklang.

Unter einem Nußbaum an der nördlichen Mauer gab es einen Stein mit Namen, aber ohne Daten: Robert Skelniks Platz. Dort wollte er einmal begraben sein. Die Platte hatte hier schon gelegen, als Mary nach Redford gekommen war, und McGill hatte ihr erklärt, daß er den Stein nach dem ersten schweren Herzanfall in Auftrag gegeben hatte. Mary hatte sich kaum Gedanken darüber gemacht. Dieses Leiden war für sie wie ein Teil seines früheren Lebens, etwas, das sie nicht kannte, etwas Vergangenes; aber jetzt kamen ihr gewisse Beobachtungen in den Sinn. Sie hatte noch nie erlebt, daß Skelnik ein Pferd ganz ausritt; wenn man ihm zusah, war es, als zügele er nicht das Pferd, sondern sich selber. In seinem ganzen Verhalten war diese gewaltsam gebändigte Kraft, ein Zwang, den er seiner eigentlichen Natur auferlegte, als trage er etwas Zerbrechliches mit sich herum. Jetzt, vor dem Grabstein, ging ihr die Bedeutung auf. Ein Tag würde kommen, da würde er im Haus aufgebahrt liegen, wie jetzt John Compson. Und wenn er an die Zukunft dachte, endeten seine Gedanken hier. Eine dumpfe Verzweiflung überfiel sie. Sie hatte ihren Vater geliebt, aber er war etwas Entrücktes, Fernes; ihr Vater war ihr nie das gewesen, was Skelnik ihr war: Nähe und Wärme und das Gefühl, daß seine Augen alles gesehen hatten, was die Erde an Wundern hat, daß seine Hände alle Schätze dieser Erde berührt hatten und daß sein Herz alle Leidenschaften empfunden hatte, deren ein Mensch fähig ist. Ein Leben ohne ihn konnte sie sich nicht denken. Alles bezog sie auf ihn, alles leitete sie von ihm ab. Sie begannen den Tag zusammen und beschlossen ihn gemeinsam.

Wie ein dunkler Ton schwang die Angst in ihr weiter. Immer wieder kehrten ihre Augen zu der Grabplatte zurück, zu dem Namen. War das die letzte Antwort auf alles, was sie in dieser Stunde bewegte, und vielleicht die einzige? Sie wehrte sich dagegen. Sie war jung, der Tod war für sie nichts Unabwendbares. Sie traute sich zu, den Tod von Redford fernzuhalten, einfach dadurch, daß sie da war. Ruhe kam über sie. Das Leben, das ihr in den letzten Stunden zu einem unlösbaren Rätsel geworden war, füllte sich wieder mit Sinn.

Schon seit einiger Zeit war ein Geräusch an ihr Ohr gedrungen. Sie blickte sich um und entdeckte, daß sie nicht allein war. Unter dem Fliederbusch nahe der gegenüberliegenden Mauer hob ein Mann ein Grab aus. Was sie gehört hatte, waren die Stiche des Spatens und die fallenden Erdbrocken gewesen. Jan Kyllogs stand bis zur Hüfte in der Grube. Von dem Berg dunkler Erde neben der Mauer stieg würziger Geruch auf. Kyllogs arbeitete weiter, als sei sie nicht da, mit Bewegungen, die fast etwas Beschwingtes hatten. Ob er ein Hufeisen schmiedete, ein Pferd zuritt oder im Winter in der Tischlerwerkstätte arbeitete – immer erweckte Jan Kyllogs den Eindruck, als gehe er gerade seiner Lieblingsbeschäftigung nach. Nur gegen alles, was mit der Armee zusammenhing, hatte er eine unüberwindliche Abneigung, und sie waren sich deshalb schon manchmal in die Haare geraten, soweit das mit einem so schweigsamen Mann wie Kyllogs überhaupt möglich war.

»Du hast es sehr eilig«, sagte Mary. »Mußte das heute noch sein?«

Jan Kyllogs wischte sich die Hände an der Wolljoppe ab. »Er hatte es sehr eilig mit dem Sterben.« Er rammte den Spaten in die Erde, stützte sich darauf. »Außerdem wird es kalt werden. Morgen früh kann der Boden knochenhart sein.« Er wies mit einer Kopfbewegung zum Himmel.

»Wie kannst du nur so sprechen – von einem Toten!«

»Ich hab' nicht anders gesprochen, als er lebte. Aber sie wollen nicht hören, sie müssen kämpfen.«

»Mit dem, was du sagst, tust du ihm Unrecht. Und allen, die unser Land verteidigen.«

»Ich weiß nicht, was das ist, Recht oder Unrecht. Ich weiß nur, daß es begonnen hat und daß es lange dauern wird, und am Ende werde ich viele Gräber ausgehoben haben.«

Marys Gedanken schweiften ab. Sie mußte an das andere Grab denken. »Wann hat sich der Herr seinen Grabstein setzen lassen?« »Warum denken Sie an so was? Sie sind jung.«

»Ich möchte ihn verstehen.«

»Ich zimmere die Särge und hebe die Gruben aus, und das tue ich, so gut ich kann. Ich weiß nicht, ob mehr daran ist, ich meine, dazu sind wir da, jedes Ding so gut zu tun, wie wir nur können. Das ist das Beste, was man von einem Mann sagen kann. Der Herr kann es von sich sagen. Und ich glaube, das hat er gemeint. Ich glaube, nur jemand, der das Leben fürchtet, fürchtet auch den Tod.«

»Und ich?«

»Sie sind seine Tochter, Sie haben seine Augen, und es steht darin geschrieben, daß Sie sich nicht fürchten, was die Zukunft auch bringen mag.«

In der Luft war plötzlich Bewegung, ein kalter Wind, der die Zweige der Sträucher niederdrückte, als hätte sich eine Schar unsichtbarer Nachtvögel darin niedergelassen.

Jan Kyllogs hatte lauschend den Kopf gehoben, und dann hörte es auch Mary; ein Ton, als benutze jemand die Erde als Trommel, gleichmäßige dumpfe Schläge. Jan Kyllogs stellte den Spaten weg und schwang sich aus der Grube. Mary strengte ihre Augen an, aber da waren die Mauer und die Sträucher und dahinter die Nacht; immer lauter und näher kam der Ton, ein Trommelschlag von Hufen. Und schon tauchten die Reiter auf, zwischen den vom Mondlicht hell beschienenen Stämmen der Zedernallee, die zum Herrenhaus führte. Tief über den Rücken der Pferde gebeugt, wichen die Männer den Zweigen aus. Die Nacht war voll vom Echo der Hufe.

»Laufen Sie«, hörte sie Jan Kyllogs, »so schnell Sie können, und warnen Sie den Herrn! Ich hole inzwischen die Hunde. Es ist Jakob Eliphat Compson mit seinen Leuten. Laufen Sie!«

Robert Skelnik hatte die Nachricht ruhig entgegengenommen, fast so, als habe er damit gerechnet, und so stand er auch auf der obersten Stufe vor der offenen Haustür, als gelte es, Gäste zu empfangen. In aller Eile waren die Windlichter entzündet worden, und als Mary jetzt in seinem Gesicht nach Schrecken oder Besorgnis suchte, stellte sie nur fest, daß er verjüngt wirkte, verjüngt und kampfbereit.

Wie aus der Erde gewachsen, tauchten aus dem Dunkel von allen Seiten Männer mit Waffen auf, an ihrer Spitze Jan Kyllogs. An langen Lederleinen führte er die vier schwarzen Doggen. Trotz der vielen Menschen, die den Hof füllten, herrschte weiterhin Stille, und sie vertiefte sich noch, als die Männer ihre Plätze eingenommen hatten und nur noch der Hufschlag der herannahenden Reiterschar zu vernehmen war.

Robert Skelniks Gesicht verschloß sich. »Keine Unüberlegtheit! Ich verlasse mich auf euch.« Mehr sagte er nicht, und mehr war auch nicht notwendig.

Der Trupp hatte die Auffahrt erreicht. Der Hufschlag wurde heller. Lächelnd wandte sich Skelnik an Leutnant Blyth, der einen halben Schritt hinter ihm stand. »Sie sind doch ein großer Wetter vor dem Herrn, und Sie verstehen auch etwas von Pferden. Wollen Sie mit mir wetten, daß eines der Pferde ein loses Eisen hat?«

»Was wollen Sie mir damit beweisen? Ihren Mut oder Ihre Angst?« Blyth sprach in einem Ton, der seine Worte nur noch beleidigender machte. Er war müde, er war am Ende seiner Kraft, er kam aus einer verlorenen Schlacht, und er wurde die Bilder nicht los; er konnte sich nichts anderes vorstellen, als daß auch dieser Hof und dieses Haus sich in den nächsten Augenblicken in einen Kampfplatz verwandeln würden.

Die Reiter zügelten die Pferde unmittelbar vor der Treppe, auf der Robert Skelnik stand. Es waren sechs, fünf auf dunklen Pferden, einer auf einem Schimmel. Im Licht des Mondes erschienen auch die Kleidung und das Haar dieses Reiters weiß.

»Compson«, flüsterte Mary, »was kann das bedeuten?« Sie spürte, wie Robert Skelnik ihre Hand nahm, und das sagte ihr, daß er genauso empfand wie sie. Im Haus lag John aufgebahrt; in dem kleinen Friedhof war das Grab für den Toten bereits ausgehoben. Totenkerzen, ein offenes Grab – deswegen war John nicht hierhergekommen auf seinem letzten Weg. Das hätte er überall haben können, in jedem fremden Haus am Weg. Er war nach Redford gekommen, weil nur hier die Menschen lebten, die ihn auch im Tod verteidigen würden – ihn und das, wofür er gelebt hatte und für das er gestorben war. Dieser Gedanke schenkte ihr plötzlich den Trost, den sie während der vergangenen Stunden vergeblich gesucht hatte. Sie blickte Skelnik an. »Ich hoffe, du vergißt nicht, wer er ist und wie er auf uns alle herabgeschaut hat, als die Engländer noch die großen Herren waren.«

Der Kreis der Redford-Leute hatte sich enger um die Reiter geschlossen. Die schwarzen Pferde verhielten sich ruhig, aber Compsons Schimmel ließ sich von seinem Reiter kaum bändigen, er tänzelte und schnaubte. Alles wartete auf Skelniks Reaktion.

»Sie waren lange nicht mehr auf dieser Seite des Delaware, Jakob Compson.« Skelniks Stimme klang gleichmütig, fast sanft. »Sitzen Sie ab und kommen Sie ins Haus, aber es ist besser, Sie schicken zuvor Ihre Leibwache weg.«

Die Blicke richteten sich auf Compson, und genau das war es, was er mit seinem langen Schweigen hatte erreichen wollen. »Ich habe keine Veranlassung, mit Ihnen zu reden, Robert Skelnik. Sie halten hier Johns Leichnam zurück. Geben Sie ihn heraus, und Sie sind mich schnell los.« Seine Stimme war mühelos bis in den letzten Winkel des Hofes zu vernehmen.

Diese Stimme kannten viele hier. Sie hatte einmal die Versteigerungen am Hafen von Philadelphia beherrscht. Jeder Oxhoft Tabak, der verschifft wurde, ging durch seine Hand, jeder Ballen Tee, der gelöscht wurde. Lange hatte man diese Stimme gefürchtet, nun erweckte sie nur noch Haß, denn die Brüder Compsons, Ebenezer in Philadelphia und Samuel in Boston, verkörperten all das, um dessentwillen das Land die Waffen aufgenommen hatte. »Ich warte! Wo ist John! Wo ist mein Sohn?«

Mary wollte vortreten, aber Robert Skelnik umfaßte ihre Hand fester. »Als wir uns das letztemal sahen, Mister Compson«, sagte er, »haben Sie mir erklärt, daß Sie keinen Sohn mehr haben.«

Die Hände auf den Sattelbug gelegt, reckte sich Jakob Eliphat Compson in den Steigbügeln auf. »Für einen Mann in der Uniform der Rebellen wird nie Platz in meinem Haus sein.«

»Er trägt sie noch, diese Uniform«, rief Leutnant Blyth »Er wird sie nie mehr ablegen, er wird sie im Grab tragen.«

»Wer seid Ihr?«

»Andrew Blyth, Freiwilliger aus Pennsylvania und Leutnant der Kavallerie.«

»Robert Skelnik«, sagte Compson scharf. »Wie vielen Vätern haben Sie die Söhne abspenstig gemacht – nur um sie in den Tod zu schicken?«

»Wer hat uns den Krieg gebracht?« Skelnik blieb ruhig. »Leute wie Sie.«

»Glauben Sie, das lasse ich mir sagen? Von einem Mann wie Ihnen! Die Compsons gab es in diesem Land lange bevor sich Abenteurer wie Sie hier breitgemacht haben. Und es wird die Compsons und den König geben, wenn Männer wie Sie längst wieder verschwunden sind. Wer sind Sie denn, wo kommen Sie her, mit welchem Recht haben Sie Land an sich gerissen, mit welchem Recht treten Sie für dieses Land ein?«

Die Männer um Jan Kyllogs gerieten in Bewegung. Die Doggen zerrten an den Leinen. Robert Skelnik hob die Hand, aber sonst verriet nichts, was in ihm vorging, und als er zu sprechen anfing, klang seine Stimme nicht anders als vorher. »Ihr Sohn war zuerst ein Rebell gegen Sie, bevor er ein Rebell gegen den englischen König wurde.«

»Nehmen Sie sich in acht, Skelnik. Sie sprechen vor Zeugen. Es wird hier bald Gerichte geben, die jeden zur Rechenschaft ziehen, der diesen Krieg mit angezettelt hat, und ich werde dafür sorgen, daß man Sie nicht vergißt. Es gibt da ein paar Dinge, die Sie sicher nicht gerne hören werden – also, gebt meinen Sohn heraus, ehe ihr mich zwingt, Gewalt anzuwenden.«

Mary fühlte wieder den Druck seiner Hand. Der Griff schmerzte, aber dieser Schmerz ließ sie teilhaben an dem, was in ihm vorging.

»Wie wollen Sie den Toten transportieren?« fragte Skelnik. Ein Raunen ging durch die Leute von Redford, aber sie blieben auf ihrem Platz.

Compson schien keine Antwort zu finden.

»Meine Männer werden ihn bringen«, sagte Skelnik. Er rief ein paar Namen. »Holt ihn aus dem Haus!«

Mary befreite ihre Hand. »Das kannst du nicht tun! Er wollte nach Redford. Er hat den Ritt nur durchgehalten, weil dies sein Ziel war.«

»Er glaubte, er würde leben.« Er sah sie an. »Brauchst du ein Grab, um ihn nicht zu vergessen?« Er legte den Arm um ihre Schultern. So warteten sie, bis McGill mit einer Laterne aus dem Haus kam, gefolgt von den beiden Männern, die den Toten trugen.

McGill stieg die Stufen hinunter, langsam, das Licht

hoch haltend. Und so trat sie auch zu den Reitern, blieb vor ihnen stehen, während sie den Toten auf ein Pferd hoben und festbanden. Niemand sprach ein Wort, denn alles war zu überraschend gekommen, sowohl für Skelniks Leute als auch für die Leibwache Jakob Compsons.

McGill senkte die Lampe. Schweigend formierte sich der Trupp. Jakob Eliphat Compson, der keinen Blick auf den Leichnam seines Sohnes geworfen hatte, setzte sich an die Spitze, ihm folgten die beiden Reiter, die das Pferd mit dem Toten in ihrer Mitte führten. So ritt Compson davon.

Leutnant Blyth war weiß im Gesicht. Er trat auf Skelnik zu. Seine Lippen öffneten sich. Plötzlich schien er keinen Boden mehr unter den Füßen zu haben. Er wäre gestürzt, aber Skelnik war mit einem Schritt bei ihm. Blyth wollte Skelniks Hilfe abwehren, aber der ließ ihn nicht mehr los. Er sah den fiebrigen Glanz in den Augen des Leutnants, die Schweißperlen auf seiner Stirn. Er griff nach seinem Handgelenk. »Sie haben Fieber. Sie gehören ins Bett. McGill wird Ihnen ein Zimmer richten. Wie lange haben Sie schon nicht mehr geschlafen?«

»Ich weiß nicht, drei, vier Tage. Es ist schon vorüber. Was ich brauche, ist ein Pferd.«

Skelnik schüttelte den Kopf. »Laßt Compson reiten. Es ist sein Sohn, den er geholt hat.«

Der Hufschlag des davonreitenden Trupps klang durch die Stille, langsame Schläge, hell und metallisch, und dann, als die Pferde in die Zedernallee einbogen und in Trab fielen, wie ferner eintöniger Trommelschlag in der Nacht.

29

Wahrscheinlich hätte Robert Skelnik selber nicht sagen können, was ihn bewogen hatte, seinem Haus, das sonst in allen Teilen nur nach dem Prinzip der Einfachheit und Notwendigkeit erbaut war, eine Wohnhalle von solchen Ausmaßen zu geben. Vielleicht war es eine seit Kindertagen bewahrte Erinnerung an den großen Jagdsaal des polnischen Fürsten, bei dem sein Vater diente, die hier auferstanden war. Vielleicht war es jene Lichtung inmitten der Wildnis – seine erste Wohnstätte auf Redford –, deren dämmrige Weite er mit unter sein Dach hatte nehmen wollen. Entstanden war die Wohnhalle auf jeden Fall nicht wie etwas, das Handwerker fertigstellen können, sondern wie etwas, das im Zeitmaß eines Waldes wächst.

Jahrelang hatte der Raum nur aus roh verputzten Mauern bestanden, aus der Feuerstelle mit dem indianischen Rost, ein paar Wolfs- und Bärenfellen am Boden und Eisenhaken in der Mauer, an denen die Jagdflinten hingen. Elf Jahre hatte Skelnik die Eichenstämme lagern lassen, bis aus ihrem Kernholz die Balken für die Decke geschnitten wurden; elf Jahre hatte er gewartet, bis er aus den von ihm gefällten Zedern die Vertäfelung der Wände arbeiten ließ. Erst als das geschehen war, hatte er das Material bestimmt, aus dem die Vorhänge gewebt wurden; ungebleichtes Leinen, das ganz mit der Vertäfelung verschmolz. Nach und nach waren einige Möbel dazugekommen, ein Eichentisch, an dem sechsunddreißig Gäste sitzen konnten; hochlehnige, mit Hirschleder bezogene Stühle; eine Anrichte, in der die Gläser und das Silber verwahrt wurden. Die Dinge hatten sich in den Raum gefügt, als seien sie immer schon dagewesen.

Zu jeder Jahreszeit kühl und zu jeder Tageszeit schattig, schien die Wohnhalle eher eine Schöpfung der Natur als Menschenwerk. Und als Skelnik jetzt das Feuer im Kamin nachlegte, wehte der Duft des Waldes in den Raum.

Mary beobachtete ihn. Sie war froh, daß sie diese Minute noch allein waren, bevor die anderen kamen. Sie saß in dem Backensessel am Kamin und wartete, daß auch er sich setze. »Warum?« fragte sie, »warum hast du das getan?«

»Er war schließlich sein Sohn.« Er streckte die Beine gegen das Feuer. »Stell dir vor, ich habe einen Sohn, und er kämpft im roten. Rock der Engländer, nur weil er die Tochter eines Royalisten liebt.«

»Sag das nicht! John war überzeugt von seiner Sache.«

»Du hast mich falsch verstanden. Ich sage nichts gegen John. Ich sage nur, daß es Dinge gibt, die nichts zu tun haben mit dem Krieg, und die Liebe ist so etwas.«

»Trotzdem versteh' ich dich nicht. Jakob Compson haßt dich, und er hat auch seinen Sohn gehaßt.«

»Das hat er, und nun ist es zu spät für ihn. Vielleicht habe ich es deshalb getan. Du hast einen Sohn, und du hast ihn verloren. Er geht seine eigenen Wege, aber solange er lebt, gibt es immer noch Hoffnung. Jetzt kann er nichts mehr nachholen. Er kann sich nur noch mit einem Toten versöhnen.«

»Du verteidigst ihn noch.«

»Ich versuche mir vorzustellen, wie ich empfinden würde, wenn ich einen Sohn hätte, und er würde vor mir sterben. Ein Sohn, das ist die Zukunft. Kein Mann kann leben, ohne an die Zukunft zu glauben, und die Zukunft sind seine Söhne. Es ist nur natürlich, daß ein alter Mann stolz ist, daß seine Söhne leben, und es ist eine schreckliche Sache, wenn die Zukunft vor dir stirbt.« In

Augenblicken, wo er so mit ihr sprach, glaubte Mary, den Atem anhalten zu müssen, als könne die leiseste Bewegung den Bann zerstören. »Warum hast du keine Söhne?« fragte sie schließlich. Er blickte vor sich ins Feuer. »Ich habe eine Tochter«, sagte er, »ich habe dich.«

»Du willst nicht darüber sprechen?« Sie hatte plötzlich das Gefühl, daß seine Worte einen ganz anderen Sinn hatten, daß sie beide von ganz verschiedenen Dingen sprachen. »Über die Zukunft! Ich spreche darüber. Du bist meine Tochter, und es macht mich ruhig zu wissen, daß Redford einmal dir gehören wird. Schon jetzt nennen dich die Leute Skelniks Tochter. Ich weiß nicht, wer das zum erstenmal gesagt hat, aber als ich es hörte, habe ich mich sehr gefreut. Und dieser Name wird dir bleiben.«

»Du glaubst, daß es mit dem Tod zu Ende ist, nicht wahr?«

»Ich weiß keine Antwort, keine sichere, nein. Aber ich denke, es ist so, wie ich gesagt habe; wenn die Leute dich über die Felder reiten sehen und zueinander sagen: »Seht, Skelniks Tochter!« – so wird das sein, als lebte ich noch.«

»Du glaubst an die Dinge, die du berühren kannst, das bedeutet diese Antwort, oder?«

»Ich habe nicht darüber nachgedacht. Wenn ich überlege – ja, ich glaube, ich könnte ohne meine Augen auskommen, aber nicht ohne meine Hände, nicht ohne etwas berühren zu können.« Sie hatten beide das Klopfen überhört. McGill stand in der Tür. »Die Leute sind bereit.«

Skelnik erhob sich. »Dann wollen wir sie nicht warten lassen.«

Es war nichts Außergewöhnliches, wenn der Herr von Redford seine Leute in der Halle zusammenrief. Die Aussaat einer neuen Sorte Mais, der Bau eines Weges, die Zulassung eines neuen Pächters, alles wurde hier besprochen. Und doch befiel Skelnik bei solchen Gelegenheiten jedesmal Unruhe. Erinnerungen stiegen in ihm auf: der Vater, die Verwandlung, die mit ihm vorging, wenn der Fürst ihn zu sich befahl. Der fröhliche Mann wurde ernst. In panischer Eile zerrte er den guten Rock aus dem Schrank. Die Mutter, die ihm eilig die Stiefel blank polierte. Es war eine beklemmende Erinnerung, die er nie vergessen konnte.

Die Vorstellung, einer seiner Leute könne sich ähnlich aufführen, war Robert Skelnik unerträglich. Er beruhigte sich sofort, als die Leute durch die breite Flügeltür hereinströmten. Die Männer nahmen die Hüte ab, behielten sie aber in den Händen. Die Stallburschen kamen mit aufgekrempelten Hosen und auf Socken. Die Mägde, gerade mit dem Melken fertig geworden, trugen weiße Kopftücher und weiße Schürzen. Die Wangen der Mädchen aus der Küche glühten. Jeder brachte einen anderen Duft mit, nach Pferden, nach frischer Milch, nach Brot und Erde. Jeder suchte sich einen Platz, die Älteren nahmen Stühle, die anderen blieben stehen. Sie benahmen sich zwanglos, wie in den eigenen vier Wänden. Als letzte kamen Jan Kyllogs und McGill. Die Halbindianerin hatte ihr Haar gekämmt. Über ihrem blauen Kattunkleid trug sie den Stickereigürtel ihrer indianischen Mutter. Schließlich schloß Jan Kyllogs die Tür – das Zeichen, daß alle versammelt waren. Skelnik ließ den Blick über die Runde schweifen. »Ich sehe Jean Daniel nicht.«

Jan Kyllogs antwortete: »Ich selber habe ihn schon seit zwei Tagen nicht mehr zu Gesicht bekommen. Ein

Fuchs hat zwanzig von unseren Leghennen verbissen, und Daniel macht Jagd auf ihn. Sie wissen, wie er ist, wenn er sich so etwas in den Kopf gesetzt hat.«

»Und was ist mit deiner Frau, Henry Lee?«

Lee, ein Zwei-Meter-Mann, war Käser auf Redford. »Sie läßt sich entschuldigen, Sir. Im Räucherhaus ist heute angeheizt worden. Ich soll dem Herrn sagen, Schinken und Würste sind wichtiger als ein paar Männer, die sich die Köpfe über den Krieg heiß reden. Ich hab' versucht, sie umzustimmen, aber wenn es ums Reden geht, bin ich ihr nicht gewachsen, Sir.«

Niemand lachte. Krieg. Das Wort war ausgesprochen, ganz unabsichtlich, aber es war gesagt, und die Männer und Frauen sahen Leutnant Blyth in seiner Uniform neben Robert Skelnik stehen; gleich beim Eintreten hatten sie die Karte bemerkt, die an die Wand geheftet war.

»Dann will ich zur Sache kommen«, begann Robert Skelnik. »Deine Frau hat gar nicht so unrecht, Henry Lee, auch wenn ich sie das nächste Mal gern wieder dabei hätte; denn dies ist nicht Männersache allein. Ich gebe zu, Schinken und Würste sind wichtig, und sie werden noch wichtiger werden. Aber ebenso wichtig ist es, über den Krieg zu reden, und ich hoffe, wir werden es mit kühlem Kopf tun, so wie vorhin draußen. Ich möchte euch danken. Ich weiß, es ist euch nicht leichtgefallen, ruhig zu bleiben. Glaubt mir, es war das beste, was wir tun konnten.«

»Ist es wirklich richtig, einem Mann wie Jakob Compson nachzugeben?« Paul fragte, einer der Reitknechte. »Der glaubt doch jetzt, der Wind hat sich gedreht!«

»Ich möchte, daß ihr mich versteht«, sagte Robert Skelnik. »Es gibt Situationen, da kann man nicht mehr zurückweichen, und andere, da muß die Vernunft stärker sein. Genau darüber will ich mit euch sprechen. Ihr wißt, wie wir hier im Juli gemeinsam den Treueid auf die neue Verfassung abgelegt haben. Das war ein großer Augenblick; ein ganzer Kontinent, der sich für frei erklärte! Wir waren damals sehr bewegt, und es gab viele, nicht unter euch, die glaubten, nun sei alles erreicht. Die paar Engländer würden nun schleunigst auf ihre Schiffe flüchten und den amerikanischen Kolonien auf immer den Rücken kehren. Nicht einmal vierzehn Tage später standen wir wieder hier und hörten die Berichte von der Landung der Flotte, mit englischen und deutschen Truppen an Bord, in der Nähe von New York, dreißigtausend Mann. Es war John Compson, der uns davon berichtete, John Compson, der jetzt tot ist. Ich höre noch seine Worte, mit denen er uns die Ankunft der Schiffe beschrieb: Und dann kamen sie, eins nach dem andern, es war wie eine große drohende Wolke, eine einzige Wolkenbank, die über das Meer heranrollte. – Ich weiß nicht, wie es euch erging. Mir wurde kalt dabei.«

Skelnik konnte für einen Augenblick nicht weitersprechen. Im Raum war es still, eine ernste Stille. Und ernst und gefaßt waren auch die Gesichter. Nur ein Gesicht unterschied sich von den anderen, das von Andrew Blyth. Skelnik hörte ihn schwer atmen, und als er ihn anblickte, erschrak er vor den fiebrigen Augen.

»Ich muß euch nicht daran erinnern, was seither geschehen ist«, fuhr er dann fort. »Keine Nachricht war gut. Wir verloren viele Männer bei Flatbush, der ersten Schlacht der deutschen Truppen in unserem Land, und das war vierundzwanzig Stunden nach der Landung. Wir verloren New York. Bei Whiteplains wurden wir wieder geschlagen. Vor wenigen Stunden hat Leutnant Blyth eine neue schlimme Nachricht gebracht.« Sein Blick ging zu der Landkarte an der Wand. Aber er wußte, er würde sie nicht brauchen, um seinen Leuten zu erklären, was vorgefallen war. Viele von ihnen waren nie über den Strom gekommen, aber die Namen und Orte, von denen er gesprochen hatte, hatten sich ihnen eingeprägt, als hätten sie an den Gefechten teilgenommen, die Gewehre selbst abgefeuert, die Hügel erstürmt, die Toten und Verwundeten weggetragen und die Fahnen eingerollt. Die Männer warteten, fast ungeduldig, die Frauen ergeben; aber alle warteten darauf, daß der neue Name sich ihnen einbrannte. Es fiel Skelnik nicht so schwer, weiterzusprechen, wie er gedacht hatte. »Fort Washington am Hudson-River ist gefallen.« Er ließ den Namen einwirken. »Fast dreitausend unserer Leute wurden gefangengenommen. Die Armee hat sich in die Wälder zurückgezogen. Damit ist unseren Feinden die ganze Umgebung New Yorks in die Hände gefallen, und sie beherrschen jetzt ganz New Jersey. Es kann sein, daß sie bald auf der anderen Seite des Delaware stehen.«

Lange Zeit sagte niemand etwas. Dann fragte einer: »Und wie geht es weiter, wenn wir immer zurückweichen? Wie wird das enden?«

Skelnik hatte nicht gesehen, wer gesprochen hatte, er hatte die Stimme nicht erkannt, aber es war nicht wichtig, es war die Frage aller. Er fuhr sich über das Gesicht. »Wie es einmal enden wird?« Er wiederholte die Frage. »Ich bin nicht sicher, was alles noch geschehen wird. Ich weiß nicht, wie lange wir noch zurückweichen müssen. Ich kann nicht sagen, wie viele noch sterben werden, aber ich weiß, wie es ausgehen wird. Wir werden sie den ganzen Weg zurücktreiben, Meter für Meter. Wir werden sie aus diesem Land treiben, von diesem Boden. Ich sehe den Tag! Ich sehe die letzten in ihre Schiffe flüchten, ich sehe sie die Anker kappen, die Segel losmachen, ich sehe die Schiffe am Horizont verschwinden, für immer. Es wird ein herrlicher, strahlender Tag sein, ein Tag ohne Wolken und voller Licht, und die vom Meer umspülte Küste wird sein wie am Tag, als Gott sie schuf.« Er senkte den Kopf. Er war fast erschrocken über die Worte, die er brauchte, die Art, wie er sie brauchte. Es war nicht seine Art, so zu reden, das Herz gleichsam auf der Zunge zu tragen; es war, als sei ein anderer Mensch in ihm, ein Unbekannter, ein Fremder. Er räusperte sich, um seine Stimme zu finden. »Aber ich wollte nicht von der Zukunft sprechen. Ihr habt gehört, wie es steht. Wir müssen damit rechnen, daß der General ganz New Jersey preisgibt und über den Delaware setzt, um Philadelphia zu schützen. Das wird heißen, daß der Feind nachrückt und eines Morgens drüben am Delaware steht. Das ist die Lage. Leutnant Blyth hat mich nun beschworen, hier alles stehen- und liegenzulassen und nach Philadelphia zu gehen.«

Wie jeder im Raum, war auch Mary Skelniks Worten bisher schweigend gefolgt, doch jetzt unterbrach sie ihn leidenschaftlich. »Redford verlassen!? Das kannst du nicht meinen! Keiner wird mit dir gehen!«

Skelnik straffte sich. Er atmete auf. Auch die Leute schienen befreit. Eine Bewegung entstand, die Männer wagten sich wieder zu rühren, das Körpergewicht auf den anderen Fuß zu verlagern, den Hut in die andere Hand zu nehmen; die Frauen steckten einen Kamm im Haar fester, strichen ein Schürzenband glatt.

»Wir sind hier, um gemeinsam zu überlegen«, sagte Robert Skelnik. »Jeder soll sich melden, der etwas vorzubringen hat. Dann werden wir abstimmen. Es ist wie immer: eine Stimme gilt soviel wie die andere.«

»Ich kann dir die Antwort sofort geben«, sagte Mary. »Und ich bin sicher, ich spreche für uns alle. Niemand wird Redford verlassen. Keiner. Und keiner wird verstehen, daß du auch nur einen Augenblick daran gedacht hast.«

»Ich habe nur wiederholt, was Leutnant Blyth mir geraten hat. Der Leutnant kommt von der Armee. Er weiß mehr als wir.«

»Und er weiß, daß John Compson gestorben ist. Wofür?!« Mary war auf die fußhohe gemauerte Kaminumrandung gestiegen; sie richtete ihr Wort an die Versammelten, und sie hatte etwas von ihrem Vater, wenn er seine Brandreden von der Kanzel schleuderte. »Was hatte John Compson für einen Grund, um zu kämpfen und zu sterben? Er hatte seinen Eid und seine Begeisterung und seinen Glauben an die Freiheit, aber er besaß nicht ein Stück Erde. Wir haben Redford, wir haben das Land, wir haben unsere Häuser, wir haben Frauen und Kinder, wir haben Pferde und draußen die Wintersaat – wir haben die besten Gründe der Welt, die Waffen zu nehmen und Redford zu verteidigen.«

Ein zustimmendes Murmeln antwortete ihr. Im Hintergrund rief jemand: »Sie sagt, was ich sagen würde.« Dann meldete sich Henry Lee, der Käser, durch Aufheben der Hand. »Ich meine, na ja, wie soll ich sagen, muß denn immer gleich gekämpft werden? Wer sagt, daß sie kommen, und wenn sie kommen, wer sagt, daß wir gleich aufeinander losgehen müssen. Wir sind kein Fort Washington, wir sind eine Farm. Was sollen sie uns tun? Sie werden unser Wasser trinken und zu essen verlangen.«

»Du willst sie vielleicht auch noch durchfüttern!« Es war McGill, die ihn unterbrach. »Fehlt nur noch, daß du verlangst, ich soll ihre Wunden verbinden.«

»McGill wird sie nachts heimlich alle skalpieren«, rief ein anderer, und es war eigentlich nur ein Zeichen, daß sich die Spannung zu lösen begann, aber in diesem Augenblick sprang Leutnant Blyth von seinem Stuhl auf, so ungestüm, daß der Stuhl umfiel.

Das Gesicht des Leutnants war fleckig. »Ihr wißt nicht, was ihr redet«, rief er mit schriller Stimme. »Die Engländer – wenn wir es nur mit den Engländern zu tun hätten! Aber da sind noch die Verbündeten der Engländer, die Söldner, zwanzigtausend Hessen zum Beispiel. Die kämpfen anders, ohne Pardon. Ich habe sie gesehen. Ich habe mit ihnen gekämpft. Sie hätten uns schon bei Flatbush niedergemetzelt, Mann für Mann, wenn die Engländer sie nicht zurückgehalten hätten. Bei Whiteplains waren es wieder die Hessen. Die Engländer wollten schon aufgeben, da kamen die Hessen und haben sie aus dem Feuer gerissen. Ohne die Hessen wäre auch Fort Washington niemals gefallen. Ihr wißt nicht, wie sie sind, und ich kann euch nur wünschen, daß ihr es nie erfahrt . . .« Seine Stimme war leiser geworden, in seinen Augen stand Entsetzen. »Sie sind wie Löwen, sie sind reißende Tiere. John und ich, wir waren zwei Tage lang ihre Gefangenen. Sie haben uns wie Ochsen vor ihre Geschütze gespannt. Die haben wir zwölf Stunden lang durch den Morast ziehen müssen. Ich kann euch die Striemen auf meinen Schultern zeigen. Und ich kann euch sagen, wie es nach der Schlacht ist – das gemetzelte Vieh, die niedergebrannten Häuser. Spricht einer in der Armee nur das Wort »Hessen« aus, werden alle stumm, auch die Mutigsten.«

Der Holzarbeiter Bechtle hob die Hand. »Ihr macht sie zu Teufeln, aber ich kann euch sagen, es sind arme Teufel.« Er sprach bedächtig, mit starkem Akzent. »Ich will nicht das große Wort führen. Ihr seid alle länger auf Redford als ich. Ich will nur sagen, ich könnte jetzt einer von diesen Hessen sein. Und ich sage euch, da ist keiner ein Freiwilliger, und wenn sie kämpfen, dann aus Angst vor den Offizieren, aus Angst vor den Strafen.«

Leutnant Blyth stand der kalte Schweiß auf der Stirn. »Es sind Teufel. Sie töten gegen Geld, und sie tun cs mit Lust. Ich habe nicht gewußt, was ein Bajonett ist, bis ich es in ihren Händen sah. Töten – nur das wollen sie. Ihr solltet sie marschieren sehen, ihr solltet ihre Trommeln hören! Man kriegt es nicht mehr aus den Ohren, wenn man es einmal gehört hat, nie mehr ...« Er verlor das Gleichgewicht. Ein Mann sprang hinzu, wollte ihn stützen, aber Andrew Blyth wehrte grob ab.

»Ich bleibe dabei«, fuhr der Holzarbeiter Bechtle fort. »Arme Teufel sind es. Laßt sie ruhig kommen. Laßt sie ein deutsches Wort hören. Gebt ihnen eine fette Rindfleischsuppe, zeigt ihnen unsere Weiden und unser Vieh, versprecht ihnen ein Stück Land, und ich sage euch, sie werden haufenweise desertieren.«

»Ihr redet alle, als stünde der Feind schon vor der Tür!« Es war der Gärtner. Er sprach, ohne die Pfeife aus dem Mund zu nehmen. »Ich kann nur eines sagen«, Mab ergriff wieder das Wort, »sie dürfen nicht über den Strom kommen.«

Schweigen trat ein, beredtes Schweigen. Es war, als habe Mary mit diesen einfachen Worten alles gesagt, was zu sagen war. Der Strom. Der Delaware. Sie sahen ihn alle vor sich, seine graugrünen Wasser, seine Ufer, den weiten Bogen, den er wie einen schützenden Arm um Redford legte.

Stimmen wurden laut: »Sie hat recht. Über den Fluß dürfen sie nicht.«

»Ich bleibe, keinen Schritt rühre ich mich fort.«

»Das könnte Männern wie Jakob Compson so passen, daß wir ihnen das Land überlassen.«

»Wir wollen abstimmen. Wer dagegen ist, daß wir bleiben, soll die Hand heben.«

Keine Hand hob sich. Nicht einmal Leutnant Blyth widersprach. »Ich nehme zur Kenntnis, daß wir bleiben«, sagte Skelnik. »Ich schlage deshalb vor, daß wir sofort mit den notwendigen Vorkehrungen beginnen. Ich habe mir gedacht, daß wir als erstes den Delaware entlang Wachen aufstellen. Wir haben die Hütten an der Furt; wir sollten zwei weitere bauen, und dann Wachen einteilen.«

Niemand zeigte sich überrascht, daß Skelnik offensichtlich einen fertigen Plan im Kopf hatte. Er war immer für alles gerüstet; ein tyrannischer Mann hätte damit nur lähmend auf seine Umgebung gewirkt – aber Skelnik spornte sie nur an, es ihm gleichzutun.

»Was ist mit der Fähre?« fragte Henry Lee. »Sollen wir den Betrieb nicht lieber einstellen?«

Skelnik zögerte. Er dachte an Doktor Banks. Der Doktor, der über den Delaware kam, wenn man ihn brauchte, und die Fähre, die ihn brachte – die Fähre, das war der Frieden ... »Einverstanden«, sagte Skelnik. »Wir legen die Fähre still. Allerdings sollten wir dann auch alle Boote einziehen. Wir werden nicht mehr fischen. Dann die Vorräte! Am besten, wir machen eine Bestandsaufnahme, damit wir eine Übersicht bekommen. Den Verkauf von Waren stellen wir ab sofort ein.«

»Schickt einen Mann nach Princeton zum Apotheker!« sagte McGill. »Auf seine Salben können wir verzichten, daran verdient er nur, und taugen tun sie doch nichts! Aber wir brauchen Lanzetten, Zupflinnen, türkischen Rhabarber und indische Feigen. Daraus mach' ich euch die besten Medikamente!«

»Für die Waffen bin ich zuständig«, meldete sich der Schmied, Jonathan Whitecombe. »Eine Inventur können wir uns sparen; ich kann euch jede Vogelbüchse, jede Muskete und Pistole auf Redford aufzählen.«

Die Männer redeten plötzlich alle durcheinander, jeder war beteiligt, jeder hatte eine Idee. Nachdem Skelnik die Versammlung geschlossen hatte, drängten sie diskutierend zur Tür. Es war klar, daß sie draußen in Gruppen zusammenbleiben und noch einmal alles durchsprechen würden.

Mary, Skelnik und Leutnant Blyth waren in der Halle zurückgeblieben. Skelnik nahm die Landkarte von der Wand und rollte sie zusammen. Als er zum Kamin trat, deutete Mary mit einer kaum merklichen Kopfbewegung auf Blyth. Es saß im Backenstuhl, die Uniformjacke aufgerissen. Leise Worte kamen über seine Lippen, fast unverständlich: »Ihr kennt sie nicht ... ihr habt ihre Trommeln noch nicht gehört ...« Er warf den Kopf herum, sein Blick war starr. »Sie kommen! Hört ihr!« Seine Lippen formten Laute, unhörbar zuerst, und dann wurde daraus das dumpfe rhythmische Dam-dam-daram, Dam-dam-daram der Trommeln.

Mary umklammerte Skelniks Arm. »Er hört sie«, flüsterte sie, »mein Gott, er hört sie!«

»Er fiebert«, sagte Skelnik ruhig. »Geh und hole McGill.«

»Nicht wahr«, sagte Mary, »du hast nie daran gedacht, Redford zu verlassen?«

»Nein, nie ...« Hinter ihnen war das schreckliche Dam-dam-daram, Dam-dam-daram.

»Ein Mann wie er – und hat Furcht«, sagte Mary, »das ist furchtbar ...«

»Er wird schlafen«, sagte Skelnik. »Morgen ist ein neuer Tag.« Wie viele werden es noch sein? Mary wagte nicht, die Frage auszusprechen. Sie wagte auch nicht, Skelnik anzusehen. Sie legte den Kopf an seine Schulter, schloß die Augen und sagte: »Halte mich fest, nur diesen einen Augenblick.«

30

Es war am zweiten Sonntag im Dezember, und die Leute von Redford hatten das Mittagsmahl gemeinsam eingenommen. Nur der Platz Jean Daniels war leer geblieben, aber niemand außer McGill hatte darauf geachtet; der jeweilige Waldhüter nahm auf Redford eine Sonderstellung ein, er lebte für sich allein, draußen in einer Blockhütte, abgesondert von den anderen, ein Außenseiter, den man nur zu Gesicht bekam, wenn er das Wild in McGills Küche ablieferte und die Vorräte mitnahm, die er brauchte. Das war immer so gewesen, bei allen Waldhütern, und so hielt man es auch mit Jean Daniel. Die Leute dachten nicht viel darüber nach, vielleicht war es auch einfach der Wald, der dem Hüter diese Sonderstellung verlieh.

Zu Redford gehörten ausgedehnte Waldungen, die den Besitz in einem Halbkreis gegen Norden und Westen schützten, aber der Wald, damit meinten die Leute von Redford jenen dichten dunkelgrünen Gürtel zwischen dem Herrenhaus und dem Delaware. Ein Stück Wildnis, nicht ausgemessen, ein Überbleibsel aus indianischer Zeit.

Es gab wohl einen alten Indianerpfad durch diesen Wald, aber er war so unwegsam, daß die meisten den Wald in einem weiten Bogen umritten, wenn sie die Furt erreichen wollten. Der Wald war unangetastet geblieben. Die Männer mieden ihn, und die Frauen von Redford drohten ihren Kindern damit, wenn sie gar nicht mehr mit ihnen fertig wurden.

Nur eine Person schien keine Furcht vor dem Wald zu kennen, und das war McGill. Sie sammelte dort ihre Kräuter, Blüten und Wurzeln für die Medikamente, die sie nach alten indianischen Rezepten braute. Auch daran hatte man sich auf Redford gewöhnt: McGill, die am Abend, nach beendeter Arbeit, oft aus dem Haus schlüpfte, den Weidenkorb am Arm, zu den Ställen lief, sich auf ihre niedrige schwarze sattellose Stute schwang und verschwunden blieb, bis der Sonnenaufgang sie zurückbrachte, den Korb voller Kräuter, aber manchmal auch mit anderen seltsamen Funden gefüllt; kupfernen Gürtelschließen, Kämmen aus Büffelhorn, dünnen goldenen Armreifen.

An diesem Sonntag jedoch hatte McGill den Abend nicht abgewartet. Gleich nach dem Essen hatte sie die Küche verlassen, diesmal ohne Korb und in großer Eile.

Sie trug ihr Sonntagskleid aus gelber Wolle. Das Haar war mit Kämmen aufgesteckt. Sie hatte die hellste Haut von allen Frauen in Redford, und wenn sie, wie jetzt, kein Kopftuch und keinen Hut trug, bildete ihr blauschwarzes Haar einen so auffallenden Kontrast zu ihrer Haut, daß auch Männer, die sie schon seit vielen Jahren kannten, ihr immer wieder beeindruckt nachblickten.

McGill wußte das, und deshalb lief sie noch schneller. Sie war froh, im Stall niemandem zu begegnen. Der Stute hatte sie schon vor dem Essen das Zaumzeug angelegt. Als sie das Tier ins Freie führte, sah sie Jonathan Whitecombe, den Schmied, mit großen Schritten über den Hof kommen, aber sie schwang sich auf den Rücken des Pferdes und stob davon.

Sie hörte hinter sich seine Stimme, und deutlich glaubte sie sein Gesicht vor sich zu sehen, enttäuscht und beleidigt. Er hatte damit gerechnet, daß sie mit ihm zur Saunders-Farm zum Tanzen reiten werde. Einen Augenblick hatte sie, aus Trotz, sogar mit dem Gedanken gespielt. Wer weiß, ob es nicht wirklich, wie viele meinten, der letzte Tanz für lange Zeit sein würde. Alle Mägde würden dort sein am Nachmittag. Wie hatte Rose gesagt? »Wenn erst einmal die Musik nur noch aus dem alten Farnborough besteht, der die Geige spielt, und die Mädchen mit Mädchen tanzen müssen, dann weißt du, daß Krieg ist.«

Aber McGill vergaß das alles, sobald sie den Wald erreichte. Kein Haus, kein Raum konnte ihr ein solches Gefühl von Geborgenheit geben wie Bäume, die dichter zusammenrückten, immer dichter, bis es dem Licht nur noch da und dort gelang, das grüne Dach zu durchdringen. Sie kam an den Stellen vorbei, wo sie Moos gesammelt hatte, um in Redford die Zwischenräume an den Doppelfenstern auszufüllen. Durch das milde Wetter hatte sich bereits eine neue Moosdecke gebildet, und das erinnerte sie daran, wie lange sie schon nicht mehr im Wald gewesen war.

Sie zügelte das Pferd und saß ab; sie konnte seit einer Weile nur noch im Schritt reiten. Sie legte ihrem Pferd den Zügel über den Hals, so daß er nicht am Boden schleifte, und ließ es ohne Führung hinter sich hergehen.

So schnell sie von Redford hatte wegkommen wollen, jetzt, da sie im Wald war, hatte sie es nicht mehr eilig. Sie machte Abstecher zu den Stellen, wo sie Daniels Fallen vermutete, aber sie fand keine einzige. Vielleicht hatte auch das mit diesem Winter zu tun, der keiner war, und es überraschte sie fast, daß auf der winzigen Lichtung – der einzigen Stelle im Wald, wo sie wuchsen – die Schneerosen blühten. Sie pflückte sich einen zartweißen, rosa überhauchten Strauß.

Ihre Stute war inzwischen auf dem Pfad weitergegangen. Der Wald wurde hier lichter und weiter, und durch die dunklen Stämme sah man die Blockhütte.

Als McGill aus dem Wald trat, befand sie sich auf der fensterlosen Seite der Blockhütte. Der vorherige Waldhüter hatte einen Hund besessen, aber selbst der hatte McGill nicht immer kommen gehört. Unbemerkt führte sie die Stute zu dem kleinen Stall. Daniels Brauner stand da, und das bedeutete, daß Daniel nicht weit sein konnte. Sie nahm ihrer Stute die wollene Satteldecke ab. Früher, als Kenneth noch der Waldhüter war, hatte es hier nach Gerberlauge gerochen. Daniel war der bessere Jäger, aber Felle und Häute rührte er nicht an; der Bottich im Stall diente nur noch zum Einweichen der Wäsche. McGill hatte an Daniel immer nur frisch gewaschene Hemden gesehen, auch wenn sie ganz überraschend kam, und wenn sie ihm eine besondere Freude machen wollte, brachte sie ihm ein Stück Seife mit. Die Hände von Kenneth waren rauh gewesen wie Rinde; er hatte die Spuren der dunklen Gerberlauge unter den Fingernägeln nie ganz weggebracht. Daniels Hände waren glatt und immer sauber, und seit sie ihn kannte, trug auch sie beim Kräutersammeln Handschuhe.

Wen liebst du eigentlich, dachte sie. Kenneth, Daniel, beide oder keinen von beiden? War es in Wirklichkeit ganz einfach der Wald, der ihr gehörte, mit allen Pflanzen und Tieren und Waldhütern? Lächelnd trat sie ins Freie. Die Erde rund um die Hütte war immer noch weich und federnd wie Waldboden. McGill kam selten am Tag hierher, und so fand sie es nur natürlich, daß ihr alles ein wenig fremd vorkam. Irgend etwas vermißte sie. Den Rauch über dem Kamin der Hütte, den Geruch nach Essen? Neben der Tür lagen aufgestapelt, mit einem Strick zusammengebunden, die Fallen, die sie im

Wald vergebens gesucht hatte. Mit leisen Schritten ging sie auf die Haustür zu, und noch leiser setzte sie den Fuß auf die breite Holzschwelle.

Im Herd brannte kein Feuer. Der Holzboden, der sonst im Widerschein der Flammen rötlich schimmerte, war jetzt fast weiß; er roch nach Seife und Wachs und war mit hellem Sand bestreut. Die Jagdwaffen hingen neben der Tür in der Wandvertiefung, aber ohne die funkelnden Reflexe des Feuers auf dem Metall der Läufe wirkten sie anders als sonst. Die Fellmütze war da, der Reitmantel, die Pfeife lag in der Zinnschale, nicht offen wie sonst, sondern in dem Lederbeutel. Am längsten stand McGill vor dem Bett im Hintergrund der Stube. Das karierte Bettzeug war verschwunden, über den nackten Strohsack war die blaue Wolldecke gebreitet, die sie gehäkelt hatte.

Sie war froh, daß ihr Zeit blieb, sich an den Anblick zu gewöhnen. Als sie Schritte hörte, war es ihr immer noch zu früh. Sie legte die Schneerosen aus der Hand, aber sie wandte sich nicht um. Mit geschlossenen Augen wartete sie, bis sie seine Hände auf ihren Schultern spürte?

»Ich habe dich schon nicht mehr erwartet.« Es war seine Stimme, und sie war unverändert.

McGill öffnete die Augen, drehte sich um und umarmte ihn, als sei mit seiner Gegenwart ein Spuk verflogen. »Ich konnte nicht fort. Es gab so viel zu tun in den letzten Tagen. Ein ganzer Trakt der Wirtschaftsgebäude wird zum Lazarett umgebaut, wir müssen die Betten richten und Verbandzeug schneiden. Was hast du?« Daniel hatte sich aus ihrer Umarmung befreit. Er zupfte an dem kurzgeschnittenen Schnurrbärtchen. »Sonst war doch der Winter immer die Zeit, wo es dir auf die Stunde nicht ankam«, sagte er.

McGill sah an ihm vorbei. Auf dem Abstelltisch neben dem Herd lagen zwei Aale; die dunklen langen Körper zuckten noch.

»Du warst am Fluß?«

Er nickte. »Ich dachte, ich könnte dir eine Freude machen.«

»Weißt du denn nicht, daß niemand mehr zum Fischen auf den Fluß hinaus soll?«

»Warum verbietet der Herr nicht auch gleich das Jagen?«

»Versteh doch! Das mit dem Fischen hat einen Sinn. Vom Jagen war niemals die Rede. Ich habe jedenfalls die ganze Woche auf Rebhühner gewartet. Du hattest sie versprochen.«

Er schüttelte den Kopf. »Ein Fluß voller Fische, und du darfst keine Netze mehr auslegen! Was ist das für ein Fluß? Ein Wald, in dem überall Wachposten patrouillieren und das Wild vertreiben! Siehst du nicht, was hier geschieht? Sie stehlen uns den Fluß, sie stehlen uns den Wald. Sie haben die Boote eingesammelt. Eines Tages werden sie auch die Waffen verlangen, weil sie jedes Gewehr für die Armee brauchen.« Daniel hatte sich am Tisch in der Ecke niedergelassen. Auch McGill setzte sich. Zwischen ihnen lagen die Schneerosen. Die zarten Blüten welkten schnell, wenn man ihnen kein Wasser gab, aber McGill brachte es nicht über sich, aufzustehen und sie in ein Glas zu stellen. »Ich muß mit dir reden«, sagte Daniel.

»Müssen wir reden?« fragte sie und blickte zu dem leeren Bett. »Es war eigentlich immer das beste an uns, daß wir nicht viel reden mußten, oder?«

Er sah sie an, wie einer, der selber auf Antwort wartet. »Das hab' ich auch gedacht«, sagte er. »Ich war nahe daran, einfach zu gehen, ohne ein Wort, ohne dich noch einmal zu sehen. Nach Redford wollte ich nicht – und du bist nicht gekommen.«

Es erschreckte sie nicht, auch jetzt nicht, da er es ausgesprochen hatte. Sie stand auf, nahm ein Glas vom Wandbord, füllte es mit Wasser und stellte die Schneerosen hinein. »Mir ist schon aufgefallen«, sagte sie, »auf dem Weg durch den Wald, daß keine Fallen aufgestellt sind.«

»Ich habe wirklich gedacht, hier würde ich bleiben«, sagte Daniel. »Zweimal bin ich weitergezogen, seit ich in Amerika bin. Auf Redford bin ich jetzt drei Jahre, und es hätten dreißig werden können. Aber keiner kann aus seiner Haut.«

McGill hatte den Blick gesenkt, ihre Hände ordneten die Blumen. Die Holzbohlen schwangen leise unter ihren Füßen, als Daniel sich erhob. »Ich kann dich verstehen«, sagte sie.

Er blieb stehen. »Sie werden kommen«, sagte er. »Die Armee ist unterwegs. Das bilde ich mir nicht ein, das weiß ich. Ich kann es dir beweisen.« Er trat zu der Truhe und schlug den Deckel auf. »Schau dir das an! Gürtel, Patronentaschen. Sie werfen einfach alles weg.« Er ließ den Deckel fallen. »Davon erzählen die Wachen wohl nichts. Wahrscheinlich ist es ihnen verboten. Aber bald wird das Vertuschen nicht mehr helfen, wenn erst einmal die Offiziere anfangen davonzulaufen. Die jetzt über den Fluß kommen, das sind alles Offiziere. Nur die haben das Geld, sich frische Pferde zu kaufen. Sie benutzen die Furt. Wenn sie von meiner Hütte wußten – ich hätte Nacht für Nacht Logisgäste. So steht es um unsere Armee. Bald werden die anderen nachkommen. Und wenn sie einmal da sind, wird es das Ende sein. Dann wird es den Fluß und den Wald nicht mehr geben.«

»In manchen Stunden«, sagte McGill, »denke ich wie du. Dann ist mir auch danach, davonzulaufen. Du weißt, was mir der Wald bedeutet und der Strom. Meine Vorfahren lebten hier, und sie liebten den Strom so sehr, daß sie ihm den Namen ihres Stammes gaben, Delaware. Dieser Strom und dieser Wald – die sind für mich wie Vater und Mutter, und wenn die Armee kommt, verliere ich sie. Dann wieder denke ich, daß man nicht verlieren kann, was man so sehr liebt, und daß es immer nur an uns liegt ob wir glücklich sind oder nicht.«

Daniel trat zu ihr. Er blickte in ihre dunklen Augen, die so selten lächelten, aber wenn es geschah, ging ihm der Himmel auf, und sicher war es das, was ihn daran gehindert hatte, Redford schon eher zu verlassen. »Das Land ist weit! Es gibt nicht nur diesen Wald und diesen Strom.« Er sprach leidenschaftlich. »Es war mein Fehler, daß ich nicht weit genug ins Innere vorgedrungen bin. Hier ist die Küste zu nah, und wo eine Küste ist, da gibt es nie Frieden. Diesmal werde ich weit genug gehen. Ein Strom, doppelt so breit wie der Delaware, ein Wald, hundertmal so groß wie dieser hier, McGill, laß uns dorthin gehen! Das habe ich mir geschworen, diesmal gehe ich weit genug.«

»Wo liegt es?« fragte sie. »Zeig es mir auf einer Karte.«

Daniel mußte lächeln. »Ich dachte, eine Indianerin braucht weder Karte noch Kompaß. Du hast ein Pferd, und ich habe ein Pferd. Ich habe meine Waffen, und du hast in deinen Füßen eine Wünschelrute. Mehr brauchen wir nicht.«

»Hier haben wir nicht einmal das gebraucht«, sagte sie und hob die Arme, um die Kämme aus dem Haar zu ziehen.

Der Schatten, den das Fensterkreuz auf den Boden warf, hatte sich ausgedehnt. Die Fragen, die sie vergessen hatte und die ihr jetzt wieder in den Sinn kamen, schienen gewachsen zu sein, schwieriger zu beantworten als vorher. Was sollte sie tun? Bleiben? Mit ihm gehen? Sie hob ihr Kleid vom Boden auf, am Bettrand sitzend, zog sie sich an.

»Nicht einmal den Fuchs hast du erlegt«, sagte sie, während sie das Kleid zuknöpfte. »Oder hattest du nur keine Lust, ihn nach Redford zu bringen?«

»Der Bau ist leer, er hat sich ein anderes Revier gesucht. Selbst die Dachse sind weitergezogen. Tiere haben einen feinen Instinkt.« McGill half ihm, die wenigen Dinge, die es zu packen gab, in dem ledernen Mantelsack zu verstauen. Daniel nahm zwei Jagdflinten von der Wand. Er prüfte die Sicherungen, dann reichte er McGill die kleinere, eine kupferbeschlagene Zwillingsbüchse.

McGill polierte den Kupferbeschlag mit dem Ärmel. Wenn sie miteinander gejagt hatten, war das ihre Waffe gewesen. »Nimm du sie mit«, sagte McGill, »ich möchte nichts besitzen, was mich ständig an dich erinnert. Es wird schwer genug sein, in den Wald zurückzukehren, allein, und die Hütte verlassen zu finden.«

»Sie wird nicht lange leer stehen«, sagte er. Er ließ sie vorangehen, schloß die Tür ab und hing den Schlüssel an den Nagel unter dem Fensterladen. Er hob den Kopf wie ein witterndes Tier. »Es wird bald schneien«, sagte er. »Vor einer Stunde war die Luft anders, warm wie im Frühling, jetzt ist Schneeluft.«

Das Stück Himmel, das die Lichtung freigab, war von einem zarten Grau. Die Sonne war nicht zu sehen. »Ich glaube, du hast recht«, sagte McGill, »es wird Schnee geben.« Sie sah ihn kurz an. »Hast du ihn bestellt, damit ich mich besser an diesen Tag erinnern kann?«

Er antwortete nicht. Schweigend gingen sie zu den Pferden. Sie half ihm beim Satteln und beim Befestigen der beiden ledernen Taschen. Zuletzt steckte sie die Waffen in das Segeltuchfutteral und verschnürte es. Sie führten die Pferde ins Freie, Daniel legte die Riegel vor die Stalltür, dann saßen sie auf. Ohne noch einmal zur Blockhütte zurückzublicken, ritten sie davon, er auf seinem hochbeinigen Braunen, sie auf ihrer niedrigen schwarzen Stute. »Welchen Weg nimmst du?« fragte sie. »Den am Delaware entlang?«

Daniel nickte.

»Ich begleite dich ein Stück«, sagte sie, »bis an den Fluß. Reite einfach zu, und wenn du mein Pferd nicht mehr hörst, dann sieh dich nicht um.«

Unmerklich war der Abstand zwischen den beiden Reitern größer geworden, und als Jean Daniel jetzt sein Pferd aus dem Wald auf die Uferwiesen des Delaware lenkte, war McGill einen Moment versucht, anzuhalten, aber dann ritt sie doch weiter, angezogen von dem Bild, das sich ihr bot.

Sie war lange nicht mehr zum Fluß gekommen und hatte fast vergessen, wie schön es hier war. Der Wald blieb schwarz hinter ihnen zurück, unter der von Dunstschleiern verhüllten Sonne leuchteten die Uferwiesen in einem violetten Blau, in eisigem Grün flossen die Wasser dahin.

McGill konnte nicht anders, sie trieb ihr Pferd neben Daniels Braunen. »Schau doch, was für ein Tag! Das wirst du nun nie mehr – sehen.« Sie sagte es ohne jede Absicht, ihn umzustimmen. »Ich kann mich nicht an einen Tag wie diesen erinnern.« Schon schwebten die ersten weißen Flocken hernieder, vereinzelt, materialisiertes Licht in dieser Luft, die nur aus Blau- und Grüntönen zu bestehen schien. Sie schloß für einen Moment die Lider. Als sie die Augen öffnete und über den Strom blickte, erschrak sie ... Manchmal, im Traum, sah sie solche Bilder, Bilder aus der Zukunft von einer solchen Kraft und Schärfe, daß auch das Erwachen sie nicht auslöschen konnte. Sie hatte sich nie gefragt woher sie diese Gabe hatte, weder hatte sie mit ihr geprahlt noch sie verwünscht; sie besaß sie, und sie hatte sich damit abgefunden.

Jenseits des Stromes, hinter dem Schleier blendenden Lichts, tauchten dunkle Schatten auf. Einen Augenblick war McGill unsicher, ob es Wirklichkeit war oder eines ihrer Traumbilder; sie wünschte, es möge weder das eine noch das andere sein. Aber die Bilder schwanden nicht, sie wurden eher noch deutlicher: Sie sah die Uniformen, die Pferde, Bajonettspitzen, Gewehrläufe. So weit das Auge reichte, war das jenseitige Ufer voller Soldaten. Und es wurden immer noch mehr. Sie quollen aus den Hecken, die sich die Uferstraße entlangzogen, sie tauchten aus Erdmulden auf, wie Rinnsale flossen sie die Hänge herab auf den Strom zu.

Jean Daniel stand mehr in den Steigbügeln, als daß er im Sattel saß, die Hand beschattete seine Augen. Sie wagte nicht, ihn anzusprechen, doch er gab die Antwort, bevor sie fragen konnte: »Es sind die Unseren. Es ist unsere Armee.« Er ließ sich auf den Sattel zurücksinken. »Mon Dieu ...«, er murmelte Worte in seiner Heimatsprache, die er nicht mehr gebraucht hatte, seit er vor vielen Jahren La Rochelle verlassen hatte. »Sie sind von allen guten Geistern verlassen! Es ist Wahnsinn, was sie tun! Sie werden mehr Männer verlieren als in einer Schlacht.«

Gelähmt vor Entsetzen, blickte McGill über den Strom. Einzelne Trupps rannten die Böschung herunter auf das Ufer des Delaware zu. Im Laufen entledigten sie sich ihrer Waffen, der Patronentaschen, der Tornister. Reiter folgten ihnen. Die Pferde glitten auf der steilen Böschung aus, stürzten, warfen die Reiter ab. Von hinten drängten andere nach. Und über den Köpfen der Männer, wie über sie hinweg, rollten auf der Anhöhe endlose Kolonnen von Kastenwagen, Planwagen, Geschützen, die Männer erbarmungslos auf den Strom zutreibend.

McGill schrie auf, als die ersten Soldaten in den Fluß sprangen. Die Strömung riß ihnen die Füße unter dem Leib weg; Gestalten, die im Wasser verschwanden, Köpfe, die wieder auftauchten, Arme, die wild ruderten. Die eisigen grünen Wasser trugen die Männer davon, ihnen für Augenblicke die Illusion der Rettung gewährend, um sie dann in den Stromschnellen, wo jeder Kampf aussichtslos war, lautlos zu verschlingen.

Schüsse peitschten durch die Stille. Sie kamen von den Wachposten auf dem diesseitigen Ufer; der Wald warf das Echo überlaut zurück. Rufe schallten über den Strom, immer wieder unterbrochen von Schüssen, und endlich schienen die Männer drüben die Warnung zu verstehen. Das wilde Rennen kam ins Stocken, Reiter sprengten das Ufer entlang, versuchten Ordnung in das Chaos zu bringen.

McGill standen Tränen in den Augen, Tränen ohnmächtigen Zorns. Sie hatte das Verlangen, auf ihr Tier einzuschlagen, irgend etwas Unsinniges zu tun. Sie starrte Jean Daniel an, und sie hatte das Verlangen, ihm weh zu tun, ihn zu verletzen, sich selber Schmerz zuzufügen. »Was tust du noch hier?« sagte sie. »Los, reite davon, du wolltest es doch nicht erleben! Sie nehmen dir den Fluß und sie nehmen dir den Wald. Auf was wartest du noch? Oder hat es dir so gefallen, wie der Fluß sie verschlang?«

Es schneite nun stärker. Auf Daniels Haar, auf seinen Schultern lagen Flocken. Dann hörte sie ihn sagen, mit einer Stimme, die weich und gedämpft klang: »Wir müssen die Boote holen.«

Menschenhand und Menschenwille schienen nicht beteiligt an dem Geschehen, das sich in den langen Stunden bis in die Nacht hinein am Delaware abspielte. Zuerst die Boote, die aus dem Schneetreiben auftauchten, als würden sie nicht von Männerhänden herbeigetragen, sondern bewegten sich aus eigener Kraft aus dem Wald dem Flusse zu. Dann die Armee am jenseitigen Ufer, die sich aus einer brodelnden Masse in Karrees ordnete, dunkle Menschenwälle, die sich öffneten und wieder schlossen, wenn die Boote drüben anlegten.

Für McGill hätte es auf Redford viel zu tun gegeben. Dort wurde sie gebraucht, dort gab es Öfen anzuheizen, Essen zu kochen; hier war sie im Weg, wurde immer wieder weggeschoben, aber sie blieb. Sie hatte die Männer in den Fluß springen und ertrinken sehen, und sie sah jetzt die blutleeren Gesichter der Verwundeten, die als erste über den Delaware kamen; und später die Gesunden, mit müdem Schritt, mit zerfetzten Stiefeln, mit harten Gesichtern und hohlen Augen, und ohne die Kraft, sich zu freuen, daß sie endlich das rettende Ufer erreicht hatten. Dann die Pferde und Wagen und Geschütze – und schließlich die aus der Erde wachsenden Zelte auf dem diesseitigen Ufer, die ersten Feuer.

Der Schnee fiel langsam und stetig; er verlieh der Luft eine besondere Klarheit und ließ den Tag länger hell bleiben, als solle McGill, die als erste die Armee hatte auftauchen sehen, keine Sekunde dieses Geschehens verlorengehen, als müsse sie Zeugin bleiben, bis der letzte Mann über den Delaware kam. Und so war es auch, und doch beschlich sie immer wieder das Gefühl, daß alles nur ein Gesicht war, daß alles nur für sie existierte. Vielleicht war es das, was sie ausharren ließ: die irre Hoffnung, plötzlich zu sich zu kommen, zu erwachen aus diesem Traum.

31

Mary sträubte sich dagegen, die Stimme zu hören, die ihren Namen rief, und auf den Befehl zu reagieren, den die pochende Hand an der Tür ihr gab. Sie wollte nicht, daß die kurze Frist des Schlafs schon wieder zu Ende war, sie schloß die Augen fester, machte sich ganz schwer. Schlafen, nichts hören, nichts sehen, sich ganz in den dunklen weichen Mantel hüllen, das war ihr einziger Wunsch.

»Mary!« Die Stimme wurde lauter, das Pochen an der Tür zu einem ungeduldigen Hämmern. »Es ist Zeit!«

Mary wollte die Decke zurückschlagen und bemerkte überrascht, daß sie gar nicht zugedeckt war, daß sie gar nicht im Bett lag, sondern im Ohrensessel eingeschlafen war. Die Dachkammer lag im Zwielicht der Dämmerung; die Dinge wirkten fremd, nichts war an seinem Platz; auch nach sechs Tagen hatte Mary sich nicht daran gewöhnt, daß sie nicht mehr in ihrem Zimmer erwachte, sondern in der Dachkammer. Ihr Zimmer hatte sie an zwei Offiziere der Armee abgetreten.

»Mary! Was ist mit dir?« Es war Sarah Derwents Stimme. »Mach schon auf. Ich bringe den Kaffee.«

Mary erhob sich. Ihr Fuß verfing sich in der Decke, die auf den Boden gefallen war. Sie stieß sie gereizt zur Seite und ging zur Tür, um zu öffnen.

Hübsch und taufrisch, ein Band in den Locken, als wolle sie zu einem Ball, kam Sarah herein, stellte das Tablett auf den Tisch. Der Duft von Kaffee, der sonst Marys Lebensgeister weckte, verursachte ihr heute Übelkeit. Anstatt sich, wie sonst, sofort die große Tasse vollzuschenken und den ersten Schluck noch im Stehen zu trinken, so heiß, daß sie sich fast die Zunge verbrannte, kehrte Mary zu ihrem Sessel zurück und kauerte sich fröstelnd hinein.

»Was denn?« Sarah warf einen Blick auf das unberührte Bett. »Du hast gar nicht geschlafen? Warum läßt du mich dann so lange klopfen?«

»Wie spät ist es?«

Sarah goß Kaffee in die große Tasse, gab heiße Milch dazu. »Gleich fünf Uhr. Wir müssen die Saunders-Mädchen ablösen.«

»Fünf Uhr nachmittags?« Mary zog die Beine noch enger an den Körper, schlang die Arme um die Knie. »Dann habe ich vier Stunden geschlafen. Ich wollte mich nur einen Moment hier im Sessel ausruhen, bevor ich mich auszog. Weißt du, Sarah, wenn das alles vorüber ist, dann werde ich's einen Winter lang machen wie unsere Dachse; ich suche mir einen hohlen Baum, rolle mich zusammen, höre auf zu essen und zu atmen, und schlafe vier Monate lang.«

»Du hast immer so Einfälle!« Sarah war vor den runden Spiegel getreten. Mit den Fingerspitzen befeuchtete sie die Sechserlocken, die sie vor den Ohren trug, drehte sie etwas enger, preßte sie dann an die Haut. Eigentlich paßten Sechserlocken gar nicht zu ihrem Gesicht mit der Stupsnase und der eckigen Stirn, aber vielleicht wirkte sie gerade deshalb so reizvoll und so herausfordernd auf die Männer. Als sie sich umdrehte, sah sie, daß Marys Tasse immer noch unberührt stand. Sarah hielt sie Mary hin. »Die beiden Saunders-Mädchen haben einen weiten Heimweg. Mit den vielen Milizen in der Gegend, da sind ihre Eltern immer besorgt, daß sie noch vor dem Dunkelwerden nach Hause kommen. Gestern nacht haben zwei Milizsoldaten eine Magd von der Saunders-Farm vergewaltigt. Verzeih, wenn ich von so was rede, aber ich habe so einen Zorn! Wir reißen uns die Beine aus, geben das Letzte her, und Leutnant Blyth bringt es nicht einmal fertig, ein paar Leute für das Lazarett abzustellen. Komm, trink den Kaffee, bevor er kalt wird, das bringt dich auf die Beine.«

Mary hockte immer noch im Sessel und hielt die Tasse mit beiden Händen umschlossen. »Am besten – ich schließe die Tür nicht mehr ab. Dann bekommst du mich schneller wach.«

»Ich weiß nicht, ob ich das täte. Mit zwanzig fremden Männern im Haus! Wenn einer nun nachts die Tür verfehlt?« Mary lachte. »Ich würde es nicht merken, wenn einer sich zu mir ins Bett legte, so erschlagen bin ich.« Sie trank. Übelkeit stieg in ihr auf, und fast war ihr dieses Gefühl von Schwäche und Krankheit willkommen. Sie wollte nicht mehr stark und tapfer sein. Sarah wegschicken, die Tür hinter ihr verriegeln und schlafen, schlafen und nie mehr Antwort geben, wenn draußen jemand rief oder pochte. Aber dann dachte sie an die anderen: an Randall, den Sattler und Schuster, in dessen Werkstatt sich das Sattelzeug und die Stiefel der Armee zu Bergen türmten; keine Nacht mehr ging dort das Licht aus, und die Mahlzeiten mußte McGill ihm in die Werkstatt bringen, sonst vergaß er das Essen. Sie dachte an Jan Kyllogs, der gar nicht schnell genug Särge zimmern und Gräber ausheben konnte; an Jonathan Whitecombe, den Schmied, der mit geröteten Augen an der Esse stand und Eisen für die Pferde und Ersatzteile für die Geschütze schmiedete. »Ist mein Vater im Haus?«

»Soviel ich weiß, ist er mit ein paar Männern zu der alten Zinngrube geritten.«

»Was tut er dort?«

»Ob du es glaubst oder nicht: es ist ihm gelungen, in Philadelphia zwei Wagenladungen mit Schwefel und Salpeter aufzutreiben. Beides ist schwieriger zu bekommen als Gold oder Silber. Sie sind damit zur Zinngrube, um Pulver daraus herzustellen.«

Mary erhob sich. »Wie machen das die Männer, daß sie tagelang fast ohne Schlaf auskommen?« Sie trat zu dem Fenster in der Dachschräge und stieß es auf, als könne nur die Kälte sie wachmachen.

»Willst du dir den Tod holen? Es ist so kalt geworden, daß einem die Luft in der Nase einfriert.«

Die Sache mit der Zinngrube beschäftigte sie. Es kränkte sie, daß Skelnik sie nicht ins Vertrauen gezogen hatte und daß sie auch davon, wie von vielen wichtigen Dingen, durch andere erfuhr. Kälte schlug ihr entgegen, stählerne Kälte, in der die Luft zu funkeln beginnt. In zartem Dämmerblau lagen die Reihen der spitzen Zelte. Da und dort flackerten schon Feuer auf. Damals, als der Schnee gefallen war und alles eingehüllt hatte, waren ihr die langen Zeltreihen recht stattlich und trotzig erschienen. Aber der Schnee war bald geschmolzen, und der wahre Zustand der Zelte war sichtbar geworden. Zelte einer geschlagenen Armee, schmutzverkrustet, zerrissen, kaum notdürftig geflickt; Zelte, in denen Männer kampierten, die nicht an Kampf dachten, sondern an Flucht. Jedesmal, wenn Mary aus ihrem Dachfenster blickte, schien es ihr, als seien die Zelte noch etwas tiefer in die morastige Erde versunken, und eines Tages würden sie wohl ganz darin verschwunden sein.

Sie schloß das Fenster und zögerte, sich umzuwenden, denn sie fürchtete, ihr Gesicht könne ihre Gedanken verraten. »Wenn es nur schneien wollte«, sagte sie, »der Frost ist schlimm für die draußen.«

Die beiden Mädchen gingen zur Tür. »Warum läßt du dir nicht wenigstens ein Becken mit Holzkohle in dein Zimmer stellen?« sagte Sarah. »Du und McGill, ihr spart, aber die Herrn Offiziere heizen ein, daß die Öfen glühen. Der ganze Wald von Redford wird in Rauch aufgehen, wenn sie so weitermachen.«

»Seit wann bist du so schlecht auf die Offiziere zu sprechen? Ich habe immer gedacht, wenn das alles zu Ende ist, dann wird Sarah Derwent mindestens die Frau eines Majors der Kontinentalarmee sein.«

»Das dachte ich auch. Aber seitdem ich sie aus der Nähe kenne, bin ich geheilt. Ich weiß nicht, was mein Vater tun würde, wenn sie sich in seinem Haus so benehmen würden.«

Sarah und Mary hatten die Dachkammer verlassen und stiegen die Treppe hinunter. Ein Offizier eilte mit großen Schritten durch die Halle und verschwand in der Bibliothek, die der General zu seinem Arbeitszimmer gemacht hatte. Jeder seiner Schritte hatte einen nassen Schmutzfleck hinterlassen. Sarah schüttelte den Kopf. »Nicht einmal die Feldarbeiter würden mit solchen Stiefeln das Haus betreten.«

Mary war bei der Kleiderablage neben dem Eingang stehengeblieben. Armeemäntel hingen dort, blaue, braune, graue. Skelniks grünen Umhang konnte sie nicht entdecken. Nur das hätte ihr in dieser Stunde weiterhelfen können: ihn zu sehen, ihn sprechen zu hören, sich an seiner Kraft aufzurichten.

Sarah nahm sie bei der Hand. »Komm. Lassen wir die Saunders-Mädchen nicht länger warten.«

Der erste Augenblick im Krankensaal war für Mary jedesmal der schlimmste, und jedesmal versuchte sie ihn hinauszuzögern, indem sie sich im Vorraum noch etwas zu schaffen machte. Auch dort war es schlimm genug, mit den Körben blut- und eitergetränkter Verbände, dem intensiven Geruch nach Medikamenten, und dazu die Hitze des Herdes, auf dem Wasserkessel dampften und Tee kochte. Aber wenn sie dann die Tür zum Krankensaal mit den langen Bettreihen an beiden Seiten öffnete, half ihr der Gedanke weiter, daß sie während des Dienstes immer wieder in den Vorraum zurückkehren und einen Moment pausieren durfte. Es war auch jetzt so, als sie hinter Sarah den Krankensaal betrat. Die stikkige Luft nahm ihr den Atem; auf den flachen Pritschen regten sich Gestalten, Köpfe hoben sich aus den Kissen, Blicke richteten sich auf sie.

Mary war froh, daß sie die weiße gestärkte Mantelschürze trug. Das Rascheln des harten Stoffs und der frische Seifengeruch umgaben sie wie ein Schutzkleid. Gerade weil sie sich zum Dienst im Lazarett so zwingen mußte, übernahm sie, wie um sich selber zu strafen, freiwillig jene Arbeiten, die sie die meiste Überwindung kosteten, aber heute hatte sie nicht die Kraft dazu und war Sarah für alles dankbar, was sie ihr unaufgefordert abnahm. Heute hatte sie Angst, so sehr Angst, daß sie nicht einmal hinsehen konnte, wie Sarah die Verbände öffnete, die Wunden säuberte, den Kranken geduldig Medizin einflößte. Mit abgewandtem Blick tat sie die Handreichungen, bei denen sie mit den Verwundeten nicht unmittelbar in Berührung kam. Sie stellte die Medikamente bereit, kochte Tee, schnitt Verbandzeug.

Am Ende des Saales, etwas abgesondert von den anderen, lagen die schweren Fälle. Immer wieder war eine Pritsche leer gewesen, wenn sie dorthin gekommen war.

Mary wußte von den Gräbern, die Jan Kyllogs ausgehoben hatte, aber bisher war es ihr erspart geblieben, einen der Männer sterben zu sehen. Immer war es geschehen, wenn sie nicht im Dienst war, aber die Vorstellung, daß sie einmal Zeugin werden könne, verfolgte sie. An einer der Pritschen stand der Arzt.

Ein Talglicht gab nur trüben Schein, aber er genügte, um das Lager deutlich sichtbar zu machen, die zurückgeschlagene Decke und das oberhalb des Knies amputierte Bein. Der Verwundete war sehr jung. Mary schätzte ihn auf höchstens fünfzehn; die geschlossenen Augen, das fiebrige Rot auf den Wangen machten sein schmales Gesicht eher noch jünger. Dieses Jungengesicht schien nichts zu wissen von der gräßlichen Wunde, deren penetranter Geruch nach Essig und faulendem Fleisch die Luft erfüllte. Er lag ganz ruhig, nur seine linke Hand bewegte sich, tastete suchend am Rand des Bettes entlang, und dann sah Mary die Trommel, seine Trommel, die neben dem Lager stand. Mary nahm ein Glas mit einem schmerzstillenden Mittel vom Tablett, aber der Arzt schüttelte den Kopf: »Heben wir das auf für welche, die es brauchen.«

Über die Lippen des Trommlerjungen kam ein Laut. Es klang wie ein Name.

»Aber er hat Schmerzen«, sagte Mary. »Er muß Schmerzen haben. Könnt Ihr nichts tun?«

William Dunlop war einer der Armeeärzte. Mary mochte ihn nicht, ohne Grund eigentlich, denn Dunlop war von allen Ärzten der, der sich am wenigsten schonte, der um jedes Leben bis zur letzten Sekunde kämpfte. »Was ich tun konnte, habe ich getan. Soll ich ein Stück mehr absägen, und noch ein Stück und noch eines?«

»Wie könnt Ihr so sprechen, vor ihm.«

»Er hört nichts«, sagte der Arzt. »Er weiß von nichts, und am besten wäre es für ihn, er würde nie mehr von etwas wissen. – Glaubt Ihr, das Leben wird ihm gefallen ohne Beine?« Er legte einen losen Verband über die Amputationswunde und deckte den Jungen wieder zu.

Mary schauderte. Sie stellte das Glas aufs Tablett zurück, dann nahm sie in einem plötzlichen Entschluß die Hand des Jungen. Sie war heiß, glühend. Er wird sterben, dachte sie, deshalb ist mir das alles hier heute noch schwerer gefallen als sonst, er wird der erste sein, dem ich zusehen muß beim Sterben. Sie erschrak, als der Junge die Augen aufschlug; sie bestanden nur aus schwarzen Pupillen. Sein Mund bewegte sich. Die Worte kamen klar und verständlich: »Es steckt in meinem Knie, Doktor. Holen Sie mir die Kugel aus dem Knie. Ich werde nicht schreien, nichts werden sie hören, gebt mir nur den Stock von meiner Trommel in die Hand . . .«

Mary sah den Doktor fragend an. »Weiß er denn nicht?«

»Wollt Ihr es ihm sagen? Los, tut es! Er selber spürt es nicht; er spürt nur den Schmerz in einem Bein, das längst nicht mehr da ist. Los, sagt es ihm!« Er wandte sich ab, ließ sie mit dem Jungen allein.

Der Junge hatte die Augen wieder geschlossen, aber noch immer bewegten sich seine Lippen. Mary las die Pein, die er litt, am Zucken des Mundes ab, am Zittern der Hand, die sie noch immer hielt. Langsam wurde er ruhiger. Sein Körper entspannte sich; nur seine Hand blieb rastlos. Er hielt die Ihre fest umklammert, und sobald sie versuchte sie wegzuziehen, drückte er sie stärker. Diese Hand flößte Mary Furcht ein, zwanghaft überfiel sie die Vorstellung, die Hand könne sich im Tod so fest schließen, daß sie nicht mehr zu lösen war.

»Komm, laß ihn, wir haben noch mehr zu tun.«

Es war eine Erlösung, Sarahs ruhige Stimme zu hören. Und auf einmal war es auch ganz einfach, die Hand des Jungen loszulassen. »Glaubst du, er wird sterben?« fragte Mary.

»Ich glaube, es ist alles getan worden für ihn«, sagte Sarah.

Im anderen Teil des Krankensaals, wo ein Lager neben dem anderen stand, nur getrennt durch flache Kisten, die zum Abstellen der Speisen und Talglichter dienten, war die Luft nicht ganz so stickig, und von dem, was bei den Schwerverwundeten vor sich ging, war hier nur wenig zu spüren. Ein paar Männer saßen beisammen und spielten Karten. Einer wollte gerade seine selbstgeschnitzte Flöte an den Mund setzen, aber Marys Blick verbot es ihm. Sie gingen von Lager zu Lager. Sarah erneuerte Verbände, wo es notwendig war, Mary verteilte die verordneten Medikamente und hing die in Essig getränkten Tücher, die dazu dienten, die Luft zu desinfizieren, auf die Holzgestelle neben den beiden Öfen. Damit war der erste Teil ihres Dienstes beendet.

Sie war auf dem Weg in den Aufenthaltsraum, als einer der Männer von seinem Lager aufsprang. Ehe Mary es verhindern konnte, hatte er von rückwärts ihre Hand ergriffen und umfaßte dann ihre Taille. »Wie ist es mit einem Tanz, Kleine? Hier krepiert man ja vor Stumpfsinn! Los, du da mit deiner Flöte, spiel auf!«

Den Männern begann es Spaß zu machen. Einer fing an zu lachen, die übrigen fielen grölend ein.

Mary war für Sekunden gelähmt. Der Atem des Mannes, der Branntweingeruch, brachten sie zur Besinnung. Sie stieß ihn von sich, und sie tat es mit solcher Wucht, daß er taumelte. Er lachte nur, stopfte sich das Hemd in die Hosen und kam erneut auf sie zu. Die Sache schien ihm jetzt erst richtig Spaß zu machen. »Hab' ich euch endlich aufgeweckt!« grölte er, »hab' ich euch erinnert, daß es noch etwas anderes gibt, als hier zu liegen und zu krepieren!« Mary hatte er bereits vergessen. Sie brauchte ihm nur auszuweichen. Betrunken torkelte er an ihr vorbei, stieß gegen eine Pritsche, der Verwundete schrie auf vor Schmerz.

Sarah hatte inzwischen am Lager des Betrunkenen mit einem Griff unter das Kopfkissen eine flache Flasche zutage gefördert. »Packt Eure Sachen«, sagte sie. »Ihr wollt ein Sergeant sein, ein Beispiel für die anderen? Ich habe Eurem Gegreine vor dem Doktor nie getraut. Die Medizin wegschütten und Branntwein saufen! Ihr habt wohl geglaubt, am Schluß schreibt Euch der Doktor auch noch die Entlassung aus der Armee? Ihr könnt jetzt verschwinden. Ihr nehmt nur anderen den Platz weg. Komm, Mary!«

Der Mann stellte sich ihnen in den Weg, breitbeinig, mit hängenden Armen und stierem Blick.

»Macht Platz«, sagte Sarah, aber ihre Stimme klang nicht mehr so sicher wie vorher.

Im Krankensaal war es still geworden. Die Männer hockten halb aufgerichtet auf ihren Pritschen.

Der Betrunkene stand vor Mary und Sarah, leise schwankend. Sein Blick ging über sie hinweg. »Spiel!« rief er durch den Saal. »Spiel auf deiner Flöte!« Es klang drohend. Irgendwo aus dem dämmrigen Saal kamen ein paar klägliche Töne. Niemand lachte. Mary überlief es kalt.

Die Tür im Hintergrund öffnete sich. Robert Skelnik trat herein. Mary vernahm seine Stimme, aber erst als sie sich in seine Arme warf, erst als sie die Kälte seines Umhangs an ihren Wangen spürte, atmete sie freier. Sie sah zu ihm auf. Sein Gesicht war vom Frost und vom

Ritt gerötet. Die Pelzkappe saß ihm tief in der Stirn. Um seine Augen hatte die Müdigkeit ihre Spuren gegraben – und Mary kamen ihre eigenen Probleme plötzlich klein vor.

Die abendliche Kälte drückte den Rauch der Kamine zur Erde, aber für Mary, die mit Skelnik ins Freie trat, war diese eisige, rauchgeschwängerte Luft eine Köstlichkeit. »Geh nur, den Rest des Abends steh' ich allein durch«, hatte Sarah ihr angeboten, und Mary war ihr dankbar dafür.

Die Sache mit dem Sergeanten hatte sich nach Skelniks Eintreten rasch erledigt. Doktor Dunlop hatte den Mann noch einmal untersucht, widerwillig zugegeben, daß er einem Simulanten aufgesessen war, und jetzt führte ein Leutnant der Miliz den Mann zurück zu seiner Abteilung; dorthin, wo in der Dunkelheit die Wachfeuer brannten.

Im Hof war es still. Die Fenster im Erdgeschoß des Herrenhauses warfen Licht. Schatten bewegten sich dahinter. Die erleuchtete Fensterreihe entlangblickend, sagte Mary: »Manchmal habe ich das Gefühl, wir sind nur noch Gäste in unserem Haus. Was tun sie eigentlich, alle die Boten, die kommen und gehen? Sie schleppen immer neue Kartenrollen an, und nichts geschieht.«

Skelnik antwortete nicht. Aus der Dunkelheit tauchten die Doggen auf, umkreisten sie. Der Himmel war sternklar, der Wald im Osten eine schwarze Mauer. »Was für ein seltsamer Winter«, sagte Mary. »Meinst du, es wird noch einmal schneien?«

»Liegt dir so viel daran?«

»Vielleicht nur, weil der Schnee einfach dazugehört. Das ist doch sehr selten, daß er nur einen Tag liegenbleibt. Alles in diesem Jahr ist anders als sonst. Wir haben, zum Beispiel, seit einer Ewigkeit nicht mehr unseren gemeinsamen Ritt am Abend gemacht.«

»Willst du, daß wir reiten?«

»Wenn es dir nicht zuviel ist. Du warst bei der Zinngrube; das ist ein weiter Weg. Hat es einen Sinn, was ihr tut? Selbst wenn Waffen und Munition im Überfluß dasein werden – meinst du, sie würden kämpfen? Wenn ich daran denke, daß innerhalb einer Woche an die hundert Männer desertiert sind.«

Wieder blieb er die Antwort schuldig. Aus der Schmiede fiel ein Streifen Licht. Die offene Tür schwankte im Wind. Für einen Augenblick tauchte die Gestalt Jonathan Whitecombes auf und verschwand wieder. »Komm«, sagte Skelnik, »in der frischen Nachtluft werden deine trüben Gedanken vergehen. Das kommt nur vom Lazarettdienst; der Anblick der armen Kerle greift dich an.« Gefolgt von den Doggen, schritten sie über den Hof. Warmer Tierbrodem schlug ihnen entgegen, als sie die Pferdeställe betraten. Skelnik tastete nach der Lampe, die gleich neben der Tür hing, als er das Geräusch eines Feuersteins hörte, der angerissen wurde. Helligkeit flammte auf, blendete ihn, dann sah er sich zwei Männern gegenüber. Es war Henry Lee, der Käser, und Bechtle, der Waldarbeiter. Sie hatten Gewehre in den Händen und waren ebenso verblüfft wie Skelnik.

»Was soll das?« sagte er. »Was treibt ihr hier?« Skelniks Stimme klang eher beruhigend als tadelnd. »Hat es euch die Sprache verschlagen?«

Die Männer ließen die Waffen sinken. »Wir liegen hier auf der Lauer«, sagte Henry Lee schließlich, »und als wir jemand kommen hörten . . .«

»Den Grund will ich wissen.«

»Weil sie uns bestehlen«, sagte Lee heftig, »wie die

Räuber! Alles, was nicht niet- und nagelfest ist, Kleider und Vorräte, und jetzt wagen sie sich sogar an die Pferde. Gestern nacht ist wieder eine Stute gestohlen worden. Überzeugt Euch selbst.«

Sie gingen die Boxen entlang. Die Pferde bewegten sich unruhig. Henry Lee hob die Lampe und leuchtete in eine leere Box.

»Meine Nora!« sagte Mary.

»Jawohl. Die Stute des Fräuleins, mitsamt dem Sattelzeug, dem neuen roten aus Philadelphia. Und auf Euren Braunen, Herr, hatten sie es auch abgesehen, er hat die ganze Seitenwand zerschlagen, es muß ein richtiger Kampf gewesen sein, da haben sie es aufgegeben. Wir dachten, wir legen uns auf die Lauer, um sie zu erwischen. Diese Banditen! Lassen sich bei uns herausfüttern, und dann stehlen sie uns die Pferde und machen sich aus dem Staub.« Lee verstummte unter dem Blick seines Herrn.

Skelnik war weitergegangen. Er band einen Grauschimmel los. »Sattelt ihn für Mary«, sagte er.

Lee stellte die Laterne ab. Für eine Weile waren nur die vertrauten Geräusche des Stalles zu hören; ein Tier, das Heu aus der Raufe riß, das Schlagen eines Pferdeschweifs, das Klirren von Steigbügeln, und dann das Klappern der Hufe auf dem geplättelten Mittelgang, als Skelnik und Mary ihre Tiere am Zügel ins Freie führten. Die Stalltür fiel hinter ihnen ins Schloß. Skelnik hielt Mary den Steigbügel. Da wandte sie sich unvermittelt um: »Wenn ich es nur verstehen könnte«, sagte sie. »Die Armee – wenn wir früher davon sprachen oder daran dachten, dann war das etwas Großes. Und jetzt? Du hast gehört, wie unsere Leute reden. Wenn man McGill darauf anspricht, sieht sie rot. Sarah, für die ein Offizier ein Traum war, sieht keinen mehr an. Es ist ja fast, als hätten wir den Feind hier auf Redford! Bitte, erklär es mir. Sag mir, daß ich ungerecht bin. Warum geht so ein Mann hin und stiehlt mein Pferd und läßt alles im Stich?«

Skelnik hatte mit gesenktem Kopf zugehört; Mary verstand, daß er erst von hier weg wollte. Sie saßen auf und schlugen den Weg zur Zedernallee ein. Die Pferde liefen im gleichen Takt. Als die Lichter des Herrenhauses hinter den Alleebäumen verschwunden waren, begann Skelnik: »Es ist gar nicht so schwer zu verstehen. Ich denke mir, der Mann, der dein Pferd gestohlen hat, ist hier in der Nähe zu Hause, vielleicht ein Mann aus Delaware, aus Virginia oder auch aus Pennsylvania. Heute in zehn Tagen ist Weihnachten, und ich stelle mir vor, wie ihm das nicht mehr aus dem Kopf geht. Ein Pferd – und in ein paar Tagen bin ich zu Hause! Er hat eine Frau, er hat Kinder, die auf ihn warten, oder Eltern, die nicht wissen, ob er er überhaupt noch lebt. Ich sehe ihn dort draußen in einem Zelt auf der nackten Erde liegen und an Zuhause denken, – und so ist es dann geschehen. Ich will es nicht beschönigen und nicht gutheißen. Aber zu verstehen ist es.«

»Du beschönigst es doch! Bei den Engländern würde er für seine Tat gehängt. Was ist das für eine Armee, wo die Männer weglaufen! Sag mir die Wahrheit! Was ist mit der Armee?«

»Die Engländer hätten ihn gehängt sogar für weniger. In der Armee der Hessen werden Männer geprügelt, weil sie zu widersprechen wagen. In der polnischen Armee genügte ein verbogener Gewehrlauf, um zu sterben. Sollen wir diese Methoden bei uns einführen? Das ist nicht der Sinn unseres Kampfes. Vergiß nicht, wer die Männer in den Zelten sind. Noch vor einem halben Jahr waren es Farmer, Kaufleute, Rechtsanwälte, Studenten, Handwerker. Sie sind in dieses Land gekommen, um nichts anderes zu sein als das. Sie sind Freiwillige. Freiwillig haben sie ihre Geschäfte zugesperrt, ihre Werkstätten, freiwillig ihre Studien abgebrochen. Aus freiem Willen, vergiß das nicht! Freiheit, persönliche Freiheit in allem und jedem, das ist ihnen so wichtig wie die Luft zum Atmen. Gehorsam – das liegt ihnen nicht. Sie sind voller Mißtrauen gegen Leute, die ihnen Befehle erteilen. Die Armee, die Staaten, der Kongreß – jeder von ihnen hat dazu beigetragen, sie zu gründen. Sie sind stolz darauf.«

»Und doch laufen sie davon!« Sie deutete zu den Zeltreihen des Lagers hinüber. »Was macht ein General mit einer solchen Armee?«

Skelnik nickte. »Er hat es schwer, und das ist nicht so dahin gesagt. Du hast gefragt, was die Boten zu bedeuten haben, die kommen und gehen. Ich mache dir nichts vor. Ich möchte nicht in der Haut des Generals stecken. Alles ist gegen ihn, wirklich alles. Ein Sold, der in Papiergeld ausbezahlt wird und von Tag zu Tag weniger wert wird. An Kleidung fehlt es, an Waffen, an Pulver. Und eine Miliz von Freiwilligen, die kommt und geht, wann sie will! Weißt du, was am Jahresende geschehen wird, wenn der Kongreß seiner Bitte nicht entspricht, neben den Milizen reguläre Truppen auszuheben? Achttausend Mann hat er in seinem Lager, den Rest der Kontinentalarmee. Wenn nicht ein Wunder geschieht, wird seine Armee zu Neujahr kaum noch dreitausend Mann zählen.«

»Du meinst, daß fünftausend Mann . . .«

»Nein, nicht, daß sie alle desertieren! Mit dem 31. Dezember läuft die halbjährige Dienstzeit der Milizen ab. Dann werden fünftausend Mann das Lager des Generals verlassen, und das Schlimmste ist, sie werden mutlos in ihre Heimat zurückkehren, Männer einer geschlagenen, glücklosen Armee, und sie werden zu Hause nur Mutlosigkeit verbreiten.« Seine Stimme war leiser geworden, er führte eher ein Selbstgespräch. »Es muß etwas geschehen . . . vorher.«

Am Ende der Zedernallee fielen die Pferde von selbst in Trab und schlugen den Weg zu der alten Föhre ein. Rechts von ihnen lagen die Zelte im Schein der Wachfeuer, links erhob sich dunkel und schweigend der Wald.

Sie ritten weiter, Seite an Seite, ihrer Pferde und ihrer selbst sicher, trotz der tiefen Dunkelheit. Sie brauchten nicht zu sehen, um zu wissen, wo sie waren, es gab so viele andere Zeichen, an denen sie sich orientieren konnten: der Klang des Hufschlags, der Geruch der Luft, Vogelschreie. Als die Luft kälter und feuchter wurde und über den Boden hin und wieder ein Luftstoß ging, wußten sie, daß sie sich dem Delaware näherten, und bald hörten sie auch schon das Rauschen seiner Wasser.

Das Fährmannshaus lag im Dunkeln. Unter den Holunderbüschen hinter dem Haus lagen die beiden Fähren aufgebockt. Das darübergebreitete Segeltuch, von der Nachtluft befeuchtet, glänzte wie mit einer gläsernen Haut überzogen. Im Schatten des Daches lehnten ein halbes Dutzend Kähne. Hin und wieder strich ein Windstoß über die Erde, trieb dürre Blätter vor sich her.

Skelnik und Mary waren abgesessen. In der Biegung des Stroms, dort wo das Wasser flach war und fast stillzustehen schien, hatte sich nahe am Ufer eine Eiskruste gebildet, dünn und mit großen Blasen durchsetzt. Der Mann und das Mädchen rührten sich nicht, als sie aus dem Dunkel eine Stimme anrief. Es war Scotty, der Pferdejunge. Sein Vater hatte an diesem Abend Wachdienst an der Fähre. Eine Laterne hoch über den Kopf haltend, trat er aus dem Fährmannshaus. »Es ist der

Herr und das Fräulein«, rief Scotty ins Haus hinein, »ich werde ihnen melden, daß alles in Ordnung ist.« Aber Skelnik und Mary waren schon wieder zu Pferd. Sie waren nicht in die Nacht hinausgeritten, um Menschen zu treffen, sondern, um allein zu sein.

Sie waren schon wieder auf dem Rückweg zum Herrenhaus, als sie hinter sich den schnellen trommelnden Hufschlag galoppierender Pferde vernahmen.

»Wer so reitet«, sagte Mary, ihr Pferd etwas zur Seite lenkend, »noch dazu in der Nacht, der riskiert, sich den Hals zu brechen.« Das erste Pferd tauchte aus der Dunkelheit auf. Es war ohne Reiter. Der Mann auf dem zweiten Pferd verschmolz fast mit dem Tierkörper, so dicht saß er über den Hals des Pferdes geduckt.

»War das nicht Leutnant Blyth?« sagte Mary, als der Reiter, ohne sie zu bemerken, vorbeigestoben war.

»Wer es auch war, er tut gut daran, mit einem Leitpferd zu reiten. Aber du mußt Katzenaugen haben, die sehen auch nachts am besten.«

»Ich weiß schon, warum ich keine Brille will. Ich bin mit meinen Augen, so wie sie sind, ganz zufrieden.« Der Ritt hatte Mary gutgetan, hatte alle Müdigkeit, alles, was sie bedrückte, von ihr genommen. »Er reitet zum Herrenhaus.«

Skelnik und Mary folgten dem Reiter mit dem Leitpferd ohne Eile. Als sie beim Herrenhaus anlangten, sahen sie ihn gerade noch die Treppe hinaufstürmen und in der Haustür verschwinden. Ein Mann in der Uniform der Leibwache des Generals hatte die Pferde in Empfang genommen und das Leitseil zwischen den Tieren gelöst. Ihr Fell glänzte naß, und Schaum stand vor ihren Nüstern. In der Eingangshalle war, außer den beiden Posten neben der hohen Tür zur Bibliothek, niemand zu sehen. Und doch schien etwas verändert, als habe der Reiter Unruhe ins Haus gebracht. Man hörte das Schwirren halblauter Stimmen hinter der dicken Eichentür, sogar das Rascheln der Karten.

»Ich muß zurück«, sagte Mary. »Ich will Sarah nicht noch länger allein lassen.«

»Bleib noch etwas«, sagte Skelnik. »Vielleicht brennt in der Halle noch Feuer. McGill könnte uns etwas zum Essen bringen. Warum essen wir eigentlich nicht mehr zusammen? Liegt wohl auch ein bißchen an uns. Ich werde McGill sagen, daß sie ab morgen in dem kleinen Raum neben der Küche für uns decken soll.«

Er nahm ihr den Reitmantel ab und ging voraus in die Wohnhalle. In dem tiefen Gewölbe des Kamins lag ein einzelner glimmender Eichenklotz. Das Holz war zu frisch, es qualmte.

Sie setzten sich in die Ledersessel vor dem Kamin. Sie läuteten nicht nach McGill und sie legten kein Reisig unter den rauchenden Klotz. Sie sprachen nicht, und es war, als warteten sie auf etwas, das zu verhindern nicht in ihrer Macht lag. Sie wandten sich nicht einmal um, als hinter ihnen die Tür aufging und die Schritte eines Mannes, der Sporen an den Stiefeln trug, näher kamen.

»Kommen Sie, Blyth«, sagte Skelnik, »setzen Sie sich zu uns. Wollen Sie, daß ich etwas zu trinken bringen lasse?«

Der Leutnant ließ sich auf dem geschnitzten Dreifuß nieder, der sonst nur von McGill benutzt wurde. Seit der Krankheit, die ihn eine Woche lang mit hohem Fieber ans Bett gefesselt hatte, war er nicht mehr derselbe wie früher. Sein Körper hatte das verlorene Gewicht rasch wieder aufgeholt, aber sein Gesicht war schmal geblieben, die Wangenknochen standen hervor, und in den Augen war immer noch der Brand des Fiebers.

»Wir haben Sie herreiten sehen«, sagte Skelnik, »und ich muß sagen, ich hätte nicht den Mut, nachts in diesem halsbrecherischen Tempo zu reiten. Dabei kenne ich hier wirklich jeden Stein und jeden Baum, seit fünfundzwanzig Jahren!« Hatte Andrew Blyth ihn überhaupt gehört?

»Es scheint mein Schicksal zu sein, daß ich immer derjenige bin, der schlechte Nachrichten zu überbringen hat«, sagte Blyth.

»Sie waren beim General?«

»Nicht nur für den General sind die Nachrichten schlecht. Ich komme aus Philadelphia. Der Kongreß gibt auf. Er hat sich nach Baltimore begeben, ich sollte lieber sagen, er ist davongelaufen, Hals über Kopf.«

Skelnik beugte sich vor, ergriff einen der Schürhaken und stieß gegen den Eichenklotz. Funken sprühten auf. »Warum das? Aus welchem Grund? Oder soll das heißen, die Engländer haben um diese Jahreszeit ihr gemütliches New York verlassen, um die Delaware Bay herunterzusegeln? Der Krieg ist für dieses Jahr zu Ende!«

Blyth fixierte Skelnik. Aber es schien ihm Mühe zu bereiten, seine Augen längere Zeit auf etwas zu konzentrieren. »Die Hessen werden morgen in Trenton sein«, sagte er dann atemlos.

»Gut, die Hessen werden in Trenton sein«, sagte Skelnik. »Und das hat den Kongreß so erschreckt, daß er Philadelphia, die Stadt der Freiheit, aufgibt? Was ist denn so neu an der Situation? Wir wissen es alle, daß in diesem Sommerfeldzug ganz New Jersey den Engländern und ihren Söldnertruppen in die Hände gefallen ist. Sie werden es ausplündern und sich darin festsetzen – wir hatten Zeit genug, uns an den Gedanken zu gewöhnen. Aber länger als einen Winter lang wird ihnen

New Jersey nicht gehören. Vielleicht verstehe ich zu wenig davon, Leutnant, aber das weiß ich; sie sind drüben, jenseits des Delaware, und sie werden nicht über den Fluß kommen. Sagt also nicht, der General sei über die Nachricht erschrocken.«

»Ein Leutnant diskutiert nicht mit dem General. Er überbringt eine Meldung. Aber Euch sage ich es: Die Hessen werden morgen in Trenton sein. Die Hessen, Skelnik. Nicht die Engländer. Die haben sich Princeton, Brunswick und Burlington als Winterquartier gewählt. Aber den Hessen haben sie Trenton gegeben, den äußersten Vorposten. Ihr werdet, wenn Ihr wollt, morgen die blauen und grünen Röcke am anderen Ufer sehen können.«

»Ich werde mir die Zeit nehmen und hinreiten«, sagte Skelnik. »Er ist nicht der Mann, der seine Truppen fünfzig Meilen marschieren läßt, nur um ins Winterquartier zu gehen. Der Delaware wird ihn nicht aufhalten. Er wird ihn nur herausfordern.«

»Von wem redet Ihr?«

Andrew Blyth sah niemanden an, als er sagte: »Von ihm, Rall, Oberst Rall.« Den Namen auszusprechen, bereitete ihm Qual, aber als er fortfuhr, wiederholte er, wie unter Zwang, den verhaßten Namen immer wieder. »Ich habe meine Lektion gelernt. Bei Flatbush zuerst; am Chattertonhill, als wir schon wie die Sieger aussahen, bis Rall mit zwei Regimentern auftauchte. Es war aussichtslos für ihn, er mußte die felsigen Abhänge hinauf, ohne Deckung; sie kamen wie bei einer Parade an, die Trommler voran, die Hornisten, die Pfeifer – und Rall nahm sich Chattertonhill, wie er sich später Fort Washington nahm. Von ihm spreche ich, von Rall, sie nennen ihn den hessischen Löwen, unsere Leute haben seine Pranke zu fühlen bekommen, und wenn sie erfahren, daß Rall in Trenton einzieht...« Blyth brach ab, aber er war noch nicht fertig. »Rall wird nicht am Delaware stehenbleiben, dreißig Meilen vor Philadelphia. Selbst wenn sein Befehl lautet, in Trenton ins Winterquartier zu gehen. Rall hat immer anders gehandelt, als wir dachten. Und wenn er Philadelphia vor Augen hat! Wenn ich nur wüßte, was ihn treibt! Was geht in seinem Hirn vor? Ich möchte es wissen. Eines Tages werde ich es wissen, wir werden uns gegenüberstehen, nur er und ich...« Blyth verstummte und erhob sich. Die Sporen klirrten, er ging ohne Gruß, als bereue er, jemand zum Zeugen von Gedanken und Gefühlen gemacht zu haben, die er nicht hatte zeigen wollen.

Mary griff nach ihrem Mantel. »Wenn ich zurückdenke, wie Andrew Blyth früher war! Es gab nichts, wovor er Angst hatte. Weißt du noch, in Philadelphia, damals auf dem Volksfest, in meinem ersten Jahr hier auf Redford, als keiner mehr gegen den Boxer Jim Holston antreten wollte? Ein halbes Dutzend Männer hatte er schon erledigt. Andrew war sechzehn und für sein Alter klein, aber er ist in den Ring geklettert.«

Skelnik schlug mit dem Schürhaken die qualmende Rinde von dem Eichenklotz und schob ihn tiefer in den Kamin. Mary wartete, bis er sich erhob, dann trat sie auf ihn zu. Sie stellte sich auf die Zehenspitzen, und er küßte sie auf die Stirn.

»Soll ich McGill schicken?« fragte sie.

»Nein, laß nur. Sieh zu, daß du bald ins Bett kommst.« »Und du?«

»Ich bleibe nur noch ein paar Minuten, dann geh' ich auch.«

Als sich Mary an der Tür noch einmal umwandte, merkte sie an seiner Haltung, daß er ihr nachgeschaut hatte. Ihre Augen begegneten sich, aber Skelnik rief sie nicht zurück.

Noch unter der Haustür hoffte sie, daß er ihr folgen würde. Aber es blieb still im Haus. Feine Nebelschwaden lagen über dem Hof, feucht wie feinster Regen und bitter vom Rauch der Kamine. Mary ging langsam, hielt den Mantel mit den Händen über der Brust geschlossen. Die Wirtschaftsgebäude lagen im Dunkeln; nur in dem Trakt, der zum Lazarett umgebaut worden war, drang Licht aus den kleinen Fenstern. Jetzt öffnete sich die Tür, ein breiter Streifen Helligkeit durchschnitt den Nebel. Mary erkannte Jan Kyllogs. Zwei andere Männer folgten ihm. Sie trugen eine Last ins Freie. Hinter ihnen schloß sich die Tür. Mary war stehengeblieben. Am liebsten wäre sie ins Haus zurückgelaufen, zu dem Mann, der dort im Dunkeln vor dem Kamin saß. Aber dann zwang sie sich, den drei Männern entgegenzugehen. Sie hielten an. Die Griffe der Bahre wirkten in ihren Händen wie Waffen. Der Tote war mit einem weißen Laken zugedeckt. Mary hatte Angst, aber sie mußte es tun, sie mußte wissen; sie streckte die Hand aus, schlug das Laken zurück. Sekundenlang blickte sie in das Gesicht des Jungen; es war blaß und schmal und still, um die Lippen schien ein nicht mehr zu Ende gesprochenes Wort zu schweben.

Mary trat zurück, die beiden Männer nahmen die Bahre wieder auf. Jan Kyllogs, der ihnen folgte, trug dem Toten die Trommel nach; sie schlug gegen seine Beine und gab einen dumpfen Ton von sich.

Die Hessen

Ich kann Ihnen versichern, daß der Theil von Amerika, worinnen wir sind, und den wir durchmarschirt, mit allem Rechte mit einem Paradiese könnte verglichen werden, wenn der Teufel, der allein Schuld ist, den Samen der Zwietracht nicht ausgestreut hätte.

In Brunswick blieb kein Haus und Fenster ganz, alle Mobilien wurden auf die Gasse geworfen, worunter das allerschönste weiße Zeug, Zinn und Kupfer war. Die Betten wurden aufgeschnitten und die Federn ausgeschüttet. Unsere Leute haben mehr als zweihundert Schweine erstochen und liegenlassen.

Aus Mangel an Wagen konnten wir nichts mitnehmen, außer einige Grenadiers haben Sackuhren, silberne Löffel, Thee- und Kaffee-Kannen mitgenommen. Die meisten Häuser sind herrlich und nach holländischer Art gebaut, und mit den feinsten Tapeten garniret. Nichts als die Pracht, Überfluß und Wollust hat die Leute zur Rebellion gebracht.

Auszug aus dem Brief eines unbekannten Söldners in den Ansbacher Manualakten, datiert am 4. Juli 1777.

32

Der Krieg hatte Trenton nie berührt, und so hatte auch keiner der Einwohner jemals die Trommeln gehört. Es war davon erzählt worden, einige kannten Leute, die sie gehört hatten, aber das war nicht dasselbe. Dennoch waren alle, schon beim ersten noch sehr fernen Geräusch, davon überzeugt – so blieb es jedenfalls in ihrer Erinnerung haften –, die Trommeln der Hessen erkannt zu haben, längst ehe die Truppen sichtbar wurden. Es war ein klarer, sonniger Tag, wie meist, wenn der Ostwind blies, und mit dem Wind kam das Geräusch der Trommeln über die Hügelkämme im Osten der Stadt, ein fernes Grollen, das von Zeit zu Zeit aussetzte, um dann wieder bedrohlich anzuschwellen.

Jakob Eliphat Compson vernahm es, und auf der Stelle ließ er seine aus England importierte Kutsche anspannen. Noah Banks, im Doktorhaus, nahe am Fluß, trat in sein überfülltes Sprechzimmer und schickte die Leute nach Hause, obwohl sie auch unaufgefordert gegangen wären, denn ihre Neugier war groß. Die Straßen füllten sich, eine Art Wettstreit entstand; wer würde die Truppen als erster sehen? Und obwohl niemand in Trenton etwas von den Hessen zu befürchten hatte – schließlich standen sie alle treu auf seiten der Krone, und der Anblick der englischen Rotröcke war ihnen vertraut –, gab es kaum einen, dem beim Geräusch der Trommeln nicht etwas unheimlich zumute war.

Sie marschierten in Vierer-Reihen, drei Regimenter, ein jedes fünfhundert Mann stark und jedes mit zehn Geschützen. Die Offiziere ritten voran. Die Trommler folgten ihnen. Es war ein langer Zug, und durch den Staub, den die Pferde, die Stiefel und die Räder der Troßwagen aufwirbelten, wirkte er noch länger, als er in Wirklichkeit war.

Sah man die Truppen zum ersten Mal und aus einiger Entfernung, war es ein faszinierendes Bild; diese unabsehbaren Reihen, die sich in vollkommenem Gleichklang bewegten. Eintausendfünfhundert Männer, die im selben Augenblick das rechte Bein vorwarfen, abwinkelten, auf den Boden setzten. Eintausendfünfhundert Gewehre, die kerzengerade in die Höhe standen, wie an den Schultern der Männer festgewachsen. Die Jäger trugen grüne Röcke mit leuchtendroten Aufschlägen, die Grenadiere blaue Röcke zu weißen Hosen.

In der Nähe verlor das Bild allerdings an Glanz. Innerhalb von drei Tagen hatten die Regimenter fünfzig Meilen zurückgelegt und jeder Mann hatte während des ganzen Marsches ein Gewehr zu tragen, das fünfzehn Pfund wog, dazu einen Tornister, eine Patronentasche und am Gürtel Bajonett und Säbel. Das Tuch der Röcke und der Hosen war beschmutzt, vielfach geflickt, die Farben waren verschossen, das Lederzeug der Montur war durch den Wechsel von Kälte und Hitze brüchig geworden. Das Schuhwerk war nicht mehr einheitlich; viele trugen keine Stiefel mehr, sondern eine Art grober Sandalen, denen man ansah, daß die Männer sie aus Kuhhäuten selbst hergestellt hatten.

Doch am deutlichsten war an den Gesichtern abzulesen, daß die Truppen seit dem Tag ihrer Landung in

Amerika im Kampf gestanden hatten: harte, abgezehrte, unrasierte Gesichter. Sie waren seit dem Morgen ununterbrochen marschiert, waren müde zum Umfallen, aber sie marschierten weiter, angetrieben vom unerbittlichen Schlag der Trommeln, und wenn die einmal leiser wurden, so war Rall der erste, der sein Pferd zurückfallen ließ. »Leute!« schrie er den Trommlern zu, »schlaft nur nicht ein! Laßt eure Stöcke wirbeln!« Der Trommelschlag schwoll an. »Eins und eins und eins!« Ralls Kommandos übertönten sogar die Trommeln. »Ja, so gefällt es mir! Meint ihr vielleicht, ich sei nicht müde, nur weil ich auf diesem Klepper sitze? Los, zeigt es ihnen! Laßt sie hören, daß die Hessen kommen!«

Er sprengte die Kolonne entlang, nach vorne zu seinem Stab. Er war ohne Hut, ohne Mantel, den Uniformrock hatte er aufgeknöpft, um den Hals trug er die mit Rum und Wasser gefüllte Kürbisflasche. Er griff danach, nahm einen Schluck. Angewidert verzog er das Gesicht und spuckte die lauwarme Brühe wieder aus. »Ist das ein Land!«, sagte er. »In der Nacht ist es so kalt, daß einem die Knochen einfrieren, und am Tag kann man sich vor Hitze kaum retten.« Aber sein Tonfall verriet, daß dieses Land und dieses Leben ganz nach seinem Geschmack waren. Er war ein anderer geworden, freier, unbekümmerter; die Leichtigkeit, mit der ihm die Siege in den Schoß gefallen waren, seit er in Amerika war, hatte ihn mit einem übermütigen Vertrauen auf sich selbst und auf sein Glück erfüllt.

Feldwebel Luib, der neben ihm ritt, hätte gern seinen Rock geöffnet, aber er wagte es nicht. »Wann endlich sind wir in diesem verdammten Trenton!« machte er sich Luft. »Wenn wir nicht bald da sind, haben die Fouriere keine Eier mehr in den Körben, sondern

Kücken. Habt Ihr je so einen Dezember erlebt? Wie soll man da in Weihnachtsstimmung kommen!«

Rall warf seinem Feldwebel einen verständnisvollen Blick zu. »Mach Er schon den Kragen auf, bevor ihn der Schlag trifft. Vor Trenton kann Er ihn wieder schließen. Da fällt mir ein: die Herren Offiziere haben ihre silbernen Tressen und Schleifen wieder anzunähen. Während der Gefechte war das etwas anderes, da wäre das Silberzeug für die amerikanischen Scharfschützen ein gutes Ziel gewesen. Aber jetzt möchte ich meine Leute wieder in bester Montur sehen.«

Luib hatte den Rock geöffnet und rieb sich den schweißnassen Hals trocken. Der Wind streichelte seine erhitzte Haut. Wohlbefinden durchrann seine Glieder. Das Leben war eine feine Sache» wenn es Krieg gab, und als einfache Natur hatte er das Gefühl, er verdanke diesen Krieg allein seinem Kommandeur, Oberst Rall.

Rall hielt ihm die Kürbisflasche hin. »Er übertreibt es mit dem Fasten. Ich habe nichts davon, wenn Er eines Tages vom Pferd fällt. Ich brauche Ihn noch. Ich brauche euch alle noch.«

Luib spuckte den Zwetschgenkern aus, an dem er seit Stunden gelutscht hatte. Seine Miene drückte eine gewisse Selbstgefälligkeit aus. Er war stolz auf seine Selbstbeherrschung. »Eine Woche noch, und ich kann meine Uniform zum dritten Mal enger machen lassen«, sagte er, »das hab' ich in Kassel die ganzen Jahre nicht geschafft. So sollte meine reiche Witwe mich sehen. Ich hatte schon Angst, das Regiment würde nach New York beordert, zu den Siegesfeiern.«

»Verderbe Er mir nicht die Stimmung, indem Er von den Engländern redet. Wenn ich an die denke, sehe ich rot. Wir könnten diese Rebellen längst ...« Er unterbrach sich, abgelenkt durch den Reiter, der auf ihn zugesprengt kam. »Was gibt es?« Ralls Adjutant Wardein salutierte. »Wir haben es geschafft. Trenton. Von dort vorne seht Ihr die Stadt!« Auch Wardein war nicht mehr derselbe wie in Kassel; nichts erinnerte mehr an den blassen Salonoffizier. Die braungebrannte Haut und die tiefe, kaum vernarbte Wunde schräg über der Stirn gaben ihm etwas Draufgängerisches, und, was Rall besonders sympathisch berührte: seit Wardein nicht mehr unter dem Einfluß seiner frömmelnden Verlobten stand, war er auch gar nicht mehr zimperlich, wenn es um Zoten oder Flüche ging.

Rall gab seinem Pferd die Sporen und ritt von der Straße quer über die Wiese bis zum Rand der Anhöhe. Das Gelände fiel ziemlich steil ab, und in der Talsohle erstreckte sich die Stadt, umfaßt von dem breiten im Sonnenlicht glitzernden Strom.

Luib war als erster bei Rall. »Trau einer den verdammten Karten«, sagte er. »Danach hätten wir noch eine Stunde Marsch bis Trenton gehabt.«

»Wir sind einfach schneller marschiert«, sagte Wardein.

Rall stand in den Steigbügeln, ließ die Augen den Hügel abwärts wandern, den Strom entlang zur Stadt.

»Ein verteufelt ungünstiger Platz für die Verteidigung«, sagte Wardein. »Diese Hügel müßten näher am Delaware liegen, um Geschütze wirkungsvoll postieren zu können. Der Strom ist kein Schutz. Wir werden um Schanzen nicht herumkommen. Hoffentlich setz t nicht plötzlich Frostwetter ein. Wir werden an der Nordwestflanke beginnen müssen. Die Karte, Luib!«

Aber Rall winkte ab, ohne den Blick vom Tal zu wenden. »Verschont mich mit Karten! Die sind doch alle von denen hier gemacht, also mit Vorsicht zu genießen. Und schlagt Euch die Schanzen aus dem Kopf. Diese zerlumpte, schlechtbewaffnete Rebellenbande, die wir vor uns hergetrieben haben, wird es nicht wagen, drei hessische Regimenter ernsthaft angreifen. Und wenn, dann laßt sie nur kommen, dann werden wir sie mit dem Bajonett empfangen.«

Er ließ sich in den Sattel zurückfallen. »Das Fernrohr, Luib. Das ist er also, der Delaware.« Er ließ das Fernrohr sinken. »Aber warum ist dieser verfluchte Fluß nicht zugefroren!? Alle haben es mir gesagt. Wardein, Sie sind der Experte.« Mit gerunzelten Brauen blickte Rall über den Strom. Wieder nahm er das Fernrohr. »So breit hab' ich ihn mir nicht vorgestellt. Kann einer von euch eine Stelle entdecken, die nach einer Furt aussieht? Ich sehe nicht einmal eine Fähre. Keine einzige Anlegestelle für ein Boot. Wo bleibt überhaupt dieser Haynau? Wozu ist er vorausgeritten mit seiner Abteilung? Na, hoffentlich ist er das.«

Auf der Straße, die nach Trenton führte, tauchte aus einer Staubwolke ein Reiter im grünen Rock auf, gefolgt von einem Trupp in roten Röcken. Über ihnen flatterte ein englischer Wimpel.

»Seht euch das an!« rief Luib. »Reiten kann er, unser Major. Diese verdammten englischen Dragoner wirbeln nur Staub auf.« »Haltet mir ja die Rotröcke vom Leib«, schimpfte Rall, »ehe ich explodiere!«

Mühelos nahm Claus von Haynaus goldfarbene Isabelle die letzte Steigung. Mit zusammengekniffenen Lippen sah Rall ihm entgegen. Er hatte in seinem Regiment keinen besseren Offizier, und doch blieb Major von Haynau – ihm war als einzigem das Adelsprädikat nicht genommen worden – für ihn ein Fremdkörper. Früher hatte er den Major seine Antipathie auch deutlich spüren lassen. Aber seit dem ersten Tag auf amerikanischem Boden hatte Rall jede Grobheit vermieden;

er brauchte jeden Mann, und auch Männer von der ihm so wesensfremden Besessenheit eines Haynau.

Claus von Haynau parierte sein Pferd. Er riß den Dreispitz vom Kopf, und etwas sehr Seltenes geschah, er lächelte. »Sie bringen den Sommer mit nach Trenton, Oberst«, sagte er. »Die Leute hier reden schon darüber, daß uns alles zu willen ist, selbst das Wetter.«

Ralls Miene blieb steinern. »Dann wird es Ihre Sache sein, für den Winter zu sorgen. Richtiger Winter, mit Schnee und Eis, Major.« Auch die englischen Dragoner waren jetzt herangekommen, etwa zwanzig. Einer setzte sich an die Spitze, salutierte und erstattete Meldung. An Ralls Schläfen zeichneten sich die Adern ab, ein untrügliches Zeichen, in welcher Gemütsverfassung er sich befand. »Was wollen die Engländer?« fragte er Haynau.

»Major Marrimen und zwanzig Dragoner. Sie liegen in Trenton als eine Art Ortswache . . .«

Mit einer schroffen Geste schnitt Rall ihm das Wort ab. »Schafft sie mir vom Hals! In einer Stunde will ich keinen Engländer mehr in Trenton sehen. Wie Ihr es anstellt, das ist Eure Sache.«

Obwohl Claus von Haynau wußte, daß die Engländer kein Wort Deutsch verstanden, fürchtete er, sie könnten aus dem Tonfall erraten haben, was Rall sagte. In der arroganten Art, in die er immer verfiel, wenn es ihm schwer wurde, seine Selbstbeherrschung zu wahren, sagte er: »Ihr könnt beruhigt sein. Die englischen Dragoner sind Eurem Befehl unterstellt.«

Rall schob die Unterlippe vor. »In Ordnung. Ich sehe, sie haben ausgezeichnete Pferde. Solche Renner hat keiner unserer Offiziere je unter dem Hintern gehabt. Mein erster Befehl ist, daß sie ihre Pferde abliefern, und zwar bis heute abend. Bis dahin werde ich mir überlegt haben, wozu sie uns sonst noch dienlich sein könnten.«

Zur Erleichterung aller, näherte sich auf der Straße die Truppenkolonne. Rall warf sein Pferd herum, und sofort schlugen die Trommeln in schnellerem Rhythmus und klangen die Kommandos der Kavalleristen, die den Zug eskortierten, noch gellender. Rall hatte kein Auge für die Anstrengung, die es die Männer kostete, das Marschtempo durchzuhalten. Er sah nicht ihre gezeichneten Gesichter, nicht die Planwagen mit den Verwundeten. »Höher die Beine!« schrie er. »Ich möchte, daß man sich in Trenton an diesen Tag erinnert! Eins und eins und eins!« Zischend schnitt seine Reitgerte durch die Luft. »Höher die Beine! Zeigt es ihnen !« Dann zog er die Zügel an und hob die Hand. »Wir reiten voraus«, rief er seinem Stab zu. »Und Ihr, Major Haynau, zeigt uns den Weg zum Delaware!«

Je näher er dem Strom gekommen war, desto heller war die Luft geworden. Ein Leuchten stand über dem Wasser wie über hochsommerlichen Feldern, wenn die Luft zu zittern beginnt, aber dieses Licht hier war versteinert, von metallischer Härte.

Nichts regte sich, keine Welle, keine Blase zerplatzte, nicht der Schatten eines Fisches war zu sehen. Nicht einmal die beiden Wasserhühner, die auf den Fluß niedergingen, konnten den beklemmenden Eindruck vollkommener Erstarrung mildern. Kein Anlegesteg, keine Spuren im Ufersand, kein Laut, kein Lebenszeichen, nichts.

Langsam ritt' Rall das Ufer ab. Sein Pferd dampfte noch von dem halsbrecherischen Galopp, mit dem er, seinen Stab hinter sich lassend, durch den Ort und über das Ufergelände gesprengt war. Mit der Hand die Augen schützend, spähte er über den Fluß, aber es war zu hell, um das jenseitige Ufer deutlich auszumachen. Er hörte seinen Stab über das Ufergelände kommen, den dumpfen Hufschlag, das Schnauben der Pferde, die Stimmen der Männer. Anstatt lauter zu werden, verminderten sich diese Geräusche, je näher der Trupp kam, und verloren sich schließlich ganz. Er wußte, daß sie in seinem Rücken einen Halbkreis gebildet hatten, aber er nahm keine Notiz von ihnen, und die Offiziere, von seinem Schweigen genauso überrascht wie vorher von seinem Parforceritt, wußten nicht, wie sie sich verhalten sollten. Rall saß in ungewohnt nachdenklicher Haltung auf seinem Pferd und starrte über den Fluß. »Das ist mehr als eine Meile«, hörten sie ihn sagen. »Das braucht einen mächtigen Frost, bis der Fluß zufriert. Was machen die Leute aus Trenton, wenn sie hinüber auf die andere Seite wollen? Gibt es hier keine Fähre, keine Furt?« Er trieb sein Pferd noch näher ans Wasser. Als folge er einer Eingebung, bückte er sich aus dem Sattel und bog die Zweige eines Busches auseinander. Die abgesägten Pfosten einer Anlegestelle wurden sichtbar.

»Wardein!« schrie Rall. »Seh' Er sich das an. Hier hat es eine Fähre oder einen Bootsplatz gegeben. Ich möchte Bericht von Euch, wo die geblieben sind.«

Wardein wollte absitzen, aber im selben Augenblick zerriß eine Explosion die Stille. Eine zweite und dritte folgten. Ein Hagel von Kartätschenkugeln ging über Rall und seinen Stab nieder. Ein Pferd bäumte sich auf, der Körper eines Mannes wirbelte durch die Luft, ein erstickter Schrei.

Rall zog lediglich die Zügel straffer. Er hatte keine Augen für seine Offiziere, deren Pferde auseinanderstoben. »Das Fernrohr, Luib!« rief er.

Luib kam mit breitem Grinsen herangesprengt. »Wenigstens die da drüben wissen, was für ein Willkomm uns gefällt!«

»Wo zum Teufel haben die ihre jämmerlichen Kanonen postiert? Ich kann nichts erkennen. Dieser verdammte Fluß! Putz' Er das Glas. Nein, lass' Er!« Jenseits des Stroms, in der Helligkeit fast unsichtbar, stiegen erneut weiße Rauchwolken auf.

Weder Rall noch Luib machten Anstalt, der zweiten Salve auszuweichen.

Der Boden zitterte. Erde und Grasbüschel spritzten um sie auf. Als der Rauch sich wieder verzogen hatte, war von Ralls Stab nichts mehr zu sehen. »Zurück!« befahl Rall. »Wir wollen es nicht übertreiben.« Das reiterlose Pferd galoppierte wie irr über die Wiese, immer wieder zu dem reglosen Körper zurückkehrend; blau und weiß wie ein hingeworfenes Fahnentuch der Grenadiere, lag er auf dem sandigen Uferboden, über den sich eine dürre schüttere Grasnarbe zog.

»Da gehört etwas dazu, sich bei einem Blindfeuer erwischen zu lassen«, sagte Rall verächtlich. »Seh' Er zu, wer es ist. Ich kümmere mich um das Pferd.« Er klopfte seinem Hengst auf den Hals. Während die dritte Kanonade einsetzte, galoppierte er über die Wiese, fing das reiterlose Pferd ein, das ängstlich wiehernd zu entfliehen suchte. Aber sobald Rall es am Zaumzeug zu fassen bekam, wurde es zahm.

Etwas wie ein Lächeln stand in seinen Augen, als er über das verwüstete Ufergelände blickte. Ein paar Meter von ihm lag der getroffene Mann, das Gesicht zur Erde. Rall wartete auf die nächste Salve, aber alles blieb ruhig. Langsam kamen die Offiziere wieder aus der Deckung hervor, sammelten sich um ihn. Die Zügel angezogen, saßen sie auf ihren Pferden, ängstlich das jenseitige Ufer beobachtend.

Rall saß wie versteinert im Sattel. Luib ritt neben ihn. »Es ist Manz«, meldete er. »Er hat nicht lange was davon gehabt, daß Ihr ihn zum Sergeanten befördert habt. Soll ich ihn wegtragen lassen?«

Aber Ralls Interesse konzentrierte sich bereits auf etwas anderes. Er wies auf das alleinstehende Haus, das auf dem flachen Ufergelände stand. Ein Steinhaus, grau und klobig, wie der Stumpf eines Turms. Ein Neger war gerade dabei, ein seltsames Gefährt anzuspannen, einen zweiräderigen Karren mit buntem Markisendach. »Was ist das für ein Haus?« Rall fragte Haynau. »Kennt Ihr Euch schon so gut aus?«

»Es ist das sogenannte Doktorhaus.«

»Was heißt das? Ist es bewohnt oder nicht?« Wieder war Rall zu ungeduldig, um die Antwort abzuwarten. Er gab seinem Pferd die Sporen und ritt auf das Haus zu. Die Offiziere zögerten, blickten sich fragend an, wußten nicht, was mit dem am Boden liegenden Toten geschehen sollte, und entschieden sich dann, ihrem Kommandeur zu folgen.

Der Neger war mit dem Anspannen des Gefährts fertig geworden. Ein Mann in gelb-schwarz kariertem Mantel kam aus dem Haus, der Neger sprang hinzu, nahm ihm die Ledertasche ab und half ihm auf den Bock. Der sah mit seiner Rückenlehne aus Korbgeflecht und der darübergespannten Markise eher wie eine Gartenschaukel aus, und die Konstruktion des Gefährts, die den Bock sozusagen freischwebend hinter die hohen Räder gesetzt hatte, erhöhte diesen Eindruck noch.

Der Neger verschwand im Haus. Als Rall mit seinen Offizieren bei dem Gefährt anlangte, hatte der Mann auf dem Bock eben die Bremsen gelöst. Mit Entschiedenheit nahm er die Zügel auf, und mit der gleichen Entschiedenheit, als bestehe für ihn kein Zweifel, wer der Anführer des Trupps sei, wandte er sich an Rall und redete ihn auf englisch an.

»Was meint er?« fragte Rall den Major.

»Daß er zwar Arzt sei, daß er aber nicht die geringste Lust verspüre, sich um den Verletzten zu kümmern.« Claus von Haynau bereitete es Genugtuung, die Worte des Arztes zu übersetzen, und auch Rall schien der Standpunkt des Doktors zu gefallen.

»Das wäre auch übertrieben, wegen eines Toten einen Arzt zu bemühen. Sagen Sie ihm das, und fragen Sie ihn nach seinem Namen.«

Haynau dolmetschte. »Sein Name ist Noah Banks, und er sagt er habe es eilig.«

»Ein wenig muß er sich noch gedulden. Ich will von ihm wissen: wie breit ist hier der Fluß, wie tief? Und fragen Sie, ob es stimmt, daß er im Dezember zufriert. Und vor allen Dingen, er soll mir sagen, wo in Dreiteufelsnamen Boote sind oder eine Fähre.«

»Wäre es nicht besser ...« Aber Claus von Haynau verschluckte seinen Einwand und fuhr fort zu dolmetschen: »Der Doktor sagt, wir würden zehn Meilen flußaufwärts und -abwärts nicht den schäbigsten Kahn finden. Die Rebellen haben sie alle mit zum jenseitigen Ufer genommen.«

Rall stieß einen Fluch aus. »Was noch?«

»Daß es Winter sei und daß ein Doktor im Winter mehr zu tun habe als sonst im Jahr, weil die Farmer mit ihren Krankheiten so lange warten, bis die Arbeit auf den Feldern getan ist ...« Claus von Haynau stockte ... »Und daß Ihr Eure und seine Zeit verschwendet.«

Alle hielten den Atem an, aber Rall sagte ruhig, fast wohlwollend: »Laßt den Doktor passieren.«

Der Doktor hob die Zügel, schnalzte mit der Zunge, und das magere Pferd zog an. Rall blickte dem Wägelchen nach, das sich schaukelnd entfernte, kleiner wurde, kein Gefährt mehr, sondern ein bunter Sonnenschirm, der, vom Ostwind getragen, dahintrudelte. Schließlich wandte sich Rall an Claus von Haynau. »Ich nehme an, Major, Ihr habt für mich bereits Quartier gemacht.«

»Das Beste. Alles ist vorbereitet, herrliche Räume. Im Haus eines gewissen Jakob Eliphat Compson. Man fühlt sich nach London versetzt, Hepplewhite-Möbel, Bilder von Wilson. Compson ist einer der wichtigsten Männer in Trenton und dazu ein überzeugter Royalist. Hättet Ihr, wie es vorgesehen war, an der Spitze der Truppen in Trenton Einzug gehalten – er hätte Euch dafür seine schönste Kutsche angeboten. Er war bereits unterwegs, aber da Ihr Euch zu diesem Ritt an den Delaware entschlossen habt ... Jedenfalls wird er Euch die Kutsche samt den Pferden für die Zeit, die Ihr hier seid, zur Verfügung stellen.«

»Das alles klingt so, als solltet Ihr das Quartier nehmen«, sagte Rall halb spöttisch, halb nachdenklich. Dann deutete er unvermittelt auf das Doktorhaus. »Ich werde hier meine Zelte aufschlagen.«

»Hier? So nah am Fluß, und so weit getrennt von der Truppe? Wollt Ihr partout Euer Leben aufs Spiel setzen? Habt Ihr vergessen, was eben noch hier los war?«

Rall schnitt eine Grimasse. »Nur weil die Rebellen ihre letzte Munition verpulvert haben? Wo könnte ich sicherer sein als im Haus eines Doktors? Außerdem gefällt mir das Haus. Ich habe genug von überzeugten Royalisten.« Er blickte zum Strom, feindselig und zugleich besitzergreifend. »Laßt meine Sachen herschaffen! Wie steht es mit den anderen Quartieren?«

Claus von Haynau schien zu überlegen, ob er gegen die Entscheidung Ralls protestieren solle. Daß es keiner der anderen Offiziere tun würde, war ihm klar. Aber dann sagte er: »Ich weiß nicht, warum die Engländer es plötzlich so gut mit uns meinen, aber dieses Trenton ist ein Geschenk Gottes für unsere Truppen. Hier werden sie endlich einmal zur Ruhe kommen und neue Kräfte sammeln können. Ein geradezu ideales Winterquartier. Es gibt genug Federbetten in der Stadt, um die ganzen Regimenter hineinzulegen. Und viele Häuser stehen leer! Alle Familien, die zu den Rebellen halten, sind mit der Kontinentalarmee über den Fluß. Von denen, die zurückgeblieben sind, werden wir jede Hilfe bekommen. Auch was die Verpflegung betrifft, das Hinterland ist reich ...«

»Nichts da!« Rall winkte ab. Er schwang sich vom Pferd, Luib und Wardein folgten seinem Beispiel. »Die Truppen kommen nicht in feste Quartiere! Das fehlte mir gerade noch, daß sie mir hier in Winterschlaf fallen. Ein Feldlager, das jederzeit aufbruchbereit ist, das möchte ich.«

»Die Leute sind am Ende«, erwiderte Haynau heftig.

»Das zu beurteilen, müssen Sie mir überlassen, Major.«

»Die Schanzarbeiten werden sie genug strapazieren. Es gibt gewaltig zu tun, wenn der Ort in Verteidigungszustand gesetzt werden soll. Die natürlichen Gegebenheiten sind nicht gerade günstig.« Jedem anderen hätte Rall längst eine schroffe Antwort gegeben, aber er war an diesem Tag seltsam gelassen, nachsichtig, mit den Gedanken abwesend. »Bitte, fangt nicht auch noch damit an«, sagte er, »ich will nichts von Schanzarbeiten hören. Laßt die Leute jeden Tag exerzieren. Ich meine scharfes Exerzieren, fünf Stunden täglich, das macht auch auf die Bevölkerung den meisten Eindruck.«

»Sollten wir nicht wenigstens warten, bis das längst versprochene Schuhwerk aus New York eintrifft? Die Leute ...«

»Schluß jetzt! Schuhe! Die Kerle werden wohl noch

einen Dreißigmeilenmarsch überstehen. Und wenn ich ihnen barfuß durch den Fluß vorangehen muß ...« Er verstummte, als habe er zu viel von seinen Gedanken verraten. »Ich möchte, daß alle Pferde hier aus der Gegend zusammengetrieben werden. Fangen Sie mit den Engländern und den Royalisten an. Ich brauche jeden Gaul im Umkreis von zehn Meilen.« Rall schüttelte den Kopf. »Sich die ganzen Boote wegnehmen zu lassen! So was schimpft sich Royalist! Schickt einen Trupp aus! Ich muß wissen, wie das wirklich mit den Booten hergegangen ist. Dann, Haynau, zwei Häuser, mitten im Ort, räumen und vom Keller bis unters Dach mit Heu vollstopfen oder sonst trockenes Zeug, das leicht brennt. Postieren Sie Wachen mit Fackeln um die Häuser und geben Sie bekannt, daß beim geringsten Widerstand beide Häuser in Flammen aufgehen.«

»Die Bewohner von Trenton sind treue Anhänger der englischen Krone«, wagte Haynau abermals zu widersprechen. »Sie haben auf unsere Ankunft gewartet. Sie meinen es gut mit uns. Es würde keiner verstehen ...«

»Royalisten hin oder her! Mir ist lieber, sie fürchten uns! Also tun Sie, was ich gesagt habe.« Rall ging auf das Doktorhaus zu. Aber er blieb gleich wieder stehen. »Noch eins. Finden Sie jemanden aus dem Kaff, der Deutsch spricht! Es hat doch immer geheißen, daß es hier nur so wimmelt von Deutschen.«

Die Offiziere des Stabs sahen in Ralls Wunsch eine Zurücksetzung Claus von Haynaus, der bisher für den Oberst gedolmetscht hatte, und mit seinem untrüglichen Instinkt für alle niederen Züge spürte Rall ihre Schadenfreude. »Das geht nicht gegen Sie, Major. Ich brauche einfach einen Mann hier aus der Gegend! Einen, der sich hier auskennt, und mit dem man normal reden kann, ohne Dolmetscher.«

»Wir haben einen Mann, bei den Jägern, der soll früher schon einmal hiergewesen sein«, sagte Wardein.« Soerman heißt er. Er war damals in Kassel in diesen Prozeß verwickelt ...« Wardein warf Claus von Haynau einen Blick zu, aber es war zu spät, das Wort war gefallen.

»Dann schafft ihn her«, sagte Rall kurz angebunden, und ging auf das Doktorhaus zu, mit steifen Schritten, die verrieten, wie lange er zu Pferde gesessen hatte.

33

Obwohl der Marktplatz von Trenton ursprünglich nichts weiter gewesen war als eine Verbreiterung der Hauptstraße, entstanden aus dem Vorplatz der Posthalterei und dem des Bethauses, konzentrierte sich der ganze Bürgerstolz auf diesen Platz, und die Beliebtheit eines Bürgermeisters hing vor allem davon ab, welche Verschönerungen er hier vornehmen ließ. So war inmitten eines Ortes, der sonst eher dörflichen Charakter trug, ein Zentrum von fast städtischer Eleganz entstanden, samt der Schule, dem Haus des Friedensrichters, den Kanzleien eines Rechtsanwalts und eines Notars, den Geschäften der Handwerker und dem Kramerladen, der noch genauso war wie in den Zeiten, als noch der Tauschhandel mit den Indianern blühte. Ein Kranz von Akazienbäumen umgab den Platz, und unter den Bäumen lief ein gepflasterter Weg zum Promenieren. Jedes der doppelstöckigen Häuser besaß einen Ziergarten und eine Laterne, deren Instandhaltung Pflicht des Hausbesitzers war. In der Mitte der Anlage hatten die Bürger, nachdem ihnen jahrzehntelang nichts eingefallen war, auf Anregung von Jakob Eliphat Compson und mit seinem Geld einen sechseckigen Pavillon erbaut, in dem an besonderen Feiertagen, wie etwa dem Geburtstag des englischen Königs, die Musik spielte. Sonst gehörte der Pavillon den Kindern, den Katzen, den Spatzen und den Tauben.

Als das Rallsche Regiment in Trenton einrückte, saßen die Tauben dicht zusammengedrängt bis zur Spitze des Schindeldachs, eingeschüchtert von den Trommeln, dem dröhnenden Schritt der Kolonnen und dem Stimmengewirr der vielen neugierigen Zuschauer. Und wenn eine nach alter Gewohnheit aufflatterte, kehrte sie schnell zurück, wie ein Landvogel, der plötzlich unter sich das rollende Meer sieht und ängstlich umkehrt.

Auch jetzt, eine Stunde nach dem Einmarsch, herrschte auf dem Platz immer noch reges Leben. Der Friedensrichter war mit seinem Schreiber dabei, seine Akten in die Schule zu schaffen, während in sein Haus die Hauptwache der hessischen Truppen einzog, sechzig Mann, deren erste offizielle Handlung es war, vor dem Eingang ein Geschütz aufzustellen; ziemlich sinnlos, ohne Schußfeld, stand die Kanone in dem Ziergarten, aber doch, wie Claus von Haynau fand, respektgebietend. Der Major hatte unmittelbar vor dem Pavillon einen Tisch aufstellen lassen, und von dort aus organisierte er die Einquartierung der Truppen.

Tornister und Patronentaschen häuften sich unter den Akazien, Gewehrpyramide stand neben Gewehrpyramide, dazwischen hockten die Männer, den Proviantbeutel auf dem Schoß. Aber nicht einmal zum Essen ließ man ihnen Zeit. Die Ordonnanzen, die Claus von Haynau für die Kompanien eingeteilt hatte, drängten zur Eile. Jeder wollte als erster mit dem Aufbau der Zelte beginnen. Begleitet von Signalen der Hornisten, erfolgte der Aufruf der einzelnen Abteilungen. Wurde ein Kommando nicht schnell genug befolgt, tauchte sofort ein Offizier zu Pferd auf und trieb die Erschöpften an, mit Drohungen, mit derben Scherzen oder auch mit der Reitgerte.

Claus von Haynau ging es immer noch zu langsam. Vor ihm lag die Mannschaftsliste der Abteilungen; Name für Name in der großen verschnörkelten Schrift Feldwebel Luibs. Hinter vielen stand ein Kreuz, ein Datum und ein Ortsname oder der lakonische Vermerk: An Krankheit verstorben. Er überflog die Liste der ersten Kompanie seines Regiments. Klemm, der Taglöhner aus Ziegenhain, sein Name war als erster mit einem Kreuz versehen worden, er war noch auf der Überfahrt gestorben, eine Todesursache war nicht vermerkt. Hinter dem Namen des Sägemüllersohnes Vitus Weibrecht aus Altenbauna stand Flatbush; das Datum war der 27. August; ihr erstes Gefecht nach der Landung auf Long Island. Neben dem Namen von Willibald Manz fehlte die Eintragung noch, ebenso bei zwei anderen, die auf dem Marsch gestorben waren; Luib hatte noch keine Zeit gefunden, die Liste auf den letzten Stand zu bringen. Aber das nahm Claus von Haynau nur flüchtig zur Kenntnis. Was ihn an der Liste interessierte, waren die beiden Namen am Ende der vierten Seite. Sie waren nachträglich hinzugefügt worden und hoben sich nicht nur durch die hellere Tinte ab, sondern auch durch die andere Handschrift. Er selber hatte die Eintragung gemacht: Robert Skelnik, Freder Soerman.

»Was ist mit der ersten Kompanie?« fragte Feldwebel Luib, der neben Claus von Haynau stand. »Kann sie abtreten?«

Haynau blickte vom Tisch auf. Die Abteilung war abgefertigt und formierte sich zum Abmarsch. Er suchte unter den Männern seinen Stiefbruder. Robert Skelnik hakte eben die Halter des Tornisters fest, nahm das Gewehr auf. Er bewegte sich gelöst, sein Aussehen, seine Haltung schienen auszudrücken, daß er sich wohl fühlte auf dieser Erde. Neben ihm stand Soerman, unzertrennlich wie immer die beiden, in jedem Gefecht, und bei jedem Appell nach dem Kampf unversehrt, von einer provozierenden Gelassenheit. Haynau fiel Ralls Befehl ein, Soerman als Dolmetscher freizustellen, aber dazu war immer noch Zeit.

»Die erste Kompanie«, erinnerte Luib.

»Ich habe mir überlegt«, sagte Major von Haynau, »die erste Kompanie kommt an den Assanpink. Das ist der Nebenfluß des Delaware im Süden der Stadt.«

»Wir sind darübergeritten auf dem Weg zum Delaware«, sagte Luib. »Das Gelände dort ist ziemlich sumpfig und taugt nicht besonders zum Kampieren.«

»Ich habe Ihn nicht nach seiner Meinung gefragt. Die erste Kompanie übernimmt die Bewachung der Brücke über den Assanpink. Je zwölf Mann. Ablösung jede vierte Stunde. Worauf wartet Er noch? Laß Er die Leute abtreten. Wo ist die Liste der zweiten Kompanie?«

Es war kennzeichnend für diesen seltsamen Dezember mit seinen sommerlich warmen Tagen, daß es mit dem Einbruch der Dämmerung übergangslos empfindlich kalt wurde. Um den Marktplatz von Trenton brannten jetzt die Laternen, aber ihr Licht war kraftlos im Vergleich zum hellen Schein der Pechfackeln, die Rall vor der Hauptwache und dem davor postierten Geschütz hatte aufstecken lassen. Zwei Häuser waren, wie Rall befohlen hatte, geräumt und vom Keller bis zum Dach mit Heu vollgestopft worden, ebenso der Saal des Bethauses, obwohl der Feldprediger deswegen bei Major von Haynau vorstellig geworden war.

Claus von Haynau hatte seinen Platz vor dem Pavillon mit der ehemaligen Amtsstube des Friedensrichters in der Hauptwache vertauscht. Zwei Kohlenbecken gaben Wärme, und hinter ihm an der Wand hing die Regimentsfahne. Er hatte sich die Vorstellungen des Feldpredigers angehört, hatte die Wachen eingeteilt, die Löhnungsliste abgezeichnet. Alle Stunde kam ein Offizier und erbot sich, ihn abzulösen, aber er schickte jeden weg. Nicht einmal die Tatsache, daß die schönen Räume im Haus von Jakob Eliphat Compson auf ihn warteten, sowie ein Abendessen, das nach seinen persönlichen Wünschen zubereitet worden war, reizte ihn. Er harrte auf seinem Platz aus, bis es nichts mehr zu tun gab. Er schloß die Regimentslisten weg, machte sich noch einige Notizen für den nächsten Tag und erhob sich schließlich, fast widerwillig, vom Schreibtisch. Er befahl, sein Pferd zu holen, ging über den nächtlichen Platz zu dem Pavillon und wartete dort, an eine der Holzsäulen gelehnt. Durch das Dach des Pavillons drang das Scharren und Rascheln der Tauben. Der Nachtwind bewegte die Zweige der Akazien. Die Schritte der Wachen hallten, verdoppelt durch das Echo, das die Häuser zurückwarfen. Mit geschlossenen Läden und zugezogenen Vorhängen standen sie um den Platz. Niemand ging aus und ein, als habe sich die Neugier der Bewohner am Tag erschöpft.

Claus von Haynau wußte nicht, warum es jetzt geschah und hier, denn bisher hatten Erinnerungen ihn nicht behelligt aber jetzt standen Bilder auf, und mit ihnen ein Schmerz, der lange geschlafen hatte. Er sah das Herrenhaus von Gut Haynau vor sich, die lange Front, die Kandelaber vor der Eingangstür, das erleuchtete

Fenster seiner Mutter. Dorthin war sein Blick immer zuerst gegangen, wenn er nachts heimgekommen war. Er war die Treppen hinaufgestürmt, den Gang entlanggelaufen – aber wenn er aus ihrem Zimmer Roberts Stimme vernommen hatte, war er vor der Tür umgekehrt.

Warum diese Erinnerung, dachte er, warum jetzt, wo alles doch verloren war, ihm nie mehr gehören würde. Der Gedanke zog einen anderen nach sich, scheinbar ohne Zusammenhang mit dem ersten, einen Gedanken, der ihm schon oft gekommen war, aber noch nie mit so qualvoller Intensität wie jetzt: Ich will nie mehr in meinem Leben der Verlierer sein.

Er empfand Erleichterung, als der Bursche das gesattelte Pferd heranführte. Ihm folgte jemand sporenklirrend über den Platz, ein hochgewachsener Mann in einer flatternden Pelerine. Es war Rittmeister Kunkel. Als Rall den Schlesier in seinen persönlichen Stab aufgenommen hatte, hatten die angestammten Offiziere diese Entscheidung mit der erstaunlichen Trinkfestigkeit des Rittmeisters erklärt. Und obwohl Kunkel inzwischen oft genug bewiesen hätte, daß er im Hagel von Granaten und Kartätschen der gleiche Teufelskerl war wie beim Trinken und bei den Weibern, haftete ihm der Ruf eines zu Unrecht begünstigten Saufkumpans immer noch an.

»Ihr habt nicht übertrieben«, sagte Kunkel, die Stimme rauh vom Tabak und vom Rum, »hier wird uns der Winter nicht lang werden. Aber einen Vorzug Trentons habt ihr dem Oberst verschwiegen; den Schlag Weiber, der hier wächst. Nicht zu verachten. Da ist was dran – Mädchen, die nicht gleich der leiseste Windhauch umweht. Der Postmeister hat ein paar Töchter, ich sage Euch, in ganz Kattowitz gab es nicht so ein Trio, und das will etwas heißen. Die schlesischen Mädchen . . .« Kunkel verstummte; er war noch nüchtern genug, sich zu erinnern, daß Claus sein Vorgesetzter war und daß er sehr empfindlich auf einen allzu vertraulichen Ton reagieren konnte. »In der Posthalterei steht ein Billard«, fuhr Kunkel fort. »Keine Lust auf eine Partie?«

»Mal sehen.« Claus von Haynau schwang sich auf das tänzelnde Pferd, hakte den Mantel über der Brust zusammen. »Vielleicht komme ich, wenn ich die Wachen abgeritten habe.«

»Meint ihr die Wachen allgemein oder eine bestimmte, zum Beispiel die an der Brücke über den Assanpink? Nein, fahrt nicht gleich auf! Einer muß es Euch mal sagen, geredet wird sowieso darüber, natürlich nur hinter Eurem Rücken.«

»Was wird geredet?«

Rittmeister Kunkel war nicht der Mann, der Angst vor der eigenen Courage bekam. Wenn er einmal eine Sache anpackte, focht er sie bis zum Ende durch. »Wenn ihr es genau wissen wollt: Laßt Euren Stiefbruder endlich in Frieden! Was regt Euch an dem Burschen so auf?«

»Wer sagt, daß er mich aufregt?«

»Ihr verfolgt ihn. Ihr drangsaliert ihn bei jeder Gelegenheit. Aber damit zeichnet ihr ihn nur aus. Nehmt es mir nicht übel, aber manchmal hat es verdammt den Anschein, als bestehe Euer Bataillon aus einem einzigen Mann. Glaubt ihr immer noch, er würde Euch desertieren? Dazu hat er, weiß der Teufel, Gelegenheit genug gehabt. Und wenn er es täte, fürchtet Ihr wirklich, es könnte auf Euch zurückfallen? Das kann ich nicht glauben. Kommt lieber mit an den grünen Tisch. Es sind ein Paar Rotröcke dort, miserable Billardspieler, aber die Löhnung sitzt bei ihnen locker, gutes englisches Geld.

Kommt mit! Ich will Euch auch gern eine von den drei Posthaltertöchtern abtreten.«

Einen Augenblick war Claus von Haynau versucht, sich dem Rittmeister anzuschließen. Eine Wirtsstube, ein prasselndes Feuer im Rücken, Wein, das Lachen von Mädchen. Aber dann sagte er: »Geht voran. Vielleicht schaue ich später herein.« Unvermittelt warf er das Pferd herum und galoppierte davon.

Der Assanpink war ein schmaler Zufluß des Delaware. Die Brücke darüber bestand nur aus losen Bohlen, besaß keine Geländer und war gerade breit genug, die Posten bequem nebeneinander hergehen zu lassen. Die Schritte der Wachen klangen laut durch die Stille.

Der Zeltplatz der ersten Kompanie lag auf der Stadtseite des Assanpink, in einem flachen sumpfigen Gelände, auf dem nur ein paar verkrüppelte Apfelbäume standen; die kleinen verschrumpelten Äpfel hingen noch an den Ästen, denn niemand machte sich in diesem reichen Land die Mühe, sie zu ernten.

Jedem anderen Offizier aus Ralls Stab hätte das Erscheinen auf dem Lagerplatz Sympathien eingetragen, nicht dem Major von Haynau. Die Männer wußten, daß es nicht Fürsorge war, die ihn zu ihnen führte, sondern nur Kontrolle. Sie fürchteten ihn mehr als Rall. Der Oberst war rücksichtslos im Kampf, drückte aber sonst auch einmal ein Auge zu. Claus von Haynau besaß diese ausgleichende Großzügigkeit nicht. Ihm blieb nichts verborgen. Er hörte alles, sah alles und bestrafte alles. Selbst nachts, wenn jedermann schlief, tauchte er unvermittelt bei der Kompanie auf. Ein ruheloser Schatten, beherrschte er die Truppe. Als sie ihn jetzt auf seiner Isabelle kommen sahen, liefen stumme Warnsignale über den Platz, von Zelt zu Zelt.

Im Schein der Lagerfeuer hatte Claus den Eindruck gehabt, als seien die Zelte schon alle aufgebaut, aber als er näher kam, sah er, daß erst die Hälfte stand.

»Wo sind die Zelte der ersten Kompanie?« rief er der Ordonnanz zu.

»Wir hatten Schwierigkeiten, festen Grund zu finden. Das Gelände ist stellenweise mehr Morast als Boden.«

Claus ritt näher; die Männer waren damit beschäftigt, aus den Seitenplanken eines Fouragierwagens eine Plattform für ihr Zelt zu zimmern. Robert und Soerman konnte er nicht entdecken. Er wollte schon fragen, als er sich an die Worte Rittmeister Kunkels erinnerte. »Wer hat die Erlaubnis dazu gegeben, einen Wagen zu demolieren?« herrschte er die Ordonnanz an. »Die erste Kompanie muß immer eine Extrawurst haben, wie?«

»Die Idee stammt von mir«, sagte der junge Mann trotzig. »Ich fand sie gut. Wenn die Männer einen ganzen Winter lang hier kampieren sollen!«

»Schon gut!« Claus von Haynau trieb sein Pferd noch näher an die arbeitenden Männer. »Ich sehe hier nur Ältere arbeiten«, sagte er. »Wo stecken die Jungen?«

Der Ordonnanzoffizier senkte den Kopf. Er war auf diesen Augenblick vorbereitet, und doch mußte er jetzt seinen ganzen Mut zusammennehmen.

»Ich habe eine Frage gestellt!« sagte Claus von Haynau schneidend.

Der Ordonnanzoffizier richtete sich auf. »Ich nehme die Verantwortung auf mich.«

»Was soll das heißen? Wollt Ihr mir ein Rätsel aufgeben?

»Der Befehl lautet, hier zu zelten. Aber gleich in der

Nähe gibt es ein leerstehendes Haus. Für eine ganze Abteilung reichte es nicht, und so haben die Leute ausgelost, wer es bezieht. Ich habe zugestimmt. Ihr könnt mich dafür zur Verantwortung ziehen.«

Die Männer hatten zu arbeiten aufgehört, warteten mit gesenktem Blick auf das Strafgericht, aber nichts dergleichen geschah. Fast gleichgültig fragte Claus von Haynau: »Und zufälligerweise hat der zweite Zug alle Lose gezogen? So ist es doch. Wir werden später darüber reden.« Haynaus Miene verriet so wenig wie seine Stimme, was in ihm vorging. »Wo ist das Haus?«

Der Ordonnanzoffizier deutete hinüber zu dem Teil des Geländes, der mit verkrüppelten Apfelbäumen bestanden war. »Es ist ein einzelnes Haus, eine Lohgerberei. Ich hätte Euch Bericht erstattet, sobald . . .«

Claus von Haynau gab seinem Pferd die Sporen. Er ritt querfeldein über den Lagerplatz, mitten durch die arbeitenden Männer. Der Weg war nicht zu verfehlen. Die Räder eines schwer beladenen Karrens hatten tiefe Rinnen in den weichen Boden gegraben. Sie liefen auf das Hoftor der Lohgerberei zu, führten durch ein breites klobiges Tor, aus ungeschälten Fichtenstämmen gezimmert. Der unstete rötliche Schein von Fackeln, die dahinter brannten, hob es aus dem Dunkel. Claus warf über das Gatter weg einen Blick in den Hof. Der Karren, der zum Fouragetroß gehörte, stand abgeschirrt vor dem Haus, einem einstöckigen Bau, an den sich auf der linken Seite eine ebenerdige Werkstätte anschloß. Die Fenster des Hauses waren erleuchtet. Stimmen klangen heraus. Aus dem Schornstein stieg Rauch.

Claus nahm sich nicht die Zeit, das Pferd anzubinden, sondern lief auf den kleinen Einlaß neben dem Tor zu. Er erreichte die Pforte fast gleichzeitig mit einem Mann, der plötzlich aus dem Schatten der wilden Apfelbäume aufgetaucht war. Der Mann wollte noch vor ihm durch die Pforte schlüpfen, aber Claus war schneller. Er packte ihn bei der Schulter, riß ihn herum.

Vor ihm stand Niklas. Das Gesicht des Opferstockdiebs war noch schmaler geworden, die Falten um den Mund noch tiefer. Er grinste breit und aufreizend frech.

»Was hat Er da?« Claus bezähmte nur mühsam seine Wut.

Niklas hob die Hände und hielt ihm zwei abgehäutete Hasen vors Gesicht; das Blut tropfte herunter. »Vorsicht, Herr Major, sonst beschmutzt Ihr Euch«, sagte er ungerührt. »Ich habe sie gerade erst abgezogen.«

»Geh Er voran!« Claus öffnete die Seitenpforte und stieß Niklas vor sich her in den Hof. Eine am Boden abgestellte Laterne beleuchtete den Brunnen und einen Holzbottich, in den eine Frau einen Korb voller Wäsche leerte. »Wir bekommen Besuch, Retzin!« rief Niklas ihr zu.

Frau Retz stellte den Korb ab, nahm die Laterne auf und kam auf Claus zu. Da öffnete sich die Haustür und eine Frauenstimme sagte: »Was ist hier los?« Eine Gestalt trat aus dem Haus, schritt über den Hof, das lange dunkle Kleid mit der linken Hand etwas raffend. Sie ging sehr aufrecht, und als sie vor den dreien stehenblieb, straffte sich ihr schlanker Körper noch mehr.

Anna Haynau blickte von einem zum anderen. »Geht ins Haus«, sagte sie. »Ich werde mit ihm reden.«

Dann sagte Claus: »Niklas bleibt hier.«

»Tut, was ich gesagt habe«, sagte Anna Haynau. »Geht ins Haus.«

Sie trat ihrem Sohn in den Weg. Das Licht der unruhigen Fackeln malte rötliche Wellen auf ihr Gesicht.

Sie wartete, bis Frau Retz und Niklas im Haus verschwunden waren. »Was willst du?« fragte sie, »was gibt es diesmal?«

»Die beiden Hasen«, sagte Claus. »Ich könnte ihn dafür hängen lassen.«

Anna Haynau erwiderte nichts, aber ihre abwehrende Haltung verstärkte sich noch. Die Tage, da sie noch versucht hatte, Claus zur Besinnung zu bringen, zu vermitteln, waren vorüber.

»Du nimmst es wohl nicht ernst. Das ist Plünderung im Felde, und darauf steht der Strang.«

»Ich nehme es wirklich nicht ernst«, sagte sie. »Wovon hat die Armee gelebt das letzte halbe Jahr? Etwa von dem, was die Engländer an Verpflegung stellten? Und womit habt ihr die Wachfeuer in den langen Nächten unterhalten? Wer hat gestern Nacht alle Zäune der Ortschaft Monmouth abgerissen und verfeuert? Und das auf Ralls Befehl? Für zwei Hasen! Du machst dich lächerlich.« Früher hatte sie in solchen Momenten gelitten, aber mit der Zeit hatte sich aus diesen Schmerzen ein Panzer gebildet. »Du kannst nicht einmal beweisen, daß Niklas die Hasen gestohlen hat.«

»Ein Dieb der Opferstöcke ausräumte! Der wird grad hingehen und zwei Hasen kaufen!«

»Als es beim Feldscher Medikamente nur noch für die Herrn Offiziere gab, hat er von seinem ersparten Geld beim Apotheker in Princeton Medizin gekauft.«

»Ein Engel! Und er bezahlt wohl auch noch die Miete für dieses Haus?«

Seine Augen gingen über ihr Gesicht. Auch jetzt, in den einfachen wollenen Gewändern, war sie eine schöne Frau. Ihre dunklen Augen, ihre helle Haut, ihre Haltung – nicht einmal ihre Blässe und ihre Zartheit ließen den Gedanken an Hunger und Erschöpfung aufkommen. Er wünschte, sie zu treffen, zu verletzen. Er wünschte Tränen in ihren Augen zu sehen. Als sie aus dem Haus gekommen war, wäre er am liebsten auf sie zugelaufen, die Arme nach ihr auszustrecken, sie an sich zu ziehen, sie zu halten, sich an ihr zu wärmen wie als Kind, aber aus ihren Augen las er nur Kälte und Verachtung.

»Laß uns diese Unterhaltung beenden«, sagte sie. »Sie ist so fruchtlos wie alle anderen davor. Also, was willst du wirklich? Was soll geschehen? Was hast du dir diesmal ausgedacht?«

Worte, die er nicht das erstemal von ihr hörte; Worte, die ihm bisher eine Art Genugtuung verschafft hatten, aber diesmal kamen sie so ruhig über ihre Lippen, so kalt, so endgültig. Er sah die grauen Strähnen, die ihr dunkles Haar durchzogen, die Linien um die Augen. Die Brauen, die sie früher immer ausgezupft hatte, waren nachgewachsen. An den Ohren fehlten die Perlen. – Als er in Bremerlehe an Bord der »Durand« plötzlich seiner Mutter gegenübergestanden hatte, da war ihm im ersten Augenblick nur das aufgefallen: sie trug ihre Perlen nicht mehr. Nie hatte er sie ohne diese Perlen gesehen, und dieser fehlende Schmuck war ihm plötzlich zum Symbol ihres Schicksals geworden. Langsam war sie auf ihn zugekommen, zögernd. Es war der Augenblick seines Lebens gewesen, da er seine Mutter allein besessen hatte. Vergessen war Robert, vergessen die Eifersucht, die ihn quälte. Sie war gekommen, um an seiner Seite zu sein! Aber der Augenblick war vorübergegangen, sie selber hatte ihn zerstört, mit ihren ersten Worten: »Robert wartet, komm, laß uns zu ihm gehen.«

»Mutter, geh bitte ins Haus zurück«, sagte Claus. »Schick mir Robert. Ich nehme an, das Ganze war seine Idee, und ich möchte mit ihm sprechen.«

Ihre Kraft war plötzlich erschöpft. Sie fühlte sich unfähig zum Widerstand. »Ist es immer noch nicht genug?« sagte sie. »Was hat er dir getan, daß du ihn mit deinem Haß verfolgst?«

»Geh«, sagte er. »Geh und schau in den Spiegel, und du hast die Antwort auf das, was er uns angetan hat. Es ist alles sein Werk. Wann wirst du das endlich begreifen!«

Sie stand, den Kopf halb abgewandt, und starrte in die Nacht. Leise sagte sie: »Zwinge mich nicht, Dinge auszusprechen, die ich nicht sagen will. Noch bist du mein Sohn. Noch bin ich bereit zu vergessen, daß es jemanden gibt, der Robert ausgeliefert hat und der sein Mörder wäre, hätten sie ihn hingerichtet.«

»Sag das nie mehr.« Die Stimme von Claus klang belegt. Er würde sich im nächsten Augenblick den hohen steifen Kragen der Uniform aufreißen müssen, um weiteratmen zu können.

»Alle wissen es«, sprach Anna Haynau mit leiser Stimme weiter. »Du selber sorgst dafür, daß es nicht in Vergessenheit gerät. Sie wissen, wie es zwischen euch steht. Sie wissen, warum der ersten Kompanie zufällig das verschimmelte Brot zugeteilt wird und warum sie ausgewählt wird, wenn es eine Aufgabe gibt, bei der man Kopf und Kragen riskiert. Soll ich dir alles aufzählen? Und glaube nicht, daß Rall es nicht weiß! Ich selber bin zu ihm gegangen, und ich werde wieder gehen, wenn es sein muß.« Sie wandte sich ab. Ihre linke Hand raffte den Rock. So schritt sie auf das Haus zu, als die Tür sich öffnete und Robert darin erschien.

Ein Windstoß fegte über den Hof, riß die Flammen der Fackeln in die Höhe. Es roch nach Pech und verbranntem Kienspan. In der Luft schwebten schwarze Rußflokken und sanken langsam zur Erde.

Robert hatte die Haustür hinter sich zugezogen und war in den Hof getreten. Er trug ein offenes weißes Hemd und darüber ein halblanges Wams, aber er spürte die Kälte nicht; seine Sinne waren auf andere Wahrnehmungen konzentriert. Seine Augen erfaßten gleichzeitig den gesamten Innenhof, die Gestalt des Offiziers, den umgestürzten Korb neben dem Waschbottich, die beiden Fackeln am Tor, deren eine dem Erlöschen nahe war. Auch mit dem Gehör registrierte er zu gleicher Zeit die vielfältigsten Eindrücke: fernes Hundegebell, das Schleifen eines lose hängenden Zügels über dürres Gras, ein Knacken in der Bretterwand des Schuppens zu seiner Rechten, das Klirren der Sporen, als Claus auf ihn zuging. Und dann war da noch eine Wahrnehmung, intensiver als alles andere: das harte, glatte Metall, das zwischen Hose und Hemd steckte, die scharfe Spitze des Messers, die er bei jedem Schritt spürte.

Seiner Sinne war Robert sicher, sie waren geschärft worden, und sie zu beherrschen, sich auf sie verlassen zu können, machte sein Leben aus. Alles andere – Gefühle, Gedanken, Worte – war in den Hintergrund getreten, weit zurückgedrängt – und so schwieg er auch jetzt, überließ seinem Stiefbruder das erste Wort.

»Du hast mal wieder den Vogel abgeschossen«, sagte Claus. »Bist du zufrieden mit dem Quartier, oder fehlt es an irgend etwas? Du glaubst doch wohl nicht, daß ich dein Verhalten dulden werde! Du hast gegen einen ausdrücklichen Befehl gehandelt, und in diesem Fall war es sogar ein Befehl von Oberst Rall.«

Robert schwieg. Er fragte sich, wie das zu nennen wäre, was er empfand; es war nicht Haß, nicht Feindschaft. Wachsamkeit – das war es, er war auf der Hut. Irgendwann in den vergangenen Monaten war ihm die Erkenntnis gekommen, daß der Riß zwischen ihm und

Claus nicht mehr zu kitten war; mehr noch, daß dieser verbissene Kampf, in den sie sich eingelassen hatten, nur damit enden konnte, daß es einen von beiden nicht mehr gab. Ob Claus sich dessen ebenfalls bewußt war? Es kam Robert vor, als befinde er sich in einem unerlaubten Vorteil, und etwas drängte ihn, Claus das zu sagen: »Weißt du, ich habe das Gefühl, das Ganze ist eine Art Wette zwischen uns beiden«, sagte er ruhig, ohne jeden aggressiven Unterton. »Und du erinnerst dich, wer von uns beiden die Wetten zu gewinnen pflegte.«

Claus schien ihn nicht gehört zu haben. »Ihr habt Frauen im Haus«, sagte er. »Das verstößt gegen die Order. Warum sind sie nicht dort, wo sie hingehören, beim Treck der Frauen?«

»Weil sie seit einem dreiviertel Jahr kein Dach mehr über dem Kopf hatten. Weil sie ein Bett schon gar nicht mehr kennen.« Er machte eine Pause, und in diesem Augenblick geschah es. Jäh, für ihn selber überraschend, kam es über ihn: »Laß uns zum Ende kommen«, sagte er, und er meinte die Worte in ihrem buchstäblichen Sinn. Einmal würde es doch so weit kommen, einmal mußte die Sache zu Ende gebracht werden, warum nicht jetzt? Er zog das Messer aus der Hose, wog es in der Hand. Der rötliche Schein der Fackeln lag auf der Klinge.

Claus biß sich auf die Lippen. »Das war ein Fehler«, sagte er. »Ich brauche dir nicht zu sagen, was es heißt, die Waffe gegen einen Offizier zu richten.«

Robert trat einen Schritt auf ihn zu. »Nein«, sagte er, »keiner würde es dir glauben, jeder würde denken, deiner Rachsucht sei nur wieder etwas Neues eingefallen. Du hast keinen Zeugen – ich werde ein halbes Dutzend haben.« Die Hand, die das Messer hielt, deutete auf den Schuppen. »Dort sind sie«, die Spitze des Messers beschrieb einen Bogen und wies auf die Werkstatt der Lohgerberei, »und dort sind sie auch, überall.«

Claus Haynau wandte ruckartig den Kopf, starrte ins Dunkel.

Robert hatte das Gefühl, irgend etwas tun zu müssen. Er hob den Arm. Das Messer flog aus seiner Hand. Es traf die herabgebrannte Fackel, löschte sie ganz und bohrte sich dann in das Holz des Torpfostens. Die Reste des brennenden Pechs züngelten am Boden. Robert ging hin und trat sie aus.

Claus stand immer noch auf demselben Fleck. Er hatte sich wieder gefangen: »Gut, daß ich jetzt weiß, woran ich bin.«

»Du weißt es nicht!« Robert machte eine halbe Drehung und rief laut: »Los, kommt heraus, zeigt euch!« Ein Rumpeln entstand, eine Brettertür schwang auf, und dann traten die Männer aus dem Dunkel des Schuppens, wo sie sich versteckt gehalten hatten. Robert wandte sich wieder seinem Stiefbruder zu. »Bisher hast du immer mich gewarnt, diesmal warne ich dich. Ein Wort von mir, und sie würden dich töten, ohne Zeugen. Sie warten nur darauf, jeder von ihnen, seit langem. Du hast mich gemeint, aber sie hat es mit getroffen. Du hast mich in die erste Linie geschickt, aber andere haben dabei ihr Leben lassen müssen. Das haben diese Männer hier nicht vergessen. Töte mich, und sie werden dich töten, in der nächsten Schlacht, durch eine verirrte Kugel, am hellen Tag oder eines Nachts, in einem Hof wie diesem, ohne Zeugen. Du bist jetzt gewarnt. Deshalb komm nicht mehr allein!«

Claus war zum Tor zurückgewichen. Doch plötzlich besann er sich und kam wieder ein paar Schritte näher. »Der Oberst möchte Freder Soerman sehen. Er hat sich sofort bei ihm zu melden.« Dann machte er kehrt und schritt mit steifem Rücken und schleppendem linken Bein durch die Seitenpforte aus dem Hof.

Keiner rührte sich, keiner sagte etwas, bis der Hufschlag des Pferdes verklungen war. Dann ging Robert langsam zu dem Torpfosten und zog das Messer aus dem Holz.

Ein Seufzer der Erleichterung kam über die Lippen von Niklas. »Ich dachte wirklich – jetzt passiert's«, sagte er. »Woher wußtest du, daß wir im Schuppen waren?«

Robert antwortete nicht. Er hielt das Messer noch in der Hand. Sein Körper war wie eine gespannte Feder. Niklas hatte recht; er hätte es fast getan – nur um dem Ganzen ein Ende zu machen, dem Warten, dem Schweigen, dem Hoffen. Was hatte ihn abgehalten? Er wußte es nicht. Hatte er richtig oder falsch gehandelt? Auch darauf hatte er keine Antwort.

»Wo hätten wir ihn hingeschafft?« Es war Ziegenlouis, der das fragte.

»Hört jetzt auf davon«, sagte Niklas. »Wir haben ein Dach über dem Kopf und einen Braten in der Röhre. Der Braten! Der Plötz wird ihn doch anbrennen lassen!« Er fragte Robert. »Wie ist das? Müssen wir jetzt mit dem Essen auf Soerman warten?«

Alle Blicke richteten sich auf den Schweden. »Was meinst du?« fragte der. »Ob die Sache stimmt?«

»Es ist anzunehmen.« Es fiel Robert nicht leicht, in die Welt der alltäglichen Fragen und Probleme zurückzukehren. »Es wird sich ja gleich herausstellen.«

»Was kann Rall von mir wollen?«

»Er wird dich befördern«, sagte Niklas, »und wir werden es feiern, mit einem Punsch auf schwedische Art.«

Allmählich griff die Erleichterung auch auf die anderen über. Die lähmende Spannung löste sich. Das Haus, von dem sie halbherzig und zögernd Besitz ergriffen hatten, schien ihnen nun wirklich zu gehören, nachdem sie es so erfolgreich hatten verteidigen können.

»Ich werde es hinter mich bringen«, sagte Soerman. Er wollte zu den Ställen gehen, aber Robert hielt ihn zurück. »Geh zu Fuß«, sagte er. »Daß uns zwei Pferde zugelaufen sind, braucht niemand zu wissen.«

Auch Robert begann sich leichter zu fühlen, und als er die Küche betrat, die von Wärme und Essensdüften erfüllt war, blieb das, was eben geschehen war, gleichsam draußen im Hof zurück, wie die Nacht und die Kälte.

Der Ziegenlouis, hoch aufgeschossen und aus der Uniform, die ihm noch bei der Landung in New York viel zu groß war, herausgewachsen, machte sich wieder ans Kartoffelschälen, den Eimer, in den er die Schalen fallen ließ, zwischen den Beinen, wie sonst seine Trommel. Niklas riß sich Rock und Hemd vom Leib und kniete vor dem Herd nieder, dessen Platten rot glühten. Balthasar Plötz war mit der Zubereitung der Nachspeise beschäftigt; er hatte den großen Ecktisch beschlagnahmt; auf einem Leintuch ausgebreitet lagen die dünnen Teigfladen, die er liebevoll mit Apfelscheiben und abgebräunten Brotbröseln belegte. »Wo wart ihr denn alle so lange?« fragte er. Vertieft in die Zubereitung seiner Apfelstrudel, hatte er sich plötzlich allein gefunden, aber nicht lange geforscht, wo die anderen geblieben waren, sondern die günstige Gelegenheit dazu benützt, den Rumvorrat zu verringern.

Robert nahm ihm die Flasche, die an seinem Arbeitsplatz stand, weg. »Das kannst du nicht machen«, protestierte Plötz, »ohne Rum bekommt das keinen Geschmack. Gib mir wenigstens noch ein Glas. Heute ist ein besonderer Tag.«

»Wo ist meine Mutter?« fragte Robert.

»Ich habe ihr die Sachen hinaufgebracht, in das Zimmer oben im ersten Stock. Dort oben gibt's ein richtiges Speisezimmer. Stellt Euch vor! Wenn wir dort alle sitzen, an einem richtigen Tisch, und essen, mit Kerzenlicht, auf einer Damastdecke und auf richtigem Porzellan und mit Silberbesteck . . .«

Niklas hatte die letzten Worte aufgefangen und schob sich mit einem wissenden Lächeln heran. »Ich zeig' es dir, Robert, unser Besteck für zwölf Personen.« Er schlug den Deckel der Eckbank auf und hielt Robert ein paar silberne Gabeln hin, Sterling Silber, in London gestempelt. »Vierundsechzigteilig, all es zusammen wiegt das Zeug gut seine fünfzig Pfund. Ich habe nur eine Viertelstunde danach gesucht. Es sind immer die gleichen Stellen, an denen die Leute ihre Wertsachen vergraben.«

»Hör zu, Niklas«, sagte Robert, »ich möchte, daß du das Zeug dahin zurückbringst, wo du es her hast.«

»Ich könnte sie dir beschreiben«, fuhr Niklas unbeirrt fort, »die Leute, die in diesem Haus gewohnt haben. Die Art, wie Menschen ihre Wertsachen vergraben, enthüllt ihren Charakter. Da sind die ganz Schlauen, die meinen, wenn sie nur ein ausgefallenes Versteck wählen . . .«

Robert hörte nicht mehr hin. Er hatte auch nicht mehr die Kraft, Niklas ins Gewissen zu reden. Er war müde, wie benommen von der Hitze und den Düften der Küche, und dann war da noch etwas anderes, die Schritte, die er über sich hörte, die ruhelosen Schritte einer Frau.

34

Im Biwak der Frauen war Anna Haynau immer die erste gewesen, die ihre Sachen ausgepackt und eine Ecke für sich eingerichtet hatte. Jetzt hatte sie nach langer Zeit endlich einen Raum für sich, und nun konnte sie sich zu nichts aufraffen. Die Tasche mit ihren Habseligkeiten stand neben der Tür, noch an der Stelle, wo Balthasar Plötz sie abgestellt hatte.

Im Kamin lag dürres Holz aufgeschichtet; sie hätte es nur zu entzünden brauchen, aber sie tat es nicht. Die Wärme, nach der sie verlangte, konnte brennendes Holz ihr nicht geben; ein Zuhause, Räume, erfüllt von Erinnerungen, vertrauten Gegenständen. Selbst der Gedanke an Robert war ihr in dieser Stunde kein Trost. Söhne waren kein Ersatz für einen Mann. Früher waren ihr solche Empfindungen fremd gewesen; sie hatte nie gewußt, was es heißt, verlassen zu sein, nicht einmal damals, in den Wochen und Monaten, als sie auf ein Zeichen ihres ersten Mannes, des Goldmachers Robert Skelnik, gewartet hatte. Sie hatte sein Kind in sich getragen, seinen Sohn, und bevor die Kälte der Einsamkeit sie hatte berühren können, war der andere Mann gekommen – und wenn es auch nicht die Hitze der Leidenschaft war, die er ihr schenkte, so war es doch die Wärme des Geborgenseins.

Das Licht der Kerze auf dem Kaminsims ließ den Raum größer erscheinen als er war. Außer dem Bett im Alkoven, einem Lehnstuhl und einer Wiege aus Korbgeflecht, in der zerbrochenes Kinderspielzeug lag, hatten die geflohenen Bewohner nichts in diesem Raum zurückgelassen. Auf der Tapete hatten sich die Umrisse der früheren Einrichtung abgezeichnet: Ein Schrank, ein Sekretär mit hohem Aufsatz, eine Standuhr, ein Bücherbord, zwei ovale Bilder. Während ihres rastlosen Auf- und Abwanderns nahm sie das alles nur schemenhaft wahr; sie blickte in sich hinein. Auch in ihr war es leer und dunkel von den Erinnerungen blieben nur noch Schatten, sich auflösend wie Nebelgebilde, Erinnerung an Erinnerungen – weil sie es so wollte. Nicht mehr zurückschauen!

Nicht an den Augenblick in Princeton denken, an die Kiste in der Apotheke, auf der in großen Lettern mit Kopierstift der Name gestanden hatte: MR. SKELNIK. Sie verbannte dieses Bild aus ihrem Gedächtnis. Es trug den Keim eines Versprechens in sich, einer Hoffnung – aber sie besaß nicht mehr die Kraft zu hoffen. Sie hatte nur noch die Kraft, zu vergessen – die Wünsche und die Ängste. Verloren in ihre Gedanken, hörte sie nicht, daß Schritte die Treppe heraufkamen. Sie beantwortete das Klopfen nicht.

Robert sah ihr Erschrecken, als er eintrat, und für einen jener flüchtigen Augenblicke, in denen wir nicht mit den Augen, sondern mit dem Herzen sehen, begriff er alles. Er ging zu ihr, schloß sie in seine Arme. Durch den groben Stoff des Wollkleids fühlte er ihren Körper, den Körper einer Frau, die noch zu jung war, um sich nicht mehr nach einem Mann zu sehnen. Schuldgefühl stieg in ihm auf, eine Ahnung, welches Opfer es für sie bedeutete, nur noch die Mutter ihrer Söhne zu sein – und wie wenig er ihr dafür geben konnte.

Er ging zum Kamin, öffnete die Lüftungsklappe und entzündete das Reisig unter dem Holz. Es war strohtrocken und fing mit lautem Prasseln Feuer. »Hier wirst du zur Ruhe kommen«, sagte er, »du wirst dich erst einmal richtig ausschlafen, und dann wird die Welt ganz anders aussehen.« Er zog ihr den Lehnstuhl zum Feuer. »Komm, setz dich her.«

Sie zögerte. »Ist er fort?« fragte sie.

Er hätte gern ihr Gesicht gesehen, aber sie hielt den Kopf gesenkt.

»Du mußt nie Angst um mich haben«, sagte er. »Ja, er ist fort, und ich habe das Gefühl, er wird uns in Ruhe lassen. Komm zum Feuer. Es war zuviel für dich in den letzten Monaten. Aber es ist vorbei. Der Winter ist lang, und bevor er zu Ende ist ...« Er stockte. Was für Versprechungen konnte er ihr machen? Er mußte an das Messer denken. Er warf einen Blick zum Fenster. Nein, es ging nicht zum Innenhof, sie konnte nichts gesehen haben, und doch hatte er das Gefühl, als wisse sie alles, als habe sie neben ihm gestanden, als er das Messer zog, als sei sie es gewesen, die ihn gehindert hatte, etwas zu tun, was unwiderruflich war.

Sie hatte vor dem Feuer Platz genommen. Das Prasseln wurde allmählich leiser, ging in ein Zischeln und Flüstern über, hin und wieder unterbrochen vom Knakken eines auseinanderbrechenden Holzstücks. Für einen Moment war es fast wie auf Gut Haynau, wenn er abends zu ihr kam und sie in den ersten Minuten nichts sprachen, sondern nur zusammen ins Feuer schauten, bis dann der Tee kam.

»Wir werden diesen Raum ganz nach deinen Wünschen herrichten«, sagte Robert, »du wirst gar nicht mehr fortwollen.«

Anna Haynau strich ihr Kleid glatt, eine Geste, die Robert von Kindheit an vertraut war. »Wir werden ihn nicht herrichten«, sagte sie bestimmt, »wir werden nichts anrühren und nichts verändern. Laß alles so, wie es ist, bitte. Die Leute, die hier lebten, wenn sie eines Tages zurückkommen, sollen sie alles so wiederfinden, wie sie es verlassen haben.« Ihre Stimme drohte an den aufsteigenden Tränen zu ersticken. »Ich habe Angst,

Robert, einfach Angst. Sag mir, weshalb war Claus da? Es ist besser, ich weiß es. Was wollte er? War es nur wegen des Hauses?«

»Rall wollte Soerman sehen.«

Sie hob den Kopf. »Warum das?«

»Das frage ich mich auch. Aber er wird schon nichts falsch machen. Es hat bestimmt nichts Schlimmes zu bedeuten. Wir werden es wissen, wenn er zurück ist. Komm jetzt, das Essen ist fertig.«

»Ich kann nicht, bitte, laß mich hier.«

Er schüttelte den Kopf. »Natürlich kannst du! Du mußt können. Sie haben sich so viel Mühe gegeben. Sie haben gekocht wie zu einem Festtag. Du wirst deinen Augen nicht trauen, wenn du die Tafel siehst. Du hast zehn Minuten Zeit, um dich zu richten. Dann erwarte ich dich!«

Anna Haynau und Frau Retz mitgerechnet, waren sie zu siebt im Haus des Lohgerbers, aber sie hatten ein Speisezimmer, an dessen Tisch, wenn man ihn auszog, zwölf Personen Platz fanden, und vor allem: sie hatten Essen für zwölf, und so waren noch fünf aus dem Zeltlager an die Festtafel gebeten worden. Anna Haynau und Frau Retz hatten die Ehrenplätze an den Stirnseiten der Tafel bekommen. Freder Soermans Platz war leer geblieben.

Alle hatten mächtigen Hunger gehabt, trotzdem war das Essen nicht das Wichtigste gewesen, ja sie hatten zögernd und gehemmt zugegriffen, schon allein davon überwältigt, daß sie an solch einem Tisch sitzen konnten, und so war noch viel übriggeblieben, als Soerman dazugekommen war.

Niemand hatte Fragen an ihn gestellt. Vielleicht wegen der fünf Gäste aus dem Zeltlager, vielleicht aber auch, um die Feierlichkeit dieser Stunde nicht zu stören.

Soerman hatte einfach Platz genommen, mit Bedacht gegessen und getrunken. Seiner Miene war nicht zu entnehmen, wie die Sache bei Rall ausgegangen war, und Robert hatte es auch gar nicht versucht; er kannte Soerman lange genug.

Aber sobald die Tafel aufgehoben war, verständigte er sich mit ihm durch einen Wink, und während die anderen noch bei einem Glas Schnaps zusammenblieben, verließen Robert und Soerman den Raum.

Anna Haynau, die nur auf diesen Augenblick gewartet hatte, erhob sich, und Robert konnte es nicht verhindern, daß sie ihnen folgte. Sie übernahm sogar die Initiative: »Kommt in mein Zimmer, dort könnt ihr in Ruhe sprechen.«

Sie hatten noch zwei Stühle in den Raum getragen und Holz nachgelegt. Anna Haynau saß im Lehnstuhl, rechts von ihr Soerman, links Robert.

»Er hat mich wirklich rufen lassen«, begann Soerman. »Es war keine Ausrede und keine Falle. Der Oberst hat sich übrigens im Haus des Doktors einquartiert; die beiden scheinen sich zu mögen. Zwar können sie kein Wort miteinander reden, aber sie haben ihre gemeinsame Liebe für französischen Rotwein und fürs Schachspiel entdeckt. Ich glaube, Rall war voll vom Bordeaux des Doktors, aber du weißt ja, man merkt ihm kaum was an.«

»Was wollte er?«

»Er sucht einen Mann, der sich in dieser Gegend auskennt, und jemand hat ihm erzählt, daß es in der ersten Kompanie einen solchen Mann gibt. Zuerst bin ich aus seinen Fragen nicht schlau geworden. Wie kalt hier im Durchschnitt die Winter sind. Wann der Delaware für gewöhnlich zufriert, und wie lange es dauert, bis die Eisdecke trägt. Immer wieder drehte es sich um den Fluß, um die Fähre, um die Furten, ob man mit Pferden durchreiten könne. Wie gesagt ich dachte zuerst, es sei der Wein, aber er wußte genau, was er wollte. Haltet euch fest! Es sieht so aus, als würden wir nicht lange in Trenton bleiben. Das ging mir eigentlich erst beim Rückweg auf. Seine Fragen können nur einen Sinn haben: er will mit der Armee über den Fluß. Dieses Philadelphia sticht ihm in die Augen! Es muß ihn rasend machen, hier festzusitzen, die Hauptstadt der Rebellen dreißig Meilen vor sich, und kein Engländer ist in der Nähe, der ihn bremsen könnte! Nicht, daß er auch nur ein Wort in dieser Richtung angedeutet hätte, der alte Fuchs, nicht einmal das Wort Philadelphia ließ er fallen, aber mir ist ganz klar, was er im Sinn hat.«

Robert trat an den Kamin. Er fühlte, wie der Blick seiner Mutter ihm folgte. Er spürte, daß jedes Zögern, jede Sekunde Schweigen, sie nur noch mißtrauischer machen würden. »War das alles?« fragte er Soerman.

»Nicht ganz. Die Kontinentalarmee ist erst vor kurzer Zeit über den Delaware gegangen. Sie haben dabei im Umkreis von zwanzig Meilen jede Fähre und jedes Boot mitgenommen. Da ich die Gegend hier herum kenne, hat er mich beauftragt, einen Trupp zusammenzustellen und flußaufwärts zu marschieren. Wir sollen erkunden, ob die Sache mit den Booten den Tatsachen entspricht, sollen gegebenenfalls alle Boote requirieren. Am liebsten hätte er gesehen, wenn ich noch heute nacht losgezogen wäre.«

»Das ist die Gelegenheit, auf die wir gewartet haben«, sagte Robert. »Jetzt hat es sich doch gelohnt, daß wir es nicht früher versucht haben.« Die beiden Männer blickten sich an, und dann sahen sie zu der Frau. Ihre Hände klammerten sich so fest um die Lehnen, daß die Knöchel weiß hervortraten. Robert nickte Soerman zu, dann trat er zu seiner Mutter. »Ich muß dir etwas sagen. Wenn ich es bisher verschwiegen habe, so nur . . .

Er kam nicht weiter. Anna Haynau erhob sich. Sie blickte durchs Fenster in die Nacht. Dann wandte sie sich um. »Ich weiß, was du mir sagen willst. Ich habe es vom ersten Tag an gewußt, daß ihr immer daran gedacht habt, zu desertieren. Und auch Claus hat es immer gewußt. War ich es, die euch bisher daran gehindert hat?«

»Nein, Mutter. Unser Plan beruhte darauf, einem bestimmten Gebiet dieses Landes möglichst nahe zu sein . . .« Er stockte, horchte zur Tür. Das Lachen der Tischrunde klang herüber. »Wir konnten nicht damit rechnen, daß wir ohne unser Zutun dem Ziel so nahe kommen würden.«

Anna Haynau nickte. »Auch das weiß ich.«

»Du weißt es? Seit wann?«

»Seit gestern abend und durch einen Zufall. Nachdem wir gestern abend in Princeton unser Lager aufgeschlagen hatten, bin ich mit Niklas wegen verschiedener Medikamente zum Apotheker gegangen. Niklas hatte zwar englisches Geld, aber wir waren nicht sicher, ob das etwas nützen würde, du weißt, wie rar die Medikamente sind. Der Apotheker hatte eine ganze Wagenladung in seinem Lagerraum, eine bestellte Sendung, die aber jetzt nicht mehr zu transportieren war, weil der Auftraggeber jenseits des Delaware lebte. Die Adresse stand auf den Kisten, und sie lautete auf einen Namen . . .« Sie kam zum Feuer zurück. »Ich bin bis jetzt noch nicht damit fertig geworden«, sagte sie. »Ich glaubte, ich müßte umsinken, als ich den Namen deines Vaters las.«

Ein langes Schweigen entstand; die drei wagten nicht einmal, sich anzublicken.

»Dann weißt du mehr als wir«, sagte Robert schließlich. »Für uns war es nur eine vage Hoffnung, daß er immer noch hier sein könnte. Soerman hat ihn vor dreizehn Jahren das letzte Mal gesehen, und das ist eine lange Zeit.« Er blickte zu Soerman hinüber. »Was sagst du?«

»Ich weiß nicht. Es ist zuviel Glück dabei.« Soerman schüttelte den Kopf. »Zuviel Glück«, murmelte er. »Es macht mir Angst.«

»Von wieviel Leuten hat Rall gesprochen?« fragte Robert.

»Ich kann nehmen, soviel ich will. Sogar Pferde bekomme ich. Er will nur die Boote.«

Anna Haynau drehte sich um. Ihr Gesicht war nur noch Ausdruck eines Willens, der sich durch nichts würde beirren lassen. »Worauf wartet ihr? Soerman hat Angst vor so viel Glück? Ich nehme es als ein Zeichen. Laßt uns gehen, laßt uns sofort gehen!«

Robert fiel es schwer, ihrem Drängen nicht nachzugeben. Dennoch sagte er: »Nicht jetzt, nicht Hals über Kopf. Ich möchte wirklich nicht in letzter Minute als Deserteur gehängt werden. Wir müssen alles gut vorbereiten.«

»Da gibt es nichts vorzubereiten«, sagte sie heftig. »Was jetzt nur wir drei wissen, werden sehr bald auch andere wissen. Es kann nicht geheim bleiben. Irgendwann wird auch Claus es erfahren, irgendwann wird der Name Skelnik fallen, und man wird wissen, daß es bis zu dem Gut keine zehn Meilen sind. Claus wird sich alles weitere zusammenreimen. Er wird nicht warten, bis wir entwischt sind, oder vielleicht wird er warten, aber nur, um uns auf frischer Tat zu ertappen – und dann werdet ihr hängen. Ich bitte dich, laß uns gehen, noch in dieser Nacht.«

»Wir dürfen nichts überstürzen, Mutter. Soerman soll morgen mit einem Trupp den Delaware aufwärts. Er wird sich umhören, den besten Übergang erkunden. Wir haben das gleiche Problem wie Rall. Wir müssen über den Fluß, und dazu brauchen wir Boote oder zumindest eines. Sobald Soerman zurück ist, werden wir uns entscheiden. Vielleicht können wir schon morgen Nacht gehen.«

Anna Haynau schwieg. Sie setzte sich vor das Feuer, dessen Glut sie nicht zu wärmen vermochte. Robert hatte recht, es war vernünftig, den richtigen Augenblick abzuwarten. Aber Vernunft war ihr kein Helfer in dieser Stunde, nicht gegen die Angst, und noch weniger gegen jene Gedanken, die sie bestürmten, seit sie beim Apotheker von Princeton auf einer Kiste den Namen Skelnik gelesen hatte.

35

Das Haus Queenstreet Nummer 1 war das größte und prächtigste in ganz Trenton. Jakob Eliphat Compson hatte weit vorausgeplant. Er hatte sich die Zukunft Trentons und die Zukunft der Familie Compson vorgestellt, und so war ein Bau entstanden, dessen Dimensionen in jeder Hinsicht auf Zuwachs berechnet waren. Compsons Zukunftsvisionen hatten sich bewahrheitet, Trenton war gewachsen, und das Compson-Vermögen hatte sich um ein Vielfaches vermehrt, nur sein Haus, das seine Phantasie einst mit einem halben Dutzend Söhne und einer Handvoll Töchter bevölkert hatte, war leer geblieben.

Als John heranwuchs, hatte sich Jakob Eliphat Compson damit getröstet, daß er eines Tages Enkel haben werde, aber seit sein einziger Sohn auf dem Friedhof von Trenton lag, gab es nicht einmal mehr diese Hoffnung. Er würde den Rest seines Lebens in einem leeren Haus verbringen, an einem Tisch sitzen, an dem zehn Stühle zuviel standen, er an dem einen Ende und seine Frau am anderen; zu weit entfernt, um miteinander zu reden, würden sie einander trotzdem noch lästig fallen, und Tag für Tag würde er sich mit selbstquälerischer Beharrlichkeit fragen, was für einen Sinn sein Leben hatte, da nach ihm nichts mehr kommen, da sein Name mit ihm erlöschen wurde. Und der Name Compson bedeutete viel für Trenton. Sein Großvater hatte dieses Land am Delaware von den Indianern eingetauscht, gegen zwei englische Rennpferde, wie überliefert wurde, wertvolles Land, das er später für viel Geld weiterverkauft hatte.

Was die Leute in Trenton für Trauer über den Verlust seines einzigen Sohnes hielten, war in Wirklichkeit ein dumpfes Brüten, dessen Gegenstand Jakob Eliphat Compson selber war, und da nichts ihn ablenkte, wurde fast eine Besessenheit daraus. Denn auch der andere große Inhalt seines Lebens existierte nicht mehr: der Tee. Der Handel mit den schwarzen Blättern war für ihn noch einträglicher gewesen als der Handel seiner Vorfahren mit Land. Aber seit der Blockade der amerikanischen Häfen durch die Engländer war damit kein Geschäft mehr zu machen. Seine Schiffe beförderten jetzt Soldaten über die Meere, und die Lagerhallen in Boston und Philadelphia waren leergeräumt. Es war ihm nicht einmal ein Trost, daß sein Vermögen sich trotzdem weiter vermehrte; er sah es nicht, es ging nicht durch seine Hände, sondern durch die gewisser Notare in Philadelphia. Diese verliehen es zu Wucherzinsen – selbst der Kongreß hatte eine Anleihe genommen –, was Jakob Eliphat Compson einen Gewinn brachte, der den des

Teehandels weit überstieg. Daß er gleichzeitig an den Engländern verdiente – für die Benutzung seiner Schiffe – und an den Rebellen, die er von Herzen haßte – mit diesem Gewissenskonflikt konnte ein Mann wie Compson fertig werden, nicht aber mit der Untätigkeit, zu der er sich verdammt sah. Sein Lebenselixier war nun einmal Tätigkeit, und da er sie in seinem Kontor nicht mehr fand, suchte er sie daheim.

Früher hatte er diesen Bereich ganz seiner Frau überlassen, jetzt kümmerte er sich um die Details der Küche. Er war zur Stelle, wenn die Händler kamen. Er wog jedes Ei in der Hand, er beanstandete das Geflügel und das Wild; er verkostete die Butter; er inspizierte den Keller, legte Listen der Vorräte an, ordnete den Weinkeller neu. Schließlich machte er eine Bestandsaufnahme des Porzellans und entdeckte dabei, daß er seit dreißig Jahren aus einem häßlichen Service aß, während ein schönes unberührt und verstaubt im Schrank stand. Aus dem Versuch, sich Beschäftigung zu verschaffen, wurde eine Manie; statt daß er Vergessen fand, vertiefte sich dabei nur der Schmerz über sein sinnloses Leben, das leer geblieben war wie dieses Haus, in dem alles überreichlich vorhanden war, nur die Menschen nicht.

Kein Wunder also, daß Jakob Eliphat Compson den Einmarsch der Hessen in Trenton begrüßte. Beim ersten fernen Klang der Trommeln hatte er anspannen lassen, um den Truppen entgegenzufahren und dem Kommandeur, Oberst Rall, sein Haus anzubieten. Seine Frau hatte vehement dagegen protestiert, mit der Begründung, daß jeder der hessischen Soldaten den tödlichen Schuß auf ihren Sohn John abgegeben haben konnte.

Betty Compson war keine Frau, die Gefallen an häuslichen Streitereien fand, aber in diesem Fall hatte sie nicht nachgegeben. Es war zu einer heftigen Auseinandersetzung gekommen, an deren Ende Frau Compson sich in ihr Zimmer zurückgezogen hatte, und als ihr Mann von seiner Fahrt heimgekehrt war, hatte sie sich sogar eingeschlossen. Enttäuscht und gereizt, weil Rall schroff abgelehnt hatte, in seinem Haus zu wohnen, hatte Compson nach einem Ventil für seinen Zorn gesucht und verlangt daß seine Frau ihn einließe. Als sie ihm dann gegenüberstand, gleich groß wie er, in dem schwarzen Trauerkleid aus Taft, das die Fülle von Brust und Hüften noch betonte – ein Anblick, der ihn schon lange nur noch an ihre Unfruchtbarkeit nach der ersten Geburt gemahnte –, hatte Compson die Beherrschung verloren und ihr alles, was sich in ihm während der Ehe an Bitterkeit angestaut hatte, entgegengeschleudert. Sie hatte nichts erwidert, hatte ihn nur angesehen, mit ihren grauen Augen, aus denen nichts als die Melancholie eines Menschen sprach, der lieber selber verletzt wurde, als daß er andere verletzte, und er war verstummt, nicht erleichtert durch diesen Ausbruch, sondern aufs neue gedemütigt. »Wir werden einen Gast haben«, hatte er ihr erklärt. »Er wird hier im Haus wohnen. Ein hessischer Major. Ich wünsche, daß zwei Zimmer für ihn hergerichtet werden. Er wird heute Abend das erste Mal mit uns essen. Damit wir uns richtig verstehen: das ist keine Bitte, das ist ein Befehl.«

Betty Compson hatte ihrem Mann stumm den Rükken zugekehrt und war zu dem Fenster getreten, von dem aus sie hinüber zum Friedhof sehen konnte.

Am Abend waren die beiden Zimmer für den hessischen Major vorbereitet gewesen, der Tisch war festlich gedeckt, für drei Personen, aber Betty Compson war nicht zum Essen erschienen; und als Jakob Eliphat seine Frau suchte, sagte man ihm, sie sei auf den Friedhof gegangen, zum Grab ihres Sohnes. Das hatte sie das erste Mal und auch das zweite Mal getan, und er hatte es dulden müssen.

Auch an diesem Abend – es war der dritte seit dem Einmarsch der Hessen – klopfte Jakob Eliphat Compson vergeblich an das Zimmer seiner Frau.

In ohnmächtigem Zorn kehrte er um, und während er die Treppe hinunterstieg, nahm er sich wieder einmal vor, sie zu verstoßen. Ein neues Leben beginnen, mit einer neuen Frau, einer Frau, die ihm jedes Jahr ein Kind gebären mußte! Seit zwanzig Jahren spielte er mit diesem Gedanken, und seit zwanzig Jahren wußte er, daß er ihn nie in die Tat umsetzen würde. Und so betrat er, zerfallen mit sich und der Welt, das Speisezimmer, beschimpfte das Mädchen, das gerade die Servietten faltete, wegen einer nachlässig hingelegten Vorlegegabel und eilte weiter zur Küche, um dort ein Versäumnis vom Vorabend zu reklamieren, als er aus der Eingangshalle Stimmen hörte.

Aber es waren nicht der hessische Major und die beiden anderen Offiziere, die er für diesen Abend zusätzlich geladen hatte; es war Thomas Randolph Bratt, der Bürgermeister von Trenton.

»Komme ich ungelegen?« fragte Bratt, als er Compson erblickte, dem die schlechte Laune auf dem Gesicht geschrieben stand. Von dem schweigsamen Empfang keineswegs geniert, trat Bratt an die große Blumen-Etagere im Zentrum der Eingangshalle. »Das kann nicht nur an Ihrem Gewächshaus liegen; Bougainville in solcher Pracht! Das ist die Hand Ihrer Frau, mein Lieber. Die Meine braucht eine Blume nur anzuschauen, und schon verwelkt sie.« Thomas Randolph Bratt war ein kleiner rundlicher Mann mit einer gelockten grauen Perücke. Die Arme in die Seiten gestemmt, blickte er

Compson an, dessen Miene nichts als arrogante Gleichgültigkeit verriet.

»Die Kontribution wird doch erst morgen fällig.« Compson sagte das in einem Ton, als habe er nicht den Bürgermeister, sondern den Amtsdiener vor sich.

Thomas Bratt heftete den Blick auf die Spitzen seiner Schuhe; er war sehr stolz auf seine großen Füße, und damit sie noch größer wirkten, hatte er die Schuhe mit großen silbernen Schnallen geschmückt.

»Da Ihr mit der Tür gleich ins Haus fallt: Ich war bei allen. Bis morgen bekomme ich die Summe nicht zusammen. Abgesehen davon – ich hätte mir nicht träumen lassen, daß unsere Verbündeten zu solchen Mitteln greifen. Es hat schon genug böses Blut gemacht, daß sie zwei Häuser mit Heu vollgestopft haben. Dann die Beschlagnahme der Pferde, und nun die Kontribution!«

»Was habt Ihr erwartet? Noch bessere Geschäfte? Euer Bruder nimmt als Bäcker an einem Tag allein achthundert Dollar ein. Und der andere, der Branntweinhändler, das doppelte. Die Kasse des Posthalters ist jeden Abend voll. Sie sollen zahlen!«

Der Bürgermeister machte eine Handbewegung wie ein Teufelsaustreiber. »Die Leute hier haben sich von der Ankunft der Verbündeten etwas anderes erwartet. Nicht Übergriffe und Bestrafung, sondern . . .« Es schien ihm ratsamer, nicht auszusprechen, was er dachte.

»Um meinen Anteil an der Kontribution macht Euch keine Sorgen«, sagte Compson. »Ihr könnt damit rechnen.«

Einen Moment herrschte Schweigen. Bürgermeister Bratt faltete seine Hände über dem Bauch. »Der Oberst Rall stellt keine schriftliche Bescheinigung über die Kontribution aus.« Seine kleinen hellen Augen huschten über das in zweierlei Braun gebeizte Holzmosaik der Halle und streiften Compson nur hin und wieder. »Vielleicht macht er bei Euch eine Ausnahme. Ihr steht Euch gut mit den Herren. Vielleicht wäre es besser gewesen, Ihr hättet die Verhandlungen übernommen. Wenn sie uns nur noch ein paar Tage Zeit geben würden!«

»Ihr meint, daß der Delaware vielleicht doch noch zufriert und sie ohne unser Geld weiterziehen? Weil sie hoffen in Philadelphia mehr zu finden?«

»Davon weiß ich nichts, aber Ihr habt bessere Informationen als ich.« Bratt schien am Boden etwas entdeckt zu haben, das seine ganze Aufmerksamkeit fesselte. »Was sagt Ihr dazu, daß der Oberst den Befehl gegeben hat, die Bäume auf der Felderwiese zu fällen? Will er vielleicht Boote daraus bauen?«

»Bereut Ihr, daß die Rebellen sie mitgenommen haben?« fragte Compson kühl. »Ihr könnt ihnen immer noch nachfolgen.«

»Ich war stets ein treuer Diener der Krone. Jeder hier weiß das, und daran hat sich nichts geändert. Aber muß das sein, was in New Jersey geschieht?! Repressalien und Plünderung? Muß man uns drohen im Namen von Ruhe und Sicherheit? Heute haben sie wieder zwei Postkutschen voll mit Weibern aus New York hertransportiert. Ob das die Moral hebt? Die werden nur unser gutes Geld unter ihren Röcken davonschleppen. Ich weiß nicht, ob man sich auf diese Weise beliebt macht.«

Erst in diesem Augenblick entdeckte Compson den Offiziersmantel mit den roten Aufschlägen und den Zweispitz mit der grünroten hessischen Kokarde an dem Ständer neben der Haustür. Er warf einen raschen Blick zur Bibliothek. Ärger stieg in ihm auf, daß man ihn nicht benachrichtigt hatte, aber noch mehr ärgerte er sich über seine eigene Unachtsamkeit. Für einen Moment war er versucht, den Bürgermeister mit zum Abendessen einzuladen, aber die Gewißheit, daß dann morgen ganz Trenton die Speisenfolge kennen würde, ließ ihn den Gedanken verwerfen. Er ging auf Bratt zu. »Wir sollten nicht vergessen, wir haben Krieg. Irgendeinen Preis muß man immer zahlen. Ich rate Euch, treibt die Kontribution ein, und zwar ohne Verzug, bis morgen um zwölf Uhr.« Mit der Herzlichkeit, die ihm zu Gebote stand, wenn er jemanden schnell loswerden wollte, legte Compson den Arm um Bratts Schulter.

»Ich gehe schon«, sagte Bratt. »Nur noch eines. Wenn ich das Geld nicht zusammenkriege – würdet Ihr uns dann Kredit geben, kurzfristig?«

»Tut mir leid. Redet denen ins Gewissen, die das Geld haben und nur nicht hergeben wollen!« Und bevor der Bürgermeister noch etwas einwenden konnte, sah er sich aus dem Haus komplimentiert.

Sie waren ein ungleiches Paar, der amerikanische Teehändler und der hessische Offizier, die ein schweigsames Diner einnahmen, von zwei Schwarzen bedient, aus Schüsseln und Platten, auf denen Portionen lagen, die für ein halbes Dutzend Männer ausgereicht hätten.

Sie kamen aus zwei Welten, und doch schien die beiden Männer etwas zu verbinden. Schon daß sie sich, jeder an einem Ende der großen Tafel sitzend, über den Tisch hinweg mit einer gewissen Feierlichkeit zutranken, gab ihrer Begegnung etwas Konspiratives. Außerdem hatten sie ein Thema, das sie beide gleichermaßen beschäftigte, wenn auch jeden aus anderen Gründen, und das war die Person des Obersten Rall. Compson hatte es immer noch nicht verwunden, daß Rall das Haus des Doktors der Queenstreet Nummer I vorgezogen hatte. Jedes Detail in den Lebensgewohnheiten des hessischen Obersten interessierte ihn, so als könne er daran die Zukunft Trentons und damit seine eigene ablesen. Er wußte, daß Rall selten das Haus verließ – und dann nur, um das Exerzieren der Truppen zu beaufsichtigen. Er wußte, daß Rall die Nächte mit Saufgelagen verbrachte, und beides war nicht angetan, seine Sorgen zu beschwichtigen.

Auch für Claus von Haynau war Rall ein Thema, das ihn nicht losließ. Es betraf nicht nur seinen hartnäckigen Kampf mit dem Obersten um die Befestigung Trentons, dieses zähe Hin und Her, bei dem Rall am Morgen zurücknahm, was er am Abend in Weinlaune zugesichert hatte. Claus von Haynau war auch nicht sicher, ob Rall auf seiner Seite stehen würde, wenn es zur endgültigen Auseinandersetzung mit Robert kam.

Er hatte nichts unternommen seit jenem Abend vor drei Tagen. Die Furcht, man werde ihm dies als Schwäche auslegen, bedrückte ihn unablässig. Dennoch hatte er die Entscheidung aufgeschoben. Er wartete, ohne zu wissen, worauf.

»Nein, danke!« Claus von Haynau hielt die Hand über das Weinglas, als der Diener in der gelb-braun gestreiften zweireihigen Samtweste ihm nachschenken wollte. Der Schwarze war so lautlos neben ihn getreten, daß Claus ihn erst bemerkte, als er die dunkle Hand mit der Weinflasche sah. Alles in Compsons Haus geschah mit dieser Lautlosigkeit. Nie sah er das Mädchen, das seine Zimmer aufräumte. Nie hörte er eine Tür zufallen. Und plötzlich fühlte er sich an die Woche erinnert, da Robert in der Hauptwache eingesperrt saß und auf die Vollstreckung des Urteils wartete. Damals hatte das Leben im Haynauschen Stadthaus diese Lautlosigkeit angenommen. Am Tisch hatten nur noch er und der Vater gesessen, so wie er jetzt hier mit Compson saß. Die Mutter hatte gefehlt.

Er sah von seinem Teller auf und begegnete Compsons fragendem Blick. »Es war hervorragend«, sagte er. »Jetzt ist die beste Zeit für Flugenten. Haben Sie die Tiere selber geschossen?«

»Leider nein. Es ist eine Ewigkeit her, daß ich das letzte Mal auf der Jagd war. In Ihrem Alter aber war ich ganze Nächte draußen.«

»Wie steht es mit dem Hochwild?«

»Nichts Besonderes. Jenseits des Delaware ist die Jagd besser. Hier hat man zu radikal mit Axt und Säge gewütet. Gibt es etwas Neues von Ihrem Obersten? Wie ich höre, hat er sich aus Princeton Bücher über den Delaware kommen lassen und hat dazu drei Offiziere und fünfzig Mann detachiert.«

»Sie mußten am Tag hin und noch in der gleichen Nacht zurück. Oberst Rall findet, daß es für Pferde und Männer nichts Besseres gibt als Bewegung.«

Compson griff zum Glas. Etwas an diesem jungen Deutschen weckte sein Interesse, ein vages Gefühl der Verwandtschaft, wie es zwischen unglücklichen Menschen leichter aufkommt als zwischen glücklichen. »Hat die Suche nach Booten etwas erbracht?«

»Nichts.«

Es war etwas anderes, was Claus von Haynau irritierte. Soerman hatte sich nach freier Wahl einen Trupp Männer zusammengesucht, um im Auftrag Ralls die Erkundungen flußaufwärts durchzuführen, aber weder Robert noch einer der anderen Leute aus der Gruppe, die sich eigenmächtig im Haus des Lohgerbers einquartiert hatte, waren dabei gewesen; ganz so, als wolle man ihm keinen Anlaß zum Mißtrauen geben.

»Ich wüßte einen Weg, wie Oberst Rall zu seinen Booten kommen könnte«, setzte Compson das Gespräch fort, nachdem sie sich im Rauchsalon an dem runden Ebenholztisch niedergelassen hatten und der Tee serviert worden war. »Ich kenne eine Reihe Kapitäne an der Ostküste, die mir jede gewünschte Menge Boote nach New Brunswick liefern würden. Von dort allerdings müßte man sie über Land hierherbringen.« Compson beobachtete seinen Gast. Der lehnte den Branntwein ab wie vorher das zweite Glas Wein. Er entsprach so gar nicht dem Bild, das man sich von Offizieren einer fremden Truppe in einem fremden Land zu machen pflegt. Er hatte die Augen und den Mund eines Träumers, aber seine Träume schienen düster zu sein. »Ihr Schweigen sagt mir, daß Oberst Rall diese Lösung des Problems zu langwierig sein dürfte.«

Claus von Haynau stellte die Tasse ab. »In einem Ort wie Trenton scheint es nicht leicht zu sein, etwas geheimzuhalten. Das mit den Booten ist Ralls Idee. Sie haben durch Bürgermeister Bratt davon erfahren?«

Compson warf seinem Gast einen raschen Blick zu. Hatte er, als er in der Bibliothek wartete, sein Gespräch mit Bratt belauscht? Nun, Compson, hatte nichts gesagt, was nicht jeder hätte hören dürfen. Er fand es ratsam, offen zu sein. »Bürgermeister Bratt war nicht deswegen bei mir. Er hat Schwierigkeiten mit dem Eintreiben der Kontribution. Diese Maßnahme ist hier nicht gerade auf Verständnis gestoßen. Man nimmt es dem Obersten, offen gestanden, übel. Ebenso den Befehl, die Felderwiesen abzuholzen.«

»Es hat den Nebeneffekt, daß wir unsere Geschütze günstiger postieren können. Von den bisherigen Stellungen aus hätten wir das jenseitige Ufer kaum erreicht.«

»Um Löcher in den Sand zu schießen? Einen Mann der Kontinentalarmee werden Sie da drüben vergeblich suchen.«

»Das ist auch die Meinung von Oberst Rall. Ich bin nicht so sicher.«

»Die Kartätschensalve gleich am ersten Tag«, sagte Compson, »da hat einer von der Nachhut die Nerven verloren. Ich wette, es waren die letzten Kugeln und das letzte Pulver, das sie besaßen. Die Kontinentalarmee – das ist nur noch ein Wort! Ich habe sie gesehen, als sie über den Delaware sind; eine Horde von Banditen! Aufwiegler, Feuerköpfe, Verrückte!« Compson war aufgesprungen. »Verzeihen Sie, aber mich packt jedesmal der Zorn, wenn ich daran denke. Das war nicht immer so. Ich bin zwar Royalist, trotzdem sind mir die Rebellen immer ziemlich gleichgültig gewesen – bis mein Sohn sich für ihre Sache entschied.« Compson verstummte, aber der Drang zu reden war stärker. »Mein Sohn ist gefallen, bei dem Kampf um Fort Washington, auf der Seite der Rebellen. Ich habe Ihnen gesagt, daß meine Frau nicht am Essen teilnimmt, weil sie krank ist. Das stimmt nicht, sie nimmt die Mahlzeiten auf ihrem Zimmer ein. Sie sieht in jedem Mann der royalistischen Truppen den Mörder ihres Sohnes.« Compson schenkte sich ein zweites Mal Branntwein ein; er verschloß die Flasche nicht, als er sie auf den Tisch zurückstellte. »Mein Sohn interessierte sich nie für Politik. Das liegt bei uns nicht in der Familie. Wir jagen nicht Hirngespinsten nach. Bei John fing es auf einer Tanzerei an, auf diesem verfluchten Redford.«

»Redford?« fragte Claus Haynau. »ist das nicht der Indianerwald?«

»Das sind Märchen, was die Leute sich erzählen. Aber die Indianer waren dort länger als auf unserer Seite des Delaware. Der jetzige Besitzer hat ihnen noch Land abgekauft.« Wieder schenkte Compson sich nach, und wieder lehnte Claus von Haynau ab. Compson behielt das

Glas in der Hand, als es leer war. Einen Augenblick schien es, als habe er den Faden seiner Geschichte verloren. »John war auf Redford bald mehr zu Hause als hier«, fuhr er dann fort. »Er hat es mir verheimlicht, bis er mir zufällig in Philadelphia über den Weg lief, und bei ihm waren das Mädchen und ihr Vater; sie kamen von einer Sitzung des Kongresses! John war nicht der einzige, den dieser Mann verrückt gemacht hat. Alle, die in seine Nähe gerieten, hat er angesteckt.«

»Sie meinen den Vater des Mädchens? Was ist das für ein Mann?«

Diesmal ließ Compson sich nicht unterbrechen. »John könnte heute noch leben, die Wunde war nicht tödlich. Aber er war so wahnsinnig, in diesem Zustand nach Redford reiten zu wollen. Nicht nach Hause zu seinen Eltern, sondern hinüber nach Redford!« Compson stand da, die Hände geballt. »Major, Sie haben die leerstehenden Häuser hier in Trenton gesehen. Auch das ist das Werk dieses Mannes! Auch diese Familien hat er aufgewiegelt. Er hat die Männer nach Philadelphia mitgenommen, zu den Versammlungen. Er hat sie in sein Haus geholt und sie auf die neue Verfassung schwören lassen. Und wenn ihr die Boote sucht, ich gehe jede Wette ein, ihr würdet sie in seinen Wäldern versteckt finden. Es gibt Leute, auch unter denen, die hier in Trenton geblieben sind, die bewundern ihn noch dafür! Ein hergelaufener Abenteurer, ein Pole, Skelnik. Daß ein Compson erleben muß . . .«

Jakob Eliphat Compson war zu sehr in seinen eigenen Gedanken und Gefühlen befangen, um zu bemerken, welche Wirkung der Name Skelnik auf seinen Gast ausübte. Claus von Haynau stellte die Teetasse ab, sehr vorsichtig. Er legte die Hände vor sich auf das schwarze Holz des Tisches, es wunderte ihn, daß sie nicht zitterten. »Was haben Sie gesagt? Wie war der Name?«

»Skelnik. Wer weiß, wie er in Wirklichkeit heißt. Eines Tages war er da, mit ein paar Wagen, ein paar Leuten, ein paar Waffen, Äxten und Sägen und einem Pflug. Keiner wußte, woher er kam, wie lange er bleiben würde.«

Claus starrte auf seine Hände. Der Mund war ihm trocken. Jetzt hatte er Verlangen nach einem Glas Branntwein, aber er beherrschte sich, versuchte seine Frage nicht zu interessiert klingen zu lassen.

»Wann kam er hierher?«

Er brachte es nicht fertig, den Namen Skelnik auszusprechen.

»Sie wollten ihn in den Kongreß berufen«, sagte Compson, seinen eigenen Gedanken nachhängend. »Aber er lehnte ab. Ein Mann mit seinem Ehrgeiz! Es gibt etwas in seiner Vergangenheit, was er nicht ans Licht kommen lassen will.«

»In welchem Jahr hat er Redford gekauft?«

»Was heißt kaufen! Für eine silberbeschlagene Jagdflinte konnte man von einem Indianerhäuptling alles haben. Das war damals doch Urwald! Bereits urbar gemachtes Land zu kaufen, wäre billiger gewesen, als die Männer zu bezahlen, die ihm diesen Urwald gerodet haben. Gekommen ist er ...«, Compson überlegte, »ja, im Spätherbst des Jahres 1753. Seltsam. Das war auch so ein Jahr, in dem der Delaware nicht zufror.«

Betäubt, unfähig, einen klaren Gedanken zu fassen, saß Claus von Haynau da. Er hatte das Gefühl, sich über einem Sumpf zu bewegen, die dunkle schlammige Masse zog ihn nach unten, es wurde schwarz vor seinen Augen.

Compsons Stimme kam aus weiter Ferne, Worte, die

unwichtig geworden waren. In das Dunkel, das ihn umgab, fiel ein diffuses Licht; es kam auf ihn zu, durch den Nebel, rötlich, explodierte, daß ihn die Augen schmerzten; eine Gestalt formte sich, schritt ihm entgegen ... Robert. Er lächelte. Das Lächeln eines Siegers.

Wie Schuppen fiel es Claus von Haynau von den Augen. Redford, jenseits des Delaware, der Vater. Robert hatte es gewußt, hatte gewartet, auf diese Stunde ...

Er stand abrupt auf, er stieß gegen den Tisch, die Tassen und Gläser rutschten über das polierte Ebenholz. Mit einer gemurmelten Entschuldigung ging er davon. Compson überlegte fieberhaft, womit er seinen Gast verletzt haben mochte; er konnte keine vorsorgliche Erklärung mehr abgeben, denn er hörte den Offizier draußen schon nach seinem Burschen rufen. Compson war zu stolz, ihm zu folgen. Er trat an eines der Fenster, zog die Vorhänge auseinander. Die vier Laternen neben der Steintreppe vor dem Haus, reich verziert, jede mit vier Kerzen brennend, sorgten dafür, daß die prächtige Fassade auch des Nachts voll zur Geltung kam. Im Lichtkreis tauchte ein Reiter auf. Der hessische Major saß im Sattel, er trieb sein Pferd mit Sporen und Reitgerte an.

Es wunderte ihn nicht, es enttäuschte ihn nicht einmal, daß er zu spät kam; es war wie eine Bestätigung, daß sein Gegner ihm gewachsen war, daß dieser Kampf der Brüder mehr war als eine Auseinandersetzung, die einen Konflikt bereinigte und die man dann vergaß. Er hatte einen solchen Augenblick in den letzten Tagen nahen gefühlt. Auch Robert mußte es so ergangen sein. Vielleicht hatte er sich gerade in dem Moment endgültig zur Flucht entschlossen, als in Compsons Rauchsalon der Name Skelnik gefallen war. Die Vorstellung, daß sie durch einen geheimen Strom miteinander verbunden sein könnten, hob für Claus den Kampf über das Persönliche hinaus in den Bereich schicksalhafter Gesetze.

Lange konnte das Haus noch nicht verlassen worden sein. Noch rauchte der Kamin, im Hof waren frische Pferdespuren im Umkreis der Holzkübel, aus denen die Tiere ein letztes Mal getränkt worden waren. Die Kienfackeln rußten. Die Tür zum Haus war unverschlossen. Der Filzvorhang, der den Windfang vom Hausflur abtrennte, war mit einem Ledergurt zur Seite gerafft. Im trüben Licht einer Öllampe wirkte sein Grün fast schwarz. Auf einem Eisenrost lagen zerschlissene Armeestiefel; offenbar hatten sie in der Gerberei Leder gefunden und sich Schuhe daraus gefertigt. Claus registrierte es nüchtern, ohne Gefühl, alles, was er sah, interessierte ihn nur, wenn es wichtig werden könnte für die Verfolgung. Die Messingbeschläge an den dunkelgebeizten Türen und am Treppengeländer funkelten; von den Dielen stieg der Geruch von Wachs und Salmiak auf. Im Herd brannte Feuer; auf dem Tisch standen Teller, ein Korb mit Brot, ein gefüllter Weinkrug. Sollte er sich getäuscht haben? Waren sie nur weggeritten auf eine Patrouille, kamen sie gleich zurück? Schon glaubte er ein Geräusch zu hören, Stimmen. Er trat nochmals zum Herd, hob die Deckel der Töpfe. Bratenduft stieg ihm entgegen, der Geruch von Bohnengemüse. Er setzte seine Untersuchung fort. Im Erdgeschoß befanden sich außer der Küche eine Vorratskammer, ein kleines Büro, ein Wohnraum, und ein Näh- und Bügelzimmer. Überall fand er Anzeichen dafür, daß eben noch Menschen hier gewesen sein mußten. Ein Kartenspiel auf dem Tisch, eine Pfeife in einer Zinnschale. Auf einer Truhe stand eine flache Schale mit Äpfeln, herumgelegt ein Kranz Tannengrün. Er erkannte die Hand seiner

Mutter; er glaubte ihren leichten Schritt hinter sich zu hören, das Rascheln ihres Kleides, ihre Stimme: Was tust du schon wieder hier, kannst du uns nicht unseren Frieden lassen?

Unmerklich wich die Spannung, die während der ersten Minuten nach Betreten des Hauses so stark gewesen war, daß sie ihn in einen fast traumwandlerischen Zustand versetzt hatte. An ihre Stelle trat dumpfe Qual.

Warum suchte er überhaupt noch weiter? Warum hatte er nicht längst einen Trupp Reiter zusammengetrommelt, Waffen und Munition ausgegeben, Hetzhunde geholt und die Verfolgung aufgenommen? Er zwang sich auch noch, die Treppe in den ersten Stock hinaufzusteigen und von Raum zu Raum zu gehen. Das Licht der Kerze, die er aus der Küche mitgenommen hatte, huschte über kahle Wände, über Strohsäcke auf dem Fußboden. Überall roch es nach frisch gescheuerten, mit heißem Wachs eingelassenen Dielen; überall waren die Kamine eingerichtet, brauchten nur angezündet zu werden. Nur in einem Zimmer war noch ein Rest Feuer, ein Glutberg unter einer Schicht hellgrauer Asche. Ein Lehnsessel, der Alkoven, eine leere Wiege aus Strohgeflecht.

Es gab keinen Zweifel, aber etwas hielt ihn fest. Er ließ sich in den Lehnstuhl sinken, saß mit offenen Augen, bestürmt von Bildern der Vergangenheit: Ein kleiner Junge, zu Hause auf Gut Haynau. Wärme hüllte ihn ein, rötliche Dämmerung, das leise Knistern des Feuers, er wartete auf seine Mutter.

Er schreckte aus seinen Träumen. Unten fiel eine Tür ins Schloß. Schritte hallten durch das Haus, verklangen, verweht wie ein Spuk. Claus erhob sich. Langsam stieg er die Treppe hinunter. Er war schon an der Haustür, als er aus der Küche einen lallenden Singsang hörte.

Der Mann saß auf der Holzbank, mit dem Rücken an die Wand gelehnt, eine Flasche in den Händen. Er setzte sie ab, fuhr sich mit dem Handrücken über den Mund und blinzelte in das Licht der Kerze. Er sah nur den dunklen Umriß des Eintretenden. Über das ganze Gesicht strahlend, hielt er Claus von Haynau die Flasche hin. »Trink, Freundchen ... Er taugt nicht viel, aber zum Wegschütten ist er zu schade. Ich brenne Euch neuen, aber zuerst brauch' ich leere Flaschen, oder?« Mit einer Kopfbewegung forderte er Claus von Haynau auf, sich zu ihm zu setzen. Er holte eine neue Flasche unter der Bank hervor. Mit den Zähnen zog er den Korken heraus, spuckte ihn auf den Boden.

Claus stellte die Kerze ab. Er hatte den Tiroler Handschuhhändler erkannt, aber an den Namen konnte er sich im Augenblick nicht erinnern. »Wo sind die anderen?« fragte er mit Schärfe.

Balthasar Plötz legte den Finger auf den Mund. »Nicht so laut, Freundchen! So viel Schnaps ist auch wieder nicht da. Er reicht gerade für uns beide. Komm, setz dich schon her und mach die Tür zu.« Er sprach mit schwerer Zunge.

Trotz seiner Trunkenheit war nichts Abstoßendes an ihm. Er hatte etwas von einem Kranken, der im Fieber phantasiert. Claus beneidete ihn fast. Und als er jetzt den Handschuhhändler an der Schulter packte, wollte er eigentlich mehr sich selber aufrütteln. »Wann sind sie weg?« schrie er.

Die Flasche, die Balthasar Plötz in der Hand hielt, fiel zu Boden. Der dunkle Saft ergoß sich über das Holz; der Duft schwarzer Johannisbeeren verbreitete sich. »Was ist denn jetzt wieder los?« jammerte Plötz.

Claus von Haynau riß den Betrunkenen von der Bank hoch. »Rede, wo sind sie? Wann sind sie weg?«

Balthasar Plötz versuchte, sich freizumachen. »He, du bist ja gar nicht der Niklas. Wer bist du denn?«

Claus zerrte den Betrunkenen hinter sich her aus der Küche, durch den Gang, hinaus auf den Innenhof in die kalte Nacht. Balthasar Plötz hatte Mühe, sich auf den Beinen zu halten, mit jedem Schritt wurde er schwerer. Am Brunnen ließ Claus von Haynau ihn wie einen Sack auf den Boden fallen. Er füllte einen Kübel mit Wasser und schüttete ihn Plötz über den Kopf.

Der Handschuhhändler fuhr mit einem Schrei in die Höhe. »Willst du mich ersäufen! Warum hast du es auf mich abgesehen!« Er stockte, wischte sich das Wasser aus dem Gesicht und starrte Claus an, fassungslos.

»Der Herr Major«, stammelte er. Er rappelte sich auf, zog seinen Rock zurecht. »Pardon . . .«

»Ich hoffe, Er kann mir jetzt folgen«, sagte Claus. »Was ist hier vorgefallen? Wann sind sie weg, und wo wollen sie hin? Wann haben sie den Plan gefaßt? Heraus mit der Sprache!«

Der Guß kalten Wassers hatte nur seinen Körper aufgeschreckt; sein Verstand löste sich nur mühsam aus dem Dunkel des Rausches. Er blickte auf den Major, dann auf das Haus. »Ihr sagt, sie sind weg?« fragte er.

»Spiel Er mir keine Komödie vor! Das Haus ist leer.«

Unvermittelt wandte Plötz sich um, stürzte ins Haus. Claus folgte ihm nicht. Er blieb im Hof und wartete, bis Plötz zurückkam. Seine Verstörung war echt. Er schwankte, aber das kam nicht mehr vom Alkohol.

»Sie sind weg. Ohne mich«, sagte er dumpf. »Was fängt man auch an mit einem Säufer! Ich hätte ihnen alles verdorben. Sie sind weg, sie haben nicht auf mich gewartet . . .«

Claus von Haynau trat auf Plötz zu. »Seit wann hat Er es gewußt?« fragte er. »Er hat es doch gewußt. Sie haben es bestimmt schon lange geplant und vorbereitet.«

Sekundenlang herrschte Schweigen. Dann sagte Balthasar Plötz: »Macht mit mir, was Ihr wollt. Knüpft mich am nächsten Baum auf, laßt mich erschießen, tut, was Ihr wollt. Ich habe einen Fehler gemacht, als ich nach der Flasche griff, ich mache keinen zweiten. Mich bringt Ihr nicht zum Reden.«

»Er hat nur eine Chance, wenn Er redet. Wohin sind sie? Was war ihr Plan. Wo wollten sie über den Fluß? Sie wollten doch über den Fluß, nach Redford?«

»Einen Säufer«, murmelte Plötz, »einen Säufer nimmt man nicht mit. Ihr holt sie nicht mehr ein! Nie mehr. Ihr kommt zu spät, so wie ich.« Es schien, als sei er gewachsen, während er sprach. Er stand sehr aufrecht, sehr ruhig.

So stand er noch, als Claus von Haynau den Hof verlassen hatte. Hufschlag klang auf, verlor sich in der Ferne. Allmählich begriff Plötz, daß er allein zurückgeblieben war, allein mit dem leeren Haus. Langsam ging er über den Hof. Der Wunsch nach den dunklen Flaschen war übermächtig, aber schon im Hausgang zögerte er. An dem Haken neben der Tür, wo sich sonst die Mäntel gebauscht hatten, hing jetzt nur ein einziger dunkler Umhang, ein einzelnes Gewehr, und daneben der Gürtel mit der Patronentasche. Ohne zu überlegen, wie ein Mann, der einen Befehl ausführt, gegen den es keinen Einspruch gibt, schnallte er den Gürtel um. Er nahm das Gewehr und verließ das Haus.

Sie hatten ihm auch das Pferd dagelassen. Es stand gesattelt im Schuppen. Sie hatten also doch auf ihn gewartet. Sie hatten ihren Aufbruch von Minute zu Minute hinausgezögert. Wenn sie noch länger gewartet hätten, wer weiß, ob der Major sie nicht überrascht hätte. Der Gedanke ernüchterte Balthasar Plötz vollends. Er führte das Pferd aus dem Schuppen, schwang sich in den Sattel, ergriff die Zügel. Als er durch die Seitenpforte aus dem Hof ritt, zog er den Kopf ein, um sich nicht an dem niedrigen Querbalken zu stoßen.

Einmal noch hielt er das Pferd an und blickte zurück zu den Lichtern der Stadt und zu den spitzen Zelten am Assanpink, die, vom Schein der Lagerfeuer phantastisch vergrößert, in den Nachthimmel ragten. Er konnte auf der Brücke über den Assanpink schemenhaft die Wachposten sehen; er hörte ihre Schritte durch die Stille der Nacht. Dann beugte er sich aus dem Sattel, suchte den Boden ab. Die Spuren der Hufe waren deutlich zu erkennen. Sie führten von der Stadt weg. Balthasar Plötz folgte ihnen.

36

Die Nacht war hell und kalt, und am Delaware ging ein eisiger Wind. Robert hatte an Soermans Patrouillen den Delaware entlang nicht teilgenommen; er kannte die Furt nur aus Soermans Beschreibung, aber sie war nicht zu verfehlen, denn an dieser Stelle war die amerikanische Kontinentalarmee über den Delaware gegangen. Noch immer war die Erde aufgewühlt von Pferdehufen und Wagenrädern, übersät mit leeren Patronentaschen, abgebrochenen Bajonetten, zerfetzten Schuhen, durchgerittenen Sätteln, zerbrochenen Wagenrädern – und da und dort auch die Kadaver verendeter Pferde. Das Licht des Mondes lag auf diesen Dingen und verlieh ihnen gespenstisches Leben.

Robert hatte den Ziegenlouis mit den Frauen bei den Pferden zurückgelassen und machte sich mit dem Ufer vertraut, während Soerman und Niklas davongeeilt waren, um das Boot herbeizuschaffen, das der Schwede auf einem seiner Patrouillengänge aufgetrieben und flußabwärts versteckt hatte. In Roberts Vorstellung war der Delaware immer nur die letzte, leichteste Station ihrer Flucht gewesen, ein Wasser, das sich vor ihnen teilen würde, um den Weg freizugeben. Aber jetzt, an seinem Ufer, kam ihm die Mächtigkeit und Gefährlichkeit dieses Stroms voll zum Bewußtsein. Dunkel floß das Wasser dahin. Die Strömung schien nicht sehr stark, aber als er ein Holzstück hinauswarf, entschwand es sofort seinem Blick. Vom anderen Ufer war nichts zu erkennen. Den einzigen Anhaltspunkt dafür, daß es jenseits des rauschenden Dunkels wieder festes Land gab, bot die Furt, die sich als ein Streifen zarter Helligkeit quer durch den Strom zog. Sie wurde von einem natürlichen Damm härteren Gesteins gebildet, der sich von Ufer zu Ufer erstreckte. Ein Reiter hatte mit Mühe Platz darauf, aber das von der Strömung spiegelblank geschliffene Gestein war selbst am hellen Tag und selbst für einen guten Reiter halsbrecherisch. Außerdem senkte sich der Damm, nach Soermans Angaben, auf dem letzten Drittel so tief, daß die Fluten dem Pferd bis zur Brust reichten. Wären die Frauen nicht dabeigewesen, hätte Robert sich trotzdem für diesen Weg entschieden, nur um seine Ungeduld nicht noch länger bezähmen zu müssen.

Er bückte sich, suchte einen flachen Stein, warf ihn über die Wasseroberfläche. Niedrige Bögen beschreibend, tanzte er über den Strom und entschwand seinem Blick, nur das Geräusch des Eintauchens war noch zu hören. Robert lauschte in die Nacht. Ein Pferd wieherte, dann trat wieder Stille ein, erfüllt vom Rauschen der

Wasser und dem Wehen des Windes. Er wandte sich vom Fluß ab. Im Hintergrund, etwa fünfzehn Meter entfernt, stieg die Uferböschung an, steil und sandig, zwischen dem spärlichen Bewuchs überall die weggeworfenen Gegenstände der flüchtenden Armee. Aus einem niedrigen Strauch blinkte die Gürtelschnalle eines Mantels. Robert hob ihn auf. Die Feuchtigkeit der Nacht hatte sich auf dem Stoff niedergeschlagen und hing in winzigen Wassertropfen auf dem naturfarbenen groben Gewebe. Schwaden aus Sand und Feuchtigkeit gingen nieder, als Robert den Mantel ausschüttelte. Er hängte ihn sich lose über die Schulter und steckte die Gürtelenden in die Taschen.

Die beiden Frauen saßen auf der Deichsel eines alten Schäferkarrens. Er besaß nur noch ein Rad; die Achse des anderen, abgebrochenen hatte sich wie ein Anker in die Erde gebohrt. Das Ganze sah nach einer Hütte mit drei schiefen Wänden aus, die beim nächsten Windstoß in sich zusammensinken würde. Der Wind war hier stärker als am Strom; die Pferde hatten sich so gestellt, daß sie ihn im Rücken hatten. Von den Fußfesseln gehemmt, bewegten sie sich von einem dürren Grasbüschel zum anderen.

Anna Haynau war aufgesprungen, als sie den Mann in dem weiten hellen Mantel erblicke. Erst als er auf Schrittnähe herangekommen war, erkannte sie Robert. »Du hast mich erschreckt! Was ist das? Was trägst du da? Ist Soerman noch nicht zurück?«

»Es wird nicht mehr lange dauern. Komm, setz dich.« Robert rief den Ziegenlouis, der sich bei den Pferden aufhielt, heran. »Geh ans Ufer«, sagte er. »Sieh zu, daß du noch mehr Mäntel wie diesen findest, für jeden von uns einen. Wir sind sechs, also brauchen wir noch fünf.« Frau Retz erhob sich von ihrem Platz.

»Ich helfe ihm. Es ist besser, als hier zu sitzen und zu warten.«

Robert ließ sich neben seiner Mutter nieder. Er nahm den Mantel ab, breitete ihn aus. An der Innenseite der Verschlußpasse war mit hellgrünem Faden ein Name eingestickt. Er war in der Dunkelheit nicht zu lesen. »Weißt du, was das bedeutet?« sagte er zu seiner Mutter. »Die Frauen weben diese Mäntel für die Armee, und sie sticken ihre Namen hinein, damit man weiß, woher sie kommen. Sie halten alle zusammen, sonst würde es diese Armee längst nicht mehr geben.« Er suchte den Blick seiner Mutter. »Der Mantel war ganz feucht, als ich ihn fand, aber die Nässe kann nicht in dieses Gewebe eindringen, die Wolle ist fest. Der Mantel wird dich wärmen.«

Er wollte ihn ihr um die Schultern legen, aber sie wehrte schaudernd ab. »Die Vorstellung, daß der Mann, der ihn trug, vielleicht tot ist . . . Nein, bitte laß! Warum hast du ihn überhaupt genommen?«

»Wenn die Armee nicht weitergezogen ist, werden sie Wachen am anderen Ufer aufgestellt haben. Was meinst du, werden sie denken, wenn ein Boot über den Fluß kommt, besetzt mit Männern in hessischen Uniformen; die verhaßte Uniform des Feindes. Ich möchte nicht, daß etwas in letzter Minute schiefgeht, weil sie uns für Spione halten.«

Er hatte den Mantel vor sich auf den Knien. »Nur noch der Fluß«, sagte Robert, »dann sind wir in Sicherheit.«

»Ich fürchte mich. Vor dem Fluß und vor dem, was uns drüben erwartet.«

Es waren weniger die Worte als vielmehr der mutlose Klang ihrer Stimme, was ihn aufhorchen ließ. »Aber Mutter! Hast du mir nicht immer gesagt, ich sei mit einem Goldhelm geboren? Und die ganzen letzten Tage, immer hast du gedrängt, daß wir nicht zu lange warten. Soerman und Niklas werden jeden Augenblick mit dem Boot zurücksein. Machst du dir etwa Gedanken um Plötz? Auf den konnten wir nicht länger warten. Weiß der Teufel, wo er liegt und seinen Rausch ausschläft.«

»Ich denke nicht zurück. Ich denke vorwärts, was drüben sein wird.«

»Und das bedrückt dich?«

»Bedrückt ist nicht das richtige Wort«, sagte sie zögernd. »Ich wollte schon die ganzen Tage mit dir darüber sprechen. In unserer Vorstellung malen wir uns Dinge aus, aber wer sagt dir, daß sie zutreffen? Es ist viel Zeit vergangen seit damals, dreiundzwanzig Jahre, ein ganzes Leben. Wir stellen uns vor, wir werden mit offenen Armen empfangen. Warum muß das so sein? Dreiundzwanzig Jahre. Und ein Mann wie dein Vater? Glaubst du, er hat wie ein Einsiedler gelebt? Was weißt du von ihm, was weiß er von dir? Plötzlich taucht ein Sohn auf, von dessen Existenz er nichts weiß.«

»Warum sprichst du von mir?«

»Ja, warum spreche ich nur von dir ...« Anna Haynau zog den Wollschal fester um die Schulter. »Ich versuche, mich in seine Lage zu versetzen. Das Auftauchen eines Sohnes kann ihm schon genug Komplikationen bringen, aber erst ich ...« Sie führte den Satz nicht zu Ende, und doch drängte es sie, weiterzusprechen. »Wenn ich mir vorstelle, daß ich vor seinem Haus stehe ...« wieder stockte sie. »Ich glaube, ich werde nicht den Mut haben, an seine Tür zu klopfen. Er hat auf mich gewartet, er hat Briefe geschrieben, aber das ist lange her, und er hat keine Antwort bekommen. Was soll ich ihm sagen, wie soll man einem Menschen, der so lange gewartet hat, erklären, was geschehen ist! Es ist zu spät. Zeit kann man nicht zurückdrehen wie eine Uhr. Du mußt mich recht verstehen, ich möchte dich einfach auf diese Dinge hinweisen, vielleicht erspart das dir und mir eine Enttäuschung. Nach allem, was ich über dieses Redford gehört habe, ist es ein großer Besitz. Ein Mann, der so etwas aufbaut, tut das nicht für sich allein. Ich brauche mir nur vorzustellen, ich wäre jetzt die Frau auf Redford, und da steht plötzlich eine Fremde vor der Tür.«

Robert hatte mehr auf die Geräusche der Nacht und des Stroms gelauscht, als auf die Worte seiner Mutter. Zum Nachdenken war Zeit genug, wenn sie den Fluß hinter sich hatten. »Alles ist viel einfacher«, sagte er. »Ich möchte diese verfluchte Uniform loswerden. Ich möchte leben, wieder frei atmen, ich möchte wieder ein Leben haben, das mein eigen ist.«

»Du bist ein Mann, du bist jung, du kannst ein neues Leben beginnen. Aber ich bin eine Frau, und für eine Frau ist alles schwieriger, vor allem, wenn sie nicht mehr jung ist. Männer haben, wie die Katzen, sieben Leben; eine Frau hat nur ein einziges.«

Sie saßen da, auf der Deichsel des alten Schäferkarrens, wartend, lauschend. Plötzlich wurden die Pferde unruhig, und dann hörte auch Anna Haynau die Geräusche. Sie kamen vom Fluß her. Schutzsuchend klammerte sie sich an den Arm ihres Sohnes.

»Jetzt hast du Angst«, sagte er. »Du hast Angst um dein Leben, und noch eben hast du es so gering eingeschätzt. Ich habe meine Worte gemeint, wie ich sie sagte; ich will leben, ich hänge am Leben; eines Tages wird es auch dir wieder etwas bedeuten, wo immer du sein wirst in diesem Land, und wie immer dieses neue Leben aussehen wird, du wirst daran hängen.« Er nahm sein Gewehr auf. Die Geräusche kamen näher. Es konnten

Tiere sein oder Windstöße, die in den dürren Büschen wühlten. Schemenhaft tauchte etwas auf, das wie der Rücken eines riesigen Tieres aussah: Soerman und Niklas trugen eine schwere Last auf den Schultern; nur ihre Beine waren sichtbar.

Robert ließ das Gewehr sinken. Seine Stimme bebte. »Sie kommen mit dem Boot!«

Das Boot lag am Ufer, innen und außen schwarz vom oftmaligen Teeren. Die sechs Menschen standen darum herum; nach der ersten Freude über das Boot kam nun die Ernüchterung.

»Ihr habt euch nicht gerade beeilt«, sagte Robert, plötzlich von einer unerklärlichen Unruhe erfaßt.

»Schlepp du so einen Kahn eine Meile!« erwiderte Soerman gereizt. »Er ist schwer wie ein Stein.«

»Ist er wenigstens dicht?«

Soerman senkte den Kopf, das Haar fiel ihm in die Stirn. »Was ist los? Hat das Warten dich nervös gemacht? Was glaubst du, wie glücklich ich war, als ich dieses Boot gefunden hatte, samt Ruder! Ich mußte es einem Farmer aus dem Schuppen stehlen. Ja, es leckt, aber es ist ein Boot.«

»Bitte«, mischte sich Anna Haynau ein, »streitet jetzt nicht!«

Robert ging um das Boot herum. »Was meinst du, wie viele von uns wird es tragen?«

»Drei oder vier. Bei mehr hätte ich Angst.«

Aller Augen richteten sich auf Robert. Er deutete auf die Mäntel, die Frau Retz und der Ziegenlouis noch gefunden hatten. »Zieht die Mäntel an. Es ist besser, man erkennt uns von drüben nicht gleich.« Er nickte Soerman zu. »Du gehst mit dem Boot. Du, die beiden Frauen und der Ziegenlouis, der ist sowieso nur ein Leichtgewicht. Niklas und ich bleiben zurück.« Er begann den Mantel anzuziehen, holte die Enden des Gürtels aus der Tasche, hakte ihn zusammen. »Los, macht schon«, trieb er die anderen an.

»Warum ich?« sagte Soerman, »warum gehst du nicht mit den Frauen?«

»Weil du den Fluß besser kennst.«

»Gut. Ich werde mit dem Boot zurückkommen und euch beide holen, sobald ich die Frauen drüben abgesetzt habe.«

»Wir werden warten. Und wenn das Boot die Fahrt nicht zweimal übersteht, dann reiten wir durch den Fluß.« Er wandte sich an Niklas. »Hol die Pferde! Nein, nur meines, und für dich das von Soerman. Die anderen laß frei. Treib sie weg. Es ist nicht nötig, daß man sie hier findet. Und jetzt laßt den Kahn zu Wasser!«

Alle packten mit an, zogen und schoben das Boot. Der Sand knirschte unter den Holzplanken, dann glitt es in die Flut. Robert überließ alles weitere den anderen und trat zu seiner Mutter, die sich etwas abseits hielt. Er nahm ihre Hand. Er hatte sich die Worte nicht vorher überlegt, sie kamen ganz von selbst, als sie ihm jetzt ihr blasses ernstes Gesicht entgegenhob. »Weißt du, was mir aufgefallen ist?« sagte er. »Erst jetzt wieder. Ich habe bisher keine Frau gefunden, die den Vergleich mit dir ausgehalten hätte. Von allen meinen Mädchen reicht dir keine das Wasser. Und wenn mein Vater auch nur einen Funken Ähnlichkeit mit mir hat, dann ist er derselben Meinung.« Er hatte sie während der letzten Worte mit sich zum Boot gezogen und hielt ihre Hand fest, bis sie sicher saß. Frau Retz folgte, dann der Ziegenlouis.

Soerman und Robert wechselten einen Blick. »Bring sie gut hinüber«, sagte Robert, »ich werde nie vergessen, daß wir es dir verdanken, daß wir jetzt soweit sind.«

»Ohne mich wärt ihr vielleicht immer noch auf Gut Haynau.«

»Fängst du davon wieder an! Wann endlich wirst du begreifen, daß es auch ohne dich geschehen wäre!«

Soerman zögerte. »Warum gehst du nicht mit in den Kahn? Ich glaube, deine Mutter hätte es lieber, du wärst bei ihr.«

»Geh jetzt.« Robert berührte Soermans Schulter. »Gib acht auf sie, das ist das wichtigste. Ich hab' es mir überlegt. Komm nicht zurück mit dem Boot. Bring sie nach Redford. Ich und Niklas folgen euch mit den Pferden.«

Ein Ausdruck von Mißtrauen kam in Soermans Augen. »Einen Augenblick! Was hast du vor? Sollte dir eingefallen sein, daß du auf dieser Seite des Delaware noch etwas zu erledigen hast?«

»Du meinst Claus?«

»Wenn es so wäre, ging es auch mich an. Sie haben uns beide zum Richtplatz hinausgefahren.

»Sei beruhigt. An so was denke ich jetzt nicht. Geh jetzt. Und viel Glück.«

Durch die dünnen Sohlen der Mokassins, von Balthasar Plötz aus dem Leder angefertigt, das sie im Lager der Gerberei gefunden hatten, fühlte Robert Kälte und Nässe aufsteigen. Das Boot war seinem Blick entschwunden. Das Wasser, eben noch von huschenden Reflexen belebt, war wieder glatt; nicht einmal der Schlag der Ruder war mehr zu hören.

»Was ist mit den Pferden?« rief er Niklas zu. »Bring sie schon her!«

»Die Biester lassen sich nicht wegtreiben!« Er hörte das Zischen der Reitgerte, mit der Niklas auf die Pferde einschlug. Die letzte Frage Soermans kam ihm wieder in den Sinn. Der Schwede hatte recht, und auch wieder nicht. Das Land jenseits des Delaware – dorthin wollte er. Alles andere war jetzt ohne Bedeutung. Er blickte zum Himmel. Der Friede dieser Nacht war so vollkommen, wie Robert es nur manchmal auf der Reiherinsel erlebt hatte, in jenen Nächten, die er auf seinem Kahn verbrachte, selbstvergessen, außerhalb von Ort und Zeit. Wie damals suchte er das Sternbild der Kassiopeia, aber er konnte es nicht finden; zu Hause hatten die Sternbilder andere Plätze am Firmament gehabt.

Niklas kam mit den beiden Pferden. Die Männer saßen auf. »Ich reite voran«, sagte Robert, »bleib hinter mir. Und laß dem Pferd seinen Willen, Tiere haben einen sechsten Sinn, sie wissen besser als wir . . .« Robert begriff nicht sofort, daß ein Schuß gefallen war. Er spürte es nur an der Reaktion des Pferdes, das unter ihm mit den Vorderhufen aufstieg. Er riß die Zügel an, seine Füße fanden die Steigbügel wieder. Das Pferd von Niklas war seinem Reiter durchgegangen, aber auch er brachte es schnell wieder in seine Gewalt. Alles war wie zuvor, der Strom rauschte, die Sterne flimmerten.

Roberts Blick suchte das Ufer ab, die dunkel aufragende Böschung. Er sah ein Pferd daherjagen; zuerst hielt er es für eines der eigenen Tiere, aber es trug einen Reiter; am Hals des Mannes flatterte ein Tuch. In diesem Augenblick fiel ein zweiter Schuß, ein Aufblitzen am oberen Rand der Böschung. Das Pferd galoppierte weiter, kam auf Robert zu. Die Haltung des Mannes hatte sich verändert. Es sah aus, als wolle er sich aus dem Sattel gleiten lassen. Die Hand, in der er das Gewehr hielt, fuhr in die Höhe; der Mann sackte zur Seite. Einen Augenblick hielt ihn noch der Steigbügel, in dem sich sein rechter Fuß verfangen hatte, dann stürzte er zu Boden.

Robert schwang sich aus dem Sattel. Unmittelbar neben ihm pfiff eine Kugel durch die Luft und schlug mit lautem Aufklatschen ins Wasser. Er packte den Mann, der reglos am Boden lag, und zerrte ihn hinter einen schützenden Strauch. Der Mann trug die hessische Uniform und am Hals ein buntes Tuch. Er lag genauso da, wie Robert ihn schon oft, vollkommen betrunken, gefunden hatte. Und wie in diesen Momenten, packte er ihn und fuhr ihn an: »In drei Teufels Namen, was hast du wieder gemacht!«

Über die Lippen von Balthasar Plötz kamen unverständliche Laute, wurden allmählich klarer. »Er ist hinter Euch her ... Claus ... Schnell ... Macht Euch davon!«

Robert hob den Kopf. Er konnte den Schützen nicht entdecken, nur Niklas, der in geduckter Haltung zu dem Schäferkarren lief. Robert wollte ihm nachrufen, aber dann fiel ihm ein, daß sie die Gewehre dort zurückgelassen hatten. Er war ohne Waffen! Er griff sich ab, um sich zu vergewissern. Es war so, und doch konnte er es nicht glauben. »Zurück!« schrie er Niklas nach, aber es war zu spät. Der Schuß traf Niklas im Lauf. Sein Körper bäumte sich auf, es schien, als wolle er die Arme in die Höhe werfen; er taumelte noch ein paar Schritte weiter und sank dann zu Boden. Aber das sah Robert schon nicht mehr, denn diesmal hatte er den Schützen erkannt, oben, am Rand der Uferböschung. Die Silhouetten des Pferdes und des Reiters hoben sich deutlich ab.

»Geht doch endlich!« flüsterte Plötz. Der fremde rauhe Klang seiner Stimme ließ Robert aufhorchen. »Was ist?« fragte er. »Bist du getroffen? «

Balthasar Plötz umklammerte mit der ganzen ihm verbleibenden Kraft das Gewehr. »Geht! Mit mir ist es aus. Ich hab' es immer gewußt, daß ich nicht zurückkommen werde.«

»Ich hole die Pferde«, sagte Robert. »Bleib hier und rühr dich nicht.«

»Nein! Laßt mich. Mit zwei Kugeln im Leib kann ich noch schießen, aber mit dem Reiten ist es aus.« Blut sikkerte aus seinen Mundwinkeln. »Reitet zu ... Ich bitte Euch ... ich mach's wieder gut. Ich halte ihn Euch vom Leib.« Er preßte die Lippen zusammen; er schob das Gewehr in die Gabel eines Zweigs. Die schwere Waffe schwankte in seinen Händen. Dann wurde sie ruhig. »Lauft los, wenn ich schieße.«

Robert nickte schweigend und wartete. Er duckte sich nicht, als er loslief, er suchte keine Deckung. Fast erwartete er, hoffte er, daß eine Kugel ihn treffen würde. Er erreichte den Schäferkarren, ohne daß etwas geschehen war. Die Gewehre standen dort, nebeneinander. Er suchte nicht seines heraus, sondern nahm das erste in der Reihe und machte es schußbereit. Die Gestalt des Reiters auf der Uferböschung war verschwunden, aber Robert traute seinen Augen nicht. Meter für Meter suchte er das Gelände ab, das Gewehr im Anschlag. Schließlich begann er langsam zum Fluß zurückzuweichen, den Blick immer noch auf die Uferböschung geheftet. Hin und wieder stieß sein Fuß gegen etwas, er achtete nicht darauf. Auch jetzt ging er ganz aufrecht. Er dachte nicht daran, sich vor seinem Feind zu verstekken.

Als sein Fuß gegen etwas Weiches stieß, blieb er stehen. Er bückte sich. Niklas lag da, mit dem Gesicht zur Erde. Robert drehte ihn auf den Rücken. Vor dem Blick der starren, weit geöffneten Augen erschreckend, drückte er dem Toten die Lider zu. Dann setzte er seinen Weg zum Strom fort.

Der leblose Körper von Balthasar Plötz lag hinter dem Strauch. Das Gewehr war seinen Händen entglitten. Seine Lippen waren dunkel von erstarrendem Blut. Robert kniete sich neben den Toten. Er knotete das bunte Tuch auf, löste es vom Hals und wischte ihm damit das Blut von den Lippen.

Noch kniend, hörte Robert das Pferd näherkommen, wie zögernd; er hörte auch, wie der lose Zügel über den Sand streifte. Aber erst die feuchte Wärme der Nüstern in seinem Nacken, die ihn sanft anstießen und sich an ihn drückten, brachten ihn zu sich.

Er stand auf, hob das Gewehr vom Boden. Er hatte Tränen in den Augen, Tränen des Zorns. Er wandte sich um, blickte zurück zur Uferböschung. »Komm heraus!« Er schrie es. »Ich weiß, daß du dort bist! Komm heraus!« Er wartete, aber nur das Echo war zu hören. »Ich kriege dich sowieso, jetzt oder später. Ich kriege dich!« In seinem Zorn feuerte er blind in die Dunkelheit, aber wieder war nur das weithin hallende Echo die Antwort. Er warf die Waffe weg. Hoch aufgerichtet stand er da, ein leichtes Ziel aber nichts geschah.

Er schwang sich aufs Pferd. Wie von selbst strebte es dem Ufer des Delaware zu.

Robert hatte ein eigenartiges Gefühl im Rücken, das Gefühl, daß ein Augenpaar ihm unverwandt folgte, aber dann lag der Strom vor ihm, dunkel und rauschend, durchzogen von dem schmalen helleren Streifen des Steindamms. Das Pferd war stehengeblieben, das Wasser umspielte seine Fesseln. Wie fragend hob es den Kopf, schien auf den Befehl des Mannes zu warten. Robert legte die Hand auf seinen Hals. Er lenkte es nur mit den Schenkeln, die Zügel hingen lose. Sein Blick ging am Hals des Tieres vorbei auf den Steindamm der Furt. Er fühlte sich immer noch von den Augen verfolgt.

Er war etwa zwanzig Meter geritten, als er den Schmerz spürte und die Schallwelle des Schusses sein

Ohr traf. Die erste Empfindung war Erleichterung. Er hatte gewußt, daß es geschehen würde, und er hatte sich nicht getäuscht. Es gelang ihm, das sich aufbäumende Pferd zu zügeln. Der Schritt wurde wieder gleichmäßig, aber dann spürte er, wie die Hinterhufe auf dem glatten Steindamm ausglitten. Sehr langsam, als schwebe es, sank das Tier tiefer; es stieß einen ängstlichen Laut aus, als der Strom es verschlang. Robert spürte die Kälte, den Druck der aufschäumenden Fluten, die Pferd und Mann fortrissen. Noch hielt er die Zügel, noch saß er im Sattel. Er kämpfte gegen das Pferd, gegen den Strom und gegen den Schmerz in seinem Schulterblatt.

Claus war also dagewesen. Im Schutz der Nacht, das Gewehr auf ihn gerichtet, ihn mit den Augen verfolgend. Aber erst als er ihm den Rücken zukehrte, hatte er gewagt, zu schießen. Der Gedanke erfüllte Robert mit Kraft.

Der Fluß

Wenn wir frei sein wollen, müssen wir Schlachten schlagen.
Bei Gott, wir müssen Schlachten schlagen!

Patrick Henry, Delegierter aus Virginia vor dem Kontinentalkongreß in Philadelphia am 5. September 1774

Sieg oder Tod.

Von General Washington an seine Truppen ausgegebene Parole vor dem Marsch auf Trenton, Weihnachten 1776

37

Wenn sie nicht der Dienst hinführte, mied Mary nach Möglichkeit das Lazarett, und so machte sie auch jetzt einen Umweg, um zu den Ställen zu gelangen. Der Morgen war von durchsichtiger Klarheit. Es war zu kalt, als daß es hätte schneien können, aber der Tag hatte eine erste Ahnung des Winters gebracht. Aus der Ferne, vom Zeltlager her, klangen Schüsse, ganze Salven in regelmäßigen Abständen; ein vertrautes Geräusch seit die Kontinentalarmee auf Redford ihre Schießübungen machte, aber an diesem Morgen klangen sie anders, härter, kürzer, so als brächen Zweige im Winterfrost.

Ein Trupp von Milizsoldaten marschierte quer durch den Hof. Ihre Uniformen waren nicht einheitlich, waren notdürftig geflickt und voller Schmutz. Die Gesichter der Männer waren rot vom Frost, aber das verlieh ihnen keine Frische; stärker war der Ausdruck stumpfer Resignation und Verlorenheit. Ungeduldig wartete Mary, bis die Kolonne vorüber war, und eilte dann weiter.

Henry Lee, der die Stallmagd zu ihr geschickt hatte, wartete am Eingang der Vorratsscheune auf sie. Auch sein Gesicht war rot vor Kälte. Er warf einen schnellen Blick um sich und hielt ihr das Tor auf. »Bis jetzt habe ich vier gezählt«, sagte er, »ein braunes, ein schwarzes und zwei gefleckte. Ich bin froh, daß Ihr gleich gekommen seid. Wartet, ich gehe voraus.«

Er führte sie an den großen Holzkisten vorbei. Verschüttetes Mehl bedeckte den Boden. Es roch nach den ausgepreßten Ölkuchen, die in den Regalen gestapelt lagen. Im Hintergrund, vom Boden bis unter das Dachgebälk, türmten sich Heuballen. In einer Ecke waren sie bereits bis auf die zwei untersten Lagen abgetragen, und dorthin eilte der Käser. »Weiß der Teufel, wie die Hündin gerade auf diesen Platz verfallen ist«, sagte er, »aber es war verdammt klug von ihr.« Er hob einen Ballen heraus und legte ihn auf den Nachbarstapel. Die Hündin fuhr auf und schlug scharf an.

Mary kniete nieder. »Ruhig«, sagte sie, »keine Angst, niemand nimmt sie dir.« Sie beugte sich noch tiefer, streichelte die Hündin, und allmählich krochen auch die Welpen unter der Mutter hervor und leckten ihr die Hände. Die zweijährige Spanielhündin war ein Geschenk, das Skelnik ihr von einer seiner Fahrten nach Philadelphia mitgebracht hatte. Angeblich hatte er sie beim Spiel gewonnen, eine Geschichte, die Mary nie geglaubt hatte; Skelnik erfand gern solche Geschichten, damit sie sich nicht zu bedanken brauchte. Jedenfalls hatte Mary die Hündin Poker getauft. »Es sind fünf«, sagte Mary, zu Lee aufblickend. »Eine bessere Nachricht hättest du mir nicht schicken können.« Ihre Hand fuhr über die kleinen Körper, fühlte das seidige Fell, die Wärme. Mary hatte bis tief in die Nacht im Lazarett Dienst getan, hatte unruhig geschlafen, von Alpträumen gequält; Abigail war darin vorgekommen, John, Noah Banks, die Fähre über den Delaware; zuerst war nur Abigail, umgeben von fröhlich lärmenden Kindern, auf der Fähre – dann, plötzlich, war sie voll stöhnender Verwundeter und erstarrter Toter.

Mit einem Aufschrei und dumpfen Kopfschmerzen war Mary erwacht. Jetzt ließ der Druck allmählich nach.

Poker, zur Hälfte unter ihren Jungen begraben, stellte die Ohren auf. Jemand kam in klappernden Holzpantoffeln über den Hof.

»Ihr könnt von Glück sagen, daß ich sie gefunden habe«, sagte Henry Lee, »und nicht meine Frau. Die hätte ihr nur ein Junges gelassen und die anderen auf der Stelle ersäuft.«

»Bring mir zwei von den Tragkörben, bitte.«

»Was habt Ihr vor? Wollt Ihr sie ins Haus nehmen? McGill ist eine Seele von Mensch, aber sie hat schon mehr junge Katzen und Hunde ersäuft als meine Frau.«

»Ich werde sie zum Waldhüter bringen, zu Jean Daniel; offenbar haben hier nur die Jäger ein Herz.«

»Ihr solltet daran denken, daß es Wintertiere sind«, sagte Henry Lee. »Die haben nicht so viel Lebenskraft. Wenn Ihr Poker zwei davon laßt . . .«

»Ich bin auch ein Wintertier«, unterbrach Mary, »geboren im Dezember, am 26., und es war ein sehr kalter Winter damals in Boston. Also, hol schon die Körbe und leg gleich etwas Spreu hinein.«

Henry Lee verschwand in dem schmalen Gang zwischen den Regalen. Als er mit zwei Tragkörben zurückkam, erschien mit ihren klappernden Pantoffeln auch seine Frau. Er zuckte verlegen mit den Achseln. Betsy hatte mit einem raschen Blick den Wurf überschaut. »Im Schweinestall bräuchten wir solchen Segen! Es ist ein Jammer, wie es dort aussieht, Miß Mary! Wenn der Herr weiter so großzügig verfährt und alles der Armee in den Rachen schmeißt, haben wir bald nur noch ein paar Muttersauen zum Abschlachten.«

Mary hatte sich nichts dabei gedacht, als sie sich entschlossen hatte, die Tiere in den Wald zu Jean Daniel zu bringen; sie hatte sich nur von ihrem Gefühl leiten lassen. Aber jetzt, da sie auf Widerstand stieß, wurde so etwas wie ein Protest daraus. Sie hatte die kleinen Hunde einfach behalten wollen, weil sie so nett waren, jetzt aber war sie bereit, sie zu beschützen und zu verteidigen; sie sollten leben, sie sollten nicht auf die Welt gekommen sein, nur um Schmerz und Tod zu erleiden. »Gib mir die Körbe«, sagte sie zu Henry Lee. Sie zupfte die Spreu etwas auseinander, damit sie lockerer wurde und legte dann je zwei der Jungen hinein, eines ließ sie bei Poker. »In einer Zeit, wo die Menschen wie die Fliegen sterben . . .«, begann Betsy, verstummte aber unter Marys Blick. Lee wollte die beiden Körbe aufnehmen, aber Mary wehrte ab. »Wenn du noch etwas für mich tun willst, dann sattle den Braunen, du weißt schon, den mit der Blässe, und bring ihn her.«

Mary ließ das Pferd in leichtem Trab laufen, vor sich die beiden Körbe mit den Welpen. Sie hatte es nicht eilig. Skelnik war schon im Morgengrauen mit Whitecombe und einigen anderen zu der Zinnmine geritten, und immer, wenn er nicht da war, trieb es auch sie aus dem Herrenhaus, das die vielen Offiziere, die kamen und gingen und für die in der Küche von früh bis spät gekocht werden mußte, zu einer Art Kasino gemacht hatten. Da war es besser draußen im Wald bei Jean Daniel, der schweigsam vor seiner Blockhütte saß und seine Waffen zerlegte und putzte. Sie wußte von McGill, daß der Waldhüter Redford hatte verlassen wollen an jenem Tag, als die Kontinentalarmee über den Delaware kam. Mary verstand beides, daß er hatte gehen wollen und auch, daß er geblieben war.

Ob der Fluß an den Rändern schon Eis gebildet hatte? Seit jenem nächtlichen Ausritt mit Skelnik war sie nicht mehr dort gewesen, und sie hatte den Umweg zur Waldhütte nur deshalb gewählt, um am Fluß vorbeizukommen. Das Herz schlug ihr schneller, als sie bei der alten Föhre mit dem Indianerzeichen vorbeiritt. Nicht mehr lange, und die Stille würde sich füllen mit dem Rauschen des Flusses. Der Fluß war eine Welt für sich; mit anderer Luft, anderen Farben.

Die Föhre, der Fluß – sie bedeuteten für Mary viel; und es gab noch einige solcher Dinge auf Redford, Dinge, die ihr fast wichtiger waren als Menschen. Sie hatte nie darüber nachgedacht, aber jetzt fragte sie sich, was der Grund dafür sein mochte. War es der Tod ihres Vaters gewesen, diese allzu frühe Erfahrung, daß der Mensch ein kurzes Leben hat, und die Dinge ein langes? Damals, als der Sarg mit ihrem Vater aus dem Haus geschafft worden war, hatte sie sich an seinen Schreibtisch gesetzt. Sie hatte das Holz berührt, den rötlichen Fleck, den ein Tropfen heißen Siegellacks hinterlassen hatte, die kleine Kerbe, die wahrscheinlich von der Spitze eines Federmessers herrührte. Tag für Tag hatte ihr Vater an diesem Schreibtisch gesessen, lesend, schreibend, und sie hatte sich vorgestellt, daß eines Tages wieder ein Mann daran sitzen würde; ihr Sohn, und nach ihm der Sohn ihres Sohnes. Deshalb hatte sie den Schreibtisch mit nach Redford genommen. Ihre Liebe zu den Dingen hier auf Redford war Ausdruck des gleichen Gefühls. Skelnik hatte Redford geschaffen, aber Redford würde noch dasein, wenn er nicht mehr lebte. Dann würde es ihr Redford sein, und sie würde es lieben und beschützen und verteidigen. Nein, nie würde ihr, wie Jean Daniel, der Gedanke kommen, Redford zu verlassen; und sie machte sich Vorwürfe, daß auch sie – nicht besser als Betsy – Skelniks Verhalten der Armee gegenüber manchmal zu großzügig fand; geschah doch auch das nur für Redford.

Sie atmete die kalte Luft ein. In der Ferne schimmerte

der Delaware auf, zunächst nur ein Streifen Helligkeit; die Luft verlor nach und nach ihre Klarheit, das Blau des Himmels nahm eine weichere Tönung an, und darin schwebte, sehr schmal und sehr hoch, ein Reiher. Noch etwas höher entdeckte sie einen zweiten. Um diese Jahreszeit verließen sie selten ihre Nester im Gehölz an dem kleinen Nebenarm des Delaware, und deshalb freute sich Mary ganz besonders, sie zu sehen; so ruhig ihr Flug war, er hatte etwas Kühnes: wie silberne Pfeile segelten sie durch das Blau, einem fernen, mit Leidenschaft ersehnten Ziel entgegen.

Rechts von Mary, vom Fluß kommend, tauchte eine Gruppe Reiter auf. Sie trugen blaue Röcke, aber die dichte Atmosphäre, die am Fluß herrschte und alle Farben veränderte, färbte auch das Blau der Uniformen ins Grünliche, ins Violette, ins Bräunliche. Man mußte Mary bemerkt haben, denn ein Reiter löste sich aus dem Trupp und ritt auf sie zu. Einen Moment zögerte Mary, dann trieb sie ihr Pferd in die Gegenrichtung. Sie wollte allein sein.

Schnell hatte sie den Fluß erreicht. Es war, wie sie vermutet hatte: die niedrigen Büsche am Hang trugen noch eine weiße Reifschicht, und in den kleinen Tümpeln am Ufer, dort wo das Wasser fast unbeweglich stand, hatte sich über Nacht eine dünne Eiskruste gebildet. Sie befand sich an der Stelle, wo der Delaware eine Art Bucht bildete; dort war etwas, das Marys Blick anzog. Ihr Erschrecken setzte ein, noch ehe sie das Pferd wirklich erkannte, denn mehr als eine Bewegung im Wasser war es zuerst nicht gewesen, was sie aufmerksam gemacht hatte. Sie ritt näher, dann sah sie es deutlich. Der Kopf des Tieres ragte aus dem Wasser; es versuchte, sich aus dem Schlick zu befreien. Der Vorderleib tauchte aus dem Wasser, sank aber immer wieder zurück.

Mary hatte für einen Augenblick den ihr folgenden Reiter vergessen, aber als sie jetzt den Hufschlag dicht hinter sich hörte, war sie erleichtert.

Der Mann legte die Hand an den Hut mit den blauen und weißen Bändern. »Sergeant Haughton, Miss. Ich habe Befehl, Euch zu warnen, nicht zu nah an den Fluß zu reiten. Der Feind hat versucht, ein paar Leute über den Fluß zu setzen.«

Das Tier im Wasser stieß einen schwachen Laut aus. »Tut etwas«, sagte Mary. »Es muß sich die Beine gebrochen haben. Erschießt es. Bitte!«

Sergeant Haughton schien das Pferd erst jetzt zu bemerken. Er war ein älterer Mann mit struppigem, rötlichem Haar, in das sich, vor allem in dem dichten Bart, schon viel Weiß mischte. Mary blickte weg, als er das Gewehr aus dem Lederschaft zog. Sie hörte ihn laden. Er hantierte sehr bedächtig. Dann fiel der Schuß. Vom Wald kam das Echo zurück, und Mary, die den Blick zum Himmel gerichtet hatte, sah, wie der ruhige Flug der beiden Reiher plötzlich abbrach, wie die Vögel aus dem Himmel herunterstießen und im Gehölz verschwanden.

»Verzeihen Sie, Miss«, sagte der Sergeant, »aber das hier ist keine Gegend für Spazierritte.«

Mary richtete sich im Sattel auf. Der Kopf des Pferdes war untergetaucht. Das Tier war nur noch ein Spiegelbild in der dunklen Flut, und auch das trug die Strömung mit sich fort. »Danke«, sagte sie zu dem Mann, »danke, daß Ihr das Tier erlöst habt.«

»Reitet lieber zurück. Sie könnten es immerhin noch einmal versuchen, wenn es auch unwahrscheinlich ist, am hellichten Tag.« Die Augen gegen die Strahlen der Sonne zusammengekniffen, blickte Mary über den Delaware. Sonst war das Wasser des Stromes im Winter tiefgrün, aber dazu brauchte es Schnee. Sie nahm die Zügel auf und ritt langsam vom Ufer weg.

Sergeant Haughton salutierte. »Ich muß zurück«, sagte er, »Bericht erstatten, sonst hätte ich Euch begleitet.« Er hatte das Gewehr in den Lederschaft zurückgesteckt und zog die Stulpenhandschuhe, die er zum Schießen ausgezogen hatte, wieder an. »Versprecht es mir, bleibt weg vom Fluß! Wir haben Krieg, und der Delaware ist im Augenblick die Grenze.«

Mary blickte ihm nach, bis Pferd und Reiter nur noch Linien sich bewegenden Lichts waren. Ihr Brauner ging im Schritt weiter. Sie trieb ihn nicht an. Den Blick auf den Boden gerichtet, ritt sie dahin, den Fluß entlang und dann am Rand des Gehölzes, das bis an den Strom heranreichte, mit viel Laubbäumen durchsetzt, die Schatten gaben, ohne die Wärme abzuhalten, ein ideales Revier für die Reiher.

An einem der Schlehdornbüsche hing ein grauweißes Stück Wollstoff. Sie mußte lächeln bei dem Gedanken, daß alle auf Redford sich auf ihre Gabe verließen, verlorene und verlegte Gegenstände auf Anhieb zu finden, vor allem Skelnik, der zu den Menschen gehörte, die selbst dann etwas nicht finden, wenn es bereits vor ihnen liegt. Mary beugte sich aus dem Sattel und pflückte das Stück Wollstoff von dem Schlehdornzweig. Der Stoff war feucht; sie zupfte daran, es lösten sich Fäden. Sie drehte sie auseinander. Die Fäden waren vierfach gesponnen, sowie das Wolltuch, das von den Webstühlen Redfords kam, für die Mäntel der Armee.

Mary stieg vom Pferd. Sie suchte die anderen Zweige ab, aber sie fand nichts mehr, nur ein paar geknickte Äste. Die Bruchstellen waren frisch. Und dann sah sie am Boden die Spur. Sie konnte nicht von schweren genagelten Stiefeln stammen, es war ein kaum sichtbarer

Abdruck; Jäger bewegten sich so leicht. Am deutlichsten war sie dort zu erkennen, wo auf dem lockeren Sandboden kaum Gras wuchs; es bestand kein Zweifel, daß sie vom Fluß herkam. Mary kehrte zu dem Schlehdornbusch zurück. Sie knotete die Zügel des Pferdes an einem der Äste fest und drang dann in das Gehölz ein.

Sie brauchte nicht lange zu suchen. Nach wenigen Metern versperrte ihr die abgebrochene Krone einer Eibe den Weg. Wie eine gesenkte Fahne lehnte sie an dem Stamm, nur durch ein Stück Rinde noch mit ihm verbunden. Durch den Vorhang der grünen Äste schimmerte der helle Wollmantel des Mannes, dem sie gefolgt war.

Es gab in diesem Teil des Waldes Silberdisteln – nur in diesem, und eigentlich hätten sie Golddisteln heißen müssen, so warm und intensiv war der metallische Glanz ihrer Blüten. Aber was dort aus dem Schatten der grünen Zweige golden hervorleuchtete, war etwas anderes. Mary wünschte, es wäre ein von Jean Daniel im Herbst übersehener Distelstock; sie wünschte es, einfach weil sie Angst hatte, näher zu treten und entdecken zu müssen, daß der Mann unter der Eibe tot war. Er regte sich nicht. Er war eingehüllt in einen der Armeemäntel, von denen sie selber unzählige zugeschnitten und zusammengenäht hatte. Sie war sicher, daß es der Mann war, dessen Spur vom Fluß heraufführte, denn sie sah an seinen Füßen Mokassins. Der leichte Schuh aus hellem Rehleder nahm sich seltsam unter dem schweren Mantel aus.

Langsam, immer noch zaudernd, trat sie näher. Geräusche, auf die sie vorher nicht geachtet hatte, schienen ihr jetzt überlaut, das Knacken der Äste unter ihren Füßen, das Aufflattern eines Vogels, der Schrei eines Hähers. Sie stand jetzt vor dem Mann, direkt zu seinen Füßen. Sie blickte in sein Gesicht, und fühlte sich so angerührt, daß sie vergaß, wo sie war. Der Kopf lag etwas zur Seite gedreht; die Augen waren geschlossen; ein Teil des langen blonden Haars hatte sich aus dem grünen Band, das es im Nacken zusammenhielt, gelöst.

Mary kniete neben dem Mann nieder. Sie fühlte einen leichten Schwindel. Der Mantel schloß sich dicht um den Körper des Mannes, als sei er angewachsen. Nirgends sah sie eine Blutspur, eine Verletzung. Ihr Blick kehrte zu seinem Gesicht zurück. Die Lippen waren geschlossen, auch die Augen. Sie erschrak bei dem Gedanken, der Mann könne die Augen aufschlagen und sie ansehen. Für Sekunden vergaß sie alles andere, für Sekunden war die Welt nicht größer als das Stück Erde im Schatten der gestürzten Eibe.

Eine Bewegung des Mannes ließ sie wieder zu sich kommen. Seine rechte Hand schien etwas zu suchen, die Augenlider flatterten, dann wurde er wieder ruhig. Sein Mund zuckte, als habe er Schmerzen, sein Atem ging schneller als vorher. Mary wurde klar, daß er ohne Bewußtsein war und verletzt sein mußte. Sie legte die Hand auf seine Stirn. Sie war heiß. Sie zögerte nicht mehr. Sie mußte sich über die Art der Verletzung Gewißheit verschaffen, ehe sie Hilfe holen konnte.

Sie beugte sich über ihn. Der Mantel war schwer vor Nässe, sie hatte Mühe, ihn aufzuknöpfen. Sie schlug ihn über der Brust auseinander – und hielt inne. Der Uniformrock, der zum Vorschein kam, war aus grünem Tuch, mit roten Aufschlägen. Die Farben des Tuchs und der Aufschläge waren von Sonne und Regen ausgebleicht, die Silberfäden der Tressen bräunlich angelaufen. Das Begreifen kam langsam, und Bedauern, ja, tiefe Enttäuschung waren ihm beigemischt. Mary erhob sich, wich vor der fremden Uniform zurück. Der Mann vor ihr war ein Hesse. Ein Feind.

Ihr wurde heiß vor Zorn. John, dachte sie, und Blyth; sie sah wieder den sterbenden Jungen aus dem Lazarett vor sich, sah die Männer, die seine Leiche über den Hof trugen, und Jan Kyllogs, der mit der Trommel des Jungen folgte. Ein Hesse. Ein Feind. Die Worte des Sergeanten am Fluß fielen ihr ein, und sie begriff erst jetzt, was sie bedeutet hatten. Er war also über den Fluß gekommen, und sie haßte ihn deswegen, und für alles andere, was er getan haben mochte.

Sie wurde ruhiger. Jetzt da ihre Gefühle eindeutig und klar waren, konnte sie wieder näher treten. Sie vergewisserte sich, daß er keine Waffe bei sich trug. Dann bemerkte sie den dunklen Fleck auf der linken Brustseite. Vielleicht hatten die Wachen am Ufer ihn bemerkt und auf ihn geschossen. Aber warum hatten sie ihn dann nicht verfolgt? Oder war es noch in der Nacht geschehen, und die Dunkelheit hatte es ihm ermöglicht, sich an das Ufer zu retten? Dann mußte er schon lange hier liegen und viel Blut verloren haben.

Einen Augenblick war sie versucht, ihn einfach hier liegen zu lassen. Etwas anderes brauchte sie gar nicht zu tun. Zu ihrem Pferd zurückkehren, davonreiten und vergessen, daß sie ihn jemals gesehen hatte. Niemand kam in dieses Gehölz, es gehörte allein den Reihern. Der Leichnam des Mannes würde unentdeckt bleiben, und wenn man ihn später einmal fand und an der Uniform erkannte, würde man eben nur an jenen Winter zurückdenken, an dem der Krieg bis an den Delaware gekommen war.

Sie beugte sich über ihn. Er wandte den Kopf, versuchte ihn zu heben, seine Lippen bewegten sich, die Lider über seinen Augen öffneten sich einen Moment, dann sank er in die Bewußtlosigkeit zurück. Seine Augen waren grün, wie die Blätter der Eiben.

Sie hatte ihn gefunden, sein Leben lag in ihrer Hand, und das mußte einen Sinn haben. Sie konnte ihn nicht hier liegen und sterben lassen, auch wenn er ein Feind war. »Ich hole Hilfe«, sagte sie, so, als könne er sie hören und verstehen.

Das Wasser rauschte, und seine Hände tasteten nach den Zügeln aber sie griffen ins Leere; um ihn war dunkle Kälte, waren Stimmen und Schritte.

Was sollten die Stimmen? Die dunkle, fremdländische erinnerte ihn an etwas, an eine Zelle, die Nacht vor der Hinrichtung, aber das konnte es nicht sein; und dann war da eine helle Stimme, und wieder das Rauschen des Stroms.

Robert kam mit seinen Gedanken nicht über diese Schwelle. Auch die Stimmen um ihn herum halfen ihm nicht. Er versuchte, die Augen zu öffnen, aber es blieb dunkel in ihm. Und da war der Schmerz, der Schmerz in seiner Schulter. Als man ihn aufhob, hatte er seinen ganzen Körper erfaßt. Die Stimmen, schon da waren sie um ihn gewesen. Der Schmerz und die Wunde, die wieder zu bluten anfing, als man ihn forttrug.

Claus. Er bäumte sich auf. Sofort wurden die Stimmen lauter. Er hatte es also nicht geschafft, über den Fluß zu kommen; er hatte verloren bei diesem Spiel, einmal hatte es kommen müssen. Vielleicht lag er wirklich in einer Zelle, und das Urteil war schon gesprochen, und sie versuchten ihn am Leben zu erhalten, damit er um so sicherer sterben könne. Claus. Wieder versuchte er die Augen zu öffnen. Er war sicher, ihn zu erblicken, aber er sah eine Mädchengestalt in einem hellen Wollkleid und langes dunkelbraunes Haar, das ihr über den Rücken fiel.

Dann nahm ihn jemand an der Schulter, drehte ihn um, so daß er auf dem Bauch lag. Die dunkle Stimme sagte: »Haltet ihn so, mit aller Kraft, und laßt nicht los, auch wenn er schreit und um sich schlägt.« Die Hände wechselten, aber der Griff war ebenso fest wie zuvor. Die dunkle Stimme sagte: »Jetzt! Haltet ihn«, und dann spürte er nur noch den Schmerz, glühend drang er in seinen Rücken, wie ein Feuer, das sich über ihn ergoß, und er versank in den Flammen.

Jean Daniel richtete sich auf. In der einen Hand hielt er das Waidmesser, das er sonst zum Aufbrechen des Wildes benützte, in der anderen die Kugel, die er aus der Schulter des Mannes entfernt hatte. Das dunkle Gesicht des Waldhüters mit den breiten Augenbrauen und dem dichten Bart strahlte. »Wenn Ihr nicht gewesen wärt, ich glaube mich hätte der Mut verlassen. Das ist das erste Mal – und es ist doch etwas anderes, das Messer an einem lebendigen Menschen anzusetzen als an einem toten Tier.« Er ging zum Herd, wusch das Messer und die Kugel in der Schüssel mit heißem Wasser und legte beides auf den Tisch vor der Eckbank der Blockhütte. Mary löste erst jetzt die Hände von den Schultern des Mannes. Das grüne Band, das sein blondes Haar im Nacken zusammenhielt, hatte sich vollends gelöst, als er sich unter dem Messer aufbäumte. Sie hob es auf und legte es zu Kugel und Messer auf den Tisch. »Müssen wir ihn nicht verbinden?« fragte sie.

»Das werde ich machen. Laßt die Wunde ruhig noch ausbluten. Er hat zwar nicht mehr viel Blut zu verlieren, aber es ist besser so.« Daniel hatte ein Stück weißes Linnen aus einer Lade geholt und begann, es in schmale Streifen zu reißen. Für Augenblicke war nur das Geräusch des schleißenden Stoffes im Raum. Daniel ging mit den Verbandsstücken zum Herd und tauchte sie in einen Kessel mit kochendem Wasser. »Ich werde die Wunde nur provisorisch verbinden. Jetzt müßten wir McGill hier haben und ihre Kräuter.«

»Wird er leben?«

»Es ist ein Wunder, daß er lebt. Ein Rippenbogen hat die Kugel abgelenkt und ihr die Kraft genommen. Er hat viel Blut verloren in den letzten Stunden. Außerdem war er naß bis auf die Haut und kalt bis in die Knochen. Jetzt fängt er an zu fiebern, und die Wunde sieht bös aus. Am besten, Ihr reitet und holt McGill.«

Mary trat an den Herd. Es war heiß, aber sie legte noch mehr Holz nach. Sie sah nicht zum Bett, während der Waldhüter die Wunde verband. »Bringt mir eine von den Decken«, sagte er schließlich. Sie brachte sie ihm. Jean Daniel hatte den Mann auf die gesunde Schulter gelegt und stützte ihm jetzt den Rücken mit der Decke ab, so daß er sich nicht auf die Wunde legen konnte.

Mary kehrte an den Tisch zurück. Jean Daniel nahm die Kugel auf, hielt sie gegen das Sonnenlicht, das hell zum Fenster hereinfiel. Schweigend legte er die Kugel auf den Tisch zurück.

»Was ist mit der Kugel?« fragte Mary.

Er antwortete nicht. Er holte eine Pfeife aus der Tischlade, schabte Tabak von einem schwarzen Tabakpriem, aber er zündete die Pfeife nicht an, sondern legte sie gestopft vor sich auf den Tisch. Er nahm das Waidmesser, prüfte, ob es sauber und trocken war, und steckte es zu sich.

»Ihr kennt Euch mit Waffen aus. Habt Ihr die Kugel erkannt?«

»Sie stammt aus keiner Waffe, die ich kenne.«

»Keine Waffe der Armee?«

»Wenn ich McGill holen soll, ist es besser, ich reite los«, sagte er, ohne auf ihre letzte Frage einzugehen. »Oder wollt Ihr reiten?« Mary war der Blick des Waldhüters nicht entgangen, mit dem er die Uniform betrachtet hatte, die zum Trocknen auf der Holzstange über dem Herd hing. Er hatte keine Fragen gestellt, als sie ihn zu Hilfe geholt hatte, nicht einmal angesichts der Uniform. »Ihr wundert Euch vielleicht, daß ich niemand von der Armee rufe«, sagte sie.

»Warum solltet Ihr?«

»Der Mann ist einer unserer Feinde. Ein Hesse.«

»Ihr glaubt, er kommt von drüben?«

»Bevor ich ihn fand, sah ich das Pferd, mit dem er über den Fluß kam.«

»Er könnte auch ein Deserteur sein. Man sagt, viele von ihnen warten nur darauf, zu fliehen.«

»Ein Deserteur? Warum hat er sich dann mit einem Mantel unserer Armee getarnt?« Aber sie wollte gar nicht, daß Daniel ihr auf diese Frage antwortete, sie wollte nicht weiterreden. »Wenn Ihr nach Redford kommt«, sagte sie, »sprecht zu niemandem davon, außer zu McGill. Ich werde hier warten.«

»Ich werde mich beeilen«, sagte Jean Daniel.

»Wenn er aufwacht, und etwas zu trinken verlangt kann ich ihm etwas geben?«

»Tut es lieber nicht, bevor McGill die Wunde gesehen hat.« Er nahm die Felljacke vom Haken. Vor dem Waffenregal in der Wandnische blieb er stehen. Es schien, als wolle er eine Waffe herausnehmen, vielleicht für sie, aber dann wandte er sich ab. »Ich werde bald zurück sein«, sagte er.

Als sie ihn wegreiten hörte, wäre sie ihm am liebsten nachgelaufen. Der Raum war ihr plötzlich zu eng; jeder Gegenstand störte sie, jedes Geräusch. Sie rückte den

Kessel mit dem kochenden Wasser zur Seite, aber jetzt vernahm sie den schweren Atem des Mannes noch deutlicher. Sie trat vor die Hütte. Es war eher noch kälter geworden, oder es schien ihr nur so, weil es in der Stube so heiß war. Sie ging in den Stall und hängte ihrem Pferd einen Futtersack um, dann sah sie nach den vier kleinen Spaniels. Jean Daniels Wachtelhündin hatte sie ohne Zögern angenommen. Sie würde McGill Milch für Jean Daniel mitgeben, oder sie selber würde jeden Tag einmal nach den Hunden sehen. Als ihr kalt wurde, kehrte sie in die Blockhütte zurück.

Sie blickte nicht in die Ecke, wo das Bett stand. Sie benahm sich, als sei sie allein. Neben der Tür hing ein Metallspiegel. Sie trat davor, hob ihn etwas an, um sich besser zu sehen. Sie blickte in ein blasses Mädchengesicht mit zu großen, zu dunklen Augen. »Hinter jedem Spiegel steckt ein Teufel.« Dieser Satz ihres Vaters fiel ihr ein. Pastor Haverill hatte ihn zu seiner fünfjährigen Tochter gesagt; er hatte ihr damit Schrecken eingejagt, und etwas davon war geblieben.

Sie hatte die beiden Aufsteckkimme in der Tasche ihres Kleides. Sie kämmte das offene Haar durch und steckte es dann im Nacken zu einem Knoten fest. Sie fand, daß der rötliche Schimmer in ihrem dunkelbraunen Haar stärker war als sonst, aber das mochte an dem Metallspiegel liegen.

Sie ging zum Herd, drehte die Uniformstücke auf der Trockenstange auf die andere Seite. Sie setzte sich an den Tisch und überlegte, daß Jean Daniel jetzt gerade Redford erreicht haben konnte. Die Pfeife lag da, gestopft und nicht angeraucht, daneben die Kugel und das grüne Band. Sie streckte die Hand danach aus, zog sie aber wieder zurück. Sie blickte hinüber zum Bett. Sein blondes Haar lag offen um seinen Kopf sie war überrascht von der Fülle, aber mehr noch, daß es auch auf dem weißen Kissen seinen goldenen Ton behielt und den intensiven Glanz; im Dunkeln mußte es leuchten, schien es Mary. Er hatte sich bisher nicht geregt, aber jetzt wurde er unruhig. Seine Hände fuhren über die Decke, dann schlug er die Augen auf.

Mary rückte einen Stuhl an das Bett. Die Farbe seiner Augen wechselte mit der Beleuchtung. Im Dämmerlicht des Waldes hatten sie grün gewirkt, jetzt herrschte das Blau vor. Er hatte die Lider weit offen, ließ seine Augen durch den Raum wandern, und doch schien er nichts wahrzunehmen, auch sie nicht. Er trug jetzt keine Uniform mehr. Dies und seine Augen, für die sie nicht zu existieren schien, machten es ihr leichter, ihn zu beobachten. Sie fühlte sich auch noch sicher, als seine Augen den ihren begegneten. Es war nicht eigentlich Erschrekken, was sie empfand; irgendwie war das Gefühl verwandt mit dem Betroffensein und dem Zurückweichen vor einem Warnsignal, das ihr eben vor dem Spiegel widerfahren war.

Sein Blick war ruhig auf sie geheftet. Allmählich veränderte sich etwas in dem blutleeren Gesicht. Ohne daß sie hätte sagen können, wie es vor sich ging, löste sich die maskenhafte Starre; es konnte das Aufkeimen eines Gedankens sein, das Suchen nach einem Wort, oder auch der Beginn eines Lächelns. Er streckte die Hand nach ihr aus.

Mary richtete sich steif in ihrem Stuhl auf. Sie verfolgte jede seiner Bewegungen. Seine Hände stützten den Oberkörper, richteten ihn langsam auf. Über seine Lippen kamen Worte einer Sprache, die Mary nicht verstand.

Die fremden Laute schlugen hart an ihr Ohr. Sie stieß den Stuhl zurück, erhob sich. Sie nahm eine der Jagdflinten aus dem Waffenregal und kehrte damit auf ihren Platz vor dem Bett zurück. So saß sie noch, die silberbeschlagene Büchse vor sich quer über den Knien, als draußen Hufschlag ertönte, und Jean Daniel mit McGill die Blockhütte betrat . . .

38

Sergeant Haughton gehörte zum Kontingent der Maryland-Miliz. Er kam aus Frederick, züchtete dort Pferde, und wenn er etwas haßte, dann waren es Männer, die ihre Pferde zu Schanden ritten. Es drehte ihm den Magen um, als er, vor dem Zelt stehend, den Reiter durch die lange Gasse zwischen den Zeltreihen herankommen sah.

Auf dem frostharten Lehmboden krachten die Hufschläge, und das »Aus dem Weg!« des Reiters hallte laut. Die Feuer vor den Zelten brannten in der eisigen Atmosphäre in hellen, fast unsichtbaren Flammen. Die vermummten Gestalten, die regungslos davor gehockt hatten, sprangen auf, als der Reiter in das Lager der Kontinentalarmee geprescht kam. In gestrecktem Galopp jagte er an ihnen vorüber. Sie sahen die Schaumflocken, die dem Pferd von den Nüstern flogen. Das Gesicht des Reiters war in die Wolken seines Atems gehüllt. Er trieb sein Pferd mit den Sporen und mit der Gerte an, und er schrie sein »Aus dem Weg!« wie eine Parole. Haughtons Miene verfinsterte sich, als der Reiter die Zügel an sich riß und mit einem halsbrecherischen Satz aus dem Sattel sprang. Das Pferd, ein brauner Wallach, brach in die Knie, rappelte sich wieder auf und rannte weiter. Haughton packte den am Boden schleifenden Zügel, ohne sich um den Reiter zu kümmern. Beruhigend sprach er auf das Tier ein, winkte einen der Posten heran und übergab es ihm.

Leutnant Andrew Blyth hatte es mit kaum bezwungener Ungeduld geschehen lassen. Doch jetzt herrschte er den Sergeanten an. »Ihr seid Sergeant Haughton. Oder? Ihr habt doch die Patrouille geführt? Wo ist der Gefangene?«

Haughton dachte in diesem Augenblick weder an die Leutnantsstreifen noch an die Insignien des Stabsoffiziers. »Wäre ich der Gaul, ich würd' es Euch heimzahlen«, sagte er, »beim nächsten Ritt würdet Ihr Euch das Genick brechen, oder ich würde Euch in der Boxe erwischen. Blutig geritten habt Ihr ihn mit Euren Sporen!«

Andrew Blyth riß den Umhang über der Brust auf. »Sergeant!« sagte er nur.

Haughton salutierte mit einer ausholenden Handbewegung, die nichts von seinen Worten zurücknahm. »Eure Befehle?«

Die Männer von den Nachbarzelten waren der Szene mit wachsender Aufmerksamkeit gefolgt und bedauerten, daß der Sergeant und der Leutnant jetzt im Zelt verschwanden. Während der Eingang für Andrew Blyth hoch genug war, mußte Haughton sich bücken. Andrew Blyth nahm den Umhang von den Schultern und warf ihn einem Burschen zu. So alt und verdreckt der Mantel war, so neu war die Uniform darunter; straff und faltenlos saß sie an dem mittelgroßen gedrungenen Körper des Leutnants wie an der Kleiderpuppe des Schneiders. »Wo ist der Hesse?« fragte er.

»Im Zelt des Majors. Sie verhören ihn.«

»Seit Stunden?« Blyth war an der Grenze seiner Beherrschung angelangt. »Warum wurde der General erst jetzt davon unterrichtet? Ihr haltet es wohl nicht für wichtig. Ihr aus Maryland, ihr seid besonders schlau, nur alles selber machen, nur nicht den General unterrichten! Wer verhört ihn?«

»Major Young führt das Verhör.«

»Und was sagt der Gefangene aus?«

Sergeant Haughton antwortete mit einem Achselzukken: »Nichts. Der Mann redet nicht. Kein Wort.«

»Er redet nicht! So, zwei Stunden und er redet nicht. Ich sag Euch, er wird schnell reden. Wie ist es passiert? Ihr wart dabei? Aus Eurem Boten wurde keiner schlau.«

»Da gibt's nicht viel zu berichten. Wir patrouillierten am Uferstreifen von der Föhre bis zur Furt. Die Nacht war ruhig. Ich übernahm die Wache um fünf Uhr. In der ersten Morgendämmerung haben sie versucht, über den Fluß zu setzen.«

»Der Bote sagte etwas von Pferden.«

»Es war ein Pferd. Vielleicht hatten sie zunächst vor, es mit Pferden zu versuchen. Ich halte das für unwahrscheinlich. Vielleicht war es eines der Tiere, das sie drüben zurückgelassen haben. Die Männer, die wir entdeckten, waren in einem Boot.«

»Wie viele?«

»Ich bin nicht sicher. Die einen wollen drei, andere vier oder fünf gesehen haben, die über den Fluß kamen. Ich nehme an, daß sie in dem Boot zu viert waren.«

»Ihr nehmt es an. Aber geschnappt habt Ihr nur einen.«

Sergeant Haughton senkte den Blick. Es fiel ihm schwer, jetzt, Stunden später, zu erklären, was geschehen war am Fluß, gegen seinen Willen. Jetzt fühlte er sich schuldig, aber er wußte, daß er am Fluß geglaubt hatte, richtig zu handeln. »Ich war der Führer der Patrouille«, sagte er, »und ich will mich nicht 'rausreden.

Als wir das Boot ausgemacht hatten, gab ich Befehl, es herankommen zu lassen. Ich wollte sie in aller Ruhe an Land gehen lassen und sie mir dann schnappen. Sie waren vier, vielleicht fünf, und wir waren an die zwanzig, also kein Problem. Wir lagen gut getarnt am Ufer, mit geladenen Gewehren, und ich hatte befohlen, erst auf ein Zeichen von mir zu feuern. Aber es kam anders.«

»Wenn es darauf ankommt, dann kommt es bei uns immer anders.« Etwas im Blick von Sergeant Haughton ließ Blyth verstummen.

»Ich kann nicht sagen, wer damit angefangen hat«, sagte Haughton ruhig. »Hinterher läßt sich so was kaum noch feststellen. Sicher ist es nicht aus Böswilligkeit geschehen. Es war die Nacht, die Furcht; etwas, das eigentlich gar nichts mit dieser Situation zu tun hatte – es muß sich da während der Kämpfe mit den Hessen in den Männern etwas angestaut haben. Ein Finger, der am Abzug zuckte, einer, der die Nerven verliert, einer, der zu schießen beginnt, und schon geht die ganze Salve los.«

»Idiotisch«, murmelte Blyth.

»Das Boot begann sofort zu sinken. Es muß vollkommen durchlöchert gewesen sein.«

»Hat man es gefunden?«

»Bis jetzt nicht. Zwei Patrouillen sind am Fluß und suchen nach dem Boot und nach den Leichen.«

»Und der Gefangene?«

»Der trieb ans Ufer. Wir mußten ihn mit Gewalt herausziehen. Dann hat er sich widerstandslos abführen lassen.«

Eine Weile standen die beiden Männer sich schweigend gegenüber. Durch die Zeltplanen drangen gedämpft die Geräusche des Lagers, die Schritte der Posten um die Wachfeuer, der Hufschlag eines Pferdes, das

Rattern eines Karrens, ein fernes Hornsignal. Dann sagte Blyth. »Führt mich zu dem Gefangenen.«

Das Doppelzelt war voll von Offizieren. Die frisch aufgefüllte Holzkohle in dem Kupferbecken auf dem Dreifuß qualmte mehr, als daß sie Wärme gab, aber niemand achtete darauf. Die Aufmerksamkeit der Männer richtete sich ausschließlich auf den Gefangenen.

Der Mann saß auf einem Hocker, die Arme auf dem Rücken gefesselt, links und rechts von ihm standen Wachen. Es war dieses Mißverhältnis zwischen der zusammengesunkenen Gestalt und seinen kerzengerad dastehenden Bewachern, das Blyth zuerst auffiel. Ohne Gruß hatte der Leutnant das Stabszelt betreten. Fast gewaltsam, und ohne zu beachten, daß jeder der Offiziere einen höheren Rang einnahm als er, verschaffte er sich Platz, so daß er schließlich dem Gefangenen gegenüber stand. Und hier erlebte er seine zweite Enttäuschung. Er war darauf vorbereitet gewesen, die verhaßte Uniform zu sehen. Der Gefangene, das war in seiner Vorstellung kein Mensch gewesen, sondern eine grüne Uniform, und als er sich jetzt diesem in sich zusammengesunkenen Mann gegenübersah, in den Kleidern, die man ihm gegeben hatte, kamen ihm fast Zweifel, ob das wirklich ein Hesse war. Blyth war erst beruhigt, als er auf einer Kiste das Bündel liegen sah; das grüne Tuch, das flammende Rot der Aufschläge; es waren die Farben der hessischen Jäger, die ihn seit den ersten Gefechten bei Flatbush verfolgten. Es drängte ihn, die Hand auszustrecken und das Uniformbündel, um das sich ein dunkler Wasserfleck gebildet hatte, zu berühren . . .

Plötzlich hatte Blyth das Gefühl, von dem Gefangenen beobachtet zu werden, bis hinein in das, was er dachte und fühlte. Der Gefangene hatte ein schmales übernächtigtes Gesicht, braunes Haar und graue, von dunklen Schatten umgebene Augen. Es war schwer, sein Alter zu schätzen. Nirgends bot dieses Gesicht Einlaß und nirgends bot es Widerstand; es entzog sich, es sagte nichts aus. Blyth verstand, daß sie kein Wort aus ihm herausgebracht hatten, aber gerade das spornte ihn an.

Er wandte sich an den nächststehenden Offizier: »Sergeant Haughton sagt mir, der Mann redet nicht. Hat man Papiere bei ihm gefunden?«

»Nichts. Aber das war auch nicht zu erwarten. Nach der Uniform ist klar, daß er zu dem hessischen Jägerregiment gehört, das seit dem 14. Dezember in Trenton liegt.«

»Zu den Rallschen Jägern.« Blyth hatte so laut gesprochen, daß man es im ganzen Zelt gehört hatte. Die leise geführte Unterhaltung dreier Offiziere nahe am Zelteingang verstummte; die Blicke richteten sich auf Blyth. Diese Männer waren älter als er, standen im Rang über ihm, aber Blyth sah nur Lippen, die sich zusammenpreßten, Hände, die am Gürtel Halt suchten. Er registrierte jede Geste der Unsicherheit und der Verwirrung, und jede steigerte sein Überlegenheitsgefühl. Rall, dachte er. Ich hasse diesen Mann mehr als ihr alle, und das macht mich euch überlegen. Er trat vor den Gefangenen. Ob er zusammenzucken würde, wenn er ihm die Hand auf die Schulter legte?

»Euer Schweigen wird Euch nichts nützen«, begann Blyth, »Ihr werdet reden, so oder so. Wieviel Mann wart ihr? Nur ihr vier im Boot, oder gab es noch andere? Was war euer Auftrag, was solltet ihr erkunden?« Blyth stellte die Fragen mit halblauter Stimme, eindringlich, beschwörend. Er dachte nicht daran, daß der Mann seine Sprache vielleicht gar nicht verstand. Er wurde nicht ungeduldig, er war sicher, daß er antworten würde.

Major Young ließ Blyth zunächst gewähren. Bevor er sich den Rebellen angeschlossen hatte, war Silas Young Friedensrichter in Frederick gewesen; er hatte oft erlebt, daß sich die aussichtslosesten Fälle durch Eingreifen eines Dritten lösten, aber in diesem Fall glaubte er nicht daran. »Es ist zwecklos, Leutnant Blyth«, sagte er schließlich, »glaubt mir. Ihr könnt genausogut auf einen Stein einreden.«

Blyth richtete sich auf. »Schickt nach einem Dolmetscher!«

Major Young schüttelte den Kopf. »Wir vergeuden nur unsere Zeit. Er versteht jedes Wort. Ihr glaubt doch nicht, daß sie einen Mann zum Spionieren über den Fluß schicken, der unsere Sprache nicht beherrscht. Sie haben ihn gut ausgewählt. Er wird nicht reden.«

Andrew Blyth wandte sich wieder dem Gefangenen zu. Er war nicht bereit aufzugeben. »Hört zu!« begann er von neuem. »Ihr geht frei aus! Ihr bekommt sogar ein Stück Land. Der Krieg ist zu Ende für Euch, so oder so. Was geht in Trenton vor? Was plant Rall?«

Hatte der Gefangene sich gerührt? War ein Frösteln durch seinen Körper gegangen? »Will Rall über den Fluß?« bohrte Blyth weiter. »Noch in diesem Jahr? Solltet Ihr deshalb unsere Stellungen erkunden?« Blyth ließ den Gefangenen nicht aus den Augen. Major Young hatte recht, er verstand jedes Wort. Das sah man, aber was er dachte, war ihm nicht anzusehen. »Ihr wißt, was mit einem Spion geschieht«, sagte Blyth langsam, jede Silbe betonend. Die Worte hatten eine ganz unerwartete Wirkung. Die Züge des Gefangenen belebten sich, die Starre wich daraus; man drohte diesem Hessen mit dem Tod, und er zeigte nicht Furcht, sondern Erleichterung! Die Hände des Leutnants ballten sich. Er trat einen Schritt von dem Gefangenen zurück, wandte sich an die Runde der Offiziere: »Worauf warten wir? Wenn er nicht redet, dann knüpfen wir ihn eben an den nächsten Baum.«

Major Young trat vor. Er bedeutete den Wachen, den Gefangenen abzuführen. Er wartete, bis das geschehen war, dann sagte er zu Andrew Blyth: »Leutnant, ich habe keines der Worte gehört, das Ihr hier gesprochen habt. Nehmt das zur Kenntnis.«

Andrew Blyth stieg die Röte ins Gesicht. »Der Mann ist ein Spion. Er wurde auf frischer Tat ertappt. Ihr wißt so gut wie ich, Major Young, was sie mit unseren Gefangenen gemacht haben.«

»Wir werden eine Verhandlung führen«, sagte Young kühl, »nach Gesetz und Recht, und wir werden sehen, zu welchem Urteil wir kommen.«

Andrew Blyth drehte sich auf dem Absatz um und eilte aus dem Zeit ins Freie. Etwa hundert Meter vor ihm, zwischen den Zeltreihen, sah er die zwei Wachen und in ihrer Mitte den Gefangenen.

Soerman war sich der Soldaten an seiner Seite nicht bewußt, noch daß er Fuß vor Fuß setzte, atmete, daß er Dinge tat, die ihm zeigten, daß er lebte. Er lebte nicht mehr; das, was Leben hieß, war in ihm gestorben, vor vielen Stunden schon, unten am Fluß. Die Kugeln hatten ihn genauso getroffen wie die anderen, jede einzelne hatte ihn getroffen; er war längst tot, und das, was ihn noch bewegte, ihn noch atmen ließ, würde bald auch nicht mehr sein. Er war jetzt ruhiger; von den vielen Worten, die sie an ihn gerichtet hatten, seit er in Gefangenschaft geraten war, war nur der letzte Satz haftengeblieben: »Knüpft ihn an den nächsten Baum.«

Seit Freder Soerman unter den Füßen wieder festen Grund gespürt hatte, seit er begriffen hatte, daß er lebte, daß aus dem Boot nur er allein noch lebte, war dies sein einziger Gedanke gewesen: zu sterben. Es war zu schnell gegangen, er hatte im Wasser um sein Leben gekämpft; da war noch die Hoffnung in ihm gewesen, daß auch die anderen noch lebten, und dann war es zu spät; er besaß keine Waffe, nicht einmal ein Messer hatte er bei sich. Noch eine Chance hatte er gehabt, als sie ihn aus dem Wasser zogen und sich dabei auf ihn stürzten, als wollten sie ihm die Glieder aus dem Leib reißen, aber jemand war dazwischengetreten, und die Männer waren zur Besinnung gekommen. Seither hatten sie ihn keine Sekunde aus den Augen gelassen.

Aber das war jetzt nicht mehr wichtig. Er ging weiter, die Wachen neben sich, Schritt für Schritt, den Kopf gesenkt. Es gab eigentlich nur noch eine Frage, die ihn bewegte – Robert. Ob es ihm gelungen war, über den Fluß zu kommen? Ob er bereits auf Redford war? Aber selbst wenn er lebte, das änderte nichts; im Gegenteil, der Gedanke, er würde ihm unter die Augen treten müssen, ließ ihn den Tod nur um so mehr herbeiwünschen.

Die Wachen waren am Ziel. Soerman spürte eine Hand. Sein Leben lang hatte er die Berührung von Menschen gemieden – jetzt ging etwas Beruhigendes davon aus. Ein paar Schritte noch. Er brauchte nur zu warten, bis es geschah.

Er hob den Blick. Um ihn waren Zelte, Männer in Uniform, Augen, die sich auf ihn richteten, aber nirgends ein Baum, nirgends eine freie Fläche. Er wollte protestieren, aber die Hand stieß ihn durch einen Zelteingang. Ein Strohlager, eine Decke, sonst nichts. Einer der Wachposten deutete auf den Strohsack. Soerman ließ sich darauf nieder. Der Posten zog die ledernen Riemen aus Soermans Stiefeln; er löste das Band, das sein Haar im Nacken zusammenhielt und nahm es an sich. Zuletzt fand er in der Tasche des Umhangs, den man Soerman gegeben hatte ein buntes Halstuch; das steckte er ebenfalls zu sich. Schließlich durchschnitt er die Handfesseln, und mit einem letzten Blick durch das Zelt ließen die beiden Wachen den Gefangenen allein.

Soerman saß auf dem Stroh, die Arme um die Knie geschlungen, den Blick auf den schmalen Spalt am Boden des Zeltes gerichtet, in dem immer wieder die Stiefel der Posten auftauchten und wartete.

39

Der Platz, den man auf Redford und in der weiteren Umgebung als die Zinnmine bezeichnete, war eine flußaufwärts gelegene Talsenke. Zwei Stollen führten am Grund der Senke in das Erdreich, dessen zwei obere Schichten aus dunklem Humus und gelbem Lehmkies bestanden. Die Art, wie die Stützpfähle der Stollen geschnitten und verfugt waren, deutete daraufhin, daß es sich um eine Mine aus frühester indianischer Zeit handelte. Irgendwann hatten die Indianer die Stollen zum Einsturz gebracht – weil sie ausgebeutet war, sagten die einen; um sie für die Weißen wertlos zu machen, die anderen. Dieses Werk hatte der Herr von Redford fortgeführt, indem er alle Steine und Geröllbrocken und auch die Erde vom Ausschachten der Häuser zur Zinnmine hatte bringen lassen; über Jahre hinweg war das geschehen, und dadurch war die Senke zu einem großen Teil aufgefüllt worden.

Eines der vielen Gerüchte, die in den ersten Jahren um Skelnik entstanden waren, hatte Gold und Silber aus dem Zinn gemacht, und daß Skelnik Geröll in die Senke schütten ließ, galt vielen als ein raffiniertes Tarnungsmanöver, damit er nur um so heimlicher die Schätze dort heben konnte. Und eines Nachts hatte sich sogar ein von dem Gerücht angelockter Schatzsucher dort zu Tode gestürzt. Wenn dieser Vorfall auch nicht ausreichte, um aus der Mine einen von bösen Geistern beherrschten Ort zu machen, so wurde sie doch fortan gemieden. Einen geeigneteren Platz gab es nicht, fand Skelnik, als er einen abgelegenen und sicheren Ort suchte, um den Salpeter und den Schwefel, die er in Philadelphia aufgetrieben hatte, zu Pulver für die Gewehre der Armee zu verarbeiten.

Einen der beiden alten Stollen hatte Skelnik im vorderen Teil freilegen und neu abstützen lassen, und davor stand jetzt ein Planwagen. Jonathan Whitecombe tauchte geduckt aus dem Halbdunkel des Schachtes auf. Auf den Schultern trug er ein Pulverfaß.

Skelnik, der die ganzen letzten Tage selber mit Hand angelegt hatte, überwachte auch das Laden. »Das genügt für diese Fracht«, sagte er, »lieber fahren wir einmal mehr. Stellt schon den nächsten Wagen bereit und fangt mit dem Laden an. Was glaubt Ihr, Whitecombe, wieviel Fuhren werden es noch?«

Der Schmied ließ das Pulverfaß von den Schultern gleiten und hob es vorsichtig auf den Wagen. Während er von beiden Seiten Holzkeile unter das Faß schob, bis es ganz fest lag, überblickte er die Ladung. »Wenn ich langsam fahre, könnte ich noch drei Fässer auflegen. Dann müßte es gerade ausgehen mit der zweiten Fuhre.«

»Mir ist lieber, wir riskieren keinen Achsenbruch.«

»Habt Ihr schon erlebt, daß eine meiner Achsen bricht?«

»Jedenfalls möchte ich nicht in der Nähe sein. Laß dir Zeit. In die Luft gehen soll das Zeug woanders.«

Whitecombe führte das Pferdegespann heran und begann es anzuschirren.

Skelnik wartete, bis Whitecombe damit fertig war. »Und besteh diesmal darauf, daß sie selber abladen!«

»Darauf könnt Ihr Euch verlassen. Das passiert mir nicht ein zweites Mal, daß wir die ganze Arbeit tun, und die Soldaten stehn dabei, die Hände in den Taschen, und grinsen sich eins.«

Skelnik befahl einem seiner Männer, ihm jetzt sein Pferd zu bringen. »Also«, wandte er sich noch einmal an Whitecombe, »laß dich nicht verleiten. Ihr habt den ganzen Tag Zeit. Und wenn ihr fertig seid mit der letzten Fuhre, schließt den Stollen wieder.« Skelnik schwang sich in den Sattel. Steine spritzten unter den Hufen auf, als das Pferd die schräge Halde nahm, die aus der Senke führte. Oben auf der Ebene, fiel es dann in leichten Galopp.

Die Kälte schnitt Skelnik ins Gesicht, klebte ihm die Nase zu. Die Temperatur war noch gesunken. Er warf einen Blick zum Fluß hinüber, dessen Lauf etwa zweihundert Meter östlich führte. Die Ufer hier waren unbewaldet und nicht höher als der Wasserspiegel, und es sah aus, als schicke der Strom sich gerade an, über die Ufer zu treten, um die weite Ebene, die einst sein Flußbett war, wieder in Besitz zu nehmen.

Skelnik hatte die Hälfte des Wegs nach Redford zurückgelegt, als ein Reiter ihm entgegenkam. Schon von weitem erkannte er ihn. Selbst wenn Kyllogs scharfen Galopp ritt, schien ihn das nicht im geringsten anzustrengen; er war ein Mann, der sich sicherer auf dem Rücken eines Pferdes fühlte als auf den eigenen Füßen. Skelnik war stolz auf Männer wie Jan Kyllogs und Jonathan Whitecombe; stolz, daß er ihre Eigenheiten, Fehler und Vorzüge kannte und daß sie, vom Zufall nach Redford geführt, hier eine Heimat gefunden hatten; eigenwillige Männer, die nichts von ihrer Selbständigkeit aufgaben, nur weil er ihr Herr war. Jan Kyllogs ritt einen Bogen, um sich dann Skelnik anzuschließen. Die Männer ließen ihre Pferde in Trab fallen.

»Wem verschaffst du Bewegung?« fragte Skelnik, »dem Pferd oder dir?«

»Ich dachte, vielleicht gibt es in der Zinnmine noch etwas zu tun. Ihr seid heute sehr früh weggeritten. Ich werd' es wohl nie schaffen, einmal früher auf den Beinen zu sein als Ihr.« Skelnik war ein Morgenmensch, zum Leidwesen vieler.

»Gibt's etwas Besonderes auf dem Gut?«

»Die Stiefel aus Doylestown sind eingetroffen. Hundert Paar.«

»Hast du sie geprüft?«

»Jedes Paar. Ich habe Euch gewarnt, im voraus zu zahlen. Das bringt immer Ärger. Ich habe ihm die zehn fehlenden Paare und die zwanzig fehlerhaften von der letzten Lieferung in Abzug gebracht. Er wird sich bei Euch über mich beklagen – nur damit Ihr es wißt. Wie steht's in der Zinngrube?«

»Noch drei Fuhren, eine davon ist schon verladen. Sie schaffen es heute.« Skelnik streifte Jan Kyllogs mit einem forschenden Blick. »Und sonst? Ihr habt doch noch was?«

Kyllogs schob die Unterlippe vor. »Am Fluß muß heute irgend etwas losgewesen sein. Sie haben wohl einen Spion aufgegriffen. Ich habe mich nicht weiter darum gekümmert. Es gab eine Schießerei. Die Herren Offiziere gehen mir allmählich auf die Nerven. Großes Palaver. Ihr werdet sie alle in Eurem Haus versammelt finden. Sie haben mich geschickt. Vielleicht könnt Ihr die Gelegenheit benützen und ihnen klarmachen, daß sie in unseren Wäldern nicht wie die Wilden hausen sollen. Wir haben es heute morgen entdeckt: mindestens zwanzig Klafter Holz haben sie wieder geschlagen!

Wenn sie es wenigstens ordentlich machen würden! Es steht genug draußen, das ausgeschlagen gehört, Birken und Erlen. Aber sie nehmen, was ihnen unter die Axt kommt, auch das Jungholz, das wir nachgezogen haben. Ihr solltet einmal hinausreiten und es Euch ansehen.«

Sie ritten eine Weile schweigend. Um sie herum waren jetzt Felder. Jan Kyllogs deutete auf die grünen Halme der Wintersaat. »Dieser Frost ist schlimm. Zuerst die unnatürliche Wärme und jetzt kein Schnee. Die Wintersaat ist zu weit heraus. Es wird uns alles erfrieren, wenn wir nicht doch bald Schnee bekommen. Übrigens wartet Saunders auf dem Gut auf Euch.«

»Immer noch diese Sache mit seiner Magd! Wenn sie es bis jetzt nicht rausgebracht haben, wird es nie mehr geschehen.«

Jan Kyllogs machte eine bedeutungsvolle Pause. »Saunders will verkaufen.«

»Ed Saunders verkauft? Das ist nicht gut.«

»Wieso? Es ist gutes Land, gut gehalten, mit gutem Viehbestand.«

»Es ist nicht gut, wenn Leute wie Saunders den Glauben verlieren. Wenn ein Mann wie er alles im Stich läßt, woher sollen dann seine Leute den Mut zum Bleiben nehmen?«

»Ihr bekommt es bestimmt zu einem günstigen Preis«, sagte Jan Kyllogs, unbeeindruckt. »Saunders hat so eine Andeutung gemacht. Und das Land ist gut, und seine Leute sind's auch. Der größere Teil würde sicher bleiben.«

»Ich will Saunders nicht sehen. Halte ihn mir vom

Hals, wenigstens bis ich gefrühstückt habe. Ich merke, daß ich schrecklich hungrig bin!«

Als sie in den Hof einritten, trennten sie sich mit einem stummen Gruß. Das erste, was Skelnik sah, waren die Pferde, Dutzende, Seite an Seite standen sie vor dem Haupteingang des Herrenhauses; in der Eingangshalle häuften sich auf Konsolen und Bänken die Mützen und Hüte mit den blauweißen Bändern der Milizoffiziere. Aus der Bibliothek kamen ihre Stimmen. Es war Skelnik Ernst mit seinem Wunsch, niemand zu sehen, weder Saunders noch einen der Offiziere, und er bereute es schon, nicht den hinteren Eingang benützt zu haben. Die Beratung näherte sich offensichtlich dem Ende. Man vernahm nur noch eine Stimme, und dann verstummte auch diese; man hörte Stühle rücken, Schritte, die Tür flog auf, und die Offiziere strömten in die Halle.

Skelnik beobachtete sie aus dem Hintergrund. Das Haus leerte sich rasch. Durch die offene Haustür drang das Getrappel der Pferde herein. Er wartete, bis auch der letzte gegangen war und sich die Haustür wieder geschlossen hatte. Er war auf dem Weg zu seinem Arbeitszimmer, als die Tür zur Bibliothek noch einmal aufging und Leutnant Blyth heraustrat. Es war für Skelnik zu spät, sich zu verbergen. Blyth kam auf ihn zu, und in seinem Wesen war derselbe feierliche Ernst, den Skelnik auch an den anderen Offizieren beobachtet hatte. Sonst überfiel Andrew Blyth ihn meist mit einem Wortschwall. Diesmal sagte er nur: »Kann ich Euch sprechen?«

Skelnik ging voran. Er hielt Blyth die Tür zu seinem Arbeitszimmer auf, ließ ihn zuerst eintreten. Der Leutnant wartete, bis Skelnik die Tür zugezogen hatte, dann sagte er: »Die Entscheidung ist gefallen.«

»Welche Entscheidung?« fragte Skelnik.

»Über Sieg oder Niederlage, Leben oder Tod.«

Jedem anderen gegenüber hätte Skelnik auf diesen pathetischen Ausspruch mit einer ironischen Bemerkung reagiert, aber dem Leutnant war es Ernst. Also wartete er bis Andrew Blyth weitersprechen würde.

»Ich habe wirklich nicht mehr daran geglaubt.« Blyth ging vom Fenster zur Tür, von der Tür zum Fenster. »Ich brauche Euch nichts über den Zustand der Armee zu sagen, nichts über ihren äußeren, nichts über ihren inneren. Ich glaube, noch kein General hat eine Armee gehabt, die weniger an sich glaubte als diese. Für viele war der Krieg zu Ende, verloren; in Gedanken waren sie bereits zu Hause. Ich sah uns schon hier, in den ersten Tagen des neuen Jahres; eine Armee aus einem Haufen mutloser Offiziere ohne Soldaten.«

Skelnik stand am Kamin, er stellte keine Zwischenfragen, gleichsam ein unsichtbarer Zuhörer.

»Jetzt ist alles anders«, fuhr Blyth nach einer Pause fort. »Durch ein Wort, eine Entscheidung. Heute morgen waren wir eine geschlagene Armee. Alle wußten, wir würden nicht mehr kämpfen. Aber wenn sie erst wissen, daß wir kämpfen müssen, werden sie wieder an den Sieg glauben.«

Skelnik wartete bis Blyth auf seinem Weg wieder neben ihm war. »Was für eine Entscheidung?«

Andrew Blyth blieb stehen. »Wir greifen an! Wir kehren den Spieß um. Bisher sind wir vor ihnen davongerannt. Jetzt werden sie rennen. Wir zahlen es ihnen heim. Die Armee braucht einen Sieg, und sie wird ihn noch in diesem Jahr haben.«

»Ihr wollt angreifen?«

Blyth nickte. »Die Offiziere sind schon unterwegs zu ihren Regimentern. Die ersten werden es schon wissen. Wie ein Lauffeuer wird es durchs Lager gehen!«

Skelnik hätte Freude empfinden müssen, Genugtuung. Er hatte das Seine getan, die Armee aufzurichten, er hatte auf die Entscheidung, die jetzt gefallen war, gehofft. Jetzt spürte er nur eine Last, die sich auf ihn legte. »Wann?« fragte er.

»Der Tag steht noch nicht fest«, erwiderte Blyth. »Wir werden ihn erst im letzten Augenblick bekanntgeben. Wir brauchen keine lange Vorbereitungszeit. Jeder Mann erhält Proviant für drei Tage und vierzig Kugeln für sein Gewehr. Vielleicht werden wir an einem der Weihnachtstage angreifen. Da werden sie am wenigsten mit uns rechnen.«

»Ihr wollt mit den Booten über den Fluß?«

»So, wie wir gekommen sind. Heute hat der Frost eingesetzt. Wenn es so weiterfriert, mit Graden unter fünfzehn Celsius, braucht es zehn Tage bis der Delaware sich schließt. Das wäre dann der 27. Dezember. Wir greifen in jedem Fall vorher an. Wir haben die Boote, er muß warten, bis der Fluß eine feste Eisdecke hat.«

»Ihr meint den hessischen Kommandeur? Ihr glaubt, Rall beabsichtigt, über den Fluß zu gehen?«

»Wir vermuten es. Viele Anzeichen sprechen dafür, daß er es sich in den Kopf gesetzt hat, noch in diesem Jahr nach Philadelphia zu marschieren. Seit heute haben wir sogar einen sicheren Hinweis. Die Hessen haben versucht, vier Spione über den Fluß zu setzen. Drei sind unserer Patrouille entwischt – die Männer der Patrouille behaupten zwar, sie seien ertrunken, aber bevor ich die Leichen nicht sehe, glaube ich das nicht. Der vierte wurde gefangen. Er schweigt sich aus, aber die Sachlage ist ganz eindeutig. Dieser Vorfall hat mit den Ausschlag gegeben. Plötzlich waren auch die ewigen Zauderer dafür, den Angriff zu wagen. So, jetzt wißt Ihr Bescheid. Der General hatte nach Euch schicken lassen. Er fand, Ihr hättet ein Anrecht darauf, es als einer der ersten zu wissen. Ich muß jetzt gehen. Es gibt viel zu tun!«

Blyth war gegangen. Vor zehn Minuten? Vor einer halben Stunde? Skelnik, der nie eine Uhr brauchte, hatte plötzlich kein Maß mehr für die Zeit. War es Vormittag? War das Essen vorüber? Der Kamin in seinem Arbeitszimmer mußte erst vor kurzem entzündet worden sein. Der Raum ließ sich besonders gut beheizen, aber noch war es kalt, und die Scheiben der Fenster waren beschlagen. Auf dem Tisch vor dem Kamin stand ein Tablett mit Teegeschirr. Vom Abend vorher? Er schüttete einen vollen Aschenbecher in das Feuer. Auf dem Schreibpult lag eine Aufstellung der an die Armee ausgegebenen Lebensmittel. Er stellte, ohne daß es ihn in diesem Augenblick interessierte, fest, daß die täglichen Rationen sich im Vergleich zur ersten Woche fast um das Doppelte gesteigert hatten. Er griff nach dem Klingelzug, wartete ungeduldig. »Warum steht das Geschirr noch da?« sagte er, als eines der Hausmädchen erschien. »Bring mir ein Frühstück und ein zweites Gedeck für Miß Mary.«

Das Mädchen, nicht gewohnt, daß Skelnik von irgend etwas, das im Haus geschah, nicht unterrichtet war, sah ihn überrascht an. »Miß Mary ist weggeritten, schon in aller Frühe.« Sie kam Skelniks zweiter Frage zuvor: »Und McGill ist auch fort. Sie hat den Schlüssel für die Speisekammer. Es wird ja schon höchste Zeit für das Mittagessen.«

»Verschon mich damit! Bring das Frühstück.« Skelnik bereute seine Grobheit, als sie gegangen war. Er kehrte zum Schreibpult zurück – nein, die Zahlenkolonnen konnten ihn nicht fesseln. Er trat zum Fenster, gerade in dem Augenblick, als Mary und McGill in den Hof einritten. In Gedanken verfolgte er Marys Weg, rechnete sich aus, wann er ihre Schritte vor der Tür hören würde. Sein Hunger meldete sich wieder, und bei der Vorstellung des dunkelbraunen Tees in den weißen Tassen, der frischen Sahne und des duftenden Brotes besserte sich sein Stimmung; Marys Gegenwart würde ein Weiteres tun, ihn die Dinge wieder so sehen zu lassen, wie sie wirklich waren.

Er trat vom Fenster zurück, als Schritte sich der Tür näherten. Aber es war das Mädchen mit dem Frühstückstablett. »Ist Miß Mary nicht gekommen?« fragte Skelnik.

»Sie ist sofort auf ihr Zimmer.«

Skelnik wartete, bis das Mädchen gegangen war. Er schenkte sich eine Tasse Tee ein, aber er trank nicht davon. Er verließ das Arbeitszimmer und eilte den Gang zum Wirtschaftstrakt hinunter.

Was er sonst nie tat, tat er jetzt; ohne zu klopfen, trat er in McGills Zimmer. »Was ist eigentlich hier los?« begann er noch auf der Schwelle. »Mein Büro ist nicht geheizt. Das Teegeschirr von gestern abend ist nicht abgeräumt!« McGills Zimmer war weiß getüncht und ebenso hoch wie die anderen Räume des Hauses, aber schon immer hatte es auf Skelnik dunkler und niedriger gewirkt; mit den handgeknüpften Teppichen an den Wänden und den Fellen auf dem Fußboden ähnelte es dem Inneren eines Indianerzeltes. McGill hatte, als er den Raum betrat, mit dem Rücken zu ihm, vor dem mit Kupferblech beschlagenen Indianerschrein gekniet.

Sie erhob sich, der Rock ihres blauen Wollkleides war noch zum Reiten aufgebunden. »Kommt herein«, sagte sie, »und setzt Euch.«

Skelnik zögerte einen Moment, aber dann folgte er ihr doch. Verwundert stellte er fest, daß seine Gereiztheit sich verflüchtigte. War es der Raum, der Duft nach Arnika, oder war es einfach die überlegene Ruhe, die von dieser Frau ausging?

McGill schloß die Tür hinter ihm und setzte sich ihm gegenüber. »Ich habe auf Euch gewartet«, sagte sie. Ihre dunklen Augen gingen über sein Gesicht, langsam und forschend. »Wußtet Ihr, daß Ihr einen Sohn habt?«

»Was redest du da? Was ist mit Mary? Was geht in diesem Haus vor?«

Wieder schien McGill taub für seine Fragen. »Ich war elf Jahre damals, als Ihr zum erstenmal nach Redford geritten kamt.« Sie sprach ohne Hast; gewiß, daß er sie nicht unterbrechen würde. »Ich weiß es noch wie heute. Ihr hattet eine braunweiß gesprenkelte Stute. Später habt Ihr sie mir geschenkt. Euer Haar reichte Euch damals bis auf die Schultern. Das war das erste, was ich sah, noch ehe Ihr aus den Bäumen geritten kamt, Euer goldenes Haar. Heute habe ich es wieder gesehen, und auch Euer Gesicht, so, wie es damals war.«

Skelnik wollte sich erheben, aber ihm war, als fehle ihm die Kraft dazu.

»Ich habe mich damals gefragt«, fuhr McGill fort, »wie Ihr wohl über den Fluß gekommen seid. Die Fähre gab es noch nicht, und die Furt war unpassierbar, seit der Damm von den abziehenden Indianern zerstört worden war. Seid Ihr damals zu Pferd über den Fluß gekommen?«

»Ich dachte immer, du siehst in deinen Träumen die Zukunft. Seit wann ist es die Vergangenheit, die dich beschäftigt? Aber wenn du es wissen willst: ja, ich bin damals durch den Fluß geritten.«

McGill nickte. »Sagt mir noch eines aus der Vergangenheit. Wart Ihr allein damals? Oder war eine Frau bei Euch?«

»Ich war allein, und ich war sehr jung. Später habe ich nie mehr versucht, über den Fluß zu reiten.« Er schwieg. Es fiel ihm schwer, zu fragen: »Was soll das heißen: ich habe einen Sohn?«

»Ich verstehe es nicht«, sagte McGill. »Der Fluß hat ihn gebracht, Euren Sohn. Ich wußte, daß es geschehen würde. Ich habe es gesehen, in der Nacht, bevor sie dann John Compson brachten. Ich sah den Toten, und ich sah den anderen mit Eurem Haar und Eurem Gesicht.« Sie blickte auf. »Und noch etwas sah ich: eine Frau, hier im Haus, in den Räumen, die immer verschlossen sind. Die Fenster standen offen, Sonne kam herein, eine kalte klare Wintersonne. Die Frau trug ein dunkles Kleid, aber rund um sie war helles Licht.« Wieder schwieg McGill, und wieder wünschte Skelnik aufzustehen, aber was ihn hielt, war stärker.

»Das mit John Compson ist eingetroffen«, sagte McGill, »und auch das andere . . .« Die Indianerin erhob sich. Sie löste den Gürtel, mit dem ihr Rock aufgebunden war. Den blauen Stoff ausschüttelnd und glattstreichend, wandte sie sich um. »Er liegt in der Blockhütte im Wald«, sagte sie. »Jean Daniel hat mich geholt. Ihr wart nicht da, und ich weiß auch nicht, ob ich Euch etwas gesagt hätte; erst als ich die Blockhütte betrat, sah ich die Ähnlichkeit. Ich war wie erschlagen, als ich da vor seinem Lager stand.«

»Er kam über den Fluß, sagst du?«

»Mit einem Pferd, über den Fluß, in der Nacht.«

»Hat er gesagt, er sei mein Sohn?«

»Er hatte eine Kugel in der Schulter. Er hat viel Blut verloren und fieberte. Jean Daniel hat ihm die Kugel herausgeschnitten, und ich habe ihn verbunden. Das Fieber fiel schon, als ich ging. Er wird durchkommen. Seht her.« Sie holte etwas aus ihrer Rocktasche hervor.

»Das ist die Kugel aus seiner Schulter.«

»Du hast vorhin etwas von einer Frau gesagt. Sie war seine Mutter. Als ich sie zurückließ, erwartete sie ein Kind, im vierten Monat. Er müßte dann vierundzwanzig sein.«

»Ihr braucht nicht zu zweifeln«, sagte McGill, »er ist Euer Sohn.«

»Wie kommt er zu Daniel in die Blockhütte?« Skelnik mußte an Blyth denken, an sein Gespräch mit ihm, ohne daß er einen logischen Zusammenhang herstellen konnte. »Und woher stammt die Kugel?«

»Danach konnte ich ihn nicht fragen, dazu war er zu schwach. Gefunden hat ihn Mary.«

»Mary? Wo?«

»In dem Gehölz, in dem die Reiher nisten. Er muß sich dorthin geflüchtet haben. Viel später hätte sie ihn nicht entdecken dürfen. Er trug übrigens einen unserer Armeemäntel und darunter die Uniform der Feinde.«

»Eine hessische Uniform?«

»Ja. Daniel hat sie mir gezeigt.«

Vorher, als McGill mit leiser Stimme von ihren Gesichtern gesprochen hatte, war kein Zweifel an der Wahrheit ihrer Worte in Skelnik aufgestiegen. Jetzt, da sie von den gleichen Dingen ganz sachlich sprach, erfaßte ihn Mißtrauen. Sie mußte es gespürt haben, denn sie sagte unvermittelt: »Reitet nur hinaus. Ihr werdet sehen, jedes meiner Worte stimmt.«

»Und Mary war dort? Sie ist mit dir zurückgekommen? Warum kommt sie nicht zu mir, sondern schließt sich in ihr Zimmer ein?«

»Hat sie sich eingeschlossen? Wart Ihr bei ihr? Begreift doch – der Mann, den sie gefunden hat, trug die Uniform der Feinde. Ein Mann, der für den englischen König kämpft. Dieser Kampf hat ihr den Vater genommen – und John. Sie hat ihn nicht erkannt. Als ich kam und mich nicht beherrschen konnte, und sie mir etwas anmerkte und mich fragte, sagte ich zu ihr: »Ja, hast du denn nicht gesehn, daß er der Sohn des Herrn ist?« Sie hatte es wirklich nicht gesehen, bis zu diesem Augenblick; und doch bin ich überzeugt, sie hätte ihn im Wald liegen lassen, wenn da nicht die Ähnlichkeit mit Euch gewesen wäre.« Nach einer Weile fügte McGill hinzu, »Mary hat Euch bisher ganz für sich allein gehabt. Von jetzt an wird sie Euch teilen müssen, und das wird sehr schwer für sie sein.«

Er war nicht sicher, ob er ihren Worten Glauben schenkte, als er McGill verließ. Er hielt es einfach nicht mehr aus – die eigenartige Atmosphäre des Raums, die Gegenwart der Frau, den Duft nach Arnika. Auf dem Weg zu seinem Arbeitszimmer mußte er an der Tür vorbei, die in die drei verschlossenen Räume führte. Er zögerte, eilte dann aber schnell weiter. Als er vor seinem Schreibpult stand, holte er aus einem Geheimfach den Schlüssel heraus, wog ihn in der Hand. Dann entschloß er sich zurückzukehren.

Die Tür war aus geschnitztem Lindenholz. Sie stammte aus der Kapitänskajüte eines ausgeschlachteten italienischen Handelsschiffs, dessen Inventar in Philadelphia versteigert worden war; so einfach, ja streng ihre Schnitzereien auch waren, verglichen mit den anderen auf Redford gezimmerten Türen aus gewachster Eiche, wirkte sie extravagant. Eigentlich paßte sie nicht ins Haus. Er hatte das oft gedacht, wenn er daran vorüberging, und als er jetzt davor stand, dachte er es wieder.

Er steckte den Schlüssel in das Schloß. Er bewegte sich schwer. Die moderige Luft unbewohnter Räume schlug ihm entgegen, er war versucht umzukehren. Vereinzelte Lichtfäden, die durch die Ritzen der vorgelegten Läden Einlaß fanden, spannen sich durch das Halbdunkel.

Mit großen Schritten durchquerte er den Raum, schob die Vorhänge zur Seite, öffnete die Doppelfenster. Hastig stieß er die Holzläden auf, daß die Flügel krachend an die Mauer schlugen. Es mußte im ganzen Haus zu hören sein. McGills Worte kamen ihm in den Sinn, ihr Gesicht, das sie gehabt hatte.

Das Sonnenlicht blendete ihn, er ließ das Fenster offen und eilte in die anderen Zimmer, um auch dort Licht und Luft hereinzulassen. Ein Ziergarten erstreckte sich vor den Fenstern. Das Brunnenbecken war den Winter über mit Holz verschalt. Auf der Steinbank lag Laub.

War es das blendende Sonnenlicht – plötzlich versank die Welt hinter rötlichen Schleiern. Skelnik wandte sich vom Fenster weg. Seine Hand suchte Halt. Die Beine waren bleischwer. Sein Kopf wirbelte. Dort, wo sein Herz schlug, war ein Schmerz, eine eiserne Klammer, die enger und enger wurde. Er griff danach, als könne er verhindern, daß sie sich noch fester schloß!

Als der Schmerz abebbte und mit ihm die dumpfe Angst, fand er sich auf dem Sofa. Er ließ den Blick durch den Raum gehen. Er wußte nicht, wie er vom Fenster zum Sofa gekommen war. Er fuhr sich mit der Hand über das Gesicht; sie hatte den Geruch der Essenz angenommen, mit der McGill die Bezüge hin und wieder gegen Motten behandelte. Als er sich erhob, stieg eine Wolke Staub aus dem blaßroten Samt.

Es war kalt geworden. Die Fenster standen immer noch offen. Er legte die Läden nicht wieder vor, sondern befestigte sie an ihren Haken. Ein Netz feiner Risse durchzog das Weiß der Fensterstöcke; da und dort begann die Farbe abzubröckeln. Der Ärmelknopf seines

Rocks verfing sich im Volant einer Spitzengardine. Die brüchig gewordenen Fäden boten kaum mehr Widerstand als ein Spinnennetz. Der Spiegel an der Wand über dem Kamin gab nur noch ein graues verschwommenes Bild.

Nach dem Schmerz verließ ihn allmählich auch das Gefühl der Beklemmung. Mit der Entspannung kam Müdigkeit über ihn. Er ließ sich an dem Sekretär nieder. Die vergoldeten Kappen der Tintenfässer waren braunrot angelaufen. Die Tinte im Glas war eingetrocknet, die Gänsekiele waren im Lauf der Jahre gelblich geworden; der Streusand hatte Klumpen gebildet. Er zog die Schübe auf. Sie waren gefüllt; Briefpapier, Kuverts, Hefte, wie eine Frau sie zum Notieren ihrer Ausgaben braucht, ein gebundenes Buch für Rezepte. – Die Briefe. Für einen Augenblick gelang es ihm, sich an die Stunden zu erinnern, in denen er hier gesessen und Briefe geschrieben hatte, auf die nie eine Antwort gekommen war.

Seither waren fünfundzwanzig Jahre verstrichen. Was sollten diese Räume, was bedeuteten sie? Er wußte keine Antwort, er fühlte nur, wie schwer es ihm fiel, die Vergangenheit zurückzurufen. Was hatte er denn geglaubt? Daß sie eines Tages einfach dasein würde, in diesen Räumen; daß er neben ihr stand und zusah, wie sie ihr Gepäck in die Schränke und Kommoden verstaute? Ja, so hatte er sich das vorgestellt. Aber was hatten die Räume ihm bedeutet, nachdem die ersten Jahre vergangen waren, ohne Antwort, ohne das geringste Zeichen? Fünfundzwanzig Jahre! Wer hätte nach fünfundzwanzig Jahren noch kommen sollen! Welche Frau? Und wen hätte sie gefunden? An was hatte er sich geklammert? Was hatte er bewahren wollen – die Erinnerung? Oder war der Grund ein anderer gewesen, ein viel selbstsüchtigerer; hatte er seine Jugend festhalten wollen, eingesperrt in diesen Räumen? Er schob die Fächer des Sekretärs zurück. Er stellte den Stuhl wieder so hin, wie er seit fünfundzwanzig Jahren vor dem Sekretär gestanden hatte, aber als er die Tür zu den drei Räumen hinter sich zuzog, vergaß er den Schlüssel abzuziehen und zu sich zu stecken. Im Weggehen erst wurde ihm das bewußt, aber er kehrte nicht mehr um.

Auf dem runden Tisch vor dem Kamin in seinem Arbeitszimmer stand das Tablett mit dem Frühstück. Der Tee, den er sich eingegossen hatte, war kalt geworden. Er nahm die bestickte Haube von der Teekanne und schenkte die Tasse, die das Mädchen für Mary mitgebracht hatte, voll. Er war noch warm, Skelnik atmete den Duft ein, bevor er trank. Einzelheiten aus dem Gespräch mit Blyth kamen ihm in den Sinn, und auch das, was McGill von der hessischen Uniform gesagt hatte. Er stellte die Tasse auf das Tablett zurück, trat ans Fenster und öffnete es. Vor dem Portal war einer der Stallknechte damit beschäftigt den Mist der Pferde, die dort gestanden hatten, zusammenzukehren. Skelnik wies ihn an, Jan Kyllogs zu ihm zu schicken. Er blieb am offenen Fenster und spürte, wie die kalte Luft allmählich durch die Kleider drang und wie seine Lungen sich weiteten.

Jan Kyllogs steuerte auf die Haustür zu, aber Skelnik winkte ihn zu sich ans Fenster. »Ich muß noch einmal weg, laß den Braunen satteln. Ich reite ins Lager der Armee und danach zu Jean Daniel. Ich weiß nicht, wann ich zurückkomme. Es kann ein paar Stunden dauern.« Er sah, daß Kyllogs eine Frage auf der Zunge hatte, und kam ihm zuvor: »Ist Saunders noch in der Nähe?«

»Seit sein Schmied bei der Armee dient, ist Saunders noch nie von Redford weggeritten, ohne sein Pferd neu beschlagen zu lassen. Er ist drüben bei den Holzarbeitern und vertreibt sich die Zeit mit Kartenspielen. Habt Ihr es Euch doch anders überlegt? Wollt Ihr kaufen?«

Skelnik nickte. »Schick ihn zu mir, wenn er noch immer verkaufen will. Ich möchte ihn mir wenigstens anhören. Aber er soll gleich kommen.«

40

Von all seinen Waffen schätzte Jean Daniel die kurze Jagdflinte mit Stechschloß am höchsten. Sie stammte aus der Werkstatt des Büchsenmachers Maland in La Rochelle, und sie war der kostbarste Besitz, den er aus seiner Heimat in die Neue Welt mitgebracht hatte. Das war bald zehn Jahre her, aber die Flinte funkelte immer noch wie damals, als der Büchsenmacher sie vor ihn auf den Ladentisch gelegt und Daniel im ersten Moment geglaubt hatte, nicht nur die Beschläge, sondern auch Lauf und Ladestock seien aus purem Silber. Zehn Jahre und kein einziger Fehlschuß – das hatte aus der Waffe einen Gefährten gemacht, mehr noch, so etwas wie einen Talisman.

Wenn Jean Daniel seine Blockhütte betrat, galt sein erster Blick jedesmal dem Waffenregal, und so war es auch jetzt, als er von draußen hereinkam, nachdem McGill und Mary sich auf den Heimweg gemacht hatten. Die französische Büchse hing nicht an ihrem Platz. Schließlich entdeckte er sie auf der Truhe unter dem Fenster. Er selber mußte sie dort abgelegt haben, am Morgen, als er von der Entenjagd zurückgekehrt war und Mary vor der verschlossenen Hütte auf ihn gewartet hatte, um ihn zu Hilfe zu holen.

Jean Daniel nahm die Büchse in die Hand. Er fühlte

die seidige Politur des Holzes und die Ornamente der Silberbeschläge, und er bekam Lust, in den Wald zu gehen und zu jagen. Aber McGill hatte ihm vom Pferd herunter noch ein letztes Mal eingeschärft, den Verwundeten unter keinen Umständen allein zu lassen. Er hatte die Schwanzschraube der Büchse geöffnet; an der Pfanne und am Zündkanal klebten Pulverreste. Er holte die Spanschachtel mit dem Putzzeug aus dem Kasten, breitete ein altes Tuch über den Tisch vor der Eckbank und begann die Büchse auseinanderzunehmen. Versunken in seine Beschäftigung, neben sich Lappen und Bürsten, Schmirgelpulver und Polieröl, murmelte er von Zeit zu Zeit vor sich hin, ein Mann, der viel allein war und sich angewöhnt hatte, mit den Dingen zu sprechen, die ihm lieb waren.

Der Verwundete lag mit geschlossenen Augen, seine Atemzüge gingen langsam und ruhig. Jean Daniel hatte die Büchse wieder zusammengesetzt. Er polierte die Beschläge und den Lauf, liebevoll und unermüdlich. Dann erhob er sich und ging ans Fenster. Er drehte die Büchse im hellen Tageslicht, betrachtete sie von allen Seiten. Als er sich umwandte, bemerkte er, daß der Verwundete nicht mehr schlief; er mußte ihn schon eine ganze Weile beobachtet haben.

Als McGill ihm beim Abschied gesagt hatte, das Fieber werde schnell sinken, hatte Daniel ihr nicht recht geglaubt. Aber McGill hatte, wie es schien, nicht übertrieben; der klare Blick des Mannes ließ den Waldhüter fast vergessen, daß er vor Stunden, als er den Mann aus dem Wald in die Hütte geschafft hatte, nichts mehr für sein Leben gegeben hatte.

Der Mann, der über den Fluß gekommen war – für Jean Daniel war er weder Feind noch Freund. Er hatte Hilfe gebraucht, und er hatte sie ihm gewährt. Er kannte ihn nicht, und er hätte gerne gewußt, wer der Fremde war. Er sprach ihn nur deshalb nicht an, weil er voraussetzte, doch nicht verstanden zu werden.

Er räumte seine Sachen vom Tisch, schlug das Tuch zusammen und schüttelte es vor der Hütte aus. Die Sonne stand jetzt so, daß die Lichtung ganz in Helligkeit getaucht war. An den Baumspitzen sah er, daß der Nordwind, der den Frost gebracht hatte, eher noch stärker geworden war.

Der Fremde hatte sich im Bett etwas aufgerichtet. Er blickte Jean Daniel entgegen, und in seinen Augen war etwas, das im nächsten Augenblick ein Lächeln werden konnte. »Was jagt Ihr hier?« fragte er.

Er hatte englisch gesprochen. Es war besser als Daniels Englisch, fast ohne Akzent. Aber seiner Stimme hörte man an, daß er doch noch recht schwach sein mußte. Seine Frage, diese Frage, die Daniel von allen am wenigsten erwartet hatte, ließ ihn ans Bett treten und antworten: »Im Moment jagen wir hier wenig. Das Wild flüchtet, wenn die Soldaten kommen. Aber es ist eine gute Jagd, Hochwild und Niederwild in Scharen; Bären aber sind hier lange nicht mehr geschossen worden. Der letzte vor vier Jahren. Natürlich gibt es immer noch Leute, die erzählen von der Zeit, als die Männer sich unter die Haustür stellten und abdrückten, wenn es Bärenschinken zum Mittagessen geben sollte.«

»Ich habe Euch beobachtet – das ist ein schönes Stück, Eure Jagdbüchse. Ihr versteht etwas von Waffen.«

Daniel schob einen Stuhl an das Bett. »Ihr sprecht die Sprache dieses Landes sehr gut«, sagte er, »aber Ihr solltet Euch nicht übernehmen. Vor ein paar Stunden, als ich Euch fand, wart Ihr dem Tod näher als dem Leben.«

»Ihr habt mich gefunden?«

»Miß Mary hat Euch gefunden. Ich hab' Euch dann hierhergebracht.«

Die Augen des Mannes gingen durch den Raum, tastend, die einzelnen Gegenstände gleichsam abwägend; er schien nach etwas zu suchen, das ihm verraten könnte, wo er sich befand. »Miß Mary?« fragte er. »Langes braunes Haar? – Das letzte, an das ich mich deutlich erinnere, ist, daß mein Pferd den Halt verlor.« Er richtete den Blick auf Daniel. In seinen Augen war plötzlich Unruhe. »Wo bin ich? Auf welcher Seite des Flusses? Und wer seid Ihr?«

»Ich bin Waldhüter, und das ist meine Hütte. Ihr könnt ruhig sein, das ist eine Gegend, in die sich nicht so leicht jemand verirrt.« »Aber auf der anderen Seite des Delaware?«

»Wenn Ihr meint, dort, wo die amerikanische Armee ist, ja.«

Der Kopf des Mannes sank in die Kissen zurück; die Bewegung drückte eher Entspannung als Erschöpfung aus.

»Eurer Uniform nach seid Ihr ein Hesse«, sagte Daniel. »Ihr gehört zu den Truppen in Trenton?«

Robert blickte an sich herunter, so als glaube er, noch in der Uniform zu stecken. Es waren nicht so sehr die Schmerzen, die ihm zu schaffen machten; es war etwas anderes. Es war wie im Wald, als er gefühlt hatte, wie sein Blut allmählich aus ihm floß; so erging es ihm jetzt mit der Kraft, sie verließ ihn. Er konnte kaum noch die Augen offenhalten, kaum die Lippen bewegen. »Redford«, sagte er, »wie weit?«

»Ihr braucht Ruhe.«

»Schickt jemand nach . . . Redford.«

Daniel stand auf. Er zog die Decke über den Verwundeten und stopfte ihm die Kissen in den Rücken. »Sie wissen es schon auf Redford«, sagte er. »Die Frauen waren von dort.«

»Das Mädchen?«

»Beide, McGill und Skelniks Tochter.«

Die Stimme drang von weit her zu Robert. Auch die Gestalt des Mannes empfand Robert nur als Schatten von etwas, das sich in weiter Ferne bewegte. »Seine Tochter?« fragte er noch, dann wurde es dunkel um ihn.

Der Waldhüter blieb eine Weile am Bett stehen. Er lauschte auf den Atem des Mannes, betrachtete das schlafende Gesicht. Er trat leise auf, als er sich abwandte. Er befühlte die Uniform, die über dem Herd hing. Das grüne Tuch war getrocknet; dort, wo die Aufschläge saßen, deren Rot durch die Nässe ausgegangen war, hatte das Grün sich bräunlich verfärbt. Der weiße Stoff der Beinkleider war mit grünen Flekken übersät.

Daniel verschnürte alles zu einem Bündel und trug es in die Kammer neben der Stube, nur die Mokassins ließ er auf dem Rost neben dem Herd stehen.

Das Feuer im Herd war heruntergebrannt, es begann kühl zu werden in der Stube. Daniel schüttelte die Asche durch, legte Holz nach. Auf dem Herd stand ein Tiegel mit Fleischbrühe. Er nahm einen Schluck mit der Schöpfkelle. Er stellte eine Bratpfanne bereit, ein Hackbrett und Gewürze. Die Flugenten, die er am Morgen geschossen hatte, mußten erst im Federkleid abhängen, aber vor fünf Tagen hatte er Schnepfen heimgebracht; die würde er zubereiten wie die Jäger der Camargue, gewürzt mit Knoblauch, Thymian und Lorbeer, mit weißem Wein aufgegossen, und dazu Brot.

Er nahm seine Wolljoppe vom Haken und verließ

die Stube. Er sah nach seiner Wachtelhündin und den vier Jungen. In der Holzlege neben dem Stall hingen vier Schnepfen unter dem weit vorgezogenen Dach; er nahm sie ab.

Dann setzte er sich auf die Bank vor dem Haus und begann die Schnepfen zu rupfen; die Tür zur Hütte hatte er einen Spalt weit offengelassen, damit er den Mann hören konnte, falls er sich rührte.

Die gerupften Schnepfen lagen neben ihm auf der Bank, mit der vierten war er fast fertig, als er Hufschlag hörte. Der Waldhüter war ein Mann mit einem sehr feinen Unterscheidungsvermögen für Geräusche; über die Richtung, aus der das Pferd kam, bestand für ihn kein Zweifel; was ihn irritierte, war die Gangart, nicht Trab und nicht Galopp, sondern ein Schritt, den es eigentlich gar nicht gab. Einen Moment herrschte Stille, als der Reiter absaß. Dann kamen Schritte vom Stall her auf die Hütte zu. Daniel legte die letzte Schnepfe zu den anderen und wartete. Die Hände auf den Knien, sah er zu Robert Skelnik auf, der vor ihm stehengeblieben war.

Skelnik nahm den dunklen Hut ab. Er war ohne Handschuhe und ohne Mantel. Keiner der Farmer aus der Gegend trug Stiefel aus schwarzem Sämischleder, und keiner trug solche Anzüge, aus dunkelbraunem, fast schwarzem Tuch mit einem zarten Streifenmuster.

»Was seht Ihr mich so an?« sagte Skelnik. »Ich weiß, es geschieht selten, daß ich hier herauskomme.«

»Seit ich hier Waldhüter bin, ist es das erste Mal.«

Skelnik blickte zu der halb offenstehenden Tür der Blockhütte. Sie war durch keinen Pflock am Boden festgehalten, aber sie stand ganz still. Hier auf der Lichtung war der Wind nicht zu spüren. Skelnik fegte ein paar Flaumfedern von der Bank und setzte sich neben Daniel. Die Sonne stand fast im Zenit. Die Bretter der Bank und die Holzwand der Hütte, seit Stunden von der Sonne beschienen, strahlten die gespeicherte Wärme aus.

Skelnik wandte sich zu dem Waldhüter: »Wie geht es ihm?«

»Er schläft. Ich habe mit ihm gesprochen, und das hat ihn erschöpft. Aber er ist über den Berg.«

»Sieht er mir wirklich so ähnlich?«

Die Augen Jean Daniels verengten sich, während sie prüfend Skelniks Gesicht abtasteten. Dann nickte er.

Skelnik lehnte sich zurück, streckte die Beine von sich. »Ihr habt hier ein Paradies«, sagte er nach langem Schweigen, »für einen Mann, der die Stille verträgt.«

Daniel zupfte eine Flaumfeder von seiner Hose. Langsam schwebte sie zur Erde zu den anderen. »Vertragt Ihr sie nicht?« fragte er. »Ich bin nicht sicher.«

»Es ist ein gutes Jagdrevier«, sagte Daniel, »ich kenne keinen Wald mit solch einem Wildbestand. Hoffentlich bleibt es so. Für Euch ist das vielleicht nicht so wichtig. Ihr kommt nie heraus, Ihr fragt nie nach dem Wild. Ich habe Euch nie jagen sehen, in den ganzen Jahren nicht.«

Den Blick zu den Spitzen der hohen Tannen gerichtet, über denen ein Bussard schwebte, ließ Skelnik die Zeit verstreichen. Minuten vergingen so, dann, unvermittelt, richtete er sich auf. Er hatte den Fuß schon auf der Schwelle der Hütte, als er sich nochmals umwandte. Seine Haltung und seine Miene hatte sich in den letzten Augenblicken entspannt. »Als Junge war Jagen meine große Leidenschaft«, sagte er. »Ich war zehn, da bekam ich meine erste Büchse; ich hatte meinem Vater keine Ruhe mehr gelassen. Sie war viel zu schwer für mich, aber ich habe sie durch die Wälder geschleppt, meilenweit. Riesige Wälder waren das, sie hätten Euch gefallen, dort, in meiner Heimat, und seit ich das Gewehr besaß, hatte ich das Gefühl, daß sie alle mir gehörten.«

Daniel hätte nicht sagen können, ob Skelnik den Faden verloren hatte, ob er zögerte, oder ob er einfach nicht weitersprechen wollte.

»Mein Vater war Forstgehilfe bei einem polnischen Fürsten«, fuhr Skelnik fort. »Es war immer klar, daß ich einmal werden würde, was mein Vater war. Es kam nicht dazu, denn eines Tages fand ich meinen Vater, draußen in einem Jagdunterstand; es war Winter, ich hatte an einer Stelle, wo Futter ausgelegt wurde, ein Rudel Hirsche beobachtet – da hörte ich den Schuß.« Wieder verstummte er für eine Weile, wieder drohte ihn der Strom der Erinnerungen mit sich fortzureißen. Dann sagte er: »Ein anderer wollte den Posten meines Vaters. Er schwärzte ihn beim Fürsten an. Mein Vater sollte gefälschte preußische Friedrichsdor unter die Leute gebracht haben. Sie fanden sogar ein paar Münzen in seinem Haus. Später stellte sich seine Unschuld heraus, aber da war es zu spät, da war er schon in den Wald hinausgegangen, in den Jagdunterstand, hatte sich den Lauf seiner Büchse in den Mund gesteckt und abgedrückt. So habe ich ihn gefunden. Ich war damals vierzehn. Seitdem habe ich keine Waffe mehr in die Hand genommen.«

Er war wirklich lange nicht mehr hiergewesen. Wenn er sich recht erinnerte, nicht mehr seit dem Fest zur Einweihung der Waldhütte. Der Raum erschien ihm kleiner als damals. Vielleicht kam das vom Kiefernholz, das im Lauf der Jahre nachgedunkelt war zu einem rötlichbraunen Ton, der dem Raum, trotz der kargen Einrichtung, Wärme gab.

Von der Tür bis zum Bett im Hintergrund waren es

nicht mehr als fünf Schritte, aber für Skelnik bedeutete jeder dieser Schritte einen weiten Weg. Der Fremde, der junge Mann, der Sohn – wie sollte er ihn einfügen in die Welt seiner Gedanken? Er hatte die Augen geschlossen, doch das machte es für Skelnik nicht leichter. Den Hut in der Hand, stand er vor dem Bett. Sich zu setzen widerstrebte ihm genauso wie dieses hilflose Herumstehen.

Schließlich legte er seinen Hut auf den Stuhl und setzte sich auf den Rand des Bettes. Euer Sohn – aus McGills Mund hatte er es zum erstenmal vernommen, aber es war ein Wort geblieben, sooft sie es auch wiederholte. Euer Sohn? Robert? Es war ein Fremder, der da lag – bis er die Augen aufschlug.

Der Mann am Rand des Bettes streckte schnell die Hand aus, als befürchte er, sein Sohn könne im Erschrecken eine unüberlegte Bewegung machen.

»Mein Sohn«, sagte er. Das Wort kam ihm ganz selbstverständlich über die Lippen. »Mein Sohn.«

Robert richtete sich halb auf. »Es ist also wahr. Es ist wahr geworden.« Er ließ sich zurücksinken. »Ich habe es mir anders vorgestellt. Bis zum Delaware ist alles gutgegangen. Es war ein weiter Weg, und überall hätte es geschehen können, aber ausgerechnet am Fluß, in letzter Minute, mußte es sein.«

Skelnik wich dem Blick seines Sohnes nicht aus, aber zu sagen wußte er nichts. Seine rechte Hand lag auf der Bettdecke, mit der linken öffnete er die Knöpfe seines dunklen Rocks.

»Ich sah mich immer auf einem Pferd vor Eurem Haus vorreiten«, fuhr Robert fort. »Ich hatte Zeit, mir alles auszumalen. Hundertmal habe ich diesen Augenblick erlebt, seit ich wußte, daß es Euch gibt. Ich brauchte die Zeit, und es war vielleicht gut, daß der Weg zu Euch so weit war.« Er strich sich das Haar aus der

Stirn; die Haut dort war einen Schein heller. »Für Euch ist es noch schwerer. Gestern noch wußtet Ihr nichts von mir. Das war es, wovor Mutter Angst hatte, gestern nacht, drüben am anderen Ufer. Ich höre sie noch, wie sie sagt: ›Die Zeit läßt sich nicht zurückdrehen wie eine Uhr.‹«

Skelnik senkte den Kopf. Er verharrte in tiefem Schweigen, dankbar dafür, daß Jean Daniel die Stube betreten hatte. Der Waldhüter machte sich am Herd zu schaffen. Das Rütteln des Rostes, das Klappern von Tiegeln und Pfannen, das Brutzeln von Fett – jedes der Geräusche war für Skelnik eine Versicherung, daß ihn Wirklichkeit umgab, und die stärkste Form dieser Versicherung war Jean Daniel selber, der durch die Selbstverständlichkeit seines Benehmens die beiden Männer im Hintergrund seiner Stube mit einbezog in den Ablauf seiner Welt. Schweigend, wie er gekommen war, ließ er sie wieder allein.

»Ich habe ihm zugesehen, wie er seine Jagdbüchse putzte. Er muß ein guter Waldhüter sein«, sagte Robert.

Skelnik nickte. Er konnte nun nicht viel länger schweigen.

»Hat sie Euch gesagt, wie groß ihre Angst vor diesem Tag gewesen ist?« begann Robert wieder. »Ich habe Mutter nie so erlebt wie heute nacht am Fluß. Sie, die sonst mit allem fertig wurde! . . . So muß es damals gewesen sein, als die Nachricht kam, daß Ihr mit der *Thetis* untergegangen seid. Aber sie wird Euch ja alles selber schon berichtet haben.«

»Warte«, unterbrach Skelnik ihn, »ich muß dir etwas sagen. Von Redford hierher gibt es zwei Wege, der eine, der durch den Wald führt, ist kurz, der andere ist ein Umweg und erheblich länger. Ich bin den längeren geritten, denn auch ich brauchte Zeit, viel Zeit. Jetzt weiß ich, daß sie nicht ausgereicht hat.« Er hob den Kopf, richtete den Blick auf Robert, tastete das Gesicht ab, das ihm so ähnlich war. McGill hatte recht, so war er gewesen, vor dreiundzwanzig Jahren. »Ich hätte in einer Viertelstunde hier sein können. Ich war eine Stunde unterwegs. Ich fand, bevor ich hierherkam, müßte ich versuchen, mit dem, was geschehen ist, fertig zu werden; jetzt frage ich mich, ob es für dich nicht schwerer sein wird als für mich.«

»Was ist geschehen?«

»Als ich dich sah, dachte ich, mein Gott, wie jung er ist. So warst du auch einmal. Man verlernt vieles, wenn man älter wird. Man tut vieles, was man früher nicht tat. Und man läßt noch mehr, was man früher getan hätte. Man lebt nicht mehr mit dem ganzen Herzen. Das ist ein Verlust, aber es hilft einem, mit vielen Dingen leichter fertig zu werden. Man lebt nicht mehr so stark, aber man leidet auch nicht mehr so heftig. Wenn ich dich ansehe und mich erinnere, wie ich damals war, weiß ich, daß es dich mehr schmerzen muß als mich.«

Diesmal nützte Skelniks abwehrende Handbewegung nichts. Robert richtete sich auf. »Was ist geschehen?« wiederholte er.

»Wenn du länger hier lebst«, sagte Skelnik, »wirst du verstehen, was der Delaware für uns bedeutet. Jetzt ist er unsere Grenze, unser Schutz, und für die Kontinentalarmee bedeutet er nach langen schrecklichen Monaten voller Niederlagen Sicherheit. Sie wußten nicht, was sie taten, als sie das Boot über den Fluß kommen sahen.«

Den Kopf steif aufgerichtet, lehnte Robert in den Kissen. Sein Gesicht war so weiß, als sei kein Tropfen Blut mehr in ihm.

»Es war nur ein Boot«, fuhr Skelnik fort, »aber sie hatten Angst. Und sie hatten Gewehre . . .«

Skelnik konnte nicht länger in das blutleere Gesicht blicken. »Sie haben die Insassen des Bootes für Spione gehalten. Sie kamen von drüben, also waren sie Feinde, gefürchtete Hessen, und das rechtfertigte in den Augen der Männer, die bei der Patrouille waren, alles. Und ich muß sagen, als ich heute Morgen von dem Zwischenfall hörte, habe ich mir weiter keine Gedanken darüber gemacht. Erst später, als ich von McGill erfuhr, daß du hier in der Hütte des Waldhüters liegst, dämmerte mir die Wahrheit.«

»Was ist mit Mutter? Was ist mit ihr? Ich habe sie ihm anvertraut.«

»Nur Soerman erreichte das Ufer. Sie nahmen ihn fest, brachten ihn ins Lager, um ihn zu verhören. Sie gaben es bald auf. Keine Silbe war aus ihm herauszubringen. Als ich zu ihm kam, bevor ich hierherritt . . .« Skelniks Stocken bedeutete kein Zurückschrecken vor dem, was zu sagen war, sondern ein Suchen nach Worten, die ausdrücken sollten, was sich Worten entzog. »Er hatte sein Hemd zu einem Strick zusammengedreht und war dabei, sich zu erdrosseln.«

Roberts Kopf war in die Kissen zurückgesunken. Es sah aus, als habe er die Augen geschlossen. »Deshalb hat sie nie daran geglaubt.« Seine Worte waren kaum hörbar. »Sie hat den weiten Weg gemacht, hat alles auf sich genommen – aber sie hat geahnt, daß es umsonst sein würde. Und ich habe sie ausgelacht, am Fluß, heute nacht.« Bilder stiegen vor ihm auf, Dinge, die er für immer hinter sich gelassen zu haben glaubte an dem Tag, als die Schiffe Bremerlehe verließen: Die Stellmacherei, die Kutsche mit dem neuen Wappen der Haynaus, der Mann darin, Soerman; der Hof des Sägemüllers Weibrecht in Altenbauna, der lange Schatten, den der Gehenkte über den hellen Sand warf; die letzte Nacht vor der Hinrichtung in der Zelle der Hauptwache, der Rotweinfleck auf dem Tisch, und der Karobube, den er bei jedem Spiel aufhob, eine ganze Nacht lang. Warum diese Bilder. Warum nicht andere? Bargen sie die Erklärung? Nein, er brauchte keine Erklärung. Was er suchte, war eine Zielscheibe für seine Verzweiflung, für seinen Zorn, die sich stritten mit seinem Schmerz. »Wir waren Freunde geworden«, sagte Robert, »Soerman und ich. Der einzige, den ich je so genannt habe. Wir waren wie zwei Schatten. Ich habe ihm vertraut.«

»Du solltest nicht vorschnell urteilen«, sagte Skelnik: »Etwas Schlimmeres als ihm kann einem Mann nicht geschehen. Soerman war nie leicht zu verstehen. Das Leben der meisten Menschen verläuft in einer Bahn wie Gestirne; sie gehen auf und gehen unter. Soerman ist wie eine Sternschnuppe, sein Leben war ein dauerndes Fallen. Manchmal fand er einen Halt, aber dann riß er sich selber wieder los. Er hat seine Heimat verlassen. Er hat mich verlassen. Nichts zwang ihn dazu. Er wollte nicht ein Leben haben, sondern viele. Von jetzt an wird er nur noch eines leben: das eines Mannes, der von vier Menschen nur sich selber rettete. Etwas Schlimmeres gibt es nicht.«

»Wo ist er jetzt?«

»Auf Redford. Ich habe ihn aus dem Lager weggebracht. Wovor er Angst hat, das bist du – dir gegenüberzutreten. Ich sehe ihn vor mir, wie er auf diese Begegnung wartet. Er wird dir Rechenschaft ablegen. Mach es ihm nicht zu schwer.«

Von draußen hörte man das Geräusch der Brunnenwinde. Jean Daniel kam in die Hütte, hantierte eine Weile am Herd und ging dann wieder. Im Raum verbreitete sich Bratenduft.

Roberts Kopf war tief in die Kissen gesunken. Mit

ausdruckslosen Augen blickte er zur Decke. »Hat man sie gefunden?«

»Bisher nicht«, sagte Skelnik einsilbig. Sie sprachen jetzt mit langen Pausen.

»McGill, ist das Eure Tochter?« fragte Robert.

»Ich habe keine Tochter. Nur einen Sohn, und den erst seit heute.«

»Der Waldhüter sprach von Eurer Tochter. Ich habe den Namen vergessen. Langes braunes Haar.« Er sah seinen Vater fragend an.

»Du meinst Mary.«

»Ja, das war der Name, Mary.«

»Die Leute auf Redford nennen sie meine Tochter. Es ist einfacher für sie. Mary ist eine Waise, die Tochter des streitbarsten Pfarrers von Boston. Er fiel bei einem Straßenkampf mit englischen Soldaten. Mary war dreizehn, als es geschah; ich wurde zu ihrem Vormund bestellt und nahm sie mit nach Redford. – Daran siehst du, daß dieser Krieg nicht erst voriges Jahr begonnen hat. Es gärt seit vierzig Jahren auf diesem Kontinent. Auch das ist eine Erklärung, warum der Haß unserer Männer so hemmungslos ist, so blindwütig. Sie wurden damit geboren.«

»Der Waldhüter sagte, das Mädchen habe mich gefunden. In einem Gehölz, nahe am Fluß.« Robert richtete den Blick auf seinen Vater. »Kann es sein, daß es dort Reiher gibt?«

»Ein paar Gehege, nicht viele, es ist schwer, sie hier zu halten. Es gibt sie nur dort, in dem Gehölz am Fluß.«

»Ohne sie, glaube ich, hätte ich den Wald nicht mehr erreicht. Ich hörte sie, bevor ich sie sah; ich kenne ihren Flügelschlag. Ich weiß nicht, wie lange ich dort am Ufer gelegen bin. Ich hatte mich aufgegeben, da hörte ich sie. Und dann sah ich sie auch, ein Paar Silberreiher. Sie kreisten über mir und strichen dann auf das Gehölz zu, aber ich war mir nicht sicher. Du phantasierst, dachte ich, du fieberst. Ich wollte es wissen. Das war mein einziger Wunsch: herauszufinden, ob ich mich nicht getäuscht hatte . . .«

»Das Sprechen strengt dich an«, sagte Skelnik.

Jean Daniel war wieder in die Stube gekommen. Er nahm drei irdene Teller von dem Wandbord und stellte sie auf den Tisch, auf dem schon ein Laib Brot lag und ein Krug Wein stand. Nachdem er Bestecke verteilt hatte, ging er zum Herd und holte die Bratpfanne aus dem Rohr. Ein Duft von Thymian und Lorbeer zog durch den Raum. »Die Schnepfen sind fertig«, sagte Jean Daniel. Sein Gesicht war von der Hitze gerötet. »Wenn Ihr bleiben wollt«, sagte er zu Skelnik, »so seid Ihr herzlich eingeladen.«

41

Niemand hatte mehr damit gerechnet, aber seit den Geschehnissen am Fluß war es Winter geworden. Er kam mit Frost und eisigem Nordwind. Rauhreif legte sich auf die Bäume und Sträucher. Der Nordwind blies weiter, und an den Ufern des Delaware bildete sich eine Eisdecke; man konnte sie wachsen sehen. In der Mitte des Stromes trieben Eisschollen. Am dritten Tag stieg die Temperatur plötzlich um fünfzehn Grad bis auf zwei Striche unter dem Gefrierpunkt, und gegen Mittag begann es zu schneien; nicht in einzelnen tanzenden Flokken, sondern wie in senkrecht vom Himmel fallenden Tüchern, vierundvierzig Stunden lang.

Das Land und Redford versanken im Schnee. Im Lager der Armee waren die Männer von früh bis spät beschäftigt, die Zelte freizuschaufeln. Für die Wachpatrouillen wurde es immer schwieriger, mit den Pferden zum Delaware durchzukommen. Den einzelnen Reiter jedoch schien weder der hohe Schnee noch der Wind zu stören, der den Himmel von den grauen Schneewolken freigefegt hatte und pfeifend über den Delaware wehte.

Von Redford bis zur Morris-Farm, die Trenton genau gegenüber lag, waren es acht Meilen Straße. Folgte man den Windungen des Delaware, so wie es der Reiter tat, wurden gute zwölf daraus.

Freder Soerman ritt die Strecke zweimal am Tag, und das seit dem 19. Dezember, dem Tag, an dem sie Robert aus der Waldhütte nach Redford gebracht hatten. Er hatte ihn sich zur Gewohnheit gemacht, diesen Ritt, und auch heute, am Vortag von Weihnachten, unternahm er ihn. Die Männer der Wachpatrouille hatten in dem Mann mit dem dunkelgrünen Mantel und dem Kragen aus Luchsfell, der so breit war, daß er die Schultern bedeckte, längst den Hessen erkannt. Sie kannten seine Stunden, und sie richteten es so ein, daß sie nicht seinen Weg kreuzten. Wenn es dennoch geschah, ließen sie ihn stumm vorüberziehen. Seine Geschichte hatte die Runde gemacht. Er ritt einen braunen Yorkshire aus Skelniks Stall, und er trug Kleider aus Skelniks Schrank, aber das konnte die Männer nicht die verhaßte Uniform vergessen machen, in der sie ihn am Fluß gefangengenommen hatten, und wenn sie ihn auftauchen sahen, ging es von Mund zu Mund: »Der Hesse!«

Hatte der Ritt, der Soerman Tag für Tag diesen Weg zurücklegen ließ, noch seinen ursprünglichen Sinn? Nach fünf Tagen vergeblichen Suchens war es nicht mehr wahrscheinlich, daß er die Leichen oder Überreste des Bootes noch entdecken würde. Und seit der Schnee die Ufer und die Böschungen deckte, war es noch unwahrscheinlicher geworden.

Als Freder Soerman das erstemal zur Morris-Farm geritten war, hatte noch Frost geherrscht; buchstäblich jeden Stein längs des Ufers hatte er umgedreht und unter jeden Strauch geblickt. Er war fast den ganzen Tag draußen gewesen, ohne das geringste zu finden. Doch am nächsten Tag hatte er seine Suche wiederaufgenommen; von der Stelle aus, wo die Patrouille von Sergeant Haughton die Schüsse auf das Boot abgegeben hatte, bis zu den ersten Heckenzäunen der Morris-Farm. Von dort hatte er eine gute Sicht über den Fluß nach Trenton hinüber, und jedesmal machte er Halt, stieg vom Pferd und blickte von der leichten Anhöhe auf die Stadt. Jetzt, begraben im Schnee, wirkte Trenton fast wie ein Dorf oder wie einer der ausgedehnten Weiler in seiner schwedischen Heimat. Truppenbewegungen hatte er nicht zu sehen bekommen; nur einmal eine Abteilung, die im hohen Schnee exerzierte, dann, zur Zeit der Wachablösung, die kleinen Trupps, die zu den Außenposten marschierten, und etwas später die anderen, die von dort zurückkehrten; auch hin und wieder einzelne Reiter, Eilkuriere offensichtlich; nur um das alleinstehende Haus auf den der Stadt vorgelagerten Uferwiesen, dem Schwemmland des Delaware, herrschte reger Betrieb. Dem Doktorhaus galt Soermans Interesse ganz besonders. Fast immer standen Pferde davor, manchmal ganze Rudel, die dunklen Decken in leuchtenden Farben abgesetzt. Einzelne Reiter ritten davon, neue trafen ein.

Auch an diesem Tag war ein ständiges Kommen und Gehen. Der Ostwind schnitt Soerman ins Gesicht, machte seine Augen tränen, aber er war unempfindlich dafür. Er stand wohl eine Viertelstunde auf seinem Aussichtsplatz über dem Ufer, die Hände in die Taschen vergraben, gegen die Sonne und gegen den Wind über den Fluß starrend; im Wasser schwebte sein Spiegelbild, eine Gestalt mit einem breiten Kragen aus Schnee auf den Schultern und einer Haube aus Schnee auf dem Kopf.

Schließlich machte er sich auf den Rückweg. Durch den Schnee zog sich die ausgetretene Spur der vergangenen Tage. Er schlang sich den Zügel locker um das linke Handgelenk. Der Braune fiel von selbst in leichten Trab.

Ein halbes dutzendmal war Soerman noch abgestiegen auf dem Heimweg, irritiert von einem Schatten unter dem Schnee, von dem gebrochenen Zweig eines Strauchs, von einer Wurzel, die der Wind vom Schnee befreit hatte. Beim leisesten Anzeichen einer Spur war er bereit, vom Pferd zu steigen, den Schnee mit bloßen Händen wegzufegen.

Gleich nach dem Frühstück war er von Redford losgeritten; als er jetzt in die Zedernallee einbog, war die Zeit, da man sich in Redford zum Mittagsmahl zusammenfand, längst überschritten. Bisher hatte Soerman das Pferd sich selber überlassen. Als sich die große Linkskurve der Allee öffnete und am Ende das Herrenhaus sichtbar wurde, nahm er den Zügel in die Hand, setzte sich fester in den Sattel und korrigierte seine nachlässige Haltung; ein Mann, der sich auf viele scharfe Augen rüstet.

Der Vorplatz des Herrenhauses war geräumt, aber der Wind hatte schon wieder eine dünne weiße Schicht hingeweht; unermüdlich lief er darüber, ordnete den pulvrigen Schnee zu feinen Rillen und langgezogenen flachen Dünen.

Unter dem Portal des Herrenhauses stand Mary. Sie

trug ein Kleid aus altrosa Taft mit den silbergrauen Längsstreifen, das sie besonders groß und schmal erscheinen ließ. Sie kehrte Soerman den Rücken und reichte einem Mann Mistelzweige, die dieser über dem Portal befestigte. Die Misteln in den Eschen am Fluß waren Soerman schon aufgefallen; ganze Wolken davon hingen in ihren kahlen Zweigen, wie erstarrte Insektenschwärme.

Mary zeigte dem Mann, wo sie die Zweige angebracht haben wollte. Entweder hatte sie den Hufschlag seines Pferdes nicht gehört, oder sie stellte sich taub, wie Soerman vermutete. Er bezog es auch auf sich, wenn der Platz Marys bei den Mahlzeiten in der Wohnhalle frei blieb. Seit Robert wieder aufstehen konnte, lagen immer vier Gedecke dort; aber Mary fand oft einen, wie es schien, ganz natürlichen Vorwand, um zu fehlen. Fast alle auf Redford verhielten sich ähnlich. Sie gingen Soerman nicht aus dem Weg wie die Patrouillen am Fluß sie gaben sich sogar Mühe, ihn ihre Reserve nicht fühlen zu lassen, aber das machte sie nur noch deutlicher.

Er trieb sein Pferd an, nun auch dieses letzte Stück des Weges hinter sich zu bringen.

Im Stall war es Soerman warm geworden. Mit offenem Mantel trat er ins Freie. Niemand war auf dem Hof. Neben dem Brunnen hatten Kinder einen Schneemann errichtet; er sah aus wie andere Schneemänner auch, nur daß dieser auf dem Kopf eine mit dem blauweißen Band geschmückte Mütze der Miliz trug. Aus dem offenen Fenster des Waschhauses quollen Dampfwolken. Aber das Geräusch, auf das Soerman lauschte, kam nicht von einem Waschholz. Er wartete, bis er es wieder hörte; er ging ihm nach und fand Robert mit Pfeil und Bogen im Hof der Futterscheunen. Nur ein schmaler Pfad war dorthin freigeschaufelt. Auf der einen Seite türmte sich die Schneebarriere fast bis zu Schulterhöhe. Robert Haynau hatte sich ein windgeschütztes Eck ausgesucht. Er stand dort, ohne Mütze, ohne Handschuhe, die Lammfelljacke am Hals offen, in der Hand einen mit bunten Schnüren umwickelten Bogen. Das Ziel, eine Strohmatte mit schwarzem Zentrum, hing an dem Scheunentor auf der anderen Seite des Hofs, etwa dreißig Meter entfernt.

Robert legte gerade den letzten Pfeil an die Sehne, mit einer kurzen Bewegung warf er sich das Haar aus der Stirn. Schwirrend flog der Pfeil ab und schlug in das Ziel.

Soerman war diesseits der Schneebarriere stehengeblieben. »Gehst du nicht leichtsinnig mit deiner Wunde um?«

»Es wird Zeit, daß ich etwas tue. Ich hab' schon gar keine Kraft mehr im linken Arm.«

»Dafür triffst du erstaunlich gut!«

Nebeneinander waren sie über den Hof zum Scheunentor gegangen. Robert begann die Pfeile aus der Strohmatte zu ziehen; jede Bewegung kostete ihn Anstrengung. Soerman half ihm dabei.

»Ich halte es einfach nicht mehr aus, diese Herumhokkerei«, sagte Robert, während sie wieder zurückgingen. »Ich war noch nie krank. Und noch nie so lange eingesperrt! Heute nachmittag werde ich mit dir reiten.«

Soerman senkte den Blick. »Wohin du willst. Nur nicht zum Fluß«, sagte er.

Robert steckte die Pfeile mit den Spitzen in den Schnee. Die Federn an den Enden waren sehr dünn. »Fang du an«, sagte er zu Soerman. »Für jeden fünf.«

Soerman nahm den Bogen. Er prüfte die Spannung von Holz und Sehne. »Hast du ihn von McGill?«

»Ein alter Indianerbogen und alte Pfeile. Sieh dir die

abgenützten Federn an. Wenn man sie erneuern würde, ich glaube, man könnte bis auf hundert Meter genau treffen.«

Soerman nahm den ersten Pfeil. Eine Weile war nichts zu hören als das Knirschen des Schnees unter den Füßen der Männer, wenn sie sich zurechtstellten, dann das Schwirren der Pfeile und der Einschlag.

»Warum nicht zum Fluß?« sagte Robert. »Ich dachte, wir haben uns ausgesprochen.«

Soerman nickte, mit abgewandtem Gesicht. Er war Robert dankbar, daß er davon anfing. Robert hatte es ihm nicht schwergemacht, aber noch wichtiger war für Soerman gewesen, daß er es ihm nicht zu leicht gemacht hatte, auch jetzt, nachträglich, nicht zu leicht machte. »Das haben wir«, sagte Soerman. »Was mit Worten zu tun war, ist getan, aber sie bereinigen nicht alles.« Wovor Soerman Angst hatte, war die Vorstellung, er könne vergessen, oder, noch schlimmer, er könne die Wahrheit in der Erinnerung allmählich verfälschen, unbewußt.

Robert mußte an das denken, was sein Vater in der Hütte des Waldhüters über Soerman gesagt hatte. Es stimmte, er war tatsächlich nicht mehr derselbe. Der Mann, dessen Gesicht in dem bauschigen Luchsfell der Mütze fast untertauchte, war nicht der, den er damals nachts in das Boot hatte steigen sehen. Aber es war keine äußerliche Veränderung. Sein Wesen hatte sich verändert. Dieser Mann, der nur dem Augenblick gelebt hatte, ohne Bindungen, ohne Ziel – jetzt gab es plötzlich eine Mitte in ihm, und wenn es auch nur die schwärende Wunde der Selbstanklage war.

»Manchmal denke ich«, sagte Robert, »du reitest nicht nur deshalb hinaus, um noch eine Spur zu finden. Das ist doch sinnlos, und du weißt es. Es gibt noch einen anderen Grund. Du warst wieder in der Nähe der Morris-Farm?«

»Es ist seltsam, hinüberzuschauen. Ich kann mir gar nicht mehr richtig vorstellen, daß da drüben hessische Regimenter stehen, daß Rall im Doktorhaus sitzt und immer noch darauf wartet, daß der Delaware zufriert.«

»Oh doch! Du kannst es dir sehr genau vorstellen. Du denkst an nichts anderes. Wenn du den Mund aufmachst, fängst du davon an. Es geht nicht aus deinem Kopf.«

»Es fing damit an«, sagte Soerman, »alles fing damit an, in jener Nacht an der Weser . . .

Über die Dächer der Scheunen blies der Wind, aber unten im Hof war es still; vor allem auf dem Platz, wo sie standen, zwischen der Rückfront der Ställe und der hohen Schneebarriere. »Noch einen Durchgang?« fragte Robert.

»Warum sprechen wir nicht darüber?« sagte Soerman. »Worüber?« Roberts Stimme war ohne Ausdruck.

»Heute morgen, als ich zum Fluß ritt, habe ich beobachtet, daß eine Abteilung dabei war, die in den Wäldern versteckten Boote freizuschaufeln. Eine andere Abteilung war unterwegs in Richtung Morris-Farm, mit Zelt und Wagen. Sie scheinen verlegt zu werden.«

Robert hängte sich den Bogen über die Schulter und nahm die Pfeile. »Ich glaube, wir machen Schluß«, sagte er.

»Warte! Bestimmt weißt du besser Bescheid über das, was sich tut«, sagte Soerman.

»Gut, ich weiß es.« Er ging voran. »Die Amerikaner wollen Rall in Trenton überraschen. Es ist beschlossene Sache.«

Sie überquerten den Hof der Stallungen; niemand begegnete ihnen.

»Du sagst es so, als gehe es dich, als gehe es uns nichts an.«

»Geht es uns etwas an?« fragte Robert. »Heute Vormittag war ein Offizier bei mir. Er stellte viele Fragen. Wie stark sind die Hessen? Wo stehen die Posten? Wann wechseln sie? Wo sind die Stellungen der Geschütze? Wie stark ist die Kavallerie? Wie ist die Verbindung mit dem Hauptquartier der Engländer in Brunswick?«

»Und? Hast du ihm geantwortet?«

»Ich habe ihm gesagt, daß ich nicht desertiert bin, um ihren Krieg zu unterstützen.«

»Und davon bist du überzeugt?«

»Ja.«

»Ich wollte, du wärst es. Oder ich wäre es.«

Robert hauchte sich in die Hände. »Ich bin es. Mag sein, daß ein anderer Tag kommt. Vielleicht morgen, vielleicht in einem Jahr. Ich weiß nicht, wie lange dieser Krieg dauert. Vielleicht so lange, daß der Tag kommen wird, an dem ich vergessen habe, daß ich einmal die Uniform der Hessen trug.«

»Du sprichst vom Krieg«, sagte Soerman.

»Du nicht?«

»Wirst du es mir sagen, wenn sie über den Fluß gehen – falls du es erfährst?«

Robert blieb stehen. »Was planst du?« fragte er.

»Es ist besser, du fragst nicht.«

»Wenn es nicht der Krieg ist, was ist es dann? Eines sollte zwischen uns klar sein. Du kannst nicht meine Angelegenheiten erledigen.«

»Unter Freunden kann man es. Außerdem ist es auch meine Sache. Du warst nicht allein in der Kutsche, die nur bis zur Weser kam; du warst nicht allein auf dem Hinrichtungsplatz; und der Major von Haynau hat nicht dich allein zu Aufgaben eingeteilt, bei denen die Chance zu überleben sehr gering war.«

»Das ist lange her«, sagte Robert, »und es ist vorbei.«

»Es wird nie vorbei sein! Nie. Und du weißt es. Für euch beide ist die Erde zu klein. Du hast es aufgeschoben, wieder und wieder, über Jahre hinweg. So etwas beginnt nicht über Nacht, aber du wolltest es nicht wahrhaben. Du bist der Entscheidung ausgewichen.«

»Hör auf! Ich will nicht daran denken.«

»Diesmal sage *ich* dir, daß du an nichts anderes denkst, daß es dich nicht losläßt. Er wollte dich töten am Fluß. Und er würde nicht zögern und es wieder tun.«

»Wenn er erfährt, was mit Mutter geschehen ist . . .«

»Wird er dich erst recht töten wollen. Oder kannst du etwa vergessen? Ich kann es nicht. Gestern, auf meinem Ritt, wurde mir das klar. Es gibt Füchse hier; jetzt wo der Schnee da ist, kommen sie aus den Wäldern. Überall sind Fallen aufgestellt; in einer hatte sich ein Fuchs gefangen. Um sich zu befreien, biß er sich die Pfote ab; sie war noch dort, und die blutige Spur im Schnee. Er konnte sich wegschleppen. Vielleicht wird er sterben, aber er mußte sich befreien. Er konnte sich die Pfote abbeißen, aus dem Gefühl, noch einmal frei zu werden. Und ich will auch wieder frei sein . . .«

»Bitte«, sagte Robert schroff. »Bitte schweig !

Ohne ein weiteres Wort hatten die beiden Männer ihren Weg fortgesetzt. Die Fenster des Herrenhauses funkelten im Licht der Wintersonne. Im ersten Stock, weit aus einem offenen Fenster herausgelehnt, schlug ein Mann mit einer Stange die langen Eiszapfen von der Dachrinne; ein Rauschen erfüllte die Luft, wenn sie niederstürzten und sich in den hohen Schnee bohrten.

Vor der Treppe zum Hauptportal des Herrenhauses waren Fichtenzweige zum Abtreten des Schnees hingebreitet. Über der Tür hing ein Mistelbuschen. Die Bänder der roten Schleife bewegten sich im Wind.

42

Als Robert aus der Blockhütte des Waldhüters nach Redford gebracht worden war, hatte er Kleider von Jean Daniel getragen. Die Uniform war, als Bündel verschnürt, auf dem Wagen gelegen; sie war auch ins Haus gebracht worden, und Mary erinnerte sich, sie in der Eingangshalle gesehen zu haben. Als sie das Bündel später zum Waschen weggeben wollte, war es verschwunden.

Im Grunde war Mary erleichtert gewesen, und so hatte sie auch keine Nachforschungen angestellt; der Schrecken, der sie angesichts der Uniform im Gehölz der Reiher erfaßt hatte, wirkte noch nach. Daß sie trotzdem Hilfe geholt hatte, war etwas anderes; beides, das erste panische Zurückweichen und der Entschluß zu helfen, waren ganz getrennte Reaktionen gewesen. Zwei Pole ihres Wesens waren darin zum Ausdruck gekommen, und ihre Handlungsweise hatte gezeigt daß sie durchaus die Kraft besaß, sie im Gleichgewicht zu halten. Um so überraschender war es daher, daß sie von der ersten Stunde an, die Robert im Herrenhaus war, kein ungezwungenes Verhältnis zu ihm finden konnte. Sie überließ McGill seine Pflege; sobald er aufstehen konnte, blieb sie nach Möglichkeit den Mahlzeiten fern; auch sonst ging sie ihm aus dem Weg, mied vor allem die Bibliothek, wo Robert den größten Teil des Tages verbrachte. Sie ärgerte sich selber über ihr Verhalten, wünschte es zu ändern, nahm sich das auch immer wieder ernsthaft vor, aber im entscheidenden Moment war der Mechanismus der Abwehr stärker als ihre Vorsätze und ihre Vernunft.

So war es auch jetzt. Mary war eben dabei, mit Henry Lees Hilfe nun auch in der Eingangshalle den traditionellen Mistelbuschen aufzuhängen – anderen Weihnachtsschmuck gab es auf Redford nicht –, als Robert und Soerman das Haus betraten. Mary ließ die Leiter los, auf der Henry Lee stand, und eilte in die Wohnhalle.

Auch dort wurden Vorbereitungen für das Fest getroffen. Zwei Knechte stellten die Tafel für das Weihnachtsessen auf. Der große Tisch blieb an seinem Platz, aber weitere Tische wurden angebaut, so daß ein Hufeisen entstand. Die Sitte des gemeinsamen Weihnachtsessens war so alt wie das Herrenhaus; zwischen unverputzten Mauern und an einer Tafel, die aus Brettern und Böcken bestand, hatte es das erste Mal stattgefunden; diese Erinnerung bedeutete für Skelnik und für alle, die von Anbeginn auf Redford waren, mehr als Weihnachten und unterschied dieses Festmahl von allen anderen, die man hier im Laufe des Jahres gemeinsam beging.

Geschenke bekamen von Skelnik nur die Kinder, einfache Dinge, Puppen für die Mädchen, Wagen mit Pferden für die Jungen; dazu für jedes Kind mit Nüssen und Zuckerwerk gefüllte Säckchen. Diese Geschenke holte er aus Philadelphia; seit Mary auf Redford lebte, war Skelnik jedes Jahr mit ihr am 24. Dezember dorthin gefahren. Diese Fahrt im Schlitten durch das verschneite Land war für Mary das Schönste an Weihnachten. Sie machten gemeinsam die Besorgungen und übernachteten im Hotel *Francis*, wo die Kapitäne der großen Schiffe abstiegen. Erst am nächsten Morgen traten sie die Rückfahrt an, den Schlitten vollgepackt. Sie richteten es immer so ein, daß sie erst bei sinkender Dunkelheit zurückkamen, wenn auf Redford bereits überall die Fackeln brannten. Auf dem Vorplatz des Herrenhauses standen dann die Familien mit ihren Kindern bereit, und dort, an Ort und Stelle, im Schnee, im Licht der Fackeln, fand die Weihnachtsbescherung der Kinder statt.

An all das dachte Mary, während sie den beiden Männern bei der Arbeit zusah, und sie dachte auch an das neue Kleid und den neuen Mantel, die in ihrem Schrank hingen, und die sie diesmal zu der weihnachtlichen Fahrt nach Philadelphia hatte anziehen wollen.

Mary öffnete die Tür und lauschte; auf dem Gang war nichts zu hören, keine Schritte, keine Stimmen. Zögernd trat sie hinaus. Die Eingangshalle lag verlassen. Am Mittelbalken der Decke schwebte an einem roten Band der Mistelbuschen. Sie trat an eines der Fenster, von denen aus man den Vorplatz überschauen konnte. Der Schlitten war noch nicht vorgefahren, aber sie glaubte das Klingeln der Glocken am Zaumzeug der Pferde zu hören. Sie blieb stehen, bis sie hinter sich den Schritt vernahm, den sie unter tausenden herausgekannt hätte. Er kam die Treppe herunter. Sie drehte sich nicht um; seine Hand legte sich auf ihre Schulter. »Wieso bist du noch nicht für die Fahrt angezogen?« fragte er. »Und ich sah dich schon ungeduldig draußen auf und ab gehen!« Skelnik trug den schwarzbraunen Tuchmantel mit dem Kragen aus Astrachanpelz. Über seinem Arm hing eine Decke aus Wolfsfell. »Lauf! Beeil dich. Ich warte hier.« Mary blieb schweigend stehen. Das Erscheinen von Jan Kyllogs, der zur Haustür hereinkam, enthob sie der Antwort. »Der Schlitten ist vorgefahren«, sagte er. »Whitecombe hat neue Kufen aufgezogen. Er meint, damit müßtet Ihr um eine halbe Stunde schneller in Philadelphia sein.«

»Und der Termin mit dem Notar?« fragte Skelnik.

»Mister Darell erwartet Euch morgen früh um neun. Er hält seine Kanzlei für Euch offen und wird alles zur Überschreibung vorbereitet haben.«

Mary wartete, bis Jan Kyllogs die Eingangshalle verlassen hatte. Sie wollte Skelnik nicht ausweichen, aber sie wollte auch nicht, daß er ihre wahren Gefühle erriet. Vor allem hatte sie Angst, ihr könnten plötzlich Tränen in die Augen treten. So natürlich sie konnte, sagte sie: »Ich denke, es ist besser, ich bleibe diesmal hier. Es gibt noch so viel zu tun, mit allem sind wir hintendran.«

»Sie werden auch ohne uns fertig werden, und für dich wird es höchste Zeit, daß du einmal hier herauskommst und etwas anderes siehst. Also, hol deine Sachen! Und vergiß die Liste nicht.«

Mary griff in die Tasche ihres Rocks. Sie hielt Skelnik einen zusammengefalteten Zettel hin. »Ich habe alles aufgeschrieben. Du brauchst nirgends zu warten, es ist alles zum Abholen bereit. Die Reihenfolge ist so, daß du keine Umwege zu fahren brauchst.«

Skelnik schüttelte den Kopf. Er merkte, daß etwas mit ihr nicht stimmte, aber er nahm es nicht so ernst, als daß ein Wort von ihm es nicht wieder in die Reihe bringen könnte. »Du wirst mich doch nicht allein fahren lassen«, sagte er, »und mir die ganze Freude daran nehmen!«

»Ich habe nicht damit gerechnet, daß du allein fährst«, sagte sie. »Wir sind immer zusammen gefahren, die ganzen Jahre.«

»Da war dein Sohn noch nicht auf Redford.«

Aus dem Innern des Hauses klangen Mädchenstimmen, Lachen, Türenschlagen. Skelnik nahm Mary am Arm. »Wenn das der Grund ist, warum sagst du es nicht gleich? Wir konnten doch immer über alles offen sprechen. Komm mit in die Bibliothek.«

»Du mußt fahren«, sagte sie, »sonst kommst du nicht mehr vor der Dunkelheit nach Philadelphia.«

Aber er war schon vorausgegangen und wartete an der Tür zur Bibliothek auf sie. Mary trat widerstrebend ein. Sie warf einen Blick zum Schachtisch bei den Fenstern, wo Robert und der Schwede oft saßen, aber sie waren nicht da.

»Ja, Robert ist auf Redford«, begann Skelnik, sofort nachdem er die Tür geschlossen hatte. »Was ändert das zwischen uns? Ich möchte eine ehrliche und offene Antwort.«

Mary wich seinem Blick aus. In solchen Momenten war in seinen Augen keine Wärme mehr, kein Verstehen; und sie wußte keine Antwort auf seine Frage, keine, die er verstanden hätte. »Es hat nicht erst mit ihm begonnen«, sagte sie. »Hier, sieh dir den Boden an. Ich weiß nicht, wie wir die Kratzer von den Sporen der Offiziere je wieder aus den Dielen wegbekommen sollen. Und das ist nur ein winziges Zeichen dafür, wie sehr Redford sich verändert hat. Nichts mehr ist wie früher.«

»Ich verstehe dich nicht. Was hat das mit Robert zu tun?«

Nein, er konnte sie nicht verstehen. Die Soldaten hatten ihr nur ihr Zimmer weggenommen – Robert nahm ihr mehr. Er nahm ihr, was sie allein und ungeteilt besessen hatte. »Ich hatte dich für mich allein«, sagte sie, »nun muß ich dich teilen. Mit Robert, und nicht nur mit ihm, auch mit der Frau, mit der Toten. Es ist, als sei sie mitgekommen. Sie alle bevölkern dieses Haus, und nehmen es mir weg.«

Skelnik antwortete nicht. Hatte sie gesagt, daß er ihr einmal allein gehört hatte? Oder war das immer ihr großer Wunsch gewesen, daß es so sein möge?

»Ich werde mich an das Neue gewöhnen«, sagte sie, nur um das Schweigen zu beenden.

»Fahren wir nun gemeinsam nach Philadelphia, wie wir es alle Jahre gemacht haben?«

Mary wußte nicht, was es eigentlich war, das sie seine Worte wie eine Demütigung empfinden ließ. Vielleicht, daß er sie nicht angesehen hatte. Daß er weiter an ihr vorbeistarrte, schrecklich ruhig, schrecklich weit weg mit seinen Gedanken.

»Erspar mir wenigstens das«, sagte sie. »Ich verstehe, daß du deinem Sohn deinen Besitz überschreiben willst. Aber muß ich auch noch Zeugin sein?«

Sie war Skelnik fremd in diesem Augenblick; das blasse Gesicht, die Stimme, die kaum Klang hatte. »Du irrst«, sagte er. »Ich habe beim Notar einen Termin mit Ed Saunders vereinbart, um den Kauf seiner Farm perfekt zu machen.«

»Bitte«, sagte sie, »du brauchst dich nicht zu rechtfertigen. Robert ist dein Sohn, ich bin nur eine Fremde, die du ins Haus genommen hast. Es ist gut, daß ich daran erinnert wurde, wo mein Platz ist. Das andere war eine Illusion. Es ist nicht lange her, da hast du mich deine Tochter genannt. Ich höre noch deine Worte, drüben in der Wohnhalle war es, am Kamin. Du hast mir meine Zukunft beschrieben, und es war zugleich die Zukunft Redfords. Ich habe dir geglaubt, aber es waren eben nur Worte, und ich bin gerade noch rechtzeitig daran erinnert worden.«

Skelnik trat zu ihr. Er legte den Arm um ihre Schultern. »Redford ist ein Platz für viele. Es gehört mir nicht mehr als Henry Lee, und dir nicht weniger als Robert. Wie kannst du nur mit solchen Gedanken mit mir unter einem Dach leben! Es ändert sich doch nichts, nicht zwischen uns . . .«

Mary spürte seine Nähe, seine Ruhe und Stärke, und auch die Angst, ihn zu verlieren. Sie hatte das Gefühl, wenn er jetzt den Arm von ihrer Schulter nähme, dann wäre alles verloren. Sie schloß die Augen. Die Worte kamen ihr über die Lippen wie eine Eingebung: »Heirate mich.«

Ihre Worte konnten ihn kaum weniger vorbereitet treffen als sie selber. Sie wagte nicht, ihn anzusehen. Sie war froh um jede Sekunde des Schweigens – ein Aufschub, erfüllt mit der irren Hoffnung, daß sie diese zwei Worte nur gedacht, aber nicht ausgesprochen hatte. Endlich sagte er. »Seit wann geht das in deinem Kopf um?« Es war kein Spott in seiner Stimme, nur tiefe Betroffenheit. »Hast du nie daran gedacht?« fragte sie.

Er ließ sie los. »Und wenn es so wäre! Ein alternder Mann hat manchmal törichte Gedanken. Glaubst du denn, daß du mich liebst?«

Sie senkte den Kopf. »Ich habe Angst, dich zu verlieren. Ist das nicht Liebe?«

»Die Angst, jemanden zu verlieren, mag ein Teil der Liebe sein. Das Eigentliche an der Liebe ist der Wunsch, zu besitzen.«

Mary stand dort, so wie er sie losgelassen hatte. Sie konnte nicht antworten. Sie konnte sich nicht bewegen. Sie hatte das Gefühl, sie müsse nur ausharren, bis sein Arm sich wieder um sie legte.

»Du schweigst«, sagte er, »und es ist gut, daß du schweigst, denn nichts wäre schlimmer als Selbstbetrug. Du meinst nicht mich. Vielleicht meinst du Redford, vielleicht Erinnerungen, die wir gemeinsam haben – aber du meinst nicht mich. Liebe ist das nicht.«

Sie wollte ihn nicht verstehen. Sobald sie ihn verstand, das fühlte sie, würde sie keine Kraft mehr haben, um ihn zu kämpfen. »Dann sag mir, was ist das, Liebe? Ist es das, daß man fünfundzwanzig Jahre auf eine Frau wartet, wie du es getan hast? Du hast eben gesagt: Liebe ist der Wunsch zu besitzen. Aber du hast immer nur gewartet.«

»Das kann daraus werden. So verrückt ist die Welt, oder wir sind es, wenn wir lieben. Mir wenigstens ist es so ergangen. Und ich muß daran glauben, daß es richtig und gut war. Ich habe sonst nichts.«

»Das ist Resignation.«

»Vielleicht. Aber ich bin zu alt, um mehr zu beanspruchen. Und du, Mary, bist zu jung, um mit so wenig zufrieden zu sein.«

»Aber wenn es nun doch so wäre, wenn ich dich wirklich . . .«

Er unterbrach sie: »Sag es nicht! Nicht zu mir. Heb es dir auf. Einmal wirst du es sagen, und dann wird es mehr bedeuten als jetzt.«

»John hat es gesagt, und John ist tot. Und sie – sie liebte dich, und sie mußte sterben, ehe sie über den Fluß kam. Sag mir, ist es immer so?«

Er war versucht, sie in die Arme zu nehmen, so wie er es nie getan hatte, und wie er es nach dieser Stunde nie mehr tun würde. Aber er ließ es. »Es muß nicht immer so enden wie bei John«, sagte er, und nach einem kurzen Zögern: »Und wie bei ihr.«

»Und wie beginnt es? Woran merke ich es?«

»Du wirst es merken.«

»Kannst du vergessen, was ich gesagt habe?« fragte sie nach einer Weile, »das mit der Heirat?«

»Muß ich es vergessen?«

»Bitte. Ich würde mich immer schämen.«

»So werde ich es vergessen«, sagte er, »ich werde vergessen, daß ich mich einen Augenblick sehr jung fühlte. Du hattest Furcht, mich teilen zu müssen. Ich weiß nun, daß ich dich eines Tages teilen muß.«

Sie hatte lange gerätselt über seine Worte, über den Blick, mit dem er sie dabei angesehen hatte, aber dann stürmte so viel anderes auf sie ein, daß diese Gedanken verdrängt wurden. Erst am Abend, als sie die Bibliothek betrat, und auf dem Stuhl neben der Tür die Decke aus Wolfsfell bemerkte, die Skelnik dort nach ihrem Gespräch vergessen hatte, kamen ihr seine Worte wieder in den Sinn.

Ihr Taftkleid raschelte bei jeder Bewegung. Die beiden Männer am Schachtisch blickten auf. Auch Mary sah sie jetzt erst. Die Tranöl-Lampe mit dem grünen Schirm, die auf dem kleinen runden Beitisch stand, beleuchtete nur die braunen und weißen Felder des Spieltisches und die Figuren darauf. Robert und Soerman blieben im Halbdunkel, nur auf ihre Hände fiel Licht, wenn sie über den Figuren schwebten.

»Kommen Sie«, sagte Robert«, setzen Sie sich zu uns.« Er deutete auf den freien Stuhl.

Zögernd trat sie näher und setzte sich.

»Ich hoffe, es war nicht Ihr Spiel, was wir da vorgefunden haben«, sagte er. »Ich versuche, es zu Ende zu spielen, aber Weiß hatte eine ziemlich hoffnungslose Position.«

Als Robert sie aufgefordert hatte, sich zu ihnen zu setzen, war in Mary sofort die alte Abwehr erwacht; nur irgendeine Ausrede erfinden und hinausgehen. Aber nachdem sie sich überwunden hatte, war die Hemmung plötzlich verschwunden. »Er gibt mir immer Weiß«, sagte sie, »und dazu noch zwei Figuren voraus, aber am Ende ist meine Position immer hoffnungslos.«

Robert nahm einen schwarzen Turm. Er legte ihn nicht weg, sondern schloß die Finger darum. Das Fenster hinter ihm wiederholte seine Gestalt, ein dunkler Spiegel. Ein zweites Fenster daneben war durch eine der Fackeln, die an der Hausfront steckten, erhellt, und Mary konnte in den Hof blicken. Es hatte wieder zu schneien begonnen. Im Lichtschein schwebten einzelne Schneeflocken.

»Spielt mein Vater oft Schach?« fragte Robert. Als sie nicht gleich antwortete, fuhr er fort: »Ich weiß, es ist seltsam, solche Fragen zu stellen, aber ich fange erst an, ihn kennenzulernen. Sie spielen mit ihm?«

Mary bejahte.

»Und er spielt so gut?«

»Es kann ihm nie viel Freude gemacht haben, mit mir zu spielen. Er hatte eben keine besseren Partner. Früher kam Doktor Banks aus Trenton über den Fluß. Mit ihm spielte er am liebsten.«

Eine Weile sah sie schweigend zu, wie die Männer ihre Züge machten. Sie ließen sich viel Zeit, waren ganz in ihr Spiel versenkt. Die Uhr auf dem Kamin schlug, zuerst vier helle, dann neun dunkle Schläge. Mary blickte zur Tür.

»Bleiben Sie«, sagte Robert. »Unsere Partie ist bald zu Ende. Sie könnten dann gegen den Sieger spielen.«

»Ich habe noch zu tun.«

»Sie haben immer zu tun.«

»Es ist ein großes Haus«, sagte sie.

»Weiß mein Vater überhaupt, was er an Ihnen hat?«

Mary antwortete nicht. Robert hatte sich etwas vorgeneigt; sein Gesicht war an der Grenze von Licht und Schatten. Dunkelheit füllte seine Augen. Er trug das grüne Samtjacket, das sie bisher nur an Skelnik gesehen hatte. Es stammte aus Philadelphia und hatte einen Schnitt, der ein wenig aus der Mode gekommen war.

Die Tür der Bibliothek hatte sich geöffnet, ein Mann trat ein. Mary eilte ihm entgegen. »Ich dachte schon, die Bücher würden nicht mehr fertig werden«, sagte sie zu David Woodrock. »Komm . . .« Sie ging voraus zu der Bücherwand an der Schmalseite der Bibliothek und zog eines der Ablagebretter, die sich zwischen den Fächern befanden, heraus. »Stell das Paket nur hier ab.«

David Woodrock, der Pferdeknecht vom Hancock-Hof, trug ihr das Paket nach. »Mein Vater hätte Euch die Bücher gerne selber gebracht, aber seit dem Frost ist die Gicht in seinen Füßen wieder ganz arg. Die Arbeit mit den Büchern kam zur rechten Zeit, das hat ihn sehr abgelenkt. Ich finde, sie sind diesmal besonders schön geworden.«

»Ich lasse ihm danken. Und grüß Abigail von mir. Wie geht es dem Kind?«

»Prächtig. Übermorgen wird es getauft. Auf den Namen Roberta. Aber verratet das nicht. Abigail will es dem Herrn selber sagen, wenn er das Mädchen zum erstenmal sieht.«

»Wärm dich auf, bevor du zurückreitest«, sagte Mary.

»Ich seh' lieber zu, daß ich heimkomme. Es hängt eine Menge Schnee am Himmel.«

David Woodrock trug dicke Fellstiefel; Mary konnte nicht sehen, ob er am linken Bein immer noch einen Verband hatte; seinem Gang jedenfalls merkte man von der Verwundung kaum noch etwas an. An der Tür der Bibliothek wandte er sich noch einmal kurz um und legte in halb militärischer Art die Hand an seine Pelzmütze.

Mary löste die Verschnürung des Pakets. Behutsam nahm sie den ersten schmalen Band heraus. Das grüne Saffianleder war so kalt, daß es in ihren Händen beschlug. Sie blätterte jeden Band kurz durch, bevor sie ihn einräumte. Es waren insgesamt zwölf Bände, in Paris gedruckt, eine Sammlung von Schriften berühmter Astronomen. Mary hatte die broschierten Exemplare in einer Kiste entdeckt, die aus den drei Zimmern stammte, die so lange verschlossen gewesen waren und die Skelnik noch vor Weihnachten hatte ausräumen lassen. Seit vielen Jahren mußten sie dort gelegen haben. Sie hatte Skelnik nichts von ihrem Fund gesagt; die gebundenen Bücher sollten ihre Weihnachtsüberraschung sein.

Die zwölf Bände standen nebeneinander. Sie zog einen Rücken, der etwas tiefer stand, nach vorne, ließ den Blick noch einmal über die Reihe gehen. Sie trug Papier und Schnüre hinaus. Bald darauf kam sie zurück und ging zu den Schachspielern. Auf dem Brett standen nur noch fünf Figuren, drei Weiße und zwei Schwarze. »Gib auf«, sagte Robert zu Soerman.

»Ich verstehe es nicht.« Soerman schüttelte den Kopf. »Ich hatte den Sieg in der Tasche. Ich hätte den Damentausch nicht annehmen dürfen. Damit hatten deine Bauern das Spiel gewonnen.«

Von draußen schlug etwas gegen das Fenster, ein Geräusch, als klatschte ein großer Vogel gegen die Scheibe. Die Männer wandten die Köpfe, und als Mary ihren Blicken folgte, schrie sie auf. Vor dem Fenster schwebte eine Gestalt hin und her, ein Mann in der Uniform der Hessen – der grüne Rock, die roten Aufschläge, die silbernen Tressen, die weißen Beinkleider. Mary starrte auf die unheimliche Erscheinung. Im Schein vieler Fakkeln schwankte sie hin und her, wich zurück, prallte erneut mit dumpfem Schlag an die Scheibe.

Die verschwundene hessische Uniform, schoß es Mary durch den Sinn, und nun erkannte sie auch, daß es eine Strohpuppe war. Stroh quoll aus den Uniformärmeln, aus den weißen Beinkleidern. Der Kopf war ein Bündel Stroh, und darauf saß der Zweispitz.

Robert ging zum Fenster. Er riß die Flügel auf: eine Gruppe von Männern stand draußen, Fackeln in den Händen. Sie liefen vom Haus weg, voran der Mann mit der Strohpuppe in der hessischen Uniform; er schwenkte sie wie eine erbeutete Fahne.

Mary hatte für ein paar Sekunden die Augen geschlossen, als könne sie damit das Gesehene auslöschen. Durch das offene Fenster traf sie ein eisiger Luftzug. Sie eilte zur Tür. Das Entsetzen schlug in Zorn um.

Robert holte sie in der Halle ein. Neben dem Eingang standen in einem Halter die Reitgerten und Kutscherpeitschen. Mary zog eine Gerte heraus.

»Lassen Sie«, sagte Robert. »Sie meinen nur uns, sie wollen sich einen Spaß machen.«

Mary ließ sich nicht aufhalten. Er folgte ihr, blieb neben ihr, während sie über den Vorplatz eilte, hinüber zu den Wirtschaftshöfen. Vor den Ställen hatten die Männer mit den Fackeln einen Kreis gebildet. Der flakkernde Schein beleuchtete die Strohpuppe, die inmitten des Kreises an einer Stange hoch über den Köpfen schwebte.

Robert nahm Mary bei der Hand, um sie zurückzuhalten. »Laßt sie!« sagte er. Aber Mary ging weiter, jetzt langsam, Schritt für Schritt, er neben ihr, immer noch ihre Hand in der seinen.

Sie sahen, wie einer der Männer seine Fackel an die Strohpuppe hielt. Die Flammen züngelten empor, dann fing die ganze Figur Feuer, und brennend schien die Gestalt wirklich zum Leben zu erwachen, sie wuchs, sie bäumte sich auf, sie wand sich in Schmerzen.

Die Männer wichen zur Seite, als Mary und Robert in den Kreis traten. Einige liefen davon, die anderen standen wie gebannt, starrten hinauf zu der lichterloh brennenden Figur. Ihre Gesichter waren in den rötlichen Schein der Flammen getaucht.

Bald war von der Puppe nicht mehr viel übrig, ein ausgestreckter Arm, der Kopf mit dem Zweispitz. Jetzt löste sich ein Teil des Arms, fiel brennend in den Schnee. Noch einmal wurde es hell, als der Zweispitz, fest mit Stroh ausgestopft, Feuer fing. Eine Stichflamme spaltete ihn, das brennende Stroh quoll hervor. Ein Funkenregen ging nieder.

»Kommen Sie zurück ins Haus«, sagte Robert.

Mary wandte sich ihm zu. Sie fröstelte in dem Taftkleid. Er legte den Arm um sie. Einen Augenblick sank ihr Kopf an seine Schulter. »Warum tun sie so etwas?« Sie richtete sich gleich wieder auf. Sie suchte nach Worten. »Warum geschieht das immer wieder? Warum muß das sein, – daß Menschen sich hassen? Warum ist die Welt so?«

Robert wußte keine Antwort, keine, die sie und ihn hätte befriedigen können, und so schwieg er. Sie gingen zurück zum Haus. Unter dem Portal blieben sie stehen. Der Hof lag verlassen da. Es schneite stärker. Das Licht der Fackeln beiderseits des Eingangs lag auf Marys Gesicht. Er hatte sie nie so gesehen, so aus der Nähe, nur damals, als sie sich über ihn geneigt hatte, auf dem Lager in der Blockhütte, das Mädchen mit dem langen braunen Haar.

»Was sehen Sie mich so an?« sagte Mary.

»Ich denke daran, daß Sie mich gefunden haben in dieser Uniform, und daß Sie mich nicht gehaßt haben.«

43

Das Haus lag auf einer leichten Anhöhe, etwas außerhalb von Philadelphia, ein einstöckiger Bau mit einem Säulenportikus und einem weithin leuchtenden, grün patinierten Kupferdach. Vor dem Haupteingang standen zwei Fuhrwerke; das eine war schon mit Möbeln beladen. Neben den Säulen türmten sich Kisten. An den Gartenzaun war ein Holzschild genagelt: *Zu verkaufen!* Skelnik hatte nicht vorgehabt, seine Rückfahrt zu verzögern. Nichts hielt ihn in der Stadt nach den Erlebnissen der vergangenen vierundzwanzig Stunden. Das Wetter war klar und sonnig, den Wind hatte er im Rücken, was seine Fahrt beschleunigen würde; trotzdem mußte er für den Heimweg nach Redford vier Stunden rechnen, selbst wenn er die Pferde auf halbem Weg wechselte. Er zog die Uhr aus der Westentasche. Lange durfte er sich nicht aufhalten. Er zügelte die Pferde, legte die Bremsen ein und stieg aus dem vollgepackten Schlitten.

Zwei Männer trugen das Unterteil eines Bücherschranks aus dem Haus. Im Garten hatte man ein Feuer angezündet, um ganze Packen alter Zeitungen und sonstige Abfälle zu verbrennen. Dort stand Eph Tyler, das Faktotum Doktor Wyngards, den unvermeidlichen sandfarbenen Schal, den er winters wie sommers trug, zweimal um den Hals geschlungen. Er nahm die Hände aus den Taschen, als er Skelnik begrüßte.

»Der Doktor ist oben.«

»Ihr verlaßt die Stadt also auch?« sagte Skelnik.

Eph Tyler zuckte die Achseln. Einen Moment schien es, als wolle er etwas sagen, aber dann bückte er sich zu dem Korb neben sich, nahm eine alte Tapetenrolle heraus und warf sie in das Feuer.

Skelnik betrat das Haus. Die Halle stand voller Möbel. Er stieg die Treppe hinauf, wie so oft in den vergangenen Jahren, wenn das Herz ihm wieder einmal Schwierigkeiten gemacht hatte. Leise öffnete er eine der Türen. Doktor Wyngard war in die Lektüre alter

Krankenblätter vertieft; da kein Stuhl und kein Tisch mehr da waren, hatte der Arzt sich mit den lose gehefteten Oktavblättern in eine Fensternische zurückgezogen.

Skelnik schloß die Tür ein zweites Mal, diesmal etwas lauter, um sich bemerkbar zu machen. Doktor Wyngard hob den Kopf, spähte über die Brillengläser. »Ich habe nicht mehr mit Euch gerechnet«, sagte er, »obwohl Ihr am Weihnachtstag eigentlich immer hereingeschaut habt. Wo ist Mary? Ist sie nicht mitgekommen? Ihr kennt mich ja, so alt ich bin, ich brauche immer noch etwas zum Anschwärmen.« Ein paar Blätter flatterten zu Boden, als der Arzt Skelnik entgegenging, aber er achtete nicht darauf.

»Ihr gebt also auch auf«, sagte Skelnik. »Von Euch hätte ich das eigentlich nicht erwartet. Was ist in Euch gefahren? Ich habe mich immer gefreut, nach Philadelphia zu kommen, ich kenne keine schönere und keine stolzere Stadt. Aber was ich seit gestern erlebt habe, kann einen an allem zweifeln lassen. Keine zwei Wochen sind vergangen seit meinem letzten Besuch, und jetzt – ich habe die Stadt nicht wiedererkannt, das stolze Philadelphia! Die Tochter der Freiheit! Und Ihr laßt sie also auch im Stich.«

Doktor Wyngard nahm die Brille ab. »Ich finde, ein Mann mit siebzig Jahren hat das Recht, noch ein paar Jahre so zu leben, wie es ihm Spaß macht.«

»Ich nehme an, jeder hat einen guten Grund. Verzeiht, aber ich hätte nicht geglaubt, daß so etwas möglich ist. In jeder anderen Stadt, meinetwegen, aber nicht in Philadelphia. Ich bin froh, daß Mary es nicht gesehen hat. Vor vierzehn Tagen mußte ich mit der Kutsche im Schritt fahren, ein solcher Betrieb war auf den Straßen. Im *Francis* bekam ich kaum ein Zimmer. Auf der Freitreppe vor dem Kongreß saßen Scharen junger Leute, die neuesten Zeitungen in den Händen, in heftige Diskussionen verwickelt – und gestern alles leer, ausgestorben. Die kahlen Schaufenster, die Drahtgitter davor, und immer wieder die verlassenen Häuser, Türen und Fenster zugenagelt! Ich glaube, ich wäre nicht so erschrocken, wenn ich die Stadt von einem Feuer verwüstet vorgefunden hätte. Was für eine lustige Runde war das immer abends im Hotel! Und gestern? Wir kamen überhaupt nicht zum Pokern. Die Gespräche drehten sich nur um eins: Wer hat verkauft? Zu welchem Preis? Wer wird noch verkaufen? Wohin soll man gehen? Ist Baltimore sicher? Ist es weit genug? Es war ein Alptraum.«

»Ich kann Euch verstehen. Aber wie wollt Ihr die Leute halten, wenn selbst der Kongreß aus der Stadt geflüchtet ist? Sie haben einfach Angst. In Trenton stehen die Hessen mit drei Regimentern, und niemand glaubt, daß der General sie hindern wird, über den Fluß zu kommen.«

»Sie werden nicht über den Delaware kommen!« Skelniks Ausbruch kam unvermittelt und mit einer Leidenschaftlichkeit, die nichts Maßvolles, nichts Kontrolliertes mehr hatte. »Niemals wird das geschehen, es sei denn, die Hessen kommen als Geschlagene über den Fluß um in Gefangenschaft zu gehen.«

»Ihr seid unverändert.« Der Arzt hatte die Brille wieder aufgesetzt, und die Aufmerksamkeit, mit der er Skelnik beobachtete, war mehr medizinischer als persönlicher Art. »Ich frage mich, warum Ihr mich eigentlich die ganzen Jahre konsultiert habt. Das Honorar war hinausgeworfenes Geld.«

Skelnik sah sich um. Der Kamin war ausgeräumt und saubergefegt, das Zimmer war kalt. An der Wand, wo Wyngards Schreibtisch gestanden hatte, war eine helle

Stelle; dort hatte, in einem schmalen Ebenholzrahmen, Wyngards Arztdiplom gehangen. »Ich hatte wieder einen Anfall«, sagte Skelnik. »Es war wie immer, dieselben Symptome, dieselbe Angst.«

Der Arzt fuhr sich mit beiden Händen durch das weiße wellige Haar. Er deutete auf eine Tür. »Wenn Ihr mein letzter Patient sein wollt? Die Liege steht noch drinnen. Soll ich Euch untersuchen?« Skelnik winkte ab. »Ihr solltet mir nur die Wahrheit sagen. Wieviel Zeit bleibt mir noch?«

»Wollt Ihr etwa heiraten?«

Zum ersten Mal lächelte Skelnik. »Ihr seid der zweite, der mich fragt. Aber seid beruhigt, das ist es nicht.« Er wurde wieder ernst. »Sagt mir die Wahrheit.«

»Die Wahrheit! Was stellt Ihr Euch darunter vor? Ihr habt Euch früher mit Chemie beschäftigt. Ihr wißt also, daß die Welt, der Mensch eingeschlossen, aus ein paar Grundelementen besteht, Sauerstoff, Stickstoff, Schwefel – genauso ist es mit der Wahrheit: eine Verbindung verschiedener Elemente.«

»Ihr weicht mir aus.«

»Was wollt Ihr von mir? Daß ich für Euch das Orakel spiele? Wollt Ihr zur Armee gehen? Wollt Ihr Euch opfern? Und fällt es Euch leichter, wenn ich Euch sage, geht nur, Ihr sterbt sowieso? Wenn Ihr jemanden sucht, der Euch eine Ausrede liefert, so rechnet nicht mit mir. Ich habe es Euch wiederholt gesagt: Ihr seid kein Fall für die Medizin.«

»Sondern?«

»Für Handaufleger, Wunderheiler, was weiß ich.« »Das ist keine Antwort.«

Auf Wyngards Stirn bildeten sich zwei lange Querfalten. »Kein Mensch gibt gerne zu, daß er eine Frage nicht beantworten kann, und ein Arzt am allerwenigsten. Als

Ihr das erste Mal zu mir kamt, gab ich Euch kein halbes Jahr mehr zu leben. Ich war überzeugt davon. Jetzt sind zehn Jahre vergangen, und ich bin nicht schlauer als zuvor. Ich finde keinen Defekt an Eurem Herzen, und doch sind die Symptome da. Ich bin mit meinem Latein am Ende. Wenn Euch nicht eines Tages das Pferd durchgeht und Ihr Euch den Hals brecht, werdet Ihr uns alle überleben.«

Skelnik hatte Doktor Wyngard nachdenklich verlassen, und in dieser Stimmung blieb er eine ganze Weile während der Fahrt. Die neuen Eisenbänder, die Jonathan Whitecombe geschmiedet und auf die Kufen gesetzt hatte, ließen den Schlitten federleicht über den Schnee gleiten. Zu Skelniks Füßen und auf dem Sitz neben ihm türmten sich die bunten Pakete, und endlich regte sich in ihm etwas von der festlichen Stimmung, die ihn sonst immer während seiner vorweihnachtlichen Besuche in Philadelphia erfüllte.

Es waren nicht viele Menschen unterwegs an diesem Morgen. Er überholte noch ein paar Bauernschlitten auf dem Weg aus der Stadt, dann gehörte die verschneite Straße ihm bald allein; tauchte ein Gefährt auf, so fuhr es in entgegengesetzter Richtung, weg vom Delaware.

Die Sonne stieg und gewann an Kraft. Der Wind pendelte sich auf Süd ein; ein warmer Wind, der die Schneedecke feucht und klebrig machte, so daß die Pferde Mühe hatten, das Tempo zu halten. Dauerte der Südwind an, so würde der Schnee so schnell schmelzen, wie er gekommen war. Skelnik saß mit offenem Mantel im Schlitten, die Pelzmütze lag neben ihm auf dem Sitz.

Kurz nach ein Uhr fuhr er bei der Poststation vor.

Während er ungeduldig wartete, daß die Pferde gewechselt würden, zogen dunkle Wolken auf. Der Wind sprang auf West und trieb Schneeflocken vor sich her.

Nun lichtete sich der Himmel nicht mehr; die Flocken fielen immer dichter, und als Skelnik die Stelle erreichte, wo der Weg nach Redford abzweigte, herrschte bereits wirbelndes Schneetreiben. Die Decken, die er den Tieren unterwegs aufgelegt hatte, waren weiß. Auf den Paketen sammelte sich der Schnee. Fast lautlos glitt der Schlitten dahin. Das Geläut des Zaumzeugs schien von weither zu kommen, von einem anderen Gefährt, das irgendwann aus den weißen Schleiern auftauchen würde.

In der Ferne konnte Skelnik die Baumgruppe erkennen, die Redfords Grenze nach Süden hin markierte. Es war der Rest eines Eichwaldes, ein paar knorrige alte Stämme. Die Bäume standen locker verteilt, aber jetzt, aus der Entfernung gesehen, rückten sie zusammen, eine Festung aus Bäumen, und die Kolonnen, die über die weiße Ebene marschierten, schienen aus ihrem Schutz hervorzukommen.

In Dreierreihen rückten sie heran. Skelnik wäre ihnen ausgewichen, aber die Schneewehen zu beiden Seiten waren zu hoch. Skelnik hatte die Truppe nicht so früh erwartet; nach dem Plan hätte sie das Lager nicht vor drei Uhr verlassen sollen.

Die Kolonne war herangekommen. Skelnik hatte den Schlitten zum Stehen gebracht, und die Männer begannen, in dem hohen Schnee einen Weg auszutrampeln. Einer hinter dem anderen stapften sie an Skelniks Schlitten vorbei. Der Schnee knirschte unter ihren Stiefeln; die Gurte der Tornister schnitten ihnen tief in die Schultern, die Patronentaschen schlugen hart gegen ihre Hüften. Viele trugen zwei Gewehre, ihr eigenes und ein zweites für einen der zweihundert Männer, die am Ende der Kolonne die Boote trugen.

Skelnik hatte die Zügel festgemacht, den Mantelkragen hochgeschlagen, die Hände in die Taschen vergraben, und beobachtete den Zug. Nicht zwei hatten die gleiche Uniform. Jeder trug, was ihm nach dem Sommerfeldzug übriggeblieben war, zusammengeflickte Lumpen, mit irgendwelchen Stücken ergänzt; enganliegende Kniehosen aus Leder oder Stoff, lange Hosen aus grobem Halbwollstoff, Röcke in bräunlichen Tönen, wie die Färberlauge aus Eichenrinde sie hergab, zwei- und dreifach übereinander getragene Kittel. Die Wollmäntel, in denen es ihnen beim Marschieren zu warm geworden wäre, hatten sie zusammengerollt und auf die Tornister gebunden. Um ihre Waffen war es nicht besser bestellt. Manches unförmige Gewehr mußte noch aus den Zeiten der Eroberung Kanadas stammen; andere hatten spanische Büchsen, die schon bei bei den Aufständen in Havannah das erstemal gedient haben mochten, wieder andere französische Flinten, wie sie der englische König einst in großer Zahl beim Krieg um Louisbourg erbeutet und später für teures Geld verkauft hatte.

Nur eines war all diesen Männer, die an ihm vorüberzogen, gemeinsam, und das waren die Gesichter. Eines war wie das andere, ohne Ausdruck, Augen, die nur eine Richtung kannten, vorwärts; eine Armee von Brüdern, und Skelnik fragte sich, warum er nicht dabei war. Er hatte Pulver hergestellt, Wagenladungen von Waffen und Stiefeln beschafft; die Frauen auf Redford hatten Mäntel und Kappen genäht; aber genügte das? Die Frage, die Doktor Wyngard an ihn gerichtet hatte und die so absichtslos, ja unmotiviert geklungen hatte, jetzt verstand er sie; Skelnik hatte lange mit sich gerungen, ob sein Platz in dieser Stunde nicht bei der Armee sei.

Eine Weile noch blickte Skelnik der Kolonne nach. Die Pferde, die während des Wartens unruhig geworden waren, schüttelten den Schnee aus den Mähnen und zogen scharf an. In Gedanken folgte Skelnik der Armee auf ihrem Weg. Er war dabeigewesen, als der General den Plan mit seinen Offizieren durchgesprochen hatte. Er sah die Karte noch vor sich, den Zeigestab in der Hand des Generals. Eine blaue Linie am Delaware entlang: achthundert Mann, ein Teil der Armee, jene Kolonnen, denen er eben begegnet war. Dann der Pfeil, der zehn Meilen südlich von Trenton den Delaware durchschnitt: Aufgabe der Achthundert war es, über den Fluß zu setzen – eine kleine Abteilung noch an diesem Tag, der Rest am anderen Morgen –, um die Hessen durch einen Scheinangriff abzulenken, während die Hauptmacht der Kontinentalarmee den Delaware in der Höhe von Redford überschreiten, die Nacht hindurch nach Trenton marschieren, die Stadt umzingeln sollte, um im Morgengrauen die Hessen anzugreifen.

Vor der Karte hatte Skelnik an das Gelingen des Plans geglaubt, aber als er jetzt sah, wie diese zerlumpten, kläglich ausgerüsteten Männer durch den Schnee stapften, stiegen Zweifel in ihm auf.

Der Wind hatte sich gelegt, eingeschläfert vom fallenden Schnee; der Tag hüllte sich jetzt schon, am frühen Nachmittag, in dämmriges Blau. Skelnik hatte den Lagerplatz der Kontinentalarmee erreicht. Noch am Tag zuvor hatte hier Zelt neben Zelt gestanden; dunkle Vierecke waren, trotz des neuen Schnees, noch deutlich erkennbar. Die Feuerstellen waren ausgetreten; in Erdmulden versenkt und vom gezackten Schneerändern umzogen, glichen sie Kratern; ein Eindruck, der durch den Rauch, der da und dort aus der Asche stieg, noch verstärkt wurde. Man hätte meinen können, eine Riesenarmee habe hier kampiert.

Aus der Ferne vernahm Skelnik den dumpfen gleichmäßigen Schlag von Trommeln. Weit weg, vom Schnee schemenhaft verwischt, glaubte er eine Truppenbewegung zu erkennen, einen dunklen Strom, der sich über das unendliche Weiß wälzte.

Die ersten Bäume der Zedernallee tauchten vor ihm auf; er klopfte sich den Schnee von Armen und Schultern und trieb die Pferde an. Gerade bog er in die Allee ein, als plötzlich ein Reiter in den wirbelnden Flocken sichtbar wurde. Er ritt einen Schimmel und trug einen hellen Mantel. Das dunkle lange Haar gewahrte Skelnik erst, als Mary schon bei ihm war.

Er hielt den Schlitten an, machte die Zügel fest und stieg aus, um ihr aus dem Sattel zu helfen, aber sie war schneller. Mit einem Satz war sie vom Pferd und bei ihm, warf sich in seine Arme.

»Was ist?« fragte Skelnik, »was ist geschehen?« Ihre Hände waren kalt, das Haar fiel ihr in Strähnen ins Gesicht. Er machte ihr im Schlitten einen Platz frei, hob sie hinein, schlug eine Decke um sie. Dann band er ihren Schimmel hinten an den Schlitten. Als er neben ihr saß blieb sie stumm; in sich zusammengekauert, die Hände unter der Decke, fröstelnd, lehnte sie an seiner Schulter. Er fühlte, daß es falsch wäre, jetzt Fragen zu stellen. So legte er nur den Arm um sie und nahm die Zügel auf. Der Schlitten glitt in die Allee, sprang holpernd über die ausgefahrenen, mit Eis überzogenen Rillen, bis er eine Spur seiner Breite fand; der Hufschlag klang hier, wo nur wenig Neuschnee lag, heller und lauter. Aus der Ferne kam ununterbrochen das Rasseln der Trommeln.

Mary streifte die Decke zurück. Sie griff nach seiner Hand. »Er ist weggegangen«, sagte sie. Sie sah sehr ernst aus, aber auch schöner denn je. »Er ist fort«, wiederholte sie.

»Allein?«

»Mit Soerman.«

»Du hast ihn gesprochen?«

Sie schüttelte den Kopf. »Als sie die Pferde aus dem Stall holten, hat Jan Kyllogs sie gesehen. Robert sagte ihm, sie wollten in den Wald zur Blockhütte, um mit Jean Daniel zu jagen. Jean Daniel ist eben gekommen, zur Weihnachtsfeier. Er hat ihn gesehen, auf dem Weg zum Fluß. Ich wollte ihm nachreiten.«

Skelnik senkte den Kopf. »Es ist besser, du hast es nicht getan.« Mary rückte etwas von ihm ab. »Du hast davon gewußt, ist es so!?« sagte sie heftig.

»Er hat nicht davon gesprochen, aber ich habe es gefühlt, die ganzen letzten Tage.«

»Und hast ihn nicht zurückgehalten?«

»Ich weiß nicht, ob ich das gekonnt hätte.«

»Was ist das?« fragte sie. »Warum könnt ihr alle nur noch an den Krieg denken? Willst du erleben, was Compson erlebt hat, und einen Toten heimholen von Trenton? Ich verstehe das nicht. Er hat den weiten Weg gemacht. Es ist ein Wunder, daß er lebt. Du warst so glücklich, und jetzt läßt du ihn gehen.«

»Hast du John zurückgehalten, als er ging?« fragte Skelnik. »Das war etwas anderes.«

Skelnik blickte sie an, und wieder fiel ihm auf, wie verändert sie war.

Der Schlitten bog in die Linkskurve der Allee kurz vor dem Herrenhaus. Aus den Baumkronen rieselte der Schnee. »Warten die Kinder?« fragte Skelnik.

Mary nickte nur.

Das Licht veränderte sich, als sie hinaus auf den Vorplatz fuhren. Im Innern der Zedernallee, wo die weißen

Kronen die Düsternis des Himmels aussperrten, hatte die Luft eine zartviolette Tönung, der Schnee schien rosa überhaucht. Aus dem lichten Gewölbe der Bäume fuhren sie hinaus in eine Welt dämmertiefen Blaus. Die niedrige Wolkendecke schien auf dem Dach des Herrenhauses zu lagern. Die roten Ziegelmauern wirkten schwarz; das Weiß der Veranda und der Holzverschalung um den ersten Stock hatte einen harten metallischen Glanz. Ein Windstoß fegte über den Vorplatz, die Fackeln vor dem Haus schienen für einen Moment zu erlöschen – dann schlugen sie zu hohen Flammengarben auf.

Die Leute von Redford warteten auf dem Vorplatz, vor dem Hauptportal, im Hintergrund die Männer, vor ihnen die Frauen und Kinder. Sie blickten dem Schlitten entgegen.

Skelnik zügelte die Pferde, legte die Bremsen ein. Die Glöckchen am Zaumzeug wurden leiser. Im nächsten Moment war der Schlitten von den Kindern umringt, und alles war, wie es immer an Weihnachten auf Redford gewesen war.

Trenton

Ihr seid verkauft, und für welchen Zweck? Wie Vieh in fremden Schiffen zusammengepfercht, werdet Ihr übers Meer geführt! Ihr trotzt den Klippen und Stürmen, um gegen Leute zu kämpfen, die Euch nicht gekränkt haben, die eine gerechte Sache verfechten. Wißt Ihr denn auch, welch ein Volk Ihr anzugreifen im Begriffe seid?

Ihr geht zum Streit gegen Männer, die stärker, tüchtiger, kühner und rascher sind als Ihr möglicherweise sein könnt! Ihr verlaßt Euren Herd und kämpft nicht für Euch selbst. Sie führen Krieg im Schoße ihres Vaterlandes, unter einem gewohnten Klima, unterstützt von allen Hilfsmitteln, welche die Heimat bietet, und zwar gegen eine Bande, welche der Ozean ausgespien hat.

Und Ihr, betrogene, erniedrigte und verkaufte Völker, flieht den Boden, der vom Despotismus befleckt ist. Durchkreuzt das Meer, flieht nach Amerika; aber umarmt Eure Brüder. Lernt von den Amerikanern die Kunst, frei und glücklich zu sein.

Aus Mirabeaus Flugschrift »Rat an die Hessen und die übrigen von ihren Fürsten an England verkauften Völker Deutschlands«. Cleve, 1777

44

Der Sturm hatte Robert die Pelzmütze vom Kopf gerissen, sein blondes Haar war dunkel vor Nässe. Der Wind kam aus Nordost; er brachte Schnee und Regen, und in manchen Augenblicken besaß er eine Wucht, daß die Pferde scheuten, doch die beiden Reiter trieben sie weiter voran.

Je näher sie dem Delaware kamen, desto stärker wurde der Sturm, so als wolle er den Kolonnen der Kontinentalarmee, die an diesem ersten Weihnachtstag dem Fluß zustrebten, Halt gebieten. Auf der Anhöhe oberhalb der Fähre zügelten Robert und Soerman ihre Pferde. Seit einer Stunde war das Übersetzen der Armee im Gange. Vier, höchstens fünf Mann faßten die Fischerboote; zehn bis zwölf die Lastkähne, aber davon gab es nicht viele. Die wieder in Betrieb genommene Fähre diente zum Transport der Geschütze, der Munition und der Pferde. Das Wasser des Delaware war gestiegen. Die Männer in den Booten hatten nicht nur gegen den Sturm, sondern auch gegen die Eisschollen anzukämpfen. Am ruhigsten war die Zone neben der Fähre, die einem Teil der Boote wenigstens Schutz vor den Eisschollen bot.

»Wir sollten uns entscheiden«, sagte Soerman. »Ein Boot zu bekommen, ist keine Angelegenheit, aber dann müßten wir die Pferde zurücklassen.«

Robert antwortete nicht gleich. Eine eigenartige Stimmung hatte ihn erfaßt; er fühlte sich wie berauscht von diesem Sturm. Der Sturm sprang ihn an, eine entfesselte Kraft, die den Planeten wie einen Ball vor sich hertrieb.

Robert hatte die Hand auf den Hals seines Braunen gelegt; beim Anprall jeder neuen Böe lief ein Zittern durch das Tier. Auf der Mitte des sturmgepeitschten Stroms schwamm die Fähre, beladen mit Geschützen, Munitionskisten und Pferden. Die Trosse war zum Zerreißen gespannt. An den linken Außenwanten stauten sich die Eisschollen. »Ohne Pferde ist es sinnlos«, sagte Robert.

Soerman wischte sich die Nässe vom Gesicht. »Du hast es dir anders überlegt?«

Robert richtete sich auf. »Ich denke nur daran, was geschehen ist, hier am Fluß, an nichts sonst.« Er lenkte seinen Braunen den Hang hinunter. Aus den Kolonnen, die auf das Übersetzen warteten, kam ihnen ein Reiter entgegen. Der Hut mit der blauweißen Kokarde saß Leutnant Andrew Blyth tief in der Stirn; als er sein Pferd zügelte, schwappte das Wasser aus der Krempe über sein Gesicht. Blyth schüttelte sich prustend ab. »Wenn es so weiterstürmt, werden wir sie in den Betten überraschen. Ihr wollt mit nach drüben?«

Noch am Tag vorher hatte Robert den Leutnant für älter gehalten, als er selber war; jetzt hatte er den Eindruck, daß Blyth kaum zwanzig sein konnte. »Wenn Ihr uns einen Platz auf der Fähre verschaffen könntet?«

»Mit Vergnügen. Wir brauchen jeden Mann, vor allem zwei, die sich drüben auskennen.«

»So war es nicht gemeint«, sagte Robert. »Mit uns könnt Ihr nicht rechnen. Was wir drüben zu erledigen haben, hat nichts mit der Armee zu tun. Erwartet also keine Gegenleistung für die Plätze auf der Fähre.«

Leutnant Blyth schob zwei Finger zwischen das Kinnband seines Hutes. »Ihr wollt vorausreiten, nach Trenton?« fragte er nachdenklich.

»Das ist nicht sicher.«

»Ihr könntet den Feind warnen, unabsichtlich.«

»Ihr müßt uns schon vertrauen«, sagte Robert.

Einen Augenblick herrschte Schweigen, dann lenkte Andrew Blyth sein Pferd am Ufer entlang zur Anlegestelle. Die Fähre hatte ihre Fracht am jenseitigen Ufer abgesetzt und befand sich auf dem Rückweg; mit dem Wind kam sie schnell voran. Die drei Männer waren abgesessen und warteten, die Pferde am Halfter haltend, bis die Fähre vertäut war. Die Fährleute, in hüfthohen Stiefeln und Segeltuchjacken, troffen vor Nässe. Soldaten zogen zwei Haubitzen auf die Fähre, dazu Kisten mit Munition, dann folgte die Kavallerie, zuletzt Blyth mit Robert und Soerman. Als die Fähre ablegte, mußten sie ihre Pferde mit beiden Händen halten, um die Angst der Tiere zu beschwichtigen.

Die Männer standen nebeneinander. Das Wasser war dunkelgrün. Krachend prallten Eisschollen gegen die Seitenwand; einige schoben sich unter der Fähre hindurch, streiften rauh die Planken, schienen die Fähre fast etwas hochzuheben und tauchten wieder auf mit einer Schnellkraft, die ihnen etwas beklemmend Lebendiges gab. Auf den letzten hundert Metern ließ der Sturm nach; sie waren im Windschatten des jenseitigen Ufers.

Robert und Soerman warteten, bis alle anderen die Fähre verlassen hatten. Blyth war nicht mehr zu sehen, als sie an Land gingen. Sie überquerten den Uferstreifen und ritten an der Uferböschung entlang flußaufwärts, der Richtung der Truppen entgegengesetzt.

Es war unmöglich, schnell zu reiten. Die Schneedecke

wechselte mit vereisten Flächen, und immer wieder sackten die Pferde mit den Hufen ein. Über ihre Köpfe hinweg fegte der Wind; heulend kam er über die Ebene und schnellte sich ab zum Sprung über den Strom. Die Stimmen und Geräusche, die von der Fähre und den Booten kamen, wurden leiser und verstummten schließlich ganz. Hin und wieder richtete sich Robert in den Steigbügeln auf, blickte umher, als suche er etwas. Endlich tauchte, halb vom Schnee begraben, der Schäferkarren auf. »Reite schon voraus«, sagte Robert. »Ich will sehen, was sie mit den Leichen von Niklas und Plötz gemacht haben.«

Soerman schüttelte den Kopf. »Du wirst sie nicht finden.«

Die beiden Männer trennten sich. Soerman ritt zu dem Schäferkarren und Robert weiter am Ufer entlang. Als er zu Soerman zurückkam, sagte er: »Sie haben sie weggeschafft.«

»Hast du was anderes erwartet? Glaubst du, dein Stiefbruder hätte sich die Gelegenheit entgehen lassen, dem Regiment vorzuführen, wie es Deserteuren ergeht? Wie ich ihn kenne, wird er darauf bestanden haben, daß man sie nachträglich zum Tode verurteilt, uns eingeschlossen.«

»Ich wollte nur sichergehen«, sagte Robert.

»Wie hast du dir das Weitere vorgestellt? Einfach nach Trenton hineinzureiten? Was für einen Plan hast du?«

Robert wußte nicht, was er antworten sollte. Es gab keinen Plan; er wußte nur, daß eine Nacht und ein Tag vor ihm lagen und daß es in dieser Zeitspanne geschehen mußte. »Laß uns reiten«, sagte er.

Sie hatten die Voraustrupps der Kontinentalarmee bald

überholt. Die Regentropfen, mit denen der Schnee gemischt war, besaßen fast die Härte von Hagelkörnern. Soerman hatte sich um die Pelzmütze den Schal gewikkelt und ihn bis über den Mund heraufgezogen. Sie hielten sich dicht Seite an Seite und tauschten immer wieder die Plätze, so daß immer nur ein Reiter und ein Pferd dem vollen Anprall des Sturms ausgesetzt war. Von Zeit zu Zeit saßen sie ab und lösten die Eisklumpen aus den Mähnen und dem Stirnhaar der Pferde. So ritten sie dahin, auf der Straße, die sich durch die weite verschneite Hochebene zog, ohne Zeitgefühl, durch diesen Tag, der selbst ohne Zeitmaß zu sein schien. Seit Stunden hielt die Dämmerung schon an; sie war zu früh gekommen, und sie blieb über die Zeit. Sie begegneten keinem Menschen. Die Gehöfte, die manchmal in der Ferne auftauchten, schienen verlassen.

Es waren nicht mehr als zwei Wochen vergangen, seit sie auf dieser Straße nach Trenton marschiert waren, die hessischen Regimenter, voran die Trommler, unter einem blauen Himmel und einer Sonne, die im Nacken brannte. Nichts erinnerte an damals; es war, als ritten sie durch eine Welt, die erst an diesem Tag erschaffen worden war – und als wären sie die einzigen darin.

Da wurde, nach einer Biegung der Straße, ein brennendes Gehöft sichtbar. Die Flammen färbten die weißen Ränder der dahinjagenden Wolken rötlich, Brandgeruch erfüllte die Luft – und doch schien das Ganze nur ein Bild, nicht Wirklichkeit. Sekunden verstrichen, bis Robert reagierte und sein Pferd von der Straße lenkte. Als er näher kam, sah er, daß es eine große Scheune war, die brannte.

Eine lange Leiter war gegen das Dach gelehnt; ein Mann stand darauf, zwei Frauen trugen ihm vom Brunnen Wasserkübel zu. Es war ein vergebliches Unterfangen, denn der Wind schürte die Flammen. Robert und Soerman sprangen von den Pferden und banden sie an den Eisenringen neben der Haustür fest. Dann eilten sie zu der Scheune. Das Feuer züngelte an manchen Stellen schon bis zum First. Der Mann stieg von der Leiter. Robert hob die Eisenstange aus den Haltern und riß das Scheunentor auf. Neben ihm erschien das rußverschmierte Gesicht des Bauern. »Was macht Ihr da? Wer seid Ihr?«

»Ihr könnt die Scheune nicht mehr retten«, sagte Robert. »Gebt dem Feuer Luft, dann ist es um so schneller vorüber.«

Aus den Luken unterhalb des Dachs schlugen Flammen, wuchsen mit jedem Atemstoß des Sturms. Brennendes Heu quoll aus dem offenen Tor, der Wind riß es mit sich fort, über den Schnee. Der lodernde Dachstuhl geriet ins Wanken, stürzte krachend zusammen. Ein Funkenregen ging nieder, eine Sturmböe warf eine Wolke dunklen Rauchs zur Erde.

Sie standen, bis das Feuer keine Nahrung mehr fand und von der Scheune nichts mehr übrig war als ein schwelender Berg verkohlten Gebälks, von dem eine dünne Rauchfahne aufstieg, die der Sturm eilig mit sich fortnahm. Die jüngere der Frauen begann plötzlich zu weinen. Die ältere legte ihr den Arm um die Schulter und führte sie ins Haus.

»Wie ist es passiert?« fragte Robert.

Der Bauer wandte den Kopf: »Ihr seid wohl nicht von hier? Nur ein Fremder kann so fragen.«

»Wir sind auf dem Weg nach Princeton«, sagte Robert schnell. »Dort sind sie auch. Sie sind überall.« Voll verhaltener Wut stieß er die Hände in die Taschen seiner angesengten Wolljoppe. »Diese verfluchten Hessen! Ich weiß nicht, wie sie es immer wieder erfahren. Wir dachten, wir machen es besonders schlau und schlachten erst am Weihnachtstag, da kommen sie nicht aus ihrem Bau. Ich weiß nicht, wie sie Wind davon bekommen haben, aber plötzlich waren sie da, drei Mann. Und nicht nur, daß sie mit dem frisch geschlachteten Schwein davon sind! Um mich einzuschüchtern, haben sie mir auch noch die Scheune angezündet. Als Denkzettel, daß ich mir nicht einfallen lasse, mich beim Kommandanten zu beschweren!« Seine Augen gingen zwischen Robert und Soerman hin und her. »Ihr wollt heute noch weiter, bei dem Sturm?«

»Nicht, wenn Ihr uns einen Platz für die Nacht gebt«, sagte Robert.

»Wenn Euch die Küche genügt könnt Ihr bleiben. Da ist es am wärmsten.« Der Bauer ging auf das Haus zu. Vor den Pferden, die dort angebunden waren, blieb er stehen. Er bemerkte das Brandzeichen in dem tiefbraunen Fell. Als traue er seinen Augen nicht, tastete er darüber. »Ich habe lange keine solchen Pferde mehr gesehen«, sagte er. Er wandte sich zögernd zu Robert: »Nicht auf dieser Seite des Delaware. Ich rate Euch, vorsichtig zu sein; wenn Ihr sie behalten wollt, reitet besser nicht nach Trenton hinein. Die Pferde waren das erste, was sie uns genommen haben, diese verfluchten Hessen.«

Er hatte die Faust geballt. Als Robert seinem Blick folgte, bemerkte er, daß man von hier aus ins Tal blicken konnte. Trenton lag dort, weiß überzuckert die Dächer und die Zelte der hessischen Armee, blaßgelb die Flammen der Wachfeuer, und, ein breites tiefgrünes Band im Weiß, der Delaware.

45

Oberst Rall hatte das ganze erste Stockwerk im Haus von Doktor Banks für sich beschlagnahmt, er benützte jedoch nur den großen holzgetäfelten Raum, dessen drei Fenster alle hinaus zum Delaware gingen. In den beiden Kaminen brannten dicke Scheite. Die Wachslichter hatten sich in der Hitze verbogen. Tabaksrauch durchzog die Luft und vermischte sich mit den Düften von Zimt, Nelken und Rotwein, die dem auf einem Stövchen warmgestellten Punschtopf entstiegen. Das Feuer in den Kaminen erfüllte den Raum mit rötlichem Schein, der mit zunehmender Dunkelheit auch die Fensterscheiben färbte.

Einen Teil des Zimmers nahm ein großer runder Tisch ein, auf dem viele Bücher lagen, aufgeschlagene Atlanten und Karten. Dort saß Rall, den Uniformrock über der Brust offen, versunken in seine Lektüre.

Für Feldwebel Luib war dieser Anblick jedesmal von neuem unfaßbar. Solange er in den Diensten des Obersten stand, hatte er ihn nie mit einem Buch gesehen, es sei denn mit einer Regimentsliste. Es wunderte ihn nicht mehr, daß Rall sein Klopfen nicht beantwortete und sein Eintreten nur mit einem unwilligen Laut zur Kenntnis nahm. Luib blieb an der Tür stehen.

Ohne aufzusehen, machte Rall dem Feldwebel ein Zeichen: »Setz Er sich und hör Er sich das an! Die Nachtwächter in Philadelphia rufen nicht nur die Stunden aus. Denk Er nur, sie sagen das Wetter an, jede Stunde, die Richtung des Windes, fallende oder steigende Temperatur, den Aufgang und den Untergang von Sonne und Mond; Regen, Schnee, Hagel, Dürre, alles sagen sie voraus. Sie haben ein Amt mit zwanzig Leuten, die nichts anderes tun, als sich mit dem Wetter beschäftigen. Dieses Philadelphia erstaunt mich immer wieder aufs neue.«

Luib hatte sich nicht gesetzt. Als Rall sich wieder seinem Buch zuwenden wollte, sagte er schnell: »Ein berittener Bote will Euch sprechen. Leutnant Morgan aus Princeton.«

»Ein Engländer? Major Haynau soll sich um ihn kümmern.«

»Der Major hat ihn zu Euch geschickt.«

»Er hetzt mir alle unangenehmen Leute auf den Hals. Der Kerl soll warten! Und Er, setz Er sich endlich, sonst trägt Er mir ja die Ruhe weg.«

Zögernd trat Luib an den Tisch. Er hatte in den vergangenen zwei Wochen weiter abgenommen; aber er hungerte jetzt nicht mehr willentlich; er brauchte nur diesen Raum zu betreten, und der Appetit für den ganzen Tag verging ihm. Etwas Schlaffes, Bekümmertes war in sein früher so rundes und optimistisches Gesicht gekommen, und als er jetzt den Blick über den Tisch gehen ließ, zogen sich seine Mundwinkel noch weiter herunter.

Diese verdammten Bücher! Von der Stunde an, als sie sich im Doktorhaus einquartiert hatten, hatte diese Unsitte begonnen. Einzeln zuerst, dann armweise waren die Werke aus der Bibliothek des Doktors herausgewandert. Sie bedeckten den Tisch, sie stapelten sich auf den Stühlen, in den Fensternischen, auf dem Sofa. Um Ralls Aufforderung nachzukommen, hätte Luib erst einmal einen Stuhl freimachen müssen.

»Der Mann bringt eine dringende Meldung«, setzte er nochmals an. »Sein Pferd dampfte. Er muß wie der Teufel geritten sein. Wenn die Engländer einen Mann bei diesem Hundewetter den Weg nach Trenton machen lassen, muß es einen gewichtigen Grund haben.«

Luib verstummte, als er merkte, daß Rall ihm überhaupt nicht zuhörte.

»Es gibt kaum eine Gegend in diesem Land mit so großen Temperaturschwankungen«, fuhr Rall, in sein Buch vertieft, fort. »Im Mai vorigen Jahres hat man am Tag Temperaturen von 23 Grad gemessen, und nachts fiel Frost ein, daß am nächsten Morgen Leute mit erfrorenen Händen und Füßen in die Hospitäler gebracht wurden. Im Sommer können die Temperaturen in Philadelphia an manchen Tagen bis auf 50 Grad steigen. Die Einwohner müssen ihre Dächer mit Wasser begießen, damit das Holz der Dachstühle nicht zu brennen anfängt. Im Februar kann es warm sein wie im Sommer, und im Mai fällt plötzlich so viel Schnee, daß in den Straßen der Stadt kein Wagen mehr durchkommt. Es gibt Inseln im Delaware, auf denen Bananen- und Zitronenbäume wachsen sollen. Die Wärme, die das Wasser dort hat, schreibt man unterirdischen heißen Quellen zu.« Rall ließ das Buch einen Moment sinken. Nichts war zu hören als das Knacken der brennenden Scheite und irgendwo am Haus ein Laden, der im Wind schlug. »Wußte Er übrigens, Luib, daß der König von Preußen Bürger von Philadelphia ist? Er hat ein Haus dort. Das Holz dazu haben sie übers Meer gebracht, es wurde in Ostfriesland geschnitten, und hier soll das Haus in einer einzigen Nacht zusammengebaut worden sein. Es ist ein Gasthof. Ich denke, wir werden dort unser Quartier aufschlagen.«

Luib kannte diese Art Unterhaltung. Es gab nur noch zwei Dinge, für die Rall Interesse aufbrachte; Philadelphia und das Wetter. Es war wie eine Krankheit, und sie steigerte sich von Tag zu Tag. »Noch sind wir in Trenton«, sagte Luib. Es war eine Bemerkung, die ihm eigentlich nicht zustand, und er war sich dessen bewußt.

»Nicht lange mehr«, sagte Rall versonnen, »nicht lange mehr.« Aus weiter Ferne klang ein Hornsignal. Luib horchte auf. Er ging zum Fenster und öffnete es. Das Signal wiederholte sich. Der Feldwebel schloß das Fenster und sagte: »Drei Männer haben auf einem Gehöft vor Trenton eine Sau gestohlen und obendrein die Scheune angezündet. Auf dem Rückweg sind sie Major von Haynau in den Arm gelaufen. Er läßt jedem fünfzig Stockhiebe verpassen. Sie beginnen gerade mit der Exekution.«

»Drei Mann? Von welchem Regiment?«

»Regiment Linsing.«

Ralls Interesse erlosch sofort wieder, da es nicht sein eigenes Regiment betraf. Auch daran hatte Luib sich wohl oder übel gewöhnen müssen. Ob eines der Pulvermagazine durch den Schnee naß wurde, ob eine Mehlsendung sich verspätete, ob ein Feldprediger sich ansagte, um im Lager Beichte und Kommunion abzunehmen, ob ein Fall von Faulfieber auftrat und man den Betroffenen nach New York transportieren mußte – im Grunde war Rall alles gleichgültig. Offizieren wie Major von Haynau war es nur recht so. Er fragte kaum noch, wenn es irgend etwas zu entscheiden gab, er handelte über Ralls Kopf weg. Bei diesem letzten Gedanken wurde Luib zornig. »Seit Tagen habt ihr die Posten nicht mehr revidiert«, sagte er. »Ihr gebt keine Tagesorder mehr heraus. Ihr überlaßt Männern wie Haynau das Befehlen. Ihr hockt nur noch über Euren Büchern oder spielt mit dem Doktor Schach. Wißt Ihr überhaupt, daß es geschneit hat, daß auf dem Delaware Eisschollen treiben?« Nicht nur was er sagte, auch wie er es sagte, bedeutete eine grobe Verletzung des Respekts, aber Luib kamen seine Worte eher noch zu kraftlos vor.

Wieder klangen Hornsignale aus der Ferne, diesmal

vermischt mit Gewehrfeuer. Das schwoll an, ebbte wieder ab, verlor sich schließlich ganz. Rall lehnte sich zurück, suchte mit den Füßen unter dem Tisch nach den Pantoffeln. Schwerfällig stand er auf. »Was hat Er da von einem englischen Boten gesagt?«

Unwillkürlich trat Luib einen Schritt zurück, um dem im Reglement vorgeschriebenen Abstand zum Vorgesetzten herzustellen. »Ein Bote von General Leslie.«

»Spricht er Deutsch?«

»Schlecht, aber Ihr werdet ihn verstehen.«

Rall begann seinen Uniformrock zu schließen. »Wenigstens das haben sie gelernt«, sagte er. Luib kam mit den Stiefeln, aber Rall winkte ab. »Das wird dem Herrn wohl nichts ausmachen, einen Oberst in Pantoffeln zu sehen.«

»Früher«, sagte Luib, »seid Ihr tagelang nicht aus den Stiefeln gekommen.«

Rall lachte. »Soviel ich mich erinnere, hat Ihm das auch nicht gepaßt.« Er ging so wie er war, in Pantoffeln und nicht mehr ganz frischen weißen Strümpfen, zur Tür. Luib folgte ihm mit einem Fluch auf den Lippen.

Das Haus des Doktors besaß keine Veranda, sondern nur eine flache überdachte Holzrampe vor der Haustür, ohne Geländer und ohne Stufen. Bei gutem Wetter stand hier eine Bank für die Patienten, die lieber im Freien als im Hausflur warteten. Zwei Laternen neben der Haustür beleuchteten die Rampe. Auf einer Seite hatte der Sturm etwas Schnee angeweht.

Leutnant Morgan, der auf der Rampe hin- und hergegangen war, die Arme um sich schlagend, um sich nach dem scharfen Ritt etwas zu lockern, trat auf Rall zu. Er salutierte und zog ein Papier aus der breiten Ärmelstulpe seines scharlachroten Rocks. »Eine Nachricht von General Leslie.«

Luib nahm das Schriftstück entgegen. Er erbrach das Siegel, trat mit dem Brief unter die Laterne. »Es ist in Englisch abgefaßt.«

»Dann ins Feuer damit«, sagte Rall.

Der Engländer, nicht sicher, ob er recht verstanden hatte, sagte: »Es ist wichtig. Wir haben zuverlässige und bestätigte Informationen, daß General Washington Vorbereitungen trifft, um über den Delaware River zu gehen.«

Rall schwieg. Mit einem Blick forderte er den Engländer auf fortzufahren.

»Es sind Briefe abgefangen worden«, berichtete der englische Leutnant weiter. »General Washington will Trenton angreifen, noch in diesem Jahr.«

»So. Er will Trenton angreifen. General Washington kommt über den Delaware. Kommt er allein, oder hat er auch Truppen?« Der Engländer wollte etwas entgegnen, aber Rall hob die Hand. Hufschlag kam von der Straße her, die von Trenton am Assanpink entlang flußabwärts führte. Ein Trupp Berittener verließ die Straße und kam auf das Doktorhaus zu, voran ein Offizier. Es war Adjutant Wardein. Zwei Männer des Trupps schienen verwundet; sie hielten sich nur mühsam im Sattel.

Wardein trieb sein Pferd dicht an die Holzrampe. Sein Atem ging keuchend. »Sie kommen über den Fluß!« stieß er hervor.

Rall lächelte. »General Washington mit seiner Armee? Wardein, ich schätze Sie als einen Mann, der nicht so schnell den Kopf verliert. Also, wieviel waren es?«

»Fünfzig, vielleicht auch hundert.«

»Wie sind sie über den Fluß gekommen?«

»Mit Booten. Sie haben den Außenposten auf der Straße nach Bordentown überfallen. Ein Mann ist getötet worden, zwei sind verwundet.«

»Die Rebellen haben keine Toten?« fragte Rall gleichmütig.

Wardein hatte Mühe, sein Pferd unter Kontrolle zu halten. »Es gelang unseren Leuten, den Angriff zurückzuschlagen. Ich kam zufällig mit meinem Trupp dazu. Die Rebellen haben fünf Tote. Sie mußten sie zurücklassen, als wir sie verfolgten. Sie sind mit ihren Booten wieder zurück ans andere Ufer.«

Rall hatte während Wardeins Bericht spöttisch den Mund verzogen. »Seid Ihr jetzt zufrieden?« fragte er. »Jetzt habt Ihr endlich Eure große Schlacht gehabt, mit der Ihr mir in den Ohren liegt, seit wir in Trenton sind.«

»Soll ich das Regiment in Alarmbereitschaft setzen?« fragte Wardein. »Die Rebellen könnten Verstärkung holen, und es noch einmal versuchen.«

»Welches ist das à-jour-Regiment?« fragte Rall.

»Das Eure, das Regiment Rall.«

Einen Moment herrschte Schweigen, dann sagte Rall: »Bringt den Außenposten auf der Straße nach Bordentown auf die alte Stärke.

Das Regiment Rall bleibt in den Quartieren. Euren Leuten da könnt Ihr eine Sonderration Rum ausgeben.« Damit verschwand er ins Haus.

Feldwebel Luib war der Szene mit der bitteren Genugtuung gefolgt, die ihn immer erfüllte, wenn er erleben mußte, daß nicht nur er allein bei Rall auf taube Ohren stieß. »Gebt es auf!« sagte er zu Wardein.

Die Leute, die mit Wardein gekommen waren, ritten näher ans Haus heran. Zwei waren abgesessen und hoben einen der Verwundeten aus dem Sattel. Der Mann war bewußtlos. Sein Kopf hing nach vorn; aus seinem linken Ärmel tropfte Blut in den Schnee. Wardein wandte sich an Luib: »Was ist mit dem Doktor? Könnte der ihn nicht verbinden?«

Luib schüttelte den Kopf. »Bringt ihn zum Feldscher. Dieser Doktor würde für einen Hessen keinen Finger rühren.« Luib faltete das Schreiben von General Leslie, das er immer noch in der Hand hielt, zusammen und reichte es wortlos dem englischen Leutnant. Dann folgte er Rall ins Haus.

Aus der Abneigung, die Feldwebel Luib vom ersten Augenblick an gegen Noah Banks empfunden hatte, war bald unverhohlene Feindschaft geworden. Luib hatte vergessen, daß es Ralls Wille gewesen war, sich im Doktorhaus einzuquartieren, gegen den Protest des Arztes. Er hatte das Gefühl, daß dieses Haus eine Falle war, die ihnen der Arzt gestellt hatte. Er verfolgte jeden Schritt des Doktors, belauschte jedes Wort. Er beobachtete die Patienten, die zu ihm kamen, und wenn Noah Banks zu Krankenbesuchen fuhr, ließ Luib ihn von einem Spitzel beschatten.

Vor allem aber schrieb er dem Einfluß des Arztes die Veränderung zu, die mit Rall vor sich gegangen war. Schließlich stammten die Bücher und Karten, all das Zeug, das Rall den Kopf verdreht hatte, aus der Bibliothek des Doktors. Außerdem saßen die beiden ganze Nächte lang zusammen und spielten Schach. Vor Mitternacht endete ihr Spiel selten. Oft ging es bis in den frühen Morgen, mit dem Ergebnis, daß Rall, voll vom Punsch des Doktors, am Vormittag nicht aus dem Bett zu bringen war.

So war es auch heute wieder. Stunde um Stunde verging. Jedesmal, wenn Luib ins Wohnzimmer des Arztes kam, bot sich ihm dasselbe Bild. Die beiden Männer an dem ovalen Tisch, zwischen ihnen das Schachbrett, das die bewegliche Tranöllampe mit dem Schirm aus schwarzem Lackpapier hell beleuchtete. Während langer Stunden fiel kein Wort. Sie waren ein seltsames Paar: der hessische Oberst, der kein Wort Englisch sprach, und der Arzt, von dem Luib nie ein deutsches Wort gehört hatte; zwei Männer, die sich nur anschwiegen, denen nicht einmal der Alkohol die Zungen löste.

Mitternacht war vorüber, als sie endlich Schluß machten. Luib, der eben auf der Bank im Flur eingenickt war, half Rall die Treppe hinauf. Der Oberst stützte sich schwer auf ihn. In seinem Zimmer angelangt, ließ er sich, so wie er war, auf sein Lager sinken, wälzte sich zur Wand, ein unverständliches Murmeln kam über seine Lippen, die rechte Hand streckte sich nach dem Bettpfosten aus und schloß sich fest darum. Wenige Sekunden später war er eingeschlafen.

Luib kannte Rall seit vielen Jahren. Er hatte ihn oft betrunken gesehen – aber das hier war etwas anderes. Das war eine Trunkenheit, die wenig mit dem berauschenden Punsch zu tun hatte.

Luib trat vom Bett weg. Er löschte die Wachslichter. Einer der Kamine war ausgegangen; in dem anderen brannte das Feuer sehr niedrig. Er legte ein paar Scheite nach. Sein Bett stand in der Kammer nebenan, aber er ging jetzt nicht dorthin. Er räumte die Bücher von dem Sofa hinter dem großen Tisch, und nachdem er sich in eine Decke gewickelt hatte, streckte er sich dort aus.

46

Als Luib wach wurde, dämmerte es. Schiefergrau stand der Morgen vor den Fenstern. Die Decke, in die er sich vor dem Einschlafen gewickelt hatte, lag am Boden. Der Rücken schmerzte ihn; fröstelnd zog er die Schultern hoch. Von Ralls Bett kamen tiefe Atemzüge.

Luibs Blick ging über den Tisch mit den Büchern. Er griff sich eins. Er öffnete es nicht, ließ nur die Finger über den Einband aus Pergament wandern, über den schwarzen Rücken mit den goldgeprägten Buchstaben. Der Entschluß kam ganz plötzlich. Er breitete die Decke am Boden auseinander und warf die Bücher darauf. Er schob die Karten und Atlanten zusammen, er trug alles herbei, was sich auf den Stühlen und in den Fensternischen stapelte. Noch einmal ging er durch den Raum, schaute in jeden Winkel, ob er nicht etwa ein Buch übersehen hatte. Dann knotete er die Decke fest zusammen. Das schwere Bündel über der Schulter, trat er an Ralls Lager. Der Oberst schlief fest; er schien sich während der ganzen Nacht nicht einmal bewegt zu haben. Luib verließ den Raum und ging die Treppe hinunter. In der Bibliothek ließ er das Bündel fallen. Wie überrascht blickte er auf das, was da zu seinen Füßen lag, dann drehte er sich um und ging hinaus. Er zog seinen Mantel an, strich sich vor dem Spiegel im Hausflur das Haar aus der Stirn und band sich das Zopfband neu. Dann ging er durch die Hintertür in den Hof.

Der Sturm hatte sich über Nacht gelegt. Die Steinstufen, gestern noch mit einer spiegelglatten Eisschicht bedeckt, waren frei. Von den Dachrinnen tropfte es, in den Regentraufen gluckerte das Wasser.

Im Stall standen außer den beiden Pferden des Doktors, der Goldfuchs von Rall, Luibs scbwarzweißer

Scheck sowie zwei Ersatzpferde. Luib sattelte den Schecken und führte ihn in den Hof. Immer noch steckte ihm die unbequem verbrachte Nacht in den Gliedern.

Sobald er das Doktorhaus im Rücken hatte und sich vor ihm das weite Ufergelände des Delaware auftat, ließ er sein Pferd laufen. Die Eisschicht über dem Schnee schmolz; nur noch papierdünn, brach sie unter jedem Huftritt mit leisem Splittern ein. Weiß und unberührt lag das Land, nirgends war eine Spur, nirgends ein Mensch. Er war der erste, der an diesem Morgen hier ritt. Nur das Rauschen des Stroms war zu hören, auch das leiser als sonst, gedämpft durch die Eisschicht, die sich weit in den Fluß erstreckte. Es war nicht heller geworden, seit er losgeritten war. Im Gegenteil, die Wolkendecke färbte sich dunkler und senkte sich tiefer zur Erde. Die Helligkeit schien allein vom Schnee zu kommen, und von dem schwefelgelben Streifen, der die dunkelblaue Wand oberhalb des Horizonts durchschnitt. Luib war es warm geworden, er öffnete den Mantel.

Er hatte ganz vergessen, daß sich auch unmittelbar am Fluß ein Posten befand. Als er den Bretterverschlag auftauchen sah, wollte er sein Pferd wenden, aber der Posten hatte ihn bereits erspäht. Schreiend kam er auf ihn zu.

»Bei uns ist ein Boot angetrieben worden«, rief der Mann.

Luibs Pferd mahlte mit den Kiefern, stieß schnaubend die Luft durch die Nüstern. »Was ist daran so Besonderes?« fragte Luib.

»Ich wollte es nur melden«, sagte der Mann. »Es trieb den Fluß herunter. Wir haben es am Morgen entdeckt. Es war ein Mann darin. Er trug die Uniform der Rebellen.«

»Wann werdet Ihr abgelöst?«

»Um sieben, in einer Stunde.«

Luibs Blick ging über den Kopf des Mannes weg zum Himmel. Jetzt verstand er die Unruhe des Pferdes: Der schwefelgelbe Streif über dem Horizont hatte sich ausgedehnt; ein Blitz zuckte aus der dunkelblauen Wolkendecke. Grelle Helligkeit huschte über das Land. Nach einer Weile folgte fernes Donnergrollen. Der Posten, der neben Luibs Pferd im Schnee stand, bekreuzigte sich.

»Habt Ihr noch nie ein Wintergewitter erlebt?« sagte Luib. Er wollte allein sein. Er wandte sein Pferd, ritt vom Fluß weg auf den Wald im Norden zu. Er kümmerte sich nicht mehr um den brüchigen Schnee, sondern gab seinem Schecken die Sporen, bis er im Galopp dahinsprengte.

Ein eigenartiges Licht lag über der Landschaft. Über die Schneeflächen breitete sich ein grünlicher Schein.

Der Wald, der sich jenseits der Ebene erhob, bestand nur aus Nadelbäumen. Die Kronen der Fichten und Tannen schienen den schwefelgelben Streifen am Horizont mit ihren Spitzen zu berühren. Vor dem Gelb wirkten sie pechschwarz.

Luib konnte sich nicht entsinnen, irgendwann so einen Himmel gesehen zu haben. Die Luft war kalt, und doch war die Atmosphäre drückend wie an einem schwülen Sommertag. Ein Blitz zuckte auf. Luib parierte sein Pferd; er wartete auf den Donner. Aber statt dessen kamen neue Blitze, den ganzen Waldrand entlang, ein zuckendes Aufflammen neben dem anderen. Plötzlich erfüllten Gewehrsalven die Luft, und Mann neben Mann trat die Armee aus dem Wald auf das freie schneebedeckte Feld, eine Armee, die in Rinde gekleidet schien.

Luib sah kein Rot, kein Grün; nirgends blitzte eine

Tresse, nirgends leuchtete eine Fahne. Die Farben dieser Armee – das waren die Farben von Baumstämmen, Braun in allen Schattierungen, da und dort mit Schwarz oder Rost vermischt. Es war, als rücke der Wald vor.

Die Außenposten der Hessen hatten die Flucht ergriffen. In wildem Galopp jagten die Berittenen voran, die Mannschaften zu Fuß folgten in Panik. Luib riß seinen Schecken so jäh herum, daß er fast den Halt verlor. Er fand bestätigt, was Erfahrung und Instinkt ihn hatten vermuten lassen: der Wald im Osten, der sich über die langgestreckte Hügelkette hinter der Stadt hinzog – auch er bewegte sich. Im Süden war es dasselbe. Die Wälder, die Trenton in einem weiten Halbkreis umzogen, kamen auf die Stadt zu.

Von der Stadt her, aus dem Lager der hessischen Truppen, klangen Hornsignale. Dunkle Gewitterwolken lagerten über Trenton, und doch sah Luib das Lager so deutlich als habe er ein Fernrohr vor den Augen. Machte es der Schnee, machte es die strahlende Helligkeit, die manchmal hinter den Wolken aufschimmerte? Jeder Wimpel, jedes Zelt war überscharf konturiert. Wieder durchschnitt ein Blitz die tiefblauen Wolkenmassen.

Während Luib zum Doktorhaus zurückpreschte, fürchtete er, es werde ihm womöglich nicht gelingen, Rall aus seinem tiefen Schlaf zu wecken. Er stürmte die Treppe hinauf – aber als er den Raum betrat, erhob sich Rall eben von seinem Lager. Die breiten Brauen zogen sich zusammen, die grauen Augen verdunkelten sich. »Sie haben es also doch wahrgemacht«, sagte er.

»Ich weiß nicht, wie sie es geschafft haben. Aber sie sind da. Mit einer ganzen Armee.«

Fast sanft schob Rall den Feldwebel aus dem Weg.

Mit großen Schritten durchmaß er den Raum. Er öffnete die beiden Flügel des Fensters, aus dem man über Trenton hinweg nach Norden blicken konnte. Frische Luft strömte ins Zimmer und trug den Klang der Schüsse und Hörner herein. Mit weit ausgebreiteten Armen hielt Rall die Fensterflügel fest. Ohne sich umzudrehen, fragte er: »Was schätzt Er, Luib, wie viele sind es?«

»Zweitausend. Vielleicht auch mehr. Sie kommen aus den Wäldern, von allen Seiten. Die Außenposten fliehen. Ich wüßte nicht, was sie noch aufhalten könnte.«

Rall blieb einen Augenblick am Fenster stehen. Als er sich umwandte, hielt Luib die Stiefel bereit. Rall nahm sie ihm aus der Hand. »Er meint also, wir haben diese Schlacht verloren, noch ehe sie begonnen hat. Wir werden sehen. Kümmere Er sich um die Pferde. Ich komme gleich nach.«

Im Stehen fuhr Rall in die Stiefel. Er holte die grau gepuderte Perücke aus dem Schrank. Eine Sekunde zögerte er, dann strich er sich das dunkle Haar aus der Stirn und setzte sie auf, darüber den Dreispitz. Im Hinuntergehen schnallte er Gürtel und Degen um.

Seite an Seite ritten sie aus dem Hof, der Oberst und sein Feldwebel. Luib lenkte seinen Schecken mit der Linken, in der Rechten führte er die beiden Ersatzpferde. So jagten sie mit verhängten Zügeln dahin. Die berittenen Kuriere, die von allen Seiten kamen, konnten kaum mit ihnen Schritt halten. Sie schrien Rall ihre Meldungen zu, er hörte sie schweigend an. Sie ergaben ein verworrenes Bild, nur eines wurde deutlich: der Angriff der Rebellen war so unerwartet gekommen, daß alle Posten Hals über Kopf die Flucht ergriffen hatten. Nichts hielt den Feind auf, nichts verzögerte sein Vorrücken, keine Gräben, keine Schanzen.

Luib hörte nur mit halbem Ohr auf die Berichte der Meldereiter. Sie waren bedeutungslos für ihn. Wichtig für Luib war nur das eine; daß er an Ralls Seite war, daß er die Gesten sah, mit denen Rall die Berichte der Boten unterbrach, und daß er alle Kräfte aufbieten mußte, um Seite an Seite mit ihm zu bleiben. Nachts, im Doktorhaus, hatte er den großen Mann kaum die Treppe hinaufgebracht – jetzt, im Sattel, schien Rall kein Gewicht zu haben, schien nur noch aus Energie zu bestehen.

Zwischen den Salven der Gewehre und der Kanonen gab es kaum noch Pausen. Wenn die Haubitzen der feindlichen Armee zu sprechen begannen, ging in ihrem Dröhnen auch der Hufschlag der Pferde unter.

Jenseits des Assanpink kam ihnen Rittmeister Kunkel entgegen. Aus einer Wunde an der Schläfe rann Blut die Wange herunter. »Ihr könnt nicht in die Stadt! Euer Regiment ...« Er wankte im Sattel.

»Was ist mit dem Regiment?«

Ralls Stimme hatte ihren alten Klang, hart, durchdringend – und für Luib zählte das allein.

Der Rittmeister richtete sich mühsam im Sattel auf. »Euer Regiment ist abgeschnitten, dort, wo die Straße nach Princeton führt. Es flieht!« Die Zügel entglitten Kunkels Händen. Er sank vornüber auf den Hals des Pferdes. Dann fiel er aus dem Sattel.

Rall hatte einen Augenblick angehalten. Die Haut seines Gesichts, sonst eher fahl, hatte einen warmen Bronzeton. »Hat Er gehört?! Das Regiment Rall flieht! Hat es so was schon gegeben? Eher steht die Welt kopf, bevor das geschieht!« Spielerisch, nur auf den Hinterläufen, machte Ralls Goldfuchs unter dem Schenkeldruck des Reiters eine ganze Drehung und fiel dann in Galopp.

Ringsum krachten Schüsse, Kugeln pfiffen an ihnen vorbei. Sie befanden sich im Sperrfeuer. Sie umritten

Häuser, setzten über Zäune, schnitten Wege ab. Sie erreichten eine Wiese mit Bäumen, sie waren kugelig geschnitten, die Stämme mit weißen Tüchern umwickelt. Zwischen ihren schnurgeraden Reihen bewegten sich Soldaten in dem leuchtenden Grün der Jäger und im Königsblau der Rallschen Grenadiere. Im Schnee lagen weggeworfene Patronentaschen, blinkende Helme der Grenadiere, Gewehre.

Ein Reiter kam auf Rall zu: Claus von Haynau auf seiner goldfarbenen Isabelle mit schneeweißem Deckhaar. Er starrte Rall wie eine Erscheinung an. Dann schrie er dem Oberst zu. »Ich weiß nicht, wie ich sie zum Stehen bringen soll.« Seine Stimme überschlug sich. »Die Kerle bleiben mir einfach nicht stehen!«

Rall ritt weiter. Er zog den Degen. Er hieb auf die Baumkronen ein, als wären sie Feinde. Schnee stäubte herunter, legte sich auf Hut und Schultern. Es waren nur Sekunden, dann hatte er sich wieder in der Gewalt. Er gab seinem Pferd die Sporen und sprengte mitten unter seine Soldaten.

»Einen Trommler! Wo sind die Trommler? Die Trommler zu mir!«

Luib sah, wie die Männer zögerten, wie sie Rall anstarrten.

»Die Hornisten zu mir!« schrie Rall. Reihen formierten sich. Die Jungen mit den schweren Trommeln und den blinkenden Hörnern stapften durch den Schnee. Das Regiment folgte.

Rall hob den Degen. »Vorwärts!« schrie er. »Mir nach! Vorwärts!«

Zuerst setzten die Hörner ein, dann folgten die Trommeln. Der Schnee wirbelte unter Ralls Goldfuchs auf. Ohne sich umzusehen, ob jemand ihm folgte, sprengte Rall voran, zurück zur Stadt.

47

Das Gewitter hatte sich über Trenton festgesetzt. Es stand über der Stadt, als stelle der Delaware eine unüberwindliche Barriere für die Wolken dar. Blitze zerrissen den Himmel, unmittelbar vom Donner gefolgt. Noch immer steigerte das Dezembergewitter seine Heftigkeit; von der Anhöhe sah es aus, als sei die Natur ein Verbündeter der Kontinentalarmee; die Blitze wetteiferten mit den Mündungsfeuern der Gewehre und der Donner mit den Salven der Geschütze.

Die Bauersleute standen vor ihrem Haus. Stumm und fast ungläubig verfolgten sie, was unten im Tal geschah. Die niedergebrannte Scheune, das vernichtete Heu, mit dem sie ihre Kühe durch den Winter bringen wollten, die Krautfässer und die Dreschflegel, die verkohlt unter der Asche lagen, das Schwein, das bis zum Frühjahr hätte Nahrung geben sollen – sie dachten nicht mehr daran. Das zählte kaum noch, denn aus den Wäldern war die Armee gekommen, um die Untaten der verhaßten Hessen zu rächen, und selbst der Himmel beteiligte sich an diesem Strafgericht.

Die zwei braunen Yorkshire mit dem Redforder Brandzeichen im Fell standen gesattelt vor dem Stall. Im Schutz des überhängenden Daches an der Südseite des Hauses hatten sich Robert und Soerman auf einem flachen Holzstapel niedergelassen. Von dort aus konnten sie den ganzen Talkessel überblicken.

Beide hatten in der Nacht kaum geschlafen. Die Bäuerin hatte ihnen zwei Strohsäcke in die Küche gelegt, müde vom Ritt hatten sie sich ausgestreckt, aber sie hatten keinen Schlaf finden können. Manchmal hatte sich einer erhoben, war ans Fenster getreten, hatte eine Weile ins Dunkel hinausgestarrt. So hatten sie die Nacht verstreichen lassen, und am Morgen war es zu spät gewesen, um das zu tun, weswegen sie Redford verlassen hatten und über den Delaware hierher gekommen waren.

Soerman ließ sich von dem Holzstoß gleiten. »Es sieht so aus, als sei die Sache entschieden«, sagte er. »Wie lange willst du noch warten? Und worauf?«

Roberts Blick blieb auf das Tal gerichtet. Kanonen donnerten. »Wenn wir langsam reiten, müßten wir eigentlich gerade zurechtkommen«, sagte er. Sie banden die Pferde los. In der Luft schwebte noch der Brandgeruch von der Scheune. »Wir könnten gegen Mittag wieder auf Redford sein«, sagte Soerman plötzlich.

»Du meinst, wir sollen zurückreiten?«

Soerman wich Roberts Augen aus. Er machte sich am Zaumzeug seines Braunen zu schaffen. »Warum nicht? Was willst du noch in Trenton? Die Toten sehen? Die geschlagenen Regimenter? Woher weißt du, daß er den Kampf überlebt hat? Und wenn – willst du einen Gefangenen töten?«

Robert antwortete nicht gleich. Er zog die Sattelgurte sorgfältig fest. »Ich will dich nicht hindern, nach Redford zurückzureiten«, sagte er. »Vielleicht ist es so am besten. Sag ihnen, was geschehen ist, und daß ich am Abend zurück sein werde.«

»Warum willst du bleiben? Was erwartest du? Wir hatten die ganze Nacht und fanden den Mut nicht, es zu tun; glaubst du, am hellichten Tag ist es leichter?«

»Ich weiß nicht, was geschehen wird. Es muß ein Ende finden, das ist es. Vielleicht hast du recht. Vielleicht finde ich nur einen Toten. Aber ich muß ihn sehen.«

»Komm mit mir!« beschwor ihn Soerman. »Ich habe dir das eingeredet. Es ist meine Schuld, daß wir überhaupt hier sind.«

»Wenn du zurückreiten willst, dann tu es. Und tu es gleich. Ich kann nicht.«

»Ich habe dir immer Unglück gebracht«, sagte Soerman. »Ich könnte es nicht ertragen, noch einmal der zu sein, der überlebt.« Er setzte den Fuß in den Steigbügel und schwang sich in den Sattel. »Aber vielleicht hast du recht. Ich werde zurückreiten und dich alleinlassen. Allein warst du immer am stärksten.« Ohne Robert anzusehen, wendete er das Pferd, und ritt davon, langsam, wie um Robert Zeit zu geben, sich zu besinnen. Robert blickte ihm nach, bis Soerman hinter den Bäumen verschwunden war.

Der Weg führte in Serpentinen ins Tal hinunter nach Trenton. Die Spur von drei Pferden zog sich über den Schnee. Der Donner der Geschütze, das Feuer der Gewehre, das Platzen der Schrapnells war verstummt, und auch das Gewitter hatte sich ausgetobt. Urplötzlich begann es zu regnen. In langen geraden Fäden schüttete der Himmel sich aus. Es dauerte nur Minuten, und hörte so unvermittelt auf, wie es begonnen hatte. Ein Aufatmen ging über die Erde, dann öffnete sich die Wolkendecke, die Sonne brach strahlend hervor und überflutete das Tal.

Die schneebedeckten Wiesen und Felder, über die Robert ritt, waren zerwühlt von Pferdehufen, Stiefeln, den Rädern der Geschütze. Da und dort war ein großer dunkler Fleck im Weiß. Zuerst wich Robert den Toten aus, dann versuchte er, nicht mehr hinzusehn.

Er hatte die ersten, vereinzelt stehenden Anwesen Trentons erreicht. Die Ruine eines langgestreckten Hauses rauchte noch. Der aus roten Ziegeln gemauerte Ofen der Töpferei in der Mitte des Hofs war verschont geblieben. In der Eisengießerei auf der anderen Seite herrschte Stille. An den Häusern waren die Läden vorgelegt. Ein Mann tauchte hinter einem dieser Häuser auf. Er trug die blaue Uniform der Rallschen Grenadiere. Kerzengerade, über seinen Kopf, so wie es ihm eingedrillt worden war, hielt er die Regimentsfahne und floh damit querfeldein. In dem tiefen Schneematsch kam er nur mühsam vorwärts. Die vier Reiter, die ihn verfolgten, ließen sich Zeit. Sie schnitten dem Flüchtenden den Weg ab. Ein Schuß fiel, dann war es still.

Bei den ersten Häusern war Robert vom Pferd gestiegen. Er führte seinen Braunen neben sich her. Ein Geschütz mit zerstörtem Rohr machte die Straße auf der einen Seite unpassierbar. Weggeworfene Gewehre, Bajonette, Patronentaschen, Hüte, zertreten und zerbeult, ein blutgetränkter Uniformrock, der Unrat einer Schlacht. Soldaten der Kontinentalarmee trieben mit vorgehaltenem Gewehr kleine Trupps Gefangener vor sich her. Verwundete lehnten an den Häuserwänden und den Zäunen der Vorgärten, unrasiert, wie sie aus den Betten gekommen waren, die Augen gerötet vom Pulverdampf. Niemand achtete auf ihre Hilferufe.

Von der Anhöhe aus hatte alles wie eine Spielzeugschlacht ausgesehen; das Modell einer Stadt und eines Truppenaufmarsches. Selbst die Schüsse und der Kanonendonner hatten vorgetäuscht gewirkt, um das Spiel nur anschaulicher und wirklichkeitsgetreuer zu machen. Jetzt sah Robert die Toten, die Verwundeten mit den blutüberströmten Gesichtern und die anderen, die beide Arme gegen den Leib preßten. Es waren immer die gleichen Verwundungen: die aus der Nähe abgegebenen Schüsse auf den Kopf und die Bajonettstöße in den Leib . . .

Robert klammerte sich an den Zügel. Das Tier an seiner Seite war wie ein Schutz. Auf der Straße war der

Schnee zu einer dunklen Masse zertreten. Nur in den Vorgärten war er noch weiß. Vor einem dieser Gärten war der Zaun niedergerissen. Inmitten eines Beetes, das eine niedrige Zierhecke umzog, sah er zwei Männer. Einer lag am Boden, der andere kniete daneben und stützte dem Sterbenden den Kopf. Niemand kümmerte sich um die beiden.

Es waren Rall und Luib, und zögernd trat Robert näher. Rall hatte die Augen geschlossen. Sein Dreispitz lag im Schnee; innen steckte die Perücke. Auf den blankpolierten Kappen der schwarzen Stiefel spielte die Sonne. Die Sporen hatten sich in den Schnee gegraben. Die weißen Beinkleider und der grüne Rock saßen straff. Robert sah keine Wunden.

Luib blickte auf, doch er erkannte Robert im ersten Augenblick nicht.

»Was ist mit ihm?« fragte Robert.

Luib antwortete nicht. Vom Dach des Nachbarhauses löste sich eine Lage Schnee und schlug mit einem dumpfen Aufprall zur Erde.

»Ich werde einen Arzt schicken«, sagte Robert.

Luib schüttelte den Kopf. »Keinen Arzt! Er käme ohnehin zu spät. Und wenn er ihm helfen könnte, wäre es nur noch schlimmer. Diesen Tag zu überleben, wäre die schrecklichste Strafe für ihn, viel schrecklicher als der Tod.«

Robert blickte auf Rall hinunter. Sein Gesicht war blutleer, und doch hatte es auch jetzt den düsteren, wilden Ausdruck nicht verloren. Die dunklen Augenbrauen waren finster zusammengezogen. Was den Mund so groß und dunkel erscheinen ließ, war geronnenes Blut.

»Was ist mit den anderen Regimentern?« fragte Robert. »Was ist mit meinem Bruder?«

Luib richtete sich auf. Sekundenlang musterte er Robert. »Ihr seid es?« sagte er dann mit einem Ausdruck des Widerwillens. » Wo kommt Ihr her?«

»Wo ist mein Bruder? Redet!«

»Euer Stiefbruder? Er wollte sich mit dreißig Leuten nach Bordentown durchschlagen, um Verstärkung zu holen.« Aus Ralls Brust kam ein Stöhnen. Feldwebel Luib beugte sich über den Oberst; nichts anderes existierte mehr für ihn.

Robert führte sein Pferd auf die Straße zurück und setzte seinen Weg fort. Die Straße nach Bordentown. Nur von dort her, von dem Schwemmgebiet zwischen Assanpink und Delaware, hatte er auf dem Weg zur Stadt noch vereinzelt Schüsse gehört. Er ging nicht schneller, jetzt, da er sein Ziel hatte.

Auf dem Marktplatz von Trenton war die Luft von Stimmengewirr erfüllt. Von allen Seiten strömten die Männer der Kontinentalarmee zusammen. Um den Pavillon stapelten sich Gewehre und anderes Beutegut. Neue Trupps Gefangener kamen und legten ihre Waffen ab. Vor der Hauptwache steckten in einem Haufen Schnee die erbeuteten hessischen Fahnen.

Unbeirrt setzte Robert seinen Weg fort. Ein Reiter kam ihm entgegen, parierte sein Pferd. Es war Leutnant Blyth. »Habt Ihr ihn gesehen?« rief er Robert zu. »Ihr müßt mir helfen! Wenigstens dies eine Mal. Ich muß Rall finden. Er muß hier in der Stadt sein!« In seinen Augen brannte Besessenheit. Es war Robert, als werde ihm ein Spiegel vorgehalten, sah auch er so aus? Für einen Moment kam ihm Soerman in den Sinn. Der mußte jetzt schon bald bei der Fähre sein. Robert verstand nicht, warum er nicht mit ihm zurückgeritten war.

»Wie wollt Ihr ihn finden?« sagte er zu Andrew Blyth. »Lebend oder tot?«

»Ihr habt ihn gesehen? Wo?«

»Ihr werdet ihn finden«, sagte Robert. »Spätestens, wenn ihr die Toten dieses Tages zählt.«

Das Gelände auf dieser Seite des Assanpink war sumpfig. Der Mörser, der an der Brücke stand, war bei jedem Schuß tiefer in der Erde versunken. Amerikanische Soldaten hatten vier Pferde davorgespannt, um das Beutestück wegzuschaffen; sie hieben auf die Pferde ein, aber schließlich gaben sie ihre Bemühungen auf.

Die Brücke über den Assanpink war der südlichste Punkt, den die Rebellen besetzt hielten. Ihre nächste Abteilung stand östlich der Stadt; zwischen den beiden, in dem Dreieck, das von Assanpink und Delaware gebildet wurde, lag jenes Schwemmgebiet, durch das die Straße nach Bordentown führte.

Man hatte Robert die Brücke nicht passieren lassen. Am Ufer entlang, in einer Linie formiert, standen etwa zwei Dutzend Mann Miliz, so, als erwarteten sie jeden Augenblick den Angriff eines unsichtbaren Feindes. Rechts von der Brücke bewachten ein paar Soldaten einen Trupp hessischer Gefangener. Die Männer waren nicht vom Regiment Rall; Robert erkannte keinen. Einer schien ein altgedienter Veteran zu sein. Auf dem rehbraunen Rock mit den dottergelben Aufschlägen sah man deutlich die Stelle, wo der Sergeantenstreifen gesessen hatte. An ihn wandte sich Robert: »Ein Trupp Hessen soll versucht haben, sich nach Bordentown durchzuschlagen. Könnt ihr mir sagen, ob sie noch drüben sind?« Der Mann blickte ihn mit einem hämischen Grinsen an. »Wenn sie noch kämpfen wollen, sollen sie es tun.« Er spuckte aus. »Soll mich der Teufel holen, wenn mich das noch einen Deut interessiert! Was glaubt Ihr, woran ich denke? Ich bin im Geiste schon drüben, über den Fluß. Vier Ochsen soll es geben für jeden Mann, der sich hier seßhaft machen will, und fünfzig Morgen Land. Nein, ich zerbreche mir den Kopf nicht mehr über ein paar Verrückte, die den Hals noch immer nicht voll haben.«

Robert ging langsam zur Brücke zurück. Wieder fragte er sich, warum er hier war, was er sich erhoffte. In der Ferne, am Delaware, fielen ein paar Schüsse. Durch die Linie der Milizsoldaten ging eine Bewegung. Die Hände schlossen sich fester um die Gewehre. Die Männer stellten sich breitbeinig hin, starrten über den Fluß, der keine zehn Meter breit war.

Robert hatte sein Pferd freigelassen. Er stand jetzt mitten unter den Milizsoldaten. Über die Büsche am jenseitigen Ufer hinweg sah er das Doktorhaus, den Delaware, und weit entfernt auf der weißen Fläche ein paar dunkle sich bewegende Punkte. Sie wurden schnell größer.

Der Offizier, der die Abteilung befehligte, sah durchs Fernrohr. Die pedantische Sorgfalt, mit der er es einstellte, beruhigte die Männer nicht. Ein leises Knacken lief durch die Reihe; ohne ein Kommando hatten sie ihre Gewehre gespannt. Der Offizier ließ das Fernrohr sinken. »Sie ergeben sich!« Doch keiner der Männer rührte sich vom Platz, kein Gewehr senkte sich.

Die halbhohen Büsche am Ufer mit ihren weiß überzuckerten Zweigen behinderten die Sicht. Im Sonnenlicht funkelten Schneekristalle. Robert sah nur Schatten hinter den Zweigen, aufstäubenden Schnee. Dann tauchten zwei Pferde auf: ein Brauner und eine goldfarbene Isabelle mit schneeweißem Deckhaar.

Der Reiter auf dem Braunen hielt eine Lanze in die Höhe; an der Spitze flatterte ein weißes Tuch. Der Reiter war jung und schmächtig, sein Zopfband hatte sich gelöst.

Im Abstand von zwei, drei Pferdelängen folgte der andere Reiter. Er war ohne Hut und ohne Perücke. Sein dunkelbraunes Haar war länger, als Robert es in Erinnerung hatte. Mit jedem Schritt des Pferdes wehte es über der Stirn auf und ab. Der Mantel bedeckte nur noch die linke Schulter und hing von dort weit hinunter. Vom Degen war nur der Knauf zu sehen, gleich daneben, im Gürtel, steckte die Pistole.

Es war diese Pistole – ein Stück aus dem Waffenzimmer auf Gut Haynau –, die für Robert die Verbindung mit der Wirklichkeit herstellte. Für Sekunden sah er nichts anderes, nur dieses Detail, nur diesen Ausschnitt des Bildes, diese Pistole. Er griff an seinen eigenen Gürtel. Er fand keine Waffe. Keine Pistole, nicht einmal ein Messer trug er bei sich. Er hatte den Weg über den Fluß ohne Waffe angetreten. Eigentlich hätte diese Entdekkung ihn erschrecken müssen, aber was er empfand, war eher Überraschung.

Die beiden Reiter hatten ihre Pferde am Ufer angehalten. Nur wenige Meter trennten die Männer jenseits und diesseits des Flusses. Es war noch stiller geworden unter den Männern der Miliz. Drüben hob Claus Haynau die Hand. »Schickt nach einem Offizier, mit dem ich verhandeln kann! Wir sind bereit, uns zu ergeben, unter bestimmten Bedingungen.« Claus saß aufrecht im Sattel; seine Worte hatten den Klang einer Herausforderung. Bis zu diesem Augenblick hätte Robert nicht sagen können, was ihn gezwungen hatte, nach Trenton zurückzureiten. Jetzt wurde es ihm klar. Es war eine Erkenntnis, der er nur zögernd Raum gab, aber es war die Wahrheit, so traurig sie war: Nichts anderes war in all den Jahren zwischen ihnen gewachsen, nur Haß, ein reiner, tiefer Haß, nichts sonst. Nicht erst seit jener Nacht am Delaware; schon lange vorher hatte es begonnen. Er hatte es nie wahrhaben wollen, bis zuletzt hatte er sich gewehrt, sogar noch als er losgeritten war – ohne Waffe. Aber in diesem Augenblick fühlte er nichts anderes, nur Haß, und obwohl ihn diese Erkenntnis mit Trauer erfüllte, war sie zugleich eine Art Erlösung.

Es wunderte ihn nicht, daß Claus ihn jetzt bemerkte; der Haß mußte von ihm wie ein Strom ausgegangen sein zu dem Mann am anderen Ufer, mußte Claus gezwungen haben, den Kopf zu wenden.

Ihre Blicke trafen sich. Es war eine Täuschung, konnte nur eine Täuschung sein: Robert vermeinte zu spüren, wie Claus der Atem stockte, wie sein Herz einen Schlag aussetzte. Er selber war es, dem der Atem stockte, sein Herz war es, das aussetzte.

Nachher erschien ihm die Zeitspanne unendlich lang. Sicher war sie es, sicher hätte sie ausgereicht, etwas zu tun, und sei es nur, dem Schuß auszuweichen. Aber Robert bewegte sich nicht. Die Waffe, die er besaß, war neu für ihn, er wußte noch nicht damit umzugehen, aber er vertraute ihr, und diese Waffe war sein Haß.

Die Silberbeschläge der Pistole, die Claus in der Hand hielt, funkelten in der Sonne. Das Licht explodierte vor Roberts Augen. Der Mann neben ihm griff sich an die Schulter, dann erst schrie er auf.

Die Männer der Miliz waren auf diesen Augenblick vorbereitet gewesen. Das flatternde weiße Tuch hatte ihre Wachsamkeit eher gesteigert. Der hessische Offizier hatte englisch gesprochen, aber sie hatten nur den fremden Akzent gehört. Und sie sahen die verhaßte Uniform, das grüne Tuch mit den scharlachroten Aufschlägen.

Niemand brauchte ihnen den Befehl zu geben. Das

Kommando war der Schuß aus der Pistole des hessischen Offiziers. Wie das Silber der Beschläge die Strahlen der Sonne vervielfältigt hatte, so erzeugte der Schuß ein dutzendfaches Echo.

Es waren neunzehn Gewehre. Zwei versagten. Aus siebzchn wurde gefeuert. Doch mußten die Männer wohl sehr aufgeregt gewesen sein. Der Reiter mit dem weißen Tuch auf der Lanze blieb unverletzt, wie auch die beiden Pferde. Von den siebzehn Kugeln fand nur eine ihr Ziel, aber die eine war tödlich.

Niemand hinderte Robert, über die Brücke zu gehen. Die Milizsoldaten luden ihre Gewehre. Das braune Pferd war mit seinem schmächtigen Reiter davongesprengt, die goldfarbene lsabelle stürmte ihm mit leerem Sattel nach. Die Lanze mit dem weißen Tuch lag im Schnee, nicht weit davon lag Claus. Seine Augen standen offen. Er lebte noch diesen einen Augenblick. Er mußte den Schatten durch die Helligkeit haben kommen sehen, denn bevor er starb, kamen noch ein paar Worte über seine Lippen. »Bastard ... Du Bastard!«

48

Der Raum und die Gegenstände darin waren ihm fremd. Er hatte keine Erinnerung; ihm war, als habe der Schlaf ihn über einen Ozean getragen und an einem fremden Ufer angeschwemmt. Robert wußte nicht, wie sein Körper reagieren würde, wenn er ihn gebrauchen wollte. Er hob die Hand vor die Augen, er betrachtete aufmerksam die Linien in der Handfläche.

Er lag angekleidet in einem Bett. Jemand hatte ihm

die Stiefel ausgezogen, das Hemd am Hals aufgeknöpft. Er spürte Hunger und Durst.

Helles Licht fiel durch ein Fenster. Er konnte sich nicht besinnen, wie er hierher gekommen war.

Die Stiefel standen am Bettende. Er fuhr hinein. Über einem Stuhl hing die Jacke. Er nahm sie von der Lehne und trat zum Fenster. Er öffnete es und atmete die reine klare Luft ein.

Ein Zug von Gefangenen bewegte sich am Haus vorbei; bis hinunter zum Delaware erstreckte sich die Kolonne. Die Hessen marschierten in Dreierreihen. Ihre Uniformen leuchteten in der Sonne; Königsblau, Grün, Rehbraun, die Aufschläge Scharlach, Dottergelb und Bordeauxrot; Tressen aus Silber und Gold verzierten Ärmelstulpen und Hutkrempen. Sie waren ohne Tornister, ohne Waffen, ohne Patronentaschen, und doch schienen sie an einer schweren Last zu schleppen. Mit gebeugten Rücken und hängenden Köpfen zogen sie des Wegs, während ihre schwer bepackten Bewacher in ihren unansehnlichen geflickten Uniformen leichtfüßig ausschritten.

Wo die Kolonne sich bewegte, lag kein Schnee mehr. Als erwache sein Gehörsinn erst jetzt, drangen allmählich auch Geräusche an sein Ohr: das Stapfen der Stiefel in der aufgeweichten Erde, das Klappern der Bajonette, da und dort ein Kommandoruf.

Robert schloß das Fenster. Als er auf den Hausflur trat, setzte die Erinnerung ein. Die Türen, die auf den Flur mündeten, sahen alle gleich aus, und doch wußte er, welche er zu öffnen hatte. Noah Banks stand auf einer Leiter und räumte Bücher in ein Wandregal. Als er Robert erblickte, stieg er herunter. »Wann ich auch zu Euch ins Zimmer kam – Ihr habt geschlafen wie ein Toter«, sagte er, »geschlagene sieben Stunden.«

Robert blickte zum Fenster. Auch hier gab es keine Vorhänge, das Licht floß hell herein.

»In Philadelphia gab es im vergangenen Jahr eine große Attraktion«, sagte Noah Banks. »Ein Inder ließ sich in eine Kiste nageln und mit Erde bedecken. Ihr habt alle Chancen, es ihm eines Tages gleichzutun. Euer Puls war auf Vierzig gesunken, Eure Atmung kaum noch zu spüren. Ich glaube, ich hätte Euch das Herz herausschneiden können – Ihr hättet nichts gemerkt.«

»Warum habt Ihr es nicht getan?« sagte Robert.

Die Augen des Arztes schienen ganz unter den schweren Lidern zu verschwinden. »Ihr denkt, es lebe sich leichter ohne Herz? Wenn ich das sagen würde, ein alter Mann, aber Ihr!«

Robert erinnerte sich an das Gesicht des Arztes, an seine Stimme. »Was ist geschehen?« fragte er.

Noah Banks legte das Buch aus der Hand. »Nichts Besonderes. Ihr seid umgekippt wie ein gefällter Baum. Wir haben Euch in das Zimmer getragen, und dort habt Ihr gelegen und habt geschlafen.«

Im Hintergrund der Bibliothek stand eine Tür offen. Im anstoßenden Raum sah Robert einen Arzneischrank und eine mit weißem Laken bezogene Liege. Wieder kehrte ein Teil der Erinnerung zurück. »Was habt Ihr mit *ihm* gemacht?«

»Ihr meint den Toten?« erwiderte Noah Banks. »Ich weiß nicht, warum sie ihn hergebracht haben. Im Gegensatz zu Euch war er so tot, daß es keines Arztes bedurfte, um das festzustellen.«

»Wohin haben sie ihn gebracht?«

Noah Banks deutete auf den runden Tisch. »Ihr müßt hungrig sein«, sagte er. »Ich habe etwas vorbereiten lassen.« Sie nahmen an dem Tisch in der Erkernische Platz. »Sie haben ihn begraben. Nach einem Sieg werden selbst Generäle versöhnlich. Man hat den Hessen erlaubt, ihre Toten zusammenzusuchen und sie zu bestatten. Die Kontinentalarmee hat zu Ehren der toten Feinde Salut geschossen. Auch das hat Euch nicht aufwecken können.«

»Wo sind die Gräber?« fragte Robert.

Sie haben jenseits der Brücke über den Assanpink eine Grube ausgehoben.«

»Und sein Grab?«

Noah Banks fuhr mit dem Finger die Kante des Tisches entlang. »Auf dem Friedhof der Presbyterianer.«

Robert hatte zu essen begonnen; jetzt legte er Messer und Gabel weg. Er versuchte im Gesicht des Arztes zu lesen. »Was wißt Ihr eigentlich von mir?« fragte Robert. »Ihr sprecht so, als würdet Ihr mich kennen.«

»Eure Flucht über den Delaware war Stadtgespräch. Und selbst wenn die Patienten es mir nicht zugetragen hätten, ich war dabei, hier an diesem Tisch war es, als der Major, der Eure Flucht entdeckte, dem Oberst Rall Bericht erstattete.«

»Auf welcher Seite steht Ihr eigentlich?« fragte Robert.

»Wißt Ihr die richtige Seite, wenn die Welt kopf steht?«

Eine Weile sprachen die Männer nichts. Irgendwo im Haus mußte eine Tür oder ein Fenster offen stehen, sie hörten die Kommandos und den Marsch der Kolonne. Unvermittelt sagte Noah Banks: »Ihr wißt von dem anderen Grab?«

»Was für ein anderes Grab?« fragte Robert.

Noah Banks blickte durch das Erkerfenster auf die schneebedeckte Wiese. »Es geschah einen Tag nach Eurer Flucht. Es gibt einen Posten am Fluß, dort haben sie die Leiche entdeckt. Sie brachten sie zu mir, die Leiche einer Frau; Eure Mutter hat hier gelegen, bis man sie begrub, auf dem Presbyterianer-Friedhof, wo jetzt auch Euer Stiefbruder liegt.«

Der Fluß hatte sie also ans andere Ufer zurückgetragen – das war Roberts erster Gedanke, ein Gedanke, der nicht Schmerz hervorrief, sondern das Gefühl vollkommener Einsamkeit. Wie ein Panzer isolierte es ihn von allem, von der Toten, von dem Grab. Nichts mehr war von Bedeutung, nichts mehr enthielt einen Sinn. Fast wäre es ihm lieber gewesen, er hätte es nicht erfahren, daß es dieses Grab gab, noch nicht heute. Er hatte zu viele Tote gesehen an diesem Tag. Er wünschte Trenton den Rücken zu kehren, er wollte zurück, auf die andere Seite des Delaware.

Robert erhob sich. »Wie kann ich Euch danken?« fragte er.

»Ich wüßte nicht, wie Ihr das könntet, es sei denn, Ihr hättet die Gabe, Dinge ungeschehen zu machen.« Noah Banks begleitete Robert aus dem Haus und wartete mit ihm, bis der schwarze Diener das Pferd brachte. Banks reichte Robert die Hand. »Sagt Eurem Vater, unser Spiel steht immer noch, wie wir es abgebrochen haben, verschlossen in einem Schrank. Er soll bald kommen. Wer weiß, wie lange es friedlich bleibt am Fluß.«

Die Fähre lag tief und schwer im Wasser, umschwärmt von dem Geschwader leichter Boote. In eine Wolke sprühenden Gischts und klatschender Rudergeräusche gehüllt, glitten sie an der Fähre vorbei, dem jenseitigen Ufer zu, als gelte es, einem Verfolger zu entrinnen; noch eiliger hatten es die leeren Boote, die ihre Gefangenen abgesetzt hatten und sich auf dem Rückweg befanden.

Eingekeilt zwischen den Gefangenen und ihren Bewachern, beobachtete Robert, wie das Wasser sich vor der Fähre teilte. Ihm ging es viel zu langsam; er hatte das Gefühl, daß sie sich nicht vom Fleck bewegte. Der Delaware erschien ihm dreimal so breit wie beim Übersetzen am Tag vorher, und als er einmal zurückblickte, war das Doktorhaus immer noch nicht kleiner geworden; wie eine Festung ruhte es auf seinem Sockel aus Granit.

Die Gefangenen standen eng gedrängt um ihn, und doch empfand er keine Gemeinsamkeit. Die Zeit in Kassel, der Transport auf der Weser, die Vereidigung in Bremerlehe, die Überfahrt nach Amerika, die gemeinsam bestandenen Schlachten in diesem Land – von alldem war nichts zurückgeblieben. Es gab keinen unter ihnen, nach dem er Ausschau hielt, den er suchte, mit dem er zu sprechen wünschte.

Mit einem Ruck setzte die Fähre am Anlegeplatz auf. Die Männer strömten an Land, und er mit ihnen. Das Ufer des Delaware war gesäumt mit Gefangenen, drei hessische Regimenter, über tausend Mann, und als habe man nur noch auf diese Fähre gewartet, begannen sich die Gruppen zum Abmarsch zu formieren. Die Gefangenen waren jetzt, auf dem anderen Ufer, wie verwandelt; eben, auf der Fähre, noch still und bedrückt, lebten sie nun auf. Ohne daß Befehle notwendig waren, ordneten sich die Reihen.

Robert folgte dem Zug bis zu der Stelle, wo der Weg nach Redford von der Straße nach Philadelphia abzweigte. Er ließ die Kolonnen an sich vorüberziehen, dann ritt er davon. Ein paarmal wandte er sich noch um und blickte dem Zug nach, der sich über das weiße ebene Land schlängelte. Zuerst unterschied er noch die Farben der Uniformen, dann flossen die Farben ineinander, und aus den einzelnen Gestalten wurde ein dunkler Strom, der sich durch den Schnee zog, schmaler wurde und schließlich ganz im Weiß versickerte.

Er war allein in dem weiten schweigenden Land. Er begegnete niemandem. Der Sturm, der Schnee und der Gewitterregen hatten die Spuren auf dem Weg verwischt. Das Gefühl beim Erwachen im Doktorhaus – daß der Schlaf ihn über einen Ozean getragen und an einem neuen Ufer abgeworfen hatte – war geblieben; nichts sonst existierte, nur diese neue Welt.

Am Tag vorher hatte die Dämmerung schon kurz nach zwei Uhr nachmittags eingesetzt, aber dieser Tag schien hell bleiben zu wollen. Nur die Luft verdichtete sich und gewann an Farbigkeit: Schatten färbten sich bläulich, und die Linien, die Sturm und Regen im Schnee hinterlassen hatten, traten deutlicher hervor.

Der Weg war von Sträuchern gesäumt, sie gingen in einen Zaun über. Dahinter tauchten Dächer auf, die Gebäude eines Gehöfts. Durch den Schnee zogen sich freigeschaufelte Wege, vom Hofgatter zum Haus, vom Haus zum Brunnen, von dort zu den Stallungen. Der Anblick des Brunnens erinnerte Robert an seinen brennenden Durst. Er ritt in den Hof. Rund um die Kamine des Wohnhauses saßen Tauben. An die Hauswand gelehnt stand ein Kinderschlitten.

Robert stieg vom Pferd. Er ließ den Eimer in den Brunnenschacht hinunter. Das Rad drehte sich rasselnd in der ausgeschlagenen Winde. Er stellte den vollen Eimer auf den Brunnenrand und trank aus den Händen, in tiefen, langen Zügen.

Die Tür des Hauses hatte sich geöffnet. Eine rothaarige Frau trat ins Freie, ein Kind auf dem Arm. Eine Schar rotblonder Kinder umringte sie. Sie blieben unter der Haustür zurück, als die Frau mit dem Kind im Arm mit klappernden Holzpantoffeln zum Brunnen lief. Noch im Laufen rief sie Robert entgegen: »Seht sie Euch an. Ich glaube, sie wird die hübscheste von meinen

Töchtern. Und Ihr habt sie mit auf die Welt gebracht!« Die Frau war bis auf zwei Schritte herangekommen. Sie hielt ihm das Kind entgegen, als sie plötzlich stehenblieb. Röte überzog ihre Wangen, so daß die Sommersprossen auf ihrer hellen Haut unsichtbar wurden. In ihren Augen stand Ratlosigkeit. Dann hellte sich ihr Gesicht auf, und die Sommersprossen kehrten zurück. Mit einem Lächeln sagte sie: »Ihr müßt sein Sohn sein! Ihr seht Eurem Vater wirklich zum Verwechseln ähnlich.« Sie trat näher. »Ich bin Abigail. Und das ist meine jüngste Tochter. Euer Vater hat geholfen, sie auf die Welt zu bringen. Gestern haben wir sie getauft. Auf den Namen Roberta. Werdet Ihr es ihm sagen?«

»Ich werde es ihm bestimmt ausrichten.«

»Und beschreibt ihm, wie hübsch sie ist.« Abigail blickte Robert forschend ins Gesicht. »Ihr kommt von drüben, von Trenton?« Robert nickte.

»Man sagt, es hat einen Sieg gegeben. Niemand hat mehr daran geglaubt, nur Euer Vater.«

Robert beugte sich über den Eimer, schöpfte mit beiden Händen Wasser und trank. »Ihr habt herrliches Wasser!«

»Ihr müßt es erst an einem heißen Sommertag trinken!« sagte Abigail. »An einem heißen Sommertag, nach einem langen Ritt.«

»Ich werde kommen«, sagte Robert, »im Sommer, an einem heißen Tag.«

Bei den Ställen hatte sich eine Tür geöffnet. Ein junger Mann trat heraus. »Es ist der Sohn von unserem Herrn«, rief Abigail ihm zu. »Er kommt von Trenton. Es hat einen großen Sieg gegeben.«

Robert hatte sich wieder auf sein Pferd geschwungen. Abigail trat zur Seite und lächelte zu ihm hinauf.

Eine Weile noch hörte er die Stimmen der Frau und

der Kinder hinter sich. Er trieb sein Pferd zur Eile. Der Tag wollte noch immer nicht von der Helligkeit Abschied nehmen. Zwar verlor der Himmel allmählich sein strahlendes Blau, aber verblassend gewann er eine geheimnisvolle Leuchtkraft voll irisierender Reflexe.

Endlich tauchte die Zedernallee auf, an ihrem Ende wurde das Herrenhaus sichtbar. Er begegnete niemandem, als er zu den Ställen ritt. Die Pferde standen in ihren Boxen, auch das von Soerman. Robert nahm seinem Braunen Zaumzeug und Sattel ab. Er schüttete frisches Wasser in die Tränke und füllte die Raufe mit Hafer. Als er in den Hof trat, lag er einsam da wie zuvor. Am Ende des Hofes, längs der Mauer, war eine Eisfläche zum Schlittschuhlaufen für die Kinder angelegt. Das Wasser stand dort in Pfützen; und erst jetzt wurde Robert bewußt, wie mild die Luft war! Vom Dach des Herrenhauses war der Schnee fast ganz abgetaut. Zwei Männer kamen aus dem Wirtschaftstrakt und begannen, die Fackeln zu entzünden.

Im Herrenhaus brannten noch keine Lichter. In den Fenstern stand der rötliche Schein der untergehenden Sonne. Als Robert die Front des Hauses entlangschritt, entdeckte er hinter einem Fenster die Gestalt Marys. Er wagte sich nicht näher heran, um sie nicht zu erschrekken. Es war die Bibliothek, in der sie saß, allein an dem Schachtisch, vor sich das Brett und darauf die Figuren eines unbegonnenen Spiels.

Wie Abigail gesagt hatte, Trenton war ein großer Sieg. Nicht die Schlacht zählte, nicht die Toten, nicht die Anzahl der Gefangenen – was zählte, war, daß Trenton den Amerikanern gezeigt hatte, daß sie siegen konnten.

Der Krieg war nicht zu Ende. Fünf Jahre lang ging der Kampf noch weiter. Siege und Niederlagen wechselten, aber die Flutwelle hatte sich umgekehrt. Sie trug die Engländer und ihre deutschen Söldner aus dem Land ins Meer zurück.

Am 19. Oktober 1781, bei Yorktown, kapitulierte der Feind. Der September 1783 brachte den Friedensschluß. Die letzten hessischen Regimenter trafen im April 1784 in Bremerlehe ein, neun Jahre nachdem sie von dort aus den Weg über den Ozean angetreten hatten. Dreißigtausend insgesamt waren als Söldner nach Amerika verschifft worden, siebzehntausend kehrten zurück, dreitausend waren gefallen, die übrigen blieben in der Neuen Welt.